郭冰茹 编

中国当代文学研究读本

逸仙文学读本丛书

主编 林岗 谢有顺

中山大学出版社
SUN YAT-SEN UNIVERSITY PRESS

·广州·

版权所有　翻印必究

图书在版编目（CIP）数据

中国当代文学研究读本/郭冰茹编．—广州：中山大学出版社，2017.5
（逸仙文学读本丛书/林岗，谢有顺主编）
ISBN 978-7-306-05970-3

Ⅰ．①中…　Ⅱ．①郭…　Ⅲ．①中国文学—当代文学—文学研究—文集　Ⅳ．①I206.7-53

中国版本图书馆 CIP 数据核字（2017）第 009330 号

出版人：	徐　劲
策划编辑：	嵇春霞
责任编辑：	陈　霞
封面设计：	林绵华
版式设计：	林绵华
责任校对：	王　睿
责任技编：	何雅涛
出版发行：	中山大学出版社
电　　话：	编辑部 020-84111996，84113349，84111997，84110779
	发行部 020-84111998，84111981，84111160
地　　址：	广州市新港西路 135 号
邮　　编：	510275　　传　真：020-84036565
网　　址：	http://www.zsup.com.cn　E-mail：zdcbs@mail.sysu.edu.cn
印　刷　者：	江门市新教彩印有限公司
规　　格：	787mm×1092mm　1/16　22 印张　482 千字
版次印次：	2017 年 5 月第 1 版　2017 年 5 月第 1 次印刷
定　　价：	58.00 元

如发现本书因印装质量影响阅读，请与出版社发行部联系调换

《逸仙文学读本丛书》编委会

主　编：（按姓氏拼音排序）

　　　　林　岗　谢有顺

顾　问：（按姓氏拼音排序）

　　　　程光炜（中国人民大学文学院教授、博士生导师）

　　　　陈思和（复旦大学中文系教授、博士生导师）

　　　　陈晓明（北京大学中文系教授、博士生导师）

　　　　丁　帆（南京大学中文系教授、博士生导师）

　　　　於可训（武汉大学文学院教授、博士生导师）

委　员：（按姓氏拼音排序）

　　　　陈　希　郭冰茹　哈迎飞　胡传吉　黄　灯　李俏梅

　　　　李金涛　刘卫国　申霞艳　伍方斐　吴　敏　袁向东

　　　　张　均

凡 例

一、《中国当代文学研究读本》为《逸仙文学读本丛书》的一种。

二、本读本收录中国1949年以来的重要文学批评论文，适用于广大文学爱好者、文学研究者阅读收藏。

三、文学批评是文学研究的一个重要组成部分，好的文学批评应该既能体现出作者的史家眼光，显示出作者的理论素养，同时又不失锐气、才情和锋芒。文学批评大致可以分为宏观的文学现象研究和微观的作家作品论。由于篇幅所限，本读本重点选择了31篇讨论新中国成立以来重要文学现象的论文，而对当代一些经典作品的评论则没能辑录。之所以选择宏观的文学现象研究，是为了帮助读者朋友在文学史的视野中建构起一个文学阅读的坐标系，虽然这31篇论文难免挂一漏万。读本不足之处，恳请方家批评指正。

四、为保存作品原貌，本读本对所选作品一律不做改动。

附记：曹晓雪、陈雨泓、莫惠雨、袁昊同学为本读本的资料收集及校对工作付出了辛苦的努力，特此感谢。

新的人民的文艺　周　扬 / 1
《太阳照在桑干河上》在我们文学发展上的意义　冯雪峰 / 15
怎样评价《青春之歌》　茅　盾 / 22
百花齐放，百家争鸣　陆定一 / 28
论"文学是人学"　钱谷融 / 40
文学艺术中的典型人物问题　蔡　仪 / 67
论历史剧　吴　晗 / 82
一九四九：在"十七年文学"的转型节点上
　　——《中国现当代文学史与思想史的关联性》论纲　丁　帆 / 86
《伤痕》也触动了文学创作的伤痕　陈荒煤 / 97
在新的崛起面前　谢　冕 / 100
中国文学需要"现代派"！
　　——冯骥才给李陀的信　冯骥才 / 103
文学的根　韩少功 / 107
文明与愚昧的冲突
　　——论新时期小说的基本主题（节选）　季红真 / 111
论"二十世纪中国文学"　黄子平　陈平原　钱理群 / 135
论文学的主体性（节选）　刘再复 / 147
论新时期文学的"向内转"　鲁枢元 / 165
关于"重写文学史"专栏的对话　陈思和　王晓明 / 169
躲避崇高　王　蒙 / 177
旷野上的废墟
　　——文学和人文精神的危机　王晓明 / 182

东方风情与生活寓言
　　——80年代的文学想象与文化批判　孟繁华／191
"两个西方"与本土文学参照系　程文超／201
如何理解"先锋小说"　程光炜／210
难度·长度·速度·限度
　　——关于长篇小说文体问题的思考　吴义勤／229
没有"十七年文学"与"文革文学",何来"新时期文学"?　李　杨／253
莫言与中国精神　李敬泽／256
重构宏大叙述
　　——关于当代文学批评的检讨　贺绍俊／261
当代小说的叙事前景　谢有顺／266
近三十年的散文　孙　郁／277
论民族共同语和新中国文学的双重建构　何　平　朱晓进／286
二十二今人志　郜元宝／299
中国当代文学批评的生成、发展与转型(代结语)　王　尧　林建法／332

新的人民的文艺

周 扬

伟大的开始

要把毛主席一九四二年在延安文艺座谈会讲话以来,最近七八年间解放区文艺的全部发展过程及其在各方面的成就和经验,作一简要而又概括的叙述,实在不是一件容易的事。这个文艺是如此年轻,充满了强烈无比的生命力,它又在广大群众的考验中积累了如此丰富的经验,以至我们还没有来得及将这些经验加以全面的研究、总结和提高。但有一点是肯定的:文艺座谈会以后,在解放区,文艺的面貌,文艺工作者的面貌,有了根本的改变。这是真正新的人民的文艺。文艺与广大群众的关系也根本改变了。文艺已成为教育群众、教育干部的有效工具之一,文艺工作已成为一个对人民十分负责的工作。

"五四"以来,以鲁迅为首的一切进步的革命的文艺工作者,为文艺与现实结合,与广大群众结合,曾作了不少苦心的探索和努力。在解放区,由于得到毛泽东同志正确的直接的指导,由于人民军队与人民政权的扶植,以及新民主主义政治、经济、文化各方面改革的配合,革命文艺已开始真正与广大工农兵群众相结合。先驱者们的理想开始实现了。自然现在还仅仅是开始,但却是一个伟大的开始。

毛主席的《在延安文艺座谈会上的讲话》规定了新中国的文艺的方向,解放区文艺工作者自觉地坚决地实践了这个方向,并以自己的全部经验证明了这个方向的完全正确,深信除此之外再没有第二个方向了,如果有,那就是错误的方向。

解放区的文艺是真正新的人民的文艺,这可以从以下几个方面来观察和说明。

新的主题,新的人物,新的语言、形式

新的主题、新的人物象潮水一般地涌进了各种各样的文艺创作中。我就《中国人民文艺丛书》所选入的一七七篇作品(包括歌剧、话剧、小说、报告、叙事诗等)的主题,作了一个粗略的统计:

写抗日战争、人民解放战争(包括群众的各种形式的对敌斗争)与人民军队(军队作风、军民关系等)的,一〇一篇。

写农村土地斗争及其他各种反封建斗争(包括减租、复仇清算、土地改革,以及反对封建迷信、文盲、不卫生、婚姻不自由等)的,四一篇。

写工业农业生产的,一六篇。

写历史题材（主要是陕北土地革命时期故事）的，七篇。

其他（如写干部作风等），一二篇。

由以上统计，可以看出解放区文艺面貌的轮廓，也可以看出中国人民解放斗争的大略轮廓与各个侧面。民族的、阶级的斗争与劳动生产成为了作品中压倒一切的主题，工农兵群众在作品中如在社会中一样取得了真正主人公的地位。知识分子一般地是作为整个人民解放事业中各方面的工作干部、作为与体力劳动者相结合的脑力劳动者被描写着。知识分子离开人民的斗争，沉溺于自己小圈子内的生活及个人情感的世界，这样的主题就显得渺小与没有意义了，在解放区的文艺作品中，就没有了地位。"五四"以来，描写觉醒的知识分子，描写他们对光明的追求、渴望，以至当先驱者的理想与广大群众的行动还没有结合时孤独的寂寞的心境的作品，无疑地（的）是曾经起过一定的启蒙作用的。但现在，当中国人民已经在中国共产党领导之下，奋斗了二十多年，他们在政治上已有了高度的觉悟性、组织性，正在从事于决定中国命运的伟大行动的时候，如果我们不尽一切努力去接近他们，描写他们，而仍停留在知识分子所习惯的比较狭小的圈子，那么，我们就将不但严重地脱离群众，而且也将严重地违背历史的真实，违背现实主义的原则。

解放区文艺工作者为与广大工农兵群众相结合，曾作了极大的努力。在火线上、在农村、工厂中，都有他们的足迹。他们积极地参加了战争，参加了土地改革、生产运动。他们经过了不少的磨练。在此特别值得表扬的是，许多部队文艺工作者直接参加战斗，与战士们完全打成一片，在火线上进行了战壕鼓动演唱，有的就在战场上流了最后一滴血，他们值得我们崇高的尊敬和永久的纪念。

解放区文艺工作者学习了马列主义、毛泽东思想，参加了各种群众斗争和实际工作，并从斗争和工作中开始熟习了、体验了中国共产党、中国人民解放军与人民政府的各项政策，这就是解放区文艺所以获得健康成长的最根本的原因。所以，很自然地，我们的作品充满了火热的战斗的气氛。我们已经有了若干反映抗日战争、人民解放战争与人民军队，反映农村各种斗争，反映劳动生产的比较成功的作品。中国人民解放军（抗战时期的八路军、新四军）所进行的战争，是中国历史上前所未有的真正人民的战争，它取得了人民的全力支援和他们在各方面斗争的配合。这个战争的群众性质，在我们的许多作品中反映出来。马烽、西戎的《吕梁英雄传》，赵树理的《李家庄的变迁》，袁静、孔厥的《新儿女英雄传》，邵子南的《地雷阵》（以上小说），胡丹沸的《把眼光放远点》（话剧），马健翎的《血泪仇》《穷人恨》（新秦腔），柯仲平的《无敌民兵》（歌剧），晋冀鲁豫文工团的《王克勤班》（歌剧），战斗剧社的《女英雄刘胡兰》（歌剧），洪林的《一支运粮队》（小说），记录了农民在反对日本侵略者、反对国民党反动派的武装斗争以及其他各种形式的斗争中的英雄事迹。刘白羽的《无敌三勇士》《政治委员》，华山的《英雄的十月》，李文波的《袄袖上的血》，韩希梁的《飞兵在沂蒙山上》（以上小说、报告），战斗剧社的《九股山的英雄》（话剧），直接反映了人民解放军战士的无比的英雄气概和对革命事业的无限忠心。反映农村斗争的最杰出的作品，也是解放区文艺的代表之作，是赵树理的

《李有才板话》。其次，王力的《晴天》，王希坚的《地覆天翻记》，丁玲的《太阳照在桑干河上》，立波的《暴风骤雨》，马加的《江山村十日》（以上小说），李之华的《反翻把斗争》（话剧），都在一定规模和深度上反映了农村减租减息和土地改革的运动。贺敬之等的《白毛女》（歌剧），阮章竞的《赤叶河》（歌剧）及长诗《圈套》，赵树理的《小二黑结婚》，菡子的《纠纷》，孔厥的《一个女人翻身的故事》，洪林的《李秀兰》，康濯的《我的两家房东》（以上小说），则是以封建社会中受压迫最深的妇女为主人公，展开了农村反封建斗争的惨烈场面，同时描绘了解放后农村男女新生活的愉快光景。以劳动生产为主题的作品，可以举出曾流行一时的小秧歌剧《兄妹开荒》《动员起来》，傅铎的《王秀鸾》（歌剧），欧阳山的《高乾大》，柳青的《种谷记》，草明的《原动力》（以上小说），陈其通的《炮弹是怎样造成的》（话剧），鲁煤等的《红旗歌》（话剧）及电影剧本《桥》。历史题材方面，有描写陕北土地革命故事的李季的有名长诗《王贵与李香香》，歌剧《周子山》及高朗亭的《雷老婆》等短篇。

  所有以上作品反映了中国人民如何在反对民族压迫与封建压迫的各式各样的斗争中，克服了困难，改造了自己，产生了各种英雄模范人物。我们的许多作品写了真人真事，例如《一个女人翻身的故事》《李国瑞》《女英雄刘胡兰》，等等。这种情况正表现了新的人民时代的特点。我们是处在这样一个充满了斗争和行动的时代，我们亲眼看见了人民中的各种英雄模范人物，他们是如此平凡，而又如此伟大，他们正凭着自己的血和汗英勇地勤恳地创造着历史的奇迹。对于他们，这些世界历史的真正主人，我们除了以全副的热情去歌颂去表扬之外，还能有什么别的表示呢？即使我们仅仅描画了他们的轮廓，甚至不完全的轮廓，也将比让他们湮没无闻，不留片鳞半爪，要少受历史的责备。因此写真人真事是不应当笼统地去反对的。应当肯定：写真人真事是艺术创造的方法之一，只要选择的对象是适当的，而又经过一定艺术上的加工，是可以产生不但有教育意义而且有艺术价值的作品的。苏联的《夏伯阳》不就是很好的现成的例子吗？

  英雄从来不是天生的，而是在斗争中锻炼出来的。人民在改造历史的过程中，同时也改造了自己。工农兵群众不是没有缺点的，他们身上往往不可避免地带有旧社会所遗留的坏思想和坏习惯。但是在共产党的领导和教育以及群众的批评帮助之下，许多有缺点的人把缺点克服了，本来是落后分子的，终于克服了自己的落后意识，成为一个新的英雄人物。我们的许多作品描写了群众如何在斗争中获得改造的艰苦的过程。在斗争中，也只有在斗争中，人的精神品质，我们民族的勤劳勇敢的优良性格，才能得到充分的发展。以描写妇女的作品来说，从《白毛女》《赤叶河》中的女主人公到《一个女人翻身的故事》中的折聚英，《王秀鸾》一直到《女英雄刘胡兰》，在精神上不知经历了多少世纪呵！在这么一个长距离中，不知流了多少眼泪，多少血！描写部队中落后战士转变的作品，是特别具有教育意义的。它们反映了我们的部队所进行的阶级教育、民主教育的卓越成效，同时反过来又推动了部队的教育。杜烽的《李国瑞》（话剧），鲁易的《团结立功》（话剧），白桦的《杨勇立功》（歌剧），刘白羽的《无敌三勇士》，都是在这一方面获得成功的作品。描写农村中二流子转变的，有马健翎的《大家欢喜》（歌剧）及其他许多同样题材的短剧。《红旗歌》则反映了在生产竞赛中工人的两种不同的劳动态度及工厂管理人员两种不同的工作作风，落后的工人终于在代表正确作风的管理人员的耐心教育与关心之下，改变了自己的旧的劳动态度，而成为生产中的新的积极分子。

中国新文化运动的最伟大的启蒙主义者鲁迅曾经痛切地鞭挞了我们民族的所谓"国民性"，这种"国民性"正是帝国主义、封建主义在中国的长期统治在人民身上所造成的一种落后精神状态。他批判地描写了中国人民性格的这个消极的、阴暗的、悲惨的方面，期望一种新的国民性的诞生。现在中国人民经过了30年的斗争，已经开始挣脱了帝国主义、封建主义所加在我们身上的精神枷锁，发展了中国民族固有的勤劳勇敢及其他一切的优良品性，新的国民性正在形成之中。我们的作品就反映了推进新的国民性的成长的过程。对人民的缺点，我们是有批评的，但我们是抱着如毛主席所指示的"保护人民，教育人民"的热情态度去批评的。我们不应当夸大人民的缺点，比起他们在战争与生产中的伟大贡献来，他们的缺点甚至是不算什么的，我们应当更多地在人民身上看到新的光明。这是我们所处的这个新的群众的时代不同于过去一切时代的特点，也是新的人民的文艺不同于过去一切文艺的特点。

解放区文艺的内容是新的，而且也正因为内容是新的，在形式方面也自然和它相适应地有许多新的创造。这首先表现在语言方面。"五四"以来，进步的革命的文艺工作者不止一次地提出与讨论"大众化""民族形式"等等的问题，但始终没有得到实际的彻底的解决。直到文艺座谈会以后，由于文艺工作者努力与工农群众相结合，努力学习工农群众的语言，学习他们的萌芽状态的文艺，"大众化""民族形式"的问题就自然而然地得到了解决，至少找到了解决的正确途径。解放区文艺作品的重要特色之一是它的语言做到了相当大众化的程度。语言是文艺作品的第一个因素，也是民族形式的第一个标志。赵树理的特殊的成功，一方面固然是得力于他对于农村的深刻了解，他了解农村的阶级关系、阶级斗争的复杂微妙，以及这些关系和斗争如何反映在干部身上，这就使他的作品具有了高度的思想价值；另一方面也是得力于他的语言，他的语言是真正从群众中来的，而又是经过加工、洗炼的，那么平易自然，没有一点矫揉造作的痕迹。在他的作品中，艺术性和思想性取得了较高的结合。除了赵树理以外，许多文艺工作者，特别是做过群众工作的文艺工作者，都在语言上有不少的创造。

解放区文艺的另一个重要特点之一，就是和自己民族的、特别是民间的文艺传统保持了密切的血肉关系。小说方面，《李有才板话》；诗歌方面，《王贵与李香香》；戏剧方面，《白毛女》《血泪仇》。这些在群众中比较最流行的作品都是如此。《白毛女》《血泪仇》，为什么能够突破从来新剧的纪录，流行如此之广，影响如此之深呢？其主要原因就在：它们在抗日民族战争时期尖锐地提出了阶级斗争的主题，赋与（予）了这个主题以强烈的浪漫的色彩，同时选择了群众所熟习的所容易接受的形式。《白毛女》是在秧歌基础上，创造新型歌剧的一个最初的尝试。文艺座谈会以来，文艺工作者在搜集研究与改造各种民间形式上，都做了不少的工作。其中最主要的收获是秧歌，我们在农村旧秧歌的基础上创造出了新的人民的秧歌，它的影响现在已遍及全中国。此外，绘画方面，解放区的木刻、年画、连环画等，都带有浓厚的中国作风与中国气派，如大家熟知的古元、彦涵、力群等人的木刻，华君武、蔡若虹的漫画。音乐方面，也产生了许多在群众中广泛流行的民歌风的歌曲。我们对待旧形式，已不再是简单的"旧瓶装新酒"，而是"推陈出新"，这是完全符合一个民族的文艺发展的正常规律的。鲁迅曾经说过："旧形式是采取，必有所删除，既有删除，必有所增益，这结果是新形式的出现，也就是变革。"鲁迅的这个预言在解放区是已经初步实现了。现在没有人会说《李有才板话》《王贵与李香香》是旧形式，秧歌是旧形式，相反地（的），它们正是我们所追求所探索的新形式。过去我们把封建阶级的文艺看成旧形式，是对的，但把资产阶级的文艺看成新形式，却错了。后一种看法是来源于盲目崇拜西方的心理，而又反过来助长了这种心理；说得不客气，这是一种半殖民地思想的反映。对于人民的文艺来说，封建文艺的形式也好，资产阶级文艺的形式也好，都是旧形式。对于两者我们都不拒绝利用，但都要加以改造。在民族的、科学的、大众的基础上，将它们改造成为人民服务的文艺，这就是我们对一切旧形式的根本态度。对民间形式，也是如此。

解放区文艺从民间形式学习了许多东西，今后还要继续学习，这是没有疑问的。但这并不等于说除了民间形式以外，一切外来的形式都不要了，或者不重视了。不，完全不是这样。我们十分重视而且虚心接受中外遗产中一切优良的有用的传统，特别是苏联社会主义文学艺术的经验。我们采用民间形式是不断地加以改造和发展的，例如，秧歌舞从模仿工农兵的新的动作而发展出"生产舞""进军舞"一类的新式舞蹈。任何外来的艺术形式，一经用来表现中国人民的生活和斗争，而且为群众所接受，那末，它们必然逐渐变形为自己民族的人民的艺术。工农兵群众和干部接受新东西的能力是很快、很大的。郭沫若的《屈原》，茅盾的《清明前后》《腐蚀》，以及国统区许多优秀的有思想的作品，都在解放区获得了广大的读者，对他们起到了教育的作用。

解放区的文艺，由于反映了工农兵群众的斗争，又采取了群众熟习的形式，对群众和干部产生了最大的动员作用与教育作用。农民和战士看了《白毛女》《血泪仇》《女英雄刘胡兰》之后激起了阶级敌忾，燃起了复仇火焰，他们愤怒地叫出"为喜儿报仇""为王仁厚报仇""为刘胡兰报仇"的响亮口号，有的部队还组织了"刘胡兰复仇小组"。文艺与人民、与政治的关系达到了如此密切地步，解放区文艺工作者不能不充分地考虑与重视观众读者的要求和反映，并且把全心全意为他们服务当作自己光荣的愉快的任务。

工农兵群众的文艺活动

解放区的文艺，除了专业文艺工作者的创作活动以外，还有工农兵自己业余的文艺活动，解放区人民由于政治、经济上的翻身，文化上也开始翻身，因而广大的工农兵群众积极地参加了文艺活动，并表现出了惊人的创造能力。

在人民解放军部队里面，继承着红军时代的优良传统，文艺成为政治工作的有力武器，无论练兵、整训、行军、作战，战士们自己搞俱乐部、鼓动棚、墙报、火线传单、阵地画报和战壕演出等，反映他们自己的生活和斗争，这些在战士当中已形成了广泛的群众性的运动。这里只随便举几个例子：在东北锦西阻击战中，四野某纵队从战士们创作的枪杆诗、火线传单、快板等里面选印了七十一种，二万五千多份，战士们在战壕里抢着阅读，并且根据这些内容进行检讨、挑战、比赛，又随时根据情况，创作更多新的快板诗歌来教育大家和鼓励斗志。二野某部队在淮海战役中，枪杆诗、战场传单也创作很多，仅他们选印出版的就有二十九首，近两万字，他们的诗传单并且经常与画结合，传单画成为战士们最心爱的东西，他们二十八团有个战士看了表扬英雄的画，便下定决心："我也要争取上小画报。"另一个战士在战场上中了敌人的燃烧弹，想起小画报上的画，马上滚在地下，果然火熄了，他说："小画报救了我的命。"此外，在华北、华东、西北，战士诗和战士画同样活跃，作品数成千上万。陕甘宁出版的《战士诗选》就包括一百多首较好的诗歌。在战士创作的枪杆诗中，有很多优秀的作品，比如《打仗要打新一军》：

砍树要砍根，
打仗要打新一军。
兵对兵，
将对将，
翻身的好汉，
那有打不过抓来的兵？
打垮新一军，
杜聿明门牙去一根。
三气周瑜周瑜死，
三气杜聿明放悲声。
生铁百炼成钢，
军队百战无抵挡。
敲掉蒋介石的老本钱，
我军主力更坚强。

这是何等的英雄气概，何等的充满信心！这样的军队怎么能够不打胜仗？下面再引两首：

八二炮，你的年龄真不小，
可是威信很不高。
这次进攻的机会到，
不能再落后了！

——《不能再落后了》

我的七九枪，
擦的亮堂堂，
这次去反攻，
拚命打老蒋。

——《我的七九枪》

前一首诗中所说的八二炮，据说后来经过包括该诗作者在内的全班战士的精心耐苦研究，果然提高了效力，后一首诗的作者在战场上真的喊着"我的七九亮堂堂"，勇敢无比地向敌人冲去。艺术和战争是如此密切地联系起来了。

连队的戏剧歌咏运动，一般地采取小型演唱的形式，效果也是很大的。兵演兵，本连人演本连事，演完戏就拿戏上的事联系检讨自己，"就象拿镜子照自己的脸，有了灰就赶快洗掉；再查自己的思想，生了毛就赶快在大队里晒晒"（东北某部战士语）。就是这样，广大的连队文艺运动，在部队的文艺工作团与宣传队的帮助指导之下，随着人民解放军走遍广大的战场，表现了战士们丰富的创造性，产生了很多优秀的作品和无名的作家。

在农村，农民的文艺运动，具有更广大的规模和影响。在老解放区，农村剧团是非常之普遍的，有的地方，甚至村村都有。他们的活动一般带有季节性，新年就是他们的艺术节。他们自编自演，他们写的大都是他们本村的事情，而且紧密配合着当前的中心工作，主人公就是他们自己。这些作品虽然大都以民间旧形式为基础，但都或多或少地经过了改造，成为多样的群众文艺的新形式。这是农民自己真正创造的戏剧，他们所产生的节目是数以千百计的。各地已出版的农村剧团的剧本，只不过是挑选出来的极少一部分；有很多且是没有文字记录的。这些作品对发动农民斗争，推动农村生产，教育与改造农民自己，产生了直接的立即的效果。农民把新秧歌叫"斗争秧歌"，在土改运动中，把很多戏叫作"翻身戏"，这实在是很正确的称号！秧歌舞秧歌剧已成为群众生活中不可缺少的部分。自然，农民不仅在戏剧，而且也在其他文艺形式上，都表现出他们丰富的创造力。特别是在土地改革中，农民创作了无数的翻身诗歌，其中包含了不少的民间艺术的珍品。例如：

集镇观（道士庙），
好地方，
松柏树长在石板上。
揭开石板看，
长在穷人脊背上。

——《揭开石板看》

这是一首多么含义深长充满力量的诗！

进了地主门，
饭汤一大盆，
勺子搅三搅，
浪头打死人。

窝窝长了翅，
饼子生了鳞，
使的碗不刷，
筷子拉嘴唇。
支钱不支给，
说话吹打人，
这样的日子没法混！

——《进了地主门》

为人莫借印子钱，
一年借，
十年还，
剩个尾巴算不算？
"不算！不算！"
过上几年脸一变，
又算你三万二万！

——《印子钱》

这对地主高利贷者的讽刺又是多么痛快淋漓！

我们不但搜集与发现了农民诗歌，并且也发现与培养了民间艺人，如说新书的，陕甘宁有韩起祥，华北有王尊三，他们都是说书的能手。各解放区都做了许多改造民间艺术与民间艺人的工作，例如华北冀鲁豫地区，训练了七百一十多个艺人，组织了各种研究会，到最近为止，两年来创作唱词、剧本、年画等六七十种。

工人业余的文艺活动，由于过去我们没有大的城市，现在才开始不久，但也已经取得了一定的成绩和经验。现在工人秧歌队已遍及各城市、工厂、铁路、矿山。天津解放不过半年，已有了四十个左右的工厂文娱组织，多数厂有壁报，有不少的职工通讯员、职工画家，据统计直接参加文艺活动的约五千人。工人在创作上已开始显露了他们的才能。由于工人文化水平较高，政治觉悟较快，今后工人的文艺活动必将获得迅速的更大的开展。

广大工农兵群众参加文艺活动，给解放区文艺灌注了新的血液，新的生命。解放区文艺是由专业文艺工作者的活动与工农兵群众业余的文艺活动两个方面构成的。工农兵群众不但接受了新文艺，而且直接参加了新文艺创造的事业。工农群众蕴藏的革命精力，一经发挥出来，是取之不尽、用之不竭的，同样地，他们在艺术创造上也能发挥出无穷的精力和才能。发动群众创作的积极性，就成为了普及工作的最重要的条件。专业文艺工作者一方面指导群众创作，一方面又从群众创作中吸取营养，以丰富和提高自己的创作。对群众创作采取轻视或不关心的态度是错误的，这种态度在文艺座谈会以后有了基本的改变。但是另一方面，在指导群众文艺活动的时候，必须注意群众文艺活动的业余的特点，以不妨碍工农群众的生产（部队则是战斗）为第一条原则。我们的文艺既然是为政治服务，具体地说，就是为战争、为生产服务的，那末，文艺就应当推动战斗、生产，而决不应妨碍战斗、生产。因此，在农村必须注意季节性而不要过分地强调"经常性"，在工厂注意生产的集中性、纪律性，在部队注意战斗的环境和特点。有的农村、工厂剧团提出"演戏不误生产"作为团规的第一条，这是很对的。在文艺活动方式上，必须采取小型活动方式，而克服与防止铺张浪费演大戏的偏向。一时一刻不能忘记，开展群众文艺运动，主要是为了教育工农兵群众，提高他们的政治觉悟、战斗意志和生产热情，决不是为群众文艺而群众文艺。文艺脱离了当前的政治任务与群众的需要，是既不能普及又不能提高的。

旧剧的改革

要发展新的人民的文艺，必须肃清为帝国主义、封建主义、官僚资本主义服务的文艺及其在新文艺中的影响，采取适当步骤和方法改造尚在民间流行的封建旧文艺。经过文艺座谈会以后，文艺上的"洋教条"是吃不开了，但是以旧戏为主的封建艺术，虽然经过了若干改革的努力，仍然有它很大的市场。旧剧是中国民族艺术重要遗产之一，和广大群众有密切联系，为群众所熟悉所爱好，同时旧剧一般地又是旧的反动的统治阶级用以欺骗麻醉劳动群众的一种阶级斗争的工具，因此改造旧剧是一个非常重要的任务，也是非常复杂的思想斗争。我们对于旧剧采取了从思想到形式逐步加以改革的方针。一方面，我们反对将旧剧看成单纯娱乐的工具，盲目地无批判地鼓吹旧剧，或者对旧剧的技术盲目崇拜，在"掌握旧技术"的口号下，实际拒绝对旧剧的改革；另一方面，也不主张对旧剧采取行政手段加以取缔，因为群众喜欢旧剧，是一个思想问题，而凡是关涉群众思想的问题是决不能依靠行政命令的办法所能解决的，同时也应看到，群众觉悟提高了，旧剧的市场自然而然地就会缩小。改革必须从实际出发。首先对于旧剧目，应以是否符合人民利益为标准全部加以审定。对人民有害的剧本，必须加以限制，应向群众揭露它的反动内容，使旧戏班自动不演，群众自动不看。对人民有益的剧本，例如表现反抗封建压迫、反抗贪官污吏、歌颂民族气节、歌颂急公好义等等，这些都是旧剧遗产中的合理部分，必须加以发扬。旧剧把中国民族的历史通俗化了，但它是通过封建统治阶级的意识将历史歪曲了，颠倒了，我们的任务就是要恢复历史的本来面目，用历史唯物主义的观点来创作新的历史剧，使群众从旧剧中得来的一堆杂乱无章的历史知识，得到新的科学的照耀。近几年来，我们创作了《逼上梁山》《三打祝家庄》等剧本，它们的价值，主要就在标示了京剧向新的历史剧发展的方向。

当然，旧剧特别是京剧以外的各种地方戏，经过改造之后，也一样能够表现现代的生活，而且应当向着这个方向发展。新秦腔、新越剧、新评戏都证明了这一点，并且表现了可观的成就。

要改革旧剧，必须团结与改造旧艺人。在新的人民政权下，旧艺人的社会地位是大大提高了，他们中间的大部分都愿意改造自己，愿意取得新观点、新方法，从思想上艺术上提高自己。在毛泽东文艺思想指导下，新旧艺人不但结成了统一战线，而且这个新旧的界线将逐渐消除。

为提高作品的思想性、艺术性而奋斗。
创造无愧于伟大的中国人民革命时代的作品!

  以上我把文艺座谈会以来解放区文艺的面貌作了一个轮廓式的叙述。必须承认，解放区的文艺工作是有成绩的。但能不能因此就自满起来呢？我们是丝毫没有可以自满的理由的，我们的文艺工作还远落后于革命形势的发展与革命任务的需要。文艺战线比起军事战线所达到的水平来是相差很远很远的。

  现在全国革命已取得基本胜利，中国正迈入一个广泛地从事经济建设、政治建设、国防建设和文化建设的新历史时期。我们的文艺工作者必须继续深入群众、深入实际，积极参加人民解放斗争和新民主主义各方面的建设，并通过各种艺术形式更多地更好地来反映这个斗争和建设。国家建设的过程基本上就是一个变农业国为工业国的过程。过去因为我们工作重心在农村，我们的作品反映农村斗争、生产的，就占了最大的比重；反映工业生产和工人阶级的作品非常少，到现在为止，较好的还只有《原动力》《红旗歌》几篇。工人阶级、农民阶级和革命知识分子是人民民主专政的领导力量和基础力量，我们的作品必须着重地来反映这三个力量。解放区知识分子，经过整风和长期实际工作的锻炼，在思想、情感、作风各方面都有了根本的改变，他们已经相当地工农化了，我们的作品中应当反映他们的新的面貌。自然，文艺可以描写一切阶级、一切人物的活动，工农兵的生活和斗争也只有在与其他阶级的一定关系上才能被完全地表现出来。但是重点必须放在工农兵身上，这是没有问题的，因为工农兵群众是解放战争与国家建设的主体的缘故。

  工农业生产建设的主题将获得新的重大的意义，但是建设也决不会和和平平地进行的，建设本身就是斗争。一方面，武装的敌人虽然打败了，但暗藏的敌人还在时时企图破坏我们，特别破坏我们的工业建设，我们必须加倍警惕；另一方面，工人阶级与资产阶级虽然在"公私兼顾、劳资两利、发展生产、繁荣经济"的总目标上是大体一致的，但他们之间存在不可调和的矛盾，却也是不可否认的事实，而文艺作品则必须揭发社会中一切的主要矛盾和主要斗争。

  革命战争快要结束，反映人民解放战争甚至反映抗日战争，是否已成为过去，不再需要了呢？不，时代的步子走得太快了，它已远远走在我们前头了，我们必须追上去。假如说在全国战争正在剧烈进行的时候，有资格记录这个伟大战争场面的作者，今天也许还在火线上战斗，他还顾不上写，那末，现在正是时候了，全中国人民迫切地希望看到描写这个战争的第一部、第二部以至许多部的伟大作品！它们将要不但写出指战员的勇敢，而且要写出他们的智慧、他们的战术思想，要写出毛主席的军事思想如何在人民军队中贯彻，这将成为中国人民解放斗争历史的最有价值的艺术的记载。

  我们的作品是有思想内容的，因为它们反映了人民的斗争，以及人民的思想、意志、情绪，但思想性还不够，必须提高一步。一切前进的文艺工作者必须站在象黑格尔所说的时代思想水平上；今天具体地说，就是站在马列主义毛泽东思想的水平上。只有如此，才能获得独立地观察、分析与综合各种生活现象的能力，也就是艺术上概括的能力。只有如此，才能将多方面地、深刻地反映生活与明确地、坚持地宣传政策，两者统一起来，不致于为了宣传某一具体政策而歪曲了生活中的基本事实，或者为了生活的局部的细节的真实，而模糊了基本政策思想。只有如此，才能更有力地表现积极人物，表现群众中的英雄模范；克服过去写积极人物（或称正面人物）总不如写消极人物（或称反面人物）写得好的那种缺点。只有如此，才能不但反映群众中的情况和问题，而且反映领导上的情况和问题。反映与批评领导思想作风的，如象苏联《前线》那样的作品，我们是十分需要的。而要能够写出这种作品，就必须自己有较高思想水平，同时又熟悉各种领导干部（包括高级干部在内）的作风、思想、性格。文艺座谈会以后，文艺工作者深入到工农群众中去，开始学会了描写工农群众，这是很大的收获，现在又还必须学会描写工农兵干部，特别是领导干部。一切问题要从群众与领导两方面的角度去观察，这样我们就会看得更全面，因而作品的思想水平就必然会更高。

　　为了创造富有思想性的作品，文艺工作者首先必须学习政治，学习马列主义毛泽东思想与当前的各种基本政策。不懂得城市政策、农村政策，便无法正确地表现城乡人民的生活和斗争。政策是根据各阶级在一定历史阶段中所处的不同地位，规定对于他们的不同待遇，适应广大人民需要，指导人民行动的东西。每个个人的命运，都是被他所属阶级的地位，以及对待这一阶级的基本政策所左右的，同时也是被各个具体政策本身或执行的好坏所影响的。在人民民主专政的新社会中，人民已成为自己命运的主人，他们的行动不再是自发的、散漫的、盲目的，而是有意识的、有组织的、按照一定目标进行的；这就是说，他们的行动是被政策所指导的，人民通过根据他们的利益所制定的各种政策来主宰自己的命运。这就是新的人民时代不同于过去一切旧时代的根本规律。因此，离开了政策观点，便不可能懂得新时代人民生活中的根本规律。一个文艺工作者，只有站在正确的政策观点上，才能从反映各个人物的相互关系、他们的生活行为和思想动态、他们的命运中，反映出整个社会各阶级的关系和斗争、各个阶级的生活行为和思想动态、各个阶级的命运。作品的高度思想性主要就表现在对于社会各阶级的相互关系和斗争的深刻的揭露。一个文艺工作者，也只有站在正确的政策观点上，才能使自己避免单从偶然的感想、印象或者个人的趣味来摄取生活中的某些片断，自觉或不自觉地对生活作歪曲的描写。"以感想代政策"，对文艺创作来说，也是有害的。

　　当然，文艺作品对政策的宣传，必须从实际出发，而不是从政策条文出发，必须着重反映各地各部门领导干部执行政策的各种不同的情况，各阶层群众对于政策的各种不同反映，以及群众接受我们党和政府的政策变为他们自己的政策的整个曲折复杂过程，只有这样，文艺才能真实地反映情况、发现问题。因此文艺工作者学习政策，一方面是将政策作为他观察与描写生活的立场、方法和观点，但同时他又必须直接深入生活、深入群众，具体考察与亲自体验政策执行的情形，否则，不但不可能产生真正的艺术创作，而且也不可能对政策有真正的理解。同时，文艺工作者还必须学习马列主义基本理论与中国革命的总路线、总政策，只有这样，才能对各个时期各个地区的各种不同的具体政策作连贯起来的思索和理解，不致在宣传某一具体政策时发生偏差，而损害或降低艺术作品的思想性。

作品的艺术水平也必须提高。必须承认现在解放区的作品还远没有达到形式上完成的程度，我们必须学习技术。但我们又必须反对与防止一切技术至上主义（例如技术与思想分开，盲目崇拜西洋技巧等等）、形式主义，必须确立人民文艺新的美学标准：凡是"新鲜活泼的、为老百姓所喜闻乐见的中国作风与中国气派"的形式，就是美的，反之就是丑的。

现在摆在一切文艺工作者面前的主要任务，就是创造无愧于这个伟大的人民革命时代的有思想的美的作品。

仍然普及第一，不要忘记农村

今天文艺工作，是提高为主呢？还是普及为主呢？这个问题必须明确地加以回答：就整个文艺运动来说，仍然是普及第一。这不只是因为全国胜利，新解放区扩大了，对那些地区的群众必须首先做普及工作，例如工厂文艺工作就必须用大力去进行；而且也因为老解放区普及工作的基础还不巩固，普及的面也还不够广大。现在我们整个工作的重心已由乡村移到城市，如果我们进了城市，忘了农村，那原来打下的那点基础就可能垮台的。近两年来，农村旧剧的风行已是足够我们警惕的一种威胁。毛主席在《新民主主义论》中早就说过："大众文化，实质上就是提高农民文化。"在最近发表的《论人民民主专政》中又说了："严重的问题是教育农民。"因此，我们必须利用有了现代城市和交通的一切优越条件，采用各种方法，继续对农民进行普及的工作。继续深入地开展农村剧团及其他文艺的活动。老解放区农村戏剧运动是有较良好的基础的，必须对原有农村剧团加以整顿和充实，对旧子弟班加以改造。此外，应组织与改进说书。组织与发动群众创作，同时从上而下地供给他们以足够的可用的剧本和歌词。各地方剧团应建立与农村剧团的经常联系，采取典型培养、示范演出、定期轮训等方法帮助他们，把帮助与指导农村剧团作为自己的主要任务之一。除了农村原有艺术活动以外，还应将各种新形式的艺术推广到农村去，例如我们的电影，在条件许可下就应在农村大量放映。

在城市，我们必须开展工厂文艺的活动。我们进入城市的时候，向工人介绍了在农民艺术形式基础上发展起来的新秧歌，向工人宣传了农民如何受地主剥削，他们如何起来进行斗争，农民在抗日战争与人民解放战争中作了多么重大的贡献，使工人阶级认识农民这个永久同盟军的重要。我们还要告诉工人，城市必须用一切方法帮助农民，不但供给他们工业日用品，而且还应供给他们精神食粮。我们在农村工作的同志，自然同时也必须向农民宣传工人阶级如何为恢复和发展工业生产而流汗奋斗，要如何依靠工人阶级使中国从农业国变为工业国,以及工人阶级为什么是中国人民革命的领导阶级。我们必须用事实证明给农民看,城市是在帮助他们,设法满足他们物质与精神的需要。这样才可以促进与巩固工农的联盟,使城乡不但在经济上互相合作,而且在文化上也互相交流,并且通过农村合作社及一切其他方法继续帮助农民在文化上翻身,以最后打垮封建文化的阵地,这也就是新民主主义文化革命、文艺革命的最终目标。

一切文艺工作者,包括专家在内,必须时时将眼光放在工农兵群众的文艺活动上,注意研究群众文艺活动的情况与问题,把指导普及作为一切文艺工作者无可推脱的共同的责任。这个指导工作不能是零零星星的、附带的、可有可无的,而必须是有计划、有系统的、用全力去做的,这样,才能满足普及的需要,也才能达到提高的目的。

有计划有步骤地改革旧剧及一切封建旧文艺

旧剧(包括京剧及其他地方戏)不但在新解放城市中而且在老解放区的农村中,还有极大的势力,这是开展普及工作所不能忽视的。一切封建艺术,从旧剧到小人书,都必须改造。京津两地的经验证明,群众是欢迎演新内容的京剧与地方戏的,旧剧人也愿意而且正在积极排演新的节目。现在的问题是新剧本太少,因此,改革旧剧的中心关键就是供给足够的可用的新剧本。为此,必须组织广大旧艺人和新的文学戏剧工作者亲自动手创作或修改剧本,人民政府和文艺领导机关,则对他们加以指导和必要的协助。

在改革旧剧上,一方面要防止急躁态度,另一方面则必须反对不适当地强调旧剧(主要是京剧)艺术上的"完整性",强调掌握技术的困难,因而不敢大胆突破旧剧形式的那种错误的保守观点。

在毛泽东文艺思想的指导之下,发动与依靠旧艺人的协同努力,旧剧改造的工作一定可以收到新的成果。

建立科学的文艺批评,加强文艺工作的具体领导

需要批评,已成为大家一致的呼声。现在的情况是十分缺少批评,特别是切实的、具体的、有思想的批评。文艺工作中批评的空气太稀薄了。广大读者由于缺乏正确批评的引导,对作品的选择就成为了自流的状态。许多年青作者由于缺乏正确批评的帮助,在写作上只好自己摸索,有时就要走一些本来可以避免的弯路。文艺界的团结也由于缺乏必要的批评,有时就成为无原则的团结。我们必须在广泛的文艺界统一战线中进行必要的思想斗争。必须经常指出,在文艺上什么是我们所要提倡的,什么是我们所要反对的。批评必须是毛泽东文艺思想之具体应用,必须集中地表现广大工农群众及其干部的意见,必须经过批评来推动文艺工作者相互间的自我批评,必须通

过批评来提高作品的思想性和艺术性。批评是实现对文艺工作的思想领导的重要方法。

为有效地推进解放区文艺工作，除了思想领导之外，还必须加强对文艺工作的组织领导，适当地解决文艺工作者在他们的工作中所碰到的许多实际困难和问题。这次大会后将成立全国文学艺术界的统一机构，这对广泛团结全国各方面的文艺工作者共同致力于新中国文艺的建设事业，将起重大的作用。我们相信，这次大会以后，新中国的人民的文艺必将有更大的开展，在中国文学史上将放出万丈光芒来。

（原载《中华全国文学艺术工作者代表大会纪念文集》，1949年7月）

《太阳照在桑干河上》在我们文学发展上的意义

冯雪峰

丁玲的这一本为广大读者所重视的作品，是我们一个重要的收获；我现在想来谈谈的，也就是关于这一个收获在我们文学发展上的意义。

这本小说，大家都明白，是写土地改革的，它的内容，读者都熟悉。这里不必再叙述。但我们现在要来谈论它，就不能不回想起它的情节和内容来。因此，我也得先讲一讲我的印象。

大家都记得，小说是从一个后来被"马马虎虎""划成了富农"的富裕中农顾涌开头的。这个顾涌，作为象他这样的一个富裕中农，是被作者写得很成功的。还有一个胡泰，富农兼小商人，是顾涌的亲家，在小说中关系很少，但轮廓是清楚的。这两个人是小说中出现的富农及接近富农的富裕中农的人物。这是作者所布置的一条线索，在这条线索的开头我们就注意到几点：第一，顾涌从他的亲家胡泰家里，同他的大女儿回到自己的村子暖水屯去，是驾了一部胶皮轮车的，这部胶皮轮车不仅联系着胡泰和顾涌两人的阶级意识，而且也联系着当时的环境与时代，因为这原是胡泰听到了土地改革的风声，怕被没收而偷偷地叫顾涌带回来寄存的。这正是蒋介石想进攻解放区，而我们正在开始并要迅速完成这一带地区土地改革的时候。第二，顾涌和他的大女儿一路上谈的是路旁的肥沃的土地和庄稼，而这个顾涌是以怎样地羡慕的、含着无尽止的欲望的眼光望着这一带的土地呵。第三，以顾涌和村中的恶霸地主钱文贵的亲戚的关系，也展示了这个富裕中农与恶霸地主之间的矛盾。作者从这条线索开始，以舒徐的富有诗意的笔，深刻地展开这个富裕中农的灵魂的同时，也就形成了影响及于全书的一种气氛，使你感觉着地主、富农、中农、贫雇农各自对于土地的深切的关系，感觉着他们之间的阶级的矛盾，感觉着时代与环境的空气（暖水屯的土地改革是比它的四邻村庄稍后开始的，因此在开头它被一种暴风雨的预感笼罩着，就在这种预感中村中各阶级人物形象开始展开出来了）。

恶霸地主钱文贵，这是一条重要线索，因为钱文贵是暖水屯地主阶级的代表人物，是村中村民要斗争的主要对象。他联系着全村中所有的人物，并且也从他身上反映当时的时局。为了展开这个有政治意识和谋略才能的地主的阶级性格和特征及其活动，作者特别为他创造了一个人物——小学教员任国忠。这个充当地主分子的狗腿子的小知识分子，作为一个独立的人物形象是写得相当成功的，但他主要的是为了钱文贵，一部分也为了地主李子俊而创造的。还有钱文贵的侄女黑妮，是作者主要地为了雇农程仁而创造的，但一部分也为了钱文贵。地主江世荣及破鞋"白娘娘"也因为和钱文贵有联系而显得重要。在这条线索上，作者展开了农民阶级与地主阶级的主要矛盾，同时也展开了地主与地主之间的矛盾及地主们的家庭生活。

但我们特别注意到，对于这个诨名赛诸葛的奸诈的地主钱文贵，作者既没有把他丑角化，也没有把他写得非常的穷凶极恶，作者只是依照这一类型的恶霸地主原有的实际情况来处理，同时在描写中也尽力守着严格的现实主义的态度。作者写这个人物写得成功，证明她对于农村有深刻的观察与分析，因为这一个"深谋远虑"的恶霸地主，早已有"应变"的准备，使自己成为"军属"，并且收买了村干部，态度又镇静而且表面上显得"开明"。同时他土地也不多，而他秘密进行的破坏活动也不算最为穷凶极恶的，连土改工作组的组长文采都被骗而把他看成为中农了。然而，只有他沉重地压在农民群众的心头，他们甚至于不敢提到他的名字。正是钱文贵才是地主阶级几千年来的统治权力的缩影，同时也正是他，才是一条还没拔除的、通到国民党反动政权去的蔓藤的根。这个缩影和这条根，就是农民们的种种个人的顾虑、变天思想、宿命论观念的现实根据。而农民们的种种个人的顾虑、变天思想、宿命论观念，也都为地主阶级还存在的"威势"而起作用。所以，钱文贵，虽只是一个中等的恶霸地主，他的势力可并不小，因此，我觉得，作者在依靠其他具体的条件之外，又着重地从地主阶级权力在人们心理上的这种影响来看问题，这种观察是深刻而正确的。作者描写这个地主时着重地注意到这种影响，描写农民时也着重地注意到这种影响，并且都写得深刻，这是这部小说及其人物写得成功的重要的原因之一。农民和钱文贵的面对面的斗争，是在一直以后的事情。钱文贵开头就进行破坏活动，当初农民们也还不知道，但农民们也都在开头就在心底里感觉到了这是他们主要的敌人。因此，阶级斗争，很早就在两方的心理上开始着，而后一步一步紧张起来。我以为，作者这样安排，很符合于实际情况，同时也带来艺术上的效果，逐步展开她的主题，使这个阶级斗争的发展过程能写得很深刻。

地主江世荣的面目及其在地主阶级中的地位，也是写得明确的。不仅因为他和钱文贵属于同一阶级，而且因为他和钱文贵相互勾结，所以他是属于钱文贵的势力。

本身不是地主分子的"破鞋"白娘娘，被写在小说中，不仅为了写社会，为了表示这是旧社会的一角；同时也不仅为了写地主，而且也为了写斗争，为了写农民群众。她在小说中是有机的存在；她联系着地主阶级，也联系着农民群众，而且在阶级斗争中也有她的作用，她和小学教员任国忠是占的同等地位。

地主李子俊，写得极少；但这个地主是怎样一个人，读者是明了的。不过，写得非常出色而成功的，还是李子俊的老婆。全书中，有好几个人物写得最有特色，这就是其中的一个。

但是，钱文贵的侄女黑妮，我却觉得没有完全写好。对于这个人物，作者的注意力似乎有一点儿偏向，好象存有一点儿先入之见，要把这个女孩子写成为很可爱的人以赢得人们（书中人物和我们读者都在内）的同情，但同时，关于她与钱文贵的矛盾的联系和这个性格的社会根据及其本身的矛盾，却不够加以充分的注意和深刻的分析。因此这个人物和小说中故事的联系虽然是有机的，但说到以她的性格去和她的环境、事件及别的人物相联系，则其有机性不够充分和深刻。作者描写人物，一般都能把人物内心的矛盾作为客观现实的矛盾之反映去写，所以大都不把人物性格的发展脱离事件与客观的矛盾斗争的发展而孤立地表现，这是作者写性格成功的根本方法。这方法我们平日就称为现实主义的方法。作者差不多对所有人物都能这样做到，但对于黑妮我觉得她没有完全做到。

再说第三条线索，是从区委会派下来的土地改革工作组。工作组的组长文采是一个不务实际的、完全不接近群众因而非常不了解群众的浮夸的知识分子。其他两个青年杨亮与胡立功，虽然也缺少经验，但能够比较地深入群众，逐步地了解了村干部和农民群众以及全村的实际情况。作者固然利用工作组来展开农民群众斗争的步骤，但也借助于杨亮、胡立功与组长文采之间的意见的分歧来烘托农民群众的思想与情绪，以及斗争的困难与阻碍的症结之所在。这三个人物都写得生动，而且作者对于文采的批判和对于其他两人的描写，对于读者也都有教训的意义，但我们可以看得出来，作者在这部小说中是不以写这些干部为主的，这些人物在这部小说中只是被放在次等地位上的角色，关于他们，我们的印象也是深刻的但可以不用多谈。

全书最主要的一条线索当然是以张裕民（暖水屯党支部书记）、程仁（农会主任）、赵得禄（副村长）、张正国（民兵队长）、董桂花（妇联会主任）以及其他许多人组成的一群村干部，他们是农民群众的领导人物。这些干部和农民群众是这部小说的主角。作者生动地描写了所有村干部以及和他们相联系的许多农民。谁都知道这部小说是以写农民（村干部当然在内并为其代表者）为主的。

在这条主线上作者深刻地解剖了张裕民、程仁以及其他许多人的思想意识，使干部们与农民群众展开了自我思想斗争。作者把农民的这个思想斗争的胜利看得和对地主斗争的胜利同样重要。作者的中心意图是写农民，但更正确地说，是写农民怎样在斗争中克服自己思想中的弱点而发展和成长起来。在这里，作者在社会的深广的基础上写了农民因自觉而发展的力量。我们知道，假如在反动政权还在高压地统治着的时代与地区，那么，农民起来斗争不容易，主要是因为他们自己的力量还不够，但在已经解放，并且经过几次斗争的地区，他们的力量要斗倒地主阶级是绰绰有余，可是斗争仍不容易发动起来，这时候就最容易了解他们脑子中的个人顾虑、变天思想和宿命论观念等包袱的实质及其势力了。这些思想上的包袱无疑一方面是有历史的根据，一方面又是现实中地主阶级的势力还存在的反映。所以，要拔除这些思想，自然必须要拔除现实中的根，斗倒地主阶级，但必须用农民自己的力量去斗倒它。如果不是农民自己觉悟，用自己的力量去斗倒，则即使地主们已被打倒了，而农民们的脑子里还有变天思想等存在，那就是地主阶级的势力还残存在农民的脑子里。这样，要斗倒地主阶级真不是一件简单的事情：第一，不能由别人代替，而必须由农民群众亲自动手；第二，要农民亲自动手，则农民就非在现实上进行阶级斗争的同时，也在自己脑子里进行阶级斗争不可了。只有脑子里的阶级斗争也胜利了，农民才算真的觉悟了，同时也才算是真的绝对地打倒了地主阶级。作者对农村社会与阶级关系及农民思想有深刻的了解，对党在土地改革中的群众路线的指示也有深切的体会；所以从以土地的关系决定了农村的阶级关系这一个根本点出发，关于人们对于土地的依存性的深刻，关于地主阶级从各方面对于农民的影响与束缚，关于农民的斗争的出发点及其力量的来源，以及关于各阶级各阶层的人们相互关系的复杂性，都能够有具体而深入的分析与描写。作者对于农民们，了解得深刻，是由于她同时了解了土地改革这阶级斗争的复杂性与深刻性的缘故，她在社会的、历史的深广基础上和生活的复杂关系中，去看阶级斗争及农民自身的思想斗争的展开，于是农民群众的面目及其很实际的力量就亲切地展开在我们面前了，使我们只觉其真实，而找不出其夸张或虚假的地方。

　　从写人物说，作者的精神也更其贯注在农民干部和群众的身上。以个别的形象而论，几个主要人物，如张裕民、程仁、赵得禄、张正国、李昌等人都以真实而有各自特色的性格给予我们深刻的印象。而农民妇女中的董桂花和周月英，则实在写得生动、出色，使读者不能不叫好。但我们可以看得出来，比起写个别人物作者是更其注意写一群人。除了对于张裕民和董桂花，作者多给他们一些分析、叙述与描写，使读者觉得她在写他们以外，对于其他一切农民群众读者都没有这样的印象，只觉得作者在分析斗争的发展描写斗争的发展，而并不是在写人物。但就是对于张裕民、董桂花也只是因为故事需要他们出场的时候多一点，所以作者用笔的机会也就多一点的缘故，作者也并不曾为了要写他们而使他们多出场，可是，虽然作者并没有对个别的人多写，而几乎所有的这些农民干部和群众，不管重要不重要，只要在书中出现过，即使占的篇幅极少，都能留给我们清楚的印象：就是说，几乎所有的人，都有清楚的个性，这确实是作者成功的地方。

　　自然，这是因为人物多的缘故。人物少，就自然可以对每个人都多写了。就是人物多，假如布局不同，则至少对于主要人物仍可以多写。这是由作者根据需要决定的，我们也不是要谈这一类问题。

　　我觉得可注意的，是这样一种精神：显然，作者写人是为了写斗争，也就是为了写社会或写生活；就是说，写人是服从于写社会或写生活的目的，在这里，就是主要地服从于写农村阶级斗争（土地改革）的目的。文学作品必须写人，如果没有写人，则这样的作品的价值是很低的；但必须写人仍然是因为人的内容是社会，是人在生活着人在斗争着的缘故。社会上的一切都是经过人的。在文学上不写人就写不出社会来。所以文学上的所谓形象主要指是人。这样无论文学的目的或文学的手段，都规定了一种必经的道路，就是从社会和生活的基础上从斗争的发展上去写人。这是文学的任务，也是文学的根本的方法，也就是现实主义的创造典型性格的方法，如恩格斯规定的有名的公式（典型环境里面的典型性格）所指示的。《太阳照在桑干河上》这本小说，作者在写人物上面已经相当成功地掌握了现实主义的方法了。

　　我们现在有不少的作者还不善于写人，还不能写出富有生活或社会内容的真实的人来。同时又有不少的教人如何写性格的非现实主义的见解还在发生影响，例如有的是教人找外在的特征去写个性，而把个性和典型性分离开来，并且只限于个人的身体上的外表或没有什么意义的细小的习惯（如个子长短肥瘦与说话时爱摸衣扣子之类）。有的则脱离社会目的也脱离实际生活地谈典型。这两种说法都会使人物典型脱离其应该反映的社会本质，特别会使个性脱离社会意义。因此我觉得象《太阳照在桑干河上》的作者这样写人物是值得我们注意的。

其实，这也是最实际的办法。照我看来，作者在这方面有这么显著的成就不外是：对生活有比较深入的体验，对社会有过研究，看人看得比较多而且比较熟悉他们，比较知道他们的生活和斗争，他们在斗争中怎样行动和思想、起什么作用，于是在社会与生活的基础上，在斗争的发展中，去写他们。我看，作者很遵守这一条规律——人物性格的发展要一步一步跟着斗争的发展，要紧紧地联系着斗争；人物的特征只选用其重要的、有社会内容的，而凡是和斗争的发展规律不相符合或没有有机地需要的行动、说话与思想，都不勉强放进人物身上去，否则就是不适合，失去有机性或多余了。但如此说，人物并不是处在被动的地位上，这是用不到解释的，因为斗争是人在进行的，而人是在矛盾中发展的。这样，人物就能反映他的社会的本质而构成他的典型性了。

作者笔下的人物都有个性，也或多或少地达到了典型性。典型性就在个性中表现出来，也当然只能在个性中表现出来，所以能够有个性又有典型性，只是根据一种平常的办法，就是：一个一个的人我们看多了，我们就看出了他们的个性，同时也看出了他们的共同性（阶级性是其主要的内容），他们的写个性写典型性，都同是根据你所知道的现实的人物。只要你是根据现实的人，写出他来当然就有个性，也有典型性，而你越写得好，那么典型性也就越明显越深刻了。

作者还没有在这本小说中带来非常成功的典型人物。但是，她已经现实主义地写了真实的人。这是我们文学成长上不可少的必要的基础和第一步，也就是高大的典型人物的创造所必需的基础和第一步；同时也不能否认这本书中已经有不可磨灭的典型人物。对于我们现在的文学水平和文学能力，达到这必要的基础与第一步，意义是重大的。

加以这些真实的人，是农民群众。如果作者只会写文采似的知识分子，而不会写农民，那我们就不象现在这样注意了。又如果她成功地写了钱文贵，写了李子俊老婆，又写了顾涌及其两个女儿，却不能成功地写出张裕民、程仁、赵得禄、张正国和董桂花、周月英等人来，那我们也同样不象现在这样注意了。

还有一层，我们是把作者的这个显著的成就当作我们文学上一些成就的一种代表来看的。近十年以来，我们的社会主义的现实主义文学在成长着：几个比较优秀的作家已经逐渐能够写真实的人，丁玲的这一本小说是这一方面的一个更为显著的成就。我们注意到这一成就的同时，也注意到了所有比较优秀的作家们的成就，为的是要肯定与发展我们文学上正在成长着的这种现实主义。这个作者在这本书中应该做而没有做到或做得不充分的地方，假如留心找起来，除去前面已指出的关于黑妮的描写外，那也一定还会有的，但我们注意的是根本的路线。

此外，还有一点，我们也注意到了，就是在这本小说中，作者是根据于农村阶级斗争的内在的联系，把党的领导（即无产阶级的领导）和农民自身的斗争相结合，当作农民之阶级的要求及其革命力量成长的历史条件来写的；这样，就是说，党的领导就不会被写成为对于农民没有内在的历史联系的外在力量了。这也是这本书很重要的一个优点。（为什么很重要呢？就因为有不少人只从表面上认识到没有共产党的领导，农民就不能翻身，甚至于会把农民看成为纯粹的被解放者，好象农民是本来不革命、不斗争似的，却没有认识到农民阶级是革命的、斗争的阶级，无产阶级——共产党的领导就是农民阶级在这时代所以起来斗争的一个历史条件，所以无产阶级——共产党的领导对于农民的革命斗争是有内在的历史联系的。这样，要认识共产党的领导的必要性，就必须认识工农两阶级相互之间的这种内在的历史联系。就是说，必须认识工人阶级的领导及工农联盟是有其强固的内在的历史联系的必然性的，而不可以认为两种相互没有内在的历史联系的外在力量的相加。）

这样，在这一条主线上，我们看见的，是作者在写真实的社会与真实的阶级斗争的基础上，写出了一些真实的农民，一些有典型性的人物。

组成这小说的最后的一条线索，是县委会的宣传部长章品。他来到暖水屯既很晚，而停留的时间又很短，我想，作者不过请他来在已经堆积如山的柴草上擦一根大柴罢了；就是说，作者用了章品的口，最后指出了农民的真实的历史性的胜利，因此，章品虽然是一个对于暖水屯土地改革斗争有头等作用的指导者，同时作者也用了不多的笔墨就把他的高贵的品质和可爱的性格生动地写出来了，但他仍然不是这部小说的主角，——主角是村干部和农民群众，我已经说过。

以上就是我对于这本小说的印象，当我回想全书的内容和述说我的印象的时候，也不能不时刻感觉到作者的小说已经到了高强地步的艺术表现手腕，没有她的艺术表现的高强手腕，当然就没有这一本小说的象现在这样的成就。作者在这本小说中用的可以说是油画的手法。但是，在以语言的彩色涂抹成的画面上，景色的明丽还是居于第二位的，那居于第一位的是形象性的深刻、思想分析的深入与明确、诗的情绪与生活的热情所织成的气氛的浓重等。全书当作一幅完整的油画来看，虽说还不是最辉煌的，但已经可以说是一幅相当辉煌的美丽的油画了。

对于这种油画式的表现手法，和对于炭画式的表现手法，我们在语言上的要求应该采取有分别的态度，我也希望作者更多注意语言的洗练、明朗和大众化等功夫，但必须同时保证刚才所说的这些艺术上的优点不受牺牲。对于这作品我个人是首先注意到它的油画性的形式以及它的诗的性格，象书中"果树园沸腾起来了"这一章，这样美丽的诗的散文，我相信没有一个读者读了不钦佩的，这是在我们现在还很年轻的文学上尚不多见的文字。

总之，这部作品，带来了象我们已经接触到的这样的真实性和艺术性，使它对于我们伟大的土地改革，也已经在一定的高度上成为一篇史诗了，虽然它的规模并不宏大，写成之日又在全国大部分地区都还没有被解放，也就是大部分地区都还没有进行土地改革的时候。

说是在一定的高度上，当然有这意思，对于我们伟大的土地改革来说，如果说是应该有史诗来记录它，那么，这部作品当然还不是最辉煌的巨大的史诗。因为我们的国家是这样的大，全国解放后进行土地改革的地区是这样广阔，所牵涉到的社会关系是如此复杂，这个阶级斗争的历史意义又是这么巨大。——对于这样伟大的土地改革，现在人民还在期待着能够更综合地、更高瞻远瞩地反映它的全部的纵横关系和它的全貌的作品的出现，这是我们可以理解的。但这里，主要的是人民对于文学的更高的要求的表示。

我们现在已经出版的几种写土地改革的作品，也都已经为人民所重视，而且人民重视土地改革这样伟大的题材，根本上还是因为重视我们这样伟大的历史时代的缘故。只要能够反映我们的历史时代，则这样的作品将都有史诗的意义，人民所重视的也就是这样的作品。因此，象《太阳照在桑干河上》这作品，对于我们之所以是一个重要的收获，就不仅因为它是几部写土地改革的作品中更为优秀的一部，在一定的高度上反映了土地改革，而且还因为这标记着我们的文学在反映现实的任务上已经有一定的成就和能力，标记着我们文学的一定的成长的缘故。

以上就是我对于这部作品的印象和看法。

那么，什么是这部作品在我们文学发展上的意义呢？在上面，我的意见也差不多都说了。

我认为这一部艺术上具有创造性的作品，是一部相当辉煌地反映了土地改革的、带来了一定高度的真实性的、史诗似的作品；同时这是我们社会主义现实主义在现时的比较显著的一个胜利，这就是它在我们文学发展上的意义！

这部作品的这个现实主义的成就，主要地表现在这几点上：第一，从对于人民的生活与斗争的深入观察、体验与研究出发，对于社会能够在复杂和深广的基础上进行具体的和比较全面的分析，而排斥那从概念（不管那一类概念）出发以及概念化的道路。第二，从写真实的生活和社会的要求出发，对社会的内在的矛盾斗争的复杂关系进行具体的分析，同时也这样地分析人的思想与行动及相互关系，以写真实的人从而奠定了现实主义的典型创造的基础。第三，艺术的表现能力已达到相当优秀的程度。

因此，这个现实主义的成就，对于我们文学发展的意义，可从两方面看：

一方面，这部作品的成就只是更为显著的而决不是孤立的。我们现在的一些优秀的和一些更年轻的有前途的作家们，都在社会主义文学上有或多或少的建树；我在这里也不必一一列举作者和作品的名字，有成绩的这些同志们，一定都知道自己是在这里面的。因此，这有代表或标记社会主义现实主义文学的初步的成长的意义。

这些作家都是毛泽东同志亲自教育、改造、培植出来的。自然，我们这里说的社会主义现实主义，是从鲁迅所奠定的"五四"新文学的现实主义发展而来的，后期的鲁迅，就是辉煌的社会主义现实主义者。但从延安文艺座谈会以来毛主席亲自的教育和培植对于我们社会主义现实主义文学的生长是起着决定性的作用的。

又一方面，我们目前文学创作界依然有脱离生活和脱离群众的现象，同时也存在着反现实主义的、主要概念化的创作路线。不少空洞说教的理论和不少简化的批评，也在赞助和"开辟"反现实主义的、主要是概念化的创作路线。这是一条有害的、我们应该反对的创作路线。因此，把《太阳照在桑干河上》以及别的一些比较成功地反映了现实的作品的现实主义的创作方法与路线，加以明确化，则在我们纠正目前创作与理论批评中的反现实主义的错误倾向的工作上，也是有作用的。

（原载《文艺报》1952年第10期）

怎样评价《青春之歌》

茅 盾

最近关于《青春之歌》的讨论很有意义。因为这次讨论不但提出了对于一部作品正确评价的问题,而尤其重要的是提出了评价作品时思想方法的问题。文学作品是反映现实生活的,在评价文学作品时存在着怎样的思想方法,也就意味着在对待现实生活时存在着怎样的思想方法;评价作品时的思想方法不对头,有主观性和片面性,还不过关系到理解一部作品是否正确的问题,其事比较小,但在观察、分析现实生活时思想方法不对头,有主观性和片面性,那就关系到是否能够正确地认识现实的问题,这就不是一个小问题了。我想我们应当提到这样的思想高度来看待这一次的对于《青春之歌》的讨论。

自从《中国青年》第二期发表了具有代表性的郭开同志的《略谈对林道静的描写中的缺点》以后,《中国青年》第三期和《文艺报》第二期都发表了对郭文表示不同意见的文章。(也许别的报刊上还有关于这部小说的和对郭文的讨论,可惜我限于阅读范围,未及拜读)。这几篇文章都批评了郭开同志的论点,也指出了郭开同志思想方法的主观性和片面性;我看这些批评都是正确的。为了节省读者的时间和精神,我不打算重复他们已经说过的话;我在这里只谈谈三个问题。

第一,为什么我们肯定《青春之歌》是一部有一定教育意义的优秀作品?

首先要谈到这部小说反映的是怎样的现实。

《青春之歌》所反映的,是从"九·一八"到"一二·九"这一历史时期党所领导的学生运动。毛主席在他的著作中,对于"五四"以迄"一二·九"的学生运动给予了英明的正确的评价;这是大家都学习过的。因此,要评断《青春之歌》是不是一部好作品,首先要看它是符合于毛主席对那个时期的学生运动的论断,还是离开了毛主席的论断?我以为《青春之歌》的整个思想内容基本上是符合于毛主席的论断的。它对于读者会发生怎样的教育作用呢?它可以帮助我们(特别是年青一代)丰富自己的对革命历史的认识,对党在特定历史时期、特定地区、特定群众中间的革命策略和方针的认识。它通过了卢嘉川、江华、林红几个英勇不屈的共产党员的形象(他们在书中虽然所占篇幅不及林道静所占的那样多,但是我们却时时感到他们的伟大的存在以及他们对林道静的巨大影响),告诉读者,党的优秀儿女曾经怎样地忠心耿耿、艰辛斗争,为革命事业、为今天的我们广大人民的幸福生活,献出了自己的生命。最后,这部小说还通过了林道静这个人物的具体事实,指出了当时的小资产阶级知识分子只有在党的领导之下把个人命运和人民大众的命运联结为一,这才有真正的出路;指出了小资产阶级知识分子必须经过思想改造才能真正为人民服务。

《青春之歌》所反映的历史事实,离开今天有20多年了。要正确地理解这部作品，我们就得熟悉当时的一切情况，特别是当时青年学生的思想情况。如果我们不去努力熟悉自己所不熟悉的历史情况，而只是从主观出发，用今天条件下的标准去衡量20年前的事物，这就会陷于反历史主义的错误。当我们去熟悉历史情况的时候，当然要站稳工人阶级的立场，用马列主义的观点，这才能够对于历史事实作出正确的评价；但是，光有工人阶级的立场、马列主义的观点，而不求熟悉特定的历史事实，这就叫做没有调查研究没有发言权。评论一部反映特定历史事件的文学作品的时候，也不能光靠工人阶级的立场和马列主义的观点，还必须熟悉作为作品基础的历史情况；如果不这样做，那么，立场即使站稳，而观点却不会是马列主义的，因为在思想方法上犯了主观性和片面性，在评价作品时就不可避免地会犯反历史主义的错误。

不要陷于反历史主义。这是我们读《青春之歌》时首先要警惕的。而我们之所以肯定《青春之歌》，也因为它没有反历史主义的毛病。

第二，我们怎样评价林道静这个人物？

林道静是地主家庭的女儿，然而，和她的生母一样，林道静在家中是一个被压迫者，直到她长大，她过的都是十分凄惨痛苦的生活；只因为她长得美貌，她的父母想把她镀点金，以便当作礼物结交权贵，这才送她进中学校，林道静的身世（还有她的生母的悲惨的命运）使她自幼就仇恨封建主义，要反抗；然而她所受的教育却是资产阶级教育，她在家庭以外所接触的人又以小资产阶级知识分子为多。因此，她有强烈的个人主义，她的反抗封建家庭是从个人主义的立场出发的。小说描写了这样一个青年女子在当时的历史条件（以及林道静自己的小环境）下，所经历的思想改造的过程——亦即从反抗封建家庭走到中国共产党所领导的革命运动的过程。

这个过程，大体上是这样的三个阶段：反抗封建家庭干涉她的婚姻自由（即逃避她家庭要她嫁给权贵的压迫），找寻个人出路，这是第一阶段；在种种事实的教训下（同时也受到她偶然接触到的共产党员的影响），她渐渐意识到个人奋斗还是没有出路，个人的利益要和人民的利益相结合，这是第二阶段；最后，在党的思想教育的启迪下，她认识到个人利益应当服从于工农大众的利益，坚决献身于革命。

林道静入党以后，有时还不免冒出小资产阶级知识分子的思想情绪，然而她究竟和那时一些混进党内的投机分子不同，她从没对党闹情绪、闹独立性，她是赤心为党的。

这就是书中所写的林道静的基本形象。

这个人物的形象是真实的。熟悉那时候的社会现实的人，特别是在那时候领导过和参加过学生运动的人，都会觉得林道静这个人物好像是见过的。因而，这个人物是有典型性的。

青年读者常常要问：林道静有什么可以供青年们学习的？

我以为这不能简单化，要分析地看待。从林道静身上，有可以供我们学习的，也有可供我们鉴戒、引起警惕的。在前者的场合，林道静是正面教员，而在后者的场合，林道静是——比方说，反面教员。什么是可供我们学习的？就是她在入党以前追求真理、坚决地进行自我改造、在敌人淫威之下坚强不屈的精神。什么是可供我们鉴戒而引起警惕的？就是她的时时流露的幻想和温情。但是，林道静的全部经历既然是思想改造，她的小资产阶级意识当然也是在批判之列的，读者理应不会受其传染，而是相反，读者会深深感到这些小资产阶级的思想意识是林道静身内的敌人，必须消灭它，从而引起警惕，检查自己有没有这些非工人阶级的思想意识。另一方面，林道静并不是知而不改，而是当她一知道这些思想情绪乃是革命之敌的时候，就坚决地要改掉它们。林道静这种自觉、自愿，坚决进行自我改造的精神，是首尾一贯的。这难道不值得今天的青年知识分子、青年学生们学习么？而且我们也还应当知道，在林道静的时代，一个要求自我改造的青年不但不会像今天那样得到鼓励，而且要受到反动政府的迫害，剥削阶级的仇视和压迫，乃至小市民的讽刺和嘲笑（甚至还会受到她的同学、同伴们的嘲笑），因此，林道静的自觉自愿地坚决进行自我改造，实在表示了她的高度觉悟和坚强意志，这是值得钦佩的；如果林道静在改造过程中还有困难，小资产阶级思想意识还时时冒出来，乃是因为她受了环境条件的限制以及历史负担的重压（她的环境条件对她的改造有多少层层阻碍，今天的青年还不容易想象到，而她的历史负担也比今天的青年要重得多，因为这是在20年以前，旧思想的压力还非常强大），因而她的改造过程曲折而缓慢，今天的青年看了不大能理解。

以上简略地谈到了林道静为什么值得我们学习，现在打算再谈谈作者对林道静的态度。

作者当然不是对林道静采取无憎无爱的冷漠态度的。公平地说，作者对她自己所创造的这个人物是抱着同情乃至爱护的态度的。应不应该抱同情乃至爱护的态度呢？我以为是应该的。因为林道静是一个富于反抗精神，追求真理的女性。是一个自觉、自愿坚决进行自我改造、终于献身革命的女性。如果不看到这些主要的方面，而只就林道静是地主家庭的女儿、受的资产阶级教育、曾经有浓厚的小资产阶级思想意识等等，武断地判定作者对林道静的同情和爱护便是作者自己的小资产阶级立场的流露，那是十分不公平的！这种主观、片面的思想方法也成为正确理解一部作品的最大的阻碍。

还有这样的意见：在塑造林道静的形象时，作者对林道静的小资产阶级思想意识批判得不够有力，有时还表示了原谅，这是会迷糊读者的认识的；而且作者笔下的林道静"从未进行过深刻的思想斗争"，因此，实际上并没有写出青年知识分子的思想改造的艰巨性和深刻的过程。

对于这样的意见，也要加以分析，不可以囫囵吞枣地完全肯定或完全否定。我也认为这本书对于林道静的小资产阶级思想意识在有些地方批判得不够有力，但只是有些地方而已，并不是全部。至于作者笔下的林道静"从未进行过深刻的思想斗争"云云，我看"从未"二字显然不符合事实。林道静之终于和余永泽分手，就是经过深刻的思想斗争的；这件事，表面上看来是男女关系，但具有深刻的思想上划清界限的意义。

应当承认：作者在描写林道静身上的小资（产阶级）意识并且描写这种小资（产阶级）意识的瓜蔓纠缠、藕断丝连的时候，是有意为之而不是作者本人的小资产阶级意识在无意中暴露了出来。为什么说作者"有意为之"？因为作者既然要描写一个小资产阶级知识分子的思想改造，就不能不着力描写小资产阶级思想意识在人的行动中的表现及其顽强性；着力描写这些，正是为了要着力批判这些。如果有些地方批判得不够，这和作者的思想水平有关（就是说，作者的观察、分析不够深刻，所以批判也不深刻），也和作者的艺术表现能力有关（就是说，作者看到了，可是写不出来，或写得不好）。作家的主观意图和他的作品的客观效果不能一致，是常有的事；这便是日常生活中所谓"好事办坏"。把好事办坏的人，本身不是坏人；把作品中应该批判的东西，批判得不够有力，并不能就此断定作者是保护这些被批判的东西，或者甚至说作者本人就是这些被批判的东西。要判定作者是否是"站在小资产阶级立场上，把自己的作品当作小资产阶级的自我表现来进行创作"（郭开的话），就要以历史唯物主义观点全面看问题，要看作品的主要倾向和主要效果。从整个看来，我以为指责《青春之歌》坏处多于好处，或者指责作者动机不好的论调，都是没有事实根据的，因而也正是引起思想混乱的。

第三，《青春之歌》有没有缺点？

不能说这本书没有缺点。可是，不能把"没有很好地描写工农群众、没有描写知识分子和工农的结合、书中所写的知识分子特别林道静自始至终没有认真地实行与工农大众相结合"（郭开的话），当作这本书的主要缺点。为什么？因为作者的意图（书的主题）并不是反映当时整个革命斗争而只打算反映当时革命斗争在城市（白区的城市）中的一条战线（即不是城市中革命斗争的全部）。这种战线就是学生运动。如果我们承认这个主题的重要意义，而且认为应当按照当时的实际情况来表现这个主题，那就不能责备作者"没有很好地描写工农群众"。有人说，学生运动既是当时革命斗争的一翼，如果在书中也写到当时的工农群众的革命斗争，那就"更站得高些"了；这话有理，可是如果这样提出要求，问题的性质就变了：从作者是否完成她自定的任务（即表现她自定的主题）变成作者应不应当限于她自定的任务。我想我们应当实事求是，从作者自定的任务来看作品的实际效果，而不应当提出更大的任务来否定作品的实际效果。所以，"没有很好地描写工农群众"，不是这本书的主要缺点。

基于同样的理由，我们可以说，如果作者布置一些合情合理，不违反当时实际的需要与可能的情节，让林道静实行了和工农的结合，那自然更好，这在当时，实际上确是有不少革命知识分子深入了工厂、农村，实行了和工农的结合的；然而我们不能说，由于作者没有这样做，林道静的思想改造就没有实现。为什么？因为林道静的从个人主义的反抗封建家庭走到献身于党，这样的思想改造的过程在书中是通过了同工农结合以外的各种各样的考验而完成的。这各种各样的考验中间果然没有现在我们所实行的知识分子和工农结合的措施，但是在当时的历史条件下，成千上万的像林道静那样的知识分子确是通过了同林道静大体相同的考验而走上革命道路的。由于历史条件的不同，我们不能硬说20多年前在暗无天日的白区城市的青年知识分子如果没有经过像我们今天所做的和工农结合便一定不能改造思想；也正因为历史条件的不同，今天的青年不能以20年前的林道静为例而想逃避我们今天所实施的和工农的结合。

我们的责任是：向今天的青年指出这个历史条件的不同以期消除或许会有的错误想法，而不是执此一端就否定了《青春之歌》的积极意义和教育作用。

我以为《青春之歌》的主要缺点表现在下列三个方面：一、人物描写；二、结构；三、文学语言。但是这些缺点并不严重到掩盖了这本书的优点。

在人物描写方面，林道静这个主要人物写得比较细致，虽然有些地方还可以写得简洁些。但是，除了林道静，书中其他人物虽多（指小资产阶级知识分子），然而他们大都作为"道具"而存在。甚至于那个王晓燕，虽然写她的笔墨不少，而且把她的思想转变写得还细致，可是也不免作为"道具"而存在。三个共产党员是写得好的。他们是林道静思想上的引路人，政治上的引路人；可是，好像他们也只为完成引路人的任务而在书中占了一定的位置。书中有一大群的青年学生，作者曾给予相当多的描写的，就有五六个，可是他们的性格没有好多的差别。这一切，会给粗心的读者一个印象：作者把林道静作为英雄人物来描写。我却以为作者只把林道静作为万千青年走上革命道路的一个典型来写，并不把她作为一个理想的英雄人物来写的。但是因为其他人物没有写好（一方面这也和本书的结构有关），所以林道静就特别突出，尤其在知识青年中间，她好像是唯一的先知先觉者和冲锋陷阵者。

关于结构，作者的手法有点凌乱。全书的主要结构是沿着林道静的遭遇一线发展的。然而中间又插进了一些没有林道静在场的在全书是主要的情节，例如本书第七章。这一章写得有声有色，应当是全书的重要组成部分（因为这本书是写学生运动的），可是，由于全书的主要结构是沿着林道静的遭遇一线发展，这一章就好像是一个插曲了。如果作者的确企图通过学生运动来写林道静的思想改造，而且以写学生运动为本书的目的，那么，作者把林道静布置在定县农村的一段故事是否必要就值得研究了。因为这一段使得全书结构松散。如果作者主要是企图写一个小资产阶级青年的思想改造，并不以写学生运动为目的，那么，作者倒实在应当考虑把林道静和工农结合一番。结构的凌乱也反映了作者在构思时只着眼于一枝一节而未能统观全局、大处落墨。有人批评这书的缺点是作者未能站得高些，如果"站得高些"作这样的结构上（还有人物描写上）的解释，我以为还妥当，但如果是指作者未能写出当时革命的总形势，那就是要求作者变换主题了，这未免离开了文学批评的常规了。又或者，所谓"站得高些"是指应当写出全国的工人运动和苏区的革命主力粉碎白军的进攻等等对于学生运动的影响而言，那么，作者并不是没有想到这一点，换言之，不是没有企图这样做，只是没有做好而已。这和作者的艺术概括能力有关。作者在这方面的限制，在本书的结构上也表现出来了。但是，必须指出，本书的结构上的缺点不是什么严重的缺点。

谈到《青春之歌》的文学语言，我们会有这样的感觉：作者能够表现不同场合中的不同气氛，然而她的词汇不够多，句法也缺少变化。这就使得某些紧张的场面缺乏应有的热烈和鲜艳，某些抒情的场合调子不够柔和。尤其在描写环境（自然环境和社会环境）方面，作者的办法不多，她通常是从一个角度写，而不是从几个角度写；还只是循序渐进地写，而不是错综交叉地写；还只能作平视而不能作鸟瞰。人物的对话缺乏个性。我们不大能够从不同人物的对话中分辨出他们的不同的身份、不同的教养和不同的性格。

总而言之,《青春之歌》的文学语言不能说它不鲜明,但色采(彩)单调;不能说它不流利,但很少锋利、泼辣的味儿,也缺少节奏感;不能说它不能应付不同场合的情调,但有时是气魄不够,有时是文采不足。全书的文学语言缺乏个性,也就是说,作者还没有形成她个人的风格。

由于时间关系,这篇粗糙的小文章只好在这里结束了。也由于时间关系,不能把《青春之歌》重读一遍然后执笔,故而只能泛泛而谈,不能引证原文作具体的分析。这篇小文章的目的只是企图说明:《青春之歌》是有一定教育意义的优秀作品,思想内容上没有原则性的错误,艺术表现方面却还有须(需)要提高之处;因而,像郭开同志那样全盘否定它,而且从思想上否定它,是不对的!

(原载《中国青年》1959 年第 4 期)

百花齐放，百家争鸣①

陆定一

中国科学院院长和中国文学艺术界联合会主席郭沫若先生要我来讲讲中国共产党对文艺工作和科学工作的政策。中国共产党对文艺工作主张百花齐放，对科学工作主张百家争鸣，这已经由毛主席在最高国务会议上宣布过了。执行这个政策，我们已经有了部分的经验，但是我们的经验还是很少的。我今天所要讲的，是个人对这个政策的认识。今天到会的都是自然科学家、社会科学家、医学家、文学家和艺术家，有共产党员，也有各民主党派的和无党无派的朋友。你们当然能够了解，这个政策对于我国文学艺术和科学研究工作的开展，对于你们所从事的工作有何等重要的意义。我的了解如有不对的地方，希望大家不吝指正，使我们的共同事业能够顺利发展。

一、为什么提出这样的政策？为什么现在才着重提出这样的政策？

我国要富强，除了必须巩固人民的政权，必须发展经济，发展教育事业，加强国防以外，还必须使文学艺术和科学工作得到繁荣的发展，缺少这一条是不行的。

要使文学艺术和科学工作得到繁荣和发展，必须采取"百花齐放，百家争鸣"的政策。文艺工作，如果"一花独放"，无论那朵花怎么好，也是不会繁荣的。拿眼前的例子来说，就是戏剧。几年以前，还有人反对京戏。那时，党决定在戏剧方面实行"百花齐放，推陈出新"的政策。现在大家都看到，这个政策是正确的，收到了巨大的效果。由于有了各剧种之间的自由竞赛和相互观摩，戏剧的进步就很快。在科学工作方面，我国也有历史经验。我国在两千年前的春秋战国时代，学术方面曾经出现过"百家争鸣"的局面，这成了我国过去历史上学术发展的黄金时代。我国的历史证明，如果没有对独立思考的鼓励，没有自由讨论，那末学术的发展就会停滞。反过来说，有了对独立思考的鼓励，有了自由讨论，学术就能迅速发展。春秋战国时代同现在的情况是大不相同的。当时，社会是动乱的，学术方面的"百家争鸣"是自发的而没有有意识的统一领导的。现在，却是人民自己打出了自由的天地，人民民主专政已经建立起来而且巩固起来了，人民要求科学工作的迅速发展，因而自觉地对科学工作进行全盘的规划，并采取"百家争鸣"的政策来促进学术工作的发展。

我们又要看到，在阶级社会里，文学艺术和科学工作毕竟要成为阶级斗争的武器。这个问题，在文学艺术的领域里，是比较明显的。文学艺术中有一些显然有害的东西。胡风就是一个例子。海盗海淫的黄色小说又是一个例子。"打打麻将，国事管他娘"，"美国月亮比中国的圆"这些所谓文学作品又是一些例子。把这样的有毒的

---

① 1956年5月26日在怀仁堂的讲话。

文艺，同苍蝇、蚊子、老鼠、麻雀一例看待，加以消灭，是完全应该的。这对文艺只有好处，没有坏处。所以，我们说，有为工农兵服务的文艺，有为帝国主义、地主、资产阶级服务的文艺。我们所需要的，是为工农兵服务的文艺，为人民大众服务的文艺。

在哲学和社会科学的领域里，阶级斗争也是比较明显的。胡适的哲学观点、历史学观点、教育学观点和政治观点，大家都批判过了。批判胡适，这是阶级斗争在社会科学领域里的反映。这个批判，以及对梁漱溟先生的批判，是完全应该做的。对其他资产阶级唯心主义的哲学派别和资产阶级社会学的批判，也是应该做的。

在自然科学领域里，虽然自然科学本身没有阶级性，但自然科学工作者却是每个人都有自己的政治立场的。从前，在一部分自然科学家中间，有过盲目崇拜美国的思想；在一部分自然科学家中也有所谓"非政治化"的倾向。批判这些坏东西也是完全应该的。这种批判，也就是阶级斗争的反映。

我们还必须看到，文学艺术和科学研究，虽然同阶级斗争密切有关，可是它和政治终究不是完全相同的。政治斗争，是阶级斗争的直接的表现形式，文艺和社会科学，可以直接地表现阶级斗争，也可以比较曲折地表现阶级斗争。以为文艺和科学同政治无关，可以"为艺术而艺术"，"为科学而科学"，这是一种右的片面性的看法，是错误的。反之，把文艺和科学同政治完全等同起来，就会发生另一种片面性的看法，就会犯"左"的简单化的错误。

我们所主张的"百花齐放，百家争鸣"，是提倡在文学艺术工作和科学研究工作中有独立思考的自由，有辩论的自由，有创作和批评的自由，有发表自己的意见、坚持自己的意见和保留自己的意见的自由。①

---

① 几位科学家来信，认为应该防止对百家争鸣的政策在认识上发生偏向。现在把科学出版社杨肇先生的来信摘要发表在这里。

杨先生的信说："百家争鸣的方针毫无疑问是完全正确的。但在实际上对这一方针的认识似乎要防止很可能有的某些不正确的偏向。

"顾名思义，争鸣的应当是多少可以称为'家'的。可是有一些人往往安于浅赏，偶有一'得'，便沾沾自喜，不肯深入钻研，不肯脚踏实地去做学术工夫，以致陷入泥坑而不知返，反而坚持错误，在真理面前还不肯低头。最显著的例子，就是经常有不少的人不肯相信（其实是不肯艰苦学习）已经公认为证明了的为什么用圆规和直尺三等分角是不可能的，为什么永动机是不可能的，而偏偏要白费时间和脑力去发现奇迹。这种把精神智慧消耗于毫无意义的、明明注定要失败的企图上的人，为数恐不在少。其中有些人恐不免是由于要想隔夜成'家'，一'鸣'惊人，不愿去走崎岖的学习途径。如果向他们建议去下功夫进行学习已有的结论，根据经验，很可能他的答复会轻松地说，那是资产阶级学者的理论，是'唯心'的！

"与上面所说的情形相仿，经验告诉我们，有些人，尤其是工程师和技术工作者，由于业务上的客观情况，不大有机会去接触相关的文献，因此就不努力去查文献或向人请教，而径自苦心孤诣地去研究一个问题，并且得出了正确的结果，可是很不幸，他还不知道早已有人甚至在几十年前就已经作好了。

"要真正成'家'，要喤喤善'鸣'，是需要经过一段长时期艰苦钻研和实践的历程。这一点对百家争鸣起码应该具备的正确知识，似乎有必要着重予以指出。否则，今后各研究单位、各高等学校将会收到很多'家'各'鸣'其'鸣'的发现或发明，还得花费不少宝贵时间予以审阅，还得小心翼翼地耐烦地说明其不可能，或指出其已有前人作过。这样，作者的精力固然白费了，审查人的精力也是白费的。但如果对百家争鸣具有正确的认识，至少可以减少精力的浪费，进一步还可化无用为有用。"

杨先生和好几位别的科学家关于防止对"百家争鸣"发生误解的意见，是经验之谈，是有道理的。这种误解，这种偏向，是应该防止的。——作者我们所主张的自由，是同资产阶级民主主义所主张的自由不同的。资产阶级所主张的自由，只是少数人的自由，劳动人民是没有份或者很少有份的。资产阶级对劳动人民是实行专政的。现在美国的好战分子标榜什么"自由世界"，在那个"世界"里，好战分子反动派有一切自由，而卢森堡夫妇却被处以死刑，因为他们主张和平。我们是主张不许反革命分子有自由的，我们主张对反革命分子一定要实行专政。但是在人民内部，我们主张一定要有民主自由。这是一条政治界线：政治上必须分清敌我。

我们所主张的"百花齐放，百家争鸣"，是人民内部的自由。我们主张随着人民政权的巩固而扩大这种自由。

人民内部是一致的又是不一致的。我国已经有了宪法，遵守宪法是人民的义务，这就是人民内部的一致性。这就是说，爱祖国，拥护社会主义，是全国人民都应该一致的。但是，人民内部也有不一致的地方，在思想上有唯物主义和唯心主义的分别，这种分别，在阶级还存在的时候会有，在阶级消灭以后还会有，一直到共产主义社会还会有。在阶级还存在的时候，唯物主义和唯心主义之间的矛盾表现为阶级的矛盾；在阶级消灭以后，只要还存在着主观和客观的矛盾，还存在着先进和落后的矛盾，还存在着社会生产力和生产关系的矛盾，那末，唯物主义和唯心主义的矛盾在社会主义社会和共产主义社会中也还将存在。唯物主义和唯心主义之间，是有斗争的，而这种斗争将是长期的。共产党人是辩证唯物主义者，当然主张宣传唯物主义，反对唯心主义，这是不可动摇的。但是，正因为是辩证唯物主义者，正因为了解了社会发展的规律，所以共产党人主张必须把人民内部的思想斗争同对反革命分子的斗争严格地区别开来。在人民内部，不但有宣传唯物主义的自由，也有宣传唯心主义的自由。只要不是反革命分子，不管是宣传唯物主义或者是宣传唯心主义，都是有自由的。两者之间的辩论，也是自由的。① 这是人民内部的思想斗争，同对反革命分子所进行的斗争是不同。对反革命，应该镇压，应该打倒。对人民内部的唯心主义的落后思想，应该进行斗争，这个斗争也是尖锐的，但这个斗争是从团结出发的，是为了克服落后，加强团结。对于思想问题，想用行政命令的办法来解决，是不会有效的。只有经过公开辩论，唯物主义的思想才能一步步克服唯心主义的思想。

在艺术性质的问题上，在学术性质的问题上，在技术性质的问题上，也会有意见的不同。这种意见上的不同，是完全容许的。在这类性质的问题上，发表不同的意见，进行辩论，进行批评和反批评，当然是自由的。

总而言之，我们主张政治上必须分清敌我，我们又主张人民内部一定要有自由。

---

① 有人以为，在我国不应该有宣传唯心主义的自由。也有人以为，既然有宣传唯心主义的自由，那末唯心主义者就应该有无限的宣传自由。这些看法，都是出于误解。以宗教为例来说，在我国，各种宗教都有自己的教堂、寺庙、刊物、出版机关，还有训练传教干部的学校，这些都是自由的而且受到国家的保护。但是，为了有利于无神论者和有神论者之间的团结，避免发生冲突起见，无神论者不到教堂、寺庙里去做反宗教宣传，有神论者不在教堂、寺庙以外的公共场所进行宗教宣传，这里，无神论者和有神论者双方在宣传上的自由又是有限度的。——作者

"百花齐放，百家争鸣"，是人民内部的自由在文艺工作和科学工作领域中的表现。

我们现在已经完全有条件来实行"百花齐放，百家争鸣"的政策了。

我们现在的情形是怎样呢？

第一，社会主义改造在全国基本地区内已在各方面取得决定性的胜利，剥削制度将在今后几年内在这些地区被消灭。一切原有的剥削者将被改造成为自食其力的劳动者。我国即将成为没有剥削阶级的社会主义国家。

第二，知识界的政治思想状况已经有了根本的变化，并且正在发生更进一步的根本变化。这在周恩来同志关于知识分子问题的报告中已经说得很详细。在这里让我略为回顾一下最近的一次斗争。

最近的一次斗争，是反对资产阶级唯心主义思想的斗争。在这次斗争中，广大的知识分子表现得很好，进步很大。

在这个斗争中，我们学术界的主要锋芒，集中在胡适和胡风这两个反革命分子身上，他们不仅思想上是唯心主义者，而且政治上是反革命分子。此外，还对梁漱溟先生的哲学和社会政治观点，对文艺界中的个人主义的资产阶级思想等等进行了批判。现在大家都可以看得见，这种斗争对于推动社会主义改造的发展是必要的，因而这个斗争是正确的。

在这个斗争中，中共中央曾经指示，必须坚决反对阻碍开展学术批评和讨论的思想，这些思想表现为：对资产阶级"名人"的偶像崇拜，认为他们是"权威"，不能批评；对青年的马克思主义的学术工作者采取资产阶级贵族老爷的态度，对他们实行压制；某些党员以"权威"自居，不许别人批评自己，不进行自我批评；某些党员因为"怕破坏统一战线""怕影响团结"不敢批评别人；某些党员因为私人友情或情面的关系，对别人的错误不去批评，甚至加以掩护。中共中央指出，必须坚持这样的原则：在学术批评和讨论中，任何人都不能有什么特权；以"权威"自居，压制批评，或者对资产阶级错误思想熟视无睹，采取自由主义甚至投降主义的态度，都是不对的。同时，中共中央又指示，学术批评和讨论，应当是说理的，实事求是的。这就是说，应当提倡建立在科学基础上的尖锐的学术论争。批评和讨论应当以研究工作为基础，反对采取简单、粗暴的态度。应当采取自由讨论的方法，反对采取行政命令的方法。应当容许被批评者进行反批评，而不是压制这种反批评。应当容许持有不同意见的少数人保留自己的意见，而不是实行少数服从多数的原则。对于在学术问题上犯了错误的人，经过批评和讨论后，如果不愿意发表文章检讨自己的错误，不一定要他写检讨的文章。在学术界，对于某一学术问题已经做了结论之后，如果又发生不同的意见，仍然容许讨论。中共中央又指示：在进行对资产阶级错误思想的批判和学术问题的批评和讨论时，应当坚持党的统一战线政策和团结改造知识分子的政策。应当把在思想上坚持资产阶级错误观点的人，和虽有这种错误观点但是倾向于唯物主义的人区别开来，分别对待。应当分清政治上的反革命分子和学术思想上犯错误的人。学术思想上有严重的资产阶级错误观点的学术工作者，只要政治上不是反革命分子，都应当保障他们获得适合于他们的工作岗位，保障他们有可能继续进行对于社会有用的研究，尊重和发挥他们对社会有用的专长，并将这种专长传授给青年，同时鼓励他们积极参加学术的批评和讨论，实行自我改造。

这些指示，保证了我们在反对资产阶级唯心主义思想和开展学术批评的工作中不犯重大错误。现在检查起来，这个斗争基本上是做得对的，在分寸的掌握上也大体是对的。但错误和缺点还是有的。例如俞平伯先生。他政治上是好人，只是犯了在文艺工作中学术思想上的错误。对他在学术思想上的错误加以批判是必要的，当时确有一些批判俞先生的文章是写得好的。但是有一些文章则写得差一些缺乏充分的说服力量，语调也过分激烈了一些。至于有人说他把古籍垄断起来，则是并无根据的说法。这种情况，我要在这里解释清楚。

我们回顾一下，再看现在。那末，现在的情形已经同过去有很大的不同了，如果在——两年前，资产阶级唯心主义还有很大的市场，胡风之流还在思想战线上猖狂进攻，很多知识分子不能辨别什么是唯物主义思想，什么是唯心主义思想，不知道资产阶级唯心主义思想对社会主义事业有什么危害，那末，今天我们思想界已经大有进步。

现在，有些部门对胡适、胡风的反动思想的批判工作的原定计划还没有做完，肃清暗藏的反革命分子的工作也没有做完。凡是没有做完的，应该贯彻进行到底，不可以半途而废。因为只有把这些工作做好了，才能为今后的很多工作创造出有利的条件。在这个斗争中还必须再三强调团结占全体人数百分之九十几的好人，包括落后的分子在内，共同对反革命分子进行斗争。

第三，我们还有敌人，国内也还有阶级斗争，但是敌人特别是国内的敌人已经大大削弱了。

敌人是谁呢？在国外，有以美国好战分子为首的帝国主义侵略势力，在国内，有盘据（踞）台湾的蒋介石集团，还有其他残余的反革命分子。这些就是我们的敌人。对这些敌人，仍然必须继续坚决斗争，不能松懈。

第四，全国人民政治上思想上的一致性大大增强，而且还在继续增强之中。

正是估计到这样的情况，所以中国共产党中央现在着重提出了"百花齐放，百家争鸣"的政策，就是要我们在文艺工作和科学工作方面，也把一切积极因素都调动起来，更好地为人民服务，为繁荣我国的文学艺术而努力，为使我国的科学工作赶上世界先进水平而努力。

现在，我们许多自然科学工作者正在政府领导之下草拟关于自然科学发展的十二年的规划，哲学和社会科学的十二年发展规划也正在拟定的过程中。制定和实现这些规划，是我们科学界的光荣任务。贯彻"百家争鸣"的方针，是完成这个任务的一个重要保证。

二、加强团结

"百花齐放，百家争鸣"既是为了动员一切积极因素，又是一个加强团结的政策。在什么基础上的团结？在爱国主义的基础上，在社会主义的基础上。团结起来干什么？建设社会主义的新中国并且同内外敌人做斗争。

有两种不同的团结。一种是机械服从的团结，一种是自觉自愿的团结。我们所要的，是自觉自愿的团结。

我们的文艺界科学界是不是团结的呢？是团结的。同中华人民共和国开始建立的时候比较起来，文艺界和科学界在团结方面是大有进步了。社会改革的工作和思想改造的工作，是我们之所以能有今天这样的坚固团结的原因，否认或忽视这一点是不对的。但这决不是说，我们的团结已经十全十美了。团结方面还有缺点。

缺点在那（哪）里？首先在于有些共产党员忘记了毛泽东同志的指示，忘记了宗派主义的害处。工作中的成绩，往往会使一些人冲昏头脑，居功自傲的情绪就会发展起来，宗派主义的情绪就会发展起来。

毛泽东同志1924年在《整顿党的作风》一文中说：

"我们的许多同志，喜欢对党外人员妄自尊大，看人家不起，藐视人家，而不愿尊重人家，不愿了解人家的长处。这就是宗派主义的倾向。这些同志，读了几本马克思主义的书籍之后，不是更谦虚，而是更骄傲了，总是说人家不行，而不知自己实在是一知半解。我们的同志必须懂得一条真理：共产党员和党外人员相比较，无论何时都是占少数。假定一百个人中有一个共产党员，全中国四亿五千万人中就有四百五十万共产党员。即使达到这样大的数目，共产党员也还是只占百分之一，百分之九十九都是非党员。我们有什么理由不和非党人员合作呢？对于一切愿意同我们合作以及可能同我们合作的人，我们只有同他们合作的义务，绝无排斥他们的权利。一部分党员却不懂得这个道理，看不起愿意同我们合作的人，甚至排斥他们。这是没有任何根据的。马克思、恩格斯、列宁、斯大林给了我们这样的根据么？没有。相反地（的），他们总是谆谆告诫我们，要密切联系群众，而不要脱离群众。中国共产党中央给了我们这个根据么？没有。中央的一切决议案中，没有一个决议说是我们可以脱离群众使自己孤立起来。相反地（的），中央总是叫我们密切联系群众，而不要脱离群众。所以，一切脱离群众的行为，并没有任何的根据，只是我们一部分同志自己造出来的宗派主义思想在那里作怪。因为这种宗派主义在一部分同志中还很严重，还在障碍党的路线的实行，所以我们要针对这个问题在党内进行广大的教育。首先要使我们的干部真正懂得这个问题的严重性，使他们懂得共产党员如果不同党外干部、党外人员互相联合，敌人就一定不能打倒，革命的目的就一定不能达到。"

（《毛泽东选集》第三卷八二七——八二八页）

大家都知道，近几年以来，我们在文艺界科学界中曾在党内进行了几次反宗派主义的斗争。这种斗争，在卫生工作部门中，在自然科学研究部门中，在文学艺术工作部门中，在社会科学工作部门中，都曾经进行过。我们还要继续进行这种斗争，并且号召在文艺界和科学界工作的党员，都起来注意克服宗派主义。

在斗争过程中，我们摸索出了几条经验，现在要来说一说。

（1）大家都知道，自然科学包括医学在内是没有阶级性的。它们有自己的发展规律。它们同社会制度的关系，仅仅在于：在不好的社会制度之下，这些科学要发展得慢些，在较好的社会制度下就能发展得快些。这本来是理论上早已解决了的问题。因此，在某一种医学学、生物学或其他自然科学的学说上，贴上什么"封建""资本主义""社会主义""无产阶级""资产阶级"之类的阶级标签。例如，说什么"中医是封建医，西医是资本主义医"，"巴甫洛夫的学说是社会主义的""米丘林的学说是社会主义的"，"孟德尔——摩尔根的遗传学是资本主义的"之类，就是错误的，我们切勿相信。犯这种错误的人，有的是因为宗派主义的思想，有的却因为要强调学习苏联的先进科学而强调得不恰当，不自觉地犯这种错误的。对于这种种不同的情况，都要分别对待，不能一概而论。

在指出上述错误的同时，我们也要指出另一种错误。这种错误就是否认巴甫洛夫学说和米丘林学说是重要的学说。犯这种错误的人，又有不同的出发点。有的是因为政治上有反苏情绪，因而连苏联的科学成就也要加以否认。有的是因为学派不同，不能心服。前者是政治观点问题，后者是学术思想问题，也要不同对待，不能一概而论。

（2）对于文学艺术工作，党只有一个要求，就是"为工农兵服务"，今天来说，也就是为包括知识分子在内的一切劳动人民服务。社会主义现实主义，我们认为是最好的创作方法，但并不是唯一的创作方法；在为工农兵服务的前提下，任何作家可以用任何自己认为最好的方法来创作，互相竞赛。题材问题，党从未加以限制。只许写工农兵题材，只许写新社会，只许写新人物等等，这种限制是不对的。文艺既然要为工农兵服务，当然要歌颂新社会和正面人物，同时也要批评旧社会和反面人物；要歌颂进步，同时要批评落后，所以，文艺题材应该非常宽广。在文艺作品里出现的，不但可以有世界上存在着的和历史上存在过的东西，也可以有天上的仙人、会说话的禽兽等等世界上所没有的东西。文艺作品可以写正面人物和新社会，也可以写反面人物和旧社会，而且，没有旧社会就难以衬托出新社会，没有反面人物也难以衬托出正面人物。因此，关于题材问题的清规戒律，只会把文艺工作窒息，使公式主义和低级趣味发展起来，是有害无益的。至于艺术特征问题、典型创造问题等，应该由文艺工作者自由讨论，可以容许各种不同的见解，并在自由讨论中逐渐达到一致。

文艺界已经有了戏剧方面实行"百花齐放，推陈出新"的经验，这是很宝贵的经验。现在的问题是把"百花齐放"的政策推行到一切文学艺术部门去。

（3）在哲学和社会科学领域中，工作成绩是大的。但正因为如此，宗派主义的危险也就大了。如果不及时注意，可能发生思想僵化的严重后果。建国以来，在广大知识分子中宣传马克思列宁主义，进行思想改造运动，进行反对资产阶级唯心主义的斗争和肃清暗藏的反革命分子等工作，都是对的，必要的，而且有成绩的。但是还应该看到阴暗面。有一些党员，产生了把哲学和社会科学的学术工作垄断起来的思想，自以为是，看不见甚至忘记了别人的长处，看不见别人的进步，听不得批评的意见，自己永远以先生自居，把别人看作是永远只配当自己的学生，看作永远只能是个唯心主义者或资产阶级学者。这就非常危险了。这样下去，个人就有堕落的危险，哲学和社会科学的事业就会死气沉沉，停滞不前。这些同志应该赶快停止陶醉，放谦虚些，多听些别人的批评，多做些学问，多向党外人士请教，同他们好好合作，以免哲学和社会科学的事业受到损失。

鉴于建国以来已经将要7年，虽然还有一些人坚持唯心主义的思想，坚持资产阶级的思想，但是，很多人已经有了很大进步。应该考虑在哲学、社会科学的研究工作和教育工作中，依照情况，逐步改组力量，改变有些原来是错误的和原来并不错误但现在已经过了时的制度和办法，以便动员一切积极因素，发展我国的哲学和社会科学事业。哲学和社会科学是极重要的科学部门，所以一定要把工作做好。

这里要附带谈谈近代史问题。近代史是社会科学中极其重要的部门，但是近年来成绩不多。据说，大家在等待中共中央编出一本党史教科书来，然后根据党史教科书来写各种近代史。现在请你们不要等待了。中共中央不准备编党史教科书，只准备陆续出版党的大事记和文件汇编。我们的近代史学工作者，应当独立地研究近代史中的各种问题。在近代史的研究中，也应该采取"百家争鸣"的政策，不应该采取别的政策。

去掉宗派主义，团结一切愿意合作或可能合作的人；去掉垄断想法，去掉过多的清规戒律，实行"百花齐放，百家争鸣"的政策，不要专为自己为本部门本单位的利益打算，多多帮助别人，帮助别部门别单位；去掉骄傲自大，自以为是，实行谦虚谨慎，尊重别人。这样，就可以去掉我们过去团结中的缺点，大大地加强团结。

我们希望党外的文艺家和科学家也来注意加强团结的问题。周恩来同志在《关于知识分子问题的报告》中有一段话，我要在这里复述一遍。

"在一部分知识分子同我们党之间，还存在着某种隔膜。我们必须主动地努力消除这种隔膜。但是这种隔膜常常是从两方面来的：一方面是由于我们的同志没有去接近他们，了解他们；而另一方面，却是由于一部分知识分子对于社会主义采取了保留态度、甚至反对态度。在我们的企业、学校、机关里，在社会上，都还有这样的知识分子：他们在共产党和国民党之间、中国人民和帝国主义之间不分敌我；他们不满意党和人民政府的政策和措施，留恋资本主义甚至留恋封建主义；他们反对苏联，不愿意学习苏联；他们拒绝学习马克思列宁主义，并且诋毁马克思列宁主义；他们轻视劳动，轻视劳动人民，轻视劳动人民出身的干部，不愿意同工人农民和工农干部接近；他们不愿意看见新生力量的生长，认为进步分子是投机；他们不但常常在知识分子和党之间制造纠纷和对立，而且也在知识分子中间制造纠纷和对立；他们妄自尊大，自以为天下第一，不能够接受任何人的领导和任何人的批评；他们否认人民的利益、社会的利益，看一切问题都从个人的利益出发，合乎自己利益的就赞成，不合乎自己利益的就反对。当然，所有这些错误一应俱全的人，在现在的知识分子中是很少数；但是有上述一种或者几种错误的人，就不是很少数。不但落后分子，就是一部分中间分子，也常有以上所说的某一些错误观点。胸怀狭窄、高傲自大、看问题从个人的利益出发的毛病，在进步分子中也还不少。这样的知识分子如果不改变立场，即使我们努力同他们接近，他们同我们之间也还是会有隔膜的。"

这就是说，为了加强团结，要求共产党员的努力，也要求非共产党员的努力。

个人主义、门户之见，在文艺界科学界中也是存在的。新老科学工作者之间的隔膜，也是存在的。这些不好的东西都应该去掉。我们相信一定能够去掉的。只要共产党员做出榜样来，同非党员一起努力，问题的解决是会顺利的。

三、批评问题和学习问题

"百花齐放，百家争鸣"，对批评工作来说，就是批评的自由和反批评的自由。

现在的批评，有的令人害怕。如果不令人害怕，就又往往淡而无味。这个问题该怎样解决呢？

批评有两种。一种是对敌人的批评，所谓"一棍子打死"的批评，或打击式的批评。另外一种是对好人的批评，这是善意的同志式的批评，是由团结出发，经过斗争来达到团结的目的的。这种批评，必需顾全大局，采取多说道理，与人为善的态度，而不能用《阿Q正传》中假洋鬼子的"不准革命"的态度。

不论前一种批评或后一种批评，都要依靠研究。不是看到一点就写，而是看了很多想了很多才写。

有一种想法是错误的，就是认为批评一定是打击的。在延安时期有个反革命分子叫王实味，后来又有一个反革命分子叫胡风，他们是用"杂文"和别的形式来攻击党和人民政权的。对于这些反革命分子，报之以打击当然是应该的。但如果在人民内部也用这种打击的办法，就是错误的了。

对好人的批评，我想介绍四篇文章：①毛泽东：《改造我们的学习》；②毛泽东：《整顿党的作风》；③毛泽东：《反对党八股》；④人民日报：《关于无产阶级专政的历史经验》。前三篇，是对王明、博古两位同志的批评，这两人在当时是犯了重大错误的同志；后一篇是对斯大林同志的批评，斯大林是既有大功劳又有大错误，而功劳多于错误的同志。看了这些批评，就会知道，可以有这样的批评，既不是过火的打击，也不是不痛不痒，而能使很多人得益的批评。可以看的（得）出，写这样的批评，是经过了怎样的刻苦研究工作。这种批评，正是我们所应该提倡的。

攀登科学和艺术的高峰是很困难的工作。所以困难，因为这里只能实事求是，不能有一点调皮。我们应该给科学家和艺术家以充分的支持。凡是老老实实做工作的科学家和文艺家，在我们这个社会制度之下，是只应受到支持，不应受到打击的。独立思考，进行复杂的创造性的劳动，完全不犯错误是不可能的。第一，单是知识不足，有时就会使人做出错误的判断。第二，把本来是正确的东西夸张了，看得太绝对了，也会犯错误。列宁说过："只要向前再多走一小步，——看来仿佛依然是向同一方向前进的一小步，——真理便会变成错误。"（《"左"派幼稚病》第十章）有一些人，对进步的事物很拥护，只是太性急了一些，因而犯了错误，常常是属于这种性质。第三，有些人犯的是唯心主义的错误，但是犯唯心主义的错误也并不是什么稀奇的事情，因为"人的认识并不是直线（也不是循着直线进行的），而是那无限地近似于螺旋形的曲线。这曲线的任何一个断片、截片、小片，都可以转化（片面地转化）为独立的、完整的直线，而这一直线（如果只看见树木而不看见森林）就会导引到泥坑，导引到僧侣主义（在那里统治阶级的阶级利益把它巩固起来）"。（列宁：《黑格尔〈逻辑学〉一书摘要》二一九页。）在认识发展的过程中，思想的僵化，孤立地看问题（所谓钻牛角尖）和片面地看问题，都会引导到唯心主义的错误。

好人犯错误的事是常有的。完全不犯错误的人在世界上是没有的。应该把这一种错误同反革命的言论严格区别开来。对这种错误的批评只应该是与人为善的，只应该是平心静气来说道理的，只应该是顾全大局，从团结出发达到团结的目的的。对于犯了错误的人，应该积极帮助他改正错误。受到批评的人也根本不用害怕。

错误是容易犯的，但是错误必须要改正得愈快愈好，坚持错误就会造成很大的损失。对被批评的人来说，真理是应该坚持的，别人批评得不对，可以表示不同的意见；但错误是应该改正的，别人批评得对，应该虚心接受。公开承认错误，揭露错误的原因，分析产生错误的环境，仔细讨论改正错误的方法，这对于一个政党来说，是郑重的党的标志；对于个人来说，也是实事求是的标志。犯了错误，接受批评，就是接受别人对自己的帮助，这对于自己，对于我国科学事业和文学艺术事业的发展是只会有好处，不会有什么坏处。

学习方面，要继续在自愿的基础之上组织对马克思列宁主义的学习，同时，要广泛地学习知识，对古今中外，对朋友，对敌人，都要批判地学习。

学习马克思列宁主义，在广大的知识分子中已经成为热潮，这是一种好现象。马克思列宁主义的科学理论，是人类的最高智慧，是放之四海而皆准的真理。从前有人以为，马克思列宁主义是不适用于中国的，这种说法已经完全破产了。没有马克思列宁主义的科学理论作为指导，我国的革命胜利是不能设想的，我国的各种建设，包括科学和文化的建设在内，要取得巨大的成就和迅速的发展，也是不可设想的。

但是，在学习马克思列宁主义这个工作中，也有许多缺点和错误，主要的是教条主义的倾向。

15年前，即1941年5月，毛泽东同志写了《改造我们的学习》，后来，1942年2月，又写了《整顿党的作风》和《反对党八股》。这三篇文章，是延安整风运动的基本文件。延安整风运动，是反对主观主义，主要地反对教条主义的一个思想运动。这是五四运动以后我国一次最伟大的马克思主义思想运动。教条主义，在我国民主革命时期中几乎断送了我国的革命，它是马克思列宁主义的大敌。这个痛苦的经验我们要牢牢记住。我们还必须深深警惕：如果用教条主义的态度来研究学问，如果用教条主义的态度来领导文艺工作和科学研究工作，那是一定要失败的，因为这种态度是完全违反马克思列宁主义的实事求是的态度的。

我愿意趁这个机会，向我们的文艺家、科学家，郑重介绍毛泽东同志的《改造我们的学习》《整顿党的作风》《反对党八股》三篇文章，和中共中央六届七中全会

"关于若干历史问题的决议"。我希望每个文艺工作者和科学工作者,都把这几篇文件精读几遍,以便了解教条主义同马克思列宁主义的分别何在,为什么教条主义是马克思列宁主义的大敌,为什么必须坚决地同教条主义进行斗争。

我们要广泛地学习知识。

我国有很多的医学、农学、哲学、历史学、文学、戏剧、绘画、音乐等等的遗产,应该认真学习,批判地加以接受。这方面的工作不是做得太多,而是做得太少,不够认真,轻视民族遗产的思想还存在,在有些部门还是很严重。

接受些什么遗产和怎样接受遗产呢?

如果要从现在的观点看来十全十美的东西,才作为遗产来接受,那末,就没有什么东西可以接受的了。相反,如果无批判地接受文化遗产,这便成了"国粹主义"了。

对我国的文化遗产,我们提议采取这样的方针:要细心地选择、保护和发展它的一切有益成分,同时要老老实实地批判它的错误和缺点。现在,我们的工作在两个方面都有缺点。对我国文化遗产中的有益成分,有粗心大意一笔抹杀的倾向。这是当前主要的倾向。昆剧《十五贯》的演出,告诉了我们,那种认为昆剧里没有有益成分的说法是错误的。戏剧如此,其他文艺部门和科学研究部门是否也有类似的现象呢?应该说是有的。这种现象是应该改正的。同时,我们也发现了对文化遗产的缺点错误不加批判,或者加以粉饰的现象,这不是老老实实的态度,所以也是应该改正的。

文艺工作者和科学工作者,要向人民去学习。人民的智慧是无穷无尽的,人民中间有很多宝藏还没有被发现,或发现了还没有好好利用。举医学为例来说,从前,针灸、气功疗法等都是被看不起的,现在才被看得起了。可是,像正骨、推拿、草药等民间的医疗方法,现在还没有引起足够的重视和注意。再举音乐和绘画为例来说,这两个部门对民族遗产是不够重视的。凡是有这种情况的,都应该改正过来。从民间来的东西,常常是不系统化的,没有从理论上加以说明的朴素的东西,有的还带着所谓"江湖气",带着迷信的色彩等等。这是不足为奇的。科学工作者和文艺工作者的任务,不是去鄙视这些东西,而是要去学习细心选择、保护和发展它们的有益成分,使之成为科学的东西。

我们要有民族自尊心,我们决不能做民族虚无主义者。我们反对所谓"全盘西化"的错误主张。但这绝不是说我们应该自大,拒绝学习外国的好东西。我国还是一个很落后的国家,我们要花很大的努力向外国学习许多东西,我们的国家才能富强。民族自大,无论在什么情况下都是不对的。

我们应该向苏联学习,向人民民主国家学习,向世界各国人民学习。

向苏联学习,这是正确的口号。我们已经学了一些,今后还有许多应当学习。苏联是世界上第一个社会主义国家,世界和平民主阵营的领袖,它的工业发展速度最快,对社会主义建设有丰富的经验,在科学方面也已经有不少重要部门赶上和超过了最先进的资本主义国家。这样的国家,这样的人民,当然值得我们好好学习。不向苏联学习是根本错误的。

但是，在学习苏联的时候，我们的学习方法必须不是教条主义的机械搬运，而是要结合我国的实际情况。这一点必须引起注意。否则，也会使我们的工作受到损失。

除了向苏联学习以外，还要向各人民民主国家学习。各人民民主国家，都有自己的长处，许多国家在工业和科学技术方面比我国进步，也有些国家在其他方面比我国进步，这些都是值得学习的。自高自大是不应该的。

苏联和人民民主国家以外的世界各国的人民，他们是在不同的社会制度和国家制度之下。社会制度国家制度会有变化，但人民却会永远生存和发展下去。他们所以能够生存和发展，都不是没有原因的。凡是他们的长处，不论属于文艺科学的，属于风俗习惯的，或者属于其他种类的，我们都应该批判地加以学习。这里也不应该自高自大。

除了朋友之外，我们也要向敌人学习，不是学习他们的反动的制度，而是学习他们的管理方法和科学技术中的有价值的东西。这种学习，目的是加速我国的社会主义建设的发展，以便更有力量来防止侵略，保卫世界和亚洲的和平。

还要说一说党员应该向非党员学习知识的问题。我们不少党员是在知识上有缺陷的。非党员缺少马列主义的基本知识，但对于许多热心学习马克思列宁主义的非党员的朋友来说，那是过去的事或者将要过去的事了。他们之中很多的人已经把这个缺陷补足了，或者将要补足了。这个问题已经提出了，也已经在解决之中了。现在要提出的问题，是党员应该注意补足自己的缺陷了。办法只有老老实实向懂得的人去请教，去学习。非党员的知识分子，绝大部分学习得很努力。共产党员向他们学习各种知识的时候，不应落后。这也是学习问题里的重要的一条。

"百花齐放，百家争鸣"这个政策提出来之后，有许多问题会逐步跟着提出来，要求解决。希望大家考虑这方面的问题。今天只讲些原则问题，请大家加以指正。

（原载《人民日报》1956年6月13日）

论 "文学是人学"

钱谷融

高尔基曾经作过这样的建议：把文学叫作"人学"。我们在说明文学必须以人为描写的中心，必须创造出生动的典型形象时，也常常引用高尔基的这一意见。但我们的理解也就到此为止，——只知道逗留在强调写人的重要一点上，再也不能向前多走一步。其实这句话的含义是极为深广的。我们简直可以把它当作理解一切文学问题的一把总钥匙，谁要想深入文艺的堂奥，不管他是创作家也好理论家也好，就非得掌握这把钥匙不可。理论家离开了这把钥匙就无法解释文艺上的一系列的现象，创作家忘记了这把钥匙就写不出激动人心的真正的艺术作品来。这句话也并不是高尔基一个人的新发明，过去许许多多的哲人许许多多的文学大师都曾表示过类似的意见。而过去所有杰出的文学作品也都充分证明着这一意见的正确。高尔基正是在大量地阅读了过去杰出的文学作品，和广泛地吸收了过去的哲人们、文学大师们关于文学的意见后，才能以这样明确简括的语句，说出了文学的根本特点的。

我这篇文章就是想为高尔基的这一意见，作一些必要的阐释；并根据这一意见来观察目前文艺界所争论的一些问题。

一

文学的对象，文学的题材，应该是人，应该是时时在行动中的人，应该是处在各种各样复杂的社会关系中的人，这已经成了常识无须再加说明了。但一般人往往把描写人仅仅看作是文学的一种手段，一种工具；如季摩菲耶夫在《文学原理》中这样说："人的描写是艺术家反映整体现实所使用的工具。"① 这就是说，艺术家的目的，艺术家的任务，是在反映"整体现实"，他之所以要描写人，不过是为了达到他要反映"整体现实"的目的，完成他要反映"整体现实"的任务罢了。这样，人在作品中就只居于从属的地位，作家对人本身并无兴趣，他的笔下在描画着人，但心目中所想的所注意的，却是所谓整体现实，那么这个人又怎么能成为活生生的、有血肉的、有着自己真正个性的人呢？而且，所谓整体现实，这又是何等空洞，何等抽象的一个概念！假使一个作家给自己规定的任务是"反映整体的现实"，假使他是从这样一个抽象空洞的原则出发来进行创作的，那么为了使他的人物能够适合这一原则，能够充分体现这一原则，他就只能使他的人物成为他心目中的现实现象的图解，他就只能抽去这个人物的思想感情，抽去这个人物的灵魂把他写成一个十足的傀儡了。应该说季

---

① （苏）季摩菲耶夫：《文学原理》，查良铮译，平明出版社1954年版，第24页。

摩菲耶夫还是比较重视文学艺术的特征的。在他的那本《文学原理》中有着很多精辟的见解。那本书在苏联虽然受到很多人的非常严厉的批评和指责，但我以为这些批评和指责未必都是正确的，然而这里所提到的一点却是一向毫无异议地为大家所接受的。在苏联是如此在中国也是如此。正因为这种理论是一种支配性的理论，在我们的文坛上也就多的是这样的作品：就其对现实的反映来说那是既"正确"而又"全面"的，但那被当作反映现实的工具的人却真正成了一把毫无灵性的工具丝毫也引不起人的兴趣了。

我这样说，是不是意味着我认为文学不能够或者不必要反映现实呢？不是的。文学当然是能够而且也是必须反映现实的。但我反对把反映现实当作文学的直接的、首要的①任务尤其反对把描写人仅仅当作是反映现实的一种工具，一种手段。我认为这样来理解文学的任务是把文学和一般社会科学等同起来了，是违反文学的性质、特点的。这样来对待人的描写是绝写不出真正的人来的，是会使作品流于概念化的。

那么，究竟应该怎样来理解文学的任务，怎样来对待人的描写呢？

过去的杰出的哲人，杰出的作家们，都是把文学当作影响人、教育人的利器来看待的，一切都是从人出发，一切都是为了人。鲁迅在他早年写的《摩罗诗力说》中以"能宣彼妙音，传其灵觉，以美善吾人之性情，崇大吾人之思理者"②，为诗人之极。他之所以推崇荷马以来的伟大的文学作品，是因为读了这些作品后，能够使人更加接近人生，"历历见其优胜缺陷之所存，更力自就于圆满。"③ 这种看法并不是鲁迅一个人所独有的，而可以说是过去所有杰出的、热爱人生的诗人们的一种共同的看法。车尔尼雪夫斯基在谈到文学的作用时也这样说："诗人指导人们趋向于高尚的生活概念和情感的高贵形象；我们读诗人的作品就会厌恶那庸俗的和恶劣的事物，就会看出所有美和善的迷人的地方、爱好所有高贵的东西；他们会使我们变得更好，更善良，更高贵。"④ 一切艺术，当然也包括文学在内，它的最最基本的推动力就是改善人生、把人类生活提高到至善至美的境界的那种热切的向往和崇高的理想。伟大的诗人都是本着这样的理想来从事写作的。要改善人的生活，必须先改善人自己，必须清除人身上的弱点和邪恶，培养和提高人的坚毅、勇敢的战斗精神。高尔基在他的一篇题名《读者》的特写中是这样来说到文学的目的和任务的：

> 文学的目的是要帮助人了解他自己，提高他的自信心，并且发展他追求真理的意向和人们身上的庸俗习气作斗争，发现他们身上好的品质，在他们心灵中激发起羞耻、愤怒、勇气，竭力使人们变为强有力的、高尚的、并且使人们能够用美的神圣的精神鼓舞自己的生活。⑤

而历来一切伟大的文学作品，也的确都是以赞美和歌颂好人好事，鞭挞和斥责坏

---

① 下点系作者所加。
② 《鲁迅全集》第一卷，人民文学出版社1956年版，第201页。
③ 《鲁迅全集》第一卷，人民文学出版社1956年版，第204页。
④ 转引自（苏）季摩菲耶夫《文学原理》，查良铮译，平明出版社1954年版，第18页。
⑤ 转引自（苏）伏尔科夫《高尔基》，人民文学出版社1956年版，第11页。

人、坏事为其职责的。善恶邪正的斗争成了文学的基本主题，而且善总是战胜了恶，正总是压倒了邪。即使邪恶在作品中得胜了，但人们的同情也必然是在善和正一方面的。正像高耐依在论到戏剧的作用时所说的："好人虽然遭到不幸，大家一定是爱他的，同情他的，坏人虽然得志，大家一定是恨他的，讨厌他的。"这是因为，作者在描述作品中的这些人物时，并不是把他们当作自己的一个工具，而是把他们当作和自己一样的人。他不能不爱那些他所认为善良和正直的人，而恨那些他所认为奸邪和凶恶的人。他和他笔下的好人一同欢笑，一同哭泣，为他们的高兴而高兴，为他们的忧愁而忧愁。而对于那些坏人，则总是带着极大的憎恶与轻蔑，去揭露他们的虚伪，刻画（原文刻划）他们的丑态。作者就用他的这种热烈分明的爱憎给了他的人物以生命；又通过他的人物来感染读者，影响读者。使得读者和他一起来爱那些好人，恨那些坏人。并进而鼓舞读者积极地在现实生活中帮助好人，去和邪恶战斗，去扑灭邪恶，肃清邪恶。也正是为了这个缘故人们在提到那些为我们创造了杰出的文学作品的大师的名字时才总是怀着无限崇敬与感激的心情的。假使作家所着眼的是所谓"整体的现实"，或者像另一些人所说的是所谓"生活的本质"，"生活发展的规律"，而把人仅仅当作是借以反映这些东西的一种工具的话，那末，他就再也写不出这样激动人心的作品来，再也收不到这样巨大的效果了。

我这样说，是不是会斩断了文学与现实之间的联系，取消了文学反映生活的职能呢？这种顾虑（或者简直是对我的责难），其实是不必有的。除非作家写不出真正的人来，假如写出了真正的人，就必然也写出了这个人所生活的时代、社会和当时的复杂的社会阶级关系，因为，人是不能脱离了一定的时代、社会和一定的社会阶级关系而存在的；离开了这些，就没有所谓"人"，没有人的性格。我们从每一个具体的人身上都可以看到时代、社会和阶级的烙印。这些烙印是谁也无法给他除去的。曹雪芹难道是为了要反映封建社会的日趋崩溃的征兆，为了要反映官僚士大夫阶级的必然没落的命运而写《红楼梦》的吗？当然不是的。他是因为受到了对于贾宝玉、林黛玉等人（这里不谈这些人是怎样闯进他的心海里去的问题）的一种无法排解的、异常深厚复杂的感情的驱迫才来写《红楼梦》的。但是我们通过这部作品所看到的却绝不是贾宝玉等人的个人生活史而是当时的整个时代，整个社会。对于《哈姆雷特》《唐·吉诃德》《奥勃洛莫夫》以及《阿Q正传》等等我们都可以这样说。

人和人的生活，本来是无法加以割裂的，但是，这中间有主从之分。人是生活主人，是社会现实的主人，抓住了人，也就抓住了生活，抓住了社会现实。反过来你假如把反映社会现实，揭示生活本质，作为你创作的目标，那么你不但写不出真正的人来，所反映的现实也将是零碎的，不完整的；而所谓生活本质，也很难揭示出来了。所以，文学要达到教育人、改善人的目的，固然必须从人出发，必须以人为注意的中心；就是要达到反映生活、揭示现实本质的目的，也还必须从人出发，必须以人为注意的中心。说文学的目的任务是在于揭示生活本质，在于反映生活发展的规律，这种说法，恰恰是抽掉了文学的核心，取消了文学与其他社会科学的区别，因而也就必然要扼杀文学的生命。①

　　现在大家都已经知道把典型归结为一定社会历史现象的本质这种理论的错误了。然而对于我们这里所论述的把揭示生活的本质、反映生活发展的规律当作文学的任务，而把描写人仅仅当作为完成这一任务所使用的工具。对于这种理论的错误却迄今还是习焉不察。其实这两种错误是相互联系，其性质也是极为类似的。因为既然把文学的任务确定为揭示生活的本质，反映生活发展的规律，而在文学中，这一任务又必须通过典型化，通过典型形象的塑造来完成的，那么，为了保证这一任务的完成，最好自然就莫如干脆把典型归结为一定社会历史现象的本质了。本来，这两种理论，假如只把它们当作结论来看，是并没有什么荒谬可笑之处的，事实上倒还是符合实际的。但现在却把它们当作一个前提，当作一个要求提出来，那就成了有害无益的东西了。因为，它们叫人们去注意一些本来不必注意的事情，结果就必然使人忽略了应该注意的事情。正如，假使我们说食物是从食道而不是从气管进入肠胃去的，这是完全正确的。但假如我们对一个孩子说："当心！必须使食物通过食道进入肠胃，而不能使它跑到气管里去！"结果会怎样呢？结果反而会使孩子受呛，会使孩子感到吃饭是一件苦差使。这就是这种多余的好心所招致的必然结果。上述这两种理论在文艺上所引起的后果是与此颇相类似的。

　　高尔基一向认为消极的任务是文学所不足取的。把文艺的意义、作用局限在反映生活这一点上，就等于是否定了文艺的存在的必要。因为如果我们所要求于文艺的只是在于概括地反映现实现象，揭示现实生活的本质的话，那么，科学会把这些作得更精确、更可靠。这样，文艺就失却了它作为人类精神活动的一个特殊领域而存在的意义了。然而人们却并不因为有了科学就不需要文艺而文艺也并没有因为科学的日益发达而渐趋衰落，可见得文艺一定是有它的特殊的、不是科学所能代替的任务的。（这种任务，在高尔基看来，就是影响人，教育人，就是鼓舞人们去改造现实，改造世界，使人们生活得更好。）而且，假如我们把反映现实当作文学的首要任务，那么，对于那些杰出的抒情诗篇，以及从个人主观的热情与理想出发的伟大的浪漫主义作品之如此为人喜爱，如此受人重视，就很难解释了。②所以，高尔基把文学叫作"人学"，就不但说明了文学的对象是什么，而且，还把文学的对象和它的性质、特点和它的任务、作用等等相统一起来了。我觉得，在今天，对于高尔基把文学叫作"人学"的意见，是有特别加以强调的必要的。

二

　　前面我们说：对于人的描写在文学中不仅是作为一种工具，一种手段，同时也是

---

　　① 下点系作者所加。
　　② 假如说这些作品之所以为我们所喜爱，也是因为它们通过作家心灵的折射而反映了现实的缘故，那末，这正好说明了文学作品原是必然要反映现实的，把反映现实当作文学的任务而提出来就没有什么积极的意义了。

文学的目的所在，任务所在。这是有充分的根据的。整个世界文学的历史都可以为这句话作证。全人类共有的文学宝库，是一长列的人物的画廊，把这些人物的画像（他们或者戴着诗人自己的名字、或者叫做别的什么）从宝库中抽去，这个宝库也就空无所有了。古往今来的一切伟大的诗人都把他一生的心血，交付给了他所创造的人物，他是通过他所创造的人物来为自己的祖国、为自己的人民服务的。而我们也就根据诗人在他的作品中是怎样描写人，怎样对待人，来判定诗人的作品的好坏，判定诗人的品格的高下的。我们为什么要斥责颓废派的和自然主义的作家呢？主要就是因为在他们的作品中歪曲了人、诬蔑了人。而我们对于所有充满着伟大的人道主义精神的作家们，则永远怀着深深的敬仰与感激的心情，因为他们在他们的作品里赞美了人，润饰了人，使得人的形象在地球上站得更高大了。高尔基把文学当作"人学"，就是意味着：不仅要把人学做文学描写的中心，而且还要把怎样描写人、怎样对待人作为评价作家和他的作品的标准。①

怎样描写人，怎样对待人，这当然与作家的思想与作家的世界观有关。但所谓"世界观"是人的各种观点的总和，它本身是既统一而又有矛盾的。在对待每一个具体问题上，并不是全部世界观中的每一种观点都起着同等的作用，而是有主从轻重之分的。在文学领域内，既然一切都决定于怎样描写人、怎样对待人，那么，作家的对人的看法，作家的美学理想和人道主义精神，就是作家世界观中起决定作用的部分了。②

最能用来说明这一点的，莫如巴尔扎克和托尔斯泰两人的例子。

这两个人，就他们的阶级立场、政治理想来说都是反动的。但是他们的作品，就其主要倾向来说，却是有利于人民的，却是起着进步的作用的。这应该怎样解释呢？过去，都是根据恩格斯对巴尔扎克的评论，认为是他们的先进的创作方法突破了他们的落后的世界观，把这种现象归结为现实主义的胜利。但是这种解释总不能十分令人信服。因为，这等于是说，创作方法和世界观是可以割裂的了；等于是说，一个作家对现实的理解明明是这样，但他却可以把它写成那样，而且还仍然可以是好作品，仍然可以收到影响人、教育人的效果。这即使就常识上来说，也是很难说得过去的。胡风集团就抓住了恩格斯的这一说法，极力宣扬他们的否定世界观对创作方法的决定作用的反动理论。另一些人则从作家的主观思想与作品的客观思想之间的矛盾来说明这一问题，但这仍然是说不通的。因为，作家的主观思想与作品的客观思想之间，尽管确乎存在着矛盾，但这种矛盾主要也只是深度和广度方面的互有差别，而绝不会是属于全然抵触的性质。因此又有一些人企图从这两位作家的世界观的本身找寻说明。他们引证了大量的材料，来证明这两个人的世界观内部原就存在着矛盾，其中既有反动的成分也，有进步的成分；并且断定，起主导作用的还是其进步的一面。于是得出结论说：他们的创作方法是和他们的世界观完全一致的。但这依然缺乏具体的分析。究

---

① 下点系作者所加。
② 下点系作者所加。

竟在他们的世界观中有哪些是属于进步的因素？又有哪些是属于反动的因素？又是根据什么理由来断定他们的世界观主要是进步的呢？狭义的世界观主要是指哲学观点而言，按照我们一般的理解，是很难把巴尔扎克和托尔斯泰的哲学观点说作是进步的观点的。

最近出版的第四册的文学研究集刊上，发表了王智量、文美惠两同志所写的两篇关于托尔斯泰的世界观与创作方法之间的关系问题的论文。这两篇文章，分别根据托尔斯泰的三部主要作品（王智量同志根据《安娜·卡列尼娜》和《复活》，文美惠同志根据《战争与和平》），从各个不同的方面去寻找托尔斯泰的世界观和创作方法之间的具体联系，最后得出了如下的完全一致的结论①：托尔斯泰的世界观和他的艺术创作方法之间有着基本上的一致性；但是也有矛盾。这种矛盾的表现就是作品中反动消极因素所占的比重小于它们在作家思想中的比重。而造成这种矛盾的原因则是由于作家对于生活现实的忠实、对于艺术规律的严格遵循。换句话说，就是他的现实主义的创作方法的胜利。

这一结论，大家知道，并不是只在这两篇文章中才第一次被提了出来的，我们前面也已经提到过这样的看法了。但这两篇论文仍有很大的价值，这价值并不在于它们为已有的看法提供了具体的论证，使得这种看法似乎更有根据，似乎更有成为科学的结论的可能了；而是在于别的方面，属于别一种性质的。由于这两位同志研究态度的严肃引证材料的可靠，以及分析方法的正确，因而，他们不但把我们的注意力引导到了这一问题关键所在，而且还为应该如何打开这一关键，提供了许多极为有益的线索。令人遗憾的是，他们并没有从他们的正确的分析中，得出可以得到、应该得到的结论。他们还是囿于先入之见，在一个紧要关头，就匆匆的用一个已有的现成结论，结束了更进一步的探索。我这里指的是，当他们根据充分的材料，十分令人信服地分析了托尔斯泰世界观中所存在的矛盾，指出其中有哪些是反动的因素，有哪些是进步的因素，并进一步证明他的反动思想在他的作品中所占的比重，不如在他的思想中所占的比重大时，本可以自然而然地得出关于作家的世界观与其创作方法之间的具体关系的正确结论来的；本可以明白指出世界观中的哪些因素在文艺创作中起着直接的、主导的作用，而哪些因素则只起着间接的、次要的作用来的。但这时他们的眼睛却从已经涌出来了的结论前滑过去了。因为，他们这时忽然看见了他们出发时所预先设定了的终点，尽管这个终点并不是在他们的前面，而是在旁边的什么地方，他们也就一脚跨了过去了。最后他们就立定在如上面所说的"现实主义创作方法的胜利"这一现成结论的前面了。

难道托尔斯泰的反动思想在他的创作过程中之所以常常受到排挤和压制，在他的作品中之所以占不到像在他的思想中所占的那么大的地位，真是由于他十分忠实于生

---

① 不但他们的结论是完全一致的，就是论证的方法，以及每一个具体论点都非常类似。所以，他们虽没有说明这两篇文章之间的关系，我们却完全有理由推测，这是一种共同研究中的分工关系。因此，我在下面提到他们的论点的时候，如非必要，就不一一指出哪是属于王智量同志的，哪是属于文美惠同志的了。

活现实，由于他严格遵循着艺术规律的缘故吗？真是所谓现实主义创作方法的胜利吗？我看是不能这样说的。至少，这样说是不够充分，不够圆满的。

假如我们把这原因归结于托尔斯泰对生活的忠实，归结于生活真实的客观力量，就很难说明：为什么在他的作品中是那么地忠实于现实，而且往往能从生活现实中得出正确的结论来的托尔斯泰，在他的论文（哲学的和文学）中常常会歪曲生活，常常会从生活中得出错误的结论来呢？难道托尔斯泰只有当他在进行创作的时候，才是忠实于生活的吗？①而且，正如王智量、文美惠两位同志自己所指出的，在托尔斯泰作品中所表现出来的先进思想，并不只是存在于他的作品中，在他的思想中也是存在的。那么，可见得这里的问题，就并不是托尔斯泰为什么能有这样一些先进思想的问题，而是为什么这些先进思想能在他的作品中起主导作用，而另一些反动的思想在他的作品中却只能退居于次要的地位的问题了，而是为什么这两种思想的比重在作品中比之在思想里会起了个相反的变化的问题了。用忠实于生活这样的理由，是不能说明这一问题的。两位同志还引用了高尔基所说的、托尔斯泰在《复活》中"不能不承认，而且……几乎证实了积极斗争的正确性"，和恩格斯所说的、巴尔扎克"不得不违反他自己的阶级同情和政治偏见"这样的语句，来证明生活真实对作家的强制力量。但是，这里说的既然是托尔斯泰②"不能不"，巴尔扎克③"不得不"，那就不能单纯从客观生活一方面去解释，而是也应该，甚至是更应该，从两位作家的主观意识一方面去找寻原因的。

王智量、文美惠两同志自己也认识到"仅仅用生活或生活经验来解说作品的客观意义压倒了作者主观偏见的原因还是不够的"，他们也知道有很多这样的作家，虽然他们的生活经验很丰富，但他们创作出的作品，却并没有能超过其世界观的限制。因此，他们在生活经验的丰富和对生活的忠实以外，又提出了对现实主义艺术法则的严格遵循一点来。关于这一点，王智量同志说得很好：

> 但是在作家的艺术创造过程（而不是手艺匠式的编造过程）中，随着作品主题和情节的展开，当艺术形象开始获得了一个真实的轮廓；逐渐具有比较明确的个性，开始和它的生活环境形成一个有机的整体；并且形象和形象之间也渐渐有了基本真实的关系的时候，这时，形象在作家的笔下形成起来的个性化了的生命就会开始产生出一种力量来，这种力量就会要求艺术家在它已经获得的这种真实性和统一性的基础上把它写下去，要求它不仅考虑自己的构思，也要考虑形象本身已经开始显示出来的这种个性的完整性，而不要任意地去破坏它。这就是一种现实主义艺术的力量。这时，如果这是一位真正伟大的艺术家，他熟悉并且尊重艺术的这种规律性，再加上他笔下跃跃欲生的艺术形象带给他的兴奋和鼓舞，他便往往会顺乎这种形象本身的逻辑把它写下去，而不自觉地把自己的主观构思

---

① 下点系作者所加。
② 下点系作者所加。
③ 下点系作者所加。

中某些不符合这种逻辑的东西排挤到次要的地位。这样就会出现我们所说的现实主义的胜利的情况。①

　　大家都会承认，在文艺创作中的确有这样的情形。最明显的、为大家所熟知的例子，就是托尔斯泰的《安娜·卡列尼娜》。托尔斯泰原来是想把安娜当作"有罪的妻子"而加以贬责的，但结果他却"不得不"寄给她以深深的同情，甚至还赞扬了她。然而，王智量同志对这一现象的解释，却颇有些神秘的意味。像"个性化了的生命就会开始产生出一种力量来，这种力量就会要求艺术家……""要求他不仅考虑……也要考虑……"这里所说的这种力量究竟是一种什么样的力量呢？它难道是脱离作家的主观意识而存在的吗？难道是完全不受作家的思想、态度的影响的吗？当然并不是这样的。假如王智量同志肯用一种浅显明白的、人人能懂的语言来说，就一点也没有什么神秘。不过，这样一来，他所做的结论，也就必须另换一个样子了。

　　我们说过，在文学领域内，一切都决定于怎样描写人，怎样对待人，真正的艺术家决不把他的人物当作工具，当作傀儡，而是把他当成一个人，当成一个和他自己一样的有着一定的思想感情、有着独立的个性的人来看待的。他一定是充分尊重这个人的个性的，他可以通过他自己的是非爱憎之感来描写这个人物；他可以在他的描写中表示他对这个人物的赞扬或是贬责，肯定或是否定；正像在生活中，他可以通过自己对一个人的评价来介绍这个人一样。但他决不能把自己的意志强加到他的人物身上去，强使他的人物来屈从自己的意志。在生活中是如此，在作品中也是如此。这样一说，王智量同志所说的这种力量，就原来只是人物的性格的力量了，就一点没有什么神秘了。而所谓"熟悉并尊重艺术的这种规律性"，其实是应该说作"熟悉并且尊重他的人物的个性"的！所以，这里，重要的倒是在于作家对于人物的态度，在于作家对于人物的评价。作家对于他的人物的性格是不是够尊重的？作家对于他的人物所做的评价是不是公允的、正确的？假使作家并不尊重他笔下的人物，假使对他的人物做出了错误的评价，也就不会有所谓现实主义艺术的力量了。而对人物的态度问题、评价问题，就与其说是现实主义的问题，不如说是作家的美学理想问题、人道主义问题了。所以，我们与其把托尔斯泰之所以由原来的想贬责安娜，终于变成同情安娜，赞扬安娜，说成是现实主义的胜利，倒不如把它当作人道主义的胜利来得更恰当些，更容易理解些。一个真正的人道主义者，怎么能对安娜这样的女子，对安娜这样的遭遇，不深深的寄予同情而反加以贬责呢？任何人都可以看到，在《安娜·卡列尼娜》中，是托尔斯泰对不幸的安娜的人道主义的同情，战胜了他在妇女问题上和家庭问题上的反动思想的。

　　在《复活》中所表现出来的情形也是一样。

　　托尔斯泰对待人民的革命斗争一贯是采取反对的态度的。虽然后来在1905年的革命中，也曾表示过某些赞同的意见，但这些意见在他的全部观点中所占的比重是很小的。然而，在《复活》中，他却把革命家们主要描写为一群勇敢、正直的，"为了

---

① 北京大学文学研究所编：《文学研究集刊》第4册，人民文学出版社1956年版，第154页。

人民而牺牲自己的特权、自由的生命"的人。甚至，他还违反了他一贯主张的"勿以暴力抗恶"的教义，同情并赞扬起革命者的暴力斗争手段来，认为这"不但不是罪恶，而且是光荣的行为"①。为什么会这样的呢？因为，这时托尔斯泰所面对的，已经不是他自己的思想，不是什么抽象的原则、教条，不是政治主张或社会理想的问题了，而是一些具体的人的具体的行为。他看到这些革命者是在"损失自由、生命和一切人所宝贵的东西的危险中"才采取这样的暴力手段的；是在别人十分残忍地对待他们时，他们才"自然而然地采用别人用来对付他们的那同样的方法的"。一个真正的人道主义者能够对这些革命者的行动表示反对吗？在这里，又是表现出作为"暴虐与奴役的敌人，被迫害者的友人"的托尔斯泰的伟大的人道主义精神，战胜了他对革命所持的反动观点的。

不但托尔斯泰的情形是如此，就是恩格斯所评论过的巴尔扎克的情形也是如此的。

巴尔扎克虽然出身平民，却钦慕着贵族，却要在他的姓氏前加一个"德"（de）字。在政治上，他更是一个保皇党，他的同情是完全在贵族一方面的。然而，他在他的作品里却"以最尖刻的讽刺""最毒辣的嘲弄"来对付他所同情的阶级；而带着"不可掩饰的赞赏"去描述他政治上的死敌。为什么会是这样的呢？那就是因为：伟大的人道主义者的巴尔扎克，决不能用别一种态度对待他笔下的人物。贵族，作为个阶级来说，是他所同情的，寄以希望的；共和主义，作为一种政治主张来说，是他所仇恨的，坚决反对的。然而，他在他的作品里所描写的、所评论的，却既不是作为阶级的贵族，也不是作为一种政治主张的共和主义，而是一些具体的人和他的具体的行动。他就是根据这些人的具体的行动来确定对待他们的态度，给他们一定的评价的。他嘲笑了应该嘲笑的人，赞扬了应该赞扬的人，而我们也因此喜爱他的作品，因此尊敬他为伟大的作家。

巴尔扎克和托尔斯泰两个人的例子，充分向我们证明：在文艺创作中，一切都是以具体的感性的形式出现的，一切都是以人来对待人，以心来接触心的。抽象空洞的信念，笼统一般的原则，在这里没有它们的用武之地。因此在《人间喜剧》中，保皇党的巴尔扎克，天主教徒的巴尔扎克，就不得不让位于人道主义者的巴尔扎克。同样，在《战争与和平》中，在《安娜·卡列尼娜》和《复活》中，清晰地呈现在我们眼前的也是充满了对被压迫者和被剥削者的同情的托尔斯泰，而那"基督教无政府主义者的托尔斯泰"，就只能留下一个淡淡的影子了。

三

我是不是过分推崇了人道主义，过高地估计了人道主义精神的作用呢？我以为，

---

① 这里以及下面引号中的话，都是托尔斯泰的《复活》中的语句，我是从王智量同志的文章中转引过来的。关于托尔斯泰对待革命的态度，也多采用王智量同志的说法。因此我就很难逃避"入室操戈"之讥。

如果是就文艺而论，那么，人道主义精神的作用，恐怕还要远比我上面所说的大得多。

一切被我们当作宝贵的遗产而继承下来的过去的文学作品，其所以到今天还能为我们所喜爱、所珍视，原因可能是很多的，但最最基本的一点，却是因为其中浸润着深厚的人道主义精神，因为它们是用一种尊重人同情人①的态度来描写人、对待人的。假如人民性、爱国主义、现实主义等等概念，并不是在每一篇古典文学作品的评价上都是适用的话，那么，人道主义这一概念，却是永远可以适用于任何一篇古典文学作品上的。人民性应该是我们评价文学作品的最高标准②，最高标准并不是任何时候都能适用的；也不是任何人都会运用的。而人道主义精神则是我们评价文学作品的最低标准，最低标准却是任何时候都必须坚持的；而且是任何人都在自觉地或不自觉地运用着的。够不上最低标准，就是不及格；就是坏作品。达到了最低标准，就应该基本上肯定它是一篇好作品；就一定是有其可取之处的。至于好到什么程度？可取之处究有多大？那就得运用人民性等等的标准去衡量了。

谁能够从古典文学作品中，举出一篇，不管是属于哪一个时代、哪一个国家的，缺乏人道主义精神的作品来呢？但是，我们却可以举出很多既不是用现实主义的创作方法写的，也并没有什么人民性和爱国主义精神的作品来。像不久以前我们的文艺界所争论的李后主的词，就是属于这一类。要在李后主的词中去找什么人民性和爱国主义精神，是很困难的，除非我们把这两个概念的含义无限制地加以扩大。但这样做的结果，就等于是取消了这两个概念的实际作用。对我们只有坏处而不会有任何好处。那么，我们应该怎样来解释有很多人喜爱着李后主的词的现象呢？如果充分估计了人道主义精神在文学作品中以及在人民对文学作品的评价中③作用，这一现象就没有什么可怪了。

诚然，在李后主的诗词里所写的，都是他个人的哀乐，既没有为人民之意，也绝少为国家之心。亡国以后，更是充满了哀伤、感伤，充满了对旧日生活的追忆和怀念，很少有什么积极意义。但是，文学作品本来主要就是表现人的悲欢离合的感情，表现人对幸福生活的憧憬、向往，对于不幸的遭遇的悲叹、不平的。它正是通过了这些思想感情的艺术的表现，而发挥其作为阶级斗争的武器的作用的。即使作家所要表现的是广大人民的生活，是广大人民的理想、愿望等等，也必须通过作者个人的感受而反映出来，否则就不成其为文学作品④。而且，每一个人既都必有其独特的生活遭遇，独特的思想感情，为什么又不能把他个人的哀乐唱出来呢？假如他唱得很真挚，很动听，为什么不能引起我们的喜爱，激起我们的同情呢？只要这个人不是人人痛恨

---

① 下点系作者所加。
② 季摩菲耶夫在《论人民性的概念》一文中，因为历来提到人民性这个概念，就习惯地指作家已达到了"艺术性的最高水平"，都"把这个概念归于我们最杰出的作家"，因而，他认为："从这个意义来说，人民性是艺术性的最高形式。"我是同意他这种说法的。
③ 下点系作者所加。
④ 下点系作者所加。

的恶人,一种深厚纯真的感情,不管它是对人的、对自然的,也不管它是对个人的、还是对广大人民的,或者是对国家民族的,都是能够引起我们的赞许的。因为他使得我们对人、对自然界更加接近了;使得我们更加热爱我们的生活、更加热爱我们的国家、民族了,而李后主就是不缺乏这种感情的人。王国维非常称道李后主的赤子之心,其实,岂但王国维呢?所有喜爱李后主的诗词的人,最最欣赏的,恐怕也就是他那点赤子之心。

试看如下的诗词:

又见桐花发旧枝,一楼烟雨暮凄凄,凭栏惆怅人谁会,不觉潜(清)然泪眼低!

层城无复见娇姿,佳节缠真不自持,空有当年旧烟月,芙蓉池上哭蛾眉。

这是为怀念昭惠后而作的。又如:

一重山,两重山,山远天高烟水寒,相思枫叶丹。菊花开,菊花残,塞雁高飞人未还,一帘风月闲。(长相思)

别来春半,触目愁肠断。砌下落梅如雪乱,拂了一身还满。雁来音信无凭,路遥归梦难成。离恨恰如春草,更行更远还生。(清平乐)

这两首据说是为思念他留宋不归的弟弟从善而作的。所有这些感情是这样的醇厚真挚,造语是这样的清新自然,怎么能够不引起我们的喜爱,不激起我们的同情呢?更不必说那些最最脍炙人口的亡国以后所作的悲叹自己身世的作品了。

如果评价一切作品都要用人民性、爱国主义、现实主义等等标准,那么李后主的词,王维、孟浩然以及许多别的诗人的许多诗篇,就都只能被排除在古典作品之外。这样,不但会大大削弱我们的文学宝库,而且,还是违反人民的爱好,违反人民的感情的。反过来,我们对于那些颓废派的和自然主义者的作品,难道还需要先从里面去找寻一下,等到看出其中的确并无人民性、并无爱国主义精神才能加以否定吗?他们的作品的非人性和反人道主义性,是这样的鲜明、触目,每一个正常而善良的人看了,都会立即发生极大的反感而加以唾弃的。人民可能并不懂得什么叫人民性,什么叫现实主义,但是他们却都有一定的欣赏和鉴别文学作品的能力。他们的唯一的标准(往往也是最可靠的标准),就是看作品是怎样描写人,怎样对待人的?是不是尊重人、同情人,是不是用一种积极的态度来对待人的?一句话,是不是合于人道主义的原则的?虽然他们也不一定懂得什么叫人道主义。

这里,我就难免会遭到如下的许许多多的责难:你是不是想用人道主义的原则来抹杀、推翻人民性原则和现实主义原则呢?你这种说法,是不是一种超阶级的文学观、一种近乎人性语的文学语呢?是不是等于否认了文学是阶级斗争的武器的说法呢?

为了回答这些可能发生的责难,我必须作如下的声明与辩解:第一,如我上面所说,我绝不是否认人民性原则和现实主义原则的重大意义,我只是认为这两个原则不能作为评价文学作品的最根本的和普遍适用的原则。我也并不认为人道主义原则就是评价文学作品的唯一可靠的、充分有效的标准,而只是把它当作一个最基本的、最必要的①标准。至于说到人道主义与人民性、人道主义与现实主义之间的关系，那么，我认为它们决不是互相对立的，而是有着异常紧密的联系的。可以这样说，人道主义是构成人民性与现实主义的必不可少的条件，哪儿没有人道主义，哪儿也就不会有人民性和现实主义。②第二，真正的人道主义者，必然是同情被压迫者和被剥削者而痛恨压迫者和剥削者的，他必然会站在被压迫者和被剥削者一面来反对压迫者和剥削者。③所以，人道主义和阶级观点并不矛盾，和抽象的人性论倒是格格不入的。第三，文学既是人们的思想感情的反映，在阶级社会里，就必不可免地是从属于阶级、从属于政治的。它必然要为阶级斗争政治斗争服务④，不管有一些人是怎样竭力在否认这一点。但我们也不能忘记，对于大部分古典作家来说，以至对于今天在世界范围内的一些还没有消除掉超阶级的幻想的小资产阶级作家来说，是并不能认为他们是有意识地把文学当作阶级斗争的武器来使用的。我们不能混淆了我们与他们之间的区别，用我们对文学的看法，来代替了他们的看法。至于对我们的作家来说，那么，我们当然应该要求他们自觉地⑤把文学当作阶级斗争的武器来使用，而且还要要求他们有效地⑥来使用这一武器。

　　人道主义这一名词，今天虽然已经被资产阶级糟蹋得不成样子，虽然常常被资产阶级用来作为反对无产阶级革命，反对无产阶级专政的工具，但是我们决不能因此就抛弃了这一名词，正如我们决不能因为资产阶级糟塌（蹋）了自由、民主等等名词，就不再使用这些名词一样。相反的，我们应该用力去揭穿资产阶级所作所为的反人道主义性质，用力来保卫真正的人道主义。

　　人道主义，作为一种思潮来说，虽是十六七世纪时在欧洲为了反对中世纪的专制主义而兴起的。但人道主义精神，人道主义理想，却是从古以来一直活在人们的心里，一直流行、传播在人们的口头、笔下的。我们无论从东方的孔子、墨子，从西方的苏格拉底、柏拉图等人的言论著作中，都可以发现这种精神，这种理想。虽然随着时代、社会等等条件的不同，人道主义的内容也时时有所变动，有所损益，但我们还是可以从其中找出一点共同的东西来的。那就是：把人当作人⑦。把人当作人，对自己来说，就意味着要维护自己的独立自主的权利。对别人来说，又意味着人与人之间要互相承认互相尊重。所以，所谓人道主义精神，在积极方面说，就是要争取自由，争取平等，争取民主。在消极方面说，就是要反对一切人压迫人、人剥削人的不合理现象；就是要反对不把劳动人民当作人的专制与奴役制度。几千年来，人民是一直在为着这种理想，为着争取实现真正的人道主义——马克思说过，真正的人道主义也就

---

① 下点系作者所加。
② 下点系作者所加。
③ 下点系作者所加。
④ 下点系作者所加。
⑤ 下点系作者所加。
⑥ 下点系作者所加。
⑦ 下点系作者所加。

是共产主义——而斗争的。而古今中外的一切伟大的文学作品,就是人民的这种理想和斗争的最鲜明、最充分的反映。

在《我怎样学习写作》一文里,高尔基劝初学写作者必须学习文学史。不但要学习本国文学史,也要学习外国文学史。"因为,"他说,"文学的创造,从它的本质上讲起来,在所有的国家、所有的民族中都是一样的。"而这所谓一样,并不是指"形式上的外表的关联",也不是指"题材的一致"。这些是并不重要的。什么才是重要的呢?他说:

> 重要的是要使人相信,就是自古以来,到处就都张着"摄取人的心灵"的网子,而且现在还是张着的;那些在过去想把人从迷信、偏见和误解中解放出来的事情作为自己工作的人,而且现在还这样做着的人,是无论什么时候,无论什么地方都有过的,而现在还是到处都有的。重要的,就是要知道在过去想使人在愉快的琐事中得到安慰的人,而且现在还这样做着的人,是到处都有的;那些过去企图鼓起暴动来反对污秽无耻现实的叛逆者,而且现在还这样企图着的人,是到处永远都有过,而且现在还是有着的。而最后极重要地,就是要知道这些叛逆者的工作;他们最后的目的是要向人们指出一条前进的道路,把他们推向这条大路,而且要战胜那些劝人和有阶级的国家、由资产阶级的社会所创造出的现实之丑恶平息与妥协的说教者的工作,因为这种国家和社会在过去和现在都想使得劳动的人民传染上贪婪、嫉妒、懒惰、厌恶劳动的各种最卑鄙的恶德。①

这些话,最好地说明了文学创作的动力,说明了在文学作品中一切都是从解放人、美化人的理想出发的,一切都是为了人的。同时也说明了,伟大的文学家必然也是个伟大的人道主义者。美国的进步作家马尔兹(Albert Maltz),在他的《作家——人民的良心》一文中,也指出:在文学史上占主要地位的作家,都是以"对人民的同情和热爱著称"的。他说:

> 怎么能不是呢?作家是一个人,他被别人的苦难感动了。假如一个作者不采取人们的生活作为素材,他将采取什么呢?假如他的心充满同情,他的智力善于探索,他的眼光敏锐——他怎么能避免描绘一个不完美的世界呢?——或者死心塌地,不再向往一个更好的世界?从有作者开始写作的日子起,人类一直过着动荡的生活,世界一直在行动或者震荡中。没有一天平静过,每天都有人受难!每天都有些人心在希望、梦想变更。②

而世界文学中的大部分作品,他认为,就是从这种基本情势中产生的。事实的确如此。我们可以看到,世界文学中的杰出作品,大概不外如下的两类:一类是对于"不完美的世界"进行揭露与鞭挞;一类是对于"更好的世界"表示向往与憧憬的。

---

① (苏)高尔基:《我怎样学习写作》,戈宝权译,生活·读书·新知三联书店1951年版,第3页。
② (美)马尔兹(Maltz. A)、法斯特(H. Fast)等著:《作家——人民的良心》,自由出版社1954年版,第39~40页。

大部分的现实主义作品属于前者，一切积极的浪漫主义作品属于后者。① 而两者的出发点，则都是基于对人民的同情和热爱，都是为了改善人民的生活，为了帮助人民争取精神上的解放。世界文学史上的伟人，差不多每一个都是像俄国的工人阶级给予托尔斯泰的光荣称号一样，是"暴虐与奴役的敌人，被迫害者的友人"。如果一个作者不是这样的人道主义者，他就绝写不出能够感动人、能够为人民所喜爱的作品来。不管他是个现实主义者也好，还是个浪漫主义者也好。

伟大的现实主义者巴尔扎克和狄更斯，是伟大的人道主义者。伟大的浪漫主义者拜伦与雨果也是伟大的人道主义者。我们并不是因为巴尔扎克和狄更斯是现实主义者，才喜欢他们、尊敬他们的。同样，我们之所以喜欢和尊敬拜伦、雨果，也并不是因为他们是浪漫主义者的缘故。这四个人之所以受我们的称颂，是因为他们在他们的作品里，对剥削阶级进行了严厉的抨击，对被压迫者表示了深厚的同情；是因为他们的作品渗透着尊敬人、关怀人的人道主义精神的缘故。列宁说："艺术是属于人民的。它的最深的根源，应该是出自广大劳动群众的最底层。它应该是为这些群众所了解和为他们所挚爱的。它应该将这些群众的感情、思想和意志联合起来，并把他们提高起来。"② 而把人当作人，承认人的正当的权利，尊重人的健康的感情，这种人道主义的理想就是在人民群众中有着最深的根底，最广的基础的。

假如我们承认文学是"人学"；假如我们知道文学作品的历史地位与社会意义，首先是从它描写人、对待人的态度上表现出来的；假如我们明白一切时代的进步艺术跟颓废派艺术之所以针锋相对，主要就在于他们描写人的态度的不同、对人的理想的不同；那么，我们就不会怀疑人道主义精神在文学领域内的崇高地位了。

四

不但作品的历史地位与社会意义可以从它描写人、对待人的态度上来估量，就是各种创作方法之间的区别，也可以从它们描写人、对待人的态度和方法的不同上来加以说明。

现实主义的创作方法与浪漫主义的创作方法之间的区别，是很显著的。从题材的来源，到表现的方法，以至描写人、对待人的态度，都是不相同的。要区别它们并不困难。但是，要想仅仅从题材的来源上，从表现的方法上，去说明浪漫主义与一切颓废主义的区别，说明现实主义与自然主义，以及过去的现实主义与社会主义现实主义的区别，就不是那么容易的事了。它们之间的区别，是只有从它们描写人、对待人的态度上，从它们有没有人道主义精神以及是什么样的人道主义精神上，才能找到说明的。

---

① 这只是就其大体的倾向而言，并不说现实主义作品就没有对于"更好的世界"的向往与憧憬，而浪漫主义作品就不会对于"不完美的世界"进行揭露与鞭挞。

② 转引自周扬编《马克思主义与文艺》，解放社1950年版。

象征主义、超现实主义、存在主义等等，作为一种文学流派来说，是颓废的；是蔑视现实、远离人生的。但象征主义者的巴勃罗·聂鲁达，超现实主义者的路易·阿拉贡，存在主义者的保尔·萨特，① 却终于脱离了他们原来的流派，而被融合到社会主义现实主义的阵营里来了。因为，他们毕竟是一个人道主义者。他们毕竟是热爱人，热爱生活的。人道主义的火焰在他们的心头炽燃着，强烈地灼痛着他们，使他们不能不起来为保护人的尊严而与灭绝人性的法西斯主义，与反人道主义的资本主义制度斗争。就是这种斗争的热情，使他们与其他的象征主义者、超现实主义者和存在主义者区别开来了。虽然他们的创作方法，基本上并没有什么改变。

现实主义与自然主义的区别，在我们的文学理论著作中，常常说不大清楚。有许多学者甚至常常把这两个名词混用。提到一些著名的作家，如：福洛贝尔、亨利·曼、易卜生、哈代、德莱塞等人时，也一会儿把他们算作现实主义作家，一会儿又说他们是自然主义作家。茅盾在1929年用方璧的名字写的《西洋文学》一书，也并没有把现实主义与自然主义明白地区别开来。他把英国的狄更斯、萨克莱，和俄国的冈察洛夫、屠格涅夫等杰出的现实主义作家，都归在自然主义的总标题下。提到契诃夫时，他更用这样明白的语句说："契诃夫是俄国文学家中最近似的自然主义者。我们不妨说他是俄国的自然主义者。"② 就是在季摩菲耶夫的《文学原理》中，也有把自然主义和现实主义混为一谈的倾向。例如，他认为自然主义就是"降格的、有缺陷的现实主义"；他并且从自然主义一词的语源上来证明它是与现实主义的涵义相同的。他说："拉丁文 Natura 是自然的意思，自然主义就是忠实于自然，在本质上也就是现实主义的意思。"他认为"文学潮流上的自然主义"，也是要"向艺术家要求忠实于生活，要求深刻地研究生活"的，因而，"它是具有现实主义的涵义的。"③ 在苏联，抱这样看法的，还不止是季摩菲耶夫一个人，像雕刻家凯明洛夫，艺术批评家米海伊洛夫等人，都说过类似的话（参看布洛夫著：《马克思列宁主义的美学反对艺术中的自然主义》一文，文艺理论学习小译丛第一辑之六）。这种说法，当然是不妥当的、有害的。因为，正如布洛夫所说，这样讲，不但是"宽赦了自然主义"，而且在另一方面，还"降低了现实主义"。但这种说法却并不是全无根据的。如果单就表面上、形式上来看，自然主义与现实主义的确是很难区别的。因为两者都是从客观现实出发，都是以生活本身的形式来反映现实的。左拉甚至还称自然主义为"真正的现实主义"哩。对于有一些作家，也的确很难断然把他们划入自然主义类里，或者现实主义类里。

它们之间的区别，仍旧只能从它们描写人、对待人的态度上去找寻。

现实主义者是把人当作世界的主人来看待，当作"社会关系的总和"来理解的。

---

① 萨特以及一些欧美的其他进步作家，在这一次的匈牙利事件中，丧失了作为一个苏联和社会主义的同情者的立场，这主要是由于他们的政治认识模糊，由于他们为一些表面现象所蒙蔽住的缘故。我们希望他们终于能认清事件的真相与实质，回到一个真正的人道主义者的立场上来。
② 方璧：《西洋文学》，世界书局1930年版，第208页。
③ （苏）季摩菲耶夫：《文学原理》，查良铮译，平明出版社1954年版，第289、291页。

他是用一种尊重的、同情的、充满人道主义精神的态度来描写人、对待人的。自然主义者则是把人当作地球上的生物之一，当作一种具有一切"原始感情"——即兽性——的动物来看待的。因而是用蔑视人、仇恨人的反人道主义的态度来描写人、对待人的。布洛夫说自然主义者拒绝概括、拒绝典型化。其实，不通过概括，不通过典型化，是无法进行创作的。纯粹的"事实文学""照相文学"是没有，而且也不可能有的。如果是说自然主义的方法，创造不出真正的典型来，那倒是不错的。因为，自然主义者所概括的，本来就并不是人的社会关系，而是人的生物本能。他们心目中的人的典型，也并不是作为"社会关系的总和"的"人"的典型，而是作为生物学上的"人"的典型。当然也就不会有我们所说的典型意义了。

左拉、莫泊桑，都是有名的自然主义大师，他们都有一套自然主义的理论。但是，他们的许多作品，却并不能归在自然主义类里，而是具有很大的社会意义的。这又是什么道理呢？这就是因为，左拉和莫泊桑，毕竟是个人道主义者，无论在生活实践中，或是在创作实践中，他们都不能不作为一个"暴虐与奴役的敌人，被迫害者的友人"而出现。只有当他们不是从生活实感出发，而是从他们的错误的理论出发时，也就是说，只有当他们面对的并不是具体的、生活中的人，而是抽象的、理论概念中的"人"时，他们的作品才是自然主义的作品。因为在这种时候，他们已不再是艺术家，而是个自然主义理论家了，而他们的人道主义精神，人道主义的火焰，也就消隐了，熄灭了。

所以，假如一个自然主义者而同时又是个人道主义者的话，那么他的作品就很难成为严格的自然主义的作品，就必然要散发出浓厚的现实主义的气息来。反过来，假如一个服膺现实主义创作原则的人，而缺少人道主义的精神，他就只能成为一个自然主义者，而无法成为一个现实主义者。或者，当一个现实主义者在对待某一种人生现象，刻画某一个具体人物的时候，假如他的人道主义的热情忽然衰退下去了，那么，他的作品，也就不免要降低为自然主义的作品了。在这一意义上说，季摩菲耶夫把自然主义解释为"降格的、有缺陷的现实主义"，是有他的道理的。

因此，关于自然主义与现实主义，我们可以这样说：在它们之间，横隔着一条人道主义的鸿沟，这就标明了两者的原则性的区别。但这条鸿沟也并不是不可逾越的，例如左拉与莫泊桑，就常常跨过了它。不过，我们也应该指出，假如左拉与莫泊桑，不接受自然主义的理论，没有受到实证主义哲学的有害影响，那他们的成就，一定要远较现在所达到的为大。所以自然主义仍是我们所必须反对的。

关于过去的现实主义与社会主义的现实主义之间的区别，那几乎要比现实主义与自然主义之间的区别，更难说得清楚。按照苏联作家协会章程的规定，社会主义现实主义向艺术家提出如下的两个（有机统一的）基本要求：一、要从现实的革命发展中去真实地描写现实。二、要用社会主义精神去教育劳动人民。历来，大家就是根据这两点来对社会主义现实主义进行阐释的。但是，大家也都感觉到，这前面一点，其实并不只是社会主义现实主义的要求，过去的现实主义，也是这样要求艺术家的。不这样，就写不出历史的真实来。而且，过去有很多作品，它们对现实描写所达到的高度真实性,甚至还超过了今天一般的社会主义现实主义作品的水平;这是谁都承认的事实。譬如托尔斯泰,他要不是"从现实的革命发展中真实地、历史地和具体地去描写现实"的,他怎么能成为列宁所说的"俄国革命的镜子"呢?这后面一点,应该说是社会主义现实主义的特点了,但这实际上已越出了艺术上的表现方法的范围,因而在实践上,就发生了许多流弊。正如西蒙诺夫在苏联第二次作家代表大会上所说的:

>……这个本意是想作明确规定的第二句是不够确切的,甚至反而容许有歪曲原意的可能。这可能被了解为一种附带条件:是的,社会主义现实主义要求艺术家真实地描写现实,但是"同时"这种描写必须与用社会主义精神从思想上改造人民的任务结合起来;那就是说,好象真实性和历史具体性能够与这个任务结合,也能够不结合;换句话说,并不是任何的真实性和任何的历史具体性都能够为这个目标服务的。正是对这条定义的这种任意的了解在战后时期在一部分我们的作家和批评家的作品里特别经常地发生,他们借口现实要从发展的趋向来表现,力图"改善"现实。①

在苏联一度流行过的粉饰生活的"无冲突论",以及在社会主义阵营各国较为普遍地存在着的公式化、概念化现象,不能不说就是与这定义里面的后一句的规定有联系的。

就这样,在苏联作家协会章程中所指出的社会主义现实主义的两个基本特征,真正能够成为它的特点的,其本身却是站不住脚的;能够站得住脚的,却又不能算是它的真正特点。于是,有一些人就把社会主义现实主义给根本否定了。他们不承认在过去的现实主义之外,还另有一种叫作社会主义现实主义的创作方法的存在。抱这样看法的人,在我们中国有,在人民民主国家有,甚至在苏联也有。因此,目前在我们的文艺界就发生了这样的争论:究竟还要不要社会主义现实主义?

究竟还要不要社会主义现实主义呢?我认为还是要的。但是我并不像张光年同志一样,好像为了保卫社会主义现实主义就非保卫社会主义现实主义的定义不可。②(虽然他也说,他并不以为这个定义就是"十全十美"的,甚至还说,"要不要一个详尽的定义,究竟是次要的问题。"但就其整个精神来看,却是竭力在为这一定义,特别是其后面一句,辩护的。)这个定义,假如说它在过去曾经是必要的、有益的话,(对于这一点,我也很感怀疑。)那么,它也已经完成了它的任务,今天已是它应该跟我们"含笑告别"的时候了。我也反对那种想为社会主义现实主义另外作一个"更完美的"新的定义的企图。为文学现象下定义,总是一种不聪明的徒劳之举。特别是,假如要把这种定义当作清规戒律,来要求每一个艺术家严格遵守,那就更会流弊百出、贻害无穷。我之所以主张还是要社会主义现实主义,不但是因为社会主义

---

① (苏)西蒙诺夫:《苏联散文发展的几个问题》,载《人民文学》1955年2月第7页。重点原有下点。
② 张光年同志的意见,见他所写的《社会主义现实主义存在着、发展着》一文,载《文艺报》1956年24号。

现实主义的文学，的确存在着，发展着。而且还因为，这种文学正是我们的先辈所梦想的文学，正是我们的人民长时期来所要争取实现的文学。只有这种文学，才是真正自由的文学；才是能够最大限度地满足人民精神上的需要的文学；才是能够激发起人们无比的创造潜力来的文学。虽然这种文学在今天还很年轻，还远没有起到它应该起的、能够起的作用。但也正因为这样，我们更要加紧保护它，努力帮助它成长不可。

假如我们承认，在文学史上确乎有古典现实主义和批判现实主义的存在，那么我们也就不能否认今天的社会主义现实主义的存在。假如我们说，巴尔扎克、狄更斯、果戈理的现实主义，与勒·萨日、斐尔亭、冯维逊的现实主义是有区别的话，那么我们也得说，高尔基、斯梯、林赛、法斯特的现实主义，与巴尔扎克等人的现实主义也是有区别的。事实上，关于这一点，大家也都是可以点头承认的。因为争论并不在这里。争论是在对于这种区别的来源的认识上。就是这种区别，究竟是由于创作方法的不同而来的呢，还是由于时代的不同而来？不承认社会主义现实主义是一种新的创作方法的人，就认为这种区别完全是由于时代的不同而来的；因此他们才主张用"社会主义时代的现实主义"来代替"社会主义的现实主义"的。当然，谁也不能否认，社会主义现实主义是只有在有了科学的社会主义思想以后，有了社会主义的革命运动以后，才能产生的。因而它的许多特色，正像过去的古典现实主义、批判现实主义的许多特色一样，是与时代所加于它的影响不可分的。但是，除了时代的影响而外，是不是在作家的创作方法方面，也还可以找出某种本质的不同来呢？假如把这种区别都归之于时代的影响，那么，在十月革命胜利以后的苏联的现实主义作家，就都应该是社会主义现实主义作家了，但是事实上却仍有像谢尔盖耶夫－青斯基这样的批判现实主义作家的存在。萧伯纳、罗曼·罗兰、汤麦斯·曼这样一些杰出的与高尔基同时代的作家（他们都比高尔基死得迟），也终其身没有能成为社会主义的现实主义的作家。又如，在今天的英国、美国、法国，遵循着现实主义的创作原则的作家，当然是并不在少数的，但我们却只说林赛、法斯特、斯梯等少数几个人才是社会主义现实主义作家，而其余的更多的人，仍只能算是批判现实主义作家。可见得我们是不能把这种区别的来源，完全归之于时代的不同的。

那么，我们应该怎样从创作方法上来说明社会主义现实主义与过去的现实主义的不同呢？我们知道，所谓创作方法，并不是仅仅指狭义的表现手法而言，我们是不能把它与作家的美学理想，与作家的描写人、对待人的态度分割开来的。社会主义现实主义之所以是一种新的现实主义，首先就是因为它体现了社会主义的美学理想，因为它是按照社会主义的人道主义的原则来描写人、对待人的。

社会主义现实主义的伟大奠基人——高尔基的文艺论著和创作，最足以用来说明这一点。

假如说，毁灭与死亡的主题是一切颓废派艺术底特色的话，那么高尔基底创作的特色，就可以说是对于人的歌颂，对于生活的赞美。《人的诞生》，这是高尔基早年所写的一篇短篇小说的题目，我们简直可以把这一题目当作高尔基的全部作品底总标题。高尔基心目中的"人"，是"生活的主人"，是"伟大的创造者"，是能够征服第一自然而创造"第二自然"的人。他一生的活动，就是在为促进这种"人"的诞生，帮助这种"人"的成长而斗争着的。他之所以要那么坚决地、充满愤怒地与自然主义的和颓废派的文艺进行斗争，就是因为他们歪曲了人，贬低了人，就是因为他们的作品使人丧失自信力、阻碍着新人的诞生的缘故。我们从他的小说《母亲》里，就具体地看到了一个这样的新人的诞生和成长的过程。在小说开始的时候，母亲尼洛芙娜是以一个充满着奴隶式的顺从性与被动性的角色而出现的，最后她却成了一个无产阶级革命斗争底自觉的、英勇的战士了。事实上，高尔基并不是在《母亲》中才开始来描写这种新人的形象的。譬如在1901年写成的剧本《小市民》中，就出现了具有布尔什维克气质的革命无产者的形象——尼尔。甚至在他的更早的充满浪漫主义精神的作品里，就把这种新人的理想透露出来了。如1892年所写的长诗《少女与死神》，1895年所写的《鹰之歌》《伊席吉尔老婆婆》，和1901年所写的《海燕之歌》，在这些作品中所创造的一些形象身上，都"充满了为人民的幸福而决心斗争和自我牺牲的精神，充满了对集体主义，'对人们伟大之爱'的热情"。① 这些作品都充分体现了高尔基的强烈的乐观主义和积极的无产阶级的人道主义精神。高尔基就是因为是第一个用这种无产阶级的人道主义精神来对待他的作品中的人物的，所以他就成了社会主义现实主义文学的创始人；就使得他和过去的现实主义者区别开来了。

在过去的现实主义者的作品中，人，人民，都是作为一个被剥削、被压迫者，作为一个在物质上和精神上受到各种各样的束缚和折磨的人而被同情着的。而在高尔基以及我们今天所有的社会主义现实主义作品中，人，人民，却是作为一个剥削与奴役制度的掘墓人，作为一个美好生活的创造者而被赞美着的。这就是新旧现实主义之间的最最明显、同时也是最最根本的区别；这种区别是谁都可以清楚地看得出来的。如果把这种区别完全归之于时代的影响，那就不能回答如下的问题：为什么高尔基在无产阶级革命胜利以前，在劳动人民实际上掌握政权以前，就能够把人民作为生活的必然的主人，作为旧制度的掘墓人来赞美；而另外一些作家，虽然也是现实主义的作家，却在社会主义已经在全世界的六分之一的土地上取得胜利以后的今天，还只能把人民作为被侮辱、被损害者来同情呢？

所以，过去的现实主义与社会主义的现实主义之间的区别，仍旧应该是从作家描写人对待人的态度上，从作品所透露的人道主义精神的性质上去找寻的。其实，早在1934年，在苏联第一次作家代表大会上，高尔基就已说明了这一点了。他在那一次有名的报告中这样说：

> 社会主义的现实主义认定存在是一种行动、一种创造，它的目的是为着人类之征服自然力量，为着人类底健康和长寿，为着住在大地上的伟大的幸福，而不断地发展人类底最有价值的个别的才能。人们按照自己的要求底不断增长，愿意把大地彻底改造为那联合成一家的全体人类底美妙的住宅。②

---

① 《高尔基》，《苏联大百科全书》选译，人民出版社1954年版，第12页。
② （苏）高尔基：《苏联的文学》，曹葆华译，新华书店1950年版，第58页。

这十分明白地说明了社会主义现实主义文学的社会主义人道主义性质。在作这报告的前一年，即 1933 年，高尔基还在《关于社会主义现实主义》一文中，号召作家同时担当起"产婆和掘墓人"两种任务来。他认为我们的文学应该"杀掉和葬送那对于人类具有敌意的一切东西"，并且在人身上培养这样一种爱情，这种爱情应该是"从对于人类创造的活力的惊异底感情中，从对于那创造着无限的劳动的集团的社会主义的生活样式的人类相互的尊敬中"发生出来的。① 这更具体地说明了社会主义现实主义应该怎样来对待人；应该爱什么，恨什么。而这样的对待人的态度，这样的爱和恨，正是社会主义人道主义精神的表现。

西蒙诺夫在我们上面提到过的他的那个报告中，通过一个具体的例子，也很好地说明了社会主义现实主义与社会主义人道主义的不可分的关系。他举的例子是卡扎凯维奇的一篇短篇小说。这篇小说里的主人公，一个青年，由于一时的胆怯没有把一个撤退的命令送到师团去，因此把这个师团葬送了。后来这个青年被判处了死刑，但是他想活，非常的想活。作者卡扎凯维奇就在这一点上集中了他的全部才力，他想打动读者的感情，使读者相信：这个青年除了使师团复（覆）灭这件事以外，一般地说是个非常好的青年，他还有一个疼爱他的母亲，而现在，他渴望着能活下去。西蒙诺夫认为：只要想象一下，对国家说来，损失一个师团具有怎样的意义？对一万个母亲——不是对一个母亲——说来，丧失自己的儿子具有怎样的意义？我们就会明白，作者把同情给予那个青年，是怎样的违背了人民的利益，怎样的远离了人民的感情！因而，西蒙诺夫断言：在这个时期卡扎凯维奇已经完全脱离了社会主义现实主义方法的实质了。② 这里，西蒙诺夫虽然并没有使用"社会主义的人道主义"这个概念，但显然他就是因为卡扎凯维奇在他作品中所流露出来的感情，所作出的判断，违反了社会主义人道主义的原则，这才断定他的创作方法是已经完全脱离了社会主义现实主义的实质了的。可见，西蒙诺夫是把社会主义的人道主义精神当作社会主义现实主义方法的一种实质的。

过去，我们为了要从鲁迅的作品中去找寻社会主义现实主义的因素，就出现了各种各样的穿凿附会的说法，假如我们能从鲁迅的作品中所透露出来的社会主义人道主义精神上去着眼，是不是就可以比较的有眉目些呢？

五

自从共产党人杂志关于典型问题的专论发表以后，把典型归结为一定社会历史现象本质的理论就遭到了大家的唾弃。近两年来，报章杂志上所发表的文艺论文，差不多每一篇都要批判一下这种理论的错误。然而，事实上，这种理论却并没有就此死亡，它还拥有相当强大的潜势力。（因为这种理论其实并不是在苏共十九次代表大会

---

① 林林译：《关于社会主义的现实主义》，见《高尔基选集》，世界文化研究社第 5 卷，第 136、142 页。
② 见《人民文学》1955 年 2 月号第 2～3 页。

以后才产生的,而是早就存在了的。不过是,在那次大会以后,它就更加取得了无上的威力罢了。)

我们不是还常常看到因为某一篇文艺作品讽刺了某一行业、某一阶级的个别的人和事就被认为是对这整个行业、整个阶级的讽刺而受到指责的事例吗?例如相声《买猴儿》因为讽刺了百货公司的一个工作人员就被认为是对所有百货公司工作人员的糟塌(蹋)。《新观察》上发表了一幅讽刺言行不一致的教师的漫画,就有读者来信指责说,这是对于可敬的人民教师的侮辱。影片《新局长到来之前》上映后,又有人写文章反对把片中的牛科长写成转业军人。最近在《文艺学习》上展开的关于《组织部新来的青年人》的讨论中,有人因为这篇小说把一个老干部刘世吾写成了一个对一切都处之泰然的官僚主义者,就指责作者"这样来刻画老干部老同志,简直是对老干部的污蔑"。① 这种论调,难道不是和把典型归结为一定社会历史现象的本质的理论相一致的吗?②

在关于阿Q的典型性问题的争论中,也可以看到这种错误的典型论确是余威犹存的。

关于阿Q的典型性问题,已经争论了好几十年了,但是直到现在,大家的意见仍很分歧。何其芳同志一语中的地道出了这个问题的症结所在:"困难和矛盾主要在这里:阿Q是一个农民,但阿Q精神却是一个消极的可耻的现象。"许多理论家都想来解释这个矛盾,结果却都失败了。

难道这真是一个不可克服的困难,无法解决的矛盾吗?事实上一点也不是如此。对于一个没有受过错误的典型论的影响的人,是既不会感到困难,也不会觉得有什么矛盾的。为什么农民身上就不会有或者不能有消极的可耻的现象呢?是谁做过这样的规定的?你无论从实际生活中,或者从马列主义经典著作中,都找不到这种根据。这依旧是那种把典型归结为社会本质、阶级本质的观念在作祟。好像,不谈典型则已,一谈典型,就必然得是某一个特定阶级的典型。就要首先要求他必须充分体现出他所从属的阶级的阶级本质,必须符合这一阶级在当时的历史条件下的客观动向。否则,那就是非典型的,就要被认为是歪曲了这一阶级,歪曲了现实。解放初期,不是就有许多人认为:说阿Q是一个农民,是一种农民的典型,是对我们勤劳英勇的农民的侮辱吗?群众之所以会提出这种指责,正是受了理论家的"熏陶"的缘故。因此,理论家就不得不自食其果了。针对这种指责,理论家赶快声明说:阿Q只是个落后农民的典型,并不是一般农民的典型(幸喜没有人肯自居于落后农民之列,不然,恐怕也会要有人出来抗议的)。同时,又特别强调阿Q的革命性,以期使他虽然有着那么多的缺点,终于还能配得上他光荣的农民身份。对艺术史的典型抱着这样机械狭隘的看法,这就无怪乎今天的漫画家和相声艺人之所以要常常陷于触处荆棘,动辄得

---

① 《文艺学习》1956年第12期,第6页。
② 当然,造成这类现象的原因,可能是很多的;不能完全归咎于上述的错误理论。但这类现象的所以会如此经常地发生,那就不能不说是这种理论的影响有关了。

咎的境地中了。

但把阿Q说成是落后农民的典型，问题依旧并没有解决。落后农民毕竟还是个农民，而且，他的落后绝不是天生的，正是因为有了阿Q精神，才使他成为一个落后农民的。那么，他身上的阿Q精神，究竟是怎样产生的呢？按照阶级本质论的典型论，农民身上是绝不会有这些缺点的。即使有，那也是偶然的、个别的，因而就是非本质、非典型的；就是不值得写、不应该写的。然而，我们的鲁迅先生竟然把它写了出来了，而且写得这样成功，令人无法怀疑，无法推翻。怎么办呢？理论就必须能说明这种现象。过去，冯雪峰同志是把阿Q和阿Q主义分开来看的。认为阿Q主义是属于封建统治阶级的东西，不过由《阿Q正传》的作者把它"寄植"在阿Q的身上罢了（在他后来写的一篇关于《阿Q正传》的论文中，雪峰同志并没有提到阿Q主义的形成问题，不知他是否仍持此说）。李希凡同志认为雪峰同志这种说法，实质上仍然是"把典型仅仅看作是一定社会力量的本质的体现"的观点在作祟。但是，他自己的说法，其实与雪峰同志的说法，并无多大的差别。不过他不用"寄植"的字眼，而说是受了"统治阶级的统治思想毒害的结果①"。他说："鲁迅通过雇农阿Q的精神状态，不仅是为了抨击封建统治阶级的阿Q主义②，更深的意义在于控诉封建统治阶级在阿Q身上所造成的③这种精神病态的罪恶"。又说："鲁迅通过落后农民的阿Q来体现阿Q精神④，这正表明了鲁迅对于这种腐朽的精神状态所给予人民危害性的发掘和强调，这是和他的革命民主主义的立场相关联的。"⑤足见他也是把阿Q主义主要看作是封建统治阶级的东西的。何其芳同志看出这种说法无论在理论上在实际上都是不大说得通的。因而又提出了另外的看法。他认为阿Q精神"并非一个阶级的特有的现象"，而是"在许多不同阶级不同时代的人物身上都可以见到的"，"似人类的普通弱点之一种"（这最后一句是三十多年前茅盾同志的话，但为何其芳同志所同意的）。何其芳同志这种说法一出来以后，就立即遭到了李希凡同志的反驳，认为这种说法和被何其芳同志自己在同一篇文章中所批评过的"某种精神的性格化和典型化"的观点，并没有什么区别。并且指责这种看法是一种超阶级的人性论的观点。在去年年底中国科学院文学研究所举办的讨论会上，有更多的人给了何其芳同志以同样的指责。

其实，何其芳同志在提出这种看法时，是十分谨慎小心的。他虽然认为典型性并不等于阶级性，但也并不否认"文学作品所描写的阶级社会的人物"是"有阶级性"的。而且，他还指出了剥削阶级和劳动人民中间的主观主义和阿Q精神的差别所在。尽管如此，他还是免不了要受到"超阶级观点"的指责。原来，批评他的人，虽然不见得就在典型性与阶级性之间"划一个数学上的全等号"，然而却都认为典型性首

---

① 下点系作者所加。
② 下点系作者所加。
③ 下点系作者所加。
④ 下点系作者所加。
⑤ 《新建设》1956年4月号，第27页。下点系作者所加。

先是体现阶级性的。如李希凡同志一再强调,典型必须是一个特定阶级的典型。罗大冈同志认为:"典型是通过各种不同的角度表现一个阶级的特性"的。① 钱学照同志认为:"一个典型有共性和个性,但个性是不能和共性分开的。共性是体现阶级性的;个性就是共性在特殊的时间和地点的条件下的具体表现。"② 而现在,何其芳同志却把阿Q典型性格中的最突出的特色精神胜利法,说成是在不同阶级的人物身上都可以见到的人类的一种普遍弱点,自然就不能不被认为是一种超阶级观点了。很明显,李希凡等同志,尽管也反对把典型"归结为一定社会历史现象的本质",然而事实上他们还是在受着这种理论的支配的。

文学作品中的典型人物,必须是一个在一定历史条件下的具体的、活生生的人,在阶级社会里,他必然要从属于一定的阶级,因而也就不能不带着他所属阶级的阶级性。这是不成问题的。譬如,阿Q是农民,就不能没有农民的特性;奥勃洛莫夫是地主,就不能没有地主的特性;福玛·高尔杰耶夫是商人,就不能没有商人的特性。但我们能不能就说,所有阿Q的特性,都是农民的共性;所有奥勃洛莫夫的特性,都是地主的共性,所有福玛·高尔杰耶夫的特性,都是商人的共性呢?把阿Q当作农民的阶级性的体现者,谁我要说是对农民的诬蔑。而把奥勃洛莫夫当作是地主的阶级性的体现者,那更是对现实的严重歪曲,地主难道都像奥勃洛莫夫那样的善良仁慈吗?同样,商业资本家假如都像福玛·高尔杰耶夫那样的纯洁、真诚,那样的反对人压迫人、人剥削人,阶级斗争就真的可以熄灭了。阿Q、奥勃洛莫夫、福玛·高尔杰耶夫,以及文学作品中的所有的典型,正像我们现实生活中的每一个人一样,他们身上,除了阶级的共性以外,难道就不能有他们各自所特有的个性吗?难道就不能有作为一个人所共有的人性吗?假如说,个性只是阶级性"在特殊的时间和地点的条件下的具体表现",那么,我们也可以说,阶级性只是人性"在特殊的时间、地点和条件下的具体表现"。这样,不但否定了个性,就连阶级性也给否定掉了。

资产阶级学者说,文学是写永恒不变的人性的。这种论调当然是荒谬的,应当反对的。但反对写抽象的人性,是不是就意味着必须强调写人的阶级性呢?我看是不应该得出这样的结论来的。所谓阶级性,是我们运用抽象的能力,从同一阶级的各个成员身上概括出来的共同性。纯粹的阶级性,只存在于人们的头脑中,在实际生活中的具体的人身上是不存在的。文学的对象,既是具体的在行动中的人,那就应该写他的活生生的、独特的个性,写出他与周围的人和事的具体联系。而不应该去写那只存在于抽象概念中的阶级性。不应该把人物的活动作为他的阶级性的图解。阶级性是从具体人身上概括出来的,而不是具体的人按照阶级性来制造的。从每一个具体的人的身上,我们可以看到他所属阶级的阶级性,但是从一个特定阶级的阶级共性上,我们却无法看到任何具体的人。③ 过去的杰出的古典作家,绝大多数都是不知道有阶级性这

---

① 见《光明日报》1956年12月30日第2版。
② 见《光明日报》1956年12月30日第2版。
③ 下点系作者所加。

样的观念的,但是,他们却都写出了不朽的典型。而且,我们从这些典型人物身上,也可以清楚地看出这些人物所属阶级的阶级特性来。所以,在文学领域内,正像列宁所说的,一切都决定于"个别的情况",决定于"一定典型的性格和心情的分析"。用一个抽象的阶级和阶级性的概念,是不能解决任何问题的。

屠格涅夫在谈到他自己的创作过程时,这样说:

> 起初在想象里孕育的是书中人物之一个。这些人物,在我大半都有实在人物为根据。首先使你注意的人物时常不是主角,而是副角;但没有副角作伴是不会生出主角来的。你开始对于性格,他的出身,学历,加以构思,在第一人身旁便渐渐地聚拢其他的人物来。在想象内孕育着,交叉着模糊的形象的那个时候——是艺术家最有趣的时间。随后才感觉到有将这些形象加以系住,给予定形的需要!……

在另一个地方,他更明确地解释道:

> 譬如说,我在社会里遇见某费克拉·安得列夫纳,某彼得,某伊凡,忽然在这费克拉·安得列夫纳,在这彼得,在这伊凡的身上,有一点特别的东西,以前我从未在别人方面见到、听到的东西,使我发生惊讶。于是我对他注视,他或她使我引起特别的印象;我开始加以深思,然而这个费克拉,这个彼得,这个伊凡,随后渐渐的后退了,不知消失到何处去了,只有他们所引起的印象遗留着,渐渐的成熟。我将这些人物与别人对照相比,引他们走进不同的行动的范围内,我心里整个的小世界都是这么造成的。……随后,突然地,无从猜到地,会发生描写这小世界的需要。①

可见他的创作都是从具体的人,具体的事和具体的印象出发的。根据研究家所提供的材料,我们知道许多古典文学名著中的典型人物,在过去的现实生活中,都是有着他们的原型的。鲁迅也说,他笔下的人物大抵都有模特儿。所以,作家们都是从现实生活的感受出发,都是因为在现实生活中所看到、所接触到的具体的人具体的事打动了他,才进入创作过程的。从抽象的阶级性出发,在写作过程中处处想着这个人物的性格是不是合乎他的阶级特征,像这样的作家是很少的。——也许很多,但结果他们是决成不了作家的。

高尔基的如下一段话,时常被人们引用,差不多已成了公式化概念化作家的理论根据:

> 假如一个作家能从二十个到五十个,以至从几百个小商人、官吏、工人的每个人身上,抽出他们最特征的阶级特点、性癖、趣味、动作、信仰和谈风等等,把这些东西抽取出来,再把它们综合在一个小商人、官吏、工人的身上,——那么这个作家靠了这种手法就创造出"典型"来,——而这才是艺术。②

---

① (苏)季摩菲耶夫:《怎样创造文学的形象》,见生活书店《给青年作家》一书,第94、95页。也见《文学原理》第183、184页,译文小有出入。

② (苏)高尔基:《我怎样学习写作》,戈宝权译,生活·读书·新知三联书店1951年版,第6页。

在其他地方，高尔基也曾说过类似的话。应该说，这些话是说得不顶确切的。如果从字面上来了解和接受这些话，确乎会使创作走上概念化的道路的。高尔基自己却明明并不是按照这样的方法来创造典型的；可见我们是不应该这样来理解这些话的意义的。我认为高尔基在这里是告诉初学写作的人：要创造典型，是不能专门模写一个人的；必须有想象、推测和"虚构"。这就要求作者熟悉人、熟悉生活，要求作者多观察，多分析。所以，在这几句话下面，他紧接着说："观察的广博，生活经验的丰富，时常可以用克服艺术家对于事物的个人态度及主观主义的力量，把他武装起来。"可见，他所强调的，正是"观察要广博"，"生活经验要丰富"这层意思。

也许有人会说：作家的创作固然不应该从抽象的阶级性出发，但是，他在创作过程中，难道也可以不去考虑他的人物的阶级性，不去发掘他的人物的阶级本质吗？这不是等于说只要写个性，而可以不必写共性了吗？这样，人物的典型性，作品的典型意义，又从哪里来呢？

像这样发问的人，我相信一定是很多的。因为，正是在个性与共性的关系上，正是在作品的典型意义的来源上，大家的思想最为混乱。

在理论上，大家都知道，个性与共性是不可分割的有机统一体。但是在具体运用上，却常常把二者对立起来。例如我们常常可以听到这样的说法：典型包括个性与共性两个方面，必须同时写出人物的个性与共性，才能写出典型来。单有个性而没有共性，或者单有共性而没有个性，都不能构成典型。上面的发问者就是根据这样的理解提出问题的。其实，天下并没有脱离个性而存在的共性，也没有不体现共性的个性。因此，那种只有个性而没有共性的人，或者只有共性而没有个性的人，是不会有的。在文学创作中，也并不存在"写个性与写共性孰为重要""在写个性的时候应该怎样同时顾到他的共性"等等的问题，这些问题，是只有在理论家的笔下才会出现的。创作家所注意的，只是具体的人和他的具体的活动。差不多所有作家的创作过程都是和前面所提到过的屠格涅夫的相类似的：因为生活中的某一个人某一件事打动了他，他对这个人这件事形成了一定的印象、看法，丰富的生活经验又使他把这个人这件事和其他人其他事联系了起来，这些人和这些事碰在一起，于是发生了种种的矛盾纠葛，搅动着作家的心魂（魄），激起了他的异常复杂的思想感情，使他无法摆脱。就是在这种思想感情的驱迫下，他才来进行创作的。他根据他的立场、观点，根据他对生活的理解和一定的美学理想，来描绘激动着他的人和事，对他们做出一定的评价。什么阶级性，阶级本质等等抽象的概念，他是很少考虑的。但是也决不会因为他的不考虑，他的人物身上就缺乏了这些东西；假如他真正写出了人物的话。水浒的作者，总该是个没有阶级观点的人吧？他在描绘他的人物时，是并不知道，也并不去考虑，他们的阶级性阶级本质等等的东西的，但是他笔下的人物，却无一不合于他们的出身、经历，无一不合于他们的阶级地位。他在有着相同的阶级本质的同一个阶层中，写出来了不是一个，而是几十个活生生的典型。假如他也接受了"写人要写阶级本质"的理论的影响，时时想着他的人物的阶级本质，那他就恐怕只能写出一个，不，甚至一个典型也写不出来了。

我这样说，并不就是认为作品中的人物可以不必在一定程度上体现出他的阶级本质的某些方面；也不是说我们在评论作品中的人物的时候，不应该从他有没有表现出他的阶级特征上去检查；相反的，我认为这些都是必要的、应该的。我只是反对把"写人要写出他的阶级本质"作为一种创作原则，作为一种向作家提出的前提要求。然而，很明显，一向大家却的确是把它当作创作原则、当作向作家提出的前提要求的。一般人都把这种"写人物要写出他的阶级本质"的理论，当作是马克思主义的理论，其实却是一种反马克思主义的，尤其是反文学的理论。马克思主义没有告诉我们人的思想、性格，与他所属的阶级之间永远保持着固定不变的关系；也没有告诉我们阶级的思想、阶级的客观动向就是阶级个别成员的思想，就是阶级个别成员的客观动向。福玛·高尔杰耶夫，葛利高里·麦列霍夫这样的人，并不只是在文学作品中才有，在现实生活中也是有着他们的根据的。因此，想用揭示抽象的阶级本质来代替刻画千差万别的个性的企图，实质上只是一种典型的机械论和庸俗社会学的观点。这里，根本没有什么阶级观点，有的只是成分决定论。①

那么，人物的典型性，作品的典型意义，从哪里来呢？

人物之所以有典型性，并不是因为作家揭示出了他的阶级本质的缘故②；作品的典型意义，也不是仅仅存在于典型人物本人的身上的。人物之所以有典型性，乃是因为在他的周围集结着各种各样的人和事；乃是因为通过他的活动，展开了一幅广阔的社会生活的图景，概括出那一时代的错综复杂的社会阶级关系的缘故。而作品的典型意义，也不应该仅仅从作品中的个别人物身上去找，而是应该从作品所构成的整个画面，所揭示的生活的总的动向中去找寻的。阿Q之所以有典型性，难道是因为鲁迅揭示了阿Q作为一个农民（或者说落后农民，或者说流浪雇农）的阶级本质的缘故吗？阿Q正传的典型意义，难道是仅仅存在于阿Q个人的身上，仅仅存在于他的精神胜利法上吗？假使离开了未庄的典型环境，离开了他与王胡、小D、吴妈，以及赵太爷、假洋鬼子等人之间的关系，阿Q的典型性又从哪里产生出来呢？即使你把他的阶级本质揭露得再鲜明、再深刻些？如果《阿Q正传》的典型意义，仅仅在于阿Q的精神胜利法上，而不同时也在它对于中国半封建半殖民地时代的农村生活和阶级关系的反映上，也在它对于封建地主阶级对农民的残酷剥削和压迫的揭露上，也在它对于辛亥革命的深刻的反映和批判上，（而这些，都是通过阿Q的具体活动来完成的。）那么，这篇作品就决不会被我们这样的推崇了。

马克思主义教导我们，在观察社会现象的时候，应该运用阶级分析的方法。我们在理解和分析文学作品的时候，当然也要运用阶级分析的方法。但进行阶级分析，绝

---

① 当然提出这种理论的人的用意是好的。他提醒作家要注意人物的阶级本质，因为只有当我们认识了一个人的阶级本质以后才更能了解这个人。如果意思只是这样那我是完全同意并且竭诚拥护的。但是这样也就不必提出什么"写人要写出他的阶级本质"这样的理论来，而只需告诉作家应该熟悉人、了解人，应该透过人的阶级本质去了解人就好了

② 概念化的作品中的人物他的一举一动是处处合于，处处体现出他的阶级性、阶级本质来的，然而却并不能成为典型；并没有典型性。可见关键并不在这里。

不是只要简单地为作品中的人物划上个阶级就算，它要比这复杂得多，艰难得多。但是我们过去在评论作品时，却就存在着这种简单的"阶级分析"方法。这难道是种偶然的、孤立的现象吗？它是与"典型必须是某一特定阶级的典型"等等的理论，密切联系着的。大家时常嘲笑那种把对某一行业的个别的人的讽刺，误认为就是对这整个行业的讽刺。然而这样的人，却仍旧时常要涌现出来。不久前，甚至还发生了中华护士学会总会向长春电影制片厂提出抗议的事件。原因不过是为了"长影"拍摄的讽刺喜剧片《带刺的玫瑰》中的主角，恰恰是个护士。我们难道能够过分责备中华护士学会总会吗？至少，我们在责备这个团体的时候，是不是也应该好好追寻一下根源，检查一下我们的庸俗社会学的典型论呢？资产阶级学者时常恶意地称文艺领域为马克思主义的"致命伤"，假如我们的一些自以为是马克思主义者的文艺理论家们，只知道把马克思主义关于哲学、政治、社会等等方面的理论、原则，直接转入文艺领域的话，那么，这一领域虽然不见得真会成了个"致命伤"，恐怕也就不免要成为一个多灾多难的领域了。

车尔尼雪夫斯基曾经十分明确地表达过这样的意思，他认为：艺术之所以有别于历史，是在于历史讲的是人类的生活，而艺术讲的是人的生活。高尔基把文学叫作"人学"，这个"人"，当然也并不是整个人类之"人"，或者某一整个阶级之"人"，而是具体的、个别的人。记住文学是"人学"，那么，我们在文艺方面所犯的许多错误，所招致的许多不健康的现象，或者就都可以避免了。

一九五七年二月八日写完

［原载《文艺月报》（上海）1957 年第 5 期］

文学艺术中的典型人物问题

蔡 仪

一、典型问题在当前提出的意义

近几年来，我们的文艺批评，往往比以前更着重地提出典型人物作为一个主要的评价尺度。如论《红旗谱》的成就时，首先就举出朱老忠是典型；论《创业史》的成就时，也总要谈到梁生宝是个典型。反之，在论作品的缺点或失败时，也常常说是没有创造典型或主人公不是典型。特别是去年关于《金沙洲》和《达吉和她的父亲》的两次热烈讨论中，认为它们是失败的作品的人，几乎都说它们没有创造典型；而认为它们成功的人，又往往主张它们的主人公是典型。两种意见虽然相反，却有一点是共同的，就是以典型人物作为主要的评价尺度。文艺批评中本来早就论过典型人物的创造问题，而如今这样着重地提出它来作为一个主要尺度，以至于引起了热烈的争论，我以为这是和当前文艺发展的倾向有关的。

作为意识形态的文艺，在随着社会生活的变化和思想斗争的要求而发展的过程中，一定时期有它一定的主要矛盾和问题，文艺批评适应它的发展倾向，提出某种合乎规律的要求，有助于矛盾和问题的解决，有助于创作的发展。譬如说，全国解放后最初一个时期，我们的文艺批评曾以思想性和真实性作为重要的尺度。在批评文中也曾提到别的要求，包括典型人物的创造；但是主要是论作品中所体现的思想感情是否劳动人民的，是否无产阶级的，所描写的人民的生活和斗争是否真实的，这是社会主义文学的根本要求，也是当时文艺战线上的主要问题。电影《武训传》的批判，就可以说明这一点，虽然它的整个意义是远为广泛而深刻的。其后有一个时期，在要求思想性和真实性的基础上，又曾提出新英雄人物的创造作为重要的尺度。在作品批评中往往着重地论它是否描写了新英雄人物，或者怎样歪曲了新英雄人物等。这是由革命的思想性和生活的真实性两者结合起来的进一步的要求，当时在这方面也有必须澄清的问题，如"由落后到转变"的公式的流行，也是一个显著的例子。在当前，革命的思想性和生活的真实性，创造新英雄人物形象，依然是我们文艺的根本要求或主要要求，也有尚未明确的问题；然而，思想性和真实性如何结合文艺的特征更好地贯彻到创作中去，新英雄人物形象如何按照艺术的规律创造出来，是文艺创作必需探索的，也是文艺批评必须探索的。现在文艺批评中提出典型人物作为一个重要尺度，可以认为正是这样的探索的一种表现。

可是在批评中具体运用典型人物这尺度的时候，就表现了批评者对典型理解的分歧。如去年在《羊城晚报》上同时发表两篇批评《金沙洲》的文章，一篇是黄冠芳的《生活的波涛永远向前》①，认为"作品比较细致地塑造了几种不同类型的人物典型"；另一篇是华南师范学院中文系评论组的《略论金沙洲》，却认为"《金沙洲》的人物是不典型的，正面人物不典型，反面人物也不典型"。这就可以看出他们在文字上虽然都是说的典型，实际上各人的所谓典型不一样，以致结论是正相反的。为了使典型能够成为一种尺度，就应该明确它应有的意义。于是由具体作品的批评转到典型问题的讨论，这是适合时宜的，甚至是不能避免的。《羊城晚报》关于《金沙洲》的讨论，据编者按语说："一开始，原想就《金沙洲》的思想性、艺术性进行探讨"，但在探讨过程中，首先遇到的障碍之一是"对于典型概念理解的混乱"。因为"典型问题是文学艺术创作的中心问题，也是马克思主义美学的根本问题"，所以需要很好的讨论。②《达吉和她的父亲》的讨论情况也是如此。在《四川日报》的一次座谈会的报导中说：文艺界对于《达吉和她的父亲》的讨论，"涉及到文艺作品如何表现典型环境中的典型人物，如何提高作品的思想性，如何创造新人物等具有普遍意义的问题"；这次座谈会，就是"围绕小说进行具体分析探讨典型问题"③。这都说明典型问题的讨论是完全有必要的。

不过，在批评和讨论中，除了个别文章着重论过典型环境之外，一般都是论的典型人物。在所论中表现的关于典型人物的问题，又有两种情况：一种情况，如把典型人物仅仅归结为阶级本质，完全忽视他的个性，或者根本不管作品中人物的具体环境和条件，徒以抽象的公式去规定他的性格等。这种看法，本来在理论上早已明白是错误的了；但是由于论者的修养或观点的不同，以致发生了理解上的问题。在这次讨论中更进一步弄清楚了，我们这里也就不再论及。另一种情况，却是理论上还没有完全明确的问题，或者说，没有得到公认的定论的问题。其中有的在讨论时提出了种种不同的意见，有的虽然没有争论实际上却是问题。这种问题，如果不设法求得适当解决，要使典型真能作为评价尺度来运用是很困难的。

首先，关于典型是什么的问题，在许多批评和讨论的文章中都概括地回答说：典

---

① 《羊城晚报》1961年4月13日。
② 《羊城晚报》1961年5月25日和7月20日。
③ 《四川日报》1961年11月8日。

型是共性和个性的统一，或普遍性和个别性的统一。① 这个说法本是早已有的，也是比较流行的。但是也早有人怀疑它是否能够完全说明典型。因为一般所谓典型，原是典型事物或典型形象的略语。既是典型事物或典型形象，就应该和一般事物或一般艺术形象不同。然而，普遍性和个别性的统一，只是一般具体事物的普通情况，不能作为典型事物的特殊规定。如张三、李四或任何一个人，既有人的普遍性，又有他的个别性，都是普遍性和个别性的统一。于是典型就不能只是普遍性和个别性的统一了。如果认为典型就是普遍性和个别性的统一，和一般人物没有什么不同，那么文学要创造典型人物，就只要按照任何一个现实的人去忠实地描写他，写得和本人一模一样就可以了；然而，事实上这是不可能创造艺术典型的。因此这个说法，既不能完全说明典型，还可能对文学的典型创造有不良的影响。

在典型问题的讨论中，还曾进一步就典型的普遍性提出不同的意见；主要是关于阶级社会的典型人物的普遍性和阶级性的关系，在《金沙洲》的讨论中，就有三种不同的意见：第一种意见认为典型的普遍性就是阶级性。如孙之龙的《典型是什么》一文中说："我以为，典型是阶级性与个别性的辩证的统一。阶级性——这是普遍性。个性——这是特殊性。普遍性存在于特殊性之中，阶级性存在于个性之中。因此也可以说，典型是普遍性与特殊性的辩证的统一。"② 第二种意见认为典型的普遍性不限于阶级性，还包括更广阔的社会性。如陈则光的《论典型的社会性》一文中说："文艺的典型，应该是阶级性、社会性和个性的统一体。"因为人总是一定社会的人，社会性是人的性格形成的条件。而社会性有"时代的、历史的、民族的、国家的"等方面，是"比阶级性辽阔得多的共性"。③ 第三种意见认为典型的普遍性是阶级性

---

① 在这次讨论中，多数人用以说明典型的：是"共性和个性的统一"。但是"个性"一词，在社会科学的术语中有两种用法，含义不同。如在心理学、教育学和社会思想史上，所谓个性心理、个性培养、个性解放等，是指有个人特点的整个人的性格。这"个性"不是和"共性"相对并称的。在哲学上，和"共性"相对并称时，"个性"是指个别事物的独特的属性，"共性"是指它和同类事物共有的属性。也称为一般与个别，或普遍性与个别性。

"个性"一词的前一个用法，在文艺理论中也早已应用。特别是 19 世纪的文艺理论和批评文中，对于人物的个性描写，是非常强调的。即如恩格斯在给明娜·考茨基的信中所说："这两种环境底人物都有着你平素的精确的个性描写；每个人是典型，然而同时又完全是特定的个性，正如黑格尔老人所说的'这一个'；这是应当如此的。"这里所说的"个性"，是如黑格尔所说的"这一个"的性格，是和"典型"同样地用来说明整个"个人"性格的，不是和"共性"对立地用来说明个人性格的不同因素的。

在文艺理论史上，关于人物性格创造的理论有一个发展的过程，自文艺复兴时期以来，有时有人提倡写人物要写出个人特点，有时有人提倡写人物要写出一类人的特点。经过 18 世纪到 19 世纪提倡写"个性"和提倡写"典型"的意见才先后流行。当时所谓"典型"指的是人物有普遍性也有个别性，而所谓"个性"指的是他有个别性也有普遍性。因此两者都同样指有普遍性和个别性两方面的个人性格，但是两者又显然各有不同的着重之点。"典型"着重指的是普遍性，"个性"着重指的是个别性。恩格斯那句话是把历史发展过程中两种分歧意见统一起来，说明文艺创作中描写得成功的某些人物，是典型同时也完全是特定的个性，典型和个性并不是完全对立不相容的。我们在这里，考虑历史的传统和恩格斯的意见，对于"个性"一词，就按照从来的用法，指有个人特点的整个的性格，而为了避免混淆，在说明典型的因素时，就用普遍性和个别性。

② 《羊城晚报》1961 年 6 月 13 日。
③ 《羊城晚报》1961 年 12 月 21 日。

和类型性。如吴文辉的《论典型的普遍意义》一文中说：典型是阶级性、类型性和个性的统一。因为一个阶级的内部差别很大，很难进行生动的形象概括；至于社会共有的特性的范围更大，更难概括。文艺的典型实际上是"以个性表现类型性，以各种类型性表现阶级性"①。以上三种意见显然是很不同的。对于典型的普遍性的理解既然如此的不同，对于典型的理解也必然因之而不同了。

在讨论的文章中，关于典型的个别性并没有提出什么不同的意见。然而典型的普遍性和个别性原是互相关联的，对普遍性的理解如何，必然也要影响对个别性的理解。因此在有些文章中谈到个别性的地方，也还是可以看出问题。如在批评《达吉和她的父亲》的文章中，就有的认为小说的主人公都只描写了个性，没有"共性"。这就是把任秉清、马赫的性格中留下的旧社会苦难的阴影，在当时本是有普遍意义的东西，也看作只是个别的东西。这是一方面。另一方面，又认为任秉清、马赫各人要求达吉归自己，是琐碎的个人欲望，是个人主义。这又是把他们在当时的实际生活条件下必然有的思想感情，本是他们个别的东西，却看作是他们不应有的东西，也就是要从个别性中排除它。对于典型的个别性的这种看法，就显然是问题。

以上说明由《金沙洲》和《达吉和她的父亲》的批评到典型人物的讨论，表现着各种各样的问题，这些问题究竟如何解决呢？

二、艺术典型的根本性质

文学艺术中典型人物的根本性质究竟怎样，他的普遍性和个别性及两者的统一关系又如何，我们且就文学史上有定论的典型人物来考察吧。文学史上有定论的典型人物，容易叫我们想到的有李逵、阿Q、吉诃德先生、奥勃洛摩夫、"装在套子里的人"等等。他们原是现实人物的反映，也描写得具体、生动，跟现实人物一样，因此他们也有普遍性和个别性，也是普遍性和个别性的统一。然而如上所说，现实中的任何人物都是普遍性和个别性的统一，典型人物就不能只是普遍性和个别性的统一。至于文学艺术中的典型人物，又是作者有意创造的，他的普遍性和个别性及两者的统一关系，是作者所意匠经营的，因此就可能更有不同。

如阿Q这个典型人物在作品中究竟是怎样描写的呢？当他的癞疮疤被别人嘲笑的时候，他没有正常的对抗办法，只有别出心裁地报复说："你还不配。"这样一来，仿佛他的癞疮疤倒是一种高尚而光荣的东西，因此就心满意足了。又他在被赵太爷打了耳光之后，也不敢回手反击，就只好心里想道："现在世界太不象话，儿子打老子。"这样一来，仿佛自己真是赵太爷的老子，因此反而得意起来了。作品中描写了阿Q这种种具体的言语、行动、作风、气派、心理状态和生活习惯等等，都是带有阿Q这个人的独特之点的东西，这就是阿Q的个别性。但是这些又不是单纯的个别的东西，它还包含有普遍性。

---

① 《羊城晚报》1962年1月18日。

本来事物的普遍性存在于个别性之中，个别性是表现普遍性的。阿Q在被人嘲笑、侮辱以至殴打时，不敢用直接的正面的对抗办法，只是采取间接的或者幻想的报复手段，以取得自欺自慰的精神上的胜利。如他的被赵太爷打了耳光，本是可耻的失败，但是他幻想自己是赵太爷的老子，以取得精神上的胜利。这种精神胜利法是他的个别性所集中地表现的，是他作为典型的性格的核心或基本之点，是有普遍意义的东西，也就是他的普遍性。吉诃德先生这个典型人物也是如此。作品里所描写的吉诃德先生的种种具体的言语、行动、心理状态和生活习惯，如他的和理发师作战、和风车搏斗等，都是带有独特之点的个别的东西；而这些个别的东西，又是集中地表现他的单凭主观幻想去冒险从事他所谓光荣事业的精神，这是他作为典型的性格的基本之点，也就是他的普遍性。

应该说明，所谓个别性和普遍性是事物在一定情况下它的属性的相对的关系，并没有什么绝对的区别。在某一情况下的个别性，在另一种情况下又是普遍性。然而在作品中所描写的具体的典型人物身上，他的个别性和普遍性是互相制约、互相规定的，是具体情况下的个别性和普遍性，是可以有也应该有原则的区别。如阿Q在癞疮疤被人嘲笑时，他报复说"你还不配"，因此他的癞疮疤倒仿佛是光荣的东西。我们说这里是阿Q的个别性，并不是认为惟独阿Q才有癞疮疤，也不是认为惟独阿Q在被嘲笑时才说"你还不配"，而是认为在当时那种具体情况下的具体的说法和想法，整个说来，带有阿Q这个人的独特之点，是阿Q所特有的。至于阿Q的精神胜利法，我们说这是他的普遍性，也不是认为作为一个人物来说，只有精神胜利法才是他的普遍性，除此之外他就没有和别人共同的东西；而是认为作品所描写的种种具体的、带有独特之点的言语、行动、心理状态和生活习惯等，是集中地表现精神胜利法的，他的作为典型的性格的基本之点是精神胜利法，因此精神胜利法不能不是他的普遍性，而他的普遍性主要是精神胜利法。

而且艺术典型的个别性，固然是它的独特的属性，又总是和它反映现实的感性现象分不开的；同样，它的普遍性本是它和其他事物共有的属性，也总是和它表现现实的本质规律分不开的。因此如上所说，阿Q的个别性，是作品中所描写的他的种种具体的言语、行动、作风、气派等带有个人独特之点的东西，而吉诃德先生的个别性，同样是作品中所描写的他的带有个人特点的种种具体的感性现象的东西。由于艺术典型的个别性是和它反映现实的感性现象分不开的，所以无论阿Q也好，吉诃德先生也好，他们的个别性总给予我们非常鲜明生动的甚至是突出的印象，使我们得到非常鲜明生动的甚至是突出的感受。要之，他们的个别性是非常鲜明生动的、突出的。如阿Q在癞疮疤被人嘲笑时的别出心裁的报复的话，和他因此而觉得满意的心理状态；他被赵太爷打了耳光之后的欺骗自己的想法，和他因此而感到高兴的情形，就是鲜明突出异乎常人的。吉诃德先生的把风车当作巨人进行搏斗，把理发师当作魔法师的大事奋战，这样的个别性不是也很鲜明突出吗？

不仅如此，他们作为典型的性格的基本之点，又都是有普遍的社会意义的。也就是说，他们作为典型的普遍性，是一定现实生活的本质的反映。如阿Q的精神胜利法，是表现了现实中失败、只有以幻想上的胜利来自欺自慰的人生哲学。按鲁迅当时的想法，是试图要"写出一个现代的我们国人的灵魂"而创造这个典型的。"当《阿Q正传》最初一段一段发表的时候，有许多人都悚悚危惧，恐怕以后要骂到他的头上"，由此可以看出他的精神胜利法是和一定社会生活的本质的反映不可分，而具有广阔的社会意义了。吉诃德先生的不顾现实情况，只凭主观幻想去冒险从事其所谓光荣事业的精神，也是很有普遍意义的，以至几百年后的今天，还有一些可以被指摘为吉诃德先生的人物。

而且他们的作为典型人物的这种普遍性，正是因为个别性非常鲜明、生动而突出才能得到充分的表现。譬如阿Q在被人打了耳光之后，设想这是被儿子打了，反而得意起来：这就恰好充分地表现了他的精神胜利法。同样，吉诃德先生甚至把风车当作巨人去搏斗，以致被风车卷起来，枪也折断了，人也摔得骨架子快要散了。也正是由于这样的个别性，才能显著地表现他的吉诃德精神。如果他们的个别性不是这样鲜明生动而突出，或者他们的普遍性不是这样有社会意义，都不可能使他们成为这样的典型人物。

自然，文学艺术中的许多典型人物，未必都达到阿Q和吉诃德先生一样的高度，他们的个别性未必都那么鲜明突出，他们的普遍性未必都那么有社会意义。但是他们既是典型人物，总有他们作为典型的基本特点，他们的个别性和普遍性及两者的统一关系，还是和一般人物形象不同。我们现在且来看"装在套子里的人"吧。

大家都知道，"装在套子里的人"是契诃夫的一个同名的短篇小说中的主人公，不是如长篇小说或中篇小说中那样，能够在许多场面中、从许多方面去充分描写他，这是短篇小说所不能做到的；而且作品的描写主人公，又不是以传奇的笔调来描写异常的事迹，而是闲谈的口吻，写出他在日常生活中的言行。虽然如此，这个主人公也是公认的很有思想意义的典型人物。

试分析他的所以是公认的典型，首先就可以看出他的个别性也是相当鲜明、生动、突出的。譬如说："即使在晴朗的天气，他也穿上雨鞋，带着雨伞，而且一定穿着暖和的棉大衣"。"他戴黑眼镜，穿上毛衫，用棉花堵上耳朵眼；他一坐上马车，总叫老车夫支起篷来"。这样的姿态、神情、行为、习惯等等，虽是日常生活中的状况，不是也相当突出吗？再如他看见同事柯瓦连科和妹妹华连卡骑着自行车出游（华连卡正是他在试行恋爱的对象），他的脸色顿时由发青变得发白了，而且第二天就跑到柯瓦连科那里向他劝告说："如果教师骑自行车，那还能希望学生做出什么好事来？他们所做的就只有倒过来用脑袋去走路了！既然政府还没有发出通告允许做这种事，那就做不得"。"一位小姐或者一位姑娘，却骑自行车——这太可怕了！"这就可以看出他的个别性是怎样了吧。

"装在套子里的人"之所以是典型，也还在于他的普遍性有相当深刻的社会意义，而且正是由他的鲜明突出的个别性充分地表现出来的。他晴天也带着雨伞，温暖时节也穿棉大衣，坐上马车就要支起车篷，这些都是表现他害怕一切意外事件的发生，甚至认为没有政府明白通告允许的事都不能做，所以一个姑娘骑自行车这样的新鲜事，他就觉得是太可怕的了，以至不得不向他同事提出警告。这就是由畏缩、退守、害怕变革而至于反对任何新的自由活动的懦怯卑鄙的奴才心理。这种心理是封建专制统治之下特别发达的顺民思想，是反动势力的支柱，因此是有很深刻的社会意义的。而且在这个短篇小说里，由于所描写的个别性的鲜明生动而突出，对于他的作为典型的这种普遍性，也是表现得相当显著而充分的。

　　总括以上三个著名的典型人物的情况看来，文学艺术中的典型人物所以是典型人物，不仅是个别性和普遍性的统一，而且是以鲜明生动而突出的个别性，能够显著而充分地表现他有相当社会意义的普遍性；否则这个人物形象就会是平庸的、灰色的、暗淡无光的。至于完全缺乏个别性的形象，就根本不可能是具体的人物形象；即使表现有什么社会意义，也不过是图解现成的政治概念罢了。反之，个别性虽然鲜明而突出，却没有集中地表现什么普遍性；或者所表现的根本没有什么社会意义，都不可能是典型。

　　如果我们对于典型人物的这种看法大致不错的话，那么如小说《达吉和她的父亲》中的主人公任秉清和马赫，或者《金沙洲》中的主人公刘柏和郭细九等人物，就未必是典型。这并不是如有些读者所说：因为他们缺乏普遍性；不是的，我们认为他们既有一定的个别性，也有一定的普遍性（关于这点，我们在下面还要说明），是个别性和普遍性的统一，是有一定性格的人物形象。但是他们的个别性是不是够鲜明生动呢？他们的个人特征是不是够突出呢？不是的。关于任秉清的言语、行动、作风、气派等的描写，在小说中原是比较简单的，关于马赫的具体描写虽比较多却是复杂的。而且关于他们两个人的那些描写都不是集中在表现他们各个人的性格的某一特点上，而是集中在表现他们各人对于达吉的争执这一情节上。如所描写的马赫的喜怒哀乐都是围绕着对于达吉的关系，任秉清的言行等也基本上是如此。因此我们可以说，作品所描写的他们的具体的言语、行动、作风、气派等，没有多少是恰好展示各个人的独特性格，如我们所熟悉的古典作品中的典型人物一样。既然他们性格的个别性不够鲜明生动，性格的普遍性也表现得不够充分，因此他们不是典型。自然，作品中关于个别人物的性格描写也有个别地方是够鲜明突出的，如《金沙洲》里关于鄢有辉到梁甜家里去探视养猪的场面，他说的土改后被扎了三刀的谈话，就写出了这个人物的独特的灵魂。应该肯定，这些描写是很好的。只是这样突出的性格描写究竟是很少的，因此作为典型看来依然是不够的。

三、典型人物的普遍性并不全等于阶级性

　　现在再来看文学艺术中典型人物的普遍性和阶级性的关系如何吧。如上所说，无论阿Q、吉诃德先生或"装在套子里的人"，他们被描写得跟现实生活中的人物一样，作为阶级社会中的人物来说都有一定的阶级性，因此阶级性是他们的普遍性；但是他们每个人的作为典型的性格核心是否等于阶级性呢？不是的，它虽然和阶级性有关系，却未必全等于他们的阶级性。

譬如阿Q是个封建社会的农民，农民的阶级性是他的普遍性，但是阿Q作为典型性格的基本之点的精神胜利法，虽和农民的阶级性有关，却不等于农民的阶级性。因为封建社会的农民，特别如阿Q那样处在封建制度没落过程中的贫雇农，许多都有强烈的反抗性，太平天国革命运动以后多次的农民起义就是证明。然而，阿Q的精神胜利法又不能不和他的阶级性有关系，它是落后的封建农民的性格中的一种因素。这是一方面。另一方面，在当时被帝国主义者不断侵略下的中国统治阶级中，许多人也有他们的精神胜利法。他们也是在帝国主义面前不断失败，又不能采取正面的反抗办法，也只好以幻想去取得精神上的胜利。因此鲁迅当时认为这是"现代的我们国人的魂灵"，并不是没有根据的。不过阿Q的精神胜利法根本是自欺自慰的手段，虽然是一种病态，却还是由于不甘失败而采取的幻想的反抗形式，因此以后才可能发展到对革命不禁"神往"；而统治阶级一些人的精神胜利法却不仅仅是自欺自慰的手段，同时还是欺骗人民、巩固统治的手段。他们所以采取这种手段，对敌人报复的意义是很少的，主要是对人民的欺骗和对自己的安慰。所以两种精神胜利法，正是由于阶级性的关系，在性质上和表现特点上都很不同。吉诃德先生和"装在套子里的人"也是如此，作为人物来说都有他们的阶级性，而阶级性是他们的普遍性；作为典型来说又有他们性格的核心，并不等于阶级性。吉诃德先生是封建地主阶级的人物，有封建地主阶级的阶级性，他的盲目从事其所谓冒险事业也和地主的阶级性有关系，西欧封建制度开始动摇时期的多次十字军远征，就是恰当的历史证明。然而吉诃德先生的这种精神并不完全等于封建地主阶级的阶级性。"装在套子里的人"是封建没落时期依附于统治阶级的小市民型的知识分子，他也是有阶级性的，他的畏缩、退守、害怕变革以至于反对一切新的自由活动的奴才心理，也并不全等于小市民的阶级性。

一般的说，在阶级社会里人的性格中，阶级性是本质的东西；但是不能认为阶级性是完整一套固定不变的，在同一阶级的每个人身上是不多不少一模一样的；也不能认为一个人除了阶级性以外就不能有别的任何普遍性、任何与别的一些人共同的东西。因为即使是同一阶级的人们，由于经济地位的差异，社会分工的不同，也有不同的阶层和集团；各阶层或集团的人们，又由于家庭环境、生活遭遇和文化教养等的有同有异、错综复杂的条件，形成人们的性格，在阶级性的基础上，在各阶层或各集团间，还有各种范围的、各种程度的相同的因素。因此任何具体的人的普遍性都是多种多样的。现实生活中的人是如此，文学艺术中的典型人物也是如此。所以要了解他们的普遍性，就要对作品所描写的具体情况进行具体分析，不能简单地用社会科学现成的原则去硬套。

文学史上有些杰出的巨著创造了一系列同一阶级的典型人物，究竟是怎么一回事呢？如《红楼梦》所描写的主要人物，是封建官僚贵族家庭的子女，其中有一些是典型人物。他们的阶级性是相同的，而他们作为典型又显然是不同的。薛蟠、贾琏和宝玉固然不同，凤姐、宝钗和黛玉也很不同。这种不同虽然和他们的个别性有关系；但他们作为典型的不同并非仅仅是由于个别性的不同，主要是由于作为典型性格的基本特点的不同。凤姐的邀宠擅权，营私纵欲，两面三刀，阴险狠毒；宝钗的圆滑阴柔，故作贤淑；黛玉的违众忤俗，时怀忧伤。难道这些只是她们性格中个别的东西，没有相当普遍的社会意义吗？不是的，这是她们的言语、行动、作风、气派等个别性格集中地表现的，是有较普遍的社会意义的。如凤姐的作为典型性格的基本之点，是没落的封建阶级官僚贵族阶层中愈趋下流堕落的一部分人在不同程度上所共有的；宝钗的性格的基本之点，是这种官僚贵族阶层中想挣扎维持正统的一部分人大致相同的；而黛玉的性格核心，则是这种官僚贵族阶层中不满于腐朽的封建秩序和虚伪的礼教思想，既不愿同流合污，也不能冲决罗网的一部分人大致所有的。因此，这些就是她们作为典型的有相当社会意义的普遍性。

又如《死魂灵》中也描写了许多地主阶级的人物，其中也有一些非常不同的典型人物，马尼罗夫、罗士特莱夫、梭巴开维支和泼留希金等，都是著名的典型人物。他们虽然同是地主阶级的人物，但是作为文学典型都是完全不同的。马尼罗夫的庸俗虚伪，罗士特莱夫的鄙野无赖，梭巴开维支的贪婪，泼留希金的悭吝，是他们作为典型的性格核心，和他们的个别性有关系，却不能认为只是个别性，实际上是没落过程中的地主阶级向不同方面发展的各部分人的普遍性。

除了《红楼梦》《死魂灵》之外，还有《三国演义》描写了封建领主阶级的一系列的政治活动家的典型，《水浒传》描写了封建农民革命运动中许多英雄人物的典型。由此可知，文学作品中的典型人物，即使是属于同一阶级，具有相同的阶级性；但是他们作为典型人物既不同，他们作为典型性格的基本之点也是不同的。因此阶级性是他们的普遍性，而他们作为典型的普遍性，却不能认为都是不多不少正等于他们的阶级性。

文学史上还有一些作品，描写不同阶级的人物，成为大致相同或类似的典型；他们作为典型的普遍性、他们的性格核心是大致相同或类似的。如《死魂灵》中的泼留希金，《儒林外史》中的严监生，《悭吝人》中的阿巴公，《欧也妮·葛朗台》中的老葛朗台，据一般的理解，他们都是悭吝的典型，也就是说，他们作为典型性格的基本之点都是悭吝。虽然他们之中，前两个是属于封建地主阶级，后两个则是属于资产阶级，他们的阶级性显然不同，但是他们作为典型的普遍性却是大致相同或类似的。

除了悭吝的典型之外，文学史上还有种种这样的典型。如《伊里亚德》中的阿溪勒斯，《三国演义》中的张飞以至《恰巴耶夫》中的恰巴耶夫等，都是最著名的对敌斗争勇猛无比的典型。还有《被绑的蒲罗米修斯》中的蒲罗米修斯，《阿诗玛》中的阿黑以及《绞索套着脖子时的报告》中的伏契克等，也是我们所熟知的反抗压迫、英勇不屈的典型。这些不同阶级（而且不同时代、不同国度）的人物，作为艺术典型成就的程度虽不一样；如果可以肯定他们都是典型的话，那么他们作为典型的性格核心大致相同；也就是说，他们作为典型的普遍性虽然和阶级性有关系，却不都是阶级性，而是不同阶级的人在某种相同的社会生活条件下可能有的性格中大致相同的因素。

因为人的思想、意识、性格，从根本上说，都是实际社会生活的反映或反应。阶级社会里的人的阶级地位，在实际社会生活中是有决定意义的，于是阶级性在人的性格中也就是本质的东西。但是不同阶级的人的实际社会生活，还有某些相同的条件反映在他们的性格中，也就有一些大致相同的因素。譬如说，自阶级发生以后所经历的各个历史阶段，不管实际社会生活在各方面有多少怎样的不同，根本上都是私有财产制的社会，因此过去历史上各个阶级的人都有私有财产的观念。如恩格斯就曾说："对于同样的或差不多同样的经济发展的阶段，道德论也必然多多少少互相吻合。自从动产的私人所有制发生以来，在一切存在这种私有制的社会里，道德的箴言不能不是：'勿偷盗'"①，我们在这里也可以说，在一切存在这种私有制的社会里，积蓄私有财产不能不是人的生活活动的一个重要方面，而爱惜私有财产也就不能不是人的思想感情的一种主要内容。其中有一些人的这种思想感情发展到了极端，形成一种对于积蓄私有财产的迷信和狂热，以致不顾损害正常的生活、家庭的幸福乃至个人的生命。这就是严监生、泼留希金、阿巴公、老葛朗台等人的性格的根本之点，也是他们作为典型的有社会意义的普遍性。

而且自阶级社会发生以来的各个历史阶段，迄今都是阶级对立的社会，都有阶级对阶级的剥削和压迫。《共产党宣言》中也曾说："至今所有一切社会的历史都是在阶级对立中演进的，而这种对立在各个不同的时代又是各不相同的。但是，不管这种对立具有什么样的形式，社会上的这一部分人对另一部分人的剥削却是过去一切世纪所共有的事实。所以，毫不奇怪，各个时代的社会意识，尽管形形色色、千差万别，总是在一定的共同的形态中演进的，也就是在那些只有随着阶级对立的彻底消逝时才会完全消逝的意识形态中演进的。"我们在这里也可以说，由于过去社会的历史长时期是阶级对阶级的压迫，各个时代的被压迫阶级就必然有对于压迫者的反抗性，其中许多人的这种反抗性是非常坚强的，因此蒲罗米修斯、阿黑、伏契克等作为文学典型的性格核心，是有很广泛的社会根源，很普遍的社会意义的。

也正因为私有财产制特别是阶级对阶级的剥削和压迫，不同时代、不同民族、不同阶级的人就有各种形态的对敌斗争及至战争，因此不同时代、不同民族、不同阶级之中就可能有些人在对敌斗争或战争中具有突出的勇敢无畏的精神，可能产生如阿溪勒斯、张飞以至恰巴耶夫等这样的典型。

自然他们作为典型的这种普遍性，不是和阶级性无关，而是打上了阶级的烙印，是通过阶级性表现出来的。如以悭吝的典型来说，由于各个历史阶段的私有财产制的具体内容不同，人们所私有的主要财产不同，财产私有的主要方式也不同，因此悭吝的主要对象和悭吝的表现形式也就不同。严监生和泼留希金这样的封建地主所热爱成癖的是土地和农产品，习惯于勒紧裤带来节约谷物；而阿巴公和老葛朗台这样的资产者所热爱的是货币，一见到金钱的光泽眼睛也特别发亮，一想到金钱的美妙简直神魂颠倒。又如蒲罗米修斯、阿黑和伏契克等反抗压迫英勇不屈的典型，他们作为典型的

---

① 《反杜林论》，（第一编）《道德和法。永恒的真理》，人民出版社1956年版，第96页。

普遍性并不完全等于阶级性，但也是打上了阶级的烙印的。蒲罗米修斯的故事本是出自远古的神话，但在埃斯库罗斯的作品中，他是对统治者至上神的横暴的反抗者，是对被统治人民的疾苦的同情者，虽然还是以神话中巨人的姿态出现的，实际上是奴隶主阶级的叛逆者。阿黑是民间故事诗中的英雄人物，也有浓厚的传说色彩；但是他是封建社会的农民，所反抗的是封建地主的残酷压迫。至于伏契克是为实现共产主义而英勇斗争的战士，是无产阶级先锋队的英雄。因此他们都是属于一定阶级的、是有阶级性的。

而且某种典型性格的基本特点，可能是同一社会中的不同阶级的某些人，甚至是不同社会中的不同阶级的某些人，包括统治阶级的和被统治阶级的一些人，他们在一定社会生活的条件下也都有的。如上所说，精神胜利法就不仅是阿Q那样当时中国的落后农民所独有，即使当时中国的封建统治者也有的。虽然他们的精神胜利法，由于带有他们阶级的烙印，在本质上和落后农民的不同，但是因为在现实中失败而以精神上的幻想的胜利来补偿则是大致是相同的。在这里我们还可以补充说明，不仅过去的封建统治者有，今日的帝国主义者也是有的。今日的帝国主义者，正处在没落的过程中，正经历着愈来愈严重的失败，虽然他们拼命的挣扎、捣乱，但是在民族独立、民主和社会主义的革命浪潮的不断高涨中，由失败到更彻底的失败是他们必然的命运。不管是自觉的或不自觉的，他们也往往要以精神上的幻想的胜利来安慰自己并吓唬人民。如美帝国主义原是危机重重，矛盾百出，本质上是一个纸老虎，却总是要张牙舞爪；它的代表人物总是声嘶力竭地宣传美国生活方式的优越，诅咒社会主义制度的灭亡，而且不断地摇晃着原子武器，要以此作为他们的信念的保证。这实质上就是他们用来安慰自己并吓唬人民的一种精神胜利法。他们的这种精神胜利法，也打上了他们的阶级的烙印，和当时中国的封建统治者的基本上近似，而和阿Q那样落后农民的在本质上是不同的。又如上面所说，单凭主观幻想盲目从事冒险事业的精神，也不仅是如吉诃德先生那样欧洲文艺复兴时期的封建地主阶级所独有，不同社会中的不同阶级的某些人，在一定的生活条件下也是可能有的。首先是，也主要是一般在没落过程中的阶级，由于利令智昏，往往不能认识也不肯认识现实的真实情况，就凭主观幻想盲目从事冒险事业；有时进步阶级在前进过程中，也有些人由于种种原因不能认清现实，而有这种主观主义的想法和做法。自然，没落阶级的某些人的这种精神是他们的阶级本性的一种表现，而进步阶级的某些人的主观主义，在具体表现上虽和一定的阶级性有关系，却未必就是他们本阶级的阶级性。

以上所说的主要意思，就是典型人物的普遍性并不全等于阶级性。因为人的阶级性是由阶级地位所规定的实际生活对人的思想、意识、性格的影响。实际生活是多方面的，影响也是多方面的，因此阶级性也随各方面的实际生活表现成为种种特点。譬如从来的农民，由于实际的生活条件，养成他们的散漫性、保守性、狭隘性、落后性、对于财产的私有观念、对于封建主的反抗性及政治上的平等要求等等，这就是农民阶级的特性。而现代无产阶级，由于实际的生活条件，养成他们伟大的团结性、互助性、组织性、纪律性、进步性、对于财产的公有要求及对于一切剥削者的反抗性、战斗性、坚韧性等等，这就是无产阶级的特性。现实生活中的个人，也往往不能通过各种实际生活很好地全面体现阶级性。至于文艺作品，无论篇幅怎样长，也只能在某些生活方面去描写人物性格的某些特点；而且由于作者的意匠经营，往往按照一定的意想更强烈更集中地描写性格中的某一基本特点，以便于创造更高更理想的艺术典型。因此文学艺术的典型很少乃至几乎没有全面地表现阶级性的。自然，表现阶级性的某些基本特点的典型是有的，或者比较多方面表现阶级性的典型也是有的。在一定意义上说这种典型的普遍性就是阶级性，也许是可以的。但是认为典型的普遍性定要全等于阶级性，一个典型必须全面地不多不少地体现阶级性，这实际上就是主张一个阶级一个典型，显然是错的。

如在批评小说《达吉和她的父亲》的文章中，有的认为任秉清既是解放了好几年之后的农民，没有解放后农民阶级的乐观主义和自我牺牲的精神，也缺乏阶级友爱和民族团结的社会主义觉悟，因此不是典型。也有批评《金沙洲》的文章认为："刘柏的精神境界是不高的。他对黎子安的主观主义工作作风的斗争，缺乏高度的原则性；对郭细九的自发思想的斗争，也流露出等待、忍让的态度；在郭细九等搅风搅雨的情况下，他感到孤独苦闷"。"总之，在他身上，看不到奋发的共产主义精神，大胆泼辣的工作作风，他是一个上怕领导下怕群众、不硬不软、老老实实的农民。"换句话说，"与时代精神和阶级倾向不相符合"，"不能称为典型"。这种看法就无异于要求一个农民或共产党员的艺术典型必须具有按阶级本性的要求的一切优点，而不能有任何缺点，必须是革命的农民或无产阶级的阶级性的最完善的体现者，这不仅表现了对典型的普遍性的理解是错误的，同时表现了对典型的理解也完全是错误的。

总之，文学艺术中典型人物的普遍性固然都和阶级性有一定的关系，有的也可以在一定意义上说就是阶级性，但是有的却不能说就是阶级性，也许是一种比较狭小范围的普遍性，也许是一种更广泛范围的普遍性。因此如所谓"社会性"或"类型性"的说法，虽不确切，却也多少指出了一方面。不过文学艺术中典型人物的普遍性，本是非常复杂多种多样的。正如典型人物的个别性很难作烦琐的刻板规定一样，典型人物的普遍性也决不能简单规定就是阶级性，或者简单规定是所谓阶级性与"社会性"、所谓阶级性与"类型性"。如果它们都能如数学一样可以用一目了然的公式来表明，那么艺术创造和艺术欣赏也就可能是更方便的事了。

四、不能忽视典型的个别性

关于典型的个别性，如上所述，有些批评文章，由于把普遍性全等于阶级性，也就把不是所谓阶级性的东西都看作个别性，如把任秉清和马赫的性格中留下的种种不同的旧社会的苦难阴影，即看作是他们的个别的东西；或者把本是个人独特的东西却看作是本人不应有的，如把任秉清和马赫各人按自己的想法和独特态度要求达吉归自己，认为这是先进的劳动人民不应有的。这种看法就成问题。

小说《达吉和她的父亲》所描写的任秉清和马赫的性格中留下的种种不同的旧

社会的苦难阴影，我们认为这是有普遍的社会意义的，不只是个别的东西。因为解放后数年间（《达吉和她的父亲》这小说是1956年发表的），固然多数农民的生活起了一个根本的变化，得到了真正的翻身，但是也还有相当数量的农民，他们的实际生活并没有消除旧社会遗留下来的苦难痕迹，他们的精神生活中也就不免还有旧社会遗留下来的苦难阴影。就任秉清来说，他本来是一个勤劳而能过适当生活的农民（从他向达吉追述过去家庭生活情况中可以看出），因女儿被抢走，老婆又病死，从此以后到解放前的十多年间，就一直过的是贫苦、孤独、寂寞、痛苦的生活，随着年龄的老，身体也衰弱了，当然实际生活和精神生活也就更困难更痛苦了。解放后，他的经济生活和政治地位改变了，可是并不是一切都完全改变了，他的家庭生活，可以想得到是基本上没有改变。眼前的事实，他的被抢走了的女儿也没有找回家，就是证明。实际生活既如此，精神生活也就更不是一下改变得了的。批评者所说的"他那憔悴衰老的身影，恍惚迷离的神态，愁苦悲哀的眼光，吞吐含糊的声音"，并不是他的罪过，都是旧社会的苦难加上自然规律的作用所造成的后果。要多少改变这种后果，对他这样的老人来说，改变他的家庭生活，找回他的女儿，总是一个重要的条件。自然，新社会有使他改变这种生活的可能，他能够到凉山各地去找女儿，并且还得到政府的协助；但是事件正发生在找女儿上，在他看来，困难正是遇到了找回女儿的阻力，为什么"他的精神状态不可能是如此"呢？而且和他同样的"在旧社会饱经忧患、凄苦无靠的可怜人"，何止成千上万？虽然别人所受苦难的具体情形不会和任秉清相同，但是在旧社会都受了苦难这点是相同的。因此如任秉清这样性格上的忧愤而阴郁的这种旧社会留下的苦难阴影，并不是没有普遍意义的。

马赫的实际生活和任秉清大不相同，性格也很不同。但是由达吉问题引起他对旧时代民族关系的回忆时，所表现的旧社会苦难的阴影也是很强烈的。如他和任秉清争论中的相骂乃至于拔刀相向，那样的猜疑而仇恨，不正是这种苦难阴影的表现吗？

至于任秉清和马赫各人的按自己的想法和态度要求达吉归自己，我们认为这是他们在当时实际生活条件下不能没有的。从任秉清的情况看，如上所述，过去他的生活还过得去，家庭还圆满，身体也健康；自从他的女儿被抢走，家庭生活被破坏，精神健康被摧残；现在他的生活某些方面虽然好了，却正是年老体弱劳动力差之人了，依然孤独、寂寞且难免穷困，他不得不回忆过去，不得不要找回他的女儿。他失掉她原是不应该的，要找回她原是应该的。找回女儿这件事，关系到他的实际生活的改好，也关系到他的精神生活的改好。这就不能说他要找回女儿是错的，不能说是琐屑的个人欲望、个人主义而予以否定。虽然在他和马赫争吵中，骂马赫是"蛮子"这不对，但也不能因此就把他要找回女儿这件事都认为是不应该的。从马赫的情况看，他的坚持要达吉归自己也是有道理的。他和达吉现在的父女关系是他过去流的血所凝成的，他真正是达吉的再生之父。现在达吉不仅是他的家庭的一个成员，简直是他的生命的一部分。为什么他不应该留住她呢？为什么他要留她就是琐屑的个人欲望、个人主义呢？不用说，马赫也有错，那就是在争吵中他的拔刀，然而在整个事件中他的思想感情，却不能笼统地说是不应该有的，倒是他在当时的情况下难免有的个别的东西。

因此我们认为小说对任秉清和马赫的描写是有个别性也有普遍性的，是普遍性和个别性的统一。这可以说是写出了人物性格，他们是现实生活中的一个真的人一样，是在形象塑造上获得一定的成功；但是并不等于认为他们就是典型。他们并不既是现实生活中的一个真的人一样，而且还是在性格的特点上又能代表一定的人群的性格与典型性格并不是一回事。关于这点，我们且不多说。我们在这里主要想说明，把作品所描写的人物性格中有普遍意义的东西作为个别的东西，把个别的东西作为个人不应有的东西，这是对于人物的个别性的错误理解。这一理解上的错误，同时也影响到对整个人物形象的看法，影响到对整个作品的评价。

然而关于典型的个别性问题，更重要的一点，是一般批评文章中很少对人物形象的个别性进行分析。一般批评文章，对于人物形象的普遍性，他的阶级性，他的社会本质，论得认真而仔细，这自然是必要的。可是对于人物形象的个别性，他的个人特点，或者他整个的个性，却缺少认真地、仔细地论到过，大多数文章根本就不提及这一方面。在典型问题的讨论中，同样表现了这种倾向，对典型的普遍性提出了种种不同的意见，即使并不都对，还是对普遍性的理解有启发作用。然而对于个别性却完全没有提出什么不同意见。这表示我们的理论批评对艺术形象的个别性不够重视，我以为这也是一个大问题。

虽然在讨论中许多文章都说：文学形象和现实事物一样，普遍性存在于个别性之中，个别性表现普遍性。这实际上就是说，没有个别性也就没有普遍性，不能很好地描写个别性也就决不能恰当表现普遍性。因此可以断言，在艺术形象的考察上，普遍性是重要的，个别性也是同样重要的。

文艺创作要描写事物的特性，是一般杰出的作家非常重视的。譬如福楼拜教导青年莫泊桑写作的时候，叫他要用极简单的话语写出一个人或一件事物的特点，认为这是从事创作的基本要求。曹雪芹在《红楼梦》开始的地方就说明他的作品不是"千部一腔，千人一面"的东西，也就是说它写出了各个人物的特点。至于文学理论批评方面，就有许多强调个性描写的有名言论。在马克思和恩格斯这两位马克思主义创始人的少数有关文献中，也反复强调个性描写的重要性。如马克思在给拉萨尔的信中曾说："在个性描写方面恰好缺少特征"，"把个人作为时代精神的单纯号筒"，这是不好的。恩格斯在给拉萨尔的信中也说：要"把各个人物描绘得更加鲜明些，把他们对比得更加突出些"。在给明娜·考茨基的信中又曾提出，"每个人是典型"而又"完全是特定的个性"的名言，并且还指出作品中某个人物"还保有一定的个性"，但在另一个人物身上"个性却更加消融到原则里去了"。单就这些话也可以看出他们是怎样的重视人物的个性描写了。虽然他们所说的个性和我们这里的个别性并不完全相同，然而还是着重在性格中的个人特征。因为如果没有描写出个人特征，就决不能是具体的活生生的人物，而是个性消融在原则里，这就是"千人一面"，就是"公式化、概念化"，这种艺术形象也必然缺乏艺术力量。典型形象要求有鲜明生动甚至是突出的个别性，即不仅仅是一般的个性描写，而是要"描绘得更加鲜明些"，"对比得更加突出些"，这样才能充分而显著地表现普遍性。马克思和恩格斯的这些信，其实就是一种作品批评的文章，由此也可以看出他们的批评又是怎样注重个性描写的分析吧。

当作家酝酿创作、选择题材的时候，一般情况往往是从具体的事物印象去把握它的意义，这根本上就是从个别的东西进入到普遍的东西。当读者阅读作品时，也是首先接受艺术形象的印象然后理解它的意义，这也是根本上从个别性进入到普遍性。在批评方面呢？大家都承认须要从形象的考察入手，离开形象来谈作品的意义和成就，就是抹杀了艺术的基本特征，不仅会是抽象的空论，还可能是有害的谬论。所谓从形象的考察入手，这根本上也是要求首先考察个别性，从个别性进入到普遍性。本来普遍性存在于个别性之中，个别性表现普遍性，而文艺批评由分析形象的个别性进而把握它的普遍性，这毋宁说是很自然的事。如果我们的批评家，在评论《金沙洲》和《达吉和她的父亲》的时候，不是从政治概念出发，而是从具体形象出发；那么，对于任秉清和马赫或刘柏和郭细九，首先考察他们各个是否描写得是活生生的具体农民，有怎样鲜明生动的个人特征，也就不难看出他们还是有个别性也有普遍性的完整的个人性格，在人物形象的塑造上并不是失败的。虽然小说《达吉和她的父亲》的艺术魅力主要在于人物之间"矛盾的典型化"（上面曾说到小说是集中描写两个主人公对于达吉的争执这一情节），但是和他们的性格描写的成就也有关系。

可是许多批评文章，无论肯定他们是典型的或否定他们是典型的，都很少分析他们的个性描写如何。否定论者往往是从抽象的政治概念出发，不是从具体形象出发；而肯定论者虽以具体形象为根据，这是好的，不过在断定他们是典型人物时，主要也是论证他们的普遍性，或者说明他们是普遍性和个别性的统一而已，而对于他们的个性描写也是分析不够的。因此他们的论证也是不太切实的。

艺术形象如果没有个别性，也就没有普遍性，也就不可能是典型。要创造艺术典型，就要理解艺术典型、分析艺术典型，不能忽视它的普遍性，同样不能忽视它的个别性。

创作上不再忽视个性描写，批评上的不再忽视个性分析，是克服公式化、概念化、简单化的一个关键。

（原载《文学评论》1962年第6期）

论历史剧

吴 晗

我不懂戏，也不常看戏，但对历史剧却有浓厚的兴趣。

原因是正确的历史剧可以普及历史知识，是进行历史主义、爱国主义教育最有效的工具。

解放以前，我们国家的广大人民没有普遍受到学校教育的机会，百分之八九十的人们是不识字的。但是，尽管没有读过历史书，他们却有了一些历史知识，知道有战国、三国、唐、宋等朝代和刘备、曹操、关羽、张飞、岳飞、包公等等历史事件和历史人物。特别是诸葛亮，"三个臭皮匠，抵过诸葛亮"，在人民中间的威信很高。解放军在连队里开诸葛亮会，大家出主意。农村公社里的老社员组成黄忠班，表示不服老，要和青年人竞赛。包公的声名则更是妇孺皆知，这是因为广大人民长期受封建官僚的压迫，侮辱，以至破家荡产，丧失生命，渴望有一个清官能够替他们申冤平反，过较好的日子的缘故。海瑞在我国东南地区有南包公之称，也是这个道理。

旧历史剧在过去的时代里，是起了它应有的作用的。不过，也有它的缺点，那就是剧作者是根据他所处时代的思想意识来处理历史事件和资料的。每一个历史剧都有它的创作意图和时代背景，或者以古喻今，以古讽今，指桑骂槐，或者是强调某一方面的教育意义，或者有其他意图等等，总不免夹杂一些糟粕，甚至对历史真实面貌有所歪曲。前者例如宗教迷信的宣传，后者例如对王昭君、曹操的评价等等。我们虽然不能以今天的标准去要求过去时代的旧历史剧，指出这一点却是必要的。

应该肯定，旧历史剧中确实有些好戏，如空城计、群英会、杨家将等等，经过几百年的考验，到今天还为广大人民所喜爱，它的教育作用也还是有现实意义的。

也还需说清楚，旧时代把某些故事剧也算在历史剧范围里，这种影响直到现在还未消除，例如两年前我曾翻阅几本厚的历史剧目，发现其中有 90% 以上是故事剧，无论如何是不能算作历史剧的，这是一个可以商讨的问题。

例如杨家将，杨业、杨延昭、杨文广三代都领兵和北方的辽国作战，保卫边疆，英勇善战，有功于国家，有功于人民。在过去长期受外来侵略，广大人民多灾多难，闻鼙鼓而思良将，杨家将这个戏受到广大人民的热烈欢迎，是有它的社会基础的。杨家将的人物是真实的，保卫边疆的斗争是有根据的，这个戏是历史剧。虽然其中夹杂了潘杨两家的矛盾，把宋初名将潘美的形象歪曲了，不符合历史真实，但陈家谷之战，失败的主因是监军王侁、刘文裕力主进战，王优争功，擅离陈家谷，主将潘美不能阻止，遂致杨业全军覆没。因此潘美对杨业的败死是负有责任的，把账算在他身上也不是完全没有道理的。

由于杨家将的形象深入人心，从这个戏派生出了一系列的杨家的戏，例如辕门斩子、四郎探母、杨门女将、十二寡妇征西、杨门少将、杨排风、佘赛花、百岁挂帅、穆桂英挂帅、破洪州、杨文广征辽等等一大堆，从人物论，佘太君、穆桂英和杨门一群寡妇都是虚构的。从史实说，征西也罢，征辽也罢，破洪州也罢，挂帅也罢，也都是出于剧作家的主观愿望，是不符合历史实际的，是那个历史时代所不可能发生的。尽管其中有些戏确是好戏，但不可以给它戴上历史剧的帽子。

同样，薛家将的戏也有类似情况，薛仁贵是实有其人的，是唐太宗、高宗时的名将，曾和高丽、吐蕃打过仗，立下战功。他的子孙也有人当过将军。但如薛刚反唐、徐策跑城这类戏便一点历史影子也没有了，不能算作历史剧。

至于包公戏，这个人的斗争性是很强的，剧作家有权对某些人物加以虚构，不过，像打龙袍、秦香莲这类戏，皇太后和公主跑到开封府吵吵闹闹，戏剧性确是加强了，历史性却说不上有一点点。

以上是我对旧历史剧的一些看法。要郑重声明的是：第一，我不赞成其中有些戏算是历史剧；第二，我还认为其中有些戏是好戏；第三，假如有人一定要把杨门女将之类的戏当作历史剧，这是他们的自由，不过，就我个人来说，我还要说不是；第四，旧历史剧是过去时代剧作家的创造，经过长期考验，虽然其中有些缺点，我却不主张改，假使一定要改，也只能个别地方改，改其不太合理和文字不顺的地方，千万不要大改，以至乱改；第五，旧历史剧反映了旧时代剧作家的一些看法，作为历史剧的发展过程来看，是有它的时代意义的。但是，我们这个时代却不应该跟着旧时代的剧作家脚迹走，因为道理很明白，时代不同了！

我要谈的主要是新历史剧的问题。

从最近杨家将这一系统的戏一个接一个演出以来，我感到有些迷惑。我国的历史这么长，内容这么丰富多彩，有成百成千的历史人物和事件可以搬上舞台，为什么不选取其中有教育意义的戏剧性较强的编为历史剧，而非打杨家将的孤儿寡母的主意不可呢？这样做，有什么必要呢？随便举一个例，破洪州这个戏，我虽没有看过，不过洪州这个地方我倒是知道的，就是现在江西南昌。杨家和辽国作战，怎么会打到南昌，这样连祖国地理也搞不清，对观众又有什么好处呢？

在我看来，不妨两条腿走路。一条是继续上演经过考验的好的旧历史剧，一条是集中力量编出新的正确的历史剧。旧有的杨家将这一类的戏当然可以上演；但杨家将孤儿寡母这条道路却不必再走了。新历史剧的道路是无限宽阔的。

要创作新历史剧，我想，应该注意几点：

第一，历史学家和历史研究工作者应该充分和戏剧家合作，提供戏剧家以新的题材，在我国无限丰富、生动、悠久的历史中，选取其中某些有现实意义的题材，例如我们祖先的智慧、勇敢、勤劳、坚强不屈、雄心大志、勤俭奋斗、创造发明、忠实勤恳、保家卫国、自力更生、调查研究、明辨是非、同甘共苦，等等美德，弃其糟粕，取其精华，要求有可靠的真实的史料，又要有戏剧性，每一个故事都写成提纲，附以参考书目，送给戏剧家写作时参考。戏剧家在选取其中一些题材创作成剧本，历史学家要帮助讨论修改，在排演过程中也是如此。这样，把历史和戏剧两个家打通了，一定可以出现很多新的好的历史剧，繁荣了创作，普及了历史知识，也有效地满足广大观众的要求。这个工作我们已经在尝试着做了，也希望其他兄弟省市的历史学家和历史研究工作者们能够这样做。

　　第二，必须明确历史和历史剧既有联系也有区别这一原则。所谓有联系，指的是既然是历史剧，必然要受历史真实性的约束，在时代背景、主要人物和事件等方面，不能凭空捏造，或者以今时今地的思想意识去强加于古人，让古人穿戴古代衣冠，却具有中华人民共和国人民的思想感情。相反，新的历史剧在主要方面，亦即人物、事件、时代背景方面，必须基本上符合于历史真实，从这方面说，历史剧是和历史有联系的，是不可以不受历史真实性的约束的。违反了这一点，即使文艺价值极高，戏剧性很强，叫什么剧都可以，却不大好称为历史剧。同时，历史剧既不是历史教科书，更不是历史论文，它除了受历史真实性的约束以外，主要的还是戏。是戏就得按戏的办法写，要有矛盾、有冲突、有情节，要收到艺术效果，还必须有所突出，集中，夸张，因之也就不能不有所虚构，使之更丰富、生动，更美，更动人。戏剧家完全有权利这样做。要充分运用革命的现实主义和革命的浪漫主义相结合的精神，创造出新的历史剧。但是，也还有一条限制，那就是尽管容许而且必须有所虚构，却只能、必须限于这个人物、事件所处的时代所可能发生的，也就是必须具有时代的特征，或者说是时代的约束。超出了这个范围，无论是以今人的思想意识或者物质生活虚构于古人，或著以明清时代的情况虚构于唐宋，同样是违反了历史真实性，是非历史主义的。

　　片面强调联系约束的一面，把历史剧写成历史教材，那就不叫戏。反过来，片面强调区别的一面，如有些人所说的那样，文艺的真实性不同于历史的真实性，剧作家可以无须凭借历史记载，只凭马列主义理论和自己的生活体验，就可以写出符合历史唯物主义的历史剧来，这也是一种天真的缺乏严肃态度的说法。在我看来，有人一定要这样写，当然无从反对，只是，这种戏和历史实际一点关系也没有，可以叫什么什么戏，却不能称为历史剧。也要提醒这些先生们一下，历史是不许可捏造的，是不能凭自己的主观愿望虚构的。

　　第三，对历史记载的看法也必须澄清。有的人认为所有历史记载都是封建史家写的，记的只是帝王将相的事迹。由于他们的阶级立场，对农民、人民的活动就不能不有所歪曲，隐蔽，以至污蔑，这个提法是正确的。问题是如何来对待现存的史料。他们从这个前提得出结论，认为过去的历史记载全都是不可信的，因而不能凭借。这样一来，就把我国无比丰富生动的历史资料一棍子打死了。这是一种对自己国家历史的虚无主义态度，是不科学的，因而也是错误的。当然，过去时代的历史家所写的记载都带上他们阶级的烙印，不这样写是不可想象的。当然，他们所最感兴趣的是帝王将相的活动。当然，他们仇恨农民起义和农民战争，看不起农民、工人。这些都是由他们的阶级本质决定的。当然，他们的记载，其中有许多是不可信的，有歪曲，有隐蔽，有污蔑，甚至还有捏造呢。问题是用什么态度去对待这些历史记载，是全盘否定？还是全盘接受？或是批判地继承？

无须多说，不管是全盘否定也罢，全盘接受也罢，都是不正确的、错误的和非马列主义的。只有老老实实学习毛主席的思想，运用辩证唯物主义和历史唯物主义的观点、立场、方法，批判地继承，去粗存精，去伪存真，由此及彼，由表及里，把死史料运用为活史料，密切结合当前需要，使浩如烟海的无比丰富的史料中某些优良部分，充分发挥其作用，古为今用，为今天的建设社会主义服务，才是唯一正确的可行的办法。

　　最后，也还要说一下，对旧历史剧我一点反对的意思也没有，只是不同意把某些旧剧强名为历史剧。其次，我认为对新历史剧的创作必须要有较高的标准——我们这个时代的标准，因为我们生活在这个伟大的无比幸福的时代。

（原载《文学评论》1961年第3期）

一九四九：在"十七年文学"的转型节点上
——《中国现当代文学史与思想史的关联性》论纲①

丁 帆

60年的文学史也该到再次审视和淘洗的时候了！只因30年来现当代文学史的编写在价值理念上还存在着许多误区，还缺乏俯视整个中国文学史而宏观把握各个断代史的能力以及大文学史观的气魄和眼光。

60年在中国文学史的长河里只不过是一瞬间而已，然而，对于一个在现代化过程中的共和国文学来说，却是一段充满着大起大落、大喜大悲的历程。回眸它的进程，使人不能忘怀的文学思潮、文学现象、文学事件和文学文本比比皆是。但是，究竟谁是谁非、孰优孰劣，面前的文学史读本仍然是很混乱，分辨是非、去芜存真的文学史重写任务是远远没有完成的。如今，我们需要做的事情是：除了文学史的价值观念的重塑外；就是在60年的文学史当中对作家作品进行再次的淘洗；再者就是能否从其发展进程中找出每次大的裂变原因来进行探究与分析，这些或许能为文学史的二次筛选和重写找出规律性的经验来。

毋庸置疑，1949年以来的文学史和其间思想史的发展是基本同步的，其关联性是不以人们的意志为转移的，尽管80年代以来许多学者在治当代文学史的时候一再试图避开思想史对文学史的影响和笼罩，想回到文学的本体和自身发展的轨迹上来。但是，历史无情地宣告60年的文学发展轨迹是依傍着政治与社会发展而前行的，尽管它有时也会冒出一些貌似纯文学的文体和样式，然而，在这些样本中你仍然可以看见和嗅到它与政治社会文化不可分离的关联性。虽然我们不屑于反映论对我们多年来的禁锢，试图寻觅到一条文学自身发展的规律，但是60年文学史与思想史的血肉联系俨然是一个巨大的客观存在！一切文学思潮、文学现象、文学创作的分析与透视，若想离开思想史的"直射"或"折射"，都是徒劳的，就像安泰要拔着自己的头发离开地球一样不可思议。除非是体制彻底变化，否则就是"天不变道亦不变"。即便是从上个世纪末开始至今的商品化写作大潮，也同样是在体制思想制约下的文化与文学的表演性动作，作家们甚至试图用"身体写作"来展示文学的自身内涵，殊不知，这俨然都是政治文化规约下的"自选动作"，作家作品背后所指涉的巨大思想文化符码是显而易见的。我一直在努力寻找那种"纯文学的样本"，可是终究无果。

因此，我以为只要抓住中国大陆当代文学60年发展中因思想史变化而生发的文学史转型中的几个关键时间节点，就很容易逼近60年文学史的内核与本质。

---

① 这篇文章是作者近年来正在进行的自选课题"中国现当代文学史与思想史的关联性"论纲中的一部分，其中很大程度上是教授文学史课程时的讲稿提纲，现整理出来，陆续发表。

一、"颂歌"与"战歌"的和鸣

1949年，在共和国诞生的礼炮还没有响起的时候，7月的第一次文代会就决定了它迎接的必然是一个"颂歌"与"战歌"的文学时代的到来。

20世纪90年代我和王世诚在出版的《十七年文学："人"与"自我"的失落》中就把"十七年文学"归纳成"颂歌"与"战歌"两种模式，虽然十多年过去了，我们的基本价值评判依然没有改变，稍有改变的是由于随着许多新的数据的披露，对"战歌"的认识将更加深刻而已。

1949年是共和国文学的起始年，它直接关乎"十七年文学"和"十年文革文学"的走向，分析它的制度性和规约性是理所当然的事情。其实，它的文学走向的奠基早在7年前的《在延安文艺座谈会上的讲话》就完成了，而非是改朝换代前"天地玄黄"的1948年人心所向的和鸣，尽管1948年以后大批文化人和文学家都从各地辗转来到北平，把自己的身心都交付于这个新的政权，并在共和国正式成立前就召开了第一次文代会，具有先锋意义的文化和文学为新中国的诞生做了舆论上的奠基准备，但是无论就其组织形式还是思维理念而言，它仍然是"解放区文学"体制规约的生命延展。文学在继续革命的思想指导下，无疑是定位在"颂歌"与"战歌"的标准样式中。在我们统称的"十七年文学"，乃至于"十年文革文学"中，"颂歌"与"战歌"的文学样式逐渐升级，形成了中国文学在世界文学面前的不断退化和矮化，甚至成为走向"五四"新文学反面的直接动因。但是，我们的当代文学的治史者们却始终不愿面对这个铁定的史实，既不承认这个时期大陆文学的滞后性，也不愿意追溯与叩问其滥觞与所以然。

更值得关注的问题是：我们常常只注意到这一时期文学的"颂歌"样式——那种在锣鼓喧天中庆祝新国体诞生的喜悦与山呼万岁时的激情化作稚嫩的诗篇，甚至还有些拙劣——的危害性，而忽略了被这一现象掩盖着的"战歌"文学样式。从这个意义上来说，最具有讽刺意味的就是胡风在1949年新中国隆隆礼炮声中写就的激情长诗《时间开始了》。作为一个典型的案例，胡风再也没有想到从此"开始了"的是埋葬他的思想的过程。那时候，所有的知识分子，包括所有的作家，都像胡风那样虔诚，甚至郭沫若还写出了《鲁迅先生笑了》的诗篇。亦如李慎之所言："时间开始了！我怎么写不出这样的文字来呢？时间开始了！我完全了解胡风的思想和心理。绝不止胡风和我一个人，我肯定那天在天安门广场的每一个人都是人同此心，心同此理：中国从此彻底告别过去，告别半殖民地与半封建的旧社会，告别落后、贫穷、愚昧……"谁也想不到，不到六年后，也就是1955年5月13日，《人民日报》开始刊登"关于胡风反革命集团的材料"，毛泽东主席亲自撰写了编者按语，将胡风和其友人定性为"是以推翻中华人民共和国和恢复帝国主义国民党的统治为任务的""一个暗藏在革命阵营中的反革命派别"。5月18日，经全国人大常委会批准，胡风被捕入狱。从而造成了建国以来第一起重大冤假错案。① 这个文学事件演变成一个政治事件，其最重要的意义就在于它是一种警示信号：注定了1949年以后的文学要捆绑在政治思想战车上的命运了。这是"历史的必然"！

我对德国学者顾彬所撰写的《二十世纪中国文学史》中的许多观点并不赞同，尤其是他对许多作家作品的分析囿于某种文化的隔阂不甚到位，但是他对一些大的文学思潮和文学现象的把握还是有历史眼光的，其价值判断也是基本公允准确的。譬如他把1949年以后的共和国文学归纳为"文学的军事化"，也就是看出了它的"战斗性"："1949年以后，文艺成为建设'新'社会过程中常用的手段。由于新的文艺美学诞生于战火纷飞的1942年，所以使用了军事化的语汇，强调阶级斗争和游击战争策略。""战争美学需要体现国家意志，需要塑造'普通人'代表党和人民的声音。这种战争美学的核心观点有以下四点：（1）文学与战争任务一致；（2）必须进行史无前例的革命；（3）文学水平的标准是战士即人民群众（大众文化）；（4）文艺工作者之所以来自大众是基于战争经验（业余艺术家）。"② 作为一个"局外人"的20世纪中国文学史的治史者，顾彬对1949年中国文学深层走向的领悟似乎要比我们国内的许多当代文学的史学家们敏锐得多。

由此可见，在这个关键的时间节点上，不仅当时的人们忽略了"时间开始了"的另一层意义——"阶级斗争"的重新开始，而就今天的文学史家们来说，有意无意地回避了这一深层的文学内涵却是绝不应该的。其实，"战歌"的号角在共和国诞生时就同时吹响了，当月的《人民文学》上就赫然醒目地刊登了丁玲、陈企霞充满着火药味的批判白朗《战斗到明天》的长文，这一历史的细节无疑是标示着一种新的白刃战在文艺思想领域内的开始。大量的"火光在前"的革命战争题材作品就把这种火药味散发得浓浓的，营造了一种战斗的气息和氛围。而批判《关连长》和《我们夫妇之间》就是阶级斗争新的时间的开始。

从此，在新中国诞生的隆隆礼炮声中，炮口开始转向，对准了一切有不同意见的"反动派"！从"三反""五反"到"批判电影《武训传》""批'新红学派'""批胡适""批胡风"，再到"反右斗争"，其思想史和文学史是紧密相连、丝丝入扣的，同时，我们也可以在"十七年文学"创作的深处无处不在地找到阶级斗争大棒的影子。

二、"配合"政治意识形态的几种文学模态

正因为有了1949年这样一个时间节点上的思想转型和新的规约，才有可能出现在这个时间链上的诸多形形色色的作品，当我们翻开一部文学史，它的每一页，乃至每一个字缝里都几乎写满了为政治服务的印迹。

---

① 此资料见傅国涌《1949——中国知识分子的私人记录：第四部分：胡风：时间开始了》，长江文艺出版社2005年版。

② （德）顾彬：《二十世纪中国文学史》，范劲等译，华东师大出版社2006年版，第263页。

我们可以清楚地看到，在直接反映解放区"天地玄黄""乾坤扭转"的"土改运动"题材的两部获得"斯大林文学奖"的作品《暴风骤雨》和《太阳照在桑干河上》是1948年面世的，前者的作者周立波从苏联文学（他早期翻译了肖洛霍夫的《被开垦的处女地》）中汲取营养，为配合伟大的"土改运动"而创作的长篇小说，这种体验生活而高于生活的作品，成为新中国文学学习的楷模。如果说《暴风骤雨》在故事性和艺术性上还没有太出格地诠释政治的需求的话，那么，丁玲在创作《太阳照在桑干河上》的时候，就较明显地表露出她要积极配合当时政治和政策的欲望来，以至在人物的塑造上也变得生硬干瘪，其语言也显得僵硬而做作，完全没有了早期"莎菲女士"的真挚与灵动。

"配合政治和政策"成为新中国文学创作的宗旨，成为一切创作的最高目标，同时也是最低要求，从这个意义上来说，1949年7月的第一次文代会就把这个宗旨阈定为作家创作的一个"潜规则"。最值得发人深省的是，"人民艺术家"老舍1949年以后的创作一直是配合政治形势的，《方珍珠》《龙须沟》《女店员》一系列的创作都是如此，而唯一没有"配合"的创作就是成为"十七年文学"中具有罕见艺术生命力的《茶馆》了，老舍先生和当时人艺的党委书记说：这个戏就不"配合"了。可见其中之奥妙。

1949年以后的"十七年文学"创作是在文学必须直接配合政治运动和宣传任务的前提下，也就是一定要在"写中心""画中心""唱中心"的口号下进行创作，否则就是反对无产阶级文学。尽管如此，作家们还是做出了不同程度的努力。为着廓清各个作家作品之间的区别，以防我们的文学史将其搅和成一锅粥，我大致将它们分为四种类型模态，即：主动性配合、消极性配合、反动性配合和抵抗配合几种模态。这里需要说明的是，第四种的抵抗配合和前三种配合是不在一个逻辑层面上的论述，前三种共同构成一个并列关系，而后者是相对独立的系统，又与前三项构成一个对位的关系。

（一）"主动性配合"举隅

1949年以后"主动性配合"的创作占绝大多数，无论小说、诗歌、散文、戏剧，各种文学样式都竞相配合政治。

小说自不待言，从延安传承下来的赵树理精神，除了坚持民族化、大众化的风格外，"配合"已然成为赵树理创作的惯性，不仅他本人身体力行，还带动和影响着一大批他麾下的"山药蛋派"作家群。从因配合婚姻自主宣传而写就的《登记》开始，到《实干家潘永福》等，他仍然沿袭着《小二黑结婚》的套路，他在《下乡集》中就明确表示了如何配合政治路线和政策的写作思路，他的长篇小说《三里湾》成为第一个洞察了农村社会主义改造政治走向的敏锐反映现实生活的力作。在这样的榜样力量的感召下，才会出现谷峪的《新事新办》，马烽的《一架弹花机》《三年早知道》和西戎的《宋老大进城》这样的"山药蛋派"作品；才会在农业合作化的节骨眼上出现像李凖那样直接图解政策的小说《不能走那条路》，这部作品已然成为"十七年文学"主动性配合的一个典型标本，虽然作者后来又写了被认为颇有生活气息的《李双双小传》，但是仍然脱不了政治宣传的窠臼。反映农业合作化题材的长篇最出名的是被称为当代文学史诗性作品的《创业史》，我并不否认作家对创作的十二分虔诚，也不怀疑作家是抱着最真挚的情感去介入和描写他自认为的真实生活图景的，但是，由于我们培养的工农兵作家对发生了的历史和"历史的必然"缺乏清醒的哲学性认识，更不可能具备对历史的洞见与认知，所以，柳青们在无意识中就在为空洞的乌托邦付出了沉重的代价，尽管他们的人品是无可挑剔的，然而，他们的作品却成为政治宣传的工具。即便是后来由于人品的变异走上了贼船的浩然，当他创作第一个长篇小说《艳阳天》时，也同样是带着十二分的虔诚去营造那个乌托邦城堡的。如今我们仅仅用他们当时的"朴素的阶级情感"和"谁没有喝过'狼奶'呢"作盾牌来化解这一"配合"的行为，恐怕是远远不够的吧。

诗歌创作自不必说，它是"颂歌"与"战歌"最直接的"简单的传声筒"，1949 年，从何其芳的《我们最伟大的节日》和郭沫若的《新华颂》开始，那些吮吸过"五四"新文学自由与民主空气的诗歌巨子们，像陕北农民那样从肺腑中唱出了如《东方红》一样呼唤"大救星"的长歌，从此，一种配合政治运动的"宫廷诗体"与襁褓中的共和国同时诞生了。直到毛泽东提倡发动的"新民歌运动"，共和国培养和生产的诗人是层出不穷的，但是他们当中绝大多数是为大唱"颂歌"与"战歌"而生的，他们在"革命的现实主义和革命的浪漫主义相结合"的所谓"两结合"创作方法的规约下狂歌，我们不必举出众多当时因"积极性配合"而走红的著名诗人了，就像艾青这样的诗人也在"为社会主义歌唱"的高调中云中漫步，当然，使他始料未及的是如此忠心耿耿地歌唱竟然还是被打成了大右派，只因一个《养花人的梦》，他的《欢呼集》算是白"配合"了。作为被称为"战斗诗人"的田间除了写就了许多战斗的诗篇外，也同时不忘高唱《天安门赞歌》和《毛主席》。这一时期最热门的是长篇政治抒情诗，从延安来的贺敬之是一把好手，他应该是"颂歌"的集大成者，《放声歌唱》《东风万里》《十年颂歌》《雷锋之歌》等一系列长诗几乎成为共和国文学的教科书，《回延安》也是几代人的文学必读课本。

这里特别需要提到的是一生一直在"积极性配合"与"反抗配合"之间游走的两难诗人郭小川，他自诩为"战士兼诗人"，一方面认为："诗人首先是战士，要纵观整个新时代，眼光应该敏锐，唤起人们斗争。"另一方面，他又主张"文学毕竟是文学，这里需要很多新颖而独特的东西"，"核心是思想。而这所谓思想，不是现成的流行的政治语言的翻版，而应当是作者的创见"。[①] 正是在这样极其矛盾背反的心境下，作者创作出了两种截然不同的诗篇，从《致青年公民》《白雪的赞歌》《将军三部曲》到《深深的山谷》《一个和八个》《祝酒歌》《青松歌》《大雪歌》等一系

---

① 郭小川：《月下集·权当序言》，人民文学出版社 1959 年版。

列政治的和非政治的抒情诗和叙事诗,都显现出诗人在"配合"与"不配合"之间来回跳跃性的思考,其中最发人深省的是他在 1959 年所写的那首引起批判热潮的政治抒情诗《望星空》,诗中那种"望星空,我不禁感到惆怅"的心境正是他不知道究竟是用"战士"的眼光来粉饰太平呢?还是以"诗人"的名义来抒发心中忧郁的矛盾情绪的呈示。从这个意义上来说,郭小川和他的诗歌就是"十七年文学"中有良知的作家创作困境的最好注释。

散文创作是"主动性配合"的"轻骑兵",它以最快的速度和最随意的样式直接去触及政治敏感的问题,所以颇受青睐。

1949 年以后的散文可分为广义散文和狭义散文两种,前者包括了散文文体的新创造,那就是报告文学和特写。之所以出现这种文体热,是时代政治的需求使然。50 年代前期风靡的是"主动性配合"政治运动和形势的通讯报道、报告文学之类的人物纪实描写,而 50 年代后期就把主要精力转向政治抒情散文和随笔杂文的写作了。前期除了配合抗美援朝战争的通讯报道(最典型的是魏巍的《谁是最可爱的人》,它成为哺育几代人的教科书)和一些"颂歌"式的抒情散文(如老舍的《我热爱新北京》等,由于它的文体形式和抒情特点没有诗歌那样狂热而易朗诵口传,所以并不显眼)外,就是人物纪实散文了,如柳青的《王家斌》、秦兆阳的《王永淮》、沙汀的《卢家秀》等,它们开了为先进人物和英雄人物树碑立传的先河,这些纪实性散文后来在 50 年代后期逐渐演变成报告文学文体,形成了配合政治的创作热潮,如《一场挽救生命的战斗》(巴金)、《为了六十一个阶级弟兄》(《中国青年报》集体创作)、《向秀丽》(郁茹)、《毛主席的好战士——雷锋》(陈广生)、《无产阶级战士的高尚风格》(郭小川等)、《县委书记的好榜样——焦裕禄》(穆青)、《小丫扛大旗》(黄宗英)。当然,像臧克家的《毛主席向着黄河笑》那样直接歌颂领袖的抒情散文也屡见不鲜。而 50 年代后期到 60 年代初是被当代文学史家们称为"散文的黄金时代",所谓的"散文三大家":杨朔、刘白羽、秦牧的创作正好是"积极性配合"和"消极性配合"两种模态的印证。杨朔散文是"颂歌"变体的代表,他的《海市》《东风第一枝》虽然在艺术上较婉约曲折,但是作品无视当时人民的疾苦,一味对时局阿谀奉承、曲意回护,其危害甚至远远大于其他作品。《雪浪花》《荔枝蜜》《茶花赋》《泰山极顶》作为几代人的文学营养,其历史意义深远而值得回味反省。而刘白羽以《红玛瑙集》中的《日出》《青春的闪光》《长江三日》名世,当然还有《万炮震金门》那样的檄文,《长江三日》被视为"战歌"在艺术和思想上的最高境界,那种充满着阳刚的革命激情可谓奔腾磅礴、一泻千里,而在荡气回肠之后给人留下的却是空洞的回音。

1949 年以后的戏剧创作也是在一片锣鼓声中扮演着"积极性配合"的主角。它的起源来自毛泽东所倡导的"推陈出新"的旧剧改革,从 1949 年带来的延安遗风,一直到 60 年代前期的"京剧革命",可以说,除了在反右前夕的时间节点上有短暂的创作自由外,戏剧基本上是以闹剧贯穿于"十七年文学史"创作中的。"配合"成为这个文学样式的主要职责和任务。不要说《红旗歌》（刘沧浪等）、《战斗里成长》（胡可）这样的"颂歌"与"战歌"充斥着舞台，就连老舍也诚心诚意地积极投入了为新生活鼓吹的行列，他的《方珍珠》《龙须沟》就是配合"颂歌"的力作。曹禺从《明朗的天》到60年代的《胆剑篇》都是在积极配合进行创作的，难怪赵丹在临终前说他1949年以后没有创作出属于自己的作品来。这种"配合"到了60年代初的阶级斗争天天讲的时候已经是登峰造极了，《夺印》《千万不要忘记》《年青的一代》《霓虹灯下的哨兵》可说是那个时代戏剧直接图解政治意识形态的样板。

（二）"消极性配合"举隅

"消极性配合"大多数是当时根据上面下达的创作任务，或者是为了跟风而显示进步进行写作的，像巴金的短篇小说《团圆》就是应景之作，过度的戏剧性效果背后透露出来的是作者配合政治宣传时的无奈与艺术上的底气不足。从50年代初创作的工业题材作品如周立波的《铁水奔流》、艾芜的《百炼成钢》到诸如杨朔反映抗美援朝战争的《三千里江山》等作品，均因为"配合"的痕迹太明显，且亦非自身熟悉的生活而宣告失败。而"消极性配合"的作品出现在农业合作化题材的作品中是不多的，像周立波的《山乡巨变》就算是这一题材创作的佼佼者了，由于作者把许多描写的重心放在生活和爱情上，导致"配合"的因素下降，也算是一种有意无意地游离吧，但是其艺术效果却比其他作品好了许多。回眸这些因配合政治宣传而速朽的作品，我们只能慨叹当时的文艺体制无视文学规律的规约性。然而，又有哪个作家反躬自问，进行了深刻地自我反省了呢？总是把这场闹剧，甚至是悲剧的责任轻轻地推给了历史，这肯定不是历史主义的态度。即便是消极地配合，也应该总结历史的教训，以儆效尤。

作为一个特例的是杨沫创作的长篇小说《青春之歌》，本来作者就是满怀激情来抒写知识分子是怎样走上了无产阶级革命康庄大道的主题内容，以此来回答"五四"以来知识分子创作母题中始终不能解决的知识分子出路问题。但是，在那个左而又左的时代里，就连这样的红色经典也同样招致了不够左的诟病，致使作者不得不加进了"与工农相结合"的内容，这一修改虽然是被动和消极的，但是作家的态度是虔诚和谦虚的。

在"消极性反抗"中我们可以看到，反右斗争血的教训，使得许多作家躲进了历史题材的硬壳中，50年代末是"十七年文学"中长篇小说创作的所谓"黄金时代"，许多描写革命历史题材的作品面世，像梁斌的《红旗谱》、曲波的《林海雪原》、知侠的《铁道游击队》、冯志的《敌后武工队》、李英儒的《野火春风斗古城》和刘流的《烈火金刚》等一大批用传统话本小说形式创作的长篇小说，就是为了规避现实政治的困扰而钻进"革命历史题材"的保险箱里做道场的结果。

1949年以后的诗歌创作中采取"消极性配合"的作品不算很多，当然，在一大批诗人诗作中也有一些处于消极状态下写就的诗篇，包括艾青、李季、徐迟、戈壁舟、李瑛、雁翼、公刘、顾工、白桦等人的部分诗作。值得玩味的是,"汉园三诗人"中曾经是"现代派"诗人的何其芳是"配合"上去了,而李广田和出身"新月派"的卞之琳,以及40年代就出名的冯至都没有能够"配合"上去,他们也试图尝试用新的形式和思想来为社会主义文学添砖加瓦,卞之琳写了《第一个浪头》,李广田写了《春城集》,冯至写了《西郊集》《十年诗抄》。但终因不能摆脱借鉴英美诗歌窠臼而不被看好,这种"配合"不以他们自己的主观意志为转移,恐怕也只能算作"消极性配合"吧。

1949年以后采取消极配合、迂回描写的叙事和抒情散文不外乎一种模式,就是像秦牧那样躲进历史和文化知识传播的躯壳之中,在文中或文末置入一些勾连时代的套语,也就成为融知识性、趣味性和思想性为一炉的妙文了。他的《花城》《古战场春晓》《土地》《潮汐和船》《社稷坛抒情》都是那时红极一时、众口称赞的好作品,可以看出,只有在那个禁锢的时代里才会出现这样的现象。大同小异的作家作品就有吴伯箫的《北极星》、碧野的《情满青山》、郭风的《叶笛集》、何为的《织锦集》、袁鹰的《风帆》、方纪的《挥手之间》、峻青的《秋色赋》等。这些作家的作品只能说是没有那样露骨地去积极配合政治意识形态而已,但绝对不能算是好作品,在新一轮文学史的筛选中很可能被淘汰。

同样,戏剧的"消极性配合"也出现在反右斗争以后的1958年至1962年间,历史题材的戏剧创作也成为戏剧家们躲避严酷的阶级斗争现实的一种明智的选择。郭沫若的历史剧创作可谓是"王顾左右而言他",《蔡文姬》《武则天》其中翻案之意只有他自己心里最清楚。田汉的两部历史剧《关汉卿》和《文成公主》,前者被后人说成是"反潮流"的力作,或许并不客观,把它列为"消极性配合"可能更合适一些。老舍的《神拳》无甚影响,而朱祖贻等的《甲午海战》却成为那一时期的扛鼎之作,同样是提升民族精神,它的成功之处就在于很少《胆剑篇》里那种为政治而说教的痕迹。

(三)"反动性配合"举隅

所谓"反动性配合"就是指那些看出了政治和政策有了问题而在作品中进行反思和对抗的作品。从较早的萧也牧的《我们夫妇之间》到后来在反右斗争前夕的一系列作品:王蒙的《组织部新来的青年人》、刘绍棠的《田野落霞》、李国文的《改选》、白危的《被围困的农庄主席》等,这些作品在面对当时政治和政策时,采取的是对政治现实本身的反思。换言之,也就是在为政治服务的创作思维整体框架中,做出的是有自己独立政治见解的价值判断,虽然这些作品在艺术上也同样存在着较为粗糙的弊病,但它毕竟是作家独立思考的艺术结晶。包括赵树理在内的一些被视为最为可靠的"主动性配合"作家们,在一定的历史条件下也会进行自主性思维。在"社会主义现实主义"的路子走到尽头时,赵树理们要求创作方法的深化,提出了与时代潮流相悖的"写中间人物论"的主张,其《锻炼锻炼》就是对政治与生活实际相脱离的一种反诘。当然,西戎的《赖大嫂》亦是如此。就连李准也写下了像《灰色的帆篷》这样叩问政治现实和生活现实的作品。就此而言,我们可以看出,这种"反动性配合"的作品,无疑是"十七年文学"中对政治生活和文艺体制进行反思和对抗的力作,但是,仅仅把它们作为一种"反潮流"英雄交响诗来礼遇,恐怕也并不符合文学史的客观要求。

除了消极的逃避,诗歌在1949年后的"十七年文学"中的"反动性配合"是微弱的,虽然1958年被打成右派的诗人也不少,但是,这类诗作能够在文坛上留下来的却很少,像被毛泽东点名批判的流沙河的《草木篇》那样直接针砭时弊的散文诗,应该是有其鲜明特色的诗作,而郭小川的《望星空》对时代、自我所发出的深刻的诘问,却是那个时代精神压抑下诗人寻觅自我与人性的最强音了。艾青的《养花人的梦》和邵燕祥的讽刺诗都在不同程度上发泄了对那个时代政治的不满。由于这一时期曾活跃于40年代的"九叶派"诗人被冷遇且多数被打成右派,而"七月派"诗人又早早地被定为"胡风反革命集团分子",诗坛上活跃着的基本上是喝延河水的诗人了,这就是此类作品不多的原因所在。

1949年以后"十七年文学"中散文创作"反动性配合"有两次高潮:一次是1957年反右前夕;一次是60年代初期。前者是以刘宾雁的报告文学《本报内部消息》《在桥梁工地上》等为发轫,对党内存在着的官僚主义作风进行了无情的揭露和批判,尽管这一时期大量流行的是一些"颂歌"式的报告文学,但仅仅刘宾雁的这两篇报告文学就足以显现出那个时期此类作品强大的威力和创作的爆发力。后者是在60年代初期由邓拓、吴晗、廖沫沙以"三家村札记"为名,在《北京晚报》上开辟的"燕山夜话"专栏,从此,开始了一个犀利尖锐地针砭时弊的杂文时代,参与此次杂文大合唱的还有夏衍、孟超、唐弢等人。邓拓的五集《燕山夜话》可谓是杂文时代的集大成者,用老舍的话来说是"大手笔写小文章,别开生面,独具一格。"可惜这样的杂文时代只是昙花一现,到了"文革"时期成为首当其冲被批判的靶子,"三家村"的主将也在"补天"而不被理解的声讨之中自尽而亡,这一现象留给文学史的思考是深刻的。

1949年以后在戏剧领域内的"反动性配合"较少,主要集中在1956年创作的所谓"第四种剧本"上,主要代表作有岳野的《同甘共苦》、杨履方的《布谷鸟又叫了》、海默的《洞箫横吹》、赵寻的《还乡记》,这种大胆"干预生活"的作品成为那个时代话剧的最强音。再有就是60年代初的"文革"前夕,几部新编历史剧成为政治交锋的焦点,田汉的《谢瑶环》、孟超的《李慧娘》、吴晗的《海瑞罢官》应该都是"反动性配合"的典范之作。

(四)"抵抗配合"举隅

我这里所说的"抵抗配合"是与上面三个"配合"不在一个种属的逻辑关系上,也就是说,上面三个是在同一个并列的"配合"逻辑关系层面上,而这里却特指的是"不配合"的作品。在这个"抵抗配合"的作家作品中,我们看到的是很少的作家孤独的身影。

"抵抗配合"的作品自然出现在反右斗争的前夕,他们有意避开了政治斗争的困扰,试图走进一个罗曼蒂克的文学爱情与人性描写的殿堂,当然,这其中也不乏政治阴影的笼罩,但是这种"抵抗配合"最终遭到的是最严厉的批判。像宗璞的《红豆》、丰村的《美丽》、李威伦的《幸福》、邓友梅的《在悬崖上》、陆文夫的《小巷深处》和高缨的《达吉和她的父亲》等就是"抵抗配合"的典范。显然,这些作品都是以细腻的文学性的描写见长,其艺术含量较高一些,作为"十七年文学"的另类作品,它们只能说明作家的生活感悟力和艺术的描写力在那个时代还存活着。

值得一提的是60年代初出现的欧阳山的系列长篇小说"一代风流"的前两部《三家巷》《苦斗》,这两部小说甫一问世就遭到了严厉的批判,资产阶级的人性论、爱情主义至上的帽子将这两部小说立即打入冷宫,成为禁书。本来,此书的题材是革命历史内容的,却偏偏被作者的抵抗政治意识形态的无意识占领侵蚀了,以至使其变成了一部"才子佳人"卿卿我我之作(从这个意义上来说,批判者是抓住了"要害"的),正是在这个意义上来说,它们成为靠直觉远离政治意识形态而进入文学本体的"抵抗配合"的创作典范。

在诗歌领域,我们几乎看不到那种远离配合政治意识形态的作品存在,除了上述的郭小川的《望星空》那样寻觅自我的诗歌还有点意思外,恐怕闻捷的诗才具有"抵抗配合"的意味,他的诗作几乎都是远离政治中心的生活之歌,从边疆的风土人情中寻觅诗歌的源泉,谁又能与党的民族文化政策相对抗呢?就在这样的幌子下,闻捷穿行在爱情与风俗的海洋里,创作出了一大批"生活的赞歌",他的《天山牧歌》《河西走廊行》《生活的赞歌》《复仇的火焰》都是与那个时代思想精神背道而驰的真诗!其他就很难看见能够流传下来的诗歌了。

1949年以后的散文创作只有在题材上回避现实政治的笼罩,才能获得"抵抗配合"的空间,所以躲进风景题材和国际题材的写作之中去,才是唯一的选择。像李若冰那样从50年代就用抒情的笔调讴歌大西北边塞风景的杰出散文家一直不被文学史关注,也是"左"倾思想治史的结果,他的《山·湖·草原》《在柴达木盆地》那样的散文应该是那个时代一朵朵绚丽的奇葩,共和国的文学史是应该大书特书的。那些从1949年以前走过来的作家也只能在"风景谈"里做文章了,像叶圣陶的《游了三个湖》、曹靖华的《花》、柯蓝的《早霞短笛》、陈残云的《珠江岸边》、菡子的《初晴集》等都是这一类作品,他们有时也在作品中加上一点政治的"味精",如此,谁敢说他们不是在歌颂伟大的祖国呢?而冰心的《樱花赞》等一系列的国际题材的作品,似乎可以稍微放开来表达一些内心的"自我"情感。

在"十七年文学史"的戏剧创作中,除了上文提到的老舍那部唯一能够入史传世的《茶馆》外,就是一些历史剧创作了,但是,它们都或多或少地带着含沙射影的味道,它们往往是在"反动性配合"与"抵抗配合"两者之间徘徊,怎样定位,将是一个历史的难题。

综上所述,对于四种叙述模态的"十七年文学"而言,我们在重新厘定其作家作品时怎样进行有效而客观的删除与扩写,怎样确定我们的历史与美学的价值坐标,使文学史更加简洁明了而真正具有文学的意味与人性的意味,还是个任重道远的艰巨任务。

二〇〇九年三月九日
草于台湾东海大学邦华会馆

(原载《当代作家评论》2009 年第 3 期)

《伤痕》也触动了文艺创作的伤痕!

陈荒煤

我在看小说《伤痕》前,已经听到对这篇作品的一些批评,读过之后也立即感到作品确也存在一些缺点,但是我仍然被感动了。这不能不引起我思索。毫无疑问,作品引起我情感中的某些共鸣。

《伤痕》写的是一个家庭问题,也是一个有相当普遍性的社会问题。在林彪、"四人帮"横行时,家庭中的一个主要成员(父亲或母亲)被迫害,被打成叛徒、特务、走资派、反革命修正主义分子、资产阶级反动权威、黑线人物等等,孩子们怎么办?作为父母,不能不考虑,作为子女,更不能不考虑,尤其是一些革命干部的子女,都或多或少有点荣誉感,对党、对革命、对自己有光荣历史的父母,几乎有一种极为自然的、传统的、真诚深厚的感情。这使得家庭中间产生了一种旧社会家庭所没有的、崭新的强烈的纽带。除了父母、夫妻、兄弟、姊妹这种家庭关系外,相互之间实际存在一种最密切的同志关系,为一个共同的奋斗目标紧紧联结在一起的革命关系。在某种意义上讲,这是一个神圣的家庭。千千万万的青年在这种家庭中生活、生长,抱着各种理想和希望,走上革命的岗位,当了接班人。自然,他们在这种家庭中也存在着各种各样的矛盾和问题,有各自不同的或大同小异的喜怒哀乐。但"家"终究不会是一个"陷阱",谁也不曾想到过、预料到这个神圣的家庭突然之间会颠覆,变成了反革命的深渊!

林彪与"四人帮"出于篡党夺权的阴谋需要,把千千万万的革命家庭打成了一个个反革命的黑窝子,把革命的纽带,变成了反革命株连的锁链,对家庭的所有成员甚至亲友都进行法西斯的迫害和摧残,造成了多少冤案、多少悲剧!然而事与愿违,林彪、"四人帮"的法西斯暴行、倒行逆施,终于从反面教育了广大人民。他们毁灭的家庭终究是少数,大多数的家庭却成了同他们进行坚决斗争的堡垒!这些家庭经受了严峻的考验,团结得更紧了,锻炼得更坚强了,更加仇恨"四人帮",成了真正的神圣的革命家庭!自然,每一个受迫害的革命家庭都有它不同的命运,每一个家庭成员也都有其各自不同的遭遇,但是,这个翻天覆地的突变的开始,对于千千万万的天真纯洁的没有经历过这样一种残酷、尖锐的阶级斗争经验的青年人来讲,由于他们的认识、觉悟不同,受迫害的程度不同,和家庭的所谓"决裂"的过程、程度不同,他们的心上都不可能不留下一道深深的伤痕!

所以,尽管小说有些描写还不够真实和深刻,例如王晓华在这样长时间始终没有怀疑过她母亲是受"四人帮"的迫害,除了苏小林偶尔谈到她母亲的问题,似乎再也没有可信赖的亲友给过她一些支持和帮助;而她自己,对"四人帮"的罪恶也始终没有觉察,甚至到"四人帮"被打倒之后,接到母亲的信还不立即回家,必须等待机关正式来通知才回家等等。象王晓华这种个别人物的情况，在生活中也是有的。作品当然也可以表现这种个别、特殊的现象。问题在于艺术形象的典型意义，是否可以更深刻一些。就是说从艺术上来讲，人物性格要有一定的发展，要表现人物在斗争中的成长过程。《伤痕》这种事件和人物都不够典型化。许多读者在这些方面提出的意见和要求，是对的。可是小说毕竟概括地描写了这一个历史的大悲剧的一个侧面。小说终究挖掘了一个有深刻社会意义的题材；"四人帮"对大批革命干部的残酷迫害，造成我们社会上千千万万革命家庭的悲剧。任何一个青年人都是永远不会忘记各自家庭的悲剧的。他们的生活、成长的条件和环境，首先发生的人与人的亲密的关系，都是家庭。同时，因为我们的家，就是大国家中的一个小家。小家与国家的命运是一致的，从每一个革命家庭的悲剧去看，也就更加清楚地看到国家的命运：林彪、"四人帮"疯狂地摧残、毁灭千千万万革命的家庭，正是要毁灭我们这个社会主义的国家，建立一个封建的法西斯王朝！作品启发我们深思，任何人也绝对不容许这种历史的重演！

这就是《伤痕》尽管还有缺点，仍然在广大群众之间激起广泛反响的最根本的原因！

这也就是从作品总的倾向来看，它能够激起广大群众对林彪、"四人帮"仇恨的原因。这应该说是一个好的作品。

有人批评说，小说情调低沉，看了之后感到压抑。回顾这许许多多家庭悲剧，心情自然不会是轻松的。但当王晓华已经宣告她将永远不会忘记是谁在她心上留下的伤痕，并为党的事业贡献毕生的力量以后，为什么还要感到压抑呢？难道一定要按照一种公式，加上一条光明的尾巴吗？在林彪、"四人帮"长期的残酷的迫害下，许多老一辈的无产阶级革命家和许多革命老干部被迫致死，无论从回顾历史、吸取教训等各方面来讲，在思想感情上不感到异常沉痛和某种压抑，也是不可能的。有点压抑，免得轻易忘了这个教训，并不见得是坏事！

有人批评这类小说是"暴露文学"。它当然是在暴露！可是暴露的是林彪、"四人帮"迫害革命干部的罪恶！这就是文学艺术创作在揭批"四人帮"的第三个战役中的光荣任务。

我不必列举对这类作品的种种顾虑了。但是，我觉得必须指出一个事实：《伤痕》这篇小说倒也触动了文艺创作中的伤痕！这就是林彪、"四人帮"长期实行法西斯文化专制主义，散布了种种极其荒唐的什么"主题先行""三突出""从路线出发"等等谬论，设下了许多禁区：反对什么写"真实"论，禁止文艺反映生活的真实；反对什么"人性论"，禁止反映人与人之间的感情关系，爱情、友情、父母子女之情，兄弟姊妹之情……提倡什么"高于生活"，禁止写我们工作和生活中的缺点和错误，写了，就是暴露了社会主义的阴暗面，提倡写"高大全的英雄人物"，禁止表现英雄人物的成长过程。如此等等，完全否定、篡改文艺创作的特殊规律，从根本上反对马列主义的文艺科学和毛泽东文艺思想，以便为他们炮制阴谋文艺，制造反革命舆论开辟道路。

"四人帮"被打倒了,推倒了"文艺黑线专政"论,文艺也得到大解放,但是,"四人帮"散布的流毒,还远远没有肃清;不仅是文艺界的许多创作者、评论者、领导者心有余毒,心有余悸,而且有许多读者也习惯于用"四人帮"的一套模式来要求作品。于是,"难道……"就来了:"难道不是这样的么?""难道这是真实的么?""难道这不是揭露了我们的阴暗面么?"……

我希望,《文汇报》应该把这个争论继续展开下去,让广大群众和文艺工作者来个思想交锋、思想交流,来个相互交心。应该一齐回答一些"难道"的问题:

难道在深入揭批"四人帮"的第三个战役中,文艺创作不应该暴露"四人帮"的种种罪恶,让广大群众更加深刻地认识他们的危害,帮助广大群众清除思想上的流毒么?

难道我们和林彪、"四人帮"进行的一场极其复杂、尖锐、残酷的同时也是极其伟大的胜利的路线斗争,不应该在文艺作品中反映出来,用以"教育人民、团结人民"么?

难道不彻底清除"四人帮"的各种流毒,不把揭批"四人帮"的斗争进行到底,我们就能克服种种困难,轻装前进,向四个现代化进军么?

难道文艺创作出现了《哥德巴赫猜想》《丹心谱》《班主任》这些激动人心的受到广大群众欢迎的作品,是偶然的么?等等,等等。

总之,《伤痕》引起的争论,远远超过对小说本身评价的意义,它涉及文艺创作的一些带有根本性的问题,也暴露了我们文艺工作者在思想上的"伤痕"有多深!

不认清这个伤痕,不清除这个伤痕,就不可能真正贯彻"百花齐放"的方针,促使题材风格样式的多样化,繁荣我们的文艺创作,更好地为新的历史时期的工农兵服务!

从这一点出发,我热情地支持《伤痕》,也热情地支持《伤痕》的讨论。

(原载《文汇报》1978年9月19日)

在新的崛起面前

谢　冕

　　新诗面临着挑战，这是不可否认的事实。人们由鄙弃帮腔帮调的伪善的诗，进而不满足于内容平庸形式呆板的诗，诗集的印数在猛跌，诗人在苦闷。与此同时，一些老诗人试图做出从内容到形式的新的突破，一批新诗人在崛起，他们不拘一格，大胆吸收西方现代诗歌的某些表现方式，写出了一些"古怪"的诗篇。越来越多的"背离"诗歌传统的迹象的出现，迫使我们做出切乎实际的判断和抉择。我们不必为此不安，我们应当学会适应这一状况，并把它引向促进新诗健康发展的路上去。

　　当前这一状况，使我们想到五四时期的新诗运动。当年，它的先驱者们清醒地认识到旧体诗词僵化的形式已不适应新生活的发展，他们发愤而起，终于打倒了旧诗。他们的革命精神足为我们的楷模。但他们的运动带有明显的片面性，这就是，在当时他们并没有认识到，历史是不能割断的。尽管旧诗已经失去了它的时代，但它对中国诗歌的潜在影响将继续下去，一概打倒是不对的。事实已经证明：旧体诗词也是不能消灭的。

　　但就"五四"新诗运动的主要潮流而言，他们的革命对象是旧诗，他们的武器是白话，而诗体的模式主要是西洋诗。他们以引进外来形式为武器，批判地吸收外国诗歌的长处，而铸造出和传统的旧诗完全不同的新体诗。他们具有蔑视"传统"而勇于创新的精神。我们的前辈诗人们，他们生活在一种无拘无束的自由开放的艺术空气中，前进和创新就是一切。他们要在诗的领域中扔去"旧的皮囊"而创造"新鲜的太阳"。

　　正是由于这种开创性的工作，在"五四"的最初十年里，出现了新诗历史上最初一次（似乎也是仅有的一次）多流派多风格的大繁荣。尽管我们可以从当年的几个主要诗人（例如郭沫若、冰心、闻一多、徐志摩、戴望舒）的作品中感受到中国古代诗歌传统的影响，但是，他们主要的、更直接的借鉴是外国诗。郭沫若不仅从泰戈尔、从海涅、从歌德、更从惠特曼那里得到诗的滋润，他自己承认惠特曼不仅给了他火山爆发式的情感的激发，而且也启示了他喷火的方式。郭沫若从惠特曼那里得到的，恐怕远较从屈原、李白那里得到的为多。坚决扬弃那些僵死凝固的诗歌形式，向世界打开大门吸收一切有用的东西以帮助新诗的成长，这是"五四"新诗革命的成功经验。可惜的是，当年的那种气氛，在以后长达半个世纪的时间里，没有再出现过。

　　我们的新诗，六十年来不是走着越来越宽广的道路，而是走着越来越窄狭的道路。30年代有过关于大众化的讨论，40年代有过关于民族化的讨论，50年代有过关于向新民歌学习的讨论。三次大讨论都不是鼓励诗歌走向宽阔的世界，而是在"左"

的思想倾向的支配下，力图驱赶新诗离开这个世界。尽管这些讨论曾经产生过局部的好的影响，例如 30 年代国防诗歌给新诗带来了为现实服务的战斗传统，40 年代的讨论带来了新诗中国作风、中国气派的新气象等，但就总的方面来说，新诗在走向窄狭。有趣的是，三次大的讨论不约而同地都忽略了新诗学习外国诗的问题。这当然不是偶然的，这是受我们对于新诗发展道路的片面主张支配的。片面强调民族化群众化的结果，带来了文化借鉴上的排外倾向。

当我们强调民族化和群众化的时候，我们总是理所当然地把它们与维护传统的纯洁性联系在一起。凡是不同于此的主张，一概斥之为背离传统。我们以为是传统的东西，往往是凝固的、不变的、僵死的，同时又是与外界割裂而自足自立的。其实，传统不是散发着霉气的古董，传统在活泼泼地发展着。

我国诗歌传统源流很久：诗经、楚辞、汉魏六朝乐府、唐诗、宋词、元曲……几乎每一个时代都有自己的诗的骄傲。正是由于不断的吸收和不断的演变，我们才有了这样一个丰富而壮丽的诗传统。同时，一个民族诗歌传统的形成，并不单靠本民族素有的材料，同时要广泛吸收外民族的营养，并使之融入自己的传统中去。

要是我们把诗的传统看作河流，它的源头，也许只是一湾浅水。在它经过的地方，有无数的支流汇入，这支流，包括着外来诗歌的影响。郭沫若无疑是中国诗歌之河的一个支流，但郭沫若却是融入了中国古典诗歌特别是外国诗歌的优秀素质而成为支流的。艾青所受的教育和影响恐怕更是"洋"化的，但艾青却属于中国诗歌伟大传统的一部分。

在刚刚告别的那个诗的暗夜里，我们的诗也和世界隔绝了。我们不了解世界诗歌的状况。在重获解放的今天、人们理所当然地要求新诗恢复它与世界诗歌的联系，以求获得更多的营养发展自己。因此有一大批诗人（其中更多的是青年人），开始在更广泛的道路上探索——特别是寻求诗适应社会主义现代化生活的适当方式。他们是新的探索者。这情况之所以让人兴奋，因为在某些方面它的气氛与"五四"当年的气氛酷似。它带来了万象纷呈的新气象，也带来了令人瞠目的"怪"现象。的确，有的诗写得很朦胧，有的诗有过多的哀愁（不仅是淡淡的），有的诗有不无偏颇的激愤，有的诗则让人不懂。总之，对于习惯了新诗"传统"模样的人，当前这些虽然为数不算太多的诗，是"古怪"的。

于是，对于这些"古怪"的诗，有些评论者则沉不住气，便要急着出来加以"引导"。有的则惶惶不安，以为诗歌出了乱子了。这些人也许是好心的。但我却主张听听、看看、想想，不要急于"采取行动"。我们有太多的粗暴干涉的教训（而每次的粗暴干涉都有着堂而皇之的口实），我们又有太多的把不同风格、不同流派、不同创作方法的诗歌视为异端、判为毒草而把它们斩尽杀绝的教训。而那样她的结果，则是中国诗歌自"五四"以来没有再现过"五四"那种自由的、充满创造精神的繁荣。

我们一时不习惯的东西，未必就是坏东西；我们读得不很懂的诗，未必就是坏诗。我也是不赞成诗不让人懂的，但我主张应当允许有一部分诗让人读不太懂。世界是多样的，艺术世界更是复杂的。即使是不好的艺术，也应当允许探索，何况"古怪"并不一定就不好。对于具有数千年历史的旧诗，新诗就是"古怪"的；对于黄遵宪，胡适就是"古怪"的；对于郭沫若，李季就是"古怪"的。当年郭沫若的《天狗》《晨安》《凤凰涅槃》的出现，对于神韵妙悟的主张者们，不啻是青面獠牙的妖物，但对如今的读者，它却是可以理解的平和之物了。

接受挑战吧，新诗。也许它被一些"怪"东西扰乱了平静，但一潭死水并不是发展，有风，有浪，有骚动，才是运动的正常规律。当前的诗歌形势是非常合理的。鉴于历史的教训，适当容忍和宽宏，我以为是有利于新诗的发展的。

（原载《光明日报》1980年5月7日）

中国文学需要"现代派"!
——冯骥才给李陀的信

冯骥才

李陀:

你好!我急急渴渴地要告诉你,我像喝了一杯味醇的通化葡萄酒那样,刚刚读过高行健的小册子《现代小说技巧初探》。如果你还没见到,就请赶紧去找行健要一本看。我听说这是一本畅销书。在目前"现代小说"这块园地还很少有人涉足的情况下,好像在空旷寂寞的天空,忽然放上去一只漂漂亮亮的风筝,多么叫人高兴!

当前流行世界的现代文学思潮不是一群怪物们的兴风作浪,不是低能儿黔驴技穷而寻奇作怪,不是赶时髦,不是百慕大三角,而是当代世界文坛必然会出现的文学现象。尤其当这种思潮也出现在我们的文坛时,不必吃惊,不必恐慌,不必动气,也不必争相模仿。它不过像自然科学中的仿生学那样,属于独自一个门类。对于它,可以兴趣十足地去研究,也可以置若罔闻,决不会影响吃饭、睡觉、开会和看戏。而最近两三年我们文坛涌起的这股现代文学思潮,已经成了各种目光汇集的焦点。在它受到赞成或反对的同时,也受到注意。

有人视之为西方腐朽文化对我国文化的有害影响,有人担心我国文学的民族性因此受到冲击而面临"洋化"之危,有人则认为此种文学不能为中国大众所接受而把它当作异端……这些问题,行健在他的小册子里都做了具体又翔实的正面回答。在此,我只想对你谈些由此而引出的我个人的想法。

一、现代世界文学中,最惹人注目的莫过于本世纪初崛起的"现代派"。

文学的"现代派"和音乐绘画中的"现代派"一样,是历史的反映和时代的产物。就如同恐龙时代不会出现人;人是宇宙在无头无尾的时间里,经历无数年头才渐渐演变而成的。文学中各种现象的产生也同此理。任何事物出现都有环境因素,天才也是应运而生的。这方面,行健在他小册子中《小说的演变》一节也有很好的论述。本世纪来,社会发展,科学倡达,工业革命、生活内容的变化,影响到人们的意识、思维、审美,以及生存方式;也自然影响到文学艺术中来。而最本质的则是影响到对文学艺术这一概念本身的理解。

不同时代人对文学艺术概念的理解是不同的。在 19 世纪的现实主义文学形成之前,人们大多把小说和故事归为一体;而当代某些人就不满足这种上世纪所流行的有头有尾、中间有起伏高潮的小说写法了。他们认为生活中所遇到的事情并非如此;人的大脑活动方式是流动的、跳跃的、纷杂而不连贯的,作家应当遵循人的正常思维活动方式来写作。当代的乔伊斯、福克纳、沃尔夫等人都这样尝试着做了。于是人们称他们为"现代派"。

这一改革实际是文学上的一场革命。尽管人们现在还在讨论他们的得失。

从表面上看，小说的形式变化最大。在文学艺术中，人们是通过形式来接受内容的。因此有人称之为"形式主义"。而形式变化只是表象，变化的根本却是对文学概念本质的新理解。

单就文学艺术的形式来说，是具有一定程度独立欣赏价值的。即在我们确认形式为内容服务的同时，形式美有其相对的独立性。对于个别艺术门类，比如书法，便是一种纯抽象的、以形式表现为内容的古老艺术门类。再有，艺术的形式从来没有定型化。在不同时代，人们会自然而然地将自己时代的审美感融进旧形式中去。敏感的艺术家则提前创造出新形式，注入时代精神，改变人们的欣赏习惯。这种具有时代特征的审美感是种十分有趣的东西，它并不单明显表现在艺术形式上，甚至表现在人们制作的各种应用物品的样式上。大如房屋、家具、服装，小至茶具、灯罩和衣扣上。大褂虽然穿着舒服，现在连相声演员也很少穿了。单说近三十年汽车的外形就有很大变化：50年代流线性汽车是最富有魅力的；到了60年代，宇宙飞船出现，不知为什么，人们都公认那种车尾巴呈双翼形翘起来的汽车最具有时代感；而今，最新式的汽车外型则倾向于又扁又长。文学艺术家们是对形式最敏感不过的了。他们既是内容的创造者，也是形式的创造者。必然要对自己已经习惯了的形式进行程度不同的改造。

为什么现代派文学艺术出现不久，就在世界广泛的地区受到承认，并得到各自不同的发挥？这大概是称它为"时代的产物"最好的例证和说明。我们当然要看到西方现代派文学艺术所包含的某些不足取的东西。比如西方社会症结在文艺中的反应，荒谬消沉的情绪，混乱的哲学观念，玩弄技巧的无聊做法；但我们并不能因此就以"没落颓废的艺术"一言以蔽之。人类文化中，各社会、各民族、各地区，有区别处，也有共同性；有的相互排斥，有的则应该互相吸收。自古如此。

现代派文学也是当代文学中一个重要的学术问题。而且已经成为我们当代文学研究项目之一了。对待学术的正常态度是研究，而不是在研究之前先下结论，永远把自己封闭在自制的茧套里。因此行健在这方面所做的研究十分值得重视，尽管是"初探"。无论何事，迈出头一步总是艰难和了不起的。

二、应该说明，现代派并不象某些人理解那样：似乎它已成为当今国外文学的主流。迄今它在各种文学样式中只占一个席位。其他如现实主义、唯美主义、浪漫主义、自然主义等，及其隶属各流派，皆各有各领地，各有各读者。范围大小都由读者多少而决定。文学和读者之间的关系是再公平不过的了，只有自愿，毫无强迫。正如西方的画坛，决不是给抽象主义所统治；乐坛也不是"摇摆乐"，或"暖乐"的一统天下。当然，现代派又是占最惹目的一席地位。由于它违反了人们长久以来惯常的欣赏方式，更由于人们对它还在争执不休。争执的中心，总是注目的中心。自从本世纪初现代派出现以来，它一直没在自己的席位上坐稳。原因有二：一是人们接受一个新事物总需要一段较长时间，二是现代文学艺术始终没有定型，现代社会发展快速，总有新的潮头涌起。但毕竟有这样一个事实：人们承认它的存在了，每位现代派作家身后都有不少追随者，一大批读者对它喜爱如狂。如果我们把这些读者看成无知而寻求刺激的傻瓜就完全错了。晚清期间，有人看见"洋火"（火柴），大惊失色，拔腿而跑的蠢事再不该做。现代派已经确立，就象当年被贬斥为"印象派"的画家莫奈、凡·高、德加、雷诺阿、马蒂斯、毕加索等人，如今无人再说他们胡作非为，他们的作品在各国博物馆里，也象伦勃朗、米叶、鲁本斯、大维特、提香和戈雅等人的作品一样受到珍视。取得历史的承认之前，先要接受历史的检验。历史的检验便是公众的目光和时间的丝缕编织成的大筛子。

你比我更清楚：现代派不是一个单独的流派。它是从古典现实主义中间脱颖而出的一股现代文学思潮，其中各派各系，如同网状支流，多不可数。而现代派一词，则是对这股分支多股、流向一致的现代文学思潮的广义的概括。人们都在寻找自己最便当、最得力、最好驾驭，同时最有个性的表现形式。在很大程度上带有试验性。有的现代派作家用各种文字夹杂写作，旨在表达人们在文化上的联系，有的以阐发梦幻，表现比现实更丰富的境界；有的则将神话作为哲学观的形象解释，如是等等，有人成功，有人失败。有人从现实主义跳入现代派，也有人——象阿拉贡那样在"超现实主义"中洗个澡儿又跳回早期现实主义营垒中去。有人试图把现代派某些手法与现实主义方法结合使用，在此之外，依然有大批作家遵循现实主义的方法写作。作家主要受读者承认，文坛企图冷淡某位作家也做不到。如果一位作家被寂寞了，原因主要在于他的作品：或是质量下降，江郎才尽；或是思想僵滞，艺术上拿不出新东西来。当然，也有的作家死后才受到承认。那需要在艺术上的真知灼见，坚韧的自信心和不求闻达的对事业的献身精神。这可不是件容易做到的事！

你瞧，我扯远了。言归正传。

三、在结束"四人帮"统治、走向社会主义现代化社会的伟大历史转折中，政治清明带来了人们思想上的空前活跃。有人称这是中国近代史"第三次思想解放运动"。此话十分有理。这是一次非人为的运动。唯其如此，才具有真正的生动性。群众的思想如同江海翻腾，形成社会前进的巨大能源。这一运动，直接而有力地影响了文学。题材内容的广泛深刻的开掘，必然使作家感觉到原有的形式带有某种束缚。新一代读者有自己的思想特征、兴趣特征和爱好特征。再加上生活面貌、节奏和方式的变化，审美感的改变，经济对外开放政策引起人们对外部世界的兴趣和好奇等等，都促使文学的变化和新潮的出现。至于我们的作家吸收国外现代文学的某些新手法毫不足怪，在30年代鲁迅先生早给我们做过范例。这不过又是一次"历史的必然"呢！

有人说，某某作家是"现代派"。"现代派"并非洪水猛兽，何以惧之？社会要现代化，文学何妨出现"现代派"？文学改革与社会改革不同，尽管文学史上也有保守与革新之分，但如果今天的作家去写"章回体"也无须反对，搞"现代派"也不会都赞成。它和20年代剪辫子那种社会改革大不一样。作家对写法，读者对作品，都是自由选择。只要东西写得好，有一定范围的读者群，就可在文坛驻足。文坛可大可小，来者不拒，没有围栅，没有限额，没有固定座位，可以容纳无限。对待文学艺术是需要相当达观的。

我所说，我们需要"现代派"，是指社会和时代的需要，即当代社会的需要；所谓"现代派",是指地道的中国的现代派,而不是全盘西化、毫无自己创见的现代派。浅显解释,这个现代派是广义的,即具有革新精神的中国现代文学。我们的现代派的范围与含义,便与西方现代派的内容和标准不大一样。而实际上,我们许多作家已经和正在做各种可贵的探索。远远不止于所谓的"意识流"那一种了。如今我们的文学与五六十年代的文学显然已经大不一样了。即使对现实主义的理解,也有进一大步的深入。至于对一些现代派手法的尝试性采用,更是异军突起。对此生机勃勃的局面,我们当然应当高兴——哪怕我们并不都喜欢!值得一提的是,我们对于当前文坛出现的新现象,在理论上似乎研究得还不够。不知由于畏难?还是没有摆脱多年来在创作中寻找符合形势需要的作品写文章那种老一套做法?

高行健的小册子是有实在意义的。它的本身,就是当前我国新文学潮流的反应。作者对这股潮流推波助澜的主观意图也十分明显。因此他的写法很适合中国读者阅读,没有卖弄他的知识而故作高深,以"独家新闻"吓唬人,竭力深入浅出,写得照样很有才气。我是很佩服的!博知是他的基础,普及是他的目标,做得真好!无疑,这小册子对当前中国现代文学创作会发生作用,对启迪文学青年和引导读者兴趣也会发生作用。

我扯了这么多,肯定使你厌烦了。我没有你那种创造性的大脑,随时能飞出一个叫人惊奇又信服的见解来。可能由于我们还年轻,对人云亦云和老生常谈,没有兴趣。文学艺术最忌重复,忌学舌,忌仿造。作家的工作和思想家很相象,都应该是寻求、是发现、是创造,由无到有。所以,作品的第一个要求就是"新"!因此我总想听听你在这方面的想法。我是个精神食欲很强的人。没有新东西刺激我,我就要枯竭。新生活,新思想,新艺术,都要!往往你能给我一些。这也是我给你写信的原因之一。我就此暂停,你就此开始吧!

再有,你若见到心武,请把我这些想法同他谈谈,我也想听听他的高见。别看他神情谦逊,嘴里却不乏新奇见地。不多写了!

此祝

快乐

骥才
1982 年 3 月 31 日

(原载《上海文学》1982 年第 8 期)

文学的根

韩少功

我以前常常想一个问题：绚丽的楚文化到哪里去了？

我曾经在汨罗江边插队落户，住地离屈子祠仅二十来公里。细察当地风俗，当然还有些方言词能与楚辞挂上钩。如当地人把"站立"或"栖立"说为"集"，音义皆近"企"，这与《离骚》中的"欲远集而无所止"吻合。从洞庭湖沿湘、资、沅、澧四水而上，也可发现很多与楚辞相关的地名：君山、白水、祝融峰、九嶷山……只是众多寺庙楼阁却与楚人无关了：孔子与关公均来自北方，释迦牟尼来自印度。至于历史悠久的长沙，现在已成了一座革命城，除了能找到一些辛亥革命和土地革命的遗址，不易见到其他古迹。想一想吧，浩荡深广的楚文化，是从什么时候、在什么地方开始中断和干涸？

两年多以前，一位诗人朋友去湘西通道县侗族地区参加了歌会，回来兴奋地告诉我：找到了！她在湘西那苗、侗、瑶、土家所分布的崇山峻岭里找到了活着的楚文化。那里的人"制芰荷以为衣兮，集芙蓉以为裳"，披兰戴芷，佩饰纷繁，紫茅以占，结茞以信，能歌善舞，呼鬼呼神。只有在那里，你才能更好地体会到楚辞中那种神秘、奇丽、狂放、孤愤的境界。他们崇拜鸟，歌颂鸟，模仿鸟，作为"鸟的传人"，其文化与中原地域"龙的传人"似有明显差别。后来，我对湘西果然也有更多发现。史料记载：公元3世纪以前，苗族人已生息在洞庭湖附近（即苗歌中传说的"东海"附近，为古之楚地），后来受天灾人祸所逼才沿五溪而上，向西南迁移（苗族传说中是蚩尤为黄帝所败，蚩尤的子孙撤退山中）。苗族迁徙史歌《跋山涉水》就隐约反映了这次西迁的悲壮历史。楚辞《九歌》与于苗侗民歌《歌（嘎）九》之间的源流关系，最近也被林河等学者一举发现。看来，一部分楚文化流入湘西一说，是不无根据的。

文学有"根"，文学之"根"应深植于民族文化传统的土壤里，根不深，则叶难茂。故湖南作家有一个如何"寻根"的问题。

这里还可说一南一北两个例子。

南是广东。有些人常说香港是"文化沙漠"，其实香港也有文化，只是文化多体现为蓬勃兴旺的经济，堂皇的宾馆，舒适的游乐场，雄伟的商贸大厦，中原传统文化的遗迹较为稀薄而已。在这里倒是常能听到一些舶来词：的士、巴士、紧士（工装裤）、波士（老板）以及 OK 一类散装英语。岭南民间多天主教，很多人重商甚于重文，崇洋甚于崇古，对西洋文化的大举复制，难免给人自主创新力不足的感觉。但岭南今后永远是一块二流的小西洋么？明人王士性在《广志绎》中说：粤人分四，"一曰客户，居城郭，解汉音，业商贾；二曰东人，杂处乡村，解闽语，业耕种；三曰俚人，深居远村，不解汉语，惟耕垦为活；四曰蜑户，舟居穴行，仅同水族，亦解汉音，以探海为生。"这里介绍了分析岭南传统文化的一个线索。可以预见的是，将来岭南文化在中西文明交汇中再生，也许还得在客家、俚人、亦人、蜑户那里获取潜能，从自有文化遗产中找回主体的特性。

北是新疆。近年来新疆出了不少诗人，小说家却不多，可能是暂时现象。我在新疆时听一些青年作家说，要出现真正的西部文学，就不能没有传统文化的骨血。我对此深以为然。新疆文化传统的遗产丰富多样，其中俄罗斯族中相当一部分源于战败东迁的白俄"归化军"及其家属，带来了欧洲的东正教文化；维、回等民族的伊斯兰文化，则是沿丝绸之路来自中亚、波斯湾以及中东；汉文化及其儒学在这里也深有影响。各路文化的交汇，加上各民族都有一部血淋淋的历史，是应该催育出一大批奇花异果的。19世纪的俄罗斯文学以及本世纪的日本文学，不就是得益于东、西方文化的双重影响吗？如果割断传统，失落气脉，守着金饭碗讨饭吃，只是从内地文学中横移一些"伤痕文学"的主题和手法，势必是无源之水，很难有西部文学独特的生机和生气。

几年前，不少作者眼盯着海外，如饥似渴，勇破禁区，大量引进。介绍一个萨特，介绍一个海明威，介绍一个艾特玛托夫，都引起轰动。连品位一般的《教父》和《克莱默夫妇》也会成为热烈话题。作为一个过程，这是正常而重要的。近来，一个值得欣喜的现象是：作者们开始投出眼光，重新审视脚下的国土，回顾民族的昨天，有了新的文学觉悟。贾平凹的"商州"系列小说，带上了浓郁的秦汉文化色彩，体现了他对商州细心的地理、历史及民性的考察，自成格局，拓展新境；李杭育的"葛川江"系列小说，颇得吴越文化的气韵，旨在探究南方的幽默与南方的孤独，都是极有意义的新题。与此同时，远居大草原的乌热尔图也用他的作品连接了鄂温克族文化源流的过去和未来，以不同凡响的篝火、马嘶及暴风雪，与关内的文学探索遥相呼应。

他们都在寻"根"，都开始找到了自己的文化根基和文化依托。这大概不是出于一种廉价的恋旧情绪和地方观念，不是对方言、歇后语之类浅薄地爱好，而是一种对民族的重新认识、一种审美意识中潜在历史因素的苏醒，一种追求和把握人世无限感和永恒感的对象化表现。丹纳（Hippolyte Adolphe Taine）在《艺术哲学》中认为：人的特征是有很多层次的，浮在表面上的是持续三四年的一些生活习惯与思想感情，比如一些时行的名称和时行的领带，不消几年就全部换新。下面一层略为坚固些的特征，可以持续二十年、三十年或四十年，像大仲马《安东尼》等作品中的当今人物，郁闷而多幻想，热情汹涌，喜欢参加政治，喜欢反抗，又是人道主义者，又是改革家，很容易得肺病，神气老是痛苦不堪，穿着颜色刺激的背心等等……要等那一代过去以后，这些思想感情才会消失。往下第三层的特征，可以存在于一个完全的历史时期，虽经剧烈的摩擦与破坏还是岿然不动，比如说古典时代的法国人的习俗：礼貌周到，殷勤体贴，应付人的手段很高明，说话很漂亮，多少以凡尔赛的侍臣为榜样，谈吐和举止都守着君主时代的规矩。这个特征附带或引申出一大堆主义和思想感情，宗教、政治、哲学、爱情、家庭，都留着主要特征的痕迹。但这无论如何顽固，也仍然是要被消灭的。比这些观念和习俗更难被时间铲除的，是民族的某些本能和才具，如他们身上的某些哲学与社会倾向，某些对道德的看法，对自然的了解，表达思想的某种方式。要改变这个层次的特征，有时得靠异族的侵入，彻底的征服，种族的杂交，至少也得改变地理环境，迁移他乡，受新水土的慢慢感染，总之要使精神气质与肉体结构一齐改变才行。

在这里，丹纳几乎是个"地理环境决定论"者，其见解不需要我们完全赞成，但他对不同文化层次的分析不无见地。中国作家们写过住房问题和冤案问题，写过很多牢骚和激动，目光开始投向更深层次，希望在立足现实的同时又对现实进行超越，去揭示一些决定民族发展和人类生存的谜。在这一过程中，他们很容易注意到乡土。因为乡土是城市的过去，是民族历史的博物馆。哪怕是农舍的一梁一栋，一檐一桷，都可能有汉魏或唐宋的投影。而城市呢，上海除了一角城隍庙，北京除了一片宫墙，那些林立的高楼，宽阔的沥青路，五彩的霓虹灯，南北一样，多少有点缺乏个性，而且历史短暂，太容易变换。于是，一些长于表现城市生活的作家如王安忆、陈建功等，想写出更多的中国"味"，便常常让笔触深入胡同、里弄、四合院，深入所谓"城市里的乡村"。我们不必说这是最好的办法，但我们至少可以说这是凝集历史和现实、扩展文化纵深的手段之一。

更重要的是，乡土中所凝结的传统文化，更多属于不规范之列。俚语、野史、传说、笑料、民歌、神怪故事、奇风异俗等等，其中大部分鲜见于经典，不入正统。它们有时可被纳入规范，像浙江南戏所经历的过程那样。反过来，所谓"礼失求诸野"，有些规范文化也可能由于某种原因从经典上消逝，流入乡野，默默潜藏，如楚辞风采至今还闪烁于湘西的穷乡僻壤。这一切，像巨大无比暧昧不明炽热翻腾的大地深层，承托着我们规范文化的地壳。在一定的时候，规范的上层文化绝处逢生，总是依靠对民间不规范文化进行吸收来获得营养和能量，获得更新再生的契机。宋词、元曲，以及明清小说，都是前鉴。从这个意义上说，不是地壳而是地下的岩浆，更值得作家们注意。

这丝毫不意味着闭关自守，不是对外来文化过敏。相反，只有放开眼界，找到异己的参照系，吸收和消化各种异己的文化因素，才能最终认清和充实自己。但有一点似应指出，我们读外国文学，多是读翻译作品，而被译的多是外国的经典作品、流行作品、获奖作品，即已入规范的东西。从人家的规范中来寻找自己的规范，模仿翻译作品来建立一个中国的"外国文学流派"，想必前景黯淡。

外国优秀作家与相关民族传统文化的复杂联系，我们无法身临其境，缺乏详尽材料加以描述。但作为远观者，我们至少可以辨出他们笔下的有脉可承。比方说，美国的黑色幽默与美国的牛仔趣味，与卓别林、马克·吐温、欧·亨利等笔下的"不正经"是否有关？拉美的魔幻现实主义，与拉美光怪陆离的神话、寓言、传说、占卜迷信等文化现象是否有关？萨特、加缪的存在主义小说和戏剧，与欧洲大陆的思辨传统，甚至与旧时的经院哲学是否有关？日本的川端康成"新感觉派"，与佛禅文化的闲适虚净传统是否有关？希腊诗人埃利蒂斯与希腊神话传说遗产的联系就更明显了。他的《俊杰》组诗甚至直接采用了拜占庭举行圣餐的形式，散文与韵文交替使用，参与了从荷马到当代希腊诗歌传统的创造。

另一个可以参照的例子来自艺术界。小说《月亮和六便士》中写了一个现代派画家，但他真诚推崇提香等古典派画家，倒是很少提及现代派同志。他后来逃离了繁华都市，到土著野民所在的丛林里，长年隐没，含辛茹苦，最终在原始文化中找到了现代艺术的支点，创造了杰作。这就是后来横空出世的高更（Paul Gauguin）。

五四运动以来，中国文学界向外国学习，学西洋的、东洋的、南洋的、俄国和苏联的；也曾向外国关门，夜郎自大地把一切洋货都封禁焚烧。结果带来民族文化的毁灭，还有民族自信心的低落——且看现在从外汇券到外国香水，在某些人那里都成了时髦。但在这种彻底的清算和批判之中，萎缩和毁灭之中，中国文化也就能涅槃再生了。英国历史学家汤因比（Arnold Toynbee）曾对东方文明寄予厚望，认为西方基督教文明已经衰落，而古老沉睡着的东方文明，可能在外来文明的"挑战"之下，隐退然后"复出"，光照整个地球。我们暂时不必追究汤氏之言是真知还是臆测，有意味的是，西方很多学者都抱有类似的观念。科学界的笛卡尔、莱布尼兹、爱因斯坦、海森堡等，文学界的托尔斯泰、萨特、博尔赫斯等，都极有兴趣于东方文化。传说张大千去找毕加索（Pablo Picasso）学画，毕加索说：你到巴黎来做什么？巴黎有什么艺术？在你们东方，在非洲，才会有艺术……这一切都是偶然的巧合吗？在这些人注视着的长江和黄河广阔流域，到底文学的根底会发生什么事？

这里正在出现轰轰烈烈的改革和建设，在向西方"拿来"一切我们可用的科学和技术、思想和制度，正在走向现代化的生活。但阴阳相生，得失相成，新旧相因。万端变化中，中国还是中国，尤其是在文学艺术方面，在民族的深层精神和文化物质方面，我们仍有民族的自我。我们的责任也许就是释放现代观念的热能，来重铸和镀亮这种自我。

这是我们的安慰和希望。

在前不久一次座谈会上，我遇到了《棋王》的作者阿城，发现他对中国的民俗、字画、医道诸方面都颇有知识。他谈到了对苗族服装的精辟见解，最后说："一个民族自己的过去，是很容易被忘记的，也是不那么容易被忘记的。"

他说完这句话之后，大家都沉默了，我也沉默了。

（原载《作家》1985 年第 4 期）

文明与愚昧的冲突
——论新时期小说的基本主题（节选）

季红真

本文认为自从粉碎"四人帮"以来，时代变革成了我们社会生活的主要特征，解放与禁锢、改革与守旧、进步与落后的矛盾是这个时代从政治经济、社会伦理到精神心理等全部社会生活的最主要的矛盾。以控诉封建蒙昧主义的《班主任》为里程碑的新时期小说，正是在这种社会的主要矛盾运动中发展深入，从各个层次各个方面展示了丰富的文学主题以及这些主题中纵横交错的复杂意向。作者认为新时期小说的诸多分散主题中存在着一种内在联系，即作品以不同的标准在对各种文化思想的择取中面临的一个基本矛盾：文明与愚昧的冲突。

本文上篇回顾分析了几年来小说主题的由表及里的演进过程，认为小说的基本主题已由从社会政治的批判进入到对民族文化的思考；下篇通过展示各同类主题的小说之间矛盾交叉的意向群落，揭示了多种文化思想在当今时代生活中的冲突。限于篇幅，本文将分两次刊登。

引　言

几乎谁都承认，近几年小说创作的成绩冠于整个异常繁荣的新时期文学之首。老干新秀，风云际会，形成了空前壮大的作家队伍；而且潮头叠起，此消彼长，使人目不暇接。它是如此丰富复杂，想用任何一种固定的坐标测出它的整体态势都是异常困难的，我们只好把它限制在本学科领域中，选择一个适当的参照系，在比较中抓住它的基本特征。

和当代文学以往二十七年小说的主题单一、倾向集中的普遍现象相比，主题思想的活跃无疑是新时期小说的重要特征。随着整个社会思想解放的进程，作家们的思维触角伸到了社会生活各个领域，并且延伸到民族历史生活的纵深层次，形成阶段性迅速更迭的主题现象。不仅如此，主题的多样化与丰富性常常突破了题材的限制，同一主题的作品间意向交错的复杂现象举不胜举。这样复杂的主题现象，要从外部形态上进行归纳只能是现象的琐碎罗列。20世纪的系统论方法提示我们，文学作为一个活动着的系统存在，在其内部结构中，各分散的主题间一定有着内在和普遍的联系，揭示出这种联系以达到宏观描述的目的，就是本文的立意所在。

美国当代数学家哥德尔证明：在一个系统中的各构成因素存在着自我相关性，因此处于这个系统之中的人们的认识能力，不可能解决此系统中的全部问题，只有跳出原有系统到一个更高的层次上，才能解决原有层次上的问题①。同理，我们为了识破新时期小说的"庐山真面目"，为了更为全面地描述它的普遍联系，也必须拉大距离，尽可能把全部主题现象尽收眼底。这需要找到一个宏观的视角。

这个视角的选择不是随意的。小说主题作为作品全部意向所包含的意义，来自作家们对社会人生的理智与认识；思想解放的时代特点和现实主义的美学前提，又决定了作为主体信息载体的人物、故事、情节多来自民族的当代社会生活，是民族这一历史阶段政治的、经济的、伦理的、精神的生存方式经由作家的经验世界转化为艺术世界的结果。因此我们的视角就应该能够包括从物质到精神的全部社会生活内容。20世纪人们对文化的认识恰为我们提供了这种视角，这就是有别于以往仅限于意识形态领域的狭义文化概念，其含义包括生产方式等人类更广阔的活动范围的大文化概念。美国人类学家艾尔弗雷德·克罗伯曾下过如下定义：文化包括各种外显的和内隐的行为模式，它们借符号之使用而被学到或被传授，而且构成人类群众的出色成就，包括体现着人工制造品的成就；文化的基本核心包括传统（即由历史衍生而挑选的）观念，尤其是价值观念；文化体系虽然可被认为是人类活动的产物，但亦可被认为是限制人类作进一步活动之因素。②

显然，这是一个与人类的全部社会实践联系的、最广义因而也是最抽象的定义。把它具体化，可以展开以下两个层次的意义。

首先，各民族作为相对独立的群体，由于各自形成发展的历史限制，又形成了各自不同特点的文化，主要表现为与特定民族的生产方式和生活方式相适应，以特定民族的语言为符号传播的价值观念和行为模式。其次，任何民族的历史，都由于外力和内力的作用处于不断的发展变化中，而任何一个民族的文化在一个具体的历史阶段也就会存在具体的时代特征。这个特征既衔接着一个民族久远的传统，又有这个民族生存的具体时代内容。用纵的眼光看，则是一个民族的传统在时代际遇中的振动、扬弃、更新和发展。明确这两点，大文化的概念才能切实可行地作为视角，应用于我们对新时期小说主题现象的研究。

中国是一个具有五千年悠久历史的文明古国。对于我们民族在漫长的历史生活中集体创造的灿烂文化及对它自身优劣的判断，都不是一两句话可以说清楚的，需要几代人的整理总结。我们不可能坐等那个时候，眼前可做的事情，就是立足于民族生活的现实，对当代文化的特征作一些分析。

新中国年轻的生命历程，是一部曲折艰辛的历史。社会主义制度的建立，结束了近百年来中华民族受人压迫奴役的屈辱命运，也在政治上结束了几千年的封建统治。生产关系的革命使中华民族百年来步入现代文明社会的历史要求，展示出极大的可能性。然而，"人们自己创造自己的历史，但是他们并不是随心所欲地创造，并不是在

---

① （美）道·霍夫斯塔特：《GEB——一条永恒的金腰带》，乐秀成编译《走向未来丛书》，人民出版社1984年版。
② 转引自祖慰：《快乐学院》，载《十月》1983年第5期。

他们自己选定的条件下创造,而是在直接碰到的、既定的、从过去承继下来的条件下创造"①。农业民族在自然经济中赖以维持生存的落后生产力和小生产的生产方式,这是民族承袭下来的主要条件。而在小生产的生产方式中滋生、因岁月久远而深入民族心理、带有封建性印记的落后意识,又象梦魇一样纠缠着人们的头脑,限制着人们的眼界,使这个民族有可能通过对世界各民族文化的接受、借鉴,长足跨入现代社会的可能性受到严重阻遏。于是,就出现了这样的矛盾现象:一方面在极落后的生产力水平上梦想一步进入共产主义;另一方面,狭隘的阶级论又对文化持简单化的态度。不仅排斥与先进的生产力相联系的现代文化,而且对狭义的文化也采取虚无主义的态度。纵向基本隔断了和传统文化的联系,横向几乎封闭了和世界文化的联系。剩下的所谓传统也只有经验形态的东西,除了其中良知的部分以外,大量的是狭隘鄙陋的习惯。

在这样狭小的文化背景中,整个民族的精神被束缚得近于窒息,导致了"唯心主义盛行""形而上学猖獗"。终于使整个民族备尝十年动乱的恶果。野蛮代替文明、迷信代替科学、愚昧代替理性。但是,"没有哪一次巨大的历史灾难不是以历史的进步为补偿的"②。当对灾难的切肤记忆使人们重新用理性的眼光看待民族的这一段历程的时候,文化的问题绝非偶然地成为第一个引起普遍重视的问题。文学毕竟是意识形态中最敏感的部分,新时期小说的里程碑《班主任》,就是以对"四人帮"封建蒙昧主义的强烈控诉而震惊文坛,引起广泛的社会反响:尽管作者所着意的社会意识问题,还只限于最表面的教育层次,但客观上却表达了整个民族对文化回归的迫切要求,随着"真理标准"问题的讨论,思想解放运动的开展,停滞已久的历史车轮开始缓慢地启动。十一届三中全会决定解放思想,把全党的工作重点转移到现代化建设上来,并且确定了经济体制和国家政治体制改革的任务。这是整个民族现代化民主化的历史要求,也牵动了千百万人的切身利益和整个民族的习惯,它所遇到的困难也是可以预料的。"因为小生产的习惯势力还在影响着人们。这种习惯势力的一个显著特点,就是因循守旧,安于现状,不求发展,不求进步,不愿接受新事物。"③ 解放与禁锢、改革与守旧、进步与落后,就集结了这个时代从政治经济、社会伦理到精神心理等全部社会生活中最主要的矛盾。

这个主要矛盾制约着这个时代文化的特征:整个民族的文化构成正在起着深刻的变动。这使我们面对的文化现象格外复杂。首先,以先进的科学技术为主要标志的20世纪世界文化随着开放政策纷纷涌入,是这个接受与建设的时代的主要文化特征;以往二十七年的当代文化一方面受到强烈的冲击,另一方面它深入民族心理的影响,

---

① 马克思、路易恩格斯:《致尼·波拿巴的雾月十八日》,见《马克思恩格斯选集》第一卷,人民出版社1972年版,第603页。

② 恩格斯:《致尼·弗·丹尼尔逊》,见《马克思恩格斯全集》第39卷,人民出版社1976年版,第149页。

③ 邓小平:1978年12月13日在中共中央工作会议闭幕会上的讲话,《邓小平文选》(第二卷),人民出版社1983年出版,第132页。

又成为接受外来文化的心理基础；而外来文化无形中起着参照作用，又使人们重新发现着民族久远的文化传统。

在这样复杂的文化背景中形成发展着的新时期小说，不仅以其多姿多彩的形态炫人眼目，而且不可避免地反映出多种文化思想的冲突。这毫不奇怪。这是变革时代民族文化的特征在文学领域中的折射，也是小说以艺术的形式参与民族对各种文化的择取吸收，以形成新的文化结构而发挥的审美认识功能。事实上新时期小说正是在这个时代主要矛盾的运动中发展深入，从各个层次、各个方面展示出丰富的主题，以及这些主题中纵横交错的复杂意向。文明与愚昧的冲突，则是人们以不同的标准在对各种文化的择取过程中，存在于小说诸多分散主题中的普遍联系，也就是内在的同一性。我们称它为基本主题。

文明与愚昧这组对立的范畴，是人们对文化进行价值判断的概念。由于文化体系的核心是价值观念，因此，文明的标准本身又隶属于一定的文化体系。在许多情况下，文明在某些层次上又与文化的概念彼此重合，马克思对东方文明的论述即是一例，他所谓的文明其实就是文化。我们的命题要求我们必须区分这两个概念。文化相对于文明是客体的存在，而文明相对于文化则是主体的判断。至于文明的标准，则是我们面对这个时代复杂的文化现象，难以规定的，它只能在历史的衍生过程中，经过整个民族在实践中筛选，而这个起始阶段的意向交错现象，是这个过程中不可或缺的部分。因此，我们的目的只是在小说主题现象中分析描述这一阶段的整体特征，并由此做出力所能及的整体判断。

下篇　多种文化思想的冲突
——小说主题意向交错的状态

新时期小说的主题，随着时代矛盾的转移，潜在的文化思想差异发展为表面化的意向交错。四个基本的意向群落：对变动着的现实关系的态度；对传统的态度；对历史的态度；对自然的态度。形成小说主题意向交错的原因：社会的、文化的、政治的。

从社会伦理阶段开始，小说的主题出现了意向交错的复杂状态。在每一个阶段性的主题现象中，几乎都可以发现两个以上的不同意向，有时甚至发生直接的倾向对立。其实，这种差异在政治批判的主题阶段就存在，只不过是潜在的，没有民族文化的思考阶段这样明朗化。这是由于新时期小说的初级阶段，社会生活的基本任务是政治上的拨乱反正。作家们的思想准备虽然各不相同，但思想的落点却都集中在政治的批判上，各种文化思想都可以从各自的角度出发——从马克思主义的人道主义到最一般的人道主义；从最现代的科学思想到最古老的伦常观念；从革命的传统到民族民间的传统——不同的思想武器都可以发挥各自的作用，达到批判极"左"政治的目的。当现代化的历史要求不再是单纯美好的愿望，而是艰苦的实践，它对整个民族生活秩序和心理习惯的振动，就不可避免地引发了多种文化思想的冲突。前一时期潜在的差异就明朗化了。

一、对变动着的现实关系的态度

转型期社会关系最明显的变动是经济关系的变动。十一届三中全会以后，农村集体经济基础上的联产计酬生产责任制的普遍实行，城市工商经济体制酝酿着的改革，城乡个体经济的恢复和沿海的经济开放，都使社会经济呈现出从未有过的活跃局面。

这原本是人们盼望久已的民族现代化过程中必不可少的实践环节，但即使在直接表现改革的作品中，也明显地表现出人们对这个时代变革的不同理解。

蒋子龙从发表于1979年的《乔厂长上任记》《维持会长》等作品开始，从正反两方面人物的对照中，针对工厂企业管理涣散的局面，强调强化权力的重要作用。他在一篇创作谈中讲到，在人们对权力由怕到厌的心理转变中，他思考如何运用权力的问题。所以，他笔下的理想人物除了具备科学知识和现代经济头脑之外，还要有铁的手腕。他希望由乔光朴这样有魄力的铁腕人物，取代无所作为的掌权者。这个基本思想一直延续到发表于1984年的《悲剧比没有剧要好》；其间也涉及其他问题，如新的社会伦理意识（见《开拓者》）、文明的现代经营方式（见《锅碗瓢盆交响曲》）、丰富的生活与全色的人（见《赤橙黄绿青蓝紫》）等。但总的范围没有超出权力更替的基本思想。

张洁的《沉重的翅膀》，则除了正面地描写了这场历史性变革中不可避免的权力斗争之外，在对经济体制改革的急切呼唤中还寄予了对伦理关系等社会生活整体变动的希望。因而，她在揭露那些顽固守旧的人物狭隘鄙俗的阴暗心理的同时，对那些意识到历史必然要求的人自身落后的文化因袭，也作了深刻的揭示。郑子云家庭的危机与方群的婚姻悲剧，都不是偶然的人生不幸，在落后鄙俗的社会伦理关系中体现着某种必然的性质。郑子云为维护家庭体面而隐忍，方文煊屈服于舆论而克制，都是不可掩饰的虚伪和懦弱。连叶知秋、贺家彬这些正直的知识分子，在杨小东、莫征、圆圆等富于进取精神的青年一代面前，也暴露出某些缺憾。把人和人的生活变得更合理、更美好、更健全，是张洁对这场时代变革的理解。因此，她并不着意于改革者和人们眼前利益的矛盾，却更为关切人们被压抑了的固有素质在时代变革中的发挥和消极因素的转化。陈咏明饱满的政治热情和管理能力得到充分的施展；吴国栋开始意识到自己简单粗暴的弱点；杨小东的聪明才智有了用武之地；莫征也从偏见的压抑中逐渐解脱出来开始迈进生活的希望……人的尊严、人的感情、人的个性都在社会整体的变化中获得应有的价值。在乔光朴的铁腕和郑子云的行为科学之间，有着一道文化的沟堑，其中有价值观念的明显差异。

这种差异带有普遍性。社会经济关系的变动必然引起社会伦理关系的变化，价值观念的变动便是不可避免的。如果说，在蒋子龙和张洁的作品中，由于城市改革尚未铺开，他们的意向作为主观的理想，还仅仅表现为文化思想的差异的话，那么，在农村题材的大量作品中，则由于经济关系的大幅度变化引起的社会伦理关系的现实变化，造成了小说主题更明显的差异。尽管作家们对农村经济政策的调整表示了极大的热情，但对由此带来（或可能带来的）社会伦理关系的变动，却难以取一致的态度。张贤亮的《河的子孙》和王润滋的《鲁班的子孙》是典型的例子。前篇以外号"半个鬼"的农村基层干部对农村30年社会生活的回顾，对经济关系的变动可能带来的整个社会的进步，表达了乐观的态度。后篇则在父子两代木匠由不同的生活信念所引发的伦理关系的破裂中，关注着乡村古朴的伦理关系在经济生活方式的冲击下日趋瓦解，忧虑拜金的狂热污染民风，流露出深刻的感伤情绪。

在这两种明显差异着的意向之间，蕴含着深刻的社会历史内容。在黑格尔那里，人类的伦理是由两部分构成的。其一是神的，也就是依着自然血缘形成的关系，即家庭；其二，是人的，也就是社会的。马克思主义对经济关系对人类存在方式根本制约作用的发现，进一步揭示出一切伦理关系的形式都受制于经济生活形式。因此，适应于各种伦理关系的观念，归根结底都是当时的社会经济状况的产物。在中国几千年漫长的社会历史中，是以自然经济的生产方式为基础的，在这个基础上形成了家族和社会高度一体化的伦理结构。所谓"君君、臣臣、父父、子子"，即是对这种伦理结构的严格规范。在这种伦理结构中形成的价值观念，深入民族心理的影响集中地表现为对伦理关系的极端重视。虽经"五四"以来历次思想运动的冲击，但由于在广大的国土上自然经济仍然是主要的经济形式，加上解放以来基本上是吃大锅饭的分配形式，就使传统的伦理意识以新的形态延续了下来。因此，当经济体制改革首先从分配制度上开始逐步展开，就震动了原有的伦理关系和人们与之相适应的心理秩序。欣喜、惊异、忐忑不安、骚动不宁、迷惘、痛苦、感伤……都是这个转折时期复杂的民族情绪。认识民族生存方式的不同角度、感应民族情绪的不同方式，就使作家们对由经济关系变化的制动而引发的社会伦理关系的变动，表现出不同的态度。而反映为小说主题意向交错的根本原因，则在于作家们自身价值观念的异同。

《鲁班的子孙》固然是正在解体的古朴伦理关系和人们相应的道德风貌的一曲挽歌，王润滋的《卖蟹》以及李蔚的《猎户、狍子和采购员的故事》等作品，也都在"世风日下"的现实中，返回到"重义轻利"的传统道德理想。和他们的意向几乎完全对立的一篇作品，是石定的《公路从门前走过》。作者从现代化对经济发展的要求出发，在老一代农民对金钱的鄙视中，看到这种古老的道德心理对经济发展的严重阻碍。张一弓的《黑娃照相》《黑娃的新闻》等作品，都正面歌颂了人们对物质富足的追求与由此带来的精神面貌的改善。何士光的《乡场上》在农民物质生活的初步改善中，看到他们精神的复苏，欣喜经济关系的变动带来了乡村某些政治关系的调整；周克芹的《山月不知心里事》却在人们一心致富和分散的生产方式中，忧虑政治生活的薄弱造成青年人精神的空虚，而高晓声的《水东流》则在青年们对丰富的文化生活的向往中，看到青年农民中一种新的生活观念在成熟，并善意地嘲笑了老一代农民只知道干活攒钱的古老生活信条。高晓声始终把农民的经济解放和精神解放看成一个整体的过程，因此，只有经济生活变动给人们提供了精神改善的物质基础之后，他才善意地批评人们只是"向钱看"的弱点。赵本夫的《多找了五元钱》，则通过老一代农民谨慎本分的生活观念与物质利益诱惑的矛盾夹击下道德心理的动摇，以及在喜剧性的情境中最终的自省，揭示出封闭的生活观念与开放的经济现状之间的深刻矛盾，以及恪守旧的价值观念的人们自身的悲喜剧性质。韩少功的《风吹唢呐声》在现实经济关系及伦理关系的变动中，关注着弱小者的命运，现实的不完善使他乞望着"永恒的善"。贾平凹的《商州》则在探索"历史的进步是否会带来人们道德水准的下降而浮虚之风繁衍呢？诚挚的人情是否还适应闭塞的自然经济环境呢？社会朝现代的推衍是否会导致古老而美好的伦理观念的解体或趋向实利世风的萌发呢？"他们都在更高的层次上表达了忧患意识。

价值观念的差异在爱情婚姻题材的作品中，表现得更为明显，主要集中在人们对爱情的不同理解上。韦君宜的《洗礼》以社会政治理想作为婚姻的道德基础，强调只有在这个基础上个人情感的选择与婚姻关系的变化才显示出充分的合理性。《洗礼》表达了接受过"五四"新文化影响，后来投身社会革命，把社会理想和人生理想融为一体的一代知识分子特有的价值观念。他们重视爱情的社会政治性质。孟伟哉的《一座雕像的诞生》则强调个人情感的利他性质；而姚文泰的《乡土》则几乎完全把道义作为婚姻的绝对价值。与之相反，靳凡的《公开的情书》，几乎系统地批判了从爱情婚姻到个人责任的全部通行观念，批判它在迅速奔涌的时代潮流中的落后与陈腐，并且以充满理想精神的激情倡导科学和理性，肯定个人选择的创造价值。张洁的《爱，是不能忘记的》，强调人的感情的绝对价值；而航鹰的《东方女性》、达理的《墙》等作品，则强调理性对情感的应有克制对维护伦理秩序的必要性。张抗抗的《淡淡的晨雾》、遇罗锦的《冬天的童话》《春天的童话》等作品，都在对既定的伦理观念与道德规范的激烈批判中，肯定人的感情在外部命运变化中重新抉择的合理性。张抗抗在《淡淡的晨雾》中曾有一个形象的比喻，奔流的江水和固定的铁桥之间不存在绝对的稳定联系。在她们的作品中可以感受到这个时代强烈的浪漫气息。

重视个人主动的选择，重视情感，而且要付诸行动，这是一部分青年作家的倾向。丰富的人生阅历与注重实际的人生态度，使一些中年作家对此采取更为超然的态度。这在王蒙的作品中表现得最充分。他在《深的湖》中对"黄花鱼"与婚姻离异之关系表达了极为通达的理解。在评价张洁的《爱，是不能忘记的》的时候，他说："难道人的精神不应该是自由驰骋的吗？难道爱情不应该比常见的和人人都具有的更坚强、更强烈、更崇高、更理想吗？……说真的，落后的生产力、落后的文化、贫困、封建专制，以及我们自己'左'的专制的影响，不是使我们许多人的灵魂被压扁了，因而太缺乏感情、太缺乏想象了吗？"① 在《老黄杨树根之死》中，王蒙则在表现人们于外部生活命运的变动中情感的转移时，批评其中利己的功利性质。他动摇于精神追求的理想和现实的责任之间。即使是中年人中最大胆的张洁，也要重申精神的追求并不妨碍已有的伦理秩序。他们重视的是精神本身，而青年作家则不能满足于幻想，他们面对的是现实的抉择，渴望行动的自由。同样是痛苦的理想主义者，张洁

---

① 王蒙：《北京文艺一九七九年小说选·序》，北京出版社1980年版。

在《爱，是不能忘记的》当中，表现的是精神追求不被理解的痛苦；而张抗抗在《淡淡的晨雾》等作品中，表现的则是理想在付诸实践的过程中不可避免的痛苦。张洁乞望的是来世灵魂的契合，张抗抗追求的则是现世的幸福。

尽管张洁与张抗抗面对现实的束缚所追求的伦理理想有明显的程度差异，但她们把情感精神化的特点是相通的，因而对物质的、世俗的、红尘的生活都表示了一定程度的冷淡。这一点又构成了许多青年作家之间的意向差异。张抗抗的《北极光》《在丘陵、在湖畔，有一个人》等作品，塑造了不少情操高尚、追求事业、蔑视世俗物质享乐的理想人物；而王安忆的《庸常之辈》等作品，则通过对普通人生活艰辛的理解，肯定了人们物质追求的合理性。陆星儿的《写给未出生的孩子》，在追求事业的青年艺术家现实生活的窘困中，给予事业、感情、生活以同样的肯定。在遇罗锦的作品中，直率地把精神追求与物质享乐，以及经济条件、社会地位等外部条件等同齐观。张承志的《绿夜》等作品，则在更普遍的情感范畴中，把知识分子对事业的追求与普通人的生活奋斗衔接在共同的历史环节上，在他的笔下，一个现代学者和一个草原牧民之间有着相近的人生境遇和相通的人生感受。阿城的《棋王》也有相近的意向，他把对人的价值的理解建立在尊重一切人的基础上，既把吃的问题看作人类存在的基本内容，又把精神权利，视作人的最终完善，表达了一种朴素博大的价值观念。

价值观念差异的焦点在于如何评价个人在社会伦理关系中的价值。和50年代的"新人新事"主题，"文化大革命"中的"斗私批修"主题截然不同的是，新时期小说主题中，基本的倾向是肯定个人应有的权利和个人的追求与奋斗在社会整体进步中的作用。在许多作品中，"安贫乐道"已经不再是无可怀疑的、通行的道德准则。江坤大的克己忍让不再仅仅是道德高尚的表现，高晓声在社会整体发展的效果中，揭示它的消极作用。杨之枫、李辉、金鹿儿、"登利美"，[1] 这些充满了生活欲望和进取精神的青年人，获得了比朴实安分、毫无追求的老劳模们更多的赞赏。

完全否定个人在社会伦理关系中的价值，这样的主题意向是极少数。小说主题意向的微妙差异常常只是程度的问题，也就是在多大范围中，个人的追求与权利是合理的。汪浙成、温小任的《别了，茨黎》、王蒙的《风筝飘带》、蒋子龙的《锅碗瓢盆交响曲》等多数中年作家的作品，都把个人的追求和社会进步的要求统一起来，肯定其积极的意义。而青年作家在生活中的特定位置，使他们更敏锐地感觉到这个时代人生奋斗中目的和手段之间不可避免的矛盾，由此形成了和中年作家群体的差异，而各自之间的不同态度又形成了彼此意向的差异。陈建功的《迷乱的星空》表现了不以成败论英雄的价值理想，揭示了外部的成功与实际的贡献之间的距离，在一条鱼骨的意向中寄托了执着理想的人生追求。他的《飘逝的花头巾》则进一步揭示人生得失与社会责任之间的联系，特别强调手段的正当性。而王安忆的《新来的教练》《命运交响曲》等作品，则在目的与手段不可避免的分裂中，趋向承认性格对环境的必

---

[1] 分别见陆北威《美丽的杨之枫》、郑万隆《当代青年三部曲》、航鹰《金鹿儿》和刘心武《登利美》。

要适应。她似乎是在对人生普遍困境的体察中，无可奈何地接受了目的与手段分裂的现实。张辛欣的《在同一地平线上》，把人与环境的矛盾集结在目的与手段极端状态的冲突中，探索"在道路的选择上，在为了达到目的，不错过时机而采取的各种行动方式上，究竟怎样做是对？"希望在现实的社会条件下，把目的和手段、道义和利益等对立范畴统一在合理的道德规范中。张承志的《大坂》等作品则在目的与手段不可避免的矛盾中，表达了道德情感的极大痛苦，并把它看成是人生缺憾的一部分。

对人生奋斗中目的与手段之间矛盾的敏感程度，集中反映了两代人生活观念的实际距离，这在表现代沟的作品中尤为明显。戴晴的《沟》在母子两代人生活观念的比较中，歌颂了母亲一代任劳任怨、不计个人得失的利他精神，批评儿子一代情感的淡漠和追求个人名利的"利己倾向"；刘小喻的《导演之家》则在两代导演对艺术、生活不同的态度中，在理解老一代人道德操守的同时，更多地倾向于对青年人所勃发出的创造力的肯定。王蒙的《深的湖》《痛苦》等作品，在对老一代思想操守的赞美中，批评青年人的简单与重实利；而王安忆的《迷宫之径》等作品，则对上一代人所奉行的原则在现实生活中的作用表示了怀疑与深切的怜悯。

以上种种小说主题意向的差异并不奇怪。它是转折时期变动着的现实关系在观念形态中的反映；也是旧的价值观念破碎与新的价值观念尚未建设起来的交替时代，人们为建设新的价值观念所进行的积极探索。肯定人对生活追求的基本倾向，是人们经历了以抽象的观念扼杀具体的人的严酷浩劫之后，痛定思痛之时，形成的新的伦理理想，也是民族现代化的历史步伐对旧有的观念冲击的结果。

二、对传统的态度

对变动着的现实关系的态度，最直接地牵动着人们对传统的态度。因为，依本文引言中所引艾尔弗雷泽对文化的定义，价值观念是传统的重要部分。而人们对变动着的现实关系的不同态度中所暗含的价值观念的差异，也就联系着人们对传统的不同态度，由此，也反映为小说主题意向的交错。

难以说清楚的是传统的范围。我们有五千年的历史所创造的民族文化的悠久传统，其中既有封建性的糟粕，又有人民性、民主性的精华；我们有"五四"思想革命开创的、吸收外来文化思想的反封建的传统，其中一部分汇入了政治革命的历史潮流，也有一部分因为种种原因遭到了破坏；我们还有在漫长的革命斗争中形成的革命传统，而极"左"政治的严重后果之一，就是对革命传统极端片面的解释和歪曲。民族的文化心理结构，因为各个时代文化构成的差异而不断地变动，又因为基本生活方式和社会结构的沉滞而保持了相对的稳定性。然而，对当代的中国人来说，最直接的传统莫过于这几十年的社会生活形成的积习，包括由文化构成的基本内容决定的价值观念，也包括与此相适应的情感方式、行为方式的规范。

新时期的小说主题中，一开始就存在着反传统的倾向。特别是青年人的作品中，尤其激荡着一股反叛的浪漫主义情绪。这股浪潮至今未艾，但最早的源头可追至靳凡的《公开的情书》和赵振开的《波动》。这两部作品都成书于打倒"四人帮"以前,前篇对当时所通行的一切思想观念(包括政治观念和个人义务等)进行了激烈的批判,也涉及民族更久远的传统因袭。后篇则尖锐地揭示出在革命正义的美名之下,社会伦理观念的虚伪与残酷。1979年末开始的民族文化思考阶段的多数作品,对社会伦理、社会心理到社会风习的思考,基本的倾向也是反传统,而且多数作家把民族传统中的消极因素,或是落后的文化思想,或是落后的生活方式以及从中生成的野蛮习俗,看作是极"左"政治形成的历史根源。反对压抑人、扼杀人、愚昧残酷的社会积习和更久远的民族文化传统中封建性的落后因袭,使得当代文学又沟通了阻隔已久的"五四"文学的反封建传统。

在这个基本相近的倾向中,又因人们所使用的思想武器不同,而表现出对传统的不同理解。与以上提到的主题现象差异较大的,是汪曾祺、孙犁、宗璞等深受民族古老文化熏陶的作家的作品。汪曾祺《徙》《故乡人》等作品歌颂了受传统思想文化养育的知识分子,清贫自守、正直耿介、淡于名利的道德风貌,和靳凡的《公开的情书》中表现的激扬锋利的进取要求,有着一定的思想差异;宗璞的《米家山水》等作品,歌颂知识分子在追名逐利的世界中宁静自得的恬淡心性,也和张辛欣的《在同一地平线上》的题旨有思想的距离。他们都在封建法西斯主义和文化虚无主义造成的文化虚空和险恶世态中,流露出对久远的中国传统文化的眷恋。宗璞或更多地执意于老、庄、禅等传统哲学;汪曾祺的作品中则还包括对市民阶级创造的丰富的生活文化的肯定,秦老吉(见《晚饭花·三姐妹出嫁》)那付象《东京梦华录》中的馄饨担子,可谓最典型的象征。他们痛感到无休止的"阶级斗争"使社会伦理关系恶化、民族的道德水准因文化的衰弱而下降,同时身为知识分子经历一个时代的残酷,心灵的不胜重负和难以言传的痛苦心态,都使他们转向民族文化的传统,有意识地在民族民间的文化中汲取具有朴素人道主义的因素。因此,就其心理动机来说,对极"左"政治长期统治下形成的社会积习进行批判,他们和激进的青年作家们并不矛盾。汪曾祺对市民人物乐观进取的精神风貌的肯定,宗璞对僵硬的政治观念造成的知识分子"灵魂硬化症"的揭示,都和人们对传统的伦理观念的批判有着相通的时代联系。这些作家由于经历过一次又一次对封建文化的批判,又都有过对西方文化的接受,多种文化经由历史时间在心理中的反复参照、积淀,使他们的作品具有在更高的层次上整体地反思民族文化传统的特点,取舍也有着极大的自觉。他们注重的是古老文化中具有普遍人道主义意义的精髓和适应民族心灵形式的美学风格,而对其中封建伦理观念等陈腐部分则坚决地剔除。因此,就其反封建这一点来说,他们和反传统的主导倾向并不截然对立。

最为复杂的情况是中年作家及个别老作家对革命传统的态度。革命传统形成于新民主主义革命的漫长历程,集中地体现着五六十年代的社会整体意识,包括集体主义的社会伦理意识,以及由此而形成的各种行为方式,它的核心是革命的理想主义。王蒙说:"我始终认为,文学与革命天生地是一致的和不可分割的。它们有着共同的目标——旧世界打个落花流水,鲜红的太阳照遍全球。文学是革命的脉搏,革命的讯号，革命的良心；而革命是文学的主导，文学的灵魂，文学的源泉。"① 这是在革命传统中形成的最典型的文学观念，代表了多数中年作家和一部分老年作家的基本倾向。大批反映中国当代政治生活的作品，如王蒙的《布礼》、从维熙的《遗落在沙滩的脚印》、鲁彦周的《天云山传奇》等，都是从这种革命传统出发解释历史现象，歌颂人们在政治的泥泞中革命理想不灭的闪光。王蒙"子非我，安知我不知鱼之乐"②的辩白，是坚持这一革命传统的写照；虽然他也曾借庄周梦蝶的寓言对此流露出一定的惶惑③。

和这种倾向相反的是另一部分中年作家的意向。刘心武的《大眼猫》《如意》，张弦的《挣不断的红丝线》，张洁的《忏悔》《沉重的翅膀》，戴厚英的《人啊，人！》，问彬的《心祭》等作品，则在具体的艺术表现中，对此持较大的保留态度。他们注意到革命传统内部依然浸入了许多并不合乎革命理想的因素，扼杀着人的感情，影响着人们的命运。作为更久远的传统因袭，这些因素在革命的旗号掩饰下，依然是社会主义的社会形态中残存的、然而又是顽固的封建毒素。

老作家韦君宜在她的一篇小说中，曾借一位老干部写给儿子的信，表达了更为复杂的矛盾态度：我们要信仰，那是因为我们不能不信仰④。她代表了在对旧世界的反叛中把人生的追求和社会革命的理想统一在一起的一代人基本的思想态度，即他们看到了自己一手创造出来的社会中有许多不合乎理想的东西，但却不愿意就此而否定革命理想本身，希望在对社会的改善中坚持革命理想。及至《洗礼》，她则进一步希望在历史风暴的淘汰中，恢复并端正真正的革命传统。这就是对党的事业负责，坚持人民的利益，以及讲真话、坚持真理、不计个人名利等道德准则，赋予抽象的革命传统以具体的现实内容。

对于革命传统多数青年作家采取了较为客观的态度，他们很少就此直接表示自己的看法，却在对其具体观念的评价中，表现出在历史发展的进程中具体检验传统的意向，形成了和部分中年作家不同的倾向。这种差异在茹志鹃母女创作特点的比较中，可以看得很清楚。她们都是富于人道主义精神的女作家，都把普通人的生活命运作为自己艺术表现的对象，而且也都长于状写人们日常的生活情态。但是她们观察生活的角度和审美评判的标准却有着明显的差异。茹志鹃的作品都是从革命的理想出发表现社会生活的各种矛盾。她在普通职业妇女的生活艰窘中，揭露极"左"政治的残酷⑤；在农民生活的贫困与精神的惶惑中，看到"左"的政治路线和经济政策对党群关系的破坏⑥，在落实政策的阻力中，谴责一些干部政治道德的堕落⑦；在日常的家

---

① 见王蒙《我在寻找什么》，《王蒙小说报告文学选·自序》，北京出版社1981年版。
② 见王蒙《相见时难》，最初发表在《十月》1982年第2期。
③ 王蒙：《蝴蝶》。
④ 见韦君宜《内部参考资料》。
⑤ 茹志鹃：《家务事》，载《北方文学》1980年第3期。
⑥ 茹志鹃：《剪辑错了的故事》，载《人民文学》1979年第2期。
⑦ 茹志鹃：《草原上的小路》，载《收获》1979年第3期。

务纠纷中，批评一些人革命理想的退化①……总之，都表现出政治性很强的道德感。而在王安忆的作品中，几乎没有苛刻的道德批评，更看不见强烈的政治色彩。她更多地从普遍的人生实际出发，看待社会的矛盾，体察历史的发展。她更多地给人们以温暖谅解，分析多种精神现象产生的客观条件，理解普通人平凡追求的内中苦乐，委婉地批评他们的弱点，指出他们精神迷误的原因。因此，审美评价的态度也更为宽容。

她们的差异代表了中青年作家之间普遍的意向差异。多数中年作家的创作倾向于社会，而多数青年作家的创作则倾向于人生。这当然不是截然的对立，前者以社会理想衡量人生的价值；后者则以人生的实际衡量社会理想，看生活的发展与历史的进步。看待生活的角度不同，审美评判的标准不同，对革命传统的态度也就有了距离。

这是就整体而言，其实同一代人中，对传统态度的意向差异也是极明显的。同是青年作家，李存葆的《高山下的花环》、魏继新的《燕儿窝之夜》、梁晓声的《今夜有暴风雪》等作品，都表现出和革命传统中形成的诸种价值观念的联系。邓刚的《迷人的海》等作品，在两代人延续的主题中，暗含着在扬弃中更新传统、发展传统的意义。张承志的《北方的河》则在更为广阔的历史文化视野中，表达了沟通一切传统的愿望。他对民族灿烂文化的热爱显然与老一代作家情感相通，对人民内在精神的理解又与真诚地坚持社会理想的部分中年作家相近，黄河、湟水、黑龙江、永定河……在他的笔下都具有了特定的文化和人生的内涵。从民族的血脉到文化的源头，生命的原始动力到时代的苦乐，都浸透了对祖国父亲的赤子般的依恋，体现着现代意识对民族传统的崭新的理解。

如果把青年作家们的创作看作一个整体，那么从中可以看到这样一个过程，即从激烈的反传统到对传统的重新发现。而其中一以贯之的因素，则是对这个时代民族文化更新的愿望。对民族传统的再认识，目的仍然在于克服长期的封闭停滞所造成的社会积习。因此，对传统的重新发现并不意味着简单的复归。贾平凹的《商州初录》《小月前本》《鸡窝洼的人家》《腊月·正月》《商州》等作品，都立足于民族的时代生活，且以具有悠久古文化传统的陕西商洛地区为基地，以静察默观的审美态度体察普通中国人的日常情态，从中传导出时代变革的动律。他侧重民族民间文化的开掘，对其中封闭保守的部分嘲讽抨击，表现出深沉的感伤情绪，而对其中蕴含着民族蓬勃活力的蛮野自由的民俗民风又力予讴歌。他以今天时代的意识取舍传统的民族文化精神，"崇拜大汉之风而鄙视清末景泰蓝一类的小玩意儿"②这和汪曾祺重视市民人物蓬勃的生活意趣有异曲同工之妙；他对世风趋利、文风萎靡的忧虑，也与老一代作家们的意向相通。他们都试图在传统中打破传统，又在反叛沉滞萎靡的社会积习时，沟通着被割断了的民族民间久远的文化传统。

无论是激烈的反叛传统，还是对传统的重新发现，都对民族文化的变革有重要意义。这两种努力，除了各自文化意识的差距外，对时代变革的热切希望是一致的。

---

① 茹志鹃：《儿女情》，载《上海文学》1980年1月。
② 见贾平凹《变革声浪中的思索——腊月·正月后记》，载《十月》1984年第6期。

虽然在对传统的态度中存在着明显的意向交错，但也存在着彼此之间渗透、融合等更潜在的联系，这可以在一些作家们的文学主张中略见一斑。汪曾祺认为写一个作品总要有益于"世道人心"，孙犁在谈到自己的创作追求时，明确表示追求真善美的人道主义，王蒙在讲到文学和革命的联系时说："因为文学追求光明，向往真理，渴望发展和进步，因为文学是人学，它以人为中心，它要求人成为真正的人，它要求人和人的关系成为真正的人的关系——共产主义的关系，老吾老以及人之老、幼吾幼以及人之幼的关系①。"无论是古典的说法"世道人心"，还是现代的说法"人道主义"，或者更高的人类理想"共产主义"，中老年作家在"老吾老以及人之老，幼吾幼以及人之幼"这一伦理理想上是一致的，都带有民族古文化传统的意味。而多数青年作家对人的发展的要求，也正在人道主义的精神链条上与中老年作家们相通，但因为已不局限于伦理的形式，从而形成了和中老年作家的基本差异。在形式的扬弃中，才有沟通一切传统的可能。对探索与更新的渴望，使青年作家和中老年作家在统一中，表现出更多的差异。

总的来说，在具体的社会伦理理想方面，中老年作家们更接近些，而和青年作家们之间的差距更大些。但老年作家们对人生普遍苦难的体察和青年作家对人生普遍艰辛的理解之间，内在的文化意识、价值观念又有许多相近之处，表现在他们大都从个体人生的角度看待世界，这和普遍从社会的角度看人生的中年作家们，又有着共同的差异。两种差距的焦点在于现代意识。老一代作家以及中年作家宗璞，虽然精神的根植于传统文化的母体，但从思想方法到艺术表现手法都不排斥现代意识。中年作家中的多数人则较少现代意识，或有意排斥现代意识，在思想观念上更接近革命传统②。

而青年作家中的多数人都有意识地吸收 20 世纪的多种文化信息，其中的一部分本身就具备了现代素质，从心理结构到思想方法都带有不同于中老年作家的特点。

传统是一条流动的巨川，永远不会静止，也永远不能割断源头。人们不断地反扭着传统，传统又无形地约束着人们；人们生活在传统之中，传统又在历史的发展之中。

只有不断地筛选，不断地扬弃，才有合乎进步规律的文化更新。新时期小说由对传统态度所形成的意向交错现象，正是传统在急剧变革的时代多种选择的客观反映。对传统的强烈反叛与重新发现，则最集中地体现着这个时代的变革精神。

三、对历史的态度

对传统的态度也是人们历史意识的一部分，历史意识的自觉是新时期小说主题有

---

① 王蒙：《王蒙小说报告文学选·自序》，北京出版社1981年版。
② 这也是相对面言，且指主要倾向。中年作家的一些作品，也有对现代意识较为自觉的接受。如张洁的《七巧板》，谌容的《杨月月与萨特之研究》。而王蒙在《夜的眼》以后，有意识地尝试探索过具有现代意识的表现手法。

别于以往二十七年的重要标志。这不仅存在于以反思当代历史为目的的作品中,而且也广泛地存在于各种主题现象中。

作为对一场历史动乱的补偿,历史意识的觉醒是从对既成观念的怀疑开始的。札平的《晚霞消失的时候》最直接地表现了对个人主观意识在历史运动中作用的思考。"泰山长老"在作品中是一个人类智慧的化身,他对世界人生多种矛盾近于玄学的阐释,表达了作者对人类丰富精神现象的兴趣,在由此所达到的人生启悟中,反省了一代人革命狂热的得失。而女主人公南珊与外宾关于太阳与河的争论,则寓示着历史唯物主义正逐步进入一代人的思想方法。当然,这只是一个最初级的朦胧状态。而且,由于这篇作品成书于打倒"四人帮"的特定历史时期,作者对极"左"政治的怀疑,只能隐藏在人生的苍茫感中。但这毕竟是一个好的开端。

"伤痕文学"对十年浩劫中社会动乱和人民创伤的揭示,"反思文学"对当代政治历史的整体描绘,都标志着真实的历史精神回到了文学中。其中高晓声的《李顺大造屋》等作品,把思考,深入到历史因袭的文化心理等整体的文化状态中,揭示多种因素在彼此制约中的相互影响,不再把政治看成一个孤立的因素。作家看生活的尺度放大了,对历史的认识也越来越深刻。韩少功的《西望茅草地》、张弦的《被爱情遗忘的角落》、叶之蓁的《我们建国巷》等作品,都在社会生活的各个层次探究着历史规律,常常在察幽洞微之间,勾划着历史发展的曲线。古华的《爬满青藤的木屋》在集结着生产力和生产关系、制约着政治伦理多种社会意识的基本生活方式中,寻找民族停滞倒退,以及一再出现政治动乱的历史根源。张贤亮的《河的子孙》则努力发现民族历史生活中形成的传统自身的丰富性,以知识分子自觉的精神和普通劳动者健康的本能为民族进步的基本动力,并且力图在各微小部分的运动中发现历史发展的必然规律。这些作品,都不同程度地体现着辩证唯物主义的历史观。

由于作家们看待历史的角度以及所使用的时间尺度不同,因此,在对历史的态度上也存在着意向的交错。鲁彦周的《天云山传奇》、从维熙的《泥泞》、张一弓的《张铁匠的罗曼史》等作品,以知识分子和普通劳动者的命运为素材,意在评价党在某一阶段政策的得失。因为时间尺度限定在当代历史的范围,对历史的认识一般也不超过政治结论的范围。王蒙的《布礼》在对当代知识分子政治命运的反思中,侧重表现他们精神的内容,目的在于讴歌对理想的坚贞。这些作品中表现出来的历史意识是比较单纯的,可以用"正义一定战胜邪恶"来概括。这种单纯的乐观情绪,表达了人们对历史转机的积极感应。但从认识历史的角度,也限制了人们对更为复杂的历史现象的认识。以至于发展到近期几部以当代知识分子历史命运为题材的作品,都满足于对理想的阐释而忽视了知识分子命运中深刻的历史内容。夏衍在谈到创作脸谱化的时候,特别强调要坚持历史唯物主义[①]。这也涉及对历史的态度问题。而且,这个问题和极"左"政治长期影响下形成的思想方法有着密切的联系。

随着社会生活整体的变动,思想方法的转变也在缓慢地开始,这可以在一些作家

[①] 《答友人书》,载《上海文学》1983年第2期。

们创作的发展中看出来。张洁是一个具有强烈理想主义倾向的作家，创作伊始，她在呼唤社会文明教养等问题时，是以50年代的社会生活为理想模式的，及至《沉重的翅膀》《七巧板》等作品，虽然仍然倾向于理想的表现，但已经开始自觉地用发展的眼光，探究社会伦理结构的进步发展，理想转变着的内容中也包含着历史意识由静止向发展的变化。刘心武从《班主任》《爱情的位置》，到《如意》《立体交叉桥》也具有相近的发展过程。王蒙由写《悠悠寸草心》等以革命理想干预生活的作品，到写《夜的眼》《海的梦》等以浅层次的心理感受容纳大跨度的时空印象的作品，内中有其一贯的延续性，也有明显的转折痕迹。但这不仅是创作手法的简单变化，而首先是对生活的态度由主观的介入向客观的接受转换。他明确地说："故国八千里，风云三十年，我如今的起点在这里。我已经懂得了，凡是存在的就是合理的道理。"① 虽然这个结论中过多地接受了黑格尔哲学的消极影响，但也一定程度地反映了他对历史发展进程的辩证理解。及至《惶惑》，他已经不再把已往的理想作为衡量生活的唯一尺度，而是以生活的客观进程检验已往理想的可能性。惶惑正是作者精神矛盾的心理具象。由对理想的单纯讴歌到对具有时代特征的心态表现，也曲折地表现出他对历史发展的某种自觉。

　　和这些中年作家们的历史意识有一定距离的，是一些青年作家们的作品。由于他们普遍以人生为视角看待生活，他们作品中表现出来的历史意识也更为复杂。他们对历史的理知认识是和对人生的启悟联系在一起的（这个特点在《晚霞消失的时候》即已存在），因此，他们即使在对某一时期人们历史活动得失的反思中，也都结合着自己，带有普遍的自省特征。真实的历史精神在一部分青年作家的作品中，集中地表现在对红卫兵运动的认识。郑义的《枫》，以彻底的否定态度，揭示一代人狂热的革命理想中可悲的历史内容。王安忆的《幻影》《绕公社一圈》等作品中表现出来的寂寞情绪，也是在沉思历史的时候，准确地展示那个时代真实的心理意象，以青年人心理的发展过程折射那个时代社会生活混乱的整体状况，其中也体现着面对历史的客观态度。张辛欣的《浮土》表现得最为典型。她以一个女红卫兵对两个时代生活的心理感受，对一代人的思想发展进行积极的自省。"她"不是一个纯洁的天使，也不是一个先知，也不是一个品格卑劣的恶棍，"她"所接受的教育（通过学校、家庭和社会）中有极大的一部分把革命、阶级作了狭隘的解释，"她"被疯狂的社会思潮裹胁着，和时代一起犯了错误，理性与良知都迷失在自以为正义的革命狂热中。但"她"并不想用真诚和幼稚解释自己的过失，而是主动对历史的谬误承担一份责任。虽然生活的跃动已经淹没了往昔生活的痕迹，但茫然的情绪中却闪动着心灵面向历史的诚实。

　　对历史的客观态度中也同样体现着人们创造历史的主动精神，只有更清楚地认识过去，才可能更自觉地走向未来，这是一个否定之否定的认识过程。这个过程在张承志的创作中表现得最完整。他的《刻在心上的名字》等作品，都以揭示红卫兵们的

---

① 见《王蒙小说报告文学选·自序》，北京出版社1981年版。

思想发展过程为目的，表现了这一部分人怀着革命的热情投身社会，却由极"左"政治思潮的蛊惑而伤害了人民的感情。同时，他又表现他们痛苦的蜕变过程，在自省中扬弃了往昔的肤浅，肯定他们在生活中找到的真知灼见，把"为人民"作为自己生命的永恒主题。这个一以贯之的理想精神，使张承志逐渐找到了一个历史文化的阔大视角，在《黑骏马》等作品中，表达了更为宏观的历史哲学意识，他以人民的命运作为历史的原始形态，更重视普通人的活动在历史发展中的作用。阿城的《棋王》也以更为明晰的语言，表达了对历史这种朴素的理解。他以入世的达观态度彻悟人生，在知青生活的描述中，通过具体的人物刻画，达到对一个时代社会生活的概括和个人在历史中价值的认识。出身寒苦的知青棋呆子王一生以棋解忧，他处乱世而不惊，以对生活朴素的理解而保持了人格操守，有所不为而有所为。在他横下一条心，同时迎战九位高手的时候，作者借叙述者之口写道："读过的书，有的远了，有的近了，模糊了。平时十分佩服的项羽、刘邦都在目瞪口呆，倒是尸横遍野的那些黑脸士兵，从地下爬起来，哑了喉咙，慢慢移动。一个樵夫，提了斧在野唱。忽然又仿佛棋呆子的母亲，用一双弱手一张一张地折书页。"他在作品中一再选用"无字棋"（见《棋王》），"无字碑"（见《树桩》）等一类的意象，其中都表达了对无数普通人在历史整体过程中价值的理解。

这种历史观既体现了唯物的精神，又闪烁着人道的理想。介入自己，重视普通人的活动在历史发展中的作用，这使一部分青年作家的作品中表现出更多的个体悲观意识：路遥的《人生》在城乡交叉地带青年人的生活道路中，发掘出这个变革的时代人生悲剧的文化底蕴，使人感到历史车轮的转动实在太缓慢了。张承志在历史缓慢的推移中看到个体人生不可避免的悲剧性，沉重的使命感造成他作品沉重的压抑感。他写到，"我们和人民祖国一起，背负着沉重的遗产和包袱前进"①。贾平凹的《商州》，则在更为广阔深厚的民俗背景中，展示普通人现实生活的艰辛，揭示现实关系和历史文化的因袭，对个人命运的强大影响。个体的悲观意识并不一定是消极的，它基于人们对世界人生深刻的理知与认识，也基于人们对更完善的社会和人的美好愿望。而直面世界的勇气也最终帮助人们达到对历史总体的乐观态度。这一点也同样可以在他们作品表现出来的各种探索中看得很清楚。历史在张承志的笔下不是一个纯然精神的发展过程，它是无数普通人的命运汇集成的轨迹，而人民蓬勃的生活力和博大的人道精神，又是历史缓慢发展中永不断裂的链条。因此，他才能坚信："对一个幅员辽阔历史悠久的国度来说，前途最终是光明的。"② 贾平凹则更为具体地描写了民族民间文化中生气勃勃的内容，希望在对民族自身文化的积极择取中觅到活力不断的源头。因此，他的作品中悲怆而不沉滞，在对混乱世事的苍茫感受中，以蛮野的民风为载体，呼唤着拙厚恢宏的力。阿城的《树桩》等作品，也在各民族丰富的民间文化现象中，寄托健康、乐观、生气盎然的精神。他们以不同的方式达到对历史客观的

---

① 见张承志《我的桥》，北京十月文艺出版社1984年版。
② 见张承志《北方的河·题记》，原载于《十月》1984年第1期。

理知，从而表达了对社会进步、民族发展更为博达执着的理想，其精神是主动而积极的。

如前所述，对历史态度的意向交错根源于人们看待历史的角度与运用尺度的差异。因此，千差万别的意向是难于归纳清楚的，其中存在着不可比因素。但总的来说，多数中年作家较习惯以社会为视角，以当代历史为时间尺度，而一部分青年作家则更喜欢以人生为视角，以民族历史为尺度；中年作家作品中寓意在评价人们某一阶段或某一部分历史活动的得失，而青年作家中的一部分作品则倾向于对历史运动的宏观哲学的把握；中年作家们多数人注重对人们直接的政治活动的认识，一般不超出政治结论的基本范围，而一部分青年作家则力图透过轰轰烈烈的政治场面，或深入一个时代普遍的社会心理，或关注民族整体的文化因素，这都使他们更重视普通人的活动在历史运动中的作用。由于多数中年作家在反思历史中较少介入自己，因而单纯的乐观意识更多些，而一部分青年作家在人生的启悟中个体的悲观意识更多些，其中的一部分人并最终达到了总体乐观的精神归宿①。

四、对自然的态度

对自然的态度和对现实、传统、历史的态度一样，是作家们审美意识的一部分。

人类是自然的一部分，从漫漫洪荒的原始社会到物质文明高度发展的现代社会，人类都是在和自然界的依存、斗争中创造着自己的文明史。随着人类征服自然水平的不断提高，在现代社会中人越来越多地生活在超自然的人工环境中，反而很少意识到和自然的直接联系。但人们表达对生活的认识时，总会自觉或不自觉地表现出对自然的态度。由于人们对自然的态度中暗含着人与自然的联系方式，所以它又是一个民族的文化、一种文化的阶段性演变的重要标志。马克思说："实际上，人的万能正是表现在他把整个自然界——首先就它是人的直接的生活资料而言，其次就它是人的生活活动的材料、对象和工具而言——变成人的无机的身体。……说人的肉体生活和精神生活同自然界不可分离，这就等于说，自然界同自己本身不可分离，因为人是自然界的一部分。"② 这是就人与自然最基本关系而言。在人类每一个具体的历史时期，特定的生产力水平所制约的生产方式制约着人与自然具体的物质联系方式。这个物质联系方式又通过整体的社会关系进一步影响着人与自然的精神联系方式。因此，人与自然的特定联系方式中也反映着特定时期人与人之间的关系。反之，人与人之间的关系也影响着人对自然的审美态度。

在此之前的中国当代文学中，人和自然的关系或处于直观的和谐状态（如赵树理小说中典型的乡土环境），或处于截然对立的状态（如大跃进民歌及"文化大革

---

① 这些都不是绝对的。高晓声的作品中不仅有久远的历史文化背景，而且明确地声明"陈奂生就是我"，即是一个例证。

② 马克思：《一八四四年经济学哲学手稿》，人民出版社1979年版，第49页。

命"中的农村小说），甚至以简单狭隘的政治意识否定人与自然的精神联系（如"文化大革命"中对花鸟鱼虫、山水景物画的批判）。19世纪50年代末期开始的"左"倾思潮中形成的唯意志论，从"大跃进"到"学大寨"都存在着夸大人的主观意志的偏向，表现了对人与自然关系的认识上盲目的乐观意识。这种意识反映在文学中就是"人有多大胆，地有多大产""人定胜天"的极端主观倾向。在新时期的小说主题中，随着人与自然关系的调整和人与人关系的变化，基本扭转了这种主观性极强的盲目乐观态度。许多反映农村生活的作品，在表现极"左"政治对生产力破坏的同时，都不可避免地谴责了它对山林土地等自然力的破坏，表达了人们努力和自然建立一种更科学的联系的愿望。在其他大量作品中，自然是作家人生意识的一部分，寄托着作家对人与人之间关系的认识和理想。而作家们对社会人生的不同审美理想，使他们对自然的态度中呈现出纷繁多样的意向。

　　一方面在许多以现代都市生活为题材的小说中，自然逐渐消逝在现代的人工环境里，人与自然的疏远表现了在拥挤的现代城市中人与人心灵的隔膜，以及人的心理越来越趋向超自然的感觉状态。王安忆的《本次列车终点》等反映生活在狭窄里弄里的上海市民们精神状态的作品，张辛欣的《清晨，三十分钟》《我们这个年纪的梦》等作品，对人们心理由于拥挤杂乱的都市生活所造成的紧张、疲惫、单调等感觉的表现，都是最典型的代表。在超自然的城市环境中，自然变成了一个遥远的梦。《海的梦》《深的湖》《南方的岸》《绿夜》《迷人的海》……仅看看这些小说的题目，就可以知道，人们在与自然日益隔绝的环境中萌动的自然意识是多么美好。这是对自然最富理想特征的态度。

　　与此相反，在许多乡土文学的作品中，自然又以其原始的姿态展示出丰富的面貌。古华对湘南山林的泼墨渲染，刘绍棠对运河田园的清淡写意，都把自然的丰姿作为审美的重要内容。不同的是刘绍棠以自然的和谐对应地方民情的淳厚，表达了对人与人之间关系的纯美理想，和一部分城市题材的意向有相通之处。而古华则把富丽而混茫的自然作为一种古老落后的生活方式的象征，其作品中的自然与人类社会生活并不处于完全对应的和谐状态。在他的许多作品里，自然既是优美富丽的，又是混茫蛮荒的，而后一特性又和社会生活中的愚昧保守、无知偏狭相对应，表现出对自然认识中一种复杂的意向。他看到自然的原始封闭和落后保守的生活方式之间一种必然的联系；同时，又看到自然的优美富丽和先进的科学文化所代表的现代生活方式之间应有的联系。而代表着自然的美好、本能地向往现代文明的青年妇女，和代表先进的科学文明而又热爱自然的青年知识分子之间，富于传奇色彩的恋情，就是他在两种文明中建立的理想联系。这也反映了作者对社会的理想，他希望现代的物质文明和精神文明能够代替野蛮、落后的旧有生活方式，同时又希望在现代的生活方式中能够保存自然养育的淳朴人性。这是他对自然既现实又理想的态度中矛盾的基本内容，另外一些作家的作品则分别发展了他这种复杂意向中矛盾着的两个方面。

　　汪曾祺的《受戒》《大淖记事》等作品中，自然浑朴、恬静而又充溢着生机，寄托着作者朴素而充满生气的人性理想。他的作品虽然多取自旧日生活的记忆，并没有直接涉及当代的社会生活，但对政治动乱中人与人之间冷酷关系的深刻印象和对现代都市生活物欲横流的世风的强烈感受，无疑是潜在于作家内心的参照系。他对自然的眷恋正是这种心理的一种曲折反映；而对乡土人物蓬勃进取精神的理解则体现着乐观的时代意识。这两个方面融合在略带感伤的优美抒情中，传导出古文化陶冶出来的知识分子特有的心理气质。他在自然的和谐中寻求心性的和谐，更多地体现着中国古文化中"天人合一""与自然为友"的传统自然观。宗璞的《鲁鲁》等作品也都具有相近的意向。同样持有理想态度，但赋予其崇高的美学内涵的，是一部分青年作家作品中的意向。他们也是在对现代都市生活的失望中（主要是有感于现代都市文明对个性的压抑、生命素质的弱化、生活的枯燥与空间的狭小），走向荒蛮粗砺充满原始生机的自然的。高原、雪岭、沙漠、荒野，越来越多地出现在他们的作品中，自然养育的蛮野自由的民风寄托了他们人生意识中最富于崇高倾向的浪漫激情。

对自然同样带有写意的主观态度，却赋予它更多悲观意识的意向，是王观胜的《猎户星座》、周立武的《巨兽》等作品。他们把自然的蛮野混茫与社会习俗的愚昧残酷，作为一个和谐而不美好的整体，人与自然对应却和时代的进步意识发生尖锐的冲突。这些作品大都以象征的手法，把自然作为不发展的意象，在理想的人物性格中寄托征服自然、征服落后习俗的愿望，表达变革的时代要求。《猎户星座》中的"狼剩饭"、《巨兽》中的青年猎手，都在同自然和习俗偏见的双重搏斗中，证明着自己的英雄品格；而他们共同的孤独与寂寞，则是对自然所象征的强大习俗力量的深切感受，流露出一定的悲观意识。

冯荃植的《沉默的荒原》进一步展开古华对自然态度中的矛盾。他在理想与现实中测量了两种生活方式所养育的文化实际的距离，以及它们各自在现实中的合理性。由对都市生活的失望而走向自然的青年画家查干，在那里却丧失了他的固有价值；由对粗野的生活习俗不满而萌发了新的生活向往的塔娜，被体现着文明素质的查干所吸引，却终于不能走出养育了她的生活方式。他们同样热爱自然，但和自然的联系方式却完全不同，塔娜和自然的联系是依存的关系，而查干和自然却是纯然审美的关系。

他们纯洁的爱情所象征的自然和现代文明应有的理想联系，在客观的距离中终于敌不过自然和古老的生活方式及其习俗已有的现实联系，只能以悲剧告终。而达丽玛的神秘传说中所暗示的朴素命运观念，正是人们至今还不能克服的文化差距，以迷信的形式在人们头脑中颠倒的反映。对两种生活所衍生的文化意识在现实客观距离中各自合理性的清醒认识，使执意于理想的作家在对自然的态度中，蕴含着更多悲观成分。

对自然的态度中具有明显悲观意识的作家，都是把自然作为落后的生活方式和野蛮愚昧习俗的象征，而其中普遍存在的神秘感，又暗示着人们和自然关系中未知的部分。和这种意向相反，乌热尔图多数作品中的悲观意识，则主要来自于在社会政治动荡的破坏和时代不可逆转的变革中，对一个民族行将解体的传统生活方式的深沉眷恋和感伤。他的《老人和鹿》《七叉犄角的公鹿》，以及《琥珀色的篝火》等作品，也是以现实社会生活为潜在的参照系，在忧虑人与人之间日益淡泊的情感联系中，几乎无意识而又完整地描述了一个民族自然崇拜的原始自然观。老人①在弥留之际的痛悔和孩子②在孤独中的顿悟，都以鹿这个传统地象征着吉祥和勇敢的自然形象为契机，传导出社会生活方式的时代变迁在一个民族心理上的振动波。他的小说本义主要在于对正在消亡的民族生活方式和传统文化意识的哀悼：老人在和传统的与自然联系方式告别，表达了和自然不可割舍的情感联系；孩子在对自然物的理解中汲取着民族传统的生活力。作品的暗示意义又在于人和自然之间应有的更美好的联系：老人是经验和智慧的化身，他在为人们对自然的盲目破坏而忏悔；孩子是希望的象征，他寄托着对人们和自然一种新的、更文明联系的觉悟。乌热尔图所追求的显然是人与人之间和谐关系的理想，但他对自然的态度中却暗示了现代的课题。只要体会一下哈丽黛③对两代哈萨克人争执的思考，就可以理解环境保护、生态平衡，这些急迫的现代课题，正是寄寓在人们对自然朴素情感中的时代意识。

以上这些作品都带有不同程度的象征或写意的特点，作家们对自然的态度无论是乐观的还是悲观的，都较为主观，即在观照自然的时候赋予了自然较多的主观色彩。直观地观照自然，把它作为人们生活的客观环境，是写实性作品的基本意向。在这些作品中，自然既不是纯美的象征，也不是消极自在的代表。作家们对自然态度的自觉，主要表现在他们把自然的地方个性和民族性格相对应，在整体和谐中摹写社会人生的真实。张贤亮的《河的子孙》、张承志的《黑骏马》等作品都带有这种意向。前者以黄河汹涌恣肆而又绚丽多彩的丰姿，对应于河套地区悍野朴实而又自由奔放的民风，养育了主人公粗犷而又狡黠的性格和注重实际而又富于激情的精神气质。后者以内蒙草原辽阔荒蛮的自然风貌，对应于牧民勇鲁粗豪而又意蕴深沉的性格，捕捉他们悠长歌调中的民族灵性。他们在人与自然既依存又抗争的关系中，把自然作为历史文化的组成部分。邓刚的《迷人的海》所蕴含的暗示意义也具有相近意向。大海壮阔深沉充满了神秘的诱惑力，同时又冷峻威严潜藏着无数未知的危险，老海碰子和小海碰子在探索大海的事业中，联接起勇者的人生，也象征了人类对自然一代又一代的认识和征服。在这些直观自然的作品中，作家们都倾向于客观地感知自然。

更为突出的意象是张承志的《大坂》《北方的河》等作品。他几乎完全是以现代人的思维方式和感觉方式观照自然，他对自然的态度是客观的，但他感觉到的自然却已经不是直观的物象。超自然的时间形式穿插起不同的空间感觉，自然意识完全压入整体的人生意识中。幽深的山林河谷和嘈杂拥挤的都市有着历史时间的连续性，象征着这种联系的是一座古旧的木桥④；奔腾的黄河如色块翻动的古朴流质，静谧的湟水是彩脚的长川……人与自然的一切联系都在现代学者的意识中积淀了历史文化的巨大

---

① 乌热尔图：《老人和鹿》，《乌拉尔图小说选》，内蒙古人民出版社 1988 年版。
② 乌热尔图：《七叉犄角的公鹿》，民族出版社 1986 年版。
③ 见王蒙《最后的"陶"》。
④ 张承志：《老桥》，北京十月文艺出版社 1984 年版。

容量①。最典型的则是他赋予天山冰大坂的丰富内涵：历史文化的空白、社会现实的矛盾、人生的缺憾、情感的牺牲、精神抉择的痛苦、目的和手段的矛盾……一切外在与内在的异己因素，都复合在大坂的意象中。心灵在牺牲的痛苦中净化，主体在征服客体的勇敢证明中达到和自然崇高的和谐②。一方面是对自然力的艰苦征服，另一方面又在自然中寻求精神的平衡，这是最具现代特点的自然意识。

在小说主题对自然的态度中，可以明显地看到社会生活自身的变动，特别是变革时代整个民族和自然基本联系方式的缓慢变动，以及这种变动对民族心理的微妙影响。而交错着的意向，则反映了这个时代人与自然极度不平衡的物质和精神联系方式。

五、 下篇小结

在新时期小说主题交错着的意向中，我们可以看到多种文化思想的矛盾冲突。这是此前二十七年的小说主题中绝少出现的现象。当我们进一步探究为什么在这个时期小说主题中会出现这种明显的文化思想差异时，可以追寻到如下三方面的因素。

变革时代社会生活的极度不平衡现实，是形成小说主题意向交错的基本原因。

新时期社会变动最显著的特点是经济生活方式的多元化。吸引外资的开放政策引进的最先进的现代企业，原有各级所有制的工业企业、手工业、机械化的大农业、半机械化的农业和完全处于自然经济状态的农业并存；国营经济、大集体经济、小集体经济、个体经济，以及农村集体经济基础上的专业户并存。多种多样的物质生活方式形成了多种多样的精神生活方式。一方面，在经济发达的地区，城乡经济生活的联系越来越广泛，城乡的物质差别在迅速缩小。工业文明的城市文化不断向农村输入，促使自然经济养育的农业文明迅速解体。另一方面，在经济不发达的内地和边疆，城乡差别又相对地在增大。农业文明和工业文明不仅彼此之间存在着暂时无法克服的矛盾，它们各自本身也都因为整体的不发达而存在着错综复杂的矛盾。历史转折时期社会经济生活的极度不平衡，决定了社会意识形态的多层次性。和各种生活方式相联系着的文化思想，通过作家的中介，反映到小说主题中，就使主题意向的交错成为必然的现象。

作家们文化构成的差异是形成新时期小说主题意向交错的主要原因。归根结底，文学是社会生活的反映。但是由于作家审美个性的中介，就使社会生活经由作家心灵的折射之后呈现为异常复杂的状态。除了个人经验世界和心理的差异外，文化构成是一个不可回避的因素。在作家们各自的差异中，我们大致可以看到形成他们群体差别的文化背景。

汪曾祺、孙犁、杨绛等老作家和中年作家宗璞，他们的精神母体是中国的传统文

---

① 张承志：《北方的河》，原载于《十月》1984年第1期。
② 张承志：《大坂》。

化。虽然他们都不同程度地受到西方文化的濡染，并接受过"五四"以后新文化的影响，以及当代文化的改造，但古文化的深厚修养，使他们最多地继承了民族传统的文化。汪曾祺对庄子、苏东坡和归有光散文的挚爱，孙犁近期小说中采用的极具传统意味的笔记体式，宗璞以宁静自得为中国文化的最高境界，以及她对老庄、佛学的称熟，都可以看到古文化的渊源。而杨绛的《干校六记》"怨而不怒、哀而不伤"的风格，则带有儒家美学理想的明显特征，且笔记体的形式也可看到清代沈复《浮生六记》的直接影响。

多数中年作家的文化背景是五六十年代的当代文化。这个文化的范围大致包括"五四"以来的左翼文学、高尔基以来的国际无产阶级文学、一部分中国古典文化，以及截止到19世纪的西方古典文化（特别是19世纪俄罗斯批判现实主义文学）和50年代以前的苏联文化。从50年代后期开始这个文化背景逐渐受到"左"的政治的侵蚀，批判的范围一直扩大到别林斯基等俄国革命民主派，它的范围越缩越小。在文化虚无主义的灾害下，纵向割断了和历史文化的联系，横向封闭了和20世纪世界文化的联系。直到"文化大革命"，《国际歌》以降的人类文化史都成了空白。因为这个过程延续了二三十年，则同属于这个文化背景的作家，由于各自的取舍不同，文化构成的差异也很大。邓友梅等作家转向传统的市民文化，刘绍棠走向乡土风俗，张洁的创作与苏俄文学有着明显的联系，张贤亮则从但丁到黑格尔，基本没有超出西方古典文化的范围。而王蒙则是这一代人中最早自觉地借鉴西方现代小说技法的人。但总的来说，他们基本的文学观念都形成于当代文化的基本范围。

古华等一批乡土作家的文化背景，除了五六十年代的当代文化外，还包括地方民间文化。封闭的自然环境，古老的生活方式养育的民俗民风，人民口头创造的民歌民谣，以及故事传说，都是滋养乡土作家的文化母体。现代文明的信息又为他们提供了思想的时代高度。民间色彩的审美趣味和现代文明的意识，形成了他们作品中独特的格调。乌热尔图、扎西达娃、乌斯哈拉等少数民族作家，虽和古华等作家的文化构成不同，也都是在各自民族和民间的文化背景中成长成熟的。

最为复杂的情况是青年作家们的文化背景。他们少年时代所受的教育适逢革命文化日益狭窄的时期，未及成年又面临着社会性的文化空白。辍学下乡，过早地走向生活，不同程度地接受了民族民间文化的濡染，洗去了一些比较狭隘的思想观念。其中最早冲破思想禁锢的一部分人，从马列主义经典著作到鲁迅以来的新文学，以及中外的古典文化都被用来满足精神的饥渴，因各自的条件不同而所得各异。另一部分人则在文化专制的沙漠中汲取可怜的一点营养，也自觉不自觉地受到那个时代政治的浸染。由于他们都有较为丰富的社会底层的生活积累，思想文化又尚未定向，原有的感觉和精神的疑惑，伴随着开放政策连同新的科学技术一起涌入的西方现代文化，于首先在一部分思想活泼、接受能力强的青年作家们中间产生影响。因此，他们的文化背景最为复杂，也最为丰富：纵向，衔接着中外古典文化的渊源，有"五四"以来多种流派的影响，以及当代文学的成就；横向，打开了瞩目世界的窗口，有东西方文化的八面来风，多种哲学、美学、文学、艺术流派，几乎无所不有。要说清每一个人具体受到谁的影响是极为困难的,因为多数人都是基于对现实生活的理解而选择接受的对象,各自的差异很大。但总的来说,他们是以世界文化(包括中国文化)为整体背景的。

文化背景的差异影响人们认识生活、掌握生活和审美表现的方法差异,导致了他们对现实、传统、历史、自然一系列事物的不同理解和态度。因此,作家们文化背景的差异是形成小说主题意向交错的主要原因。

社会生活和文化背景作为文学的时代条件,它们的丰富性诚然在历史转折时期尤为明显,但在任何时期也都会程度不同地存在。为什么在中国当代文学中,只有近年小说主题中才非常集中地出现意向交错的复杂现象呢?这不能不归之于这个时代社会政治的改善。从思想解放运动到三中全会制定的思想政治路线,带给艺术发展以较大的自由天地。特别是中央关于两个口号的更动,调整了文艺政策,把作家们从极"左"政治的思想禁锢中解放出来。尽管"左"的影响并未完全消除,社会思潮一再反复,但他们终于可能在"为人民服务,为社会主义服务"的总前提下,较为自由地发表个人的思想见解。使以上两个条件可以对文学的发展直接发挥作用,这是新时期小说主题意向交错外在的然而又是重要的原因。

结　　语

本文上篇从纵的角度粗略地描述了新时期小说主题由表及里的发展过程,从中可以看到,由社会政治的批判到民族文化的思考两大阶段诸多分散主题的演进中,基本主题不断变化的形态。下篇又横向展开小说主题纵横交错的意向,从中可以看到变革时代民族文化构成的变动。目的都在于整体地描述新时期小说主题的丰富性。

仅以本文上、下两篇的微薄努力,我们不难看出新时期小说主题的整体态势和已经达到的基本成就。

新时期小说主题的丰富性,使它遍及社会生活的各个领域。从最具体的经济基础、上层建筑等表层的社会生活现实到社会伦理、社会心理、社会风习等最隐性的民族文化层次,都在文明与愚昧冲突的普遍联系中得到展现。因此,新时期小说主题,比当代任何一个时期,都更全面地反映了社会生活的整体。而联系着各个分主题的基本主题,又深刻地反映了时代变革的基本矛盾,因此,又比当代文学任何一个时期的小说,更体现民族的历史趋向。

恩格斯说:"历史是这样创造的:最终的结果总是从许多单个的意志的相互冲突中产生出来的,而其中每一个意志,又是由于许多特殊的生活条件,才成为它所成为的那样。这样就有无数互相交错的力量,有无数个力的平行四边形,而由此就产生出一个总的结果,即历史事变……"[①] 新时期小说主题中彼此交错着的意向,是变革时

---

① 恩格斯:《致约·布洛赫》,《马克思恩格斯选集》第 4 卷,中央编译局编译,人民出版社 1972 年版,第 478 页。

代多种文化思想冲突的必然反映。因此，新时期小说主题又比中国当代文学任何一个时期，都更完整地反映了社会意识的多层次性。

这些成就对于推动民族历史现代化的进程，对民族现代文化的建设，对民族伟大精神的塑造，都具有积极的意义。这一点随着生活的发展，我们将看得越来越清楚。

（原载《中国社会科学》1985年第4期）

论 "二十世纪中国文学"

黄子平　陈平原　钱理群

我们在各自的研究课题中不约而同地逐渐形成了这么一个概念，叫作"二十世纪中国文学"。初步的讨论使我们意识到，这并不单是为了把目前存在着的"近代文学""现代文学"和"当代文学"这样的研究格局加以打通，也不只是研究领域的扩大，而是要把20世纪中国文学作为一个不可分割的有机整体来把握。

所谓"二十世纪中国文学"，就是由上世纪末本世纪初开始的至今仍在继续的一个文学进程，一个由古代中国文学向现代中国文学转变过渡并最终完成的进程，一个中国文学走向并汇入"世界文学"总体格局的进程，一个在东西方文化的大撞击、大交流中从文学方面（与政治、道德等诸多方面一道）形成现代民族意识（包括审美意识）的进程，一个通过语言的艺术来折射并表现古老的中华民族及其灵魂在新旧嬗替的大时代中获得新生并崛起的进程。

在进一步的研究工作展开之前，我们想侧重于"非历时性"即共时性方面，粗略地描述一下对这个概念的基本构想。历史分期从来都是历史哲学的重要范畴之一，文学史的分期也同样涉及文学史理论的根本问题。"二十世纪中国文学"这个概念所蕴含的内容远远超出了分期问题，由它引起的理论方面的兴趣，对我们来说，至少与史的方面引起的兴趣同样诱人。初步的描述将勾勒出基本的轮廓。从消极方面说，不这样就不能暴露出从总体构想到分析线索的许多矛盾、弱点和臆测。从积极方面说，问题的初步整理才能使新的研究前景真正从"迷雾"中显现出来。我们热切地希望从这两方面都引起讨论，得到指教。匆促的"全景镜头"的扫描难免要犯过分简化因而是武断的错误，必然忽略大量精彩的"特写镜头"而丧失对象的丰富性和具体性。不过，从战略上来考虑，起步的工作付出这样的代价或许是值得的。进一步的研究将还骨骼以血肉，用细节来补充梗概，在素描的基础上绘制大幅的油画，概念将得到丰富、完善、修正，甚至更改。

目前的基本构想大致有这样一些内容：走向"世界文学"的中国文学；以"改造民族的灵魂"为总主题的文学；以"悲凉"为基本核心的现代美感特征；由文学语言结构表现出来的艺术思维的现代化进程；最后，由这一概念涉及的文学史研究的方法论问题。

一

20世纪是"世界文学"初步形成的时代。

1827年，歌德曾经从普遍人性的观点出发，预言"世界文学的时代已快来临了"

（有意义的是，这是歌德读了一部中国传奇——可能是《风月好逑传》的法译本——之后产生的想法），整整 20 年后，马克思和恩格斯在《共产党宣言》中指出，由于世界市场的开拓，一切国家的生产和消费都成为世界性的；物质的生产是如此，精神的生产也是如此。各民族的精神产品成了公共的财产；民族的片面性和局限性日益成为不可能，于是由许多种民族的和地方的文学形成了一种世界文学。历史业已雄辩地证明了这一论断的正确。到了 20 世纪，已经不可能孤立地谈论某一国家的文学而不影响其叙述的科学性了。文学不再是在各自封闭的环境里自生自灭的自足体了。任何一个遥远的国度里发生的文学现象，或多或少地总要影响到我们这里的文学发展，使之在世界文学的总体格局中的位置发生哪怕是最微小的变化。甚至在我们对这些文学现象一无所知的情况下也是如此。国别文学纳入世界文学的大系统之后获得了一种"系统质"，即不是由实体本身而是由实体之间的关系来决定的一种质。

"世界文学"初步形成的大致上限，可以确定在上世纪末。各个民族的文学走向并汇入世界文学的路径有所不同。在 19 世纪初陆续取得独立的拉丁美洲各国，是在当地的印第安文学传统受到灭绝性的摧残的情况下，寻求摆脱殖民主义的桎梏，创建属于南美大陆的文学。外来的西班牙语和葡萄牙语长期为宫廷和教会服务，辞藻日趋矫揉造作，不能表现拉丁美洲的大自然与社会风貌。到了 80 年代，拉丁美洲成了地球上最世界性的大陆。各种文化在这里互相排斥互相渗透。《马丁·菲耶罗》和《蓝》等优秀作品的出版，标志着"西班牙美洲终于有了它自己的诗歌，一种忠实于其文化的多方面性质的抒情表现"（《拉美文学史》）。这是由欧洲大陆文化、印第安人文化、黑人文化等等相互撞击而产生的文学结晶。拉美文学以其独特的声音加入到世界文学的大合唱之中。本土的古老文化传统极为雄厚的亚洲，非洲大陆则与它有所不同。"十九—二十世纪之交的非洲各国文学的特征是许多世纪以来几乎毫无变化的传统文学典范开始向现代型的新文学过渡，这是由于这些国家克服了闭关自守，开始接受——尽管是通过殖民制度下所采取的丑恶形式——技术文明和世界文化，接触现代社会的一整套复杂问题。"（《非洲现代文学史》）在亚洲，日本伴随着明治维新思想启蒙运动，接受西洋文学，于 19 世纪 80 年代开展了文学改良；印度伴随着 1857 年反对英国殖民统治的民族斗争，借助西方文化的刺激，民族文学开始复兴（第一个有世界性影响的大诗人泰戈尔，80 年代开始创作）。在欧洲大陆，对自己的文学传统开始了勇猛的反叛的现代主义先驱者们，敏锐地从东方文化、非洲黑人文化中汲取灵感，西欧文学因受到各大洲独立文化的迎拒、挑战、渗透而产生了深刻的变化，这些变化大都发生在 19 世纪 80 年代或更晚一些。

论述"世界文学"形成的复杂过程不是本文要承受的任务。我们只想指出，一种大体相同的趋势在中国也"同步"地进行着。中国人有意识地向西方学习，是从鸦片战争开始的，但从学"船坚炮利"到学政治、经济、法律，再到学习文学艺术，经过了漫长的历程。从 1840 年到 1898 年这半个世纪中，业已衰颓的古典中国文学没有受到根本的触动也未注入多少新鲜的生气。1895 年的甲午战争是中国近代史的一大转折，因太平天国失败而造成的相对稳定和长期沉闷萧条被打破了，"中学为体西学为用"被证明不过是一种愚妄的"应变哲学"。1898年发生了流产的戊戌变法。就在这一年,严复译的《天演论》刊行,第一次把先进的现代自然哲学系统地介绍进来,以一种前所未有的世界历史的眼光和自强精神,影响了中国好几代青年知识分子。同一年,梁启超作《译印政治小说序》(翌年林纾译《巴黎茶花女遗事》正式印行),西方文学开始大量地输入,小说的社会功能被抬到决定一切的地位。同一年,裘廷梁作《论白话文为维新之本》,文学媒介的问题被明确地提了出来。与古代中国文学全面的深刻的"断裂"开始了:从文学观念到作家地位,从表现手法到体裁、语言,变革的要求和实际的挑战都同时出现了。暴露旧世态,宣传新思想,改革诗文,提倡白话,看重小说,输入话剧。这是一次艰难而又漫长(将近历时五分之一个世纪)的"阵痛"。一直到1919年的五四运动,才最终完成了这一"断裂",使"二十世纪中国文学"越过了起飞的"临界速度",无可阻挡地汇入了世界文学的现代潮流。"五四"时期是20世纪中国文学的第一个辉煌的高潮,"扎硬寨,打死战"的精神,彻底的不妥协的精神,是一种在推动历史发展的水平上敢于否定敢于追求的伟大精神,显示了一种能够把现实推向更高发展阶段的革命性力量。而"科学"与"民主",遂成为20世纪政治、思想、文化(包括文学)孜孜追求的根本目标。

20世纪中国文学是在一种充满了屈辱和痛苦的情势下走向世界文学的。它那灿烂的古代传统被证明除非用全新的眼光加以重构,则不但不能适应和表现当代世界潮流冲击下的中国社会,而且必然窒息了本民族的心灵、思维能力和创造性,而且也脱离了奔向觉醒和解放大道的人民大众的根本要求。因此,一方面,它如饥似渴地向那打开的外部世界去寻找、学习、引进,不管三七二十一"拿来"再说(试想想林纾所译的大量三流作品和"五四"时涌入的无数种"主义"和学说),开阔宽容的胸怀和顶礼膜拜的自卑常常纠缠不清被人混淆。另一方面,它必然以是否对本民族的大众有用有利并为他们所接受而作为一种对"舶来"之物进行鉴别、挑选、消化的庄严的标准,严肃负责的自尊和实用主义的偏狭便也常常纠缠不清令人困扰。中国文学的现代化同时展开为互相联系又互相对立的两个侧面:所谓"欧化"(其实是"世界文学化")和"民族化"。在这样一种相反相成的艰难行进中,正如鲁迅曾精辟地指出的,存在着内外两重桎梏亦即两重危险,这都是由于我们的"迟暮"(即落后)所引起的。当世界的文学艺术已经克服了"欧洲中心主义",开始用各民族的尺度来衡量各民族的艺术的时候,我们却可能误以为旧的就是好的,无法挣脱三千年陈旧的内部的桎梏;当欧洲的新艺术的创造者已开始了对他们自己的传统勇猛地反叛的时候,我们因为从前并未参与世界的文艺之业,只好对这些新的反叛"敬谨接收",便又成为可敬的身外的新桎梏。鲁迅指出,必须像陶元庆的绘画那样,"以新的形,尤其是新的色来写出他的世界,而其中仍有中国向来的魂灵","内外两面,都和世界的时代思潮合流,而又并未桎亡中国的民族性"。(《而已集》)实际上,存在着一个以"民族—世界"为横坐标,"个人—时代"为纵坐标的坐标系,20世纪中国文学的每一个创造,都必须置于这样的坐标系中加以考察。

因此,"世界文学"中的中国文学,就超出了最初的"师夷长技以制夷"的狭隘眼界，意味着用当代的眼光、语言、技巧、形象来表达本民族对当代世界独特的艺术认识和把握，提出并关注对一时代有重大意义的根本问题，从而自觉不自觉地与整个当代人类的共同命运息息相通。从这样开阔的角度来看19—20世纪之交的文学上的"断裂"，就能理解：这一次的变革为什么大大不同于漫长的中国文学史上众多的诗文革新运动；落后的挨打的"学生"为什么既满怀着屈辱感又满怀着自信"出而参与世界的文艺之业"；世界的每一个文学流派、思潮为什么无论怎样阻隔或迟或早地总会在这里产生"遥感"；貌似"强大"的陈旧的文学观念、语言、规范为什么会最终崩溃并被迅速取代，等等。在一个以"世界历史"为尺度的"竞技场"上，共同的崇高目标既是引起苛刻的淘汰又唤起最热烈的追求。任何苟且、停滞、自我安慰或自我吹嘘都只能是暂时的和显得可笑的。"世界文学"逼迫着每一个民族：不管你有多么辉煌的过去，请拿出当代最好的属于自己的文学来！

这是一个仍在继续的进程。中国文学将不仅以其灿烂的古代传统使世界惊异，而且正在世界的文艺之业中日益显示其自身的当代创造性。应该说，闭关自守是一项双向的消极政策，世界被拒之门外，自己被囿于域中。因而，开放也总是双向的开放。按照"二十世纪中国文学"的概念看来，过去我们对中国文学如何受外国文学的影响而产生新变研究得较多，对"世界文学中的中国文学"研究甚少，对本世纪中国文学在世界上的地位和影响更是模模糊糊。实际上，国际汉学界已经出现这样一种趋向，即由对中国古代文学的浓厚兴趣逐渐转向对现代中国文学的研究。对我们来说，单向的"影响研究"亟须由双向的或立体交叉的总体研究所代替。

二

然而，20世纪中国的文学进程决不像以上所描述的那样"豪情满怀""乘风破浪"。因为事情是在列宁所说的"亚洲一个最落后的农民国家"中进行的，因为经历着的是一个危机四伏、激烈多变的时代，因为历史（即便只是文学史）毕竟是一场艰难地血战前行的搏斗（试想想本世纪中国作家所经历的那劫难）。

因此，一方面，文学自觉地担负起"启蒙"的任务，用科学和民主来启封建之蒙，其中最深刻最坚韧的代表者是鲁迅："说到'为什么'做小说吧，我仍抱着十多年前的'启蒙主义'，以为必须是为'人生'，而且改良这人生。"（《南腔北调集》）另一方面，正如普列汉诺夫曾经说过，每个时代都有它自己中心的一环，都有这种为时代所规定的特色所在。现代民族的形成和崛起在世界范围内由西而东，这独具特色的一环曾分别体现为18—19世纪之交的德国古典哲学，19世纪俄罗斯革命民主主义者的文学理论与批评，在20世纪的中国，则是社会政治问题的激烈讨论和实践。政治压倒了一切，掩盖了一切，冲淡了一切。文学始终是围绕着这个中心环节而展开的，经常服务于它，服从于它，自身的个性并未得到很好的实现。除了政治性思想之外，别的思想启蒙工作始终来不及开展。在20世纪中国文学中，"为艺术而艺术"的口号始终不过是对现实积极的或消极的一种抗议而不可能是纯艺术的追求，文学在精神激励方面有所得，在多样化方面则有所失。"一切文艺固是宣传，而一切宣传并非全是文艺。"文学家与政治家对社会生活的关注角度毕竟有所不同。梁启超是最早的"小说救国"论者，但他也强调："今日之最重要者，则制造中国魂是也。"鲁迅则更进一步深化，提出"改造国民性"的历史要求，在文学创作中，以"立人"为目的，刻画四千年沉默的"国民的魂灵"，以疗救病态的社会。这样的提法包含了比政治更广阔的内容，其中既包含了关心国家兴亡民族崛起的政治意识，又切合文学注重人的命运及其心灵的根本特性。通过"干预灵魂"来"干预生活"，便成了20世纪中国文学自觉的使命感，文学借此既走出了象牙之塔，与民族与大众的命运密切联系在一起，又总能挣脱"文以载道"的旧窠臼，沿着符合艺术规律的轨道艰难地发展。就这样，启蒙的基本任务和政治实践的时代中心环节，规定了20世纪中国文学以"改造民族的灵魂"为自己的总主题，因而思想性始终是对文学最重要的要求，顺便也左右了对艺术形式、语言结构、表现手法的基本要求。

在本世纪初，鲁迅与许寿裳在东京讨论"改造国民性"问题的同时，就提出了"怎样才是理想的人性"和"中国国民性中最缺乏的是什么""她的病根何在"的问题。(《亡友鲁迅印象记》)实际上，在"改造民族的灵魂"这一总主题中，一直有着两个相反相成的分主题。一个是沿着否定的方向，以鲁迅式的批判精神，在文学中实施"文明批评"和"社会批评"，深刻而尖锐地抨击由长期的封建统治造成的愚昧、落后、怯懦、麻木、自私、保守，并把"哀其不幸怒其不争"的态度，凝聚到类似阿Q、福贵、陈奂生这样一些形象中去。另一个是沿着肯定的方向，以满腔的热忱挖掘"中国人的脊梁"，呼唤一代新人的出现，或者塑造出理想化的英雄来作为全社会效法的楷模。如果说，在第一个分主题中，诞生了不朽的形象阿Q及其"精神胜利法"，其艺术生命力和艺术魅力持久不衰，说明了对民族性格的挖掘在否定的方向上达到了难以企及的深度；那么，在第二个分主题中，理想人物却层出不穷，变幻不已，有时是激进而冷峻的革命者，有时却是野性的淳朴或古道侠肠，有时却又回到了"忠孝双全"或"温良恭俭让"，有时则是不食人间烟火的"高、大、全"。这显示了探讨的多样性和阶段性，显示了在不同的文化背景和社会历史背景左右下对"理想人性"的不同理解。人性和民族性毕竟是具体的、丰富的，对其不同侧面的挖掘或强调，有时会因历史行程的制约而产生一种奇怪的现象：在前一阶段受到批判或质疑的那些品性，在后一阶段却受到普遍的褒扬和肯定。在历来作为理想的化身的女性形象身上，这种奇怪的位移甚至"对调"的状况表现得最为鲜明集中，"新女性"往往被"东方女性"不知不觉地挤到对面去了。这固然说明了铸造新的民族的灵魂的艰难，更说明了启蒙的工作，从否定方向清算封建主义的工作，一直进行得不够彻底。这可能是一个延续到下一个世纪去的根本任务，文学的总主题将沿着这个方向继续深化并且展开。

与"改造民族的灵魂"这一总主题相联系，在20世纪中国文学中，两类形象始终受到密切的关注：农民和知识分子。在这两类形象之间，总主题得到了多种多样的变奏和展开：灵魂的沟通，灵魂的震醒，灵魂的高大与渺小，灵魂的教育与"再教育"的互相转化,等等。文学中表现了一种深刻的"自我启蒙"精神,那种苛酷的自责和虔诚的反省,是以往时代的文学和别一国度的文学中都没有的。在危机四伏的大时代中,责任如此重大,使命如此崇高,道德纯洁的标尺被毫不含糊地提高了,文学中充满了自我牺牲的圣洁情感。这种牺牲包括了人们受到的现代教育、某些志趣和内心生活。知识分子的自我启蒙是深刻的、真诚的,有时候又带有某种被扭曲以至病态的成分,也使文学产生了放不开手脚的毛病,缺少伏尔泰式的犀利尖刻和卢梭式的坦率勇敢——"智慧的痛苦"常常压倒了理性的力量,文学显得豪迈不足而沮丧有余。

如果把"世界文学"作为参照系,那么,除了个别优秀作品,从总体上来说,20世纪中国文学对人性的挖掘显然缺乏哲学深度。陀思妥耶夫斯基式的对灵魂的"拷问"是几乎没有的。深层意识的剖析远远未得到个性化的生动表现。大奸大恶总是被漫画化而流于表面。真诚的自我反省本来有希望达到某种深度,可惜也往往停留在政治、伦理层次上的检视,所谓"普遍人性"的概念实际上从未被本世纪的中国文学真正接受。与其说这是一种局限,毋宁说这是一种特色。人性的弱点总是作为民族性格中的痼疾被认识被揭露,这说明对于本民族的固有文化持有一种清醒严峻的批判意识,"立人"的目的是为了使"沙聚之邦,转成人国",更体现了文学总主题中强烈的民族意识:就其基本特质而言,20世纪的中国文学乃是现代中国的民族文学。

在一个古老的民族在现代争取新生、崛起的历史进程中,以"改造民族的灵魂"为总主题的文学是真挚的文学、热情的文学、沉痛的文学。顺理成章地,一种根源于民族危机感的"焦灼",便成为笼罩20世纪中国文学的总体美感特征。

三

20世纪是一个充满了危机和焦虑的时代。人类取得了空前的进展,也遭受了空前的挫折。惨绝人寰的两次大战、核军备竞赛、能源危机、环境污染和生态平衡破坏、人口爆炸……人和人类面临前所未有的严峻的挑战。20世纪文学浸透了危机感和焦灼感,浸透了一种与19世纪文学的理性、正义、浪漫激情或雍容华贵迥然相异的美感特征。20世纪中国文学,从总体上看,它所内含的美感意识与本世纪世界文学有着深刻的相通之处。古典的"中和"之美被一种骚动不安的强烈的焦灼所冲击,所改变,所遮掩。只需把上世纪初的龚自珍的诗拿来比较一下就行了。尽管也是忧心忡忡,却仍不失其"亦剑亦箫"之美。半个多世纪之后,梁启超的《新中国未来记》尽管流畅却未免声嘶力竭,一大批"谴责小说"尽管文白夹杂却不留情面地揭破旧世态的脓疮,更不用说《狂人日记》这样的振聋发聩之作了。但是细究起来,东西方文学中体现出来的危机感却有着基本的质的不同。在西方现代文学中,个人的自我丧失、自我异化、自我分裂直接与全人类的生存处境"焊接"在一起,其焦灼感、危机感一般体现在个人的生理、心理层次(如萨特的《恶心》)以及"形而上"的哲学层次(如贝克特的《等待戈多》)。这种焦灼感、危机感既极端具体琐碎,又极端抽象神秘，融合成一片模糊空泛的深刻，既令人困惑又令人震悚地揭示了现代人类在技术社会中面临的梦魇。在中国文学中，个人命运的焦虑总是很快就纳入全民族的危机感之中（最具代表性的，如郁达夫的《沉沦》）。"落后是要挨打的！"这句话有如一个长鸣的警报响彻本世纪的东方大陆，焦灼感和危机感主要体现在伦理层次和政治层次，介乎极端具体和极端抽象之间，而具有明晰的可感性。欧洲中心主义和个人主义意识，使得西方文学把自己的命运直接等同于人类的命运、把所处境遇的病态和不幸直接归结为世界本体的荒谬。而感时忧国的中国作家，则始终把民族的危难和落后，看作是世界文明进程中一个触目惊心的特例，鲁迅因此而发生"中国人要从'世界人'中挤出"的"大恐惧"（《热风·随感录第十六》），在文学中就体现为一种恨铁不成钢的充满了希望的焦灼。但是既然同为焦灼，便有其不容忽视的共同点。尤其是像鲁迅的《狂人日记》《野草》或宗璞的《我是谁》《蜗居》或北岛的《陌生的海滩》，或刘索拉的《你别无选择》这样的作品。从内容到语言结构，都具有与本世纪世界文学共通的美感特征，尽管其内心的焦灼彻头彻尾是中国的，然而却是"现代中国"的。

倘说"焦灼"是一个不规范的美感术语，我们可以进一步指出这一焦灼的核心部分是一种深刻的"现代的悲剧感"，在这个核心周围弥漫着其他一些美感氛围，时而明快，时而激昂，时而愤怒，时而感伤，时而热烈，时而迷惘。说中国古代文学中缺少悲剧感这当然是一种偏颇，是"言必称希腊"即把古希腊悲剧当作唯一尺度的结果。每一个民族都有各自的对悲和悲剧的特殊体验和理解。但是，说20世纪中国文学中有了与古典悲剧感绝然相异的现代悲剧感，则是铁铸般的事实。在封建社会的"超稳态结构"之中，"大团圆"结局体现了中国人对现世生活的执着和热爱，对"善有善报，恶有恶报"的良好愿望。在一个新旧交替的大碰撞大转折时代，对"大团圆"的抨击，则无疑是由于"睁了眼看"，直面惨淡的人生的结果。从王国维的《红楼梦评论》引入西方的现代悲剧观开始，中国文学迅速吸收并认同的，与其说是古希腊或莎士比亚的悲剧意识，不如说是由叔本华、尼采的"生命哲学"引发的人生根本痛苦，由易卜生所启发的个人面对着社会的无名愤激，由果戈理、契诃夫所启示的对日常的"几乎无事的悲剧"的异常关注。因而，试图到20世纪中国文学中寻找古典的"崇高"是困难的。从鲁迅的《呐喊》《彷徨》，茅盾的《子夜》《霜叶红似二月花》，老舍的《骆驼祥子》《茶馆》，曹禺的《雷雨》《北京人》，巴金的《寒夜》，以及新时期文学中的《犯人李铜钟的故事》《人到中年》《李顺大造屋》《西望茅草地》《黑骏马》等一大批优秀作品中，你体验到的与其说是"悲壮"，不如说更是一种"悲凉"。"悲凉之雾，遍被华林"：一方面，是一个历史如此悠久的文化传统面临着最艰难的蜕旧变新，另一方面，是现代社会尚未诞生就暴露出前所未有的激烈冲突；一方面，"历史的必然要求"已急剧地敲打着古老中国的大门，另一方面，产生这一要求的历史条件与实现这一要求的历史条件却严重脱节，同时，意识到这一要求的先觉者则总在痛苦地孤寂地寻找实现这一要求的物质力量；一方面，历史目标的明确和迫切常常激起最巨大的热情和不顾一切的投入，另一方面，历史障碍的模糊

("无物之阵")和顽强又常常使得这一热情和投入毫无效果……这样一种悲凉之感是20世纪中国文学所特具的有着丰富社会历史蕴含的美感特征。它不同于欧洲文艺复兴时冲破中世纪黑暗带来的解放的喜悦，也不同于启蒙运动所具备的坚定的理性力量。在中国，个性解放带来的苦闷和彷徨总是多于喜悦；启蒙的工作始终做得很差，理性的力量总是被非理性的狂热所打断和干扰；超出常规的历史运动带来了巨大的进步同时也带来巨大的失误；灾难常常不单是邪恶造成的，受害者们也往往难辞其咎；急速转换的快节奏与近乎凝固的缓慢并存，尖锐对立的四分五裂与无个性的一片模糊同在。正是这一切，使得20世纪中国文学既具有与同时代的世界文学相通的现代悲剧感，又具有自身独特的悲凉色彩。你感觉到，像"五四"时期"湖畔诗社"的诗，根据地孙犁的小说以及50年代的田园牧歌这样一些作品，在整个一部悲怆深沉的大型交响乐中，是多么少见的明亮的音符。更多地回响着的，总是这块大地沉重地旋转起来时苍凉沉郁的声响。

在20世纪中国文学进展的各个阶段，人们不止一次地感觉到悲凉沉郁之中缺少一点什么，因而呼唤"野性"，呼唤"力"，呼唤"阳刚之美"或"男子汉风格"。这种呼唤总是因其含混和空泛，更因其与上述"意识到的历史内容"，与艰难曲折千回百转的历史行程不相切合，而无法内在地由文学创作中表现出来，往往变为表面化的外加的风格色彩。尽管如此，这种呼唤毕竟体现了对柔弱的田园诗传统的某种反感，体现了对大呼猛进的历史运动的一种向往。因此，以"悲凉"为其核心为其深层结构的美感意识，经常包裹着两种绝不相似的美感色彩：一种是理想化的激昂，一种却是"看透了造化的把戏"的嘲讽。在20世纪中国文学的发展行程中，这两种色彩，时而消长起伏，时而交替相融，产生许多变体。大致是在变革的历史运动迈进比较顺利的时候，或是在历史冲突比较尖锐而明朗化的时候，理想化的激昂成为主导的色彩；在变革的步伐变慢或遭到逆转的时候，或是历史矛盾微妙地潜存而显得含混的时候，洞察世事并洞察自身的一种冷嘲成为主导的色彩，也有这样的历史时刻，那时冷嘲被"激昂化"而变成一种热讽，激昂被"冷嘲化"而变成一种感伤，于是两者相互削弱、冲淡。使得一种严肃板正的"正剧意识"浮现出来成为美感色彩的主导。在20世纪中国文学中，分别地象征着激昂和嘲讽这两种美感色彩的，是郭沫若的《女神》和鲁迅的《呐喊》《彷徨》。一般地套用"浪漫主义"或"现实主义"这样的术语很难说明问题。大致地说来，着眼于民族的新生的辉煌远景，着眼于历史目标的明确和迫切的作家，倾向于引发出一种理想化的激昂；着眼于民族灵魂再造的艰难任务，着眼于历史起点严峻的"先天不足"的作家，倾向于用冰一般的冷嘲来包裹火一般的忧愤；激昂和冷嘲同是一种令人不满的现实状况的产物，前者因其明亮和温暖常常得到一种鼓励，后者却因其严峻和清醒，往往更深刻地揭示了历史运动的本质。

内在地把握20世纪中国文学的总体美感特征，实际上就是从审美的角度来本质地揭示文学中"意识到的历史内容"，就是把握一个古老的新生的民族对当代世界的艺术的和哲学的体验。即便最粗略地勾勒出一点线索，也能意识到，这方面认真而又扎实的研究一展开就将在"深层"整体地揭示出一时代的文学横断面，使我们民族在近百年文学行程中的总体美感经验真切地凸现出来。

<h2>四</h2>

从"内部"来把握20世纪中国文学的有机整体性，不容忽视的一项工作就是阐明艺术形式（文体）在整个文学进程中的辩证发展。在中国文学史上，从来未尝出现过像本世纪这样激烈的"形式大换班"，以前那种"递增并存"式的兴衰变化被不妥协的"形式革命"所代替。古典诗、词、曲、文一下子失去了文学的正宗地位，文言小说基本消亡了，话剧、报告文学、散文诗、现代短篇小说这样一些全新的文体则是前所未见的。而且，几乎每一种艺术形式刚刚成熟，就立即面临更新的（即使是潜在的）挑战。中国文学一旦取得了与当代世界文学的内在的"共同语言"，它就无法再关起门来从容地锻打精致的形式。伴随着新思想的传播和现代自然科学的引入，艺术思维的现代化也就开始了，艺术形式的兴废、探索、争论，只能被看作是这一内在的根本要求的外化。"语言是思维的直接现实"（马克思语），文学语言的变革理所当然地成为艺术思维变革的一个突破口，只有从这一角度，才能理解从"诗界革命"（"我手写我口"）直到白话文运动这些针对着语言媒介而来的历史运动的根本意义，才能发现本世纪中国文学的每一次大的进展都是摆脱"八股"化语言模式（旧八股、新八股、洋八股、党八股、帮八股）的一场艰苦卓绝的搏斗。后世的人已经很难想象标点符号的使用在当时曾经历了怎样的鏖战，很难想象鲁迅何以称赞刘半农对于"'她'字和'牠'字的创造"是"五四"时期打的一次"大仗"。本世纪初文艺革新的先驱者们不止一次地提到文艺复兴时期的伟大范例——乔叟、但丁摒弃拉丁语，用本民族"活的语言"创造出"人的文学"。他们自觉地、深刻地意识到了，被后世文学史家轻描淡写地称为"形式主义"的这场语言革命，其实正是民族的文化再造的重大关键。

白话文运动中蕴含着两个互相联系着的根本意图：一是"传播"新思想"开启民智，伸张民权"，必须使新思想"平民化"、通俗化，从形式上迁就普遍落后的文化水平的同时，也就隐伏着先进的思想内容被陈旧的形式肤浅化的危险；一是传播"新思想"，必须引进新术语、新句法，采用中国老百姓还很不习惯的新语言、新形象和新的表达方式，"信而不顺"，因而在传播上就存在着无法"译解"的困难。我们从这里不难看出，这两者之间是有矛盾的：雅俗之争，普及与提高之争，"主义"与"艺术"之争，宣传与娱乐之争，民族化与现代化之争，贯穿了近百年中国文学发展的每一个重要阶段。它们之间的张力也左右了本世纪文艺形式辩证发展的基本轨迹，各类文体的探索、实验、论争，基本上是在这一"张力场"中进行的。其中，散文小品最为幸运，小说次之，戏剧相当艰难，诗的道路最为坎坷不平。这主要由各类文体自身的本性、它们与传统与读者的关系等复杂因素所决定。

诗是文学中的艺术思维进行创新时最锐敏的尖兵。诗歌语言是一般文学语言的

"高阶语言",它从一般文学语言中升华又反过来影响一般文学语言,因而先天地具有某种"脱离群众"的"先锋性"。本世纪世界诗歌语言正发生着惊天动地的巨变(唯有物理学语言及绘画语言的变革可与之相比)。在这种情势下应运而生的中国新诗,不能不在一个古老的诗国中走着艰辛曲折的道路。新诗的每一步"尝试"都可能显得"古怪"、变得"不像诗"。好不容易摸索、锤炼,开始"像"诗的时候,又立即因人们群起效之而很快老化。在诗体上,这一过程表现为"自由化"和"格律化"在某种程度上的"轮流坐庄"。新诗的历程,始终像朱自清在《中国新文学大系·诗集·选诗杂记》里所说的,呈现为一种"怎样从旧镣铐里解放出来,怎样学习新语言,怎样寻找新世界?"的坚韧努力。诗体的解放、复活、创新等等复杂的运动,最鲜明、凝练、集中地体现了本世纪中国文学在艺术思维上的挣扎、挫折、进展和远景。而且,在各类文体中,新诗最敏感最密切地与当代世界文学保持着"同步"的联系。拜伦、雪莱、惠特曼、波特莱尔是与泰戈尔、瓦雷里、马拉美、凡尔哈仑、马雅可夫斯基、艾略特、奥登、里尔克、艾吕雅、聂鲁达等一起卷进中国诗坛来的。如果意识到诗是一种"无法翻译"的文学作品,这一"同步"所蕴含的深刻意义就很值得探究。

诗的思维的"先锋性"导致了新诗在形式上的探索走得最远,引起的论争也最激烈,其中,"矛盾的主要方面"应是诗自身的这种活跃的不安分的本性。与此相对的则是戏剧,它不但以"观众的接受"为其生存条件,而且直接受物质条件(舞台、演员、剧团组织、经济支持等等)的制约,"矛盾的主要方面"不在戏剧本身的探索,而在观众素质的提高。洪深在《中国新文学大系·戏剧集·导言》中用了大量篇幅翔实地记载了话剧在本世纪初的萌发和初步进展,证明了离开上述条件的综合考察是无法说清楚戏剧文学的辩证发展的。如果说诗体的发展显示了最活跃的艺术神经锐敏的努力,那么,戏剧形式的发展则显示了现代艺术与大众最直接的"遭遇战"。它成为整个艺术形式队伍中缓慢然而扎实前进的一个强大的"殿军"、后卫。但是,物质条件有其活跃的推动力的一面,不能低估现代物质文明对本世纪中国戏剧艺术的影响作用(包括电影、电视消极方面的压力和积极方面的启发)。戏剧艺术的创新一旦有所突破,常常得到巩固和持久的承认(试想想常演不衰的《雷雨》《茶馆》及其众多的仿作)。这与诗歌风格的迅速更替又成一对比。从本世纪60年代起,布莱希特的戏剧体系开始影响中国话剧,新时期以来,它与"斯坦尼"、与中国古典的写意戏剧体系开始形成多元发展和多元融合的趋势。这可能是考察中国话剧未来发展的一个分析线索。介乎诗和戏剧之间的,是本世纪中国文学中最重要的文学类型——小说,研究这一类型的整体发展时,必须仔细地划分出长篇小说、中篇小说、短篇小说这样一些亚类型。短篇小说对现代生活的"截取方式"具有类似于新诗的某种"先锋性",这一亚类型在20世纪中国文学中因其短小快捷、形式灵活多变始终受到高度的重视。按照茅盾当时的说法,鲁迅的《呐喊》《彷徨》"一篇有一个新形式",尔后,张天翼、沈从文都在短篇体裁上有多样的试验。新时期以来,短篇小说的变化更是千姿百态。值得高度重视的是,从本世纪初鲁迅创作小说一开始就显示了与当代世界文学有着"共同的最新倾向"（普实克语），这一无可怀疑的"同步"现象，即自觉地打通诗、散文、政论、哲理与小说的界限的一种现代意识，使得抒情小说这一分支在鲁迅、郁达夫、废名、沈从文、萧红、孙犁、茹志鹃、汪曾祺、张洁、张承志等优秀作家手中得到充分的发展。显然，在中国小说现代化的过程中，民族的"抒情诗传统"（文人艺术）对"史诗传统"（民间艺术）的渗透起了决定性的推动作用。由赵树理所代表的以讲故事为主的叙事分支则显示了"史诗传统"的现代发展。在新时期，中篇小说的崛起越来越引人注目、对这一文学现象的理论总结也正在深化。被称为"重武器"的长篇小说是文学对一时代的历史内容具有"整体性理解"的产物。在矛盾极端复杂、极端多变的20世纪中国，由于值得探究的种种原因，试图从总体上把握这一时代的宏愿总是令人遗憾地未能实现（例如，茅盾、李劼人、柳青，等等）。如果作家还没有形成自己的历史哲学和"长篇小说美学"，这些宏愿就仍然诱人地、一往情深地伫立在20世纪中国文学的面前。

20世纪中国文学中的散文、小品、杂文，由于与民族的散文传统最为接近（而且我们似乎也不要求它们为老百姓"喜闻乐见"），很快就达到极高的成就。叙事、抒情、说理、嘲讽，迅速打破了"白话不能写美文"的偏见，显示新文学的实绩。散文是作家个性最自然的流露，因而在个性得到大解放的时代，散文得以繁荣是毫不足奇的。本世纪第一流的散文家都有深厚的中国古典文学修养，都精通外国文学，受过现代高等教育，有丰富的人生阅历。如果说诗歌是一时代情感水平的标志，那么，散文则是一时代智慧水平（洞见、机智、幽默、情趣）的标志。散文的发展显示出一时代个性的发展程度和文化素养程度。值得注意的是，散文在体裁上有极大的"宽容性"，在这一部类中的形式创新所遇阻力较小。但也由于缺少压力转化而来的动力，某些新的艺术形式（如《野草》式的散文诗）未能得到顽强坚韧的推进。成熟的甚至业已僵化的散文形式（如杨朔式的散文）也就较少遇到新旧嬗替的挑战。尽管偶尔在某些问题上（如"鲁迅风"的杂文是否过时）有一些争论，其着眼点却都落在"立场、态度"这些政治、伦理的层次上。但是，散文内部的各个亚类型（抒情散文、小品、杂文、报告文学），在20世纪中国文学的发展进程中，有着微妙的消长起伏，其中的规律性值得总结。

20世纪世界文学艺术的大趋势，是尽力寻找全新的思维方式、感觉方式和表达方式，以开掘现代人类丰富复杂的内心世界及其对外部世界的"掌握"。艺术形式的试验令人眼花缭乱，实在是文学的一种自觉意识的表现，与现代自然科学及现代社会生活的发展有着深刻的联系。20世纪中国文学（当它开放的时候，从总体上说，它毕竟是开放的）在这一点上与世界文学是息息相通的。鲁迅就是一位对文学形式具有自觉意识的大师，他所创造的一些文学体裁（如《野草》和《故事新编》）几乎不但"前无古人"，而且也"后无来者"。在东、西方文化的碰撞、交流之中，一些崭新的、既是民族的又是现代的艺术形式，已经、正在和将要创造出来，显示出中华民族在世界历史的现代进程中，在艺术思维方面的主体创造性。但是，我们也看到，受制于社会物质文明水平和普遍落后的文化水平，以及因循守旧的价值取向和文化心理，我们的艺术探索是如此的充满了艰辛曲折。贯穿近百年来无休止的、有时不得不借助于行政手段来下结论的艺术论争，不单说明了探索的艰难，也说明了探索的必要和势所必然。我们是否已经有了足够的理由和信心，来预期下一世纪到来时，这一探索必将更加自觉、更加活跃和更有成效呢？

五

概念的建立首先是方法更新的结果，概念的形成、修正和完善又要求着新的方法。

客观发生着的历史与对历史的描述毕竟不能等同。描述就是一种选择、取舍、删削、整理、组合、归纳和总结。任何历史的描述都依据一定的历史哲学，依据一定的参照系和一定的价值标准，采取一定的方法。文学史的描述也是如此。"二十世纪中国文学"这一概念首先意味着文学史从社会政治史的简单比附中独立出来，意味着把文学自身发生发展的阶段完整性作为研究的主要对象。这一点将带来一系列问题的重新调整（问题的提法、问题的位置、问题的意义等等），在当前的研究阶段，只需强调如下一点也就够了：

在"二十世纪中国文学"这个概念中蕴含着的一个重要的方法论特征，就是强烈的"整体意识"。一个宏观的时空尺度——世界历史的尺度，把我们的研究对象置于两个大背景之前：一个纵向的大背景是两千多年的中国古典文学传统，当我们论证那关键性的"断裂"时，断裂正是一种深刻的联系，类似脐带的一种联系，而没有断裂，也就不成其为背景；一个横向的大背景是本世纪的世界文学总体格局，不单是东、西方文化的互相撞击和交流，而且包括亚洲、非洲、拉丁美洲文学在本世纪的崛起。

在这一概念中蕴含的"整体意识"还意味着打破"文学理论、文学史、文学批评"三个部类的割裂。如前所述，文学史的新描述意味着文学理论的更新，也意味着新的评价标准。文学的有机整体性揭示出某种"共时性"结构，一件艺术品既是"历史的"，又是"永恒的"。在我们的概念中渗透了"历史感"（深度）、"现实感"（介入）和"未来感"（预测），既然我们的哲学不仅在于解释世界而且在于改造世界，未来感对于每一门人文科学都是重要的。如果没有未来，也就没有真正的过去，也就没有有意义的现在。历史是由新的创造来证实、来评价的。文学传统是由文学变革的光芒来照亮的。我们的概念中蕴含了通往21世纪文学的一种信念、一种眼光和一种胸怀。文学史的研究者凭借这样一种使命感加入到同时代人的文学发展中来，从而使文学史变为一门实践性的学科。

1985 年 5—7 月于北京大学

（原载《文学评论》1985 年第 5 期）

论文学的主体性

（节选）

刘再复

我在《文学研究应以人为思维中心》一文中，提出这样的主张：我们可以构筑一个以人为思维中心的文学理论与文学史研究系统，也就是说，我们的文学研究应当把人作为主人翁来思考，或者说，把人的主体性作为中心来思考。在本文中，我将就文学中的主体性问题，纲要性地阐发我的论点和观念。

主体是在实践中建立起来的概念。人既是主体，又是客体，人作为存在是客体，而人在实践中、在行动时则是主体。人具有二重属性：一是受动性，一是能动性。人作为一种客观存在，表现出受动性，即受制于一定的自然关系和社会关系。人作为行动着的人、实践着的人，则表现出能动性，即按照自己的意志、能力、创造性在行动，支配着外部世界。我们强调主体性，就是强调人的能动性，强调人的意志、能力、创造性，强调人的力量，强调主体结构在历史运动中的地位和价值。文学中的主体性原则，就是要求在文学活动中不能仅仅把人（包括作家、描写对象和读者）看作客体，而更要尊重人的主体价值，发挥人的主体力量，在文学活动的各个环节中，恢复人的主体地位，以人为中心和目的。具体说来就是：作家的创作应当充分地发挥自己的主体力量，实现主体价值，而不是从某种外加的概念出发，这就是创造主体的概念内涵；文学作品要以人为中心，赋予人物以主体形象，而不是把人写成玩物与偶像，这是对象主体的概念内涵；文学创作要尊重读者的审美个性和创造性，把人（读者）还原为充分的人，而不是简单地把人降低为消极受训的被动物，这是接受主体的概念内涵。

人的主体性包括两个方面：首先人是实践主体，其次人又是精神主体。所谓实践主体，指的是人在实践过程中，与实践对象建立主客体的关系，人作为主体而存在，是按照自己的方式去行动的，这时人是实践的主体；所谓精神主体，指的是人在认识过程中与认识对象建立主客体关系，人作为主体而存在，是按照自己的方式去思考去认识的，这时人是精神主体。总之，人在实践和认识中，在行动和思考过程中，都处于主体的地位，表现出主体的力量和价值。

文艺创作强调主体性，包括两层基本内涵：一是文艺创作要把人放到历史运动中的实践主体的地位上，即把实践的人看作历史运动的轴心，看作历史的主人，而不是把人看作物，看作政治或经济机器中的齿轮和螺丝钉，也不是把人看作阶级链条中的任人揉捏的一环。也就是说，要把人看作目的，而不是手段。或者说我们要把人看作目的王国的成员，而不是看作工具王国的成员。二是文艺创作要高度重视人的精神的主体性，这就是要重视人在历史运动中的能动性、自主性和创造性。人的精神世界是联系人与物质世界的内在链条。人的大脑作为一种物质存在当然也是自然界的一部分，但它又是从大自然母体中分化和生长出来的精神世界的花朵，它的功能，作为一种精神能力，始终是作为主体而存在的。只有充分调动它的主体性，人才能成为实践的主体，当人的精神能力被限制，即它的精神主体性丧失了，那么人也就丧失了在实践中的主体性，这时，人就变成任人操纵的机器，任人摆布的木偶。可见，重视人的精神主体性是极其重要的。当前，我们在文艺创作中尤其应该强调人的精神主体性的内宇宙运动，与外宇宙一样，也有自己的导向，自己的形式，自己的矢量（不仅是标量），自己的历史。历史的描述如果只记得外宇宙的运动，而忘记内宇宙的运动，这种描绘将是片面的。这种片面性也曾在文学理论中有所反映。

  俄国杰出的思想家赫尔岑赞扬过莎士比亚天才地描绘了人的内宇宙。他说："莎士比亚是两个世界的人。他结束了艺术的浪漫主义时代，开辟了新时代，天才地揭示了人的主观因素的全部深度、全部丰富内容、全部热情及其无穷性；大胆地探索生活直至它最隐秘的禁区，并揭露业已发现的东西，这已经不是浪漫主义，而是超越了浪漫主义。……对莎士比亚来说，人的内心世界就是宇宙，他用天才而有力的画笔描绘出了这个宇宙。"① 莱辛在批评哥特式的悲喜剧时则这样说："说哥特式的悲喜剧忠实地模仿自然，这话也对，也不对；它只忠实地模仿了自然的一半，另一半则完全被忽视了；它只模仿现象中的自然，丝毫没有注意体现在我们情感和心灵力量中的自然。"② 赫尔岑赞扬的是莎士比亚注意到内宇宙的特点，而莱辛批评的正是文学丧失了内宇宙的弱点。他们两人都把自然分为现象自然和心灵自然，都把宇宙分为外宇宙和内宇宙。忘记内自然（内宇宙）的历史，就是忘记精神主体的力量，而精神主体的进化和不断升华，正是人类不断进步的标志。内宇宙的产生和人的主体意识的产生是物质世界划时代的进步。在这之前，世界只是现象自然界，而在具有思维能力的人以至人的主体意识形成之后，宇宙便在自己的躯体内产生另一个宇宙。具有主体意识的内宇宙和被人所认识和实践着的外宇宙构成合力，推动着历史的前进。恩格斯曾说，历史是无数个力的平行四边形的合力推动向前的。限于以往的科学水平，人们往往把它理解为外宇宙的合力。而随着人类的实践能力和认识能力的深化，则能意识到现在必须在这个外在的平行四边形（客体）之上叠加一个内宇宙（主体）的平行四边形。只有认识到内宇宙的平行四边形的力量，才能更全面地描述人类的历史运动和推动人类历史前进的动因。这样，人就要重新找到自己的位置，发现自己的力量，改变自身作为外宇宙的消极工具的历史地位，重新肯定自己在历史上的真正的价值。文学艺术要真实地表现历史的面貌，把握历史运动的轨迹，也必须真实地揭示这两个宇宙的辩证运动，必须表现人的精神主体的无比丰富性和伟大的力量，揭示它的星空般的无比奇妙的内在奥秘。

  聪慧的作家意识到文学的命运与人的命运是息息相关的，因此，便有"文学是

---

① （俄）赫尔岑：《莎士比亚评论汇编》下册，杨周翰选编，中国社会科学出版社1979年版，第460页。
② （德）莱辛：《汉堡剧评》第七十篇，张黎译，上海译文出版社1982年版。

人学"的不朽命题产生。这个命题的重要性和正确性几乎是不待论证的。"文学是人学"这一命题的深刻性在于,它在文学的领域中恢复了人作为实践主体的地位。由于感悟到这个命题的内在意义,作家把人作为历史活动的中心,天才地再现了人类在历史舞台上的各种行为,获得了很大的成功。我们在文学中给人以主体性的地位,首先是肯定这种人的实践主体的地位。但是,随着历史的推移和文学的不断前进,随着人自身不断地丰富和人对自身认识的不断深化,从事文学活动的人们又意识到仅仅表现人的行为是不够的,还必须寻找人的更加深邃的东西。因此,人们开始对"文学是人学"这一命题展开反思,逐步地发现这个命题的不足,并在下列三个层次上深化了"文学是人学"的内容。

(1)"文学是人学"命题在文学的领域中恢复了人作为实践主体的地位,它的积极意义被后来的文学界普遍承认,包括被我国"文化大革命"前流行的各种文学理论文章所承认。不幸的是,它也被一些鼓吹塑造"高大完美"英雄人物的"根本任务"论者所借用。但是,有一点很奇怪,就是他们所塑造的英雄,却没有人的血肉,没有人的灵魂,因此,人们再也不相信他们所说的"人"学了。问题在于,他们都没有肯定人作为精神主体的地位,不承认人在作为实践主体的同时,也作为精神主体而存在,取消人与世界联系的内在链条。这样,所谓"人"学,往往就成了一个丧失了内宇宙运动的"人"学,成了一个没有人的灵魂,即没有人的主体的丰富性和精神主体价值的"人"学。这种阉割了人的灵魂的"人"学,只能把活生生的人弄成一个抽象的空壳。因此,"文学是人学"的含义必定要向内宇宙延伸,不仅一般地承认文学是人学,而且要承认文学是人的灵魂学、人的性格学、人的精神主体学。勃兰兑斯说过一段很深刻的话:"文学史,就其最深刻的意义来说,是一种心理学,研究人的灵魂,是灵魂的历史。" 勃兰兑斯这种思想的深刻性就在于,他不仅把文学一般地视为"人"学,而且承认文学是人的精神主体运动的历史。我的性格二重组合的探讨,正是企图通过典型性格运动的内在机制的揭示,来恢复人作为精神主体的地位。

(2)在文学领域中确立人作为精神主体的地位之后,还应当进一步深化,这就是应当注意精神主体的双重结构,即精神主体的表层结构与精神主体的深层结构。精神主体的表层结构,是被理念支配的意识层次的内容,而深层结构则是积淀在人的精神主体内部的潜意识,而介乎于两者之间的则是经常处于浮沉状态的情感。文学最根本的原动力,就是情感。20世纪西方文学理论最杰出的贡献,就在于他们发现这种动力,最充分地肯定精神主体中的情感价值,从而揭示了文学艺术最根本的特性。因此,"文学是人学"命题的深化,就不仅要承认文学是精神主体学,而且要承认文学是深层的精神主体学,是具有人性深度和丰富情感的精神主体学。

(3)"文学是人学"命题的深化,不仅要尊重某一种精神主体,而且要充分尊重和肯定不同类型的精神主体。这些不同类型的精神主体在现实生活中表现为差异无穷

---

① (丹)勃兰兑斯:《十九世纪文学主流》第一分册"引言",人民文学出版社1997年版。

的个性。应当承认,每一种个性都是一个丰富的世界,它的深层都积淀着人类文明的因子,都具有群体精神的投影。只有充分尊重和肯定每一种个性,才能充分理解和认识人类自身,也才能更深刻地认识个体的精神价值和个性的丰富内涵。因此,文学不仅是某种个体的精神主体学,而且是以不同个性为基础的人类精神主体学,正是这样,文学无法摆脱最普遍的人道精神。

忽视人的实践主体的地位和精神主体的价值,正是历史唯心主义的两大特征。历史唯心主义者不是信奉神本主义就是推崇物本主义。他们或是漠视人在历史运动中的轴心地位,把历史看作是上帝创造的,是少数英雄人物推动的,而人民群众则是任人驱使和宰割的群氓;或是漠视人的价值,把人视为英雄的铺垫或陪衬,视为手段,视为政治与经济机器上的螺丝钉。总之,人在实践中的主体性被一笔勾销了。但是历史唯心主义的更深刻的内在特征,则是忽视人的精神主体的价值。贯穿整个封建社会的愚民政策和奴化政策,正是为了消灭人的精神主体性,使人成为无知无欲的工具。"存天理,灭人欲",典型地表现出它的本质。"人欲"就是人的欲望、情感、意志、创造力,总之,就是人的精神力量,就是人的精神主体性,在封建统治阶级看来,它们都属于应被剿灭的对象。人的精神主体的价值,在封建统治者看来是危险的,因此,他们不能容忍作家、艺术家表现人的精神世界的丰富性,表现人的精神力量,而只允许把人作为某种天理的符号,即使写到人的精神活动,也只允许描写这些精神活动如何最后被克服,回归到某种政治的或道德的理念上来。总之,人的精神的主体性,被一笔勾销了。

现在,人类正在深化对自然的认识,而要深化对自然的认识,必须同时深化对人自身的认识。因此,人类认识能力的重心,正逐渐转移到对人的内宇宙的认识,研究人的主体性已成为历史性的文化要求,不管是自然科学还是社会科学,它们的求知欲和创造欲都正在投向人自身。自然科学的人文倾向,心理学的人本主义倾向,哲学中对人的命运的思考,历史研究中关于人的主体价值问题的反思,都表现出这种历史性的文化走向。产生这种人文趋向,主要有两个历史原因。

(1) 从人的认识过程来说,人类在自己的幼年时代,在自然面前自由度比较小,因此不得不把主要的力量用于对付自然,以摆脱自然的奴役。在这种情况下,人无暇认识自身的自然。随着人类的巨大进步,特别是现代文明的飞速发展,人的自由度的急剧提高,使人类认识运动的重心开始逐渐转移到认识人自身,人类的主体意识得到强化。

(2) 从社会发展的过程本身来说,人正以惊人的速度从简单性的、重复性的劳动中解放出来,而追求创造性的劳动。任何创造性的劳动都是摆脱工具性而强化主体性的劳动。现在,人类正在一天天从直接生产过程中超越出来,劳动与审美逐渐趋于统一,人性在不断丰富、完善和发展。人的主体形象,已愈来愈明显。整个人类的自主意识从来没有这样鲜明。人类在要求实现社会现代化的同时,也要求实现自身的现代化,要求主体力量在更大程度上获得实现。

总之,社会历史的运动是从人类诞生的那一天开始的,经历了"人的否定"这一曲折的痛苦的历程，最后又回到人自身。在理想社会实现时，人不仅是调节外部自然的强大力量，而且是调节自身内部自然的强大力量，唯其在那时，人的价值才充分获得实现，人类的"正史时代"才开始。因此，人的主体性的丰富和发展乃是历史发展的标志。文学作为"人"学，它的发展水平是与人对自身认识的发展水平同步的。今天，当历史为人的主体价值的实现提供了更广阔的空间时，文学的主体意识无疑会随之得到强化，因此，文学就不能不更加表现出它的人类心灵历史的特性。正因为这样，我们在文学理论中提出主体性的命题，绝不是主观随意的，而是历史的要求，是人类走到灿烂的今天，对整体文化中的文学部分必定要提出的要求。

二

文学主体包括三个最重要的构成部分，即：①作为创造主体的作家；②作为文学对象主体的人物形象；③作为接受主体的读者和批评家。我国文学在相当长的一个时期，普遍地发生主体性失落的现象，为此，我们需要探讨一下文学主体性的回归、肯定和实现的途径。

探讨文学主体性的实现，首先应当探讨对象主体性的实现。文学对象包括自然、历史、社会，但根本的是人。只有人，才是文学的根本对象。对象的主体性，就是文学对象结构中人的主体地位和人的主体形象。

马克思曾说："人是一个特殊的个体，并且正是他的特殊性使他成为一个个体，成为一个现实的、单个的社会存在物。同样地他也是总体，观念的总体，被思考和被感知的社会主体的自为存在，正如他在现实中既作为社会存在的直观和现实享受而存在，又作为人的生命表现的总体而存在一样。"① 又说："有意识的生命活动把人同动物的生命活动直接区别开来。正是由于这一点，人才是类存在物。或者说，正因为人是类存在物，他才是有意识的存在物，也就是说，他自己的生活对他是对象。仅仅由于这一点，他的活动才是自由的活动。"② 作为文学的对象的人，相对于作家来说，他是被描绘的客体，但是相对于他的生活环境（社会）来说，他又是主体——他是有意识的存在物，他的环境和他的生活是被他所感知的对象。这样，作为文学对象的人就具有这样的双重性：对于作家来说，是被感知的客体存在物，对于环境来说，它又是能够感知环境的主体存在物。作家给笔下的人物以主体的地位，赋予人物以主体的形象，归结为一句通俗的话，就是把人当成人——把笔下的人物当成独立的个性，当作具有自主意识和自身价值的活生生的人，即按照自己的灵魂和逻辑行动着、实践着的人，而不是任人摆布的玩物与偶像。不管是所谓"正面人物"还是"反面人

---

① 马克思：《一八四四年经济学哲学手稿》，《马克思恩格斯全集》第42卷，中央编译局译，人民出版社1972年版，第123页。

② 马克思：《一八四四年经济学哲学手稿》，《马克思恩格斯全集》第42卷，中央编译局译，人民出版社1972年版，第96页。

物",都承认他们是作为实践主体和精神主体而存在的,即以人为本。

文学对象主体性的失落现象大体上表现在三个方面:

(1) 用"环境决定论"取消人物性格自身的历史。环境与人的关系,实际上并不是一种单向的因果关系,而是对立统一的辩证运动。一方面人的性格、人的情感是环境的产物,但是典型性格也不只是简单地被典型环境这种单一原因所决定的。从主体的角度来考虑问题,也可以说,时代是人创造的,环境是依靠人调节的。人对环境具有巨大的制约和支配的力量。以往我们对于人的本质,更多地看到它被客观世界本身的规律所制约、所决定的一面,当然,否认这种制约性是错误的,但是,我们往往忽视人的本质的巨大创造性,也就是说,人的本质在很大的程度上是"自主"的,不是"他主"的。环境既作用于我,我也作用于环境,客观世界既影响我,我也影响客观世界。因此,人的性格也是人的自我创造过程,每个人都有性格自身的历史。鲁迅先生曾说:"人能组织,能反抗,能为奴,也能为主。"① 人可以自我完成,自我塑造,自我实现。人的主体性,就是在客观世界所提供的条件下(包括顺境和逆境)最大限度地发挥自身的调节能力和创造能力。人对环境的巨大超越力量,往往表现为主体的怀疑意识、自主意识、创造意识,也表现为不受环境所束缚的想象力、宇宙感、历史感,当然也表现为行动上的改造环境的意志力量和变革精神。但是在这方面,我国当代的文学观念曾机械地强调客体对主体的决定作用,以至用"环境决定论"来解释典型环境中的典型性格。因此,作家笔下的人物大多缺乏自身性格的历史,除了那些被神化了的支配一切的英雄,都是一些被某种外在力量所支配的命定的可怜虫。

(2) 用抽象的阶级性代替人物活生生的个性。人处于社会中,既是个体存在物,又是群体存在物、类存在物。问题是,人与动物最主要的区别,还不在于人的群体性,动物也有群体组织。但是,动物对群体组织没有调节的能力,它至多能调节数量关系,不可能调节质量关系。因此,人与动物最根本的区别是在于人能自由创造,自由选择,自由调节,在于人的创造能力。创造性思维,就是人的"灵"性。具有创造性的思维能力,才是人区别于动物的最根本特点。当然,人总是存在于某种群体之中的,而且总是要带上某种群体的属性,至少是要被打上某种群体观念的烙印。例如民族、阶级、党派观念的烙印。但是,我们过去却过分强调这种烙印,以致把个体的主体价值淹没了。最明显的表现,是用阶级性来淹没人的主体性,把人视为阶级的一个符号,把人规定为阶级机器上的螺丝钉,要求人完全适应阶级斗争,服从阶级斗争,一切个性消融于阶级观念之中。这样,在作家的笔下,人就完全失去主动性,失去人所以成为人的价值。我国封建社会要求人"非礼勿视,非礼勿听,非礼勿言,非礼勿动",就是把"礼"当成一种不可变易的规范,一切以"礼"为转移,一切以"礼"为依归,"礼"成了一条公律,人的一切思想和行为被全部纳入"礼"的固定模式中,因此,人的个性也被消灭了。在我国古代的道德家眼中,人是"礼"的附

---

① 鲁迅:《花边文学·倒提》,最初发表于1934年6月28日《申报自由谈》,署名公汗。

属物，而在当代的某些文学评论家眼中，人则是阶级机器的附属物。我们就这样不知不觉地制造出一种新的绝对概念，即人的一切行为和心理都是阶级斗争所派生的，一个人说什么，做什么，早已被规定好了。于是，文学就不再是人学，而蜕变为阶级符号学。文学研究也跟这种社会思潮相适应，用阶级和阶级斗争的眼光来观察一切，分析一切，当然也用阶级和阶级斗争的眼光来观察和分析文学现象，因此，极其复杂丰富的中外古典文学和西方现代文学现象，统统被称为封、资、修文学。而在一些较为严肃的文学理论教科书中，也以阶级为中心来思考，以阶级斗争为基本审视点。这样，就把典型解释为共性——阶级性的形象注解，个性只是若干共性——阶级性观念的具体形态。

（3）用肤浅的外在冲突掩盖人物深邃的灵魂搏斗。人的外部行为和外部活动，即人表面的他人可感知的生活，是人的精神世界的外化。作家当然应当表现人的外部行为，这些外部行为，集合为社会事件，构成作品的情节。于是，作品展示出战争、革命、政治运动、改革运动等情节。但真正优秀的文学作品应该通过这种外部事件去表现人，而不是通过人去表现外部事件。即不是通过人去表现战争，表现改革，而是通过战争、通过改革等外部行为去表现人，表现人的命运和人的情感。而我们过去有不少作品恰恰是通过人去表现社会事件，因此，在解决各种问题的场面中，我们看到人在忙碌，在搏斗，却看不到人的命运和人的极其丰富的内心世界，此时人的精神主体性已被淹没于外部现象之中。

造成文学对象主体性失落的原因，从根本上说，就在于作家忽视了人的地位与价值，而以物本主义与神本主义的眼光来对待自己的人物。以物为本的作家，把人降低为物，降低为工具，降低为自己手中任意摆布的玩偶。他们不了解，人是一种自由自觉的实体，是一种最富有能动性的自我调节系统。人完全能够主动地、能动地改变和创造环境，使环境适应人自身的生存和发展的需要，而不是消极、被动地接受环境的影响，变成必然性的奴隶，因果链条上的一环。人从最初感受世界开始，其感觉不仅依赖刺激物的性质，也依赖感觉的结构和机能的性质，依赖感受体的内部状态。以反映活动而论，反映不仅仅是外部能量和信息传递至意识的简单的机械过程。实践更是如此，人是实践的主体，人能主宰和控制自己的实践活动。但是，物本主义的眼光看不到人的这种本质，因此，他们只能把人视为工具，只知人的服从性，不知人的自我选择性。

这种物本主义眼光归根到底是不承认"人是目的"这种根本观念。物有物的价格，人有人的人格，人不能因对谁有用而获取价值。人作为自然存在，并不比动物优越，也并不比动物有更高的价值可言，但人作为本体的存在，作为实践主体和精神主体，是超越一切物的价格的。因此，不应当把人的存在视为工具，好像它与内在目的无关。这就是说，作家在表现人的时候，要把人当成人，把人视为超越工具王国的实践主体，而不是把它当成自然存在，当成牲畜、草芥、工具。总之，人应当是目的性因素，而不是工具性因素。在表现所谓英雄人物时，英雄人物尽管有许多英雄行为，但是，如果他毫无内在情怀，只知道服从命令，那么，他也只是执行命令的工具，这样，他仍然只是工具王国的成员，而不是目的王国的成员。即使是"反面人物"，他也不应当是草芥、牲畜、粪土，作家不应当仅仅把他们视为执行某种意志的工具，不应当在艺术上人为地把他们作为只能消极地陪衬英雄人物的工具。产生在我国"文化大革命"中的所谓"三陪衬"观念，就是把"反面人物"全部作为牲畜王国的一部分，除尽他们身上一切人的本体的存在根据和内在目的。这样做的结果，是他们的主体性全面丧失，我们看不到任何人的丰富性和复杂性，甚至看不到人的基本特性。这样的艺术形象，就必定是毫无人的血肉和心灵的玩偶。恢复文学对象主体性的地位，包括恢复所谓英雄人物和反面人物的主体性地位。

真正以人为本的作家，他们一定会正确地摆正创造主体与对象主体的关系，会在创作过程中赋予描写对象以主体的地位，即赋予他们以独立活动的内在自由的权利。这就是作家在特定时刻要服从人（对象），而不是人服从作家，是作家要为人服务，而不是人为作家服务。作家要允许笔下的人物超越自己的意图，允许他们突破自己一切先验的安排，只有当笔下的人物有充分的独立活动的权利，非常自由地按自己的行动逻辑展开自己的行动时，这种人物才是活生生的。作家处于最好的创作心态时，往往由常态进入变态，进入虚幻系统，真诚地相信自己所创造的一切。此时，作家的真我，进入一种神秘的体验，"情不自禁"地跟着自己笔下的人物走，无意识地服从自己笔下的人物，接受笔下的人物应有的命运，也是作家本没有意料到的命运。王蒙曾说，他笔下的人物出现的情况，不仅出乎读者的意料之外，也往往出乎自己的意料之外。安娜·卡列尼娜的卧轨自杀、达吉亚娜的出嫁、阿Q的被枪毙，就是作家尊重笔下人物，服从笔下人物灵魂自主性的结果。如果作家把自己放在上帝的地位上，只知道摆布笔下人物的命运，不能给予笔下人物以主体的地位，那么，他们在创作中势必只想到所谓"精心设计"，甚至精心设计到每一个细节。笔下人物的一言一行一举一动，都在先验的设计之中。一切都在作家的意料之中，一切都是先验构想的形象注释，这实际上并不是作家用整个心灵去"创造"，而是按照某种观念去刻意"制造"，这样的作家顶多是一个具有某种技巧的艺术匠人，而不是富有灵性的作家。他们的创作势必不能得其道、得其神、得其灵性，势必缺乏创造性。

作家对描写对象的尊重，就是赋予对象以人的灵魂，即赋予人物以精神主体性，允许人物具有不以作家意志为转移的精神机制，允许他们按照自己灵魂的启示独立活动，按照自己的性格逻辑和情感逻辑发展。作家处于最佳心理状态时，也是自己的人物充满着主体意识，充满着生命活力的时候，此时，作家不是受自己的意志所支配，而是受到充分调动起来的主体潜在力量的支配，并沿着潜意识的导向前行，在可感知的范围内，造成了"意外"的效果，即愈有才能的作家，愈能赋予人物以主体能力，他笔下的人物的自主性就愈强，而作家在自己的笔下人物面前，就愈显得无能为力。这样，就发生一种有趣的、作家创造的人物把作家引向自身的意志之外的现象。这种有趣的现象使很多文学理论家、批评家感到困惑，笔者也曾久久地陷入困惑与迷惘之中。而现在，笔者终于了解：这种状况，正是作家在创作中的自由状态。这种令人困惑的现象，正是一种二律背反，我们可以把它推演成如下的公式：

作家愈有才能	作家（对人物）愈是无能为力
作家愈是蹩脚	作家（对人物）愈是具有控制力
作品愈是成功	作家愈是受役于自己的人物
作品愈是失败	作家愈能摆布自己的人物

关于这种二律背反的现象，法国的著名作家、诺贝尔文学奖获得者弗朗索瓦·莫里亚克曾经讲得十分精彩。他说："我们笔下的人物的生命力越强，那么他们就越不顺从我们。"① 莫里亚克认为，认识这个反律对于创作是极为重要的，这是作家塑造成功的人物形象应当注意的，他说："我们笔下的人物并不服从我们。他们当中甚至会有不同意我们，拒绝支持我们的意见的头号顽固派。我知道，我的有些人物就是完全反对我的思想狂热的反教权派，他们的言论甚至使我羞惭。"② 莫里亚克认为，这种背反现象正是作家成功的标志。相反的现象倒是作家失败的表现，他说："反之，如果某个主人公成了我们的传声筒，则这是一个相当糟糕的标志。如若他顺从地做了我们期待他做的一切，这多半是证明他丧失了自己的生命，这不过是受我们支配的一个没有灵魂的躯壳而已。"③ 莫里亚克不愧是一个杰出的作家，他从自己的创作实践中了解这种背反性的痛苦规律。但他的成功，恰恰是因为他坚定地尊重这种规律，无保留地赋予笔下人物以生命的力量，甚至是与自己对抗的力量，心甘情愿地让笔下的人物粉碎自己早已设计好的种种美妙的构思，于是，他在创作中简直是在与他笔下的充满活力的人物搏斗，但他却从这种搏斗中感到创造的愉快。他承认，他"在与这些主人公的斗争中感到极大的愉快"。④ 他所以愉快，就是他发现自己的人物已有自己的生命，甚至能保护自己的生命，顽强地进行自卫。

有的同志对我在《文汇报》所提出的主体观念提出质疑，认为我只注意到作家的主动性，没有看到作家的被动性。这种批评实际上是把主动与被动割裂开，事实上，创造主体与对象主体双方都既是主动的又是被动的，整个创作过程就是双方主体能力主动与被动的辩证运动过程。这就是：

作家在创作中愈是	作家在自己的人物
处于主动状态	面前愈是处于被动状态
创造主体性愈正常地发挥	创造主体愈是被对象主体所占有

上述作家与笔下人物的二律背反现象，黑格尔早已为我们提供了一种哲学依据，他说："主要的还是要注意到，把因果关系应用到自然有机生命和精神生活的关系上是不允许的。在这里，被称为原因的东西当然显得自身具有不同于结果的内容，不过，之所以如此，却是因为那个作用于有生命的东西是由有生命的东西独立地决定、改变和转化的，因为有生命的东西不让原因达到其结果，有生命的东西把作为原因的

---

① 《法国作家论文学》，王忠淇译，生活·读书·新知三联书店1984年版，第192页。
② 《法国作家论文学》，王忠淇译，生活·读书·新知三联书店1984年版，第192页。
③ 《法国作家论文学》，王忠淇译，生活·读书·新知三联书店1984年版，第192页。
④ 《法国作家论文学》，王忠淇译，生活·读书·新知三联书店1984年版，第193页。

原因扬弃了。"① 黑格尔这段话给我们的启发是，在自然有机生命和精神生活中，线性因果关系的逻辑结构是不能适应的，同样，作家和他们笔下的人物的关系，也不是因果决定论。

有些朋友提出作家应当干预人的灵魂，这种观念的提出，本是针对干预政治而发的，即认为与其主张文学干预政治还不如主张文学干预灵魂。这本是指创造主体对接受主体的干预，但是，另有一些作家却把接受主体（读者）换上对象主体（人物），以说明作家可以干预笔下人物的灵魂。这种观念，我认为有一半是可以接受的，这就是人物一旦走到自己的人生十字路口，发生双向可能性的时候（任何一向都不违反人物性格的发展逻辑）。作家是可以帮助人物打开自己的心灵，作一种不违背个性的选择的。这种选择也可以说是一种干预，而作家在这种选择中恰恰可以表现出自己的眼光和水平，即必须选择出一种可以使人物表现得更丰富、更深邃、更精彩的道路，也是更艰苦的道路——更需要作家下苦功的道路。伟大的作家总是选择最难走的路。这种选择，实际上是人物走到一个江津路口、一个关键之地，此时，要求作家给予一个指令，一个使人物展示灵魂的全部丰富性的指令。这种干预，大体上像电子计算机的操作员给电子计算机一种指令，计算机得到这种指令后，便把信息贮存于自己的机体中，然后进行独立的运转和活动，最后把结果告诉操作员。作家的干预也仅仅在于给予人物一个灵魂的指令，而这之后，作家就像操作员一样，不再起干预作用了，他一旦把信息输入到人物的身上，人物就像电子计算机一样，独立地运转活动起来，不受作家（操作员）所摆布。（那种认为作家的世界观可以决定一切的观点，就是作家可以任意干预笔下人物的灵魂和行动的观点，就是不尊重笔下人物、剥夺笔下人物的主体性的观点。）但是，以上所说的二律背反现象，将使世界观决定论感到困惑。

以物为本，会使对象的主体性丧失；以神为本，同样也会使对象的主体性丧失。物本主义笔下的人物，只知服从，不知价值选择；神本主义笔下的人物，只知立法（只知发号施令），没有情怀。两者都不可能使自己成为自己的主人，两者都没有自我调节系统，都没有一个自我完成的过程。神本主义眼光下的英雄，就是神的代表，并没有内心世界，没有内心矛盾。他们认为英雄必定是尽善尽美的，没有任何人的弱点和局限，如果认为英雄性格是善恶并举，那就是对英雄的污辱。中世纪的大神学家奥古斯丁在他的"忏悔录"中早作了这样的规定，因此，他决不能容忍那种认为人是二重组合的说法，他对主说："我的天主，假如你不在我身上，我便不存在，绝对不存在。而且一切来自你，一切通过你，一切在于你之中。"② 在彻底的神本主义眼光下，人自身是毫无价值的，人只是神的奴隶和工具，此时人的目的性更是丧失殆尽，由于神本主义对"人是目的"加以彻底否定，因此，它规定人只能有一个与神绝对相通的灵魂，不能有自己的灵魂，不能有"善恶并举"的人的灵魂的复杂性，所以奥古斯丁诅咒说："我的天主，有人以意志的两面性为借口，主张我们有两个灵

---

① （德）黑格尔：《逻辑学》下卷，杨一之译，商务印书馆1976年版，第220页。
② （古罗马）奥古斯丁：《忏悔录》，周士良译，商务印书馆1982年版，第4页。

魂,一善一恶,同时并存。让这些人和一切信口雌黄、妖言惑众的人,一起在你面前毁灭。"① "文化大革命"中那种以塑造高大完美的英雄为根本任务的观念,与奥古斯丁这种观念多么吻合,任何非高大非完美的观点,都被视为妖言惑众,这样就从根本上淘汰了真实的人,我提出的人物性格的二重组合原理,正是一个与神本主义相抗的主体性原理。

三

作家的主体性,包括作家的实践主体性与精神主体性。实践主体性是指作家在创作实践过程中(包括为创作作准备的感受生活的实践)的实践能力,主要是作家的表现手段和创作技巧;而精神主体性,则是指作家内在精神世界的能动性,也就是作家实践主体获得实现的内在机制,如作家创作的动机,作家在创作过程中的情感活动,等等。我们所探讨的创造主体性,主要是作家的精神主体性,即作家内在精神主体的运动规律。

一个作家,意识到自身的精神主体性是极为重要的。意识到精神主体性,就是意识到自己身上的内宇宙所具有的巨大能动性,意识到这个内宇宙是一个具有无限创造能力的自我调节系统,它的主体力量可以发挥到非常辉煌的程度,可以实现到非常辉煌的程度,而这,正是人的伟大之处。过去,我们常说,人的特点在于人能制造工具,但这只是人的实践主体能力的表现,它证明人的手可以延长。而一个作家,如果能充分地意识到自己的精神主体的全部灵性,则能自觉地构筑内心雄伟的调节工程,最大限度地调动和发展自己的创造才能,到达前人尚未达到的彼岸。因此,作家的主体意识,对于作家是极为重要的。

为了找到作家精神主体性的关节点,我们有必要探讨一下作家主体的心理结构。美国人本主义心理学创始人马斯洛,把人的需求分为五个基本层次,即生存需求层次、安全需求层次、归属需求层次、尊重需求层次、自我实现需求层次。这是人的心理结构中的五个层次,事实上,正是人的五种精神境界。如果我们借用马斯洛的这个图式,那么,我们也可以把作家的精神主体分为五个不同层次。作家的创作如果仅仅是为了满足生存需要,为了维持自己的衣食住行的需要而写作,也就是龚自珍所说的"著书都为稻粱谋"(当然,龚自珍的创作并非为了生存需要,这只是他的无可奈何的感叹),这个时候,作家被现实生活中最烦琐的利益所束缚,缺乏必要的从事创造的外在自由条件,这就不可能进入深邃的精神生活。这时,作家的主体意识处于沉睡状态,作家的主体能力处于被动状态。第二层次的安全需求,归根到底也是生存的需要。为了自身的安全而创作,就是为自己在社会上找到一个安稳的位置而创作,把作品作为自己的护身符和社会通行证。在我国封建社会中,有些诗词只是为了向皇帝表示忠诚,献媚于权势者,并没有真情实感。鲁迅说:"《颂》诗早已拍马,《春秋》早

---

① (古罗马)奥古斯丁:《忏悔录》,周士良译,商务印书馆1982年版,第153页。

已隐瞒。"① 鲁迅所批评的这一部分专供点缀太平的颂诗，就是一些为安全需求不得不作的诗。我国"文化大革命"中，也出现很多颂诗，大多数并没有真情实感，只是为了表忠心，说到底，也是一种安全需求。在文化气氛不太正常的情况下，作家不得不屈服于心灵之外的压力而违心地写作，也是为了安全需要。此时，作家的主体意识处于被压抑状态，作家往往会感到一种深刻的苦闷，这种苦闷，就是因为作家的主体能动性无法释放出来。为安全需求而写作的作家，一般地说，都不得不降低自身的人格，因此，在他们的作品中看不到作家自身的热血与眼泪，也就谈不上作家的主体性。为归属需求而写作，具体地说，就是为自己所隶属的阶级、派别、团体而创作，这种作品具有明显的群体性和遵从性。遵命文学，就是归属需求所产生的文学。在这一层次中，有两种不同的情况，一种是自觉的、出于内心的归属动机，自愿服从自己所归属的群体利益，这个时候，作家的群体性与个性可以融合为一，写出成功的作品，例如《钢铁是怎样炼成的》，就是党性（高度自觉的群体性）与个性的融合。这种融合，既是作家积极性归属需求的实现，而且也是作家的自我实现，此时，作家的主体性就明显地表现于自己的作品之中。但是，如果作家的创作，只是出于被动的消极的归属需求，并且是服从狭隘的功利主义原则，那么作家的主体性就会失落。我国新文学也有过这种教训。在某个时期，强调文学的阶级性是必要的，但后来走向极端。在理论上，把共性解释为阶级性，把个性解释为共性的具体形态，解释为阶级性的形象演绎。这样，作家的个性就被消融于阶级性之中。鲁迅先生在主张"遵命文学"的时候，特别作了声明，说他遵奉的是先驱者的命令，而不是金钱和指挥刀的命令。也就是说，他的遵奉是自觉自愿的遵奉，是与自己的内在要求一致的遵奉。这正是积极性的归属需求，正因为这样，他在创作中燃烧着自己灵魂的火焰。鲁迅还声明："偏不遵命，偏不磕头是有的。"② 对于另一种违背社会进步利益的命令，他是不遵奉的。在这种遵命与不遵命的矛盾统一中，鲁迅的创造主体性始终得到充分的发挥。尊重需求，对于作家来说，就是作家通过自己的创作去赢得社会的尊重，在社会中找到自我的位置。在这个层次上，作家为了珍惜自己的声誉，往往更加认真地创作。这种需求比生存需求、安全需求、消极性归属需求有可能在更大程度上充分地发挥自己的主体力量。这时，作家意识到自己是作家，应当有作家的尊严感和荣誉感。尊重需求，这是每一个有成就的作家起码的主体意识。这种主体意识在创作中可能产生两种效果，一种是积极性效果，即珍惜自己的声誉而更严肃地劳动，不断地追求新的境界；另一种则是消极性效果，这就是把声誉变成沉重的精神负担，变成内心自由的心理障碍。人有两种最常见的不自由，一是逆境所造成的不自由，一是顺境中的声誉所造成的不自由。后一种不自由包括很多方面，例如过高地估计自己而处于盲目状态；为护卫既得的名声而处于保守状态；为排斥他人而处于狭隘状态，此外，还可能颠倒内在价值与外在价值的关系而处于卑微状态。作家主体力量的发挥必须克服荣誉

---

① 鲁迅：《伪自由书·文学上的折扣》，最初发表于 1934 年 3 月 15 日《申报自由谈》，署名何家干。
② 鲁迅：《华盖集续编·小引》，最初发表于 1926 年 11 月 16 日《语丝》周刊第 104 期。

追求所造成的消极性后果。总之,作家的创作如果仅仅为了赢得社会的尊重,还不是作家主体性的真正实现,作家如果把尊重需求作为创作的主要动机,他就会被名声所束缚,此时,作家仍然处于一种功利境界,心灵仍然不可能获得最大的自由。所以鲁迅曾声明,说他决不会因为自己有名而谨慎些,就是因为他意识到在名声的干扰下主体性有退化的危险。

作家主体性的最高层次,则是作家的自我实现。所谓自我实现,就是作家精神世界的充分展示。自我实现包括两个不同的层次,一是浅层自我实现,这是精神主体表层结构的外化,主要是作家认知能力的实现,即作家把自己对生活的认识表达出来。作家的认知内容都是作家充分意识到的,表现出来的东西都是经过理性处理的。深层自我实现,则是作家精神主体深层结构的外化。这种实现的特点,是作家全心灵的实现,全人格的实现,也是作家的意志、能力、创造性的全面实现。

但是,作家的内宇宙,不是一个封闭的世界,作家的自我实现,也不是这个封闭世界中获得的个人的小自由,自身人性的一点小解放。如果把自我实现视为表现个人的小悲欢,那就太不幸了。作家主体性的真正实现,是打开内宇宙的大门,用内宇宙去感应外宇宙的脉搏,使内宇宙与外宇宙相通,并且具有外宇宙的巨大投影,负载外宇宙的壮丽图景,因此,作家主体力量的实现,必须使自己的全部心灵和全部人格与时代、社会相通,必须"推己及人",把自己的精神世界中一切最美好的东西推向社会,推向整个人类。作家的自我实现,归根到底是爱的推移,这种爱推到愈深广的领域,作家自我实现的程度就愈高。爱所能到达的领域是无限的,因此,自我实现的程度也是无限的。朱熹说:"仁通上下,一事之仁,也是仁;仁及一家也是仁;仁及一国也是仁;仁及天下也是仁。"他又做比喻说:"仁者如水。有一杯水,有一溪水,有一江水,圣人便是大海水。"① 这是自我与万物浑然同体之境。此境界是无限的,由此境界所发出之需求,所应尽之责任也是无限的。只有爱他人,对他人充满着同情心,才是最高的自尊感,也才能获得最高的自我价值感。因此,只有在爱他人时,自身最有价值的东西——自己的良知才能获得实现。一个对他人的痛苦不懂得同情的人,一个对人民不懂得爱的作家,首先是他自己背叛了自己的良知,这个时候,他首先是不忠实于自己的心灵,他的自我也无法实现。因此,作家的自我实现,应当在任何时候都不背叛自己的良知,任何时候都保持自己对人民的爱,任何时候都对人民、对艺术保持无限的忠诚。

从以上五个精神层次的分析,我们可以了解,作家主体性的真正实现,就是作家的自我实现。而自我实现的过程就是作家对低境界的超越过程。超越的结果,导致作家的内在自由。因此,作家的主体意识,首先是作家的超越意识所造成的内在自由意识。

上面所说的作家的创作心理,按生存需求、安全需求、消极性归属需求、尊重需求和自我实现需求的顺序由低到高不断升华,这是从心理结构的角度来说的。而心理

---

① 宋·黎靖德:《朱子语类》,中华书局1986年版。

过程则是通过具体的创作实践反映出来的。优秀的作家都能自觉或不自觉地完成上述心理升华过程，因此，他们的创作实践一般都表现出三种特征，即超常性、超前性和超我性。

所谓超常性，就是超越世俗的观念、生活的常规、传统的习惯性偏见的束缚。一个有作为的作家，他决不会陷入中庸主义。相反，他必定有一般人所没有的超常的智慧力量和人格力量，必定有强烈的超常的审美意识，必定不甘心重复前人已有的构思，不愿意落入前人的窠臼和重复前人习惯使用的思维方式甚至语言方式，而追求着"人人意中所有，人人笔下所无"的东西，在没有路的地方硬走出一条路。由于历史上的种种原因，我国知识分子形成了一种普遍性的心理，即通过自省而进行残酷的自我抑制，无情地窒息精神上的自由意识和创新意识，这种自我抑制造成了自我实现的最大心理障碍，流行于我国的"中庸"哲学，也使一些作家受到影响，缺少突破意识。因为任何突破都是反中庸的、反常规的。被中庸哲学所主宰的作家，总是处于自我满足的盲目状态，任何平庸的表现和无所作为的表现，都可以找到精神的逃路，一切创造的闪光都会被自我所扑灭。解放后，我国由于突出政治的影响，一切社会系统，包括经济、文化、文学艺术等子系统，都被纳入政治的总系统中，这样，就要求文学过多地承担非文学的政治任务，并把为政治服务作为文学的总纲。这样，作家的某些美学追求不得不消融于政治观念之中。而作家的改造也与此相适应，即不是改造那些与社会前进不相符的品性，而是把创作个性作为一种原罪性质的"恶"来加以扑灭。这样，作家就把独创性改造为适应性，把适应性看成是作家的最高道德，而且，这种适应性观念又不是宏观性质的，即不是与历史前进的要求一致的适应性，而是与某一历史时期的某一具体观念相一致的适应性。这样，作家就不得不随着不同的政治气候而改变自己的颜色，不得不进行艰苦的自我克服，怀疑自身一切新发现的冲动，扑灭一切创造性的萌芽。总之，是自身不可思议地进行痛苦的努力，以扑灭自身的主体力量。

超越意识的第二个内容是超前性，即具有巨大的历史透视力和预见性，能超越世俗世界的时空界限。罗曼·罗兰曾说："像歌德、雨果、莎士比亚、但丁、埃斯库罗斯这些伟大的作家的创作中，总是有两股激流，一股与他们当时的时代运动相汇合，另一股则蕴藏得深得多，超越了那个时代的愿望和需要。直到现在，它还滋养着新的时代。它给诗人们和他们的人民带来了永久的光荣。"① 这就是说，作家在掌握艺术与现实的关系时，既要尊重现实，又要超越现实，具有站在历史制高点的气魄，不管在何种社会生活环境中，他们都能采取一种积极的态度，对历史发展充满着预见性。他们尊重现实，但又不受现实的束缚，他们能充分地发现那些与现实不一致的，但预示着将来的理想因素，发现各种美的萌芽。许多政治家、经济学家认为不可能的东西，在作家的笔下，都会成为可能的东西。鲁迅先生说，作家有一种特有的敏感，例如听口令"举……枪"，政治家要等到"枪"字令下的时候才举起，而作家听到

---

① 《法国作家论文学》，王忠琪译，生活·读书·新知三联书店1984年版，第192、193、33页。

"举"字就举起来了。① 作家的主体意识应当有这种超越意识，即走在时代前列的意识，充当时代文化先驱者的意识，应当把自己的作品作为照亮人们前进的灯火。如果作家只会迎合俯就，当落后群众的尾巴，毫无超前意识，就失去作家的主体力器。但这不是要求作家成为单纯的时代精神的号角，而是要作家以独特的慧眼，去发现、感受时代生活中那些其他阶层的人们尚未发现和感受到的东西。这种东西，可能是时代的强音，也可能是时代变革的潜流；可能是时代的欢乐，也可能是时代的苦闷，时代的忧伤。

这种超前意识，表现在作家对生活的态度上，便不是消极的反映，而是积极的感应。文学艺术应当反映社会生活现实，这是毫无疑问的，但这不是直观的、机械的反映，而应当是充分能动的反映。这种充分能动的反映，称作主体感应更为准确。反映是有限的，感应是无限的。感应可以超越一切时空界限，有主体感应，才有作家的理想，才有作家的预见，古今中外的东西才可能被作家主体所同化、所变形，这才是真正的美的再生产、再创造。谢林曾说："一切有机过程的本质都在于它不是绝对的活动，而是以感受性为中介的活动，因为有机过程的持续存在不是静止的存在，而是不断再生产的过程，……因此，这样的有机过程只能在外部力量的不断影响下持续地存在，有机体的本质就在于决定活动的感受性和感受性所决定的活动，而这两者必定会被统摄在应激性这个综合概念中。"② 这就是说，一个作家仅仅意识到自己必须反映现实，像一面镜子似地反映现实还是不够的，还应当以自己的精神主体为中介去感受现实，参与现实中各种人的情感经历，与笔下的人物共悲欢、共爱憎，去对客体进行审美的再创造。

超越性的第三个内容是超我性。自我实现不是一切归于自我。自我实现的需求与尊重需求不同。自我实现是为了实现自己的理想力量、智慧力量、道德力量和意志力量。为了实现自己这些主体力量，作家不承认外界的偶像，包括不承认自我的偶像，与此相应，作家不屈服于心灵之外的任何诱惑，包括不屈服于一己利益的诱惑。自我尊重的需求是作家在社会中有意识地回归自我，而自我实现的需求则不仅回归自我，而且把自我的感情推向社会，推向人类，在爱他人、爱人类中来实现个体的主体价值，此时，作家既有自我，又超越自我，而重心在于对他人的爱。作家的超越是无限的，主体性很强的作家总是把爱不断地朝着更深广的境界推移，而且最后总是达到一种高度的超我境界，这就是"无我"境界。达到这种境界的作家，就是他们身上已具备一种热爱人类的至情至性，他们的爱完全是超功利的，完全是自然而然的，他们在热烈地爱着，同情着，但自己已毫无感觉。作家最高的自尊感，最高程度的自我实现，就应达到这种忘我状态。这个时候，作家完全打破主体客体的界限，他我两忘，人我合一，自己完全进入一种超世俗的神秘的境界之中。在感情中获得一种奇妙的体验，这就是所谓情感的高峰体验。作家的"情不自禁"，就是进入这种体验。在这种

---

① 参见鲁迅：《集外集·文学与政治的歧途》，上海群众图书出版1935年版。
② （德）谢林：《谢林全集》第3卷，商务印书馆，第222～223页。

体验中，作家往往可以领悟到很多东西，可以获得宇宙感、哲学感，作家如果能获得这种体验，就会摆脱平庸，成为充满创造活力的大作家。哪怕短时间获得这种体验，也会使作家得益无穷。作家的艺术创造，一般都要经过发现自我到忘其自我的过程，因此，从心理角度来看，作家的创造过程，可以说是一个自我—超我—无我的过程。

作家从内外各种束缚、各种限制中超越出来，其结果就获得一种内心的大自由，这就是鲁迅所说的，有一种天马行空的大精神，此时，作家的主体力量获得充分的解放，这就形成了文学创作最好的内心环境。因此，只有超越，才能自由。这种自由是作家精神主体性的深刻内涵。

作家的自我实现，既然必须通过自己的作品去感动人间这一途径，那么，作家就不能不负起社会的责任和历史的使命。因此作家主体性的实现，除了自由意识之外，又必须有高度的使命意识。这种使命意识，一种是狭义的，即作家的作品必须对维持人类正常生活的道德规范和其他生活规范负责。另一种则是广义的使命感，这就是指作家的心灵必须与历史时代的脉搏相通，必须承担人世间的一切苦恼，承担历史留下的各种精神重担，因此，使命意识必然表现为深广的忧患意识，即先天下之忧而忧。作家的爱是无边的，他们的忧天悯人的情怀也是无边的。

忧患意识，不是个人的"患得患失"式的狭隘意识，不是自我哀怜的戚戚之心，而是与人世间的苦恼相通的博爱之心，是以人民之忧为忧的人道精神。鲁迅在《诗歌之敌》中批评一些学者不能理解诗人的一种最重要的特质，他说："他们精细地研钻着一点有限的视野，便绝不能和博大的诗人的感得全人世间，而同时又领会天国之极乐和地狱之大苦恼的精神相通。"① 在另一篇文章中又说："我时时说些自己的事情，怎样在'碰壁'，怎样地在做蜗牛，好像全世界的苦恼，萃于一身，在替大众受罪似的。也正是中产的知识阶级分子的坏脾气。"② 鲁迅这两段话，充分地表现出鲁迅是一个伟大的人道主义者，而且他道破了创造主体必须具备的最重要的精神，这就是作家、诗人有一种超越封闭性自我的大爱，他的心灵必须与人民的心灵相通，他必须承担人间的一切大苦恼，承担人类的一切罪恶——"替大众受罪"的历史责任。由于作家、诗人时时背负着这种情感的重担和精神的重担，因此他们总是像蜗牛似地带着沉重的负担前行，并因此而常常牢骚太盛。这是作家、诗人的痛苦处，也是作家、诗人的幸福处和伟大处。我们是唯物论者，并不相信有什么"上帝"，但是，如果"上帝"是指一种情感上的向往的话，那么，每一个有作为的诗人和作家，都应该有自己追求的"上帝"，这个"上帝"，就是爱，就是与全人世间的悲欢苦乐相通的大爱。这种爱是超我的，超血缘的，超宗族的，超国界的。具有博大之爱的诗人、作家，决不会只爱自己，他们必定要超越自己，推己及人，把爱推向人民，推向祖国，推向全人类。他们能更深地理解人，并且相信，只要是人，他们的人性深处就必定潜藏着人类文明的因子，他们的灵魂就可以升华，就可以拯救，就可以再造和

---

① 鲁迅：《集外集拾遗·诗歌之敌》，载《京报》附刊《文学周刊》1925 年 1 月第 5 期。
② 鲁迅：《二心集·序》，上海合众书店 1932 年版。

重建。

正是这种广义的使命意识即广义的忧患意识,成为古今中外优秀作家最核心的主体意识。人类历史上一些深刻的、伟大的作家,都具有深沉的忧患意识,从司马迁、屈原到曹雪芹,从荷马到托尔斯泰,哪一个大作家不是充满这种忧患意识呢?杜甫的《茅屋为秋风所破歌》《兵车行》,柳宗元的《捕蛇者说》,所以千古不朽,就在于他们表现出伟大深邃的忧患意识,放射出人道主义的不朽光辉。这些优秀作家有一个共同的特点,就是对人间的痛苦有一种特别的敏感,他们好像天生有一种特殊的神经,能够敏锐地感受天下细微的忧思,就像母亲天生地能够感受儿子心中的一切很小的哀伤。任何人世间的痛苦,哪怕几乎是微不足道的痛苦,都会使他们不安,悲叹,甚至哭泣。他们往往比身受痛苦的人还要痛苦。而这正是作家最深邃的灵性,与世界之心、人类之心相通的灵性。刘鹗说,一切优秀的文学作品,都是在哭泣,都浸透着作家的眼泪。眼泪,正是人的灵魂的一部分。他说:"灵性生感情,感情生哭泣……《离骚》为屈大夫之哭泣;《庄子》为蒙叟之哭泣;《史记》为太史公之哭泣;《草堂诗集》为杜工部之哭泣;李后主以词哭;八大山人以画哭;王实甫寄哭泣于《西厢》;曹雪芹寄哭泣于《红楼梦》。"因此,他得出一个结论:"哭泣者,灵性之现象也,有一分灵性即有一分哭泣,而际遇之顺逆不与焉。"① 钱锺书先生在《谈艺录》中提出"写忧而造艺"的命题,其深刻性就在于,作家只有写忧,只有深邃的忧患意识,才能把自己独特的、深层的灵性表现出来,也才能使这种灵性与人间的心灵相通,从而担负起推动历史前行的责任。

这种忧患意识之所以是一种历史使命感,就在于具有这种意识的作家,不是盲目地对待世界和现实生活的进程。忧患意识来自赤子之心,来自对真善美的追求,来自对美好理想的憧憬。由于他们有更美好的参照物,因此,他们能清醒地看到现实的不足和缺陷,清醒地看到历史的局限性。即使在现实生活进程令人满意的时候,他也一方面正直地礼赞这种进程,另一方面居安思危,看到社会进步中所隐藏的危险,因此,这种作家总是充满着变革现实的激情,总是充满着补天的欲望,时时提醒人们注意疗治社会和避免灾难。他们的心弦与祖国、人民以及整个人类的命运息息相通,无时无刻不关心着人民的命运。作家的精神主体性发挥到最高度的时候,在心灵上简直把自己代替了上帝。黑格尔说:"苦恼意识是痛苦,这痛苦可以用一句残酷的话来表达,即上帝已经死了。"② 这就是说,作家不再幻想什么彼岸世界,不再相信有什么神仙上帝可以补救人间的缺陷。补救人间缺陷的历史责任是每一个人都应当担负的,尤其是作为人类灵魂工程师的作家更应当负责。作家必须转向自身,求诸于自己,自己规定自己,自己实现自己,用自己的作品去关心人民的疾苦,去提高人民的精神境界,去塑造美好的灵魂,还应当鼓励人民从世俗世界的邪恶中超越出来,去创造美好

---

① 清·刘鹗:《老残游记自序》,见郭绍虞、罗根泽编《中国近代文论选》(上),人民文学出版社1959年版,第214页。

② (德)黑格尔著:《精神现象学》下卷,贺麟、王玖兴译,商务印书馆1979年版,第231页。

的未来。

有的朋友会驳难说，难道写欢乐就没有历史使命感吗？写欢乐一般只能反映作家的表层情绪，杰出的喜剧家绝不是为笑而笑的作家，在他们的笑声背后也一定有某种深沉的东西，他们的笑也一定连着笑声之外的某种眼泪。果戈理、契诃夫、鲁迅的小说都是"含泪的笑"。可以说，没有眼泪，就没有文学。至少可以说，没有眼泪，就没有深邃的文学。悲剧文学是这样，喜剧文学也是这样。有的朋友还会驳难说，难道写歌颂性的作品就没有历史使命感？不，我们应当歌颂一切光明的、进步的事业，歌颂光明的、伟大的时代，但是，这种歌颂达到深刻性也只有两种途径，一是被歌颂的对象之所以值得歌颂，一定是它某种程度上改变了人们苦难的命运，疗治了人们心灵中的某种伤痕，解除了人世间某种物质上与精神上的囚牢。总之，它已在克服人间忧患中立下历史功勋，只有这种歌颂才是深刻的歌颂，才赋予歌颂性作品以深邃的灵魂。另外，深刻的歌颂性作品还要提醒被歌颂对象的某些局限性，关心伟大对象的命运，在歌颂中放入深邃的情感，只有这样，才不会使歌颂性的作品变成一种浅薄的田园牧歌式的作品。

我们要求作家应当具有历史使命感和社会责任感，这不是对作家的苛求，因为履行历史使命自身就是作家自我实现的一种方式。但是，作家履行历史使命和社会责任的时候，不是仅仅出于一种"理应如此"的需要，而是出于内心的需要，即"非如此不可"，领悟到这种外在的完成正是内在自我完成的途径，正是对自我本质的真正肯定，这样，历史使命感就化作自己的热血，自己的眼泪，一切履行历史责任的语言，都不是违心之论。这种状况，已达到"无意识"的状态，那么当他们去尽社会义务的时候，就达到完全自然的也是完全真诚的状态。我相信，只有在这个时候，作家的创造主体性才得到充分的实现。

(原载《文学评论》1985 年第 6 期)

论新时期文学的 "向内转"

鲁枢元

如果对西方现代文学现象稍作考查,便不难发现,20 世纪的文学较之 19 世纪的文学,在文学与人、文学与生活的关系方面进行了明显的调整,文学呈现出强烈的"主观性"和"内向性"。文学的"向内转",成了整个西方文艺从 19 世纪向 20 世纪过渡时的一个主导趋势,而令人讨厌的"现代派"们,却在这一历史性的转换中打了先锋。

如果对中国当代文坛稍微做一些认真的考查,我们就会惊异地发现:一种文学上的"向内转",竟然在我们 80 年代的社会主义中国显现出一种自生自发、难以遏止的趋势。我们差不多可以从近年来任何一种较为新鲜、因而也必然是存有争议的文学现象中找到它的存在。

首先是小说创作方面。粉碎"四人帮"后,文坛上出现了一种悖谬于传统写法的小说作品,例如所谓"三无小说"。这些小说,其实并不就是没有"情节""人物"和"主题",而只是在割舍了情节的戏剧性、人物的实在性、主题的明晰性之后,换来了基调的饱满性、氛围的充沛性、情绪的复杂性、感受的真切性。这类小说,成就高下不一,但共同的特点是:它们的作者都在试图转变自己的艺术视角,从人物的内部感觉和体验来看外部世界,并以此构筑起作品的心理学意义的时间和空间。小说心灵化了、情绪化了、诗化了、音乐化了。小说写得不怎么像小说了,小说却更接近人们的心理真实了。新的小说,在牺牲了某些外在的东西的同时,换来了更多的内在的自由。

其次,中国新时期文学的"向内转",还更早一些、更突出地表现在诗歌创作中。诗人以个性的方式再现情感真实的倾向加强了,诗歌的外在宣扬,让位于内向的思考,诗歌的重心转向了内在情绪的动态刻画,主题的确定性和思想的单一性让位于内涵的复杂性与情绪的朦胧性。正如谢冕同志指出的,新时期的诗歌,由对外在客观事物的铺叙描摹变为对于具有复杂意念的现代人心灵对应物的构建。也正如一位青年诗人的自述,新时期的诗歌,发生了由"客体真实"向"主体真实"的位移,发生了由"被动反映"向"主动创造"的倾斜。

上述"三无小说"和"朦胧诗",应该说都是新时期文学中一些极端的现象。极端的当然并不一定就是最好的,然而却是当代文学整体动势中最显眼、最活跃的一部分。

除了这些作品表现出较强烈的"向内转"倾向之外,一些选材和写法都倾向于传统的文学作品,受新时期文学这一总体趋势的牵动,也都或多或少地发生了某些"向内转"的倾斜和位移。比如,一贯以"炮火连天""杀声动地"为特定风格的我国军事题材的文学作品，也开始由传统的写敌我对垒、生死角逐之类的外部冲突，转为写生死关头人与人之间的"内心冲突"。又如张洁的长篇小说《沉重的翅膀》，是一部在艺术上和思想上都很有分量的现实主义的作品。关于这部小说的创作倾向，张洁在答联邦德国《明镜》周刊记者问时曾作过如此剖白："我的小说实际上不讲究情节，不在意对人物的外部描写，我更重视的是着力描写人物的感情世界，渲染一种特定的气氛，描述人物所处的处境，以期引起读者的感情上的共鸣，这样的叙述方法可以比作音乐。"张洁小说创作追求的显然是一种内向的小说美学。可以看出，题材的心灵化、语言的情绪化、主题的繁复化、情节的淡化、描述的意象化、结构的音乐化似乎已成了我们的文学最富当代性的色彩。

"内向化"的文学艺术观念已经成新时期中国人民审美意识中的一个主要因素。这是一个相当敏感而且容易引起争议的问题。因为在中国新时期文学"向内转"之前，确实存在着一个西方现代文学的"向内转"的问题。于是，中国当代"向内转"的文学是步西方现代派文学的后尘，是拾西方现代派文学的余唾，是西方现代派腐朽没落文学观在中国当代文坛上的回光返照，几乎就成了一个顺理成章的结论。然而，我觉得这只能是一个简单化的、错误的结论。

文学领域中的任何界限其实都是不容易划得很清的，应当承认，从某种意义上讲，文学具有世界的整体性。"向内转"的文学成了人类指向自身的"内探索"工程的一个重要方面。尽管外向的、写实性的、再现客观或模仿自然的文学创作仍然有着深厚广阔的地层，而内转的文学却已经显示出一种强劲有力的发展趋势。它像春日初融的冰在和煦灿烂的阳光下，裹挟着峻嶒的山石和冻土，冲刷着文学的古老峡谷。这是一种人类审美意识的时代变迁，是一个新文学创世纪的开始。

从这一广阔的背景考察，中国现代文学的"向内转"并非始于今日，而是早在五四运动前后就已经开始了。要在我国"五四"前后的文学运动中寻找文学"向内转"的迹象并不困难。在中国新文化运动的巨人鲁迅的文学创作中，"向内转"倾向恰恰得到了最突出的表现。鲁迅的散文诗《野草》属象征主义文学几乎已成定见。鲁迅的小说，除了一部分篇章表现手法较为写实、故事情节性较强、与批判现实主义的文学传统较为贴近外，还有更多的篇章，或者写人物的情绪体验、重在描述人物的心灵历程；或者写人物的病态或变态心理，重在解剖人的灵魂世界；或者写历史传说神话故事，重在暗示民族的文化心理结构。这些小说看上去往往不怎么像"小说"，而这些小说表现出来的"情绪性""心理性""象征性""暗示性"，却正是鲁迅小说区别于中国19世纪末的社会谴责小说和欧洲19世纪的批判现实主义小说的重要标志，这也正是20世纪初世界文学的富有代表性的色泽。从这个意义上讲，伟大的鲁迅不仅仅是属于中国现代文学的，也是属于世界现代文学的。

在进入20世纪30年代之后，文学"向内转"的进程在中国渐渐中止下来，同时，文学开始由内向转入外倾，这和中国社会独自的历史进程有关。自20年代后半期以来，中国人民为了自己民族和阶级的生死存亡竭尽全力地与外部世界进行着搏斗与抗争。在这场首先是求温饱、求生存的斗争中，中国人民需要一种集中的、一致的、外向的、实用的文学艺术活动。为此，有着强烈社会责任感的文学艺术家们便自觉地舍弃或变换自己的审美观念、艺术风格、文学趣味、文学体裁，这是十分可贵的。文学充任了工具和武器，不一定就是文学固有的属性，但却一定是我们革命文学的光荣，应当在我们的文学史上占据光辉的一页。

新中国成立后，按说，文学的"求人的温饱""求人的生存"已经应该渐渐转入"求人的丰富"和"求人的提高"，转入对于人的心灵的重新熔冶铸造。不幸的是，长期形成的一种"心理定式"起了作用，文学仍然被固定在"工具""武器"的框架上而未能进入更高的层次。50 年代至 60 年代初，在文学艺术界曾经出现了一些转折的迹象和苗头，一些有艺术眼光和艺术勇气的文学前辈曾提出了"现实主义广阔道路""现实主义深化""反题材决定论""文学是人学""写中间人物"等主张，希望我们的文学能深入到艺术和人心的地层中去，开拓出文学的新的领域和空间。然而整个社会生活中缺乏一种宽松谅解的气氛，这次文学改革尝试夭折了。更不幸的是又发生了为期十年的"文化大革命"，文学遂濒于灭绝。粉碎"四人帮"后，随着一个崭新的历史时期的到来，中国文学在走了一条迂回曲折、艰难困苦、英勇悲壮的历程之后，才终于又回到文学艺术自身运转的轨道上来。从"五四"到"四五"，历时近 60 年。

新时期文学的"向内转"，不仅是受到了世界现代文学的影响和诱发，也不仅仅是对于"五四"文学流向的赓续和发展，作为一种带有整体性的文学动势，它必然还有特定历史时期的中国社会文化心理方面的动因，比如：

（一）前摄因素的作用

"向内转"体现了浩劫过后某种强烈的社会心理对于文学艺术的需求。西方现代文学的两次"向内转"的高潮，分别与两次世界大战给人类带来的灾难有关。"文化大革命"也是一场灾难，而且与中国人民近代史上蒙受的其他灾难不同，人民受到的伤害更严重的是人性的扭曲和心灵的破裂，这是一种"内伤"。浩劫过后，痛定思痛，善良的人们在反省、在反思、在忏悔，心理上长期郁积下来的一层痛苦的情绪和体验需要疏通、需要发散、需要升华、需要化为再图奋进的思想和勇气。这种特定的社会心理状态，为新时期文学的"写心灵"提供了广阔的空间。

（二）逆反心理的导引

"向内转"是对长期以来束缚作家手脚的机械的创作理论的反拨。在特殊历史时期形成的那种急功近利的文艺创作心理定式的制约下，文学反映社会生活被理解为一种"镜映式"的反映，而"现实生活"又只被理解为生产斗争、阶级斗争之类的人的外指向的实际活动，甚至只被理解为当前的政治中心工作。于是，文学的视野长期被局限在一个狭窄、机械的天地里，失去了内在精神创造的灵动性和自由性，大量平板、粗直、空洞、枯燥的作品，倒尽了读者的胃口。逆反心理即是一种心理意义上的求新求异趋向。文艺欣赏和文艺创作中的那种明显的逆反心理，促动一大批中青年的诗人、作家充当了艺术叛逆者的角色。

（三）民族文化积淀的显现

"向内转"是新时期文学对于我国古代美学思想和文化传统另一脉系的继承和发扬。在美学领域，儒家文化强调审美与社会政治、伦理道德的关系，强调文学艺术的功利性，强调理性的创作过程；道家文化则强调审美和艺术创作的内在精神自由性，强调情感的自由抒发和自然表现，强调超脱一切法度之外的创作精神。大体可以说：儒家的文艺思想是外向的、具体的、实用的，较为接近"文艺社会学""文艺政治学""文艺伦理学"，道家的文艺思想是内向的、空灵的、思辨的，较为接近"文艺美学""艺术哲学""文艺心理学"。长期以来我们对道家的文艺思想采取彻底批判的态度，这是不公平的。新时期里，不只文学界，整个学术界谈玄论道的人突然多了起来，其中中青年学者居多，他们的"道行"虽然不深，但谈起"道"来却津津有味，而且多能心领神会。何以解释？只能说时代风潮使然。

（四）主体意识的觉醒

"向内转"体现了中国人民对于人自身认识的深化。由于封建主义思想和教条主义思想的侵害，新中国成立后，人的主体意识仍然在某些方面受到了长期的冷遇和压抑。领袖的偶像化、理论的教条化，使得本来属于人自身的力量物化了，愚钝化了。人自身的力量被忽视了，人成了被动的存在，人的个体独立性和精神创造性受到排斥，这对一个社会的发展是很不利的，对一个社会文学艺术的发展尤其不利。党的三中全会之后，随着思想解放运动的开展，人的主体意识自然成了一个风行的话题。刘再复同志的《论文学的主体性》文章的出现，本身就是一种引人瞩目的文学现象，尽管文章在概念和逻辑方面不一定无懈可击，但它却显示了文学理论向着文学内部的勇敢的探索，显示了中国当代文学对于文学自身的认识的深化，这显然是一种文学理论研究中的"向内转"。

如果站在时代的高度，回首新时期文学十年来所走过的路，尽管山花迷乱，尽管云遮雾障，其来龙去脉仍依稀可辨。从"伤痕文学"到"反思文学"，从"反思文学"到"寻求文学"，始而寻求失落多年的"自我"，继而寻求"自我"和"自己的文学"所赖以生存的"根"，寻求中华民族新的发展趋向。这十年里，文学对时代、对社会、对当代人的意识，进行了多么普遍而又深邃的探索！在这种探索过程中，文学始终透露出一种喷薄欲发的改革精神。这就是新时期里中国人民所走过的心理历程，也就是中国文学在新时期里留下的历史轨迹。谁能够说，"向内转"的文学不是属于时代的社会生活的呢？

（原载《文艺报》1986 年 10 月 18 日）

关于"重写文学史"专栏的对话

陈思和　王晓明

陈：关于"重写文学史"专栏办到今年年底的专辑收盘，这个想法是去年夏天专栏开办时就定下来的，现在就是最后一次了。这不是说关于这个题目已经无话可说，或无法再说，倒是因为这个话题在学术界已经引起了热烈的争论和普遍的关注，已经产生出许许多多的赞同、支持、反对的意见。既然要讲的话太多了，特别是前一阶段似乎成了不少报刊的热门话题，那就不必也不应由我们这个单薄的专栏来包打天下，或者说，专栏的结束意味着"重写文学史"的工作将在学术领域里更为深入和细致地展开。

王：其实，在1985年北京召开"中国现代文学研究创新座谈会"以后，"重写文学史"的工作就已经开始了。这本来是一项有明确的专业范围的学术活动，但从我们这个专栏开办以来，由于新闻媒介的报道和社会上各种读者的关注，它竟然成了文学理论界的一个热门话题，而且对"重写文学史"这个提法本身，也产生了一些非学术的歧义，至少在我个人看来，我们当初对这个提法的理解，和后来一些讨论者对它的理解，是有很多差异的。所以，今天我们作为专栏主持人的最后一次对话，是不是就先来谈谈我们自己对"重写文学史"这个提法的理解？这五个字实际上是包含了三层意思，第一是"重写"，第二是"文学史"，第三是"重写文学史"。

陈：我记得最初对这个提法有分歧意见的，是"重写"的提法不妥，最好是用"另写""改写"，也有的认为应该提"修改文学史"。

王：这些提法似乎有一个共同点，就是都不愿意说"重写"这个词，好像觉得"重写"就是用一种新的独断论来代替旧的独断论，颇有点"把颠倒的历史再颠倒过来"的味道。这其实是误解。"重写"的意思很简单，就是把你今天对现代文学的新的理解写下来。从道理上讲，我们自己每天都有变化，对人生也好，对文学也好，我们的认识也都会发展，只要你的思维尚未终止，你对世界，包括过去的文学，就总会有新的理解，这是非常自然的事情。你有了新的理解，当然就应该把它写下来，所以，我实在看不出我们有什么理由要回避"重写"这个词。

陈：在本专辑里有王富仁的一篇文章，他谈了"重写文学史"有两种含义，一种是广义的，一种是狭义的。所谓广义的重写文学史，是每一个研究文学史的人都应该做到的。中国现代文学不过七十多年，许多研究者本身就参与了这个与生活同步的文学运动和文学创作，只要他把自己整个身心投入到学术对象中去，由自己的生命感受来体会文学和人生，他的研究结论一定是个性的和有创造性的，因而总是对前人成果的发展，如果从学术的意义上说，这就是重写。每一个人所写的文学史，都不能不是"重写文学史"。所谓狭义的，我的理解是指在我们面前有一本以前的文学史，我们对它不满意,所以要修正、补充、发展前人的著作,也有些地方需要推倒重来,这也是正常的。每一个人在写文学史著作时,他的潜意识里总是隐藏着对前人著作的不满意,这样才能写出表达自己见解的书来。如果对前人的书都全盘接受,那就如你过去所说的,是抄写,或复写。

王:正常的文学研究,必然包括着各种各样的重读、重写和重新阐释。所以说,重写与改写、另写没有什么本质上的区别,任何学术活动都是在对前人成果的扬弃和批判上进行的。

陈:说到底,文学史是当代人对文学发展历史的一种整合。那么我们的现代文学史是在什么样的背景上整合出来的?把新文学史(或说现代文学史)作为高校中文系的一门基础课程是从50年代初开始的,由是产生第一批现代文学史的教材,也是第一批现代文学史的研究著作。因为这门学科一开始就有把教学与科研紧密结合的特点,它不可避免地包含了双重性质。首先,它是建国初期整个意识形态的一个组成部分,当时的情况是这样:一个新的国家刚刚诞生,上层建筑及其意识形态都在为巩固政权而展开工作,政治、教育、历史、哲学、法律、文学等社会科学领域都参与了这项工作,即通过各种途径向人们描绘中国革命是怎么走向胜利的,人民共和国是经过了怎样艰苦的斗争建立起来的。现代文学史从这个意义上讲具有教科书的性质,是有鲜明的目的与严格的内容规定的。但它同时还有另一种属性,那就是学术性,或者说是把现代文学作为一门独立的科学,去寻求现代中国人的审美经验是如何形成的,总结白话文学70年来在创作上的成功经验与不足,这就需要学术上的探索和审美上的体验。真理是需要经过反复检验的,科学研究只能是充分个性化的,探索的。我觉得,在特定历史和时代条件下教科书式的文学史与学术研究的文学史是不太一样的,至少在性质上和方式上,具体形式上都不太一样。

王:你说的这种教科书式的文学史阐述,本身并无可厚非。就中国现代文学史的教科书来说,政治标准必然要讲,但是,自从50年代中期开始,随着极"左"思潮的影响逐渐加深,这种注重政治标准的做法也逐渐发展到了一种畸形的地步,就是简单化地把中国现代文学史看作是一部在文学方面的政治思想斗争史,形成了按照政治标准将作家"排座次"的评判习惯。在这种情况下,政治理论成了唯一的出发点,只有在这种理论框架本身发生变动的情况下,现代文学史的阐述才会发生变化。一个突出的例子,就是"文革"期间对现代文学史的"重写",即那种"鲁迅走在金光大道上"的教科书的出现。我想,大概正是因为以往的现代文学研究中只出现过这种政治性的"重写",有些人才会习惯性地认为,你在今天提倡重写文学史,就说明你的政治立场发生了变化,是要用一种新的政治理论框架来取代原有的框架,因此,很自然就会断定你是在政治上离经叛道,甚至会产生那种要对"重写文学史"进行政治批判的热情。这实在是一种误解。

陈:中国具有悠久的政治和文化传统,它根深蒂固地使人们相信,一切文学史的描述仅仅只是"一些阶级胜利了,一些阶级消灭了"的历史在文学上一一对应的简单反映。所以我们今天讨论"重写"这个提法时,赞成者与反对者的思路都没有摆脱这种传统思维模式。为数不少的人都以为所谓"重写"文学史不过是把过去否定批判的作家作品重新加以肯定，把过去无条件肯定的东西加以否定。就好像我们都在烙饼一样，讨论者往往把话题集中在该不该翻动这个饼（有人说应该重写，有人说不应该重写），都忽略了讨论烙饼的另一个问题：怎样才能把饼做得更可口。你说得对，我们过去读的文学史，特别是在50年代中期以来日益严重的"左"的路线影响下写成的文学史，大都以文学领域的政治思想斗争为主要线索和脉络，而把文学的审美功能和审美标准放在从属面，甚至是可有可无的位置上。由50年代中期到"文革"，这个"文学史"的空白越来越多，不要说许多在历次政治运动中被迫害的作家以及他们的作品遭到禁止，而且许多地区性文学也无法研究。计算一下，30年代的沦陷区文学，40年代的国统区文学，五六十年代的台湾香港文学，都无法整合进这个文学史体系中去。从十一届三中全会到现在，随着冤假错案的平反昭雪与政治路线的拨乱反正，文学史的这个方面的内容又越来越多，内容的扩大必然带来新的矛盾，按照原来的体系框架无法解释以及正确评价这一切文学史内容，它无法自圆其说。

　　王：譬如有些作家在文学史上的主要成就表现在艺术性方面，放在以政治作为主要甚至唯一标准的文学史框架中，他们会变得不伦不类。

　　陈：沈从文去世前曾对一部文学史著作把他的名字夹在萧军、萧红与骆宾基当中感到愤愤然，其实就是因为沈从文所持的文学史标准与那部著作的标准不一致。平心一想，沈从文一定会释然了，如果算政治账的话，恐怕他连骆宾基也望尘莫及。（王：好像不是骆宾基，而是蒋牧良。）可以再查一下吧，那是沈从文给王渝的一封信里提到的，具体是谁倒不重要，它本身反映了一个很典型的问题。这几年人们对文学史的标准已经有所变化了，再坚持只用一种狭隘的政治标准来评判作家会是多么贫乏。

　　王：咱们实际上已转入了"名词解释"的第二个层次，就是"文学史"的含义。你刚才谈到的那种现代文学史的教科书，实际上已经不是严格意义上的"文学史"。它的出发点是政治理论，着眼点在现代文学的那一个政治意义的侧面，用的也主要是政治思想分析的方法，我觉得，这样的文学史从其主导方面来说，应属于政治学研究的领域。中国现代文学既然是中国现代历史的一个组成部分，大家就都可以拿它来做自己的研究材料，你文学史家可以用，思想史家可以用，我政治学家当然也可以用。倘若严格地从政治理论出发来研究中国现代作家和作品，那这样的研究也自有其政治学上的价值，这是没有问题的。但另一方面，这种政治学的现代文学史研究，并不能代替那种从文学角度进行的现代文学史研究。因为中国现代文学除了有那个政治性的侧面之外，还有它作为艺术的本身的那个侧面，而且在我看来，这个作为艺术的侧面应该是中国现代文学史研究的主体部分。我们所说的"重写文学史"一词中的"文学史"，正是指这种宽泛意义上的文学史，它既有政治的一面，更有艺术本身的一面，以及与此有关的其他许多侧面。既然着眼的对象本身就不同，那从文学角度进行的现代文学史研究的方法也就必然要和那种政治学的方法不同，它的出发点不再仅是特定的政治理论，而更是文学史家对作家作品的艺术感受，它的分析方法也自然不再仅是那种单纯的政治和阶级分析的方法，而是要深入运用各种不同的方法，尤其是审美的分析方法。我觉得，区分这两种不同的文学史研究，一种是侧重政治性的，一种是审美的综合性的，是非常重要的事情，它们各有自己的存在价值，我们过去经常把它们混淆起来，甚至以前者代替后者。

陈：讲到底，还是恩格斯评论歌德时所讲的，我们不是用道德的、党派的观点评论歌德，而是要用美学的、历史的观点评论歌德。我倒是觉得前一种观点也不失为一种批评标准，但与后一种是不同的。这两种不同标准，不同观点，可以构成两种完全不同的文学史。本专辑发表刘纳的论文，就是从历史的美学的观点重新整合了"五四"初期的一段文学史，材料还是原来的材料，但标准不一样，得到的感受则是新鲜的，有启发性的。

王：它们各有各的不可替代的价值。

陈：正是鉴于目前文学史研究中把这两种批评标准相混淆——因为今天人们谈中国现代文学中的政治思想史的时候，他们在主观上并不是把它作为这样一种定义来谈的，而是把它作为整体的文学史标准，这是概念的混淆、标准的混淆。我们现在提出"重写文学史"是希望严格地在历史和审美的标准范围内谈这些问题的。这里的区别非常清楚，在政治的观点下的文学史研究，只能在政治的统一认识发生变化以后才必然地、不得不进行重写；而历史的审美的观点下的文学史研究，它本身就是一种个性化的、不断纠正前人见解的学术活动，没有扬弃与批判，就没有学术的进步。"重写文学史"的学术动机和实际效应，不过是在原有的政治教科书式的标准旁边另外讨论一个或一些研究标准，而不是取而代之，更不存在推翻以往文学史的政治结论，把过去的文学史定论统统翻过来的意思。

王：这实际上是两个完全不同的研究角度，它们的对象、出发点和研究标准都是不同的。打个比方，就好像一是造屋，一是架桥。桥和屋都是人们所需要的，但你不能用造屋的方法来架桥，也不能反过来把架桥的方法搬去造屋。如果说我们以前经常是在用造屋的方法来强行架桥，并且说这就是架桥的唯一方法，那我们今天提出"重写文学史"，就是要区分清楚：造屋和架桥是两种并不相同的事情，不能把它们混为一谈。

陈：我们现在提出"重写文学史"实际上正是在文学史研究的性质发生改变的时期，是现代文学史作为一门独立的学科逐步走向成熟的时期。这种结果在近十年来学术研究发展中是必然会发生的。我们不妨回顾一下，这十年来，在十一届三中全会以后，广大现代文学史研究工作者做了哪些事。一是原始材料的丰富积累；在1985年以前，现代文学的主要成果体现在社科院文学所等单位联合编撰的两套资料集上，一套是中国现代文学研究资料，一套是中国当代文学研究资料，这是一项规模巨大、内容繁复的资料收集工程。通过这次实践，原来政治教科书式的文学史所整合的体系被打破了，大量的资料收集不但开拓了人们的学术视野，也树立起一种不同于过去通行的观点的研究标准。二是1985年以后的学术活动，一大批中青年学者从新获得的丰富的文学材料中不但产生了对具体作家作品做出新的阐释的热情，也自然而然地产生了重新整合现代文学史的要求。1985年学术界讨论"二十世纪文学"就是一个标志,"重写文学史"是顺理成章提出来的。从大背景上说,这一发展变化正是文学史研究领域坚持了十一届三中全会路线的结果。试想一下,没有肯定实事求是的精神,怎么可能收集并出版如此规模的研究资料集?没有肯定思想解放路线,怎么可能冲破原来"左"的僵化教条的思想路线,在政治教科书式的文学史以外确立新的审美批评标准?怎么可能为那许多遭诬陷、遭迫害的作家作品恢复名誉和重新评价?我们只要是用向前看的立场观点,满腔热情地肯定三中全会的思想路线,而不是用倒退到"文革"甚至倒退到50年代中期的眼光来审视这十年现代文学研究工作的发展,就很可以理解我们现在所走的这一步。

王:这就已经说到释名的第三个层次了。有些同行看了我们这个专栏的文章,觉得它们大都是在作"微观"研究,分析一些具体的作家作品和理论现象,就有些不满意,认为太缺乏那种"史"的宏观气势,有人更明确提出,希望能尽快拿出一部新的文学史来。但是,我们所理解的"重写文学史",并不是指很快地拿出一部新的文学史来,更不是指很快地拿出一部"最好"的文学史来。我们现在想做的,或者说现在能做的,只是澄清以往文学史研究中的那些混淆和错觉,把文学史研究从那种仅仅以政治思想理论为出发点的狭隘的研究思路中解脱出来。也可以这样说吧,是为那种历史的审美的文学史研究,为那种研究能够在将来大踏步地前进,做一些铺路的工作。

陈:对,我们今天所做的工作,都是围绕着一点,就是对原来现代文学史上的各种结论,提出某种质疑,或者说提供一种怀疑的可能性。这种怀疑的可能性,我们是在我们所谈的历史的审美的文学史这一范畴里提出来的,是对过去把政治作为唯一标准研究文学史的结果的怀疑。怀疑是任何科学进步的前提,但怀疑不等于否定,这是很明了的。我怀疑一种现成的结论,但这个结论不一定就是错的,它通过被质疑、被重新评估以后,仍然证明它是对的,管用的,那么它同样可以在学术领域中站住脚,应该被认可。如果那些结论在质疑中暴露了某些自身的缺陷,得到了应有的修改,或重新评价,甚至淘汰,那原本是学术进步的表现,也应该被理解。而且怀疑可以多种角度,我们专栏不过是提供了其中一个角度而已。

王:对。所以我想,现在就要想很快地拿出一本新的现代文学史,与以前的文学史都不一样,那恐怕是很难的。我们对以往文学史研究的结论还没有展开充分的质疑和检验,那种研究标准混淆不清的局面还没有得到澄清,你怎么可能写出新的文学史来?硬要写,就还是只能像以前那样自相矛盾:把几种标准混淆在一起……(**陈**:非驴非马)是非驴非马。只有在分清两种不同的文学史研究之后,还得加上有正常的学术环境,人们才可能写出真正富于创见的新的文学史,真正"历史的和审美的"现代文学史。

陈:不过这里有一个问题要补充一下,就是我们所说的历史的和审美的观点两者是不可分的。文学史研究必须有历史的视角,考察文学发展现象所含有的历史文化内容。如果离开了历史而谈审美,这当然也是一种文学批评的标准,但很难构成文学史研究。光用审美的视角回顾文学史，看到的也许如茫茫云海上的几座群山之巅，只是抽去了时间意义的一些零星的孤立的文学高峰，却无法寻找出它们之间的联系。而且，这点不解释清楚的话，恐怕会引起误解，误以为我们是在提倡什么"纯而又纯的美"，而排斥文学史上的非文学因素，特别是政治、社会的因素了。

王：这个问题应该讲清楚。我们对人类生活中的政治因素，不能理解得过于简单。在我看来，人类生活中的政治因素至少有这样两个层次：一个是观念的层次，表现为各种系统的政治理论和明确的政治信仰，以及由这些理论和信仰指导下的政治活动；另一个是情绪性的心理的层次，表现为各种模糊的"政治无意识"，存在于人的各种情绪和下意识冲动，包括人的审美情绪当中。就拿现代作家来说，不但他的党派立场和政治信仰，是具有政治意义的，就是他的文学作品，甚至他的作品的艺术形式，也同样包含和凝结着政治意义，只不过这种政治意义不是作为独立的成分单独存在，而是作为艺术创造的有机部分，与其他各种因素混合在一起。因此，那种一听见提倡"审美"研究，就以为是在排斥政治因素的想法，其实是很大的误解。对文学作品的审美分析，不但本身必然包含着对政治因素的把握，而且这种对文学作品的深层政治意义的把握，往往有时还比那种光只盯着政治观念的政治性分析，在政治学的意义上更深刻一些。

陈：也许，历史的审美的观点主要体现为一个视角。其实中国"五四"以来的新文学运动本身是与政治现实斗争分不开的，我们过去的研究工作，包括我们的论著，从来就没有排斥或回避这一点，我们说巨大的历史内容，即从人类文化的进步性、从中国社会的进步性的角度来考察过去文学史现象的意义，这就是最大的政治。

王：也可以这样说，单是拿观念来解释我们生活中的政治因素，那实际上是把政治的丰富内容简化了，也把它对人类生活的深刻影响浅化了。

陈：是不是可以这样理解，刚才我们区分的两种文学史，如从政治的角度来写的文学史，实际上是从政治立场出发，把文学当作政治主张的注脚，或者是某种政治理论演绎的工具。我们所谈的历史的审美的文学史就是从历史审美的角度谈包括政治在内的中国文学的发展史。

王：说到历史，我立刻想到了"历史主义"这个词。我看到有好几种对"重写文学史"的评论意见，都认为"重写文学史"是过多地强调了当代性，而缺少"历史主义意识"。

陈：我觉得对"历史主义"这个词也要作具体分析。什么是历史主义？有的研究往往是望文生义。巴勒克拉夫《当代史学主要趋势》中解释历史主义，指出它曾是德国史学界的一种流行观点，核心是强调历史发展中独特的、精神的和变化的领域，研究"个别事实"，历史学家只有通过直觉才能理解历史。这样历史主义显然是唯心主义的。还有一种解释，那是指哲学意义上的历史主义，即指历史唯物主义，强调从人类物质生产活动的角度来考察历史事件的进步性与反动性。现在人们用的历史主义，有点这种意思，但又不很像，他们似乎是说：对文学史上的许多现象，文学作品的价值，应该把它们放到当时的历史环境下，确认它们在当时起过的进步作用，由此来肯定它们在文学史上的地位，而不能站在今天的认识水平上抹杀它们的价值。这个话一般地看是不错的，谁也不会不同意。但如果说，站在今天的认识水平上对历史现象作重新评价就是反历史主义，那我是不能同意的。因为人们对历史的认识，总是在发展变化的，人们总是用批判的眼光去看待历史，这本来就符合历史主义的，关键只在于人们在时间上离历史事件的距离愈远，往往对历史事件的真实面目看得更客观，更全面。因为参照系不一样，人处于具体历史环境下的时候，不能不受到此时此地气氛的感染，主观因素可能更强烈一些，而时间隔得越远久，参照系不但包括此时此地的因素，还加入了时间的一维，即检验历史事件在以后的岁月中产生怎样的效应。在这个意义上，当代性与历史性是不矛盾的。

王：经你这样一分析，我们就可以看得很清楚，有些强调"历史主义"的观点，实际上是把当代性和历史主义看作两个彼此对立的东西，这无论对当代性还是对历史主义，恐怕都有很大的误解。比方说吧，我做一件事情然后当场写下来，这"写"本身，就已经是一种事后的追述，并不是那原来的"做事情"了。从这个意义上讲，我们所知道的过去的任何一段历史，都不过是前人或我们自己对这段历史的一种描述，要完全复原过去的历史现象，在逻辑上是不可能的。因此，那些我们以为是客观历史的东西，实际上都只是前人对历史的主观理解，那些我们以为是与这"客观历史"相符合的"历史主义意识"，实际上也只是前人的"当代意识"而已。举一个现代文学史上的例子，就是蒋光慈。对他的创作的评价，我知道至少就有这样两种：一是 30 年代中期出版的《中国新文学大系》的编选者，如鲁迅、茅盾、朱自清等人，无论是小说卷、诗歌卷还是散文卷，都没有收入蒋光慈的作品，在各自的长篇导言里，也都不提他的名字，显然是认为他不够格。另一个是 50 年代中期以后出版的现代文学史教科书，大都给蒋光慈相当突出的篇幅，热烈地推崇他的作品，包括 1927 年以前的作品的思想意义。这两种评价截然不同，可你能说它们谁是从当代意识出发，谁又是从历史主义意识出发吗？它们实际上只是体现了评价者各自不同的当代意识罢了。如果说在这不同的当代意识当中，谁的时间最早，就最具有历史主义意识，我想那些责备我们缺乏历史主义意识的论者，大概也不会同意吧。

陈：还有一种情况是历史现象本身包含着复杂内涵。譬如说，老作家巴金在"五四"时期曾接受无政府主义，并宣传过它。在 50 年代，他为此受到了姚文元等人的批判，姚的逻辑是：无政府主义是反动思潮，巴金信仰过无政府主义，所以巴金就是反动的，巴金的作品也都是反动的。他甚至连《家》都不放过批判。到了 80 年代，研究者一般不再这样看问题了，他们从当时的具体情况出发，认识到无政府主义思潮虽然有反动的一面，但在"五四"初期的特定历史条件下，主要体现了一种强烈的反强权思想，而在当时，中国社会的强权就是封建军阀强权、帝国主义侵略的强权，于是无政府主义才吸引了许多知识分子。这样对无政府主义的看法也许更全面一些，对巴金早期思想与作品的认识、注释也不一样了。从历史的角度来讲，无政府主义思潮的复杂性是客观存在的，就看你是从怎样的一种角度来理解，来整合。这种理解与整合的出发点，实际上只能是一种当代性的参照系，或者是 50 年代的当代性，或者是 80 年代的当代性，没有一成不变、与当代完全隔绝的历史。现在强调历史主义的人们，多半是把从 50 年代的"当代"性整合出来的历史认定为"客观历史"，认定是不朽的，不允许任何变更，这倒是真正离开历史主义了。

王：我们刚才是谈了"重写文学史"的释名，政治性和审美性两种不同标准的文学史研究，以及所谓历史主义与当代性的关系。实际上，这只是近来"重写文学史"讨论中表现得比较明显的几个问题，也可以说是理论性并非很强的问题。就学术领域来讲，更值得我们注意的恐怕是另一些问题，譬如文学史研究的主观性，或者说主观性与科学性的关系，等等。讲清这些问题，是不容易的，但也因为这样，我们的兴趣就更大。可惜这一次时间不够，只有留待以后再来讨论了。

（原载《上海文论》1989 年第 6 期）

躲避崇高

王 蒙

"五四"以来，我们的作家虽然屡有可怕的分歧与斗争，但在几个基本点上其实常常是一致的。他们中有许多人有一种救国救民、教育读者的责任感：或启蒙，或疗救，或团结人民鼓舞人民打击敌人声讨敌人，或歌颂光明，或暴露黑暗，或呼唤英雄，或鞭挞丑类……他们实际上确认自己的知识、审美品质、道德力量、精神境界，更不要说是政治的自觉了，是高于一般读者的。他们的任务和使命是把读者也拉到推到煽动到说服到同样高的境界中来。如果他们承认自己的境界也时有不高，有一种讲法是至少在运笔的瞬间要"升华"到高境界来。写作的过程是一个升华的过程，阅读的过程是一个被提高的过程，据说是这样。所以作品比作者更比读者更真、更善、更美。作品体现着一种社会的、道德的与审美的理想，体现着一种渴望理想与批判现实的激情。或者认为理想已经实现，现实即是理想，那就是赞美新的现实（今天的现实）与批判旧的现实（昨天的现实）的激情。作品有着一种光辉，要用自己的作品照亮人间；那是作者的深思与人格力量，也是时代的"制高点"所发射出来的光辉。有一分热，发一分光；吃的是草，挤出来的是牛奶，做灵魂的工程师（而不是灵魂的蛀虫），点燃自己的心，照亮前进道路上的黑暗与荆棘……等等，这些话我们不但耳熟能详也身体力行。尽管对于什么是真善美什么是假恶丑我们的作家意见未必一致，甚至可以为之争得头破血流直至你死我活，但都自以为是，努力做到一种先行者、殉道者的悲壮与执着，教师的循循善诱，思想家的深沉与睿智，艺术家的敏锐与特立独行，匠人的精益求精与严格要求。在读者当中，他们实际上选择了先知先觉的"精英"（无近年来的政治附加含义）形象，高出读者一头的形象。当然也有许多人努了半天力做不到这一点，那么他们牵强地、装模做样地乃至作伪地也摆出了这样的架势。

当然，在老一辈的作家当中也有一些温柔的叙述者，平和的见证者，优雅的观赏者。比如沈从文，周作人，林语堂乃至部分的谢冰心。但他们至少也相当有意识地强调着自己的文人的趣味、雅致、温馨、教养和洁净；哪怕不是志士与先锋直到精美的文学，至少也是绅士与淑女的文学。

我们大概没有想到，完全可能有另外的样子的作家和文学。比如说，绝对不自以为比读者高明（真诚、智慧、觉悟、爱心……）而且大体上并不相信世界上有什么太高明之物的作家和作品，不打算提出什么问题更不打算回答什么问题的文学，不写工农兵也不写干部、知识分子，不写革命者也不写反革命，不写任何有意义的历史角色的文学，即几乎是不把人物当作历史的人社会的人的文学；不歌颂真善美也不鞭挞假恶丑乃至不大承认真善美与假恶丑的区别的文学，不准备也不许诺献给读者什么东西的文学，不"进步"也不"反动"，不高尚也不躲避下流，不红不白不黑不黄也不算多么灰的文学，不承载什么有分量的东西的（我曾经称之为"失重"）文学……

然而这样的文学出现了，而且受到热烈的欢迎。这几年，在纯文学作品发行销售相当疲软的时刻，一个年轻人的名字越来越"火"了起来。对于我们这些天降或自降大任的作家来说，这实在是一个顽童。他的名言"过去作家中有许多流氓，现在的流氓则有许多是作家"（大意）广为流传。他的另一句名言"青春好像一条河，流着流着成了浑汤子"，头半句似乎有点文雅，后半句却毫不客气地揶揄了"青春常在""青春万岁"的浪漫与自恋。当他的一个人物津津有味地表白自己"像我这样诡计多端的人……"的时候，他完全消解了"诡计多端"四个字的贬义，而更像是一种自我卖弄和咀嚼。而当他的另一个人物问自己"是不是有点悲壮"的时候，这里的悲壮不再具有褒义，它实在是一个谑而不虐或谑而近虐（对那些时时摆出一副悲壮面孔的人来说）的笑话。他拼命躲避庄严、神圣、伟大，也躲避他认为的酸溜溜的爱呀伤感呀什么的。他的小说的题目《玩的就是心跳》《千万别把我当人》《过把瘾就死》《顽主》《我是你爸爸》以及电视剧题目《爱你没商量》，在悲壮的作家们的眼光里实在像是小流氓小痞子的语言，与文学的崇高性实在不搭界，与主旋律不搭界，与任何一篇社论不搭界。他的第一人称的主人公与其朋友哥们儿经常说谎，常有婚外的性关系，没有任何积极干社会主义的表现，而且常常牵连到一些犯罪或准犯罪案件中，受到警察、派出所、街道治安组织直到单位领导的怀疑审察，并且满嘴俚语、粗话、小流氓的"行话"直到脏话。（当然，他们也没有有意地干过任何反党反社会主义或严重违法乱纪的事）。他指出"每个行当的人都有神化自己的本能冲动"。他宣称"其实一个元帅不过是一群平庸的士兵的平庸的头儿"，他明确指出："我一向反感信念过于执着的人。"

当然，他就是王朔。他不过三十三、四岁，他1978年才开始发表第一篇小说，他的许多作品被改编为电影、电视剧，他参加并领衔编剧的《编辑部的故事》大获成功。许多书店也包括书摊上摆着他的作品，经营书刊的摊贩把写有他的名字的招贴悬挂起来，引人注目，招揽顾客。而且——这一点并非不重要，没有哪个单位给他发工资和提供医疗直至丧葬服务，我们的各级作家协会或文工团、剧团的专业作家队伍中没有他的名字，对于我们的仍然是很可爱的铁饭碗、铁交椅体制来说，他是一个"0"。一面是群众以及某些传播媒介的自发地对于他的宣传，一面是时而传出对王朔及王朔现象的批判已经列入大批判选题规划、某占有权威地位的报刊规定不准在版面上出现他的名字、某杂志被指示不可发表他的作品的消息，一些不断地对新时期的文学进行惊人的反思、发出严正的警告、声称要给文艺这个重灾区救灾的自以为是掌舵掌盘的人士面对小小的火火的王朔，夸也不是批也不是，轻也不是重也不是，盯着他不是闭上眼也不是，颇显出了几分尴尬。

这本身，已经显示了王朔的作用与意义了。

在王朔的初期的一些作品中，确实流露着一种玩世不恭的态度。他的第一部长篇小说《玩的就是心跳》的主人公，甚至对什么是已经发生或确实发生的，什么是仅仅在幻想中出现而不曾发生的也分不清了。对于他来说，人生的实在性已经是可疑的了。遑论文学？已经有人著文批评王朔故作潇洒了。因为他更多地喜欢用一种满不在乎绝不认真的口气谈论自己的创作："玩一部长篇""哄读者笑笑""骗几滴眼泪"之类。"玩"当然不是一个很科学很准确更不是一个很有全面概括力的字眼。王朔等一些人有意识地与那种"高于生活"的文学、教师和志士的文学或者绅士与淑女的文学拉开距离，他们反感于那种随着风向改变、一忽儿这样一忽儿那样的诈诈唬唬，哭哭啼啼，装腔作势，危言耸听。他不相信那些一忽儿这样说一忽儿那样说的高调大话。他厌恶激情、狂热、执着、悲愤的装神弄鬼。他的一个人物说：

> 我一点也不感动……类似的话我……听过不下一千遍……有一百次到两百次被感动过。这就像一个只会从空箱子往外掏鸭子的魔术师……不能回回都对他表示惊奇……过分的吹捧和寄予厚望……有强迫一个体弱的人挑重担子的嫌疑……造就一大批野心家和自大狂。（《野兽凶猛》）

他和他的伙伴们的"玩文学"，恰恰是对横眉立目、高踞人上的救世文学的一种反动。他们恰似一个班上的不受老师待见的一些淘气的孩子。他们颇多智商，颇少调理，小小年纪把各种崇高的把戏看得很透很透。他们不想和老师的苦口婆心而又千篇一律、指手画脚的教育搭界。他们不想驱逐老师或从事任何与老师认真做对的行动，因为他们明白，换一个老师大致上也是一丘之貉。他们没有能力以更丰富的学识或更雄辩的语言去战胜老师。他们唯一的和平而又锐利的武器便是起哄，说一些尖酸刻薄或者边应付边耍笑的话，略有刺激，嘴头满足，维持大面，皆大欢喜。他们惟妙惟肖地模仿着老师亵渎着师道的尊严，他们故意犯规说一些刺话做一些小动作，他们的聪明已先洞悉老师的弱点，他们不断地用真真假假的招子欺骗老师使老师入套，然后他们挤挤眼，哄大家笑笑，并在被老师发现和训斥的时候坚持自己除了玩、逗笑外是这样善良和纯洁，决无别的居心目的。他们显然得意于自己的成功。他们不满意乃至同样以嘲笑的口吻谈论那些认真地批评老师的人，在他们看来，那些人无非要取代现有的老师的位置，换一些词句，继续高高在上地对他们进行差不多同样的耳提面命的教育。他们差不多是同样地冥顽不灵与自以为是。他的一个人物说，既然人人都自以为是，和平相处的唯一途径便是互相欺骗。

是的，亵渎神圣是他们常用的一招。所以要讲什么"玩文学"，正是要捅破文学的时时绷得紧紧的外皮。他的一个人物把一起搓麻将牌说成过"组织生活"，还说什么"本党的宗旨一贯是……你是本党党员本党就将你开除出去，你不是……就将你发展进来——反正不能让你闲着。"（《玩的就是心跳》）这种大胆妄言和厚颜无耻几乎令人拍案："是可忍孰不可忍？"但是我们必须公正地说，首先是生活亵渎了神圣，比如江青和林彪摆出了多么神圣的样子演出了多么拙劣和倒胃口的闹剧。我们的政治运动一次又一次地与多么神圣的东西——主义、忠诚、党籍、称号直到生命——开了玩笑……是他们先残酷地"玩"了起来的！其次才有王朔。

多几个王朔也许能少几个高喊着"捍卫江青同志"去杀人与被杀的红卫兵。王朔的玩世言论尤其是红卫兵精神与样板戏精神的反动。陈建功早已提出"不要装孙子"（其实是装爸爸），王安忆也早已在创作中回避开价值判断的难题。然后王朔自然也是应运而生。他撕破了一些伪崇高的假面。

而且他的语言鲜活上口，绝对地大白话，绝对地没有洋八股、党八股与书生气。他的思想感情相当平民化，既不杨子荣也不座山雕，他与他的读者完全拉平，他不但不在读者面前升华，毋宁说，他见了读者有意识地弯下腰或屈腿下蹲，一副与"下层"的人贴得近近的样子。读他的作品你觉得轻松地如同吸一口香烟或者玩一圈麻将牌，没有营养，不十分符合卫生的原则与上级的号召，谈不上感动……但也多少地满足了一下自己的个人兴趣，甚至多少尝到了一下触犯规范与调皮的快乐，不再活得那么傻那么累。

他不像有多少学问，但智商蛮高，十分机智，敢砍（侃）敢抡，而又适当搂着——不往枪口上碰。他写了许多小人物的艰难困苦，却又都嘻嘻哈哈，鬼精鬼灵，自得其乐，基本上还是良民。他开了一些大话空话的玩笑，但他基本不写任何大人物（哪怕是一个团支部书记或者处长），或者写了也是他们的哥们儿他们的朋友，绝无任何不敬非礼。他把各种语言——严肃的与调侃的，优雅的与粗鄙的，悲伤的与喜悦的——拉到同一条水平线上。他把各种人物（不管多么自命不凡），拉到同一条水平线上。他的人物说："我要做烈士"的时候与"千万别拿我当人"的时候几乎呈现出同样闪烁、自嘲而又和解加嬉笑。他的"元帅"与黑社会的"大哥大"没有什么原则区别，他公然宣布过。

抡和砍（侃）在他的作品中，在他的人物的生活中，起着十分重大的作用。他把读者砍得晕晕忽忽，欢欢喜喜。他的故事多数相当一般，他的人物描写也难称深刻，但是他的人物说起话来真真假假，大大咧咧，扎扎剌剌，山山海海，而又时有警句妙语，微言小义，入木三厘。除了反革命煽动或严重刑事犯罪的教唆，他们什么话——假话、反话、刺话、荤话、野话、牛皮话、熊包话直到下流话和"为艺术而艺术"的语言游戏的话——都说。（王朔巧妙地把一些下流话的关键字眼改成无色无味的同音字，这就起了某种"净化"作用。可见，他绝非一概不管不顾。）他们的一些话相当尖锐却又浅尝辄止，刚挨边即闪过滑过，不搞聚焦，更不搞钻牛角。有刺刀之锋利却决不见红。他们的话乍一听"小逆不道"，岂有此理；再一听说说而已，嘴皮子上聊做发泄，从嘴皮子到嘴皮子，连耳朵都进不去，遑论心脑？发泄一些闷气，搔一搔痒痒筋，倒也平安无事。

承认不承认，高兴不高兴，出镜不出镜，表态不表态，这已经是文学，是前所未有的文学选择，是前所未有的文学现象与作家类属，谁也无法视而不见。不知道这是不是与西方的什么"派"什么"一代"有关，但我宁愿意认为这是非常中国非常当代的现象。曲折的过程带来了曲折的文学方式与某种精明的消解与厌倦，理想主义受到了冲击，教育功能被滥用从而引起了反感，救世的使命被生活所嘲笑，一些不同式样的膨胀的文学气球或飘失或破碎或慢慢撒了气，在雄狮们因为无力扭转乾坤而尴尬、为回忆而骄傲的时候，猴子活活泼泼地满山打滚，满地开花。他赢得了读者，它令人耳目一新，虽然很难说成清新，不妨认作"浊新"。此亦一是非彼亦一是非，和光同尘。大贤隐于朝,小贤隐于山野;他呢,不大不小,隐于"市"。他们很适应四项原则与市场经济。

当然,王朔为他的"过瘾"与"玩"不是没有付出代价。他幽默、亲切、生动、超脱、精灵、自然,务实而又多产。然而他多少放弃了对于文学的真诚的而不是虚伪的精神力量的追求。他似乎倾倒着旧澡盆的污水,以及孩子。不错,画虎不成反类鼠,与其做一个张牙舞爪的要吃人又吃不了的假虎,不如干脆做一只灵敏的猴子,一只千啼百啭的黄莺,一条自由而又快乐的梭鱼;但是毕竟或迟或早人们仍然会想念起哪怕是受过伤的、被仿制伪劣过也被嘲笑丢份儿过的狮、虎、鲸鱼和雄鹰。在玩得洒脱的同时王朔的作品已经出现了某些"靠色"(重复或雷同)、粗糙、质量不稳定的状况。以他之聪明,他自己当比别人更清楚。

王朔的创作并没有停留在出发点上。其实他不只是"痞子"般地玩玩心跳,他的不长的长篇小说《我是你爸爸》中充满了小人物特别是小人物的儿子的无可奈何的幽默与辛酸,滑稽中不无令人泪下的悲凉乃至寂寞。他的《过把瘾就死》包含着对于以爱的名义行使的情感专制的深刻思考,女主人公歇斯底里地捆住男主人公的手脚,用刀逼着他说"我爱你"的场面接触到人性中相当可悲亦可怖的一面;主人公虽不乏王朔式的痞子腔调与行状,毕竟也"体会到了一种从未有过的激情。那种巨大的……过去我从来不相信会发生在人类之间的激情……"自称"哄""玩"是一回事,玩着玩着就流露出一些玩不动的沉重的东西,这也完全可能。而他的短篇小说《各执一词》,实际上包含着强烈的维护青年人不受误解、骚扰与侮辱的呼吁。如果我说这篇小说里也有血泪,未必是要提一提这位"玩主"的不开的壶。

王朔会怎么样呢?玩着玩着会不会玩出点真格的来呢?保持着随意的满不在乎的风度,是不是也有时候咽下点苦水呢?如果说崇高会成为一种面具,洒脱和痞子状会不会呢?你不近官,但又不免近商,商也是很厉害的。它同样对于文学有一种建设与扭曲的力量。作为对你有热情也有宽容的读者,该怎么指望你呢?

(原载《读书》1993 年第 1 期)

旷野上的废墟
——文学和人文精神的危机

王晓明[*]

主持人：王晓明，华东师大中文系教授
参加者：张宏，华东师大中文系博士研究生
　　　　　徐麟，华东师大中文系文学博士
　　　　　张柠，华东师大中文系硕士研究生
　　　　　崔宜明，华东师大哲学系博士研究生
时　间：1993 年 2 月 18 日
地　点：华东师范大学第九宿舍 625 室

王晓明（以下简称王）：今天，文学的危机已经非常明显，文学杂志纷纷转向，新作品的质量普遍下降，有鉴赏力的读者日益减少，作家和批评家当中发现自己选错了行当，于是踊跃"下海"的人，倒越来越多。我过去认为，文学在我们的生活中占有非常重要的地位，现在明白了，这是个错觉。即使在文学最有"轰动效应"的那些时候，公众真正关注的也并非文学，而是裹在文学外衣里面的那些非文学的东西。可惜我们被那些"轰动"迷住了眼，直到这一股极富中国特色的"商品化"潮水几乎要将文学界连根拔起，才猛然发觉，这个社会的大多数人，早已经对文学失去兴趣了。

照我的理解，爱好文学、音乐或美术，是现代文明人的一项基本品质。一个人除了吃饱喝足、建家立业，总还有些审美的欲望吧？他对自己的生存状况，也总会有些理不大清楚的感受需要品味，有些无以名状的疑惑想要探究？在某些特别事情的刺激下，他的精神潜力是不是还会突然勃发，就像老话说的神灵附体那样，眼睛变得特别明亮，思绪一下子伸到很远很远，甚至陶醉在对人生的全新感受之中，久久不愿意"清醒"过来？假如我们确实如此，那就会从心底里需要文学、需要艺术，它正是我们从直觉上把握生存境遇的基本方式，是每个个人达到精神的自由状态的基本途径。正是从这个意义上，文学自有它不可亵渎的神圣性。尤其在 20 世纪的中国，大多数人对哲学、史学以至音乐、美术等等的兴趣，都明显弱于对文学的兴趣，文学就更成为我们发展自己精神生活的主要方式了。因此，今天的文学危机是一个触目的标志，不但标志了公众文化素养的普遍下降，更标志着整整几代人精神素质的持续恶化。文学的危机实际上暴露了当代中国人人文精神的危机，整个社会对文学的冷淡，正从一

---

[*] 本文是 1993 年 2 月王晓明主持"批评家俱乐部"的会谈记录。

个侧面证实了，我们已经对发展自己的精神生活丧失了兴趣。

张宏（以下简称宏）：我想从创作现象来谈谈对文学危机的看法。按照我的理解，这种危机在作家创作方面有两种表现，一是媚俗，一是自娱。其实这两种方式倒是中国传统文学观念的延续。自古以来，文章乃"经国之大业，不朽之盛事"，看似把文学抬到了一个极高的地位，其实所谓"大业"和"盛事"，只是帝王的业和事。到了现代，帝王的事业不复兴旺，文学的"载道"功能便转换为代人民立言。这也是一个很崇高的事业，每当人民欲言又止之时，文学事业就格外发达。可如今，文学的这一功能逐渐被其他传播媒介所取代，人民自己独立发言的能力也逐渐发达，文学"载道"的事务就又濒于歇业了。在这种情况下，文学的功能只好转移到"缘情"上来，而这不过是自娱的一种漂亮的说法罢了。总之，文学没有自己的信仰，便不得不依附于外在的权威。一旦外在的权威瓦解了，便只有靠取悦于公众来糊口，这便是媚俗的方式。要不然就只好自娱自乐了。这就好比找不到用武之地的拳师，或者去走江湖，靠卖狗皮膏药度日；不然就得回家去，自己打拳健身。

看起来，作家王朔采取的主要是第一种方式。有人说他是个讽刺作家，我却认为，他的作品总的基调是"调侃"，而不是讽刺。这两者截然不同，尽管从表面上看，它们是那么相似。讽刺有着喜剧的外观，而其背后有一种严肃性。讽刺总是以一种严肃的姿态批判性地对待人生，它清除人生的污秽，是生命的清洁工。讽刺所显示的批判性甚至高居于作为个体的讽刺者及讽刺对象之上，达到对普遍性的生命价值的肯定。调侃则不然。调侃恰恰是取消生存的任何严肃性，将人生化为轻松的一笑，它的背后是一种无奈和无谓。王朔笔下正是充满了调侃，他调侃大众的虚伪，也调侃人生的价值和严肃性，最后更干脆调侃一切。在这种调侃一切的姿态中，从调侃对象方面看，是一种无意志、无情感的非生命状态，对象只是无谓的笑料的载体。从调侃者本身看，也同样是一种非生命状态。调侃者一如看客，他置身于人生的局外，既不肯定什么，也不否定什么，只图一时的轻松和快意。调侃的态度冲淡了生存的严肃性和严酷性。它取消了生命的批判意识，不承担任何东西，无论是欢乐还是痛苦，并且，还把承担本身化为笑料加以嘲弄。这只能算作是一种卑下和孱弱的生命表征。王朔正是以这种调侃的姿态，迎合了大众的看客心理，正如走江湖者的卖弄噱头。

王：这当中也包括了迎合大众想发牢骚、想骂娘的心理，大众也因此获得了一种宣泄怨愤的快感。

宏：王朔以这种方式博得了大众的青睐。在调侃中，人们通过遗忘和取消自身生命的方式来逃避对生存重负的承担。然而，现实生存并不因这种逃避而有丝毫改变。从这里也可以看出国人生存境况之不堪和生命力的孱弱。不然，人们何以像抓救命稻草似的乞灵于这一点点可怜而又无聊的"轻松"呢？

从嘲弄和挖苦大众虚伪的信仰到用调笑来向大众献媚，王朔兜了个大圈子。倘若他要迎合得更彻底些，当然还得满足大众必然会有的道德上的虚荣心。王朔果然一改以往嬉皮士似的反道德面目，而以"好人一生平安"的空头许诺来劝善。嬉皮士变成了道德家，这可称得上真正的喜剧。

徐麟（以下简称徐）：其实，在文学上，"王朔现象"并不罕见，它是《儒林外史》及以后的谴责小说，和40年代包括《围城》在内的所谓"讽刺文学"的恶性重复。尽管作者们的社会角色迥然不同，但从他们对语言的态度和操作中可以找到许多相似之处。它们都是正统价值观念崩溃后的产物，并都是对文化废墟的嘲笑。问题不在于嘲笑和调侃本身，而在于废墟只对人来说才是废墟。嘲笑也要有嘲笑者。嘲笑者并不是作者的肉体存在，而是被我们称之为人文精神的价值指向。《儒林外史》中还有王冕式的人物，无论他离我们有多么的遥远，但这表明作者还有一种人格和信念的意指。这种意指在《围城》中更加漂浮不定。但是，方鸿渐毕竟还有惶惑、无奈和拒绝，毕竟还指向了某种可能的东西。王朔之为恶性的重复就在于他的文本没有任何结构上的意指。也许在《一半是海水，一半是火焰》《顽主》中他尚有某些痛苦感和彷徨感，但这些感受在后来的作品中完全被消解了。痛苦的消解是因为认同了废墟，彷徨的终止则是因为不再需要选择，因而就没有也不需要任何可能的人文意向。一旦嘲笑者本人也成了废墟，那么，他就不能指向任何外部世界，于是便只有在玩弄语言的亵渎与嘲笑中获得一种自慰式的快感。

宏：对这样的快感的追求，在所谓"玩文学"派那里有着更为突出的表现，他们以另一种方式暴露出文学创作的危机。王朔是与民同"乐"，"玩文学"者则独"乐"之。他们把文学当作自娱自乐的工具，独自把玩，回味无穷。

徐：譬如，"第五代"导演张艺谋的艺术创作在这个问题上表现得集中而突出。近来极为叫红的《大红灯笼高高挂》中的主人公颂莲是张艺谋努力赋予某种现代人文意识的洋学生。她不是用轿抬，而是自己走进陈家大院的，并且还说出了"这里有狗、有猪、有耗子，就是没有人"的"人"话来。但她不仅很快洞悉了陈家大院里的一切，而且立即全身心地投入了与众姨太的争风吃醋中。这个转向似乎可以解释成人物复杂性和艺术处理上的脱节，但在全片的结构中却成了对礼教的皈依，并且嘲弄了对礼教的反叛主题。更重要的是，在电影语言上，张艺谋是对"后现代主义"模仿得比较像的。色彩上，如对红色的大肆渲染；音响上，如捶脚声的音响主题反复出现；构图的对比性，视角的变换，长镜头的运用以及对点灯笼、挂灯笼、吹灯笼的精心刻画等等，都造成了画面具有强烈的感官刺激性的效果。但最强烈的反差更在于影片中使用了在中国人看来最具现代性的技巧，所表现的却是中国文化最陈腐的东西。因而，颂莲的那些"人"话就仅仅成了一种主题上的装饰。张艺谋的真正快感只是来自于对技巧的玩弄。

张柠（以下简称柠）：本来影片中表现什么倒并不十分重要。所表现的事物既可以是陈腐的，也可以是美好的。关键在于这些事物在作品中所产生的功能。这种功能取决于文本的语义指向，从根本上说，它又是取决于作者主观的价值取向。在《大红灯笼高高挂》中看不出张艺谋对其所表现的陈腐肮脏的东西有多少批判意识，相反，他始终在大肆渲染和玩味这种东西。

徐：《大红灯笼高高挂》在国内外的反应是很值得关注的。它的技术在西方世界早为人所熟知，甚至已开始过时，但因为它表现的是被称之为"中国文化"的那些东西,而使西方人大开眼界。至于中国这边的亢奋的反应,则来自于对所谓"后现代主义"之类"新潮"艺术的迷恋,而忽略了作品价值取向上的陈腐性。能像《大红灯笼高高挂》那样引起东西方人对对方陈腐性的互相欣赏的作品是非常罕见的,如果这里有为张艺谋所追求的好莱坞精神的话,那么这正是人文精神的全面丧失。

张艺谋电影探索的文化动因,是当代文学中的"寻根"意识。例如《红高粱》吧,应该说,对于现代文明生命的萎缩以及被阶级意识或政治革命等"历史动机"所淹没了的欲望或生命冲动来说,它确实有一种反叛和反历史的意味。它把余占鳌式的暴力取代建筑在更原始的个人占有欲上,不仅颠覆了暴力革命的神圣性,也确实意指了某种历史的可能性。但问题在于,它不是指向新的生存可能性及其精神空间,而是指向文化回归的道路。这是为张艺谋所熟悉并且认同的。只是这种文化回归很快就在《菊豆》中透了底。杨天青不仅不能取代父辈而公然占有菊豆,而且还只能作为自己儿子的哥哥跪拜在宗法道德和政治秩序的神座面前偷情。他会犯禁,但欲望的冲动根本无法与道德秩序相抗衡,其结果只能导致自我阉割。至于在《大红灯笼高高挂》中,颂莲用自己的脚走进了旧道德规范,因而欲望满足的方式是给定的,她必须在礼教许可的范围内不懈竞争,才可能短暂地获得她的男人。所以,在象征欲望的红色中,"我奶奶"是以认同并接受暴力来满足的,菊豆是在道德秩序下靠偷情来满足的,而颂莲则干脆投身到礼教规范中来获取满足。这是否就是张艺谋的"欲望三部曲"?

宏:以上两种方式尽管有种种不同,却共有一个根本的原则,即"游戏"。曾经有人在理论上公开提出过"文学游戏"的原则,还抬出维特根斯坦的语言哲学和后现代主义的文艺理论来作为根据。

崔宜明(以下简称崔):其实这里存在一种文化的误读。西方文化中的游戏概念与中国人常说的"玩"的含义完全不同。在西方文化观念中,客观世界与心灵世界之间有一道鸿沟,而游戏是联结两者走向自由的惟一通道。它是生命的基础,涵盖了一切生命的体验,包括痛苦、战栗等。我们把"游戏"误读成"玩",使之成了逃离一切真实的生命体验,消解痛苦和焦虑的理论。

宏:"游戏"在其规则范围内,是一桩严肃的事情。我们看到儿童在游戏时,往往是全身心地投入,他自身的体力和智力(即全部生命力)正在此过程中获得充分的显示和肯定。维特根斯坦用游戏来解释语言现象,认为语言即是对语言的使用,即如按规则所进行的一场游戏。在言说活动之外,并无什么语言的本质,而充分使用语言,就能充分显示出语言的本质和意义。人生同样如此,人生并非无意义,而只是说,人生的意义在于人的生存活动之中,人的最高本质即是在自己的生存活动中为自己立法,为自己创造意义。这些原则用之于解释文学,凸现的恰恰是文学创作的严肃性和神圣性。

徐:西方现代主义文学的兴起,有一个价值观念的危机和转型的深远文化背景。语言形式所以被推到一个历史的高度上,是根于西方人对语言与存在关系的理解。因而不仅其游戏规则是严肃的,其游戏态度也是真诚的。他们正是在这种严肃的游戏的投入中，把握并超越个体性存在的独特体验的。但中国当代"玩文学"者的那些"游戏"之作，既不表现出对某种生存方式的解构，更没有对存在的可能性的探索与构造，一旦失去了这种形而上的意向性，那么形式模仿的意义就只剩下"玩"的本身，它所能提供的仅是一种形而下的自娱快感。人文精神正是在这种快感中丧失了。

崔：这种人文精神的丧失，在文艺创作上的最严重的表现，就是想象力的丧失。

徐：所谓艺术想象力，当然包括诸如故事的虚构等等艺术处理能力，但更多的是指对于存在状态与方式及其可能性的想象力。我以为，这是一个文学或艺术家的生命所在，它在今天尤为重要。它是在这个原有价值观念全面崩溃的时代中的价值重构能力，也就是被保罗·蒂利希称为"存在的勇气"的那种东西，这在根本上决定了一个艺术家的激情、才华和力度等基本素质。与此相比，故事虚构只是一个技术问题。然而，中国当代的许多艺术家却正在越来越丧失这种能力。王朔是一个例子，他的小说描绘出的世界就是废墟，能指与所指是完全等值而同构的，是废墟嘲笑废墟。张艺谋稍有不同，他曾经试图用原始生命力（欲望）来解构历史，但这种原始生命力是无形式的，他无法为它给出一个价值指向。而如果不能获得某种个体人格形式的力量，他就根本无法突破更加深固的道德秩序及其心理沉积物。所以，张艺谋从寻根出发反叛历史，最后又重新回归黑暗的历史怀抱。从这个意义上讲，他是在玩弄欲望，"后现代主义"则成了他从这玩弄中获取快感的器具。

王：张宏刚才谈到的"调侃一切"，徐麟讲的"以废墟嘲笑废墟"，都是这个时代人文精神日见萎缩的突出症状。这并不是一个偶然的现象，在某种意义上，它恰是我们精神历程的一个合乎逻辑的结果。你在一连串事件的摇撼下清醒过来，发现自己原来被一种无知的信仰引入了歧途，于是跳起来，奔向另外一些与之相反的信仰。可很快你就发觉，这新的信仰仍然无用，你还是连连失败，找不到出路。在这种时候，你的头一个本能反应，大概就是干脆放弃信仰，放弃寻找出路的企图吧？你甚至会反过来嘲笑这种企图，借以摆脱先前那沉重的失败感。在严酷的环境中，自嘲确能成为有效的自慰。和理想主义相比，虚无主义总是显得更为有力，因为它自身无须证明。

崔：理想主义需要以整体的人去建构，他的情感、意志和理性必须达到一定程度的整合，还需要有充沛的生命的意向性。这样的人以理性建立起自己的理想，对它一往情深，努力使它成为自己实践意志和生命意义的基础。而虚无主义则是一个心灵已成废墟的人所惟一能持的哲学态度，他只能用自己的理智来嘲笑自己的情感，用情感来嘲笑意志等等。因此，理想主义总是因自身的矛盾而软弱，虚无主义则因自身的矛盾而强大。

王：因此，一个人只要有一点点聪明，就完全能用虚无主义来嘲笑（或者说调侃）所有的信仰。这种嘲笑的成功也确实能给那些信仰上的失败者带来某种安慰和心理平衡。也正是因为这种高级阿Q式的精神胜利法的有效，本世纪初以来虚无主义情绪在中国屡屡发作，不断蔓延。周作人的虚无主义还比较深刻，今天的"调侃一切"则浅直得多，更带一点颓废气，一点无赖气。虚无主义也一代不如一代了。

宏：这应该说是中国式的虚无主义。在西方，虚无主义自有其独特意义。近代的理想主义的信仰和价值依据（无论其为上帝还是理性、科学），通常总是外在于人的生命，而虚无主义恰恰是要瓦解这种外在于人的价值依据，这并不意味着人本身的意义的丧失，相反，它将生命的价值落实到生命本身。上帝死了，人有了更充分的自由，就好比父亲死了，解除了对孩子的管束。但一个成熟的少年将会意识到，他从此必须独自来承担自己的命运，创造自己的生活了。人的充分的自由同时就意味着更多的承担，意味着需要更强的生命力，也意味着他有可能创造出更高的意义，可惜在我们这里，虚无主义竟常常导致逃避和放纵，似乎一旦父亲死了，大家便可以抛弃一切承诺，怎么玩儿就怎么玩儿，这真会令人生出无以言说的悲哀！

王：1987年以来，小说创作中一直有一种倾向，就是把写作的重心从"内容"移向"形式"，从故事、主题和意义移向叙述、结构和技巧，产生出一大批被称为"先锋"或"前卫"的作品。这个现象的产生，除了小说观念的革新、创作者主观感受的变化之外，是不是也暗合了知识界从追究生存价值的理想主义目标后撤的思想潮流呢？再比方说，那批所谓"新写实主义"作家的平静冷漠的叙述态度，真如有的论者所言，是一种有意为之的姿态吗？是否也同样反映出作者精神信仰的破碎，他已经丧失了对人生作价值判断的依据呢？至于这两年流行的以嘲讽亵渎为特色的小说和诗歌，就更是赤裸裸地显露出对我前面所说的那种文学的神圣性的背叛。当然，近几年中国文学的状况相当复杂，造成这些状况的原因更是多种多样，远不能一概而论。但是，从一些似乎并不相关的现象，我却强烈地感受到一种共同的后退倾向，一种精神立足点的不由自主地后退，从"文学应该帮助人强化和发展对生活的感应能力"这个立场的后退，甚至是从"这个世界上确实存在着精神价值"这个立场的后退。

徐：其实西方的后现代主义是经过一系列建构以后的超越性否定。可在中国，根本就没有这个过程，我们处于一个多种历史阶段的人文思潮混作一团的共时性结构中，处在这样的状况中而一味"后现代"，结果很可能是保护了腐朽的文化因素。

王：后退总是一件令人不快的事。你可以闭上眼睛，却无法不感觉到自己的后退。既然不能停下后退的脚步，或者虽然想停住，却缺乏足够的体力，那就只好想办法给这后退一个好一点的解释。我想，这是否就是1985年以后那用西方思想观念来比附自己的热情的一个来源？类似张宏刚才谈到的用"游戏"概念来比附"玩文学"的现象，还有许多，譬如，用罗兰·巴特的"零度写作"理论来比附"新写实主义"作家的写作态度，用从俄国形式主义一直到博尔赫斯等等来比附"先锋文学"，最近则又开始用"反文化"的理论，用"后现代主义"来比附"调侃一切"的态度，比附以亵渎为特色的"痞子文学"……这些比附有不少做得相当精彩，足以使人产生错觉。在这错觉中陷得深了，你甚至真会在自己的头脑中发现种种类似于"现代主义"乃至"后现代主义"的情绪，于是极力将它放大、强化，再一头扎进去……经过如此一番循环，你就非但不再有后退的羞耻感，反倒有一种"前卫"的自豪感了。

后退固然不是好事，但也并不丢脸。遇上了太强大的对手，有时也只能后退。但是，明明是在后退，却要贴上一大堆外国的招牌来粉饰、自欺，那就有点可怜了。我觉得，这种后退而又自欺的现象，把这个时代人文精神的危机表现得再触目不过了。

柠：前面大家分析了当前文学界乃至文化界的种种情况，似乎由此可以做出这样一个结论：这是一个审美想象力全面丧失的时代。可我一直在考虑，这种结论恐怕是要遭到反驳的。反驳不会是来自王朔那样的流行作家，因为他们的审美经验早已同日常经验合二为一了；也不会是来自"寻根"派或"新写实"派作家，因为他们或认同某种既定的生存条件，或只是抄袭现实；更不会是来自大众文学，因为它的想象力早已指向了各种感觉的享受和欲望的满足：金钱、权威、暴力……惟一可能提出反驳的是先锋小说，因为先锋小说创作中，尚蕴含着某种可喜的想象力。

以马原为代表的早期先锋小说创作，是把想象力倾注于词与词之间。他们凭借幻想制造出种种新的感受，并试图以新的叙述方式和语词结构来传达这些感受。这是一种重新对故事进行讲述的欲望和新的话语方式的习得过程。但共同的语言符号系统与经验主体之间的间距，是个体的自我意识得以充分实现的障碍。如果在叙事中，意识主体与语言主体的分裂不能合二为一，那么，叙述行为也就纯然是一场语言的游戏，创作中的形式专横倾向也就由此产生（马原后期的创作明显体现了这一点）。在当代中国的文化背景下，文学究竟充当何种角色，承担什么任务的问题，在马原他们那里，仍然悬而未决。

宏：简单地说，早期先锋小说最突出的贡献在于：它将语言如何传达生存感受的问题凸现出来了，也从某种程度上为感受提供某些可能的方式。至于感受的充分性及在多大程度上对真理性切中的问题，则往往被搁置。

柠：正因为如此，近两三年来，以格非、余华为代表的先锋小说家正在逐渐摆脱马原的影响。他们在创作中努力发挥艺术想象，也更自觉地承担起对存在本质质疑和对生命意义追问的责任。

徐：质疑态度本无可厚非。在一个价值崩溃的时代，对既定事物抱怀疑是完全正常的。但必须指出，怀疑也有两种，一种怀疑指向对世界和自身生命的重新把握，有一个确定的意向性，尽管它在怀疑中并不表现出确定的形态，并且不可言说，但却是使怀疑成为怀疑的依据。怀疑是人的怀疑，怀疑正因是"人在"。另一种怀疑则是取消生命的意向性，也就是"人在"被取消了。因而，它是价值取消主义，它只能导向虚无。中国当今时髦的怀疑主义多属于后一种。

柠：我还是想从另一个角度来看近期先锋小说。《边缘》《呼喊与细雨》是其中的代表作。从文本的叙事方式来看，这些作品往往从童年回忆切入，叙事构成一种有指向的线性时间，但又不时被回忆中的创伤性记忆所打断。就在叙事力图重现失去的时光，唤回童年的诗性记忆的同时，记忆中的创伤性因素却不断地瓦解它，暗示对现实的质疑和对存在意义的追问。创伤性所带来的"震惊体验"充填于幻想的时间结构之中，时间被瓦解为碎片，历史被转换为一个颓败的寓言，小说家则在这片荒废的背景上，凸现出一种因童年的"诗性记忆"被击碎而产生的忧伤和焦虑。

倘若人们的目光一直专注于单向度时间结构的历史，许多复杂的生存体验就可能被遗忘。小说家则以其真诚的感受和回忆瓦解了线性时间的链条，提醒人们：存在被遗忘了。我觉得，在格非、余华等人的近期创作中，尽管依然可见欲望、暴力、性爱、冒险、逃逸、死亡等等主题，但这些主题在整个文本结构中却被瓦解了，或者可以说，任何一种总体性的观念，任何一种乌托邦式的意识，在这里都会被瓦解。这种瓦解未必就是消极的，一旦人们从乌托邦的幻梦中苏醒过来，对存在本身的注意力往往能更充分地焕发。而这种注意力本身就预示着某种新的可能，它可能会激发出某种希望与创造的激情。

当然，问题的另一面也暴露出来了。语词之间及本文结构之间的张力场，固然为想象力提供了空间，但却没有为它规定应有的向度，艺术借助想象达到审美升华的规定性尚无保证。一个作家面临的最大难题，就是精神存亡的问题，或者说"灵魂救赎"的问题。作家如果不能直面并着手解决这一问题，而仅仅满足于做一些反叛和瓦解的工作，就不但会限制其作品的成功，也会导致精神活力和创造力的衰退。并且，作品在其精神价值指向方面的犹豫不定，最终也将会销蚀其对希望的激情。这样，不仅读者不能从作品中获取精神能量，就是作者本人也会因精神颓废所带来的"如释重负"感的诱惑，而丧失精神的力度和自信心，最终无以抵挡来自外部世界的种种压力和诱惑（据说有一些颇有前途的先锋作家也"下海"了）。可见，先锋小说家不但在其作品的价值指向上，而且在其自身生命的价值意向上，都正面临困境。

王：张柠谈到的先锋小说的困境，可以说较为集中地体现了整个社会人文精神的困境。能否从这种困境中突出来，大概正是中国文学，同时也是中国文化生死存亡的关键所在吧。

崔：说得夸张一点，今天的文化差不多是一片废墟。或许还有若干依然耸立的断垣，在遍地碎瓦中显现出孤傲的寂寞（王：例如史铁生和张承志），但已不能让我们流泪。

我也不想对大家谈到的那些文学现象表示痛心疾首。一个走在商品经济道路上的社会渴求着消费，它需要也必然会产生消费性的商品文学，文学总要为人民服务嘛。但中国的问题并不那么简单，和西方成熟的商品文学相比，我们这不成熟的商品文学却正在冒充社会的精神向导，并沾沾自喜，做作地炫耀其旺盛的"精神"创造力，恰像一个肺病患者在健美舞台上炫耀他的肌肉。其实只是强烈的灯光和橄榄油膜才给人以某种感官的刺激，实际上人也只要这个。西方人爽快，承认商品文学只有一个目的——钱，相比之下，中国成长中的商品文学着实让人腻味。真不明白鲁迅说的瞒和骗何以能如此历久而弥新。我们所感受到的人文精神的危机有两重。首先，我们正处在一个堪与先秦时代比肩的价值观念大转换的时代。举凡五千年以来的信仰、信念和信条无一不受到怀疑、嘲弄，却又缺乏真正建设性的批判。不仅文学，整个人文精神的领域都呈现出一派衰势。在商品经济大潮的冲击下，穷怕了的中国人纷纷扑向金钱，不少文化人则方寸大乱，一日三惊，再也没了敬业的心气，自尊的人格。更内在的危机还在于，如果真的有了钱就天圆地方，自足自在，那当然可以不要精神生活，人文精神的危机不过是那批文化人的生存危机而已。但是，一个有五千年历史的民族真的可以不要诸如信仰、信念、世界意义、人生价值这些精神追求就能生存下去，乃至富强起来吗？

我们必须正视危机，努力承担起危机，不管它多么沉重。只有这样，才能看到危机的另一面，如张柠刚才所讲的，当代文学中乌托邦精神的消解，展示出新的文学精神诞生的可能性。实际上，可以在整个人文精神领域里来理解这一点。传统的价值观念的土崩瓦解，同时也正展示出一切有形与无形的精神枷锁土崩瓦解的可能性。而另一方面，新的生活实践也必然要求新的人文精神的诞生。在这个急剧变动的时代，每个人的心灵中都充满了太多的渴望和要求，都积累了太多的呻吟和焦灼。我们的情感瞬息万变，难以捉摸；意志相互冲突，难以取舍；理智恍惚不定，难以抉择。世界、生活、自我都在走马灯般地乱转，不再能被有效地把握。但是，只要是人，就必定需要把握自己，需要知道这个世界到底是个什么样子，需要确信生活究竟是为了什么。这一切都需要在人的心灵中得到某种程度的整合。这才能有我的世界，我的生活，才能有"我"。倘若既定的价值观念已不能担当此任，那就只能去创造一个新的人文精神来。我们无法拒绝废墟，但这决不意味着认同废墟。如果把看生活的视角调整一下，心灵的视界中也许就会出现一片燃烧的旷野，那里正孕育着新的生机。

从文学上讲，人们需要它展现自己生存于其中的跃动的现实生活和喧哗的心灵世界，并以此呈现当代人投向生活的独特视角和视野，进而揭示当代人内在的生存意向。真正的当代文学应该敢于直面痛苦和焦虑，而不应用无聊的调侃来消解它；应该揭发和追问普遍的精神没落，而不应该曲解西方理论来掩饰它。如果一颗心正滴着血，那就应该无情地扒开它，直至找到最深的伤口——这样的文学才能让人流泪。

说到这里，看来文化人是不应改行摆摊了，但不敢说"不必"，因为总不能要求人人都有殉道的毅力。不过话说回来，就是遇上了再严酷的时代，我们这个社会也总会有些人铁了心甘当殉道者的。听研究数学的朋友说，在美国，研究数学的人自称为"敢死队"。因为那儿数学教授的年薪最低。而这些人因热爱数学而不悔，才有了人数不多却仍执世界数学发展之牛耳的美国数学界。以实用主义哲学为国学的美国尚且如此，以志于道为国学的中国就更不该缺乏这样的"敢死队"吧？一个社会，竟弄到要靠这样的"敢死队"来维持人文精神的活力，当然很可悲，但是，倘若你还能看见一支这样的"敢死队"，那就毕竟是不幸中之大幸，能令我们在绝望之后，又情不自禁要生出一丝希望了。

（原载《上海文学》1993 年第 6 期）

东方风情与生活寓言
——80年代的文学想象与文化批判

孟繁华

1979年文学的社会批判大潮过后,一种走向日常生活的写作悄然兴起。与情感浓烈、金刚怒目的批判潮相比,它风和日丽,安静平和,它没有宏大的社会目标和英雄惨烈的战吼,意识形态的背景已经大大淡化,东方古老的风情却成为主要情调得以凸现,它如诗如画,如梦如烟。在文学的"战乱"中它仿佛是一片远离"兵荒马乱"的世外桃源。当然,在宏大的社会批判潮流风行文学界的时代,它们是不被注意的。在文学的批判职能被推向首要位置的时候,它的审美功能自然要被削弱并受到轻视。然而,这一并非源于倡导,而是"自为"兴起的文学趋向,却产生了意想不到的影响。它深长悠远的境界,充满怀旧情调的叙事,以及平实素朴的表达,日渐深入人心,它没有轰动性的效应却赢得了久远的审美魅力,尽管当时它们没有得到应有的推荐和评价。

这一现象,在百年中国文学史上并非偶然。那些游离于时代主潮,具有"唯美"倾向的作家作品,命定处于边缘而鲜有问津。周作人、沈从文、张爱玲、废名、李金发、徐志摩、戴望舒以及早期的冯至、何其芳等等,他们的清新、细致、哀婉或感伤等写作风格,尽管独树一帜,显示了不寻常的文学成就,但概因与现实的功利目标不相符,而难以走进生活。主流意识形态无可非议地成了文学的意识形态,它倡导作家关怀现实、关怀国家民族的命运原本是不错的。但这一倡导一旦形成制度化、合理化,并以此排斥不能纳入这一制度规约的作家作品,使他们得不到"合理化"的解释,则必然导致一体化和"霸权"话语的形成。百年来,被边缘化的作家作品大多由于与现实的疏离,源于他们对个性化的顽固坚持。不同的是,在80年代初期,这一潮流又能够再露端倪,它虽然不被举荐,但能够面世,业已说明时代的宽容和进步,同时也说明了文学审美追求的难以旋灭。

一、东方风情的追寻

"文革"后文学对现实主义的呼唤和强调,曾被认为是一种极其重大而迫切的事情。这一呼唤不只是针对阴谋文学的"假大空",同时也强调了要恢复过去的文学传统,以"现实"的态度关注时代新的变动,使文学加入到"揭批四人帮"的斗争中。但是,"现实主义"一词的内涵显然有不同的理解。百年来,对现实主义的历次阐释,都程度不同地隐含着主流意识形态话语对文学的导引,它的所指并不是始终如一的。新时期的现实主义,从理论阐发的依据来看,它仍是经典马克思主义对现实主义的理解，如对真实性、典型人物、典型环境、细节、本质等概念的大量使用；但从创作实践来看，它又多有批判现实主义的特征，"伤痕文学""反思文学"以及社会批判的其他作品，都具有揭露阴暗、鞭挞时弊的功能。因此，当实践的现实主义真的得以恢复之后，它又无可避免地要与现实产生牴牾。"文化英雄"们纷纷检讨，并使批判的锋芒锐减，这已说明，文学的"主义"在现实并不是那么重要。

　　社会批判文学的受挫，并不是具有东方浪漫情调作品"应运而生"的逻辑起点。就中国而言，现代性的追求虽然自近代以来就呼声不绝于耳，但它多限于上层知识分子的文化表达，广大的领土上依然是古风依旧的传统生存，那形态久远并不可更改的风俗风貌，代代相同，绵绵不绝。许多作家先后离开了那里，来到了标示现代文化中心的大都市，但乡土中国留给他们的情感记忆并未因此而远去。特别是体验目击了城市的罪恶之后，对乡土的情感怀恋，几乎成了所有来自乡村作家共有的"病症"。这一现象，一方面使他们获得了同底层人的情感依恋，使他们在精神上有一个依托；一方面，梦中的追寻和叙事，又使他们保持了文学上的东方韵味。这种现象自鲁迅的《故乡》始，到沈从文、巴金、孙犁、赵树理、"山药蛋""荷花淀"乃至"知青文学"，一脉相承。其间虽有不同的变化，但乡土中国的"梦中情怀"却依稀可辨。

　　因此，80年代初期，当汪曾祺重新以小说家身份面世时，他那股清新飘逸、隽永空灵之风，并非突如其来。不同的是，与现实关系习惯性紧张的心态，才对这种风格因无以表达而保持了短暂的缄默。80年代最初两年，汪曾祺连续写作了《黄油烙饼》《异秉》《受戒》《岁寒三友》《天鹅之死》《大淖记事》《七里茶坊》《鸡毛》《故里杂记》《徙》《晚饭花》《皮凤之楦房子》等小说。这些故事连同它的叙事态度，仿佛是一位鹤发童颜的天外来客，他并不参与人们对"当下"问题不依不饶的纠缠，而是兴致盎然地独自叙说起他的日常生活往事。

　　《受戒》，本应是写佛门故事的。但小说中的佛门显然已经世俗化，那个叫明子的和尚，不仅可以随意地同女孩小英子交往，而其他和尚也可娶妻生子，赌博骂人，高兴了唱小调，过年也杀猪吃肉，不同的只是例行公事地念一通"往生咒"给世人听。佛门的戒律清规荡然无存，即使是在做法事放焰口时，和尚们也一如游戏，年轻和尚甚至大出风头，引些姑娘媳妇私奔快乐去了。因此，在庵赵庄，和尚与俗人并没什么不同，它极类似一个职业，如同有的地方出弹棉花的，有的地方出画匠，有的地方出婊子一样，明子的家乡就出和尚。出和尚也成了一种乡风。因此，家里决定派明子出任和尚时，他绝无悲戚伤感，甚至认为实在是在情在理，理所当然。这佛门再也不是看破红尘的避难所，也不是为了教义信仰的圣地，佛门再无神秘可言，它同俗世已没有了界线。和尚与俗人在这一点上达成了共识。明子初识小英子时，两人有一段对话：

　　　　"你叫什么？"
　　　　"明海"。
　　　　"在家的时候？"
　　　　"叫明子。"

"明子！我叫小英子！我们是邻居。我家挨着荸荠庵。……"

　　小英子的对话非常重要，她一定要叫"明子"而不叫"明海"，在她眼里，"明子"终还是亲切些，可那个"荸荠庵"——本是"菩提庵"，又被她认真地当作"邻居"。小英子对已出家的"明海"又一次施之以俗世的命名，连同乡里对"庵"的重新命名，便完成了庵赵庄对佛门的俗世化过程。

　　小说的用意显然不在于表达作者对佛门佛事的探讨。重要的是，他传达出了日常生活快乐的情调，传达出了普通人对生活的乐观态度。在作者那一如江南风情画的叙述中，受到美好情绪的感染。

　　更有趣的是，作者文末的"注释"："1980年8月12日，写四十三年前的一个梦。"这一注释成了理解这篇小说的关键所在。这样，对小说中叙述的那一切，都不能"如实"的理解，它是作者的梦中回忆，而不是往事实录，它是"梦中情怀"，而不是"昨日重现"。因此，《受戒》，这残酷的"烧戒疤"，在小说中全然蜕去了肃穆沉重。当"明海"完成了受戒仪式后，迎接他的依然是"俗人"小英子，并宣告她要当他的老婆。那个庄重的仪式终还是在世俗生活向往中被拆解了。俗世的日常生活不战自胜，那本是由人设定的"信仰"，终因其虚幻性而徒有其表，最普通的生活，也是最有魅力的生活。所以，小说的基调是相当浪漫、诗性、抒情的。

　　但《受戒》在当时并没有受到应有的重视。汪曾祺小说的名声大振，还是由于《大淖记事》的发表。这不仅在于小说在形式结构上别具一格，它更借助于1981年全国短篇小说评奖，它因榜上有名而证实了文学意识形态对抒情小说的承认和举荐。

　　《大淖记事》在形式上更具有散文化和诗化的特点。小说六节，有三节介绍"大淖"的风情风貌，为人物和故事的发展做了相当充分的铺垫。第四节始，那名叫巧云的俏女子才出现，那发生在大淖的人间平常事才渐渐呈现出头绪。大淖的乡风亦十分独特："婚嫁极少明媒正娶"，"媳妇多是自己跑来的；姑娘，一般是自己找人。她们在男女关系上是比较随便的。姑娘在家生私孩子；一个媳妇，在丈夫之外，再'靠'一个，不是稀奇事。这里的女人和男人好，还是恼，只有一个标准：情愿。"因此，虽然巧云恋着十一子，但她被刘号长破了身之后，不仅"邻居们知道了，姑娘、媳妇并未多议论，只骂了一句：'这个该死的！'"而且巧云也"没有淌眼泪，更没有想到跳到淖里淹死。人生在世，总有这么一遭。"这种对生活的达观与超脱，构成了汪曾祺小说的基本风貌。明子做和尚，巧云破了身，都属于生活非正常的变故。但他们都以达观的心态面对，这种超脱的生活态度使汪曾祺笔下的人物显得卓然不群，因此也构成了汪曾祺小说的独特性。

　　在他平和素朴的叙事中，给人最初的感受是谦和练达，虽阅尽人间沧桑而心如止水。其实不然，汪曾祺的小说充满了反常态的理想精神：那佛门的俗世化和人间情怀；大淖女性的豁达和单纯等，都隐含着作者对清规戒律的不满和反叛，显示了他对主流文化传统的不屑和轻视。不同的是，作者没有流行的激进和虚张声势，而是通过人物自然地传达出来。因此，它貌似轻柔，而风骨犹存，在平和中透着坚定，在飘逸中显示明澈，他的文化批判立场是相当有锋芒的。

《黄油烙饼》被批评家注意的不多，它在风貌上也不同于《受戒》和《大淖记事》。后者有极强的追忆往事的抒情性，而《黄油烙饼》则多为客观的呈现。大跃进年代，日常生活失去了保证，爸爸送给奶奶的两瓶黄油显得格外珍贵，奶奶至死也没有吃这两瓶黄油。后来，在开"三级干部会"的伙食中，萧胜闻到了黄油烙饼的香味，他问爸爸他们为什么吃黄油烙饼：

"他们开会。"

"开会干嘛吃黄油烙饼？"

"他们是干部。"

"干部为啥吃黄油烙饼？"

"哎呀，你问得太多了！吃你的红高粱饼子吧！"

母亲无言地为萧胜烙了一张黄油烙饼，萧胜吃了两口，忽然咧开嘴痛哭起来，高叫了一声：奶奶！然后小说就结束了。作者没有刻意渲染一个儿童对奶奶的怀念，但他特有的方式却催人泪下；作者也没有直接表达他对"三级干部会"的看法，但一句"三级干部会就是三级干部吃饭"，已表达了他的全部情感。而《黄油烙饼》对人间亲情的关怀，对和谐境界的向往，又几乎是在"瞬间"实现的，萧胜对奶奶的一声长叫，如电光石火，划破人心。这一表达策略，使汪曾祺深得老师沈从文的真传。沈从文在《烛虚》中说：

流星闪电刹那即逝，即从此显示一种美丽的圣境，人亦相同。一微笑，一皱眉，无不同样可以显出那种圣境。一个人的手足眉发在此一间即逝更缥缈的印象中，即无不可以见出造物者手艺之无比精巧。凡知道用各种感觉捕捉住这种美丽神奇光影的，此光影在生命中即终生不灭。……这些人写成的作品虽各不相同，所得启示必中外古今如一，即一刹那间被美丽所照耀，所征服，所教育是也。

对"美"的情有独钟，使汪曾祺小说具有了强烈的浪漫性和抒情性，对小说于人的潜移默化的浸染力，他有深刻的理解。较早评论汪曾祺小说的凌宇曾仅就《大淖记事》指出，作品：

……给人的教益，主要不在它的题材本身。作者不是诱惑读者去猎取特异的世态风俗，也不只是让人陶醉于一个浪漫的爱情故事。透过题材的表皮，我们获得了一种启示：应该如何面对现实生活中的矛盾。它触及一个虽不是永恒，却绝不是一个短时期就消逝的问题。《大淖记事》里的故事早成过去了。它所涉及的问题却仍在困扰着现代人的心。作者从一种特殊的生活形态里，看到了某种闪亮的东西，提出了自己的看法。这看法对不对？许多人会这样发问。在一个相当长的时期内，这个问题也许得不到统一的结论。但我敢说，《大淖记事》对生活矛盾的回答，不是悲凉，不是绝望，它具有一种向上的自信，一种健康的力。这种对生活的态度，也许逾越了题材本身的范围，散射到生活的各个领域，适用于面对现实世界的一切矛盾。

论者是沈从文研究专家，丰富的文学史知识使她意识到了汪曾祺小说的价值，她在那些历史往事中也发现了现实的意义。后来，汪曾祺也对自己的小说和美学追求作了如下陈白：

> 我觉得作家就是要不断拿出自己对生活的看法，拿出自己的思想、感情，——特别是感情的那么一种人。作家是感情的生产者。那么，检查一下，我的作品所包含的是什么样的感情？我自己觉得：我的一部分作品的感情是忧伤，比如《职业》《幽冥钟》；一部分作品则有内在的欢乐，比如《受戒》《大淖记事》；一部分作品则由于对命运的无可奈何转化出一种常有苦味的嘲谑，比如《云致秋行状》《异秉》。在有些作品里这三者是混和在一起的，比较复杂。但是总起来说，我是一个乐观主义者。对于生活，我的朴素的信念是：人类是有希望的，中国是会好起来的。我自觉地想要对读者产生一点影响的，也正是这点朴素的信念。我的作品不是悲剧。我的作品缺乏崇高的、悲壮的美。我所追求的不是深刻，而是和谐。这是一个作家的气质所决定的，不能勉强。

汪曾祺的自况让人想到另一位资深作家：杨绛。她的散文《干校六记》于1981年出版后，很快引起了研究者的注意。这部散文所记述的生活和事件，有一个宏大的时代背景，它的写作年代，是这个时代刚刚过去不久，主流文学正如火如荼地实施对它的控诉和批判。然而，杨绛却平静如水般地记述了干校的日常生活，她没有激愤或痛惜的情感波澜，在被认为是"不平常岁月"的时代，记述知识分子极平常的生活和心态。因此，它"不过是这个大背景的小点缀，大故事的小穿插"。

《干校六记》是一个相当"个人化"的文本，它表达的是作为知识分子的杨绛，在往事追忆中所体现出的趣味和情怀。作品中没有那个时代的"经典"场景，也没有司空见惯的、挣脱了压抑之后的狂躁宣泄，以及夸张的情感姿态，她仍以平常心和普通人的情感，传达着她淡泊、宁静、乐观的生活态度。那里也有忧愁和焦虑，但这些情感仅限于对亲人的牵挂。因此，文本中出现最多的人名是默存、阿圆、和一得，他们都是杨绛的亲人。亲情，在杨绛这里成了弥漫性的关怀，它几乎无处不在，尤其是自己的丈夫默存，几乎占据了她的精神空间，而夫妻之情也成了她生活的基本支点。这一情感关怀自然不够阔大，自然不如那些时代的流行色激烈或壮丽，更符合那一时代的需要。然而，历史向前移动一步，那激烈或壮丽便迅即退去，而留下来的，却仍然是人间的亲情。这一情感的真实可靠馈赠给她的，便是对生活的达观和愉快。

杨绛文中常常讲起生活趣事，这些趣事淡化了特殊岁月知识分子的"艰难时世"。何其芳吃鱼、钱锺书烧水即是一例：

> 当地竭泽而渔，食堂改善伙食，有红烧鱼。其芳同志忙拿了自己的大漱口杯去买了一份；可是吃来味道很怪。他捞起最大的一块想尝个究竟，一看原来是还未泡烂的药肥皂，落在漱口杯里没有拿掉。大家听完大笑，带着无限同情。他们也告诉我一个笑话，说钱锺书和丁××两位一级研究员，半天烧不开一锅炉水！我代他们辩护：锅炉设在露天，大风大雪中，烧开一锅炉水不是容易。可是笑话毕竟还是笑话。

"改造"，使知识分子再也找不到往日的优雅和自尊，生活残酷地、带有恶意地让他们去从事最不擅长的活动，以加剧他们的自卑，从灵魂上将他们打垮。他们成了生活的"笑话"。

当然,这种摧残不只是心理的,生理上的代价同样触目惊心。干校里的钱锺书"又黑又瘦,简直换了个样儿",于是,便发生了类似黑色幽默般的一幕:

> 我们干校有位心直口快的黄大夫。一次默存去看病,她看他在签名簿上写上钱锺书的名字,怒道:"胡说!你什么钱锺书!钱锺书我认识!"默存一口咬定自己是钱锺书。黄大夫说:"我认识钱锺书的爱人。"默存经得起考验,报出了他爱人的名字。黄大夫还待信不信,不过默存是否冒牌也没有关系,就不再争辩。事后我向黄大夫提起这事,她不禁大笑说:"怎么的,全不像了。"

这玩笑后面却透着不尽的辛酸和悲凉。但杨绛叙述它们时,平淡无奇,并无忍俊不禁的感伤或感慨。

"六记"中,"小趋记情"最是生动。这个小狗对主人的忠诚和依恋,给人带来的快乐和情感联系,写得细致入微,格外动情。它也从一个侧面反衬了那一时代的人际关系。作者虽然喜欢它,但"有人以为狗只是资产阶级夫人小姐的玩物。所以我待小趋向来只是淡淡的,从不爱抚它。"但狗没有意识形态,它对主人仍是情意缠绵、情深意笃。

《干校六记》的叙事风格虽然平和,但它却显示了一个知识分子独立的精神地位的不可动摇。民粹主义东渐后,虽然经历了东方化的过程,但民众崇拜却是主流意识形态的一部分。知青下乡、干部下放干校,虽然有策略上的考虑,但在话语层面则是"民众"优于知识分子。这种等级关系的建立,使知识分子接受改造得到了"合理化"的解释。但是,人是很难改造的,这在改造者与被改造者那里都得到了证实:

> 我们奉为老师的贫下中农,对干校学员却很见外。我们种的白薯,好几垄一夜间全部偷光。我们种的菜,每到长足就被偷掉。他们说:"你们天天买菜吃,还自己种菜!"我们种的树苗,被他们拔去,又在集市上出售。我们收黄豆的时候,他们不等我们收完就来抢收,还骂"你们吃商品粮的!"我们不是他们的"我们",却是"穿得破,吃得好,一人一块大手表"的"他们"。

"老师"无以确认自己的身份,"学生"自然仍是他们范畴之外的"他者",不能进入他们的生活和情感领域。而"学生"对这一关系亦没有倾心认同过,身在干校,心还是"没有不希望回北京"的。当遣送回京的消息传来时:

> ……不能压减私心的忻喜。这就使我自己明白:改造十多年,再加干校两年,且别说人人企求的进步我没有取得,就连自己这份私心,也没有减少些。我还是依然故我。

"六记"至此结束,"我还是依然故我",宣告了"改造"的失败,也宣告了杨绛作为知识分子独立精神地位的获得。

洪子诚在评价《干校六记》等作品时指出:"她并不需要大声抨击,却往往展示了事物的乖谬,她并不需要撕开伤痕,却能透出心中深刻的隐痛。她冷静,但不冷漠;嘲讽,但有宽容。在对知识分子进行反思自审时,不因他们命运多舛而停留在一掬风情之泪的地步,不回避对他们身上污垢的抉剔。"杨绛的创作在这样的评价中得到了具有深度的阐释。

二、生活寓言与文化批判

日常生活被表达的方式，取决于作家的价值目标和对日常生活的理解。汪曾祺的乐观，使他的作品空灵飘逸；杨绛的淡泊，使她的作品宁静达观。而高晓声的《陈奂生上城》和古华的《爬满青藤的木屋》，则在日常生活的表达中，渗透着明确的文化批判意味。日常生活被诉诸于寓言的形式，从而有了象征性的意义。

1980年，有两篇写农村题材的短篇小说格外引人注目，一篇是何士光的《乡场上》，一篇是高晓声的《陈奂生上城》，两篇小说都写得光彩照人。《乡场上》在民间找到了一个寓言性的人物和场景，喻示了在新的时代普通人获得了解放，挺直了腰杆，走上了生存有保障、人格有尊严的道路，思想解放运动带来了普通人的解放。因此，《乡场上》生动而深刻地阐释了主流意识形态话语，它是新时代响遏行云的一曲颂歌。它明显地隐含着知识分子的想象。

《陈奂生上城》，也是发生于粉碎"四人帮"之后的故事，主人公陈奂生的生存处境与冯幺爸大体相似，他已摆脱了生存困境，"肚里吃得饱，身上穿得新"，他心情格外地好，"稻子收好了，麦坯种完了，公粮余粮卖掉了，口粮柴草分到了"，还有什么能比这些更让一个在贫困中生活了很久的农民，更宽舒忘情呢，陈奂生的心情是完全可以理解的。但这一切并没有从本质上改变陈奂生的劣根性，他的文明程度仍然是一个农民的。他的满足与不满足都密切地联系着他的生活背景。由于贫困，他"对着别人，往往默默无言"；"别人讲话也总不朝他看，因为知道他不会答话，所以就象等于没有他这个人"，他也"总觉得比人矮一头"。人越缺乏什么就越要实现什么。生活好转之后，他渴望过"精神生活"了。他还没有自尊的意识，他的这一渴望也源于自己的经验。他过去不被看重，一是因为贫困，一是因为无言，这二者又是相关的，贫困使陈奂生失去了话语权力。当生活的贫困摆脱了之后，陈奂生渴望过的"精神生活"，实际上是对话语权力的要求。因此，有人出了"在本队你最佩服哪一个"的题目时，"他忍不住地也答了腔，说：'陆龙飞最狠。'"陈奂生佩服陆龙飞的原因，是因为陆龙飞是说书的，有一张嘴。陈奂生渴望被注意、被尊重，而话语权力则是最直接有效的途径。这里隐含着农民固有的，也是普通人固有的虚荣心理和权力欲望。

另一方面，陈奂生的经验又使他极度看重实际利益，他的"无忧无虑"，"精神面貌和去年大不相同了"，有时"兴致勃勃睡不着"，就是因为"囤里有米、橱里有衣，总算象个家了。"生存处境的改变给陈奂生带来了愉快和自信，但他小生产者的自私和狭隘并未因此而得到改变，没有什么比个人的利益更敏感地触动他的神经。他上城生病后，被吴书记送到招待所，临行时，是小说写得最精彩的地方：陈奂生走到柜台处：

朝里面正在看报的大姑娘说："同志，算账。"……

"何必急,你和吴书记是老战友吗?你现在在哪里工作?……"大姑娘一面款款地寻话说,一面就把开好的发票交给他。笑得甜极了。陈奂生看看她,真是绝色!

但是,接到发票,低头一看,陈奂生便像给火钳烫着了手。他认识那几个字,却不肯相信。"多少?"他忍不住问,浑身燥热起来。

"五元。"

"一夜天?"他冒汗了。

"是一夜五元。"……

千不该,万不该,陈奂生竟说了一句这样的外行语:"我是半夜里来的呀!"

陈奂生再也不是"吴书记的战友"。他农民的真实背景还是没有使他获得"身份感"。但五元钱却使陈奂生的性格得到了充分的展示,他再也不怕弄脏地板,不怕弄坏沙发,不急于回家,而是决心困到可以滞留的规定时间——十二点。五元钱一夜,使陈奂生沮丧无比,很苦恼了一阵子,他怕面对老婆交不上账,但陈奂生毕竟还有农民的狡猾,他无意间想到了与吴书记的关系,这偶然的邂逅成了陈奂生可以利用的精神资源,五元钱又使他买到了精神的满足。

《陈奂生上城》与许多流行的农村题材小说最大的不同,就在于他不是为了诠释"当下"的合理性,而庄重地为农民罩上了各种光环,将农民升华为不能或还没到达的境地。高晓声曾自述说:"我写《陈奂生上城》,不是预先有了概念,不是为了证实这个概念,而是在生活中接触了一些人和事,有所触发,有所感动。并且认为这些人和事对读者也有触发、感动作用,于是才写了它。"在另一处,高晓声又说,"我沉重、慨叹的是无论陈奂生或是我自己,都还没有从因袭的重负中解脱出来"。因此,对陈奂生的批判,也是作者对包括自己在内的"国民性"的再次检讨与批判。它将小说从政治批判的激进立场,转移到了文化批判的立场,在日常生活中,揭示了国民性的顽固延续。在这一点上,高晓声继承了鲁迅的遗产。

《爬满青藤的木屋》的环境设置是相当独特的。故事发生在与世隔绝的深山老林,它像是一个原始的酋长国,它远离现实,显示着神秘而遥远的设定。它的人物也相对单纯,只有王木通、盘青青、李幸福三人,他们分别被赋予暴力、美和文明三种不同的表意内涵。因此,这貌似与世隔绝的环境,却并非仅仅是一处流光溢彩的天外之地,它的诗性和风情仍不能掩埋现实的人性冲突。于是,这个"爬满青藤的木屋"就不再是个孤立的存在,它所发生的一切冲突,都相当完整地表达了山外的整个世界。

应该说,小说是对人的生存方式、中国文化及文明的丰富表述。那个幽深的老林本身就是一个混沌未开、急待开蒙的原始环境。在这个环境中的王木通与盘青青过着与环境相适应的恒定日子。王木通自以为自己是这里的"主人","女人是他的,娃儿是他的,木屋山场都是他的。"他也以"酋长"的方式统治着山林和自己一家。盘青青也没有太多的欲望,她也认为"男人打她骂她也是应分的。"只希望男人打她时不要下手太重。但小说一开始就揭示了"文明与愚昧"的冲突。王木通虽然自视为

"主人"，但他"本能"地具有对"文明"的恐惧。盘青青生娃前曾提出要去90里外的"场部"去看看，90里外的世界对她构成了新奇的盼待，但她被王木通粗暴地拒绝了，"他是怕自己的俊俏女人到那种热闹地方见了世面，野了心，被场部那些抻抻抖抖、油光水滑的后生子们勾引了去。""文明"对"愚昧"构成的威胁被王木通敏锐地感知并产生惧怕。盘青青只能在王木通的转述中，了解一点山外的事情，她每每"总是睁大了乌黑乌亮的眼睛，心里充满了新奇，仿佛男人讲的是些天边外国的事情"。

但是，"文明"终于还是不期而至。李幸福本是被放逐到绿毛坑的，他无意中成了一个启蒙者和文明的传播者，他的护林建议、牙刷、镜子、收音机和卫生习惯，对与世隔绝的绿毛坑来说，都带来了新鲜的刺激。于是，李幸福便始料不及地处于矛盾的漩涡之中，他不知不觉中便充当了改变绿毛坑生活的角色。这样，必然引起王木通、盘青青的不同回应。在王木通看来，李幸福是在挑战，是"跟老子比高低！"他只能借助主流话语来抑制启蒙话语："场里早派定了，绿毛坑里的事由我来管！政治处王主任对你的约法三条，你不要当耳边风！""如今这世道就兴老粗管老细，就兴老粗当家！"作为启蒙者的李幸福带有先天缺陷，（那个因只有一条胳膊而被命名的"一把手"外号，具有极大的讽喻性）这个缺陷不仅由生理残缺作了转述，而他本身的"接受教育、改造"的身份，也注定了他的启蒙不具有合法性。所以，他的"四点建议碰在王木通的岩壁上，白印子都没留下一点"。

渴望文明洗礼的盘青青始终处于被争夺的位置。她对李幸福的生活方式和状态心向往之，并在潜意识中把他当作"拯救者"，她不失时机地靠近"文明"，她的温柔与笑声传达的是她对"文明"的亲近。但这一亲近由于"契约"关系的规定，使盘青青的向往和行为具有了叛逆性质。这样，就使李幸福和盘青青在与王木通的冲突中，先在地潜含了危机，他们的悲剧从一开始就已经孕育。另一方面，"文明"和启蒙话语一开始就遭到主流意识形态的压抑。李幸福虽然有文化，他理所当然地肩负起启蒙的职责，这并不是源于他的使命意识。事实上，自20年代末起，启蒙话语逐渐退隐，知识分子或启蒙者的地位早已被颠覆，他们的启蒙欲望已大大减弱，而一种向人民大众认同的意识大体支配了他们的思想。因此，李幸福在这样的思想背景下，他的启蒙角色是无意中承担的，完全是因他的教育背景和生存方式暗示的。但他是主流意识形态拒斥的对象，他的身份是接受教育的"学生"，接受"改造"的异端。而王木通则是意识形态的守护对象，是主流话语对象化的依据和基础。因此，王木通不仅优越地在等级关系中占支配地位，是权力的代码，同时，小说本文还喻示了在是非颠倒的时代，文明与愚昧的倒置，必然会使愚昧以自信的疯狂和仇恨，对文明施之以暴力，这是愚昧对付文明唯一的也是最后的手段。王木通对盘青青和孩子们接近李幸福，开始是暴力语言恫吓："从今天开始，你们和你们阿妈，谁要再敢走进那小木屋里一步，老子就挖了他的眼睛，打断他的脚杆！"继而是施之以暴力打击，盘青青近来"常常挨男人的打，身上青一坨，紫一块。一天到晚看着男人的脸色、眼色，大气都不敢出"。最后，他终于放了山火，要烧死盘青青。

小说结束时，李幸福和盘青青下落不明，语焉不详。但它无言地喻示了启蒙的失败，叙事者只能以理想的方式将其悬置：

> 在万恶的"四人帮"倒台后，林场也有蛮多的人议论，要是盘青青和"一把手"李幸福还活在什么遥远的山场里，他们过的一定是另一种日子。更有些人猜测，全国都在平反冤假错案，讲不定哪一天，盘青青和李幸福会突然双双回到林场来，要求给他们落实政策呢。可不是，连绿毛坑里那些当年没有烧死的光秃秃、黑糊糊的高大乔木，这两年又都冒芽吐绿，长出了青翠的新枝新叶哩！

作家对启蒙话语的被压抑和知识分子的地位深怀同情，但它在现实中的地位已无可挽回，作家只能感伤地寄予幻想，它从另一侧面表述了知识分子话语的无力和无奈。

古华在谈到自己创作这篇小说时说，在一个封闭的环境中：

> 人们日出而作，日落而息，过着麻衣粗食、愚昧保守、与世隔绝的生活。无须什么外来文化，也无须什么现代科学……应该说，这种生活方式在我们这个古老的民族、古老的国度里是很有典型意义和代表性的。我们不就是以这种生活方式世代相传、度过了漫长的数千年岁月，才进入到现代社会来的么？而且，就是在这种生活方式似乎已经销声匿迹了的城市、乡村，它长期以来所形成的意识形态、风俗习性，却还广泛地存留于人们的头脑里，表现于人们的行动中。

古华在创作这篇小说时，已有了明确的文化批判意识。这种悲剧虽然有当下的意识形态原因，它成为愚昧的守护者，并视其为可靠的政治力量，但古华并未仅在这一层面展开，成为流行的社会政治批判小说；而同时更注重"风俗习性"的巨大力量，它的难以更移，在更深的层面上阐释了民族现代性追求的困难重重。

但古华在自述中仍不免虚妄，他认为："三个守林人之间发生的这场文盲愚昧和文化文明的斗争，后来是以各有胜负告终的。森林山火之后，盘青青和李幸福终于赢得了他们的幸福，而王木通则到另一个更为偏远的林地里，依他原来的生活方式，传宗接代去了。"这一解释初读是合理的，但它经不起分析。事实上，王木通逃离了被文明沐浴过的"不祥之地"，貌似失败了，但他依然如故，没有任何改变，恰恰说明了启蒙的失败，启蒙没有改变撼动自己的对象，反证了启蒙的有限性；而盘青青和李幸福的胜利是虚幻的胜利，他们的"幸福"在现实中没有立足之地，由于表述和处理的困难，作家只能在想象中去实现。因此，他们的胜利也只是体现了知识分子话语的胜利。

但无论如何，日常生活在文学中成为表述的主要内容，改变了文学与"当下"的紧张关系，从而使文学的表达具有了极大的弹性，也深化了文学的文化内涵，拓展了它的思考空间。因此也可以说，那激进的思想潮流，在日常生活中逐渐趋于平和，它的战斗性传统在渐次削弱，而生活的柔和之风开始弥漫四方。

（原载《文艺争鸣》1997年第4期）

"两个西方"与本土文学参照系

程文超

本文认为,在文化层面,"西方"不是一个统一的整体。我们至少面对着"两个西方"。它是造成 20 世纪以来中国诸多文学、文化论争的原因之一。而对"两个西方"没有自觉而清醒的认识,也是论争的当事人及其后来者产生误会的根源之一。今天,我们进行"全球化"的讨论,首先要关注的是中国的需要、中国的问题,要把"两个西方"放在中国本土需要与问题的维度上进行探讨。

一

全球化问题已在学界引起了热烈的讨论。所谓"全球化"实际上是西方经济、政治与文化在全球的扩张。这一点,讨论各方似乎并无多大分歧。因而当我们把问题聚焦在文化层面的时候,全球化问题实际上是"使持续了百年的中西文化之争获得了新的语码",使"'西'/'中'的对峙与对话转换为全球化/本土化、中心/边缘等新近引入的概念"。①

持续百年的问题在新的历史语境中自然获得了新的探究的必要。我以为,在文化层面,西方,是一个有张力的对象。我们至少面对着"两个西方":一个是体制内的政治经济运作与支撑这一运作的文化规范、价值观念;一个是对体制内的反思、反抗与反叛。

于是,问题便有回到逻辑起点的必要。我们可能先要对"两个西方"有一定的辨析,对我们民族的时代需要和现实问题有清醒的把握,然后才能进一步地、有成效地讨论全球化与本土化问题。

詹明信(Jameson)把目前在体制内运作着的西方称为"晚期资本主义"。他认为资本主义的发展经历了现实主义阶段、民族主义阶段、帝国主义阶段、资本的全球扩张并最终达致目前的全球化资本主义,即晚期资本主义阶段。而他所要做的工作,正是用马克思主义结合西方学术的最新发展,对晚期资本主义进行分析和批判。连他的历史分期的框架,他都坦言"从根本上讲是马克思主义的历史分期论","对这些阶段的思考带有深刻的马克思主义的印记"。②

詹明信对晚期资本主义的批判是毫不留情的。他认为,晚期资本主义文化现象既

---

① 刘纳:《全球化背景与文学》,载《文学评论》2000 年 5 期。
② (美)詹明信:《晚期资本主义的文化逻辑》,张旭东编,陈清桥等译,生活·读书·新知三联书店 1997 年版,第 17 页。

源于美国又扩散到世界各地,"这股全球性的发展倾向,直接因美国的军事与经济力量的不断扩张而形成,它导致一种霸权的成立,笼罩着世界上的所有文化。从这样的观点来看(或者从由来已久的阶级历史的观点来看),在文化的背后,尽是血腥、杀戮与死亡:一个弱肉强食的恐怖世界"。①

在詹明信看来,这一时期的西方文化并不是统一的,它存在着属于"晚期资本主义的表现"和"晚期资本主义的抗拒"两种文化现象②。而詹明信的言说显然属于"抗拒"者的言说。作为当下西方文化的重镇之一,詹明信的言说除了对晚期资本主义的批判之外,其目的之一,还在于不断地寻找不同于资本主义的选择的可能性,他说对资本主义的非神秘化批判性的工作,"必须把它同探索不同于资本主义的社会发展道路的广阔视野结合起来","必须把非神秘化同某种乌托邦的因素或乌托邦冲动联系在一起。在我看来,马克思主义的这两种驱动力是结合在一起的"。③

而吉登斯(Giddens)则从"现代性"角度对体制内运作着的西方进行了反思。他把被詹明信称为"晚期资本主义"的东西称为"晚期现代性"。在吉登斯看来,全球化是现代性发展的必然结果。"全球化意味着没有人能逃避由现代性所导致的转型:如由核战争或生态灾难所造成的全球性风险。现代制度的许多其他方面,包括在小范围上起作用的方面,也会影响到生活在高度'发达'地区之外那些较为传统情境下的人们。而在那些发达地区,在日常生活的本质中,地方和全球之间的联结已被束缚在一组更深刻的演变中了"。④

"地区"如此,个人更如此。他指出,"在晚期现代性的背景下,个人的无意义感,即那种觉得生活没有提供任何有价值的东西的感受,成为根本性的心理问题"。而"个体的反思规划创造了自我实现和自我把握的方案"。⑤吉登斯认为,体制内运作着的现代性创造着自我压迫而不是自我实现的机制。而吉登斯显然是在对现代性的自我压迫进行批判的同时,寻找着自我实现的可能性——他在现代性的文化语境中从事着不同于现代性追求的文化工作。有意思的是,同詹明信一样,吉登斯也对"乌托邦"这个词汇表示出兴趣。他说:"回应当前要求的批判理论,应当是解释内在变迁的中心,应当是规范地建构(乌托邦式)'美好社会'模型要求的中心。"⑥

---

① (美)詹明信:《晚期资本主义的文化逻辑》,张旭东编,陈清桥等译,生活·读书·新知三联书店1997年版,第430页。

② (美)詹明信:《晚期资本主义的文化逻辑》,张旭东编,陈清桥等译,生活·读书·新知三联书店1997年版,第44页。

③ (美)詹明信:《晚期资本主义的文化逻辑》,张旭东编,陈清桥等译,生活·读书·新知三联书店1997年版,第31页。

④ (英)吉登斯:《现代性与自我认同》,赵旭东、方文译,生活·读书·新知三联书店1998年版,第24页。

⑤ (英)吉登斯:《现代性与自我认同》,赵旭东、方文译,生活·读书·新知三联书店1998年版,第9页。

⑥ (英)吉登斯:《民族—国家与暴力》,胡余、赵力涛译,生活·读书·新知三联书店1998年版,第388页。

现代性与反抗现代性的话题，人们已经谈了很久了。它早已昭示着"两个西方"的存在。而人们却一直自觉不自觉地延续着把西方当一个单一体的思维模式，这多少有点令人奇怪。"两个西方"是整个 20 世纪都存在的文化现象。而这一现象早在 19 世纪下半叶就已经开始。它是西方有识之士意识到西方现代性文化追求走向陷阱、走向危机后的理论回应。

我在论及叔本华对王国维的影响时，曾提出过"两个西方"的概念。① 在我看来，西方对现代性的反抗从叔本华便已经开始。叔本华生活于西方古典哲学正在走向终结却还未完全终结的时代。从文艺复兴时代开始，经由启蒙理性运动，至 19 世纪上半叶，西方的现代性追求已经走到了它的一个顶峰，从哲学文化思考进入到了民族—国家的体制内动作。它的某些陷阱已开始暴露，却又没有完全显现。叔本华是一个最早的觉醒者。他发现了古典哲学的误区，并认为自己找到了一种与以往哲学方法完全不同的哲学方法，一种能使欧洲哲学发生根本转变的哲学思想。他要扭转走向迷失的西方哲学。

叔本华在模仿康德的过程中反叛康德。他也把世界分为现象世界和自在之物的世界，不同于康德的是，叔本华认为，自在之物的世界不是任何物质，而是非理性的、盲目的生活意志。叔本华反对理性派哲学，他认为把理性看作人的本质是颠倒了意志与理性的关系。如果不把人当作对象，而是直接就人本身来了解人，那么，应该说，人最根本的东西是欲望和情感——也就是人的意志。意志高于理性。因为人是意志的产物，理性不过是人的意志的表现。任何理性都要受人的意志的支配，因为人们首先要有意愿，然后才能去认识而不是相反。总之，意志给了主体"一把揭明自己存在的钥匙，使它领会了自己的本质、自己的行为、自己的活动的意义，向它指明了这一切的内在结构"。②

叔本华在哲学史、文化史上的巨大贡献在于，不同于迷恋于理性的人们，叔本华深刻地揭示了西方社会所发生的矛盾、危机、灾祸等与理性的内在关联。他认为西方社会一切罪恶的罪魁祸首不是别的，正是现代性所追求的理性。因而他认为哲学研究应转向人的内在生命。叔本华之前的哲学，不管是古典本体论还是认识论，都以外在世界为本体，而叔本华则转到了以人为本体。他开辟了人本论哲学的路径。

但在叔本华当时的历史语境中，颠覆理性/非理性的等级二元无疑属于对现代性的反抗。③ 不可忘记的是，反抗现代性是一个历史的过程。任何人，都只能站在一定的历史语境之中反抗现代性，其反抗也不可避免地带着一定的历史痕迹。因而在西方历史上，前人反抗现代性的话语经常受到后来反抗者的指责，这是不足为怪的。也正

---

① 见拙著《1903：前夜的涌动》，山东教育出版社 1998 年版。
② （德）叔本华：《世界之为意志与表象》，转引自洪谦主编《西方现代资产阶级哲学论著选辑》，商务印书馆 1964 年版。
③ 与此相关的另一个问题是，叔本华乃至他之后的很多人，都生活在"现代"语境之中，能把他们作为"现代"的反抗者吗？这一点，周宪在《现代性的张力》（《文学评论》1999 年 1 期）一文中曾作过很好的辨析。本文赞同周说。

因此，不同历史语境中的人们"反抗现代性"的内涵是并不完全一样的。海德格尔与叔本华不同，福科与海德格尔不同。詹明信、吉登斯等人与福科又不同。这也就是为什么对"现代性"出现如此众多不同理解的重要原因之一。

二

中国人从20世纪初一打开国门，就面对着"两个西方"。不同的人因不同的原因，接触、接近了不同的"西方"，面对同一问题便产生了不同的看法。"两个西方"是造成20世纪以来中国诸多文学、文化论争的原因之一。而对"两个西方"没有自觉而清醒的认识，也是论争的当事人及其后来者产生误会的根源之一。

让我们来看看与"五四"相关的人物与事件。先说梁启超。梁启超曾被铁定为"保皇""保守"派，而在相当长的时期内，"保皇""保守"是"落后""反动"的同义语。他反对"五四"的民主与科学就是例证。因而，尽管梁启超是点燃"五四"导火索的重要人物之一，但大多数文学史都"忘"掉了这一史实。

然而事实是，梁启超的思想的确与"五四"时"民主""科学"口号不一致，但"落后"与"反动"却未必。"五四"人主张科学、民主，是学习现代性"西方"的产物。梁启超与"五四"人观点的不同，却与另一个"西方"——反抗现代性的"西方"相关。1918年第一次世界大战结束后，为解决战争遗留问题，各战胜国在巴黎召开和平会议。因为当时是主战派，故此时已不在内阁任职的梁启超以个人身份携刘崇杰、丁文江、张君劢等人，以漫游的名义赶赴欧洲，希望在和会上做点"正义人道的外交梦"。

第一次世界大战给人类带来的灾难，将西方有识之士对西方文化危机的反思推向了高潮，而这个高潮恰恰让梁启超碰到了。这次欧洲之行，不仅让梁启超看到了战争给欧洲带来的满目疮痍，更让他感受到了西方文化反思的气氛，让他得到了看问题的更多的角度。归国后他写了《欧游心影录》，在这部著作里，梁启超既反对激进的民主，又反对科学万能。对前者，他主张"不着急"的民主。关于后者，他说："当时讴歌科学万能的人，渴望着科学成功，黄金世界指日出现。如今功总算成了：一百年物质的进步，比从前三千年所得还加几倍，我们人类不惟没有得到幸福，反带来许多灾难。好像沙漠中失路的旅人，远远望见个大黑影，拼命往前赶，以为可以靠它向导。哪知赶上几程，影子却不见了，因此无限凄凄失望。"①

梁启超的言论显然从西方文化危机那里得到了启示。而且，他反对的不是"民主"，而是激进民主，不是"科学"，而是"科学万能"。梁启超在其他的地方是否"落后"且另论，在这里，他的思考应该是比"五四"有更为超前的追问。作为一种声音，它应该有存在的价值。但在当时主流话语的视野中几乎没有另一个西方。于

---

① 梁启超：《欧游心影录节录》，《饮冰室专集》之二十三，见《饮冰室合集》第七册，中华书局1989年版。

是,梁启超的话在当时乃至后世引起了诸多误会。

作为旧时的风云人物,"五四"时期的梁启超毕竟已经"人微言轻"了。20年代初出现的"学衡派"则在思想文化的大河里拨起了稍大一点的水声。但学衡派也是在误会中兴起、在误会中衰落的。

学衡派当时受到的批判和以后在文学史上受到的评价,是众所周知的,也是可以理解的。平心而论,这一现象不是任何当事人个人的问题。今天重提"学衡",应该可以走出人事恩怨或学术恩怨。我以为,真正需要思考的第一个问题就是:为什么当时和后来,关于"学衡"有那么多误会和不公?

我的讨论想从70年代末对"学衡派"的这样一句评价开始:学衡派"反对一切新学说,反对介绍和借鉴近代西洋进步文学"。①

这一论断是颇有意味的。说学衡派反对介绍和借鉴近代西洋文学,不假;但说学衡派反对一切新学说,却不真了。近代西洋文学并不能代表"一切新学说"。而论者却将两项内容相提并论,混为一谈,并不认为这种论述里存在什么问题。显然,在当时的语境之中,人们并没有觉得二者是有区别的,更不可能知道还有"两个西方"的存在。

直到1996年下半年,有论者写文章还将学衡派定义为"旧学",认为新文化与学衡派的区别在于,前者的"目的在于'再造文明'",而后者的"目的在于'昌明国粹'"。二者的对立,"是'提倡新文化'与'张皇旧学问'的新旧对立"。②

学衡派到底是用旧学来反对新文化,还是用旧学作资源来寻找另一种"新"的可能性?这是问题的关键。于是我们不能不回到这样一个起点:学衡派是如何提出问题的?③

学衡派并不反对向西方学习,也不反对革新中国文化。学衡派的问题是:向哪一个西方学习?用什么来革新中国文化?

学衡派的第一个回答是:在学习和革新之前,要先洞悉世界趋势。吴宓曾在日记中写道:"时至今日,学说理解,非适合世界现势,不足促国民之进步;尽弃旧物,又失其国性之凭依。唯一两全调和之法,即于旧学说另下新理解,以期有裨实是。然此等事业,非能洞悉世界趋势,与中国学术思潮之本源者,不可妄为。"④

20世纪初的"世界趋势"是什么样的呢?在吴宓等人看来,西洋近世文明已经走入了陷阱,受到了质疑。而新文化运动的一帮"少年学子热心西学",却"苦不得研究之地、传授之人",遂误以近世西洋文明一派之宗师"为惟一泰山北斗,不暇审辨,无从抉择,尽成盲从"。他们"惟选西洋晚近一家之思想,一派之文章,在西洋

---

① 唐弢、严家炎:《中国现代文学史》,人民文学出版社1979年版。
② 洪峻峰:《"估〈学衡〉"与"重估〈学衡〉"》,载《鲁迅研究月刊》1996年第8期。
③ 吴宓在《论新文化运动》(《学衡》1922年4月第4期)一文中曾有过生动的比喻:"譬如不用牛黄,而用当归,此亦用药也,亦治病也。盖药中不止牛黄,而医亦得选用他药也。"
④ 《吴宓日记》第1册,生活·读书·新知三联书店1998年版,第404页。

已视为糟粕、为毒者，举以代表西洋文化之全体"。①

吴宓的表述告诉我们，他当时已清楚地看到西洋文明不止一家一派。要学习，必须先有选择，不必拿已成"糟粕"者来学。其他学衡人士都表示了大致相同的看法。梅光迪在《新青年》发行之初，曾致胡适一信，说"西洋文学之优者多矣，而足下必取最近世，必取其代表近世文明最堪太息之一方面。"他说，这最堪太息之一方面，被人"以人道主义名之"。他问胡适，"足下向称头脑清楚之人，何至随波逐澜，以冒称人道主义派之文家，在今世西洋最合时宜"？②梅光迪还在《现今西洋人文主义》一文中说，西方近世各种时尚之偏激主张，"盖今日思想界之一大反动也"。③

学衡诸公，大多留学美国，对西方文化有深入研究，对西方文化"趋势"有具体了解。且他们既得"研究之地"，又得"传授之人"。学衡主要人物都受新人文主义理论家白璧德影响。白璧德是西方反思现代性追求的重要人物。他的"人文主义"不是传统意义上的"人道主义"。白璧德将其区别为"Humanism"与"Humanitarianism"。白璧德生活的年代，西方理性追求早已暴露出危机。西方人已经在非理性的路上作了一些尝试。文学上也出现过重视欲望的浪漫主义思潮。但在白璧德看来，重视欲望、感性，用非理性来取代理性并不能走出现代性的陷阱。因为它同样陷入了物质主义的泥淖。因而白璧德的反抗现代性是将理性与欲望、感性一起批判的。他指责人道主义"专重智识与同情之广被而不问其他"。④他指出，第一次世界大战"并非人类可惊之奇变。而实为英国工业革命以来，人类之物质欲望，愈益繁复，窃夺文化之名，积累而成之结果"。⑤

不同于其他对现代性的反抗者，白璧德从西方的苏格拉底与东方的孔子等古代大哲那儿寻找走出西方文化危机的思想文化资源。"今当效苏格拉底与孔子之正名，而审察今天流行之各种学说，究与生人本性之实事，符合与否，验之于古，而可知也。近人每自命为实验主义者，今当正告之曰：彼古来伟大之旧说，非他，盖千百年实在经验之总汇也。"⑥

白璧德的新人文主义是20世纪的西方人企图跳出要么理性、要么非理性樊篱的一次较早的重要努力。学衡派正是从他那里吸取思想资源。他们一方面大量译介白璧德理论，一方面与新文化的提倡者论争。在他们看来，新文化的提倡者对学术特别是西学研究不够，没什么学问。吴宓、汤用彤都说过类似的话。⑦梅光迪更说，当时言新学者，大概有两种人，一种为"速成之留东学生"，一种为"亡命之徒"。前一种

---

① 吴宓：《论新文化运动》，载《学衡》1922年4月第4期。
② 《胡适遗稿及秘藏书信》第33册，黄山书社1994年版，第165页。
③ 梅光迪：《现今西洋人文主义》，载《学衡》1922年8月第8期。
④ 《白璧德释人文主义》，载《学衡》1924年10月第34期。
⑤ 《白璧德中西人文教育说》，载《学衡》1922年3月第3期。
⑥ 《白璧德中西人文教育说》，载《学衡》1922年3月第3期。
⑦ 吴宓在《论新文化运动》（《学衡》1922年4月第4期）里说："吾国言新学者，于西洋文明之精要，鲜有贯通而彻悟者。"汤用彤在《评近人之文化研究》（《学衡》1922年12月第12期）中说："时学浅隘，其故在对于学问犹未深造，即中外文化材料，实未广搜精求。"

人因其"速成""急不能待",学养不可能深厚。后一种人则忙于立宪或革命运动,没有在国外上过高等以上学校,只用对名师执弟子礼来装点,实际上并无受过训练之学术眼光,"故今日所谓学术,不操于欧美归国之士,而操于学无师承之群少年"。①梅氏所言,稍嫌刻薄,但却提出了一个有意思的现象:大体而言,20世纪初,留东学者与留欧美学者见解不同。这一不同与本文所言之"两个西方"相关。

学衡派并不反对"新",且其宗旨之一即为"融化新知"。但其"新"则排除了进化论的因素。"后来者不必居上,晚出者不必胜前"。②既然新文化提倡者所说的近世西洋文化是"仅取一偏",是被视为"糟粕"之物,那么中国文化"新"的出路何在呢?吴宓说:"苟虚心多读书籍,深入幽探,则知西洋真正之文化与吾国之国粹,实多互相发明,互相裨益之处,甚可兼蓄并收,相得益彰。诚能保存国粹,而又昌明欧化,融会贯通。"③可见,学衡派并不是要完全回到"旧学",而是要在"西洋真正之文化"的观照下,重新审视传统文化,以发掘"新"的资源。而在大多数国人还没有看到另有一个反抗现代性的"西方"存在的情况下,说国粹能与西学相通,是很难被人接受的。其历史的误会,便是不可避免的了。

三

发展中国家在现代性觉醒之时即处在两个西方格局之中,是一种幸运。它使我们既能走进"现代"、建设"现代",又不必追随进化论思路,亦步亦趋地跟着西方。它使我们既能寻求发展,又能对发展路上的陷阱有所警惕。它使我们有可能真正寻找自己的"现代"之路。

因而学衡派的言说应该是20世纪初能与新文化派同时存在的、很有价值的一种声音。而新文化派对学衡派的不冷静、不重视,却是一次历史的遗憾。

但我想立即补充的是,我说的是二派"同时存在"的价值,而无意于用一派来否定另一派,无意于将学衡派与新文化派在文学史、文化史上原有的二元颠倒为新的二元对立。即使在今天,我也并不认为,学衡派的历史价值高于新文化派。相反,我认为,新文化派的历史价值是无可取代的。④

问题还有另外一面。我们是应该"洞悉世界趋势",是应该了解"两个西方"。但我们关注"两个西方"的出发点和目的却无疑首先是因为自己的需要,是因为要走出自己的危机。正是在这里,学衡派表现了其误区:他们确实关注到了"两个西方"的存在,也就是说,他们关注到了西方文化中存在的问题,但他们却忽视了或者说没有用同样的力气去研究20世纪初中国的问题——他们关注了别人的问题却忽

---

① 梅光迪:《论今日吾国学术界之需要》,载《学衡》1922年4月第4期。
② 吴宓:《论新文化运动》,载《学衡》1922年4月第4期。
③ 吴宓:《论新文化运动》,载《学衡》1922年4月第4期。
④ 对上节中提到的梁启超的言说亦应作如是观。但在这里,作者想聚焦于学衡派。

略、淡化了自己的问题。

西方的人道主义确实出了问题,故白璧德对培根的功利主义、知识之扩张和卢骚的感情之扩张进行了批判并建立了自己的"人文主义"。那是西方文化之需要。但20世纪初的中国,需要的是什么?需要让人从天理/人欲的锁链里解放出来,需要让人从"吃人"的历史中走出来,需要让"知识"成为富国强兵的基础。尽管我们需要防止现代性追求走进陷阱,但我们首先需要的,是走进现代社会。

这一点,在学衡派那里,被有意无意地淡化了。我注意到一个有意味的现象:学衡派在指责新文化派未能洞悉世界趋势、对西学不熟时,是从文化层面立论的。而在与新文化派的具体对话时,却大多只限制在文学层面,只关注文言/白话、贵族/平民等问题。至于在文化层面上,新学所学的人道主义等近世西洋文明,在中国实行起来到底有什么不行?为什么不行?危害在哪里等问题,学衡派主要人物基本上没有拿出有说服力、有价值的意见。他们甚至可以较多地谈论新派的学识人品,而无法将笔力集中于要害的问题上。吴宓的《论新文化运动》洋洋万余言,未能在这一问题上深入。梅光迪的《评提倡新文化者》则只对新文化论者提出四点指责:"一曰:彼等非思想家,乃诡辩家也","二曰:彼等非创造家,乃模仿家也","三曰:彼等非学问家,乃功名之士也","四曰:彼等非教育家,乃政客也"。①这样的论述,对论敌是有杀伤力的;对问题,杀伤力却不大。

这就使学衡派的论述出现了一个夹缝:认为新文化派学近世西洋文明不行,却未能真正论述为什么不行,除了近世西洋文明在西方已不合时宜这一理由之外。于是,在学衡派的论述里,隐含着这样一个推论:

  近世西洋文明在西方已遭质疑,
  中国新文化派学近世西洋文明是不合时宜的。

在这样的推论里,中国、中国问题,不见了。

学衡派关注的重心是学术。其杂志宗旨第一条即有"论究学术"。②梅光迪写了《评今人提倡学术之方法》。在学衡派其他重要人物的文章里,"学术"一词的使用频率也很高。他们所谈论的西方文明的变迁,主要是从学术角度。但这学术与中国现实、中国需要的契合性问题却被相对忽略了。

于是,我们可以理解,历史,对新文化派的选择不是没有道理的。

这就给我们另一点启示:今天,我们进行"全球化"的讨论,首先要关注的是中国的需要、中国的问题,要把"两个西方"放在中国本土需要与问题的维度上进行探讨。

比如大众文化、消费文化的兴起是好得很还是糟得很,学界意见不一。我以为,至少在今天的中国,它还有革命性的因素,还对传统的文化观念形成着冲击。但学界对大众文化、消费文化的批判却并非一日。陶东风对此曾作过深刻的论述。他认为简

---

① 梅光迪:《评提倡新文化者》,载《学衡》1922 年 4 月第 4 期。
② 梅光迪:《评提倡新文化者》,载《学衡》1922 年 1 月第 1 期。

单地套用法兰克福批判理论来对中国的大众文化进行批判，其有效性是值得质疑的。①我十分赞同陶东风的论述。但我们又不能不同时承认，中国的消费文化正在显露出其另一面。它在物与欲中纵横驰骋、花样百出，有可能使正常人性走向遮蔽和扭曲，有可能将对人的自由许诺转化为对人的控制。

这就是中国现状的两面。人的现状也一样。中国不少人的生存状态与思想状态还处于前现代之中，中国的理性建设并没有完结。传统，包括封建余毒对人的压抑、控制是无须多加证明的。然而这并不是事情的全部。新闻媒体曾多次报道外资老板逼迫中国工人下跪。这到底是传统对人的压抑还是跨国资本对人的欺凌？今天的人已经远不同于古典的人，他不仅受着传统、社会的控制与压抑，还受着资本、信息的控制与压抑。今天的都市人只要一出门，每秒钟眼睛里便被迫接受几十条乃至上百条广告。这到底是让人得到了购物的"自由"，还是让人的选择受到了控制？网络已经使每一个现代人都难逃其"网"，但网络到底是给了人自由还是让人受到了操纵？或者问，到底是人在操纵网还是网在操纵人？②而这一切操纵都与全球化语境、与跨国资本相关。强势经济、强势文化的居高临下姿态甚至已经渗透到我们语言之中。"波鞋"本来是足球鞋的英译，但在新的大众术语中，"波鞋"就比"球鞋"高级，正如"T恤"就比"汗衫"好一样。

这就是中国本土的现实。用任何单一的理论都不能涵盖其现状，都可能在精彩的同时远离现实而去。因此，我们无法空洞地讨论是赞成全球化还是反对全球化的问题。因为对"两个西方"，我们同时都需要，也同时都不能照搬。我们只能说，"两个西方"在我们直面本土问题时，给我们提供了多角度的参照。我们需要以此为参照，找到一个更能面对本土现实的分析模式。

而要真正观照中国的现实、解决中国的问题，还必须建设中国自己的文化。我不相信一个民族的人能够完全在他民族的文化中生存，也不相信全球化能够消灭某一民族的文化。这一点，只要看看美国各大城市的唐人街就可以明白。所以建设本土文化永远是一个大课题。这当然是另一个话题了。

（原载《文学评论》2001年第6期）

---

① 陶东风：《批判理论与中国大众文化批评》，载《东方文化》2000年第5期。
② 南帆在《启蒙与操纵》（《文学评论》2001年第1期）一文中对与此相关的电子传媒作了精彩的分析。

如何理解"先锋小说"

程光炜

我们所知道的"先锋小说",某种意义上也可以说是 80 年代作家、批评家和编辑家根据当时历史语境需要而推出,经"文学史共识"所定型的那种"先锋小说"。它"在文学观念上颠覆了旧的真实观","放弃对历史真实和历史本质的追寻"①。"是为了更好地表达作者独特的人生体验和社会感受。在这个意义上,叙述方式的试验无疑具有正面的价值。"② 显然,从这些评述中可以明显看出人们更愿意与"非文学"/"纯文学""旧真实观"/"叙述方式"等问题相联系来论述先锋小说的"超越性意义"。但是 1985 年前后,"城市改革""计件工资""消费浪潮""超越历史叙述""文化热""美学热""出国热""进藏热",以及"作家与编辑部故事"等非文学因素正在密集形成,它们拥挤在文学的内部或外部,即使宣布是"纯文学"的先锋小说的生产也再难"单独"完成。鉴于主张者更愿意在"文学"层面上理解,先锋小说的含义实际已经被不少文学研究所"窄化",它从当时"多元"的历史语境中脱轨成为一个无可否认的事实。所以,彼得·比格尔警告说,"当人们回顾这些理论时,就很容易发现它们清楚地带有它们所产生的那个时代的痕迹",然而"历史化也并不意味着人们可以将所有以前的理论都看成走向自身的步骤。这样做了之后,以前的理论的碎片就从它们原先的语境中脱离开来,并被放到新的语境之中,但是,这些碎片的功能和意识的变化则还没有得到充分的反思"③。

一、"先锋小说"与上海

我首先想到的一个问题是"先锋小说"之发生与上海的关系。这在现代文学研究者看来已经不是新鲜的"研究题目",但对认识 80 年代的"先锋小说"还不失其有效性。当时先锋作家主要分布在北京、上海、江浙和西藏等地,显然,就像 20 世纪 30 年代曾经发生过的一样,它的"文学中心"无疑在上海④。据统计,仅 1985 到

---

① 朱栋霖、丁帆、朱晓进主编:《中国现代文学史 1917—1997》(下册),高等教育出版社 1999 年版,第 133 页。
② 董健、丁帆、王彬彬主编:《中国当代文学史新稿》,人民文学出版社 2005 年版,第 458 页。
③ (德)彼得·比格尔:《先锋派理论》,高建平译,商务印书馆 2005 年版,第 79、80 页。这本书是在我课堂上旁听的北师大文艺学硕士生杨帆同学推荐给我读的,尽管因为翻译的问题,它非常晦涩和绕口,但对我"重新理解"八十年代中国文学中的"先锋小说",仍有不少帮助。
④ 近年来,关于上海与现当代文学关系的研究有很多成果,如李欧梵的《上海摩登》、李今的《海派小说与现代都市文化》,王德威对王安忆与"海派"关系的研究,杨庆祥的《"读者"与"新小说"之发生——以〈上海文学〉(1985 年)为中心》等论述。

1987年间,《上海文学》发表了三十篇左右的"先锋小说",这还不包括另一文学重镇《收获》上的小说①,差不多占据着同类作品刊发量的"半壁江山"。另外,"新潮批评家"一多半出自上海,例如吴亮、程德培、李劼、蔡翔、周介人、殷国明、许子东、夏中义、王晓明、陈思和、毛时安等。正如作家王安忆描绘的,那时上海的生活景象是:"灯光将街市照成白昼,再有霓虹灯在其间穿行,光和色都是溅出来的","你看那红男绿女,就像水底的鱼一样,徜徉在夜晚的街市。他们进出于饭店、酒楼、咖啡座、保龄球馆、歌舞厅,以及各种专卖店,或是在街头磁卡电话亭里谈笑风生",这"才是海上繁华梦的开场"②。而当时北京和大多数内地城市,各大商场夜晚七点钟前已经熄灯关门,很多地方还是"黑灯瞎火"的情形。某种程度上,城市的功能结构对这座城市的文学特征和生产方式有显著的影响。所以,无论从杂志、批评家还是作为现代大都市标志的生活氛围,上海在推动和培育"先锋小说"的区位优势上,要比其他城市处在更领先的位置。这些简单材料让人知道,即使在1980年代,上海的文化特色仍然是西洋文化、市场文化与本土市民文化的复杂混合体,消费文化不仅构成这座城市的处世哲学和文化心理,也渗透到文学领域,使其具有了先锋性的历史面孔。

从这一时期的文学杂志上,我们可以看到在小说观念上,上海批评家比其他地方的批评家有更明确的先锋意识。吴亮的《马原的叙述圈套》、李劼的《论中国当代新潮小说的语言结构》等文章率先确立了先锋小说的内涵和文体特征,他们对其"形式""语言""叙述"等价值的重视,与其他批评家仍在强调"历史""美感"截然不同。当许多批评家在历史参照视野里谈论"主体性""伪现代派"等话题时,上海批评家已经意识到先锋小说对"历史"的超越恰恰是与中国正在发生的"城市改革"紧密联系着的,先锋小说之所以是"消费""孤独""个人性"所催生的产物,是因为它的形式感、语言感更符合城市那种量化、具象化的特征。"我更侧重于文学作品的社会历史方面与美感形式方面的有机把握。"(黄子平)③"当前社会生活中的一个引人瞩目的重大变化发生在消费领域","最能体现市场机制的莫过于通俗文学了,从订货、写作、付型出版、发行乃至出现在各种零售书摊上"都莫不如此。(吴亮)④虽然同为先锋文学战壕中的"战友",黄子平这时主要关心的是《"诂"诗和"悟"诗》《艺术创造和艺术理论》《论中国当代短篇小说的艺术发展》(都写于1985年)等空灵抽象的文学问题,而吴亮对小说的认识明显在向更具象和生活化的城市层面转

---

① 1985到1987年在《上海文学》上发表的"先锋小说"(当时叫"新潮小说")有:郑万隆《老棒子酒馆》,陈村《一个人死了》《初殿(三篇)》《一天》《古井》《捉鬼》《琥珀》《死》《蓝色》,阿城《遍地风流(之一)》,张炜《夏天的原野》,王安忆《我的来历》《海上繁华梦》《小城之恋》《鸠雀一战》,韩少功《女女女》,马原《海的印象》《冈底斯的诱惑》《游神》,刘索拉《蓝天绿海》,张辛欣、桑晔《北京人(七篇)、(十篇)》,孙甘露《访问梦境》,残雪《旷野里》,李锐《厚土》,莫言《猫事荟萃》《罪过》,苏童《飞越我的枫杨树故乡》等。
② 王安忆:《海上繁华梦》,《接近世纪初》,浙江文艺出版社1998年版,第53、54页。
③ 黄子平:《沉思的老树的精灵·代自序》,浙江文艺出版社1986年版。
④ 吴亮:《文学与消费》,载《上海文学》1985年第2期。

移。我这里拿吴亮和黄子平来比较,不是说吴更先锋,而黄不先锋,而是意识到了当时的先锋阵营内部已经存在着某种差异性。也就是说,上海的"先锋派"与北京的"先锋派"究竟是不一样的。或者说北京的先锋派是"学院型"的先锋派,而上海的先锋派应该是那种"城市型"的先锋派。我们知道,1980年代的吴亮曾经是"社会历史"和"美感"的坚定信仰者,但现在,一种久居城市却前所未有的"孤独感"突然打垮了这位强势批评家:"今年初秋的某天下午,我一个人匆匆地走在大街上,突然感到了一种惊奇:因为我发觉自己置身于陌生人的重围之中,而那熙熙攘攘的'陌生人的洪流'并没有与我敌对。"① 当黄子平沐浴在文化气氛浓厚的北京学院式生活的风景中时,吴亮却对缺乏温情和历史联系的人际关系感到揪心:"尽管我广交朋友,可我仍然时时感到有孤独袭来","建筑在相同的或互惠的利益基础上,仅仅在计划、意见、观点、规约等等超个性的社会性内容方面进行繁忙认真的交流,而许多个人的东西则被掩盖起来"②。显然,他的"先锋意识"除来自翻译和阅读的影响,还直接来自一种强烈的"都市虚无感"。80年代虽有持续高涨的"思想解放"和"文化热"思潮,但他的精神生活已经无法抵抗重新复活的"上海都市文化"的腐蚀,他发现,"先锋姿态"不单是指那种与历史生活传统相"对立"的方式,可能还像本雅明在评价法国先锋作家时指出的:"波德莱尔高出同代作家的地方则在于,他今天高喊'为艺术而艺术',明天一变而成'艺术与功利不可分割'的鼓吹者","文人通过报刊专栏在资本主义市场里占据了一席之地,从而在社会生活中占据了一个位置。他的订货性质和他的产品的内在规律已暗示了他同这个时代的关系"③。应该说,在认识"先锋小说"与"上海"的多管道秘密联系的问题上,吴亮是最早也是最敏锐的批评家之一。

众所周知,对吴亮、程德培、李劼、蔡翔、周介人、殷国明、许子东、夏中义、王晓明、陈思和、毛时安等批评家来说,《上海文学》的"理论批评版"就是这样一种非同寻常的"资本市场"的"杂志专栏"。他们80年代在全国文学批评家中所具有的"领先性",一定程度上是和这家杂志"理论批评专栏"的文学市场敏感性和高端位置,以及与文坛的密切互动分不开的。同样道理,《上海文学》《收获》等具有市场规划性的"杂志专栏",对马原、扎西达娃、孙甘露、余华、王朔等正在"崛起"的先锋作家来说也同样重要。他们与这些文学杂志"小说专栏"编辑的"密切关系",反映了他们与这座大都市密切的互动关系。而加强与这座在西方文化资源和现代影响方面都比中国的任何城市具有超前性、独特性的大都市的联系,显然就建立了与全国新华书店、大专院校、读者这个"文学流通管道"的联网式"订货发售"关系。《收获》杂志编辑程永新在写文学回忆录《一个人的文学史》时也许没有意识

---

① 吴亮:《城市人:他的生态与心态》,载《上海文学》1986年第1期。就在这个"吴亮评论小辑"中,作者特别加上了一个提示性的副标题"文学的一个背景或参照系"。
② 吴亮:《城市与我们》,载《上海文学》1986年第11期。
③ (德)本雅明:《发达资本主义时代的抒情诗人·中译本序》,张旭东译,魏文生校,生活·读书·新知三联书店1989年版,第5、7页。

到,他告诉人们的正是文学史背后这个"作家与杂志互动史"的秘密。在1987、1988年,先锋作家们"致程永新"的信,发展到了"密集轰炸"的程度。扎西达娃告曰:"二期的稿子我已写好,三两天内寄出,两万字的短篇。如不能用请转《上海文学》,或退回。""谢谢你对我的期望,我的名利思想较之许多人淡薄,我永远不急躁,过去如此,将来亦如此,红不红是别人封给的,想也无用。"马原焦急地询问:"长篇真那么差吗?李劼来信讲你和小林都不满意,我沮丧透顶,想不出所以然来。"因此,"很想知道其他稿件的情况,鲁一玮的、苏童的、洪峰的、孙甘露的、冯力的、启达的"。孙甘露谦虚地坦承:"《访问梦境》不是深思熟虑之作,这多少跟我的境遇有关。感谢你的批评,你的信让我感到真实和愉快。"苏童说:"《收获》已读过,除了洪峰、余华,孙甘露跟色波也都不错。这一期有一种'改朝换代'的感觉。"临末,他不忘对"盛极一时"的莫言说点"坏话":"《逃亡》在南京的反应还可以,周梅森说莫言的文章,马尔克斯的痕迹重了,而费振钟、黄毓璜(两个搞评论的)反而认为莫言马尔克斯痕迹不重。告诉你这些,也不知道想说明什么。"王朔则露骨地说:"你在上影厂的朋友是导演还是文学部编辑?……史蜀君曾给我来信表示对《一半是火焰一半是海水》(《啄木鸟》1986年第2期)有兴趣,但我们至今没有进一步联系,如果你认识她,不妨问问她的态度。"又叮嘱:"仅一处拙喻万望手下留情,超生一下,即手稿三百一十九页第四行:'眼周围的皱纹像肛门处一样密集'……此行下被铅笔画了一线,我想来想去,实难割舍","老兄若再来北京,一定通知我,一起玩玩"①。

　　自然,我们在考察"先锋小说"之"发生史"的过程中,也能找到很多同类先锋作家与其他城市(如北京、南京、广州、沈阳、拉萨等)"密切互动"的材料,因为这些城市的《北京文学》《人民文学》《文学评论》《钟山》《花城》《当代作家评论》和《西藏文学》等都参与了先锋小说的生产。不过,不应该忘记,1984年后中国社会"改革"重心已经向"城市"转移,上海虽然在企业改制和重组、引进外资方面暂时落后于广东,但作为"老牌"现代大都市,它的"都市意识"却遥遥领先于前者,这可在《上海文学》《收获》《上海文论》比《花城》更为频繁的"栏目"调整,组稿明显向"先锋小说"倾斜,"先锋批评家"规模和影响力大大超过后者的现象中见出一斑。不管人们愿不愿意承认,这些杂志的编辑家、批评家事实上已经具有了某种现代"出版商""书商"的面目。吴亮前面的"预见"和"不安"在这里得到了证实。埃斯卡皮的论断非常精辟地揭示了文学与都市的"秘密关系":"因此,高雅文学的圈子呈现出一环套一环的连续选择的面貌。出版商对作者创作的挑选也限制着书商的挑选,而书商自己又限制读者的挑选;读者的选择,一方面由书商反映给商业部门,另一方面,又让批评界表述出来并加以评论,随后,读者的选择再由审查委员会加以表达和扩大,反过来限制出版商此后的选择方向。结果是,各种可能性呈

---

① 见程永新编著《一个人的文学史·1983—2007》,天津人民出版社2007年版,第32～44页。

现于有才能的人面前。"① 至于后者，人们大概已在先锋作家与《收获》杂志编辑的通信中隐约觉察。

二、"先锋小说"与"新潮小说""探索小说"

这一部分，我准备对"先锋小说"与"新潮小说""探索小说"之间繁复交叉的关系，也即是说对"先锋小说"的多元化理解是如何被集中和简化了的，而这种理解上的变异性究竟与当时的文化状况是一种什么关系作一些讨论。进一步说，经过这么一个"去粗存精"的过程，这些被"精选"的作家和作品是如何被看作"先锋小说"的。显然，这里存在着一个它被从上述各种"新潮小说"中"分离"的过程，而它为什么被分离，这正是我们感兴趣的一个问题。

"先锋小说"（当时叫"先锋派文学"）的名称可能最早出现在《文学评论》和《钟山》编辑部1988年10月召开的一次"现实主义与先锋派文学"的研讨会上②。90年代后，密集使用这一概念的是陈晓明、张颐武等批评家③。它是一个带有追授性色彩的历史性命名。它之所以被"追授"，说明它本来包含着矛盾而多样、大家当时无法解释清楚的丰富的文学史信息。也就是说，1979至1988年间出现的被称作"意识流小说""实验小说""现代派小说""探索小说""新小说""新潮小说"的小说实验，一开始携带着各种不同的历史目的，有不同的文学诉求，而后来所说的"先锋小说"就是从这些命名中分离出来的；但在当时，即使在上面这次"研讨会"上，人们还不会注意这个复杂问题，更不会对它作历史分析。我们先从王蒙对"意识流小说"的"自我命名"作些了解。1980年，针对有人对王蒙和宗璞"意识流小说"的批评，王蒙在《对一些文学观念的探讨》一文中指出："过去曾把恩格斯的命题译为典型环境中的典型性格"，即"认为塑造典型性格乃是文学的最高要求"，但这种"传统的文学观念，需要探讨"。文学要写人这没有问题，然而人是否就等于"人物""性格"？他认为写人也可以通过"人的幻想""奇想""心理"和"风景"等来表现④。王蒙对"先锋小说"的理解，是通过将"意识流小说"与"经典现实主义文学"相对立的方式来进行的。这种理解显然与"文革"后当代文学对"经典现实主义"理论的深刻质疑有极大关系。如果我们了解王蒙、宗璞这代作家与"十七年""干预型现实小说"的"历史渊源"，就会明白，他们的"意识流小说"其实仍然还在"干预型现实主义"的文学规划之中，即人们今天所说的"形式的意识形态"。

但这种状况到1983年前后有了一个变化，原因是身居北京的一些青年作家和艺术家，受到开始转型的城市生活的鼓励，不愿再在"文学意识形态"的简单框架中

---

① （法）埃斯卡皮：《文学社会学》，于沛选编，浙江人民出版社1987年版，第61页。
② 见李兆忠《旋转的文坛——"现实主义与先锋派文学"研讨会纪要》，载《文学评论》1989年第1期。
③ 在陈晓明的成名作《无边的挑战》一书中，他大量采用了"先锋小说"，而不是此前的"意识流小说""新潮小说""新小说""探索小说"等说法。该书1993年由长春的时代文艺出版社出版。
④ 王蒙：《对一些文学观念的探讨》，载《文艺报》1980年第9期。

来定义"探索小说"。他们渴望走出"历史恐惧",把小说当作描述他们个人现代心理和生活的一种中介形式(类似于今天的"信息公司""婚介所"等等似乎试图逃脱社会控制而貌"中立性"的机构)。当时,在社会上和艺术院校校园里,已开始流行青年叛逆的情绪,还出现一些有意规避主流社会意识的"边缘人""局外人"。于是,一种把"探索小说""现代派小说"理解成"个人"可以通过某种"逃避方式"而游离于"社会群体"的相当前卫的文学意识,一时间密集出现在刘索拉《你别无选择》、徐星《无主题变奏》和张辛欣《在同一地平线》等小说中,它们令在"文学转型"上找不出良策的文学批评大吃一惊。刘武以相当推崇和肯定的口吻写道:"当刘索拉、徐星、张辛欣等一系列心态小说出来时,我们应该由他们塑造的人物体味出一种深刻的怀疑意识。"他认为这是由于80年代社会主义价值观念与因城市改革而兴起的现代社会价值观念没有衔接所出现的"价值断裂"造成的,"这些迷惘的青年正处在由自然经济结构社会向商品经济结构社会(即传统文学向现代文明)过渡的转型期,新的价值体系尚未建立,他们抱着对旧价值体系的鄙夷与嘲笑,急于摆脱它们,但却找不到新的大陆立住脚跟"。他认为,随着"改革开放"转向城市后力度的加大,文学的"干预功能"不再被年轻作家所理睬,而城市改革所催生的"现代人危机",将成为他们定义"现代派小说"的一个独特的视角①。

"城市改革"对文学的冲击还有"女性问题"。1985年后,中国社会的"离婚率""婚外恋"持续升温,"探索小说""新潮小说"被匆忙贴上了新的历史标签。李宏林的报告文学《八十年代离婚案》是这方面最直接的反映。而且那时候到处都可以看到以"离婚启示录"为名来吸引读者的报告文学、纪实文学,这使刚刚从封闭时代走来的广大读者,尤其是年轻读者的感官大受刺激。"女性解放""女性自由"成为继"五四"和建国初之后的又一股社会潮流,它因为在大胆女作家的作品里越来越"实录化",而在"主题""题材"上产生了激动人心的文学效果。张洁的中篇小说《祖母绿》借女主人公曾令儿在生活重压下的坚毅形象,来凸现"女性意识"的全面复苏。她的《方舟》则通过三位离异女性的婚变,尖锐提出了"女性身份"危机这一社会问题。像王蒙的"意识流小说",刘索拉、徐星和张辛欣的"现代人危机"一样,"女性问题"这时被文学界正式纳入"探索小说"的文学谱系。"爱情""情欲"等等在"当代文学"中未曾真正品尝的"尖端命题",就这样在特殊年代和文学认定机制的急促推动下被赋予了"探索"的历史特征。正像白亮在分析遇罗锦《一个冬天的童话》的"内在困境"时所指出的:"作品以文学的形式描写并歌颂自己的婚外恋和'第三者'是不符合社会主义道德规范的,作者孜孜以求的爱情不仅带有明显的私人色彩,而且是突出了强烈的'情欲'特点的'爱情',此外,作者的

---

① 刘武:《怀疑的时代》,载《当代文艺思潮》1986年第4期。在1985至1988年间,"怀疑"曾是人们评论现代派文学创作时使用频率最高的专用词之一。

立场和观念也超出了国家和民众的期待和认定。"① 他认为，由于作家叙述的个人生活成为"社会焦点"，造成了文学与社会的新的对立，"社会舆论"作为一种变形的"文学批评"开始进入文学作品的评价系统。同样理由，"离婚""婚外恋""独身主义"等社会思潮因为深度介入女性文学的创作（如伊蕾引起轰动的组诗《独身女人的卧室》，因受到有关方面的严厉批评，她的创作陷于停顿，不得不下海到俄罗斯经营油画作品），使这些充塞着大量社会问题的文学作品进一步凸现出"先锋文学"的色彩。在当时，人们还没有今天这么清楚的文体辨别意识、认定文学类型的文学史意识，所以，人们往往都会把这种与传统文学观念、社会习俗和道德伦理关系紧张，带有一定挑战性的文学创作，统统想象为"探索""新潮""现代派"的小说。在这种情况下，"探索小说""新潮小说"的"文学选本"多如牛毛，指认范围相当地宽泛，而且从没有人对这种过于随意的文学主张表示过怀疑。因此，连一向有敏感批评触觉的批评家吴亮也在不同版本的"探索小说"面前，表现出"选择"的犹豫和无奈："确实，在既定理论规范势力范围之外还有更为宽广的天地。我真对那些小说心悦诚服：概念把握不了、把握不全的东西，由他们的语言叙述来整个儿呈现了。"②

不过，"探索小说""新潮小说"这种"群雄并起"的混杂局面到1987年有了一个急刹车。原因是西方结构主义理论开始被中国知识界接受，结构主义推崇的"语言""形式""神话结构"很大程度上声援了正在兴起的"纯文学"思潮。它使"纯文学"批评家们意识到，"意识流小说""现代人危机""女性问题"等涉及的仍然是"社会内容"，而非"文学本体"。这些"社会小说"在文学渊源上与"干预生活小说""伤痕""反思"小说实际如出一辙。出于这种不满，李劼有意识把"内容小说"推到"形式小说"的对立面上，他要采取"分身术"的方法使"形式"脱离"内容"的历史束缚："人们以往习惯于从一种社会学、文化学的角度看待一个新的文学运动"，"即便谈及这种文学形式的革命，也总是努力把它引向""大众化、平民化之类的社会意义和人道主义立场，很少有人从文学语言本身的更新来思考新文学的性质"。他说："当内容不再单向地决定着形式，形式也向内容出示了它的决定权的时候"，它就会"因为叙述形式的不同竟会产生截然不同的审美效果"。在这种情况下，他感觉自己终于为"先锋派小说"创立了一个"正确"的命名："从一九八五年开始的先锋派小说是一种历史标记。这种标记的文学性与其说是在'文化寻根'或者现代意识，不如说在于文学形式的本体性演化。也即是说，怎么写在一批年轻的先锋作家那里已经不是一种朦胧不清的摸索，而是一种十分明确的自觉追求了。"③ 当实验性比前面几批作家更加激烈和异端的马原、洪峰、余华、孙甘露等新人出现在面

---

① 白亮：《"私人情感"与"道义承担"之间的裂隙——由遇罗锦的"童话"看新时期之初作家身份及其功能》，载《南方文坛》2008年第3期。

② 吴亮、程德培编：《新小说在1985年·前言》，上海社会科学院出版社1986年版。可以说，这是"新时期"第一部已经具有"先锋小说"价值倾向和审美规范的文学选本，从中能够隐约感觉到编选者后来"先锋小说"批评意识之形成的来龙去脉。

③ 李劼：《试论文学形式的本体意味》，载《上海文学》1987年第3期。

前时,吴亮的"态度"也在急剧转变。在批评文字中,各种"探索""新潮"小说的社会问题被弱化,它们被强制地"归化"和"集中"到一体化的"先锋小说理论"中。他明确提出了自己关于"先锋小说"的观点:"在我的印象里,写小说的马原似乎一直在乐此不疲地寻找他的叙述方式,或者说一直在乐此不疲地寻找他的讲故事方式。他实在是一个玩弄叙述圈套的老手,一个小说中偏执的方法论者。""马原确实更关心他故事的形式,更关心他如何处理这个故事,而不是想通过这个故事让人们得到故事以外的某种抽象观念。"① 一年前,一向谨小慎微的先锋批评家南帆也意识到让各种形态的"探索小说"在那里"各自表述"是一场严重的灾难:"文学批评的具体化既可能是一种感受,一种宣泄,一种鉴赏,也可能是一种选择","可是,当这些形形色色的批评活动尚未分化之前,它们是否可能来自一种共同的缘起?"他发现,就在批评家从浩如烟海的作品中对"先锋小说"加以"挑选"的时候,一种比单纯追求"社会轰动效应"更具有先锋企图的文学生产方式出现了:"批评家所探究的并非纯粹的作品,而是作品加读者的文学现象。无论肯定抑或否定,批评家所摄取的考察对象都只能是那些拥有相当读者的作品。批评家时常乐于承认:这些作品比之那些默默无闻、虽生犹死的作品更有价值。所以,吸引批评家的与其说是作品本身,毋宁说是作品在读者中的成功。"② 他们敏锐地意识到,"探索小说""新潮小说""新小说""现代派小说"说到底仍然是一个"写什么"的问题(经典现实主义文学观念),而"先锋小说"却是"怎么写"的问题(现代主义文学观念),而它恰恰标明了回到"文学本身"的"历史性要求"。

在这里,"先锋小说"从繁杂多元的"探索小说""新潮小说"中被"分离"的过程,正是1980年代中期中国社会各个阶层、社会观念开始"分化"的过程。"城市改革"某种程度上在争夺、分享或淡化传统意识形态对文学垄断权的迷恋,而它直接催生的"边缘人""局外人""女性自由""独身主义"等社会思潮,则帮助作家摆脱了意识形态的精神捆绑,于是正式公布了"纯文学"思潮的诞生。而先锋小说强调"形式""语言"就是"文学本体"的主张,则为"纯文学"提供了一个最为理想的"文学文本"。因此,在文学界很多人的心目中,"形式""语言"正是从"社会内容"中被"净化"出来的文学观念,它距离"社会"越远,越能阻断文学与社会的历史联系,是使文学真正获得"自主性"的重要保证。1985、1986年后,更加繁重而多极的城市改革相当程度上缓解了文学与意识形态的紧张关系,西方"现代语言学""叙事学""修辞学"理论的大量涌进,使小说生存发展与认知空间得以更新,因此它面对的时代语境,与"探索小说""新潮小说"相比已有天壤之别。也就是说,"先锋小说"意义上的"纯文学"思潮在这里呈现出一个根本性的历史位移,它开始被文学界理解成一个"纯粹"的"写作问题"。进一步说,"纯粹写作"被文学界理解为是一种比"社会写作"更高级的文学存在,人们普遍认为这是

---

① 吴亮:《马原的叙述圈套》,载《当代作家评论》1987年第3期。
② 南帆:《批评:审美反应的解释》,载《当代作家评论》1986年第5期。

促使当代文学真正"转型"的最强劲的动力。这是"先锋小说"被从"探索""新潮"等小说中分离出来的一个重要理由。黄子平1988年初为回应"伪现代派"指责所写的著名的《关于"伪现代派"及其批评》一文,对当时人们困惑的"先锋小说"与"探索小说""新潮小说"之间存在的不同点作了更为细致的理论区分。他说:"从中国社会的'经济'角度来判断一部作品是否'伪现代派',除了上述以现实工业化为依据外,还有以中国普通老百姓的生活状况和心理要求为标尺的","因而当代中国的大部分探索性作品,就陷入了如下的内在矛盾"。针对有些人对"先锋小说"的形式实验有"脱离现实"危险倾向的责难,他反驳道:"用胃的满足程度来限制文学的想象力和超越性,其有效性是值得怀疑的。以中国现代文学史为例,我们能否说,在战乱频仍、民不聊生的年代里写下的《野草》(鲁迅)、《十四行集》(冯至)、《诗八首》(穆旦)等等,是不真诚的作品呢?"①

当然我们必须看到,"先锋小说"观念之建立,是以对"探索小说""新潮小说""现代派小说""新小说""试验小说"的丰富存在的彻底剪裁为代价的。"语言""形式""本体""暴力""异质"等"纯文学"观念,对处在当代中国社会这一转型过程中千百万普通人的痛苦、矛盾和困惑,显然实施了新一轮的压制和排斥。文学史经验告诉我们,"新时期文学三十年"事实上已经变成了一个以"先锋小说为中心"的历史叙述。80年代的"文学思潮"被理解成是"先锋小说"不断克服"非文学干扰"而最终获得"文学性"的历史性结果。但在这一历史叙述过程中,它的文学"前史",堆积在文学史断层周围的大量文学知识碎片,则由于后来文学史"分析""归纳""总结"等功能的"过滤"和"筛查",而很可能已经永远地消失。大家已经看到,刘索拉、徐星已经不被归入"先锋文学"的章节,张洁变成了一个"无法归位"的作家,遇罗锦更是在这种文学知识重新的整合中淡出了人们的视线。当然我们也能够理解,不将某一文学现象从混乱不堪的"小说思潮"中分离出来,就无法完成对于它的"经典化"工作,我们所谓的"文学史叙述"就难以建立起来。所以,正如海登·怀特在评价列维·斯特劳斯认为所有历史叙述中都有一个神话和诗歌的结构时说的那样:"只有决定'舍弃'一个或几个包括在历史记录中的事实领域,我们才能建构一个关于过去的完整的故事。因此,我们关于历史结构和过程的解释与其说受我们所加入的内容的支配,不如说受我们所漏掉的内容的支配。"②

三、 离乡进城与"超越历史"

在前两部分,我主要围绕"城市改革"中的物质层面和社会风俗层面来谈人们对"先锋小说"的理解。因为小说,尤其是"现代""先锋"小说都是在"城市"

---

① 黄子平:《关于"伪现代派"及其批评》,载《北京文学》1988年第2期。
② (美)海登·怀特:《后现代历史叙事学》,陈永国、张万娟译,中国社会科学出版社2003年版,第173页。

发生，而且是与城市的现代出版业、图书市场、读者密切结合的一个行业，本雅明和埃斯卡皮对此有许多精辟的论述。但当代文学在80年代的"转型"，还不止上述方面，也包含着"先锋小说"对"十七年"文学、"文革"文学作为"农村包围城市"社会实践的最成功叙述的这一结论的强烈反弹和质疑。人们认为，当代历史固然已经"进城"，可它的思维方式、伦理经验和道德追求仍然顽强坚持着非常浓厚的中国乡村的习气，这是很长一个时期内农村题材小说、军事题材小说非常繁盛而城市小说相对萎缩的深层原因。如果说"十七年"文学、"文革"文学是"进城"后写的一个"乡村故事"，那么"先锋小说"就把自己"超越"历史叙述的最主要标志，定位在重新"离乡进城"来讲一个"都市故事"上（某种意义上，余华的小说、马原的小说可以说是充满都市经验的小镇和西藏叙事）。因此，我这里所说的"超越历史"，指的就是对"十七年""文革"文学叙述那种旧乡村历史意识的"超越"。当然，我这种看法的形成，可能也受到了"城市改革"的某种影响。

讨论80年代的"先锋小说"，必然会涉及到"历史问题"。因为对历史的看法、见解和处理方式，往往决定了它的出场方式、历史内涵和审美特征。在这里，我不会直接讨论作家和批评家的历史观问题，而会以我惯常的方式注意他们是"怎么处理"历史难题的。

1985至1987年间先锋小说家和批评家的"历史态度"是值得推敲的，它不像我们所理解的那么简单。我查看过这一期间的《上海文学》《当代作家评论》两份杂志，发现并不像研究者"后来想象"的，他们对"历史"采取的并不是一味激烈拒绝、否定的态度，而是相反，那是一种"混杂交叉"的犹豫的姿态。我注意这一时期的吴亮，既写"叙述的圈套""新模式的兴起""李杭育印象""文学与消费""城市与我们"等先锋文学批评的文章，也写《花园街五号》《男人的风格》等跟踪现实主义文学的评论。李劼对路遥小说《人生》主人公高加林形象的"现实精神"大加赞扬，但是，他的那些探索"文学形式""本体意味""理论转折""裂变""分化"等等的文章，又试图树立另一个激进的"先锋小说"批评家的形象。程德培、蔡翔、王晓明的情况大同小异。他们可能在《上海文学》上表现得相当"激进"和"先锋"，而到了《当代作家评论》上，又与很多"跟踪"或"扫描"文坛趋势、动态的批评家没有差别[①]。这些文章给人一个印象，80年代文学并没有一个"固定"的先锋文坛，大家更多时候还是那种"传统文坛"上的批评家。例如，1986年1月，李劼在题为《新的建构　新的超越》的文章里宣布："中国的二十世纪文学在其文学

---

① 据统计，吴亮在两家杂志上发表的文章是：《文学与消费》（《上海文学》1985年第2期）、《城市人：他的生态与心态》《文学外的世界》（《上海文学》1986年第1期）、《城市与我们》（《上海文学》1986年第11期）、《爱的结局与出路》（《上海文学》1987年第4期）、《〈金牧场〉的精神哲学》（《上海文学》1987年第11期）、《〈花园街五号〉和〈男人的风格〉的比较分析》（《当代作家评论》1985年第2期）、《新模式的兴起和它的前途》（《当代作家评论》1985年第3期）、《孤独与合群——李杭育印象》（《当代作家评论》1985年第6期）、《马原的叙述圈套》（《当代作家评论》1987年第3期）、《人的尴尬境况——评李庆西的〈人间笔记〉》（《当代作家评论》1987年第5期）。

思潮意义上就将从一九八五年小说创作所作出的这种从时代精神到审美心理的新构建开始。正是在这个意义上，似乎可以认为，一九八五年的小说创作将成为新时期文学的一个新的历史起点。"① 但同时，他又赞扬了"一九八五年以前"的路遥的小说《人生》："作为一个当代青年的形象，在七八十年代之交出现的许多青年诗作里可以看到高加林的胚胎。当人民谛听着那一支或深沉明快，或哀婉或缠绵，或雄浑或宁静的旋律时，眼前浮现的是一个个年轻诗人的自我形象"，"《人生》也会因此成为一部足以跻身世界名著之林的杰作"②。这种"混杂交叉"的多元化历史态度不只出现在李劼一个人身上，在其他先锋作家和批评家身上也普遍存在。对于已经"熟悉"今天文学史概述的人，一定会感觉非常诧异和奇怪的：不是说"先锋小说"已经与1985 年以前的"新时期文学"完全"断裂"了吗？它不是已经成为"一个新的历史起点"了吗？人们时而"先锋"、时而"传统"，他们的历史态度如此暧昧、矛盾和犹豫不决究竟是因为什么呢？这就是我们重新观察"先锋小说"的一个角度。也就是说，它的所谓"超越历史"的叙述，其实是一种"后预设"的"叙述"。当然也可以说，当时的先锋作家和批评家为了强调自己与"过去"的"传统"的不同，他们是把"埋藏在历史学家内心深处的想象性建构"（海登·怀特语）当作一种"文学真实"，从而感觉自己已经完成了对"历史"的"超越"。

海登·怀特在论述新历史主义批评家时的一段话，可能对我们有一点"解惑"作用。他认为建构这种印象的最直接的原因是："一种超验主体或叙事自我，它超越对现实的各种对立阐释"，"这个概念的优点在于它暗示了话语、话语的假定主题，以及对这种主题的各种对立阐释之间的一种似乎不同的关系。"③ 海登·怀特在这里给了我们很好的提示：如果设置一个"假定主题"，那么它作为一种"脱离"了"现实环境"的"超验主体或叙事自我"也就成立了，也就"不成问题"了。例如，马原的"自述"就有一定的代表性，读完它，你会感觉他不仅在"自我辩解"，实际也反映了那代作家和批评家当时在处理"历史问题"时的普遍方式。当有人敏锐地问道："我以为你大学毕业后从辽宁去西藏，使你获得了占有一种奇特的生活优势"，于是更"想了解你是怎样'深入生活'的"。马原对这一当代文学的"理论问题"做了规避，他回答："我是个随意性很强的男人"，但对"把握对混沌状态的感知，再比如对超验事物的想象还原"，相信"比别人略占优势"。他还"假定"了一种与他原籍辽宁完全不同的生活经验，从而为对他作品主人公不能"构成主要矛盾""结构松散""结尾随意"等等的批评性指责予以"辩护"。他强调说："我其实在假想中还原，这是一个从高度抽象到高度具象的意识过程"，其根据是，"西藏确是神话、

---

① 李劼：《新的建构　新的超越》，见《个性·自我·创造》，浙江文艺出版社 1989 年版，第 249 页。此为著名的"新人文论"丛书中的一本。当时许多批评家都喜欢用"个性""自我"等等"超越历史"的术语作书名，以显示自己与"历史"之间紧张、冲突和断裂的关系。他们也喜欢经常宣布一个"新时代"的开始。

② 李劼：《高加林论》，载《当代作家评论》1985 年第 1 期。

③ （美）海登·怀特：《后现代历史叙事学》，陈永国、张万娟译，中国社会科学出版社 2003 年版，第 6 页。

传奇、禅宗、密教的世界,这里全民信教","他们的精神生活与物质生活没有任何因果关系",可以随意"把辛辛苦苦几十年积攒下的房屋和牲畜、物财一下全部变卖",目的就是为了"喝酒唱歌调情"和"作为路费去拉萨……朝佛"。所以,在先锋小说的意义上,"好的棋并不拘泥于一子一地的得失,大势在他心里","我想写没人写过的东西。索性顺着自己的'气'写,气到哪,笔到哪,竟成了《冈底斯的诱惑》这三万多字"①。他还以一种"调侃"的口气对人们说:"我想要求那些想问我什么意思的读者和批评家不要急于弄清什么意思,不要先试图挖掘含义,别试图先忙着作哲学意义的归纳;我要求你们先看看我的小说是否文通字顺?是否故事没讲清楚明白?"②

在读这些文字时,我发现自己越来越不喜欢马原对文学界这种"居高临下"的口吻(从很多文章看,马原那时在批评家面前表现得是比较"傲慢"的,自我"优越感"也很强)。不过,恰恰是这种姿态让我们对他们"超越历史"的策略有更深的理解和同情。因为,无论在今天还是明天,对大多数的中国人来说,谁能"真正"超越自己所生存的历史环境?没有一个人(即使是"伟人")能做到这点。于是,在对历史的困惑中出现了一个"假定主题",这就使"超越"在这个层面上产生了可能性。而当时人们对"先锋小说"毫无保留的阅读和理解,不就是从这多种可能中生发出来的吗?也就是说,上述在"先锋文坛"和"传统文坛"之间犹豫不决的批评家的矛盾行为在这个意义上是可以理解的。在现实生活层面上,他们像高加林、花园街五号的主人公一样是生活、挣扎在新旧历史的交换点上的;但在文学层面上,"超越历史"不光在文学界是最激动人心的重新设计,也是随着城市变革而喷发的一股新的社会浪潮。于是,在现实生活层面上不能"超越",而在文学层面却能"超越",就在这种文学与历史的"假定主题"中被建立了起来,它对80年代大多数作家、批评家、学者、思想家的头脑形成了强大的"统治"。具体到文学理论和文学批评来说,他们特别喜欢在文章中使用"故事""形式本体""语言自觉""语言意识""观念""《树王》ABC""微观分析""解读分析""虚构""自足""表层语感""深层语感""隐喻性""符号""意象""物象""心象""理论的观照""情节模式""审视""叙述圈套"等等;特别喜欢用"反思"这个攻击性武器把对复杂问题的讨论推到一边,十分相信"形式本位"就能处理文学的所有难题;还特别喜欢使用一些花哨并略带一点霸道、为文学事业担当又故意装着历史"局外人"的批评性语言,给人留下与现实环境"没有任何关系"的印象。而使用西方哲学和美学术语、借用反思话语优势而担任"各种对立阐释"的仲裁者,以及用"边缘表述"来偏离、疏远"中心表述"等等做法的目的,就是要挣脱历史无休止的纠缠,在一种假定的后设前提中建立一个80年代文学中的"超验主体或叙事自我",目的是要把"先锋小说"

---

① 许振强、马原:《关于〈冈底斯的诱惑〉的对话》,载《当代作家评论》1985年第5期。
② 马原:《哲学以外》,载《当代作家评论》1987年第3期。从这篇文章可以看出当年"先锋小说"家们的自信和傲气,大有"这点事情"你们"还不懂"的智力优越感。

单独从整个"当代文学"中拿出来,当作不用经过后者检验、过滤和监督的"文学性"的标志。李劼偏激地声称:"文化的批判再偏激再深刻也不能代替文学自身的张扬和伸展,这时应该有一种新的革命,它将产生诸如小说叙事学、创作发生学","我个人认为,新的突破也许就在形式和语言的研究上"[①]。吴亮尖锐地说:"大一统的旧理论把人们的思维禁锢得太久了",批评的精神"革命性并非单单指向外在或历史上的权威,而且也包括着它自己的反思"[②]。程德培表示:"当我们审视作品所反映的生活时,别忘了那渗透其中的主体意识","当我们总结作品的社会历史内容时,也别忘了那与个人经历密不可分的情绪记忆"[③]。蔡翔写道:"当代创作的研究即是我们通常所说的批评",它"对无规则的实践比对有规则的继续投注了更多的热情",还依靠"理论的假定和自身的自觉"[④] 在如何解决"先锋小说"与"历史"的复杂关系的难题时,王晓明更是明白无误地表明了立场"文学首先是一种语言现象。这不但是指作家必须依靠文字来表达自己的审美感受,一切所谓的文学形式首先都是一种语言形式;更是说作家酝酿自己的审美感受的整个过程,它本身就是一种语言的过程",如果没有这种认识,"一切所谓思想的深化、审美的洞察就都无从发生"[⑤]。今天看来,这些议论非常"武断""幼稚"且"问题成堆",然而在当时却都不会成为"问题"。

但我们也不会满意这些结论,而会反问:上述批评话语的"混杂交叉"、文学"假定主题"以及宣布"文学是语言现象"等等的背后到底潜藏着什么?对它含混和复杂的历史面目应该怎么去分辨?我以为这都是80年代的特殊语境造成的。80年代,是一个新/旧、传统/现代等等观念大碰撞的年代,同时也是"前社会主义"向"后社会主义"发生"转型"的年代。这是一个漫长而难耐的历史"等待期",同时,也是一次当代中国包括其文学"重新进城"的隆重的历史仪式。某种意义上,"进城"就要斩断与"乡村"的历史血脉,将抛弃前者的沉重负担和不良形象设定为自己"再出发"的起点。而"进城"的"先锋小说"要巩固自己的"滩头阵地",就要建立另一套文学/城市的文学规则和文学理论。先锋作家和批评家意识到,假如再在立场、感情、主张等问题上无休止地争辩下去,只会深陷历史的泥潭,重蹈当代文学前30年的命运。这是假定主题、超验主体和叙事自我之出现的历史前提,这是先锋文学所推出的另一套不同的"当代文学"的操作规则,这是能够回避重大的历史牺牲的一种最为理想的文学方案,也是足以被各方所接受或默认的"文学的真实"。就在这种情景下,先锋小说突然间"跨"过了历史的泥沼,"超越"了自己的现实处境,而把"当代文学"推进到了"新的历史起点"上。但我们不能不承认,

---

[①] 李劼:《写在即将分化之前——对"青年评论队伍"的一种展望》,载《当代作家评论》1987年第1期。
[②] 吴亮:《新模式的兴起和它的前途》,载《当代作家评论》1985年第3期。
[③] 程德培:《被记忆缠绕的世界——莫言创作中的童年视角》,载《上海文学》1986年第4期。
[④] 蔡翔:《理论对文学的解释》,载《当代作家评论》1985年第5期。
[⑤] 王晓明:《在语言的挑战面前》,载《当代作家评论》1986年第5期。

这实在是一种"魔方式"的文学历史变动；我们也不能不指出，这被当时人们匆忙翻过的历史的一页，和其中诸多矛盾性地纠结的许多个细节，实际上一直没有得到应有的反省和清理。例如，"历史"能够被"超越"吗？超越的条件、准备和可能在哪里？超越之后又将会存在哪些问题？怎样看待"超越历史"这种表达方式、话语形态和体系，以及这种过分奢侈的话语狂欢对当时和后来文学发展有什么复杂的影响？如此等等。

四、怎样理解余华、马原的"小镇""西藏""先锋小说"

这又回到我第三部分的问题上。前面说，"进城"后的"当代文学"通过"都市经验"的文化洗脑，已经使一切"小镇""乡村""异地"的文学经验"充分都市化"，进而把"先锋小说"变成一种更为"有效"的文学叙述。这里，我希望了解的是，余华和马原的"小镇""西藏"文学作品，是如何通过接受"都市经验"的"筛查"而成为"先锋小说"的。

不久前，虞金星对马原小说创作的"前史"——西藏文学小圈子进行了细致的梳理。他说："我们可以注意到，由马原、扎西达娃、金志国、色波、刘伟等人组成的这个'西藏新小说'的'小圈子'，在对西藏人文地理的描述与对小说艺术形式的探索方面，几乎是同时进行的。"① 在 1985 年前的"当代文学"中，很少有来自西藏的小说家们的身影，历史倒是记载过饶阶巴桑等诗人的名字。虞金星的研究使我们想到，小说在西藏当代文学史上是非常萧条的，而小说的"兴起"与 80 年代的"进藏热"有直接的关系。这是因为，上世纪五六十年代的"援藏"主要出于政治目的，而 80 年代大学生的"进藏热"则把"城市""现代化建设"等等带到了这块原始神秘的土地。在这个意义上，马原和他的难以计数的"进藏战友"无疑成为带有城市标志的一批"访问者"，他们无疑是一代浪漫、理想的西藏的"旅游者"（之所以称他们是"西藏的旅游者"，是因为后来，很多人在 80 年代中期后又纷纷返回内地工作，并没有把前者当成自己的定居地）。80 年代，随着国内经济建设浪潮的高涨，港台旅游者也把西藏作为主要旅行地之一。因此，除日益明确的小说"先锋意识"，马原编选小说选本的"旅游意识"也同时萌生。他告诉程永新："正在编西藏这本集子，二十八万字，几乎包括了我所有西藏题材的小说。""另外还有的两部分，一是以往内地生活的，一部长篇几个中篇；二就是这里的已经被国内多种选本选过的西藏部分，以传奇及想象的生活为主。我选这部分，主要考虑到读者兴趣，海外华人多为西藏所迷惑，权为满足这种好奇心吧。"② 我们不能说马原因为有历史性的"旅游者"

---

① 虞金星：《以马原为对象看先锋小说的前史》，未刊。在文章中，他叙述了马原进藏后的生活和文学交友情况，对我们了解西藏"先锋文学"圈子以及他们与上海"先锋文学"批评的关系，颇有帮助。
② 见马原致程永新并李小林信，程永新编著：《一个人的文学史·1983—2007》，天津人民出版社 2007 年版，第 34、38 页。

身份就一定会为"海外旅游者"写小说,但起码已证明经由"旅游者"经验他已开始拥有了"都市意识",这在他的小说写作中悄悄安装了一个"都市意识"的特殊装置(此为张伟栋语)。他已经在有意识地用这个装置检验、过滤并规训自己的小说,他虽说不是单为旅游者写作,但起码是为"上海"这个80年代中国"先锋文学"的"制造地"而写作的。"西藏的人文地理"正好与"上海"先锋文学批评和先锋小说本身的"艺术形式的探索"发生了秘密的历史接轨。

我们再来看余华以浙江小镇海盐为背景,以暴力、凶杀为叙述基调的"先锋小说"描写。研究者喜欢把它称作"暴力叙述""极端叙述"。这都是在"先锋小说"内部所作出的解释,认为"先验""虚构"可以营造另一种在日常生活中看来非常"陌生化"然而又是非常"真实"的生活。对此我以前也深信不疑,但我又发现他80年代小说中还有另一个文学型人际关系网络:"小镇"/"上海""自卑生活"/"都市消费"。它们之间的"秘密协议",某种程度上正是余华后来崛起为"著名作家"的一种巨大推动力。余华1960年4月3日出生,浙江海盐人。1977年中学毕业,从第二年起从事了5年牙医工作,没有什么"学历"。1983年进海盐县文化馆,1989年调嘉兴市文联。这就是他十多年的小镇生活。80年代他常去上海并与格非等人交往。第一篇小说《十八岁出门远行》发表在《北京文艺》上,但他受到《收获》更积极的提携。在他与文学界友人的频繁通信中,记述了他几年间辛苦往返于上海与海盐和嘉兴之间,并同格非、程永新等交往的各种有趣故事:"这次来上海才得以和你深入交往,非常愉快,本来是想趁机来上海一次,和你、格非再聚聚,但考虑到格非学外语,不便再打扰,等格非考完后我们再相约一次如何?""我的长篇你若有兴趣也读一下,我将兴奋不已,当然这要求是过分的。我只是希望你能拿出当年对待《四月三日事件》的热情,来对待我的第一部长篇","刊物收到,意外地发现你的来信,此信将在文学史上显示出重要的意义,你是极其了解我的创作的,毫无疑问,这封信对我来说是定音鼓。确实,重要的不是这部作品本身怎么样,它让我明白了太多的道理","你总是在关键的时刻支持我"①。上海在使余华获得"先锋"眼光、翻译读本和文学知识的同时,也把无比奢侈的都市生活景象推到了这位野心勃勃的年轻作家面前。这使他愈加讨厌家乡小镇琐碎、平庸和单调的现实生活,加剧了它们之间的紧张关系。在上海与众多朋友进行的现代派小说的精神会餐,更给了他一种乌托邦式脱离凡世,当然也近于抽象的"现实观感",而小镇只会使他生出永远离开此地的强烈愿望。与此同时,也使他意识到正在走向"消费化"的上海对文学需要什么东西。在上海、海盐和嘉兴等地之间这么无休止地辛苦奔波,使他更加深信他"本来"的"现实生活"所具有的"虚幻"的性质(在80年代的先锋作家那里,都曾发生过这种"过去生活"与"旅居生活"之间的断裂感,而后者被认定是一种"先锋意识"),他愤愤不平地写道:"长期以来,我的作品都是源出于和现实的那一

---

① 见余华与程永新的通信,程永新编著:《一个人的文学史·1983—2007》,天津人民出版社2007年版,第45、46页。

层紧张关系。我沉湎于想象之中，又被现实紧紧控制，我明确感受着自我的分裂"，"这过去的现实虽然充满魅力，可它已经蒙上了一层虚幻的色彩，那里面塞满了个人想象和个人理解"①。

  以上叙述令我想到在"当代文学"中从未出现过的一个专用词：消费。我不否认现实主义文学/先锋文学、集体认同/个人反抗至今仍然是对"先锋小说"之兴起原因的一种有效的解释，不过，我也想提醒人们，另一历史维度此时也许正在成为先锋小说的强劲的助力：这就是"文学消费"正在取代"政治需要"而变成促使"当代文学"转型的全新因素。在前面吴亮已经发出过最为敏锐的警告："当前社会生活中的一个引人瞩目的重大变化发生在消费领域"，"消费浪潮的兴起已对我们的社会生活发生了深远的影响"，"最能体现市场机制的莫过于通俗文学了，从订货、写作、付型出版、发行乃至出现在各种零售书摊上"都无不如此②。以"先锋小说"为标志的"纯文学"的新浪潮尽管当时还以压制"通俗文学"的状态而存在，但是以"消费"为圭臬的通俗文学却在用更露骨的方式助先锋小说反抗并结束"当代文学"对文坛的统治。"文学消费"开始成为一种无所不在的紧箍咒，一种"文学规律"，它使"伤痕""反思""改革"等文学样式的历史能量在一夜之间几乎耗尽。法国社会学家让·波德里亚在《消费社会》一书中提出了一个对我的研究而言非常重要的概念："集体开支与重新分配"。他认为社会中潜在存在的"级结构"造成了各阶层之间的紧张关系，那么怎样缓解和消除这种紧张对立呢？"人们试图把消费、把不断享用相同的物质和精神财富以及相同的产品，作为缓和社会不平等、等级以及权利和责任不断加大的东西。"③ 事实上，此前的"当代文学"是一个具有"等级结构"的文学形态，各类权威性文学现象、潮流和流派通过掌握自己独有的"社会资源"（如"十七年"文学的"革命叙述"、伤痕、反思文学的"文革叙述"、改革文学的"改革叙述"等）的解释权的同时，也在垄断着文学话语权和生产传播权，并拼命阻止其他文学现象的成长，并对其他文学现象实行着统治。1985年后，在中国社会各个阶层中开始出现的"消费热"，促使传统社会"重新分配"他单一的权力的同时，也在大力地促使"伤痕""反思""改革"等文学的"放权"。在这种情况下，"先锋小说"在享受文学权力的"重新分配"的同时，其实也在借助"消费浪潮"获得对文学的新的垄断地位。

  陌生而神秘的边地、落后小镇、玄奇叙事、暴力、恐怖等等，某种程度上正是先锋作家推销给上海、北京等都市社会的最为成功的"消费文化产品"。在余华小说《现实一种》里，"小镇"居民山岗四岁的儿子皮皮因为厌烦躺在摇篮中的堂弟的吵闹，在一种"潜意识"的驱使下谋杀了他。山岗得知消息后求弟弟山峰原谅皮皮。山峰让皮皮趴在地上舔死去的堂弟的血痕来羞辱他，山岗妻子代他舔了，恶心得连连

---

① 余华：《活着·前言》，长江文艺出版社1993年版。
② 吴亮：《文学与消费》，载《上海文学》1985年第2期。
③ （法）让·波德里亚：《消费社会》，刘成富、全志钢译，南京大学出版社2001年版，第15、45页。

呕吐。但山峰还不想放过哥哥全家,他从厨房拿出菜刀冲出来,要与哥哥决斗。这种无休止的报复、羞辱终于将山岗激怒,他瞅住机会反败为胜。他抓住山峰并用麻绳将他狠命地捆在树干上:

> 接着山峰感到一根麻绳从他胸口绕了过去,然后是紧紧将他贴在树干上,他觉得呼吸都困难起来,他说:"太紧了。"
> "你马上就会习惯的。"山岗说着将他上身捆绑完毕。山峰觉得自己被什么包了起来。他对山岗说:"我好像穿了很多衣服。"

几个小时后,山峰就这样死了。以前的研究者都对作家余华这种"极端叙述"表达了欣赏,但我觉得除了作家的非凡叙述才能、他对当代文学"叙述类型"的积极贡献外,他似乎也在无意识地把它当作极端、新颖的"消费产品"拿给上海、北京的文学杂志编辑和广大读者。我们可以设想一下,作为在"小镇"上出生并长大的余华,即使稍微出名后调入更大一点的"小镇城市"嘉兴的余华,他拿什么东西来打破"等级社会"(上海/嘉兴)和"等级文学结构"(《收获》《上海文学》/县市文化馆和文联)对他的窒息般的精神和心理统治?这就是他必须拿出大城市作家和小市民们普遍缺乏的小镇怪异故事和暴力叙述。某种意义上,越是"暴力""极端",就越能在消费产品堆积如山、高度雷同的大城市文学市场赢得批评家、读者的刺激性文学需求和广泛好评。也正是在这个意义上,余华参与了对处在历史短暂停滞时期的"当代文学"的"重新分配"过程,并获得前所未有的成功。这种成功在批评家樊星和赵毅衡那里得到了认可:"余华以冷酷的《现实一种》震动了文坛。有人这么谈自己的读后感:'他的血管里流动着的,一定是冰碴子。'的确不错。""如果说《现实一种》至今是余华最出色的作品,余华的新作使我们有信心他将在中国文学史上站稳地位。"①

马原中篇小说《冈底斯的诱惑》发表于《上海文学》1985年第2期。它是"先锋小说"的重要作品。小说总共十六节,老兵作家、穷布、陆高、姚亮、小河、央金、顿珠、顿月、尼姆和儿子等都不是贯穿作品始终的人物,在小说中基本没有什么联系,但他们都是"自己故事"的叙述者。这种结构的故意混乱,出自作者的小说主张。这种混乱疑似马原那种个人变幻无常的游历。上世纪80年代初毕业的大学生秉承上世纪五六十年代的理想主义余脉,掀起了一股"进藏热"。短短几年,进藏学生迅速增长到近五千人,拉萨一度被人称作"中国大学生占人口比例最高的城市"。由于后来政策调整和商品经济大潮冲击,他们中的很多人消沉下来开始争取内调。1985年后,自愿申请进藏的大学生人数骤减。马原也在寻找自己的"退路"。从1987年5月30日、7月10日致程永新的信可以看出,他正在积极活动调回家乡的辽宁省作家协会。可作协负责人金河不知怎么态度暧昧,没有准确回音,"好像存心过不去了"。接着他又试图去春风文艺出版社。性急又缺少招数的马原只能嘱咐友人把

---

① 樊星:《人性恶的证明——余华小说论(1984—1988)》,载《当代作家评论》1989年第3期。

信"寄沈阳市省委院内《共产党员》杂志赵力群转我"①。信件透露出心灵的真实，它进一步证明了马原暂时性"西藏游客"的社会身份。别的游客可能只在西藏呆上几天，马原与他们的区别是呆了七年。时间虽有差异，"身份"却完全相同，具有惊人的一致性。从这个角度看，《冈底斯的诱惑》在文体上实际是先锋作家马原的"游记体小说"，他惊羡于西藏山川、神话和传说的诡秘神奇，以一个"外来者"的眼光和笔调记下了自己的感触。他以"消费西藏"的文学方式，成为80年代先锋小说"家族"的一员。他更是通过"消费西藏"的方式，使西藏这个偏远的边地在人们对小说的刺激性阅读中被充分地"都市化"，因为任何足不出户的中产阶级妇女和大学生读者都会以为老兵作家、穷布、陆高、姚亮、小河、央金、顿珠、顿月、尼姆就是自己身边的人物，这是"发生"在身边的故事。借助这次"漫长旅游"的"西藏消费"，马原如愿以偿地进入当代文学史的长廊。但离开西藏之后，除几篇零星的作品之外，马原几乎再写不出小说。他转向了影视改编、制作等大众文化的生产领域，但最终以失败而告终。这种历史分析好像背离了小说文本，然而在某种程度上，它把陆高、姚亮的"小说故事"与作家本人的"现实故事"串联到了一起。小说不光是作家天马行空的想象和虚构，同时也是作家生活的某种隐喻。所有的作家都通过描写"自己的生活"来影射"所有人的生活"进而揭示社会、时代生活的深刻真相。苏珊·桑塔格在《疾病的隐喻》一书中曾谈到各种传染性流行病如何被一步步"隐喻化"的问题，她提醒人们注意从"仅仅是身体的一种病"转换成一种道德评判或者政治态度，这样就会从对疾病的关注转化成对关于疾病的"隐喻"的关注②。《冈底斯的诱惑》如果这样看，可能更大意义上是一种对先锋小说无法真正归化中国文化土壤和文学大地的命运的隐喻。正像苏珊·桑塔格所说，如果把疾病转换成一种道德评判或政治态度，就会把对疾病的关注转化成为关于疾病的隐喻的关注一样，某种程度上，1980年代人们对先锋小说的"关注"，实际转化成了对关于先锋小说"隐喻"的"关注"本身。这就是，凡是与传统的"社会主义现实主义文学"不同，凡是规避革命、乡村、城市等宏大文学场景而转向陌生神秘边地、落后小镇、玄奇叙事、暴力、恐怖，手法怪异且作家感官异常的"文学书写"，而且宣称是"先锋小说经验"的，读者都会把他们看作"真正"的"先锋作家"或"先锋小说"。

从以上叙述可以发现，当年存在的"先锋小说"，实际正是80年代中国的"城市改革"所催生，并由上海都市文化、众多"探索小说""新潮小说""超越历史"假定主题，以及马原、余华小说奇异故事等纷纷参与其中的非常丰富而多质的先锋实验。但"城市改革"的多元文化主张，并没有真正促成"先锋小说"向着多样性的方向发展，形成百舸争流的文学流派，相反它最后却被树为一尊。这种一派独大的文

---

① 《当代作家评论》1989年第2期；赵毅衡：《非语义化的凯旋——细读余华》，载《当代作家评论》1991年第2期。见马原致程永新并李小林信，程永新编著：《一个人的文学史·1983—2007》，天津人民出版社2007年版，第35、36页。

② （美）苏珊·桑塔格：《疾病的隐喻·译者卷首语》，程巍译，上海译文出版社2003年版。

学现象，有可能会在文学史撰写、教育和传播中长期地存在。虽然我在文章中力图"还原"它文学生态的驳杂性，呈现当时人们对它不同的甚至分歧很大的理解，然而它的"历史形象"早已经被固定化，要想"改写"将会遇到极大的困难。在此基础上我进一步认识到，"今天"的当代文学史，事实上被塑造成了一部以"先锋趣味""先锋标准"为中心而在许多研究者那里不容置疑的文学史。它已经相当深入地渗透到目前的文学批评和文学史观念之中，正在潜移默化地影响和支配着今天与明天的文学。

（原载《当代作家评论》2009 年第 2 期）

难度·长度·速度·限度
——关于长篇小说文体问题的思考

吴义勤

一、难　度

众所周知，长篇小说是一种极具"难度"的文体，是对作家才华、能力、经验、思想、精神、技术、身体、耐力等的综合考验。正因为这样，曹雪芹写《红楼梦》才要"批阅十载，增删五次"。但在当下，我们却看到许多作家把长篇写作看得极其容易和简单。有些作家的文学修养和文学素质恐怕连一部中短篇小说都写不出或根本就不会写，但长篇却已出版了多部。因此，从表象来看，我们似乎正在进入一个长篇小说的时代，一部接一部的作品，一个又一个的作家，各种风格、各种形态的长篇小说文本正在以不同的方式相继登场。可以说，从上个世纪90年代开始，长篇小说的"繁荣"就已经成了一个不争的文学事实。然而，这种"繁荣"是一种需要认真辨析的"繁荣"，它的"泡沫"质地和"神话"性质可能会导致对影响中国当代长篇小说创作的那些真正问题的掩盖与遮蔽。说得耸人听闻一点，我甚至觉得，我们当前的长篇小说创作确实"一半是海水，一半是火焰"，其中至少有不下于一半的所谓长篇是地地道道的垃圾。而且，即使抛开那些"垃圾"性质的长篇小说不谈，那些水平线以上的长篇小说也仍然面临着诸多危机与困境。

其一，倾斜的"深度模式"。长篇小说作为一种"重文体"，追求"深度"本来无可厚非。但追求什么样的深度，怎样追求深度则是一个重要的艺术问题。在这方面，中国当代长篇小说所走的弯路、所陷入的误区实在不少。比如真实性与本质论就是很长时间以来中国长篇小说的一个"深度误区"。所谓"真实""本质""必然"等语汇曾一度是许多长篇小说追求的目标并被视作了小说深度的标志。但是对现实的描摹与反映并不能用外在的、客观的"真实"去验证，那只能导致形而上学的认识论；而对历史本质的抽象概括也可能恰恰是牺牲了历史的本质和历史的丰富性。在这方面，20世纪五六十年代那些"红色叙事"特征的长篇小说固然暴露了比较明显的局限，即使是20世纪90年代以"革命"面貌出现的新潮长篇小说也未能免俗，它们不过是以新的本质论取代了旧的本质论，以新的形而上学取代了旧的形而上学，其深层的思维局限可以说与前者仍是殊途同归，这不能不令人感到失望。再比如，病态的哲学崇拜与思想崇拜也同样是一个"深度误区"。从"红色叙事"对马克思主义哲学的"注经式"演绎，到新潮文本对西方现代哲学特别是存在主义哲学的移植与转译，中国文学的"哲学贫血""思想贫血"问题不但未能得到有效缓解，反而变得越来越严重了。如果说从前的长篇小说往往以其单一的意识形态性图解生活，人们从作品中总是感受到时代的、社会的、政治的、文化的"共同思想"或"集体思想"，而属于作家个人的"思想"则要么根本就没有，要么就是处于从属的、被遮掩的地位的话，那么近年的长篇小说可以说已经有了明确的"思想"追求。许多作家已经主动而自觉地完成了思想主体从集体性的、阶级性的"大我"向个体性的"自我"的转化。作家们不仅用他们的作品表达着种种关于社会、人生、历史……的"深刻"思想，而且总是力求把自我塑造成一种纯粹"思想者"角色。从张承志的《心灵史》、陈忠实的《白鹿原》到史铁生的《务虚笔记》、韩少功的《马桥词典》再到张炜的《柏慧》、北村的《施洗的河》……这样的倾向可谓一脉相承。我们当然应当充分肯定"思想"性追求带给这些长篇小说的巨大进步，它使得长篇以其特有的沉重、深厚内涵而当之无愧地成了一种"重文体"和"大文体"。但问题随之而来，作家们在致力于"思想的营构"的同时，往往操之过急，常常迫不及待地以口号的方式宣讲各种"思想"，这就使得"思想"大于形象、理性压倒感性的矛盾一览无余。从这个意义上说，"思想化"带给当下长篇小说的恰恰不是艺术的进步，而是艺术的倒退。如果说在张承志的艰涩的"思想"叫喊里面由于有着真实的宗教体验与宗教情怀的浸染，我们还能对他的真诚的偏执持一种敬意的话，那么在北村的以《施洗的河》为代表的一系列宣扬宗教救赎"思想"的小说中，那种千篇一律的"模式化"情节已和其大段抄录的宗教教义一样令人生疑；如果说在《务虚笔记》和《马桥词典》这样的长篇小说中作家对文化的反思和"生存"的追问确实有着某种沉重的"思想性"的内涵的话，那么在《柏慧》等作品中作家以"思想随笔"的方式来阐扬"爱""善良""仁慈"等具有公理和伦理意味的价值观与人生信念，不仅其"思想性"大打折扣，而且对长篇小说艺术性的伤害也是显而易见的……显然，对于长篇小说来说，有无"思想"固然是一个问题，但"思想"的真假和"思想"表达的艺术化程度也同样是一个不容忽视的问题。许多时候我们都要求小说具有思想性，但在究竟什么是思想性的问题上却存在很多误解。有人以在小说中堆砌"思想火花"、格言警句的方式来营构思想性，有人以宣言、喊叫、议论、说教的方式来强化思想性，有人以对现代哲学教义的搬演与抄录来构筑思想性……这其实都是误入了艺术的歧途。因为，作家终究不是传道士，他同样只是世界的探求者、追问者，而不是真理的代言人。真正的思想性是引领读者一同思索、一同探究、一同警醒、一同"思想"，而不是告知某种"思想成果""思想答案"。从这个意义上说，小说中的"思想"从来就不是艺术的添加剂或附属物，它在一部小说中之所以是必要的，本质上正是因为它本就是艺术的一个必不可缺的因素，一个有机的成分。或者说，思想其实也正是艺术化的，它就是艺术本身。也正因此，小说中的思想越是"裸露"，越是直接，就越是偏离了艺术的轨道。

其次，技术和经验的失衡。在20世纪90年代以来的长篇小说高潮中，一个特别引人注目的现象就是新潮长篇小说的隆重登场。无论是80年代崛起成名的新潮作家，还是90年代成长起来的新生代作家，都在90年代贡献出了他们的一部或多部长篇小说作品。某种意义上，我们谈论世纪末中国文学的成就回避了马原、苏童、余华、格非、洪峰、叶兆言、北村、吕新、孙甘露、林白、陈染等作家的长篇小说将是无法令人信服的。这些作家的作品以其艺术上的先锋性和特殊的叙述方式革命性地改变了我们习以为常的长篇小说文本形态和长篇小说的创作观念。尤其在小说语言的游戏化倾向和文本结构的精致化追求上，新潮长篇小说的"技术含量"大大提高并远远超过了其"生活含量"。应该说，新潮作家正在以《城北地带》《风》《在细雨中呼喊》《抚摸》《敌人》《呼吸》《私人生活》《一个人的战争》等奇特文本把中国长篇小说引入一个技术化的时代。我个人觉得，这种技术对于中国文学来说是完全必要的，中国文学早就应补上"技术化"这一课了。中国传统的长篇小说由于过分追求所谓"史诗性"和反映现实生活的深广度，作家往往认为"生活"本身的力量就能决定一部小说的成败得失，而"技术""技巧"等都是次要的。这就造成了中国长篇小说长期以来叙述滞后、形态粗糙、艺术性不足的通病，许多作品的价值和成就都不是体现在其艺术上的成熟与创新上，而是体现在其反映、追踪时代的现实性、报告性或所谓真实性上。中国文学之所以与世界先进文学之间有那么大的"隔膜"和距离，之所以很长时间内只能在一个低水平上徘徊、循环、反复，其主要原因恐怕也正在这里。我们不缺能迅速敏锐地捕捉和表现时代的现实主义作家，也不缺关心历史、文化甚至人类命运的"思想家"，但我们缺少那些对于艺术的完美有高度敏感和追求的真正的"艺术家"。至少在新潮小说这里，我们看到了新潮作家对于长篇小说艺术的重视，他们技术化的写作即使是模仿性的，我觉得也有助于促进中国长篇小说在艺术性上的自觉。然而，问题同样存在，也许这也正是中国的作家包括新潮作家离那些世界文学大师还很遥远的一个最终原因，中国作家确实还存在着一个严重的素质和能力问题，有了艺术上的意识和追求并不等于就能落实到具体的文本创作上去。这一方面源于中国文学传统的影响，另一方面我们也不得不承认，在中国有真正的艺术敏感和才华的作家实在是太少了，我们多的是高玉宝式的作家，有些人也差不多快"著作等身"了，但实际上很难说他就有作为一个"作家"的才能和天分。新潮作家同样也是如此，他们中当然不乏"天才"式的人物，作为一个整体他们的文学修养也应是中国作家中最好的了，但到目前为止，他们中还没有一个人能让我们看到他有成为真正文学大师的希望，尽管在他们的口头上或各种各样的操作性宣传上他们似乎早已成了"大师"。除了艺术上的自我创造性不足外，"小富即安"的自我满足以及艺术上的狂妄和偏执也是阻碍他们向艺术上的高境界前进的拦路虎。拿对于"技术"的态度而言，他们在文本中对于西方现代小说先进叙述技术的模仿和引进，确实大大改进了中国小说的形态，并有效地促进了中国小说现代化的进程，但我们又不能不看到他们的"技术"又是完全脱离现实而只在想象和虚构的世界里驰骋的"技术"，他们的偏执在于强调"技术"的同时，又自觉地把"技术"与"生活"和"现实"对立了起来。这就招致了文学界对他们玩弄"技术"的严厉批评。这样，相对于前面所说的"思想化"文本而言，新潮长篇小说被视为是一种"轻文体"也就理所当然了。在此，我们当然无须去评价"轻""重"文体的优劣高下，但至少轻重失衡已经标示出了新潮长篇小说的一个致命缺陷,那就是经验的匮乏。我想,无论技术多么重要,它的存在都不应是以排斥感性经验为前提的。否则,长篇小说"当代性缺席"的顽症就永远也难以克服。

　　再次,文体的困境。如果说当代中国的长篇小说创作存在种种混乱和无序的状态的话,那么其表现在文体方面的无知和误读就尤为令人触目惊心。我们常常把长篇小说作为一个先验的、既成的文体事实来看待,却很少追问它为什么是"长篇小说"而不是其他。支撑我们先验之见的往往是所谓约定俗成的惯例,但这个"惯例"却又是模糊的、非确定性的,我们找不到让"长篇小说"这种文体从"小说"这个文类中真正"本质性"地独立出来的具体的、公认的"长度"(字数)边界。也就是说,我们其实并不能有效地把"长篇小说"与"中篇小说"和"短篇小说"严格区别开来。这使我们在谈论长篇小说文体时多少显得有些心虚和尴尬,我们怎么能够确保我们所说的长篇小说的文体特征就不会和中、短篇小说的文体特征产生重叠呢?事实上,我们也不知道我们的作家在从事长篇写作时究竟有多少自觉的文体意识,他们的长篇写作究竟是自觉的,亦或是随意的、自发的?在许多作家那里,长篇已经被简化成了一个篇幅问题,一个文字的"长度"问题,如一位名作家所说的"写长了就是长篇小说,写短了就是中篇小说或短篇小说",但是这个"长度"又怎样区分呢?拿长篇小说来说,20 万字是长篇小说,100 万字是长篇小说,50 万字是长篇小说,20 万字是长篇小说,现在期刊流行的 10 万字、8 万字的"小长篇"也是长篇小说,且不说 8 万字的长篇与中篇小说如何区别,单从长篇小说本身来说从 8 万到 200 万的巨大数字"落差"也令人咋舌。长篇小说在"字数"这个问题上有没有"本质"的规定呢?它是不是就真的是"信马由缰"的呢?或者说,作家是根据什么样的文体理由把他们的长篇小说写成 20 万字或 10 万字的呢?我们经常会碰到这样的情况,一个作家可能会把自己 1 万字的短篇小说扩展成 100 万字的长篇小说,比如《悠悠天地人》;一个作家也可能会把自己 100 万字的长篇小说压缩成 30 万字,比如《保卫延安》;还有的作家会把自己构思中的长篇最终写成中篇,比如鲁羊的《某一年的后半夜》;更有不少作家把中篇拼接起来就成了长篇,比如储福金的《心之门》和朱文的《什么是垃圾,什么是爱》,等等。作家这样做的理由是什么呢?这种"文体"间的转换有无艺术的规定性?它导致的是艺术意义的增殖还是艺术意义的流失?这都是令人困惑的问题,也是值得我们认真研究的问题。

　　事实上,对长篇小说来说,其关注的根本问题和深层主题可以说是亘古不变的,无非就是生与死、爱与恨、人性与灵魂、历史与现实等等,真正变化的是它的文体,就如人一样,他的本质没变,他始终是一个人,但他的衣服打扮却时时在变。对于人来说,他的衣服显示他的个性,对于长篇小说来说,也只有文体才最能显现作家的个性。那么,什么是文体呢?在西方文体学家看来,文体其实就是语言,"文体的本质不过是一个表达方式的问题,也就是说一个人如何言说的问题,不同的文体对应着人类不同的文化(包括审美)表达的欲求,人们对语言的表达进行组织,构成一定在言说双方都共同遵守的秩序，这就是文体。"① 就长篇小说的文体而言，问题可能远非这么简单，在语言背后其实还隐藏着许多深层的艺术问题，作家的思维与艺术观念、时代的审美风尚等等都会对长篇小说的文体产生巨大的影响。因此，文体绝不是一个平面的"语言"问题，而是一个深邃、复杂、立体、多维的系统结构，它牵涉到小说的故事、情节、人物、结构、修辞、叙述、描写等几乎所有的方面。正如王一川所言："文体不应被简单地视为意义的外在修饰，而是使意义组织起来的语言形态。换言之，文体是意义在语言中的组织形态。文体不等于语言，而是语言的具体组织状况。就长篇小说而言，文体显得尤其重要。长篇小说总是用语言去建构一个想象的生活世界时空，在这里表现一种独特的生存体验。如此，文体在长篇小说中具有了想象的时代体式的意义。这是与现实的实在时空相联系但毕竟不同的幻想的时空模式。文体的状况实际上正代表长篇小说的意义状况。文体是长篇小说的意义生长地。离开这个土地，意义就无从生存了。"②

当然，本文在此指出长篇小说的文体困境，并不是要否定长篇小说文体的"开放性"，也不是要为长篇小说制定某种放之四海而皆准的文体标准，更无意于去探讨和解决当前长篇小说创作的所有问题。因为，我们知道，要真正研究长篇小说文体是一件非常困难的事情。早在1941年巴赫金就说过："研究作为一种体裁的长篇小说特别困难。这是由对象本身的独特性决定的：长篇小说——是惟一在形成中的和未定型的一种体裁。我们眼睁睁地看到体裁的一些构成力量正在起作用：长篇小说体裁的诞生和形成，正在通过充分的历史时日得到呈现。长篇小说的体裁骨架还远远没有定型，我们还不能预测它全部层面的可能性。"③ 可以说，时至今日，他的这段话仍然没有过时，仍然有它的真理性。事实上，长篇小说文体确实并没有"先验"的规范，一方面，它的规范正在形成和总结之中；另一方面，业已形成的规范又处在不断的被打破过程中。这可以说是一张纸的两面，彼此纠缠，难以绝对分开。也正因此，我们研究长篇小说文体的目的并不是要以某种先验的、假定性的文体标准去对不同的文体进行价值评判，也不是要确立一个抽象的、形而上的"文体"榜样，而是要尽可能地挖掘与展示长篇小说的文体可能性。我们所需要做的就是从具体的文本、具体的"文体"问题入手，并力求部分地揭示长篇小说的文体"真相"。

二、长　　度

就长篇小说文体而言，"长度"是一个无法绕开的首要的文体问题，它除了指长篇小说语言文字的规模这样一个表层问题外，还有着超越物理学意义的更为复杂的内

---

① 汪政：《惯例其对惯例的偏离》，载《当代作家评论》2001年第3期。
② 王一川：《我看九十年代长篇小说文体新趋势》，载《当代作家评论》2001年第5期。
③ （俄）巴赫金：《长篇小说和史诗》，见吕同六《20世纪小说理论经典》，华夏出版社1996年版，第296页。

涵。"长度"既是一个"时间"概念，又是一个"空间"概念，而这两者可以说都联系着叙事文学的本质。正如美国著名文学理论家浦安迪教授所指出的："叙事文侧重于表现时间流中的人生经验，或者说侧重于在时间流中展现人生的履历。任何叙事文都要告诉读者，某一事件从某一点开始，经过一道规定的时间流程，而到某一点结束。因此，我们可以把它看成是一个充满动态的过程，亦即人生许多经验的一段一段的拼接。虽然人生经验的本质和意义归纳在叙事文的体式当中，但叙事文并不直接去描绘人生的本质，而以'传'（transmission）事为主要目标，告诉读者某一事件如何在时间中流过，从而展现它的起讫和转折。"① 当然，即使在"时间"和"空间"的意义上，"长度"对于长篇小说文体的建构也仍然存在不同的形态，从现象学到心理学，从物质性到精神性，长篇小说"文体"间的反差可谓天壤之别。这里，我们不妨具体讨论一下长篇小说文体中的"长度"内涵。

首先，"长度"指涉的是长篇小说内故事、事件、情节、人生等覆盖的"时间跨度"。如前所述，长篇小说是一种公认的"大型文体"或"重型文体"，而它的"大"或"重"显然是与其内在的"时间长度"分不开的。这也是长篇小说对比于中、短篇小说在字数之外更独特的优势之一，即长篇小说总是能够提供一种生活、人生或时代的"完整性"，而中、短篇小说则往往呈现的是生活或时代的片断性。长篇小说向来讲究宏阔、博大。一个时代的变迁，一个人的一生，一个家族的历史，一个国家或民族的命运……均可以在长篇小说里得到全方位的展示。这种时间上的"宏大叙事"在中国五六十年代的长篇小说中极其典型，《红旗谱》《青春之歌》《三家巷》《红日》《保卫延安》等小说就堪称代表。在这些小说中，"时间结构"决定了小说的基本面貌，作家对历史的起源、发生、发展、结局的"还原性"建构呈现的是一个有头有尾的"时间性过程"，而与此相呼应，因果性的逻辑叙事也成为作家的一种必然的艺术选择。我们当然不否认这种时间性的呈现对于长篇小说的价值，因为毕竟它拓宽了长篇小说的表现领域与表现范围，其反映历史与现实的"镜像功能"也得到了高度强化。长篇小说之所以会被视为"历史的记录"或"历史的教科书"，《白鹿原》等之所以会被称为"一个民族的秘史"，也显然与这种时间意义分不开。与此同时，我们也看到，"时间的长度"对于人物塑造同样也是必要的。长篇小说往往能赋予主人公一个完整的性格成长的历史，我们能看到人物性格的演变与发展，看到人物命运的前因后果，这对于人物形象的丰满、逼真、立体无疑是有益的。比如，王安忆的《长恨歌》对王琦瑶的塑造就很注意"时间"的意义，她解放后的生活，特别是最后死亡的描写都有效地延展了小说的"长度"。不过，从文体上来看，长篇小说的"时间跨度"实际上又呈现为两种形态，一种是物理学意义上的"时间跨度"，作家客观地镜像式反映一个"时间长度"内的故事与事件，比如获茅盾文学奖的王火的《战争与人》、王旭烽的《茶人三部曲》、姚雪垠的《李自成》等都是如此，在这些作品中小说的"时间结构"和现实的"时间结构"基本上是同步的、对

---

① （美）浦安迪：《中国叙事学》，陈珏译，北京大学出版社1996年版，第6页。

应的。一种是心理学意义上的"时间跨度",作家在作品中让"现实的时间结构"内化为人物的心理与意识,物理时间就被转化成了心理时间,意识流小说就大抵如此。比如,《弗兰德公路》《彼岸》《边缘》等小说实际的"物理时间跨度"都非常小,一天、一个小时,甚至某一个生与死的瞬间,但是在人物的意识、梦境或回忆中时间的跨度却又常常是非常大的,今生来世,前因后果,几乎都被包括了,只不过这里的"时间"不再遵循现实的时间结构与时间秩序而已。应该说,不管物理意义上的"时间长度"还是心理学意义的"时间长度",其对长篇小说文体来说都是具有某种程度的艺术合法性的,但同时它们仍需要不断地经受"意义"的拷问。就前者而言,这种在小说中呈现的物理时空的"长度"与真实的"历史长度"有何区别呢?艺术的目标与现实的、政治的、历史的目标是如何界定的呢?"长度"的呈现与艺术意义之间有没有正比例关系呢?就后者而言,"心理时间"和"精神时间"多大程度上能够转化成"精神的长度"呢?长篇小说的"心理时间长度"对比于中、短篇小说的"心理时间长度"有何艺术的独特性呢?这些问题都值得我们认真探究。在我看来,小说艺术的高低,本质上并不在于其物理时间的长度,而取决于其精神的长度。从这个意义上说,小说在"长度"上对长篇小说、中篇小说和短篇小说所做的区分是相对的。中短篇小说完全有可能拥有比长篇小说更大的精神长度与精神涵量。

其次,"长度"还指涉的是小说故事空间和生活空间的"广阔度"。作为"大型"文体,长篇小说理所当然地拥有着比中、短篇小说更庞大的艺术包容量,时代的边边角角、生活的方方面面、社会的风云变幻、人生的起起落落、历史的沧海桑田在长篇小说这里都可以得到全方位、立体性的展示。可以说,长篇小说确实是一种与生活的丰富性、复杂性相对应的文体。卡尔维诺就认为,长篇小说应该是"一种百科全书,一种求知方法,尤其是世界上各种事件、人物和事务之间的一种关系网",是一种"繁复"的文本。① 巴尔扎克的小说之所以会被称为"十九世纪法国的百科全书",托尔斯泰的作品之所以会被列宁称为"俄国革命的一面镜子",显然都与这种文体的巨大涵盖力不无关系。我们看到,正是为了追求空间的广阔与全面,《子夜》才会加上农村暴动的线索,《青春之歌》才会让林道静到农村生活,《红旗谱》才会宕开笔去写二师学潮。与这种"大而全"的"全景化"追求相适应,对于长篇小说,人们一直都有一种惯例性的想象,那就是长篇可以建构一个完整自足的世界。不管这个世界跟我们的现实世界是同构的、重叠的,还是背离的,但"麻雀虽小,五脏俱全",它的系统性、自足性必须得到保证和确认。长篇小说的故事形态与现实形态总是具有某种对应关系,故事里的秩序往往就是现实秩序的反应、象征或隐喻。与此同时,人们对长篇小说的意义期待也有别于中、短篇小说,我们总是期待一种完整的图像、意义或思想,残缺、空白常常是长篇小说的忌讳。我们当然并不否认这种"大而全"以及完整性的追求的艺术意义,因为它至少反映了人类完整地认识与把握世界的一种冲动,但是对长篇小说来说,生活形态的完整是不是就是意义的完整?生活

---

① (意)卡尔维诺:《未来千年文学备忘录》,杨德友译,辽宁教育出版社1997年版,第73~74页。

形态的完整建构与长篇小说的艺术品质是不是就有必然的、内在的关联？

在这个问题上，我觉得，长篇小说首先应该澄清的就是在"史诗"问题上的误读和误解。某种意义上，长篇小说对于"长度""宽广度"以及"大而全"的追求也可以说就是对"史诗"的追求。从古典形态的长篇小说起源来说，史诗、传说、神话确实是长篇小说的直接渊源，长篇小说具有某种"史诗"基因是完全可以理解的。黑格尔曾对"史诗"有精彩的总结：一、史诗必须对某一民族、某一时代的普遍规律有深刻而真实的把握；二、史诗从外观上讲，对某一时代、某一民族的反映必须是感性具体的，同时又是全景式的，它必须将某一时代、民族和国家的重大事件和各阶层的人物真实地再现出来，在把握民族精神的同时要把这个时代民族的生活方式和自然的、人文的风物景观以及民风民俗等描画出来；三、史诗必须有完整而杰出的人物、宏大的叙事品格、漫长的叙事历史，它是阔大的场面、庄严的主题、众多的人物、激烈的冲突、曲折的情节、恢宏的结构的结合体。① 但是，史诗是与特定时代人类的审美水平与认识水平相适应的，从世界文学史的演进来看，史诗品格的丧失以及从复杂到简单的转化才是长篇小说文体变化的真实方向。然而，这一切，在中国却似乎是背道而驰的，我们一直推崇史诗，甚至把史诗神化成了判定长篇小说艺术成就的惟一标准，但是我们并不理解"史诗"的真正内涵。不要说20世纪五六十年代长篇小说的"史诗"情结，甚至当下的长篇小说也仍然没有摆脱史诗的阴影。回头看看五六十年代的那股长篇小说创作高潮，我们会发现，从《红旗谱》《红日》《红岩》到《创业史》《山乡巨变》《三里湾》……几乎每一部作品都无一例外地被定位在"史诗性"上。那时的作家和理论家们对史诗的理解可谓非常简单，一部作品只要符合"真实地再现了波澜壮阔的革命历史进程"这一原则，只要它从深度和广度上揭示了"正义必将战胜邪恶""社会主义必将战胜资本主义"等历史演变的必然规律，它就理所当然地具备了史诗性的品格。这最直接的后果就是导致了作家的政治思维、意识形态思维对于其文学思维的压制与扭曲，以及"红色""宏大"叙事和"英雄崇拜"风格的惟一化与时代化。

某种意义上，那个时代的长篇小说更多的只是对当时历史与现实的"演绎"，是别一种方式的历史，完全可以把它作为历史书来读。而与此同时，它们的文学价值却也几乎是相同的，在课堂上当讲到这一段的文学史时，我总是感到非常尴尬，在对某一部作品的思想、人物、艺术特色进行过分析后，我们就无法对其他众多作品进行分析了，因为它们实在太近似了。而在20世纪90年代的长篇小说潮中，对"史诗"的追求同样也是引人注目的，其在艺术品格上的进步也是明显的，这主要体现在两类作品上：一类是把史诗追求落实在哲学品格和思想性、精神性上的作品。代表作有张承志的《心灵史》、张炜的《九月寓言》、史铁生的《务虚笔记》、韩少功的《马桥词典》等。张承志的《心灵史》的最高追求是写一部哲合忍耶的经典，可谓是用文学形式写就的一部宗教史。在作家笔下，七代圣徒的人格乃是哲合忍耶精神的象征，

---

① 参见汪政《惯例及其对惯例的偏离》，载《当代作家评论》2001年第3期。

七代圣徒的事迹乃是哲合忍耶历史的浓缩，小说把主要笔墨投放到圣徒事迹和人格精神的描绘上，既有较大的历史容量和丰富的人性内涵，又获得了某种史诗品格。这也许正是小说不称宗教史而称"心灵史"的一个原因。一类是把史诗追求落实在对历史、文化的宏阔理解和感性书写上的作品。代表作有陈忠实的《白鹿原》、尤凤伟的《中国一九五七》、莫言的《丰乳肥臀》、王蒙的"季节"三部曲、赵本夫的"地母"四部曲、赵德发的"土地"三部曲等。陈忠实的《白鹿原》被称为"民族灵魂的秘史"，其史诗性品格可以说正体现在对"秘史"的描绘上。作家把历史事变、历史思潮落实在普通百姓繁衍生存的感性层面上，以关中平原上的白鹿村为历史舞台，以白、鹿一族两支的人物为主人公，写白鹿村人在长达半个世纪的自然和社会事变中的挣扎、奋斗、困惑和苦恼，自然本性和社会道德的冲突，文化遗传和现实变革的交战，已经根本上脱离了从前的"意识形态写作"模式。同时，小说将"东方文化的神秘感、性禁忌、生死观同西方文化、文学中的象征主义、生命意识、拉美魔幻现实主义相结合"①，从而保持住了历史的混沌性和丰富性，使这部偏重于感性和个人性的小说，既成为一部家族史、风俗史以及个人命运的沉浮史，也成了一部浓缩性的民族命运史和心灵史。尤凤伟的《中国一九五七》对"1957"中国知识分子苦难命运的还原实现了从历史的"判断性"向历史的"体验性"、历史的"事件性"向历史的"过程性"以及历史的"抽象性"向历史的"丰富性"的转变。作家没有采取整体性的宏大"历史"视角，而是从微观的个人化的"视点"切入，以点写面，把历史改写成了零碎的、具体可感的人生片断与人生经验。这样，宏大的政治历史场景被处理成了具体的生命境遇与生存境遇，这既赋予了"历史"以生命性，又感性地还原了历史的原生态。赵本夫的"地母"四部曲和赵德发的"土地"三部曲，虽然尚未最终完成，但从作家现已出版的各两部小说来看，它们都以对于混沌的土地、感性甚或野性的生命、复杂的人性和神秘的文化的阐释构成了各自宏大史诗结构的基础，这就从根本上避免了小说艺术思维的简单化，并保证了作家的史诗建构在艺术的而非社会学的轨道上健康运行。从我个人的理解出发，我觉得这一类史诗性小说才真正代表了90年代中国长篇小说的发展水平。然而，成绩并不能掩盖问题，我们看到，90年代以来长篇小说在"史诗"性问题上的根本局限并未根除。大多数作品史诗的深度、广度和震撼力似乎都具备了，但艺术上的力量却与之很不相称。罗珠的《大水》绝对是一部气势磅礴的作品，也是一部有某种《白鹿原》式艺术风格的小说。150年的历史、复杂感性的人物群、神秘的文化沧桑……都构成了其史诗品格的重要源泉。但当作家露骨地以炎、黄、华、夏四个家族的兴衰来对应地演绎中华民族的文明史时，小说的众多内在矛盾就暴露了出来，并根本上规定了这部小说的境界只能是一个一般性的作品。刘振华的《悠悠天地人》三卷，洋洋一百多万字，作家的艺术雄心不可谓不大。但小说从"天""地""人"的对应出发对于中国文化、政治、哲学、历史的解释也实在太幼稚了。《故乡面和花朵》洋洋二百万言，但晦涩的表达使人根

---

① 李星：《〈白鹿原〉：民族灵魂的秘史》，载《理论与创作》1993年第4期。

本无法看到这二百万字的"合法性"。迟子建的《伪满洲国》为了建构历史的完整性不惜设置了抗联、皇室、民间、集中营等多条线索，但这种"面面俱到"的历史恰恰远离了历史本真。这些史诗性作品虽然克服了我们从前"红色史诗"的一些弊病，但艺术上付出的代价实在太大了。另一方面，20世纪90年代以来长篇小说对"当代性"的逃避也与"史诗"情结不无关系，照巴赫金的说法"史诗"表现的是"绝对的过去"，它对于"当代"的隔绝是理所当然的。其最直接的后果就是"历史"小说的盛行，我们看到，90年代以来的优秀长篇小说几乎全都是历史题材的。

　　此外，在"长度"问题上，我们还应重视的就是对长篇小说的物理空间和它的精神空间、思想空间的区分。我们不否认，长篇小说中物理空间的拓展对小说思想空间和精神空间拓展的意义，但通常来说，小说的物理空间和它的精神空间与思想空间是不等值的，有时甚至是反比例的。有时候，物理空间的"全"与"满"，恰恰构成的是对小说想象空间与精神空间的挤压和侵占，以及对小说艺术表现的伤害。我们有太多的长篇小说只是到材料为止，到现实为止，没有任何意义的延伸与提升。我甚至觉得许多作家之所以满足于对小说物理时空的"填充"，其实正是为了掩饰其想象力的匮乏与艺术能力的欠缺。在我看来，小说的空间是被琐碎的、具象的、实在的物象占据，还是被精神、灵魂、诗意、情感占据，将决定一部小说的艺术质地，决定小说的"浓度与密度"，决定小说艺术的纯粹性。那些"历史"的书记员和"百科全书"式的写法都是可疑的偷懒的简单化方式。在这样的写作中，精神的主体被"历史"和"时代"压抑着，精神与思想也自然被"物"取代了，这是一种主体向"物"的投诚。这也同样证明了一个道理，长篇之"长"与艺术的关系并不是对应的，长篇小说的精神思想空间不如短篇的情况也极为常见，比如中国现代长篇小说的精神容量有几个能赶得上《狂人日记》的呢？我想，如果我们不是心存偏见的话，我们是能够理性地对待长篇小说的"长度"所受到的挑战的。写一百年历史的小说在艺术上是不是就一定高于写一天的小说？写一群人的小说在艺术上是不是就一定高于写一个人的小说？写广阔画面的小说在艺术上是不是就一定高于写个人场景的小说？在今天，每一个人恐怕都不能理直气壮地对这些问题作肯定的回答。从20世纪90年代以来，中国当代新潮长篇小说的面世可以说给传统的长篇小说文体构成了革命性的冲击。新潮作家的文学理念、文学思维已经彻底摒弃了关于长篇小说"长度"的教条，他们不认同于"文学根源于生活"的经典训条，也不承认"中短篇靠技巧，长篇靠生活"的文学经验，他们认为文学与生活之间只存在一种想象和虚构关系而不存在实际的体验关系；他们反对长篇小说全景化与包容性的史诗追求，普遍不追求篇幅和容量（表层的生活容量而非精神容量），显得体制短小；他们反对割裂内容和形式的关系，主张内容形式化，形式本体化。《米》《敌人》《许三观卖血记》《活着》《时钟里的女人》《一个人的微湖闸》《高跟鞋》《一个人的战争》《私人生活》，这样的小说其表面的"长度"当然无法跟那些"鸿篇巨制"相比，它们内容的单薄，似乎也与长篇这种"重文体"的身份不相符，但是它们对于小说艺术的"纯度""浓度""密度"的追求却有着更为深远的艺术意义，因为只有这些才真正决定了小说艺术的未来。也正因为此，我想在这里郑重提出一个"长度必要性"的话题。就是说，我们检视一个长篇小说时，我们应该验证一下其长度的"必要性"，验证一下小说的语言、描写、人物等等在小说中是否都是必要的。我们在强调小说的生活的容量时，还应考虑到其思想容量、情感容量与精神容量，也就是说我们在评估长篇小说的物理长度时，同时还应确立一个精神长度和意义长度的标尺，我们要把长篇小说中那些挤占了艺术空间的水分、渣滓、调料驱逐出去。

三、速　　度

对于庞大的长篇小说文体来说，一定的"速度"也是文体所必须的，否则它就无法保证读者的耐心和兴趣。传统的长篇小说一般都有一个"加速度"的过程，故事、情节、人物等等常常会以一种"加速度"的方式奔向小说的结尾，与此相对应，小说的结构也基本上是封闭的。中国古典长篇小说中的"大团圆"结构与西方古典长篇小说中的"大悲剧"结构虽然表面形态不一样，但其本质却是一样的。对这样的长篇小说来说，小说所抵达的那个"结局"是先验的、必然的、不可抗拒的，小说必须以一种"速度"进入那个终极之地，那是一个无法阻断的过程，任何延宕、阻隔都无法改变小说最终的方向。这当然与作家的认识水平有关，本质论、因果论思维可以说是这种小说速度得以形成的基础。但进入20世纪以后，随着现代心理哲学、精神哲学的发展，随着现代小说技术的日益丰富和复杂，随着人类对世界认识水平的不断深入和提高，随着长篇小说对世界的反映模式从客观性向主观化的转移，长篇小说的"速度"也正在发生明显的变化。这方面有两个有趣的现象值得我们认真总结：一是现代社会的生存节奏越来越快，但小说的速度倒似乎越来越慢了。二是从作家的审美追求来说，在长篇小说表演性、炫技性的艺术趣味里，"速度"正在沦落为一个次要的、过时的美学概念，而从"速度叙事"走向"反速度"叙事似乎恰恰成了一种主导性的文体潮流。当然，这也只是一种一般性的说法，在当代的长篇小说创作中追求"速度"，追求快节奏的传统型长篇小说仍然大量存在，并有着广泛的市场。比如20世纪90年代风靡中国文坛的《人间正道》《天下财富》《抉择》《十面埋伏》《国画》等反腐小说、官场小说就都是典型的"速度"叙事。现在的问题是，"速度"叙事也好，"反速度"叙事也好，其对于长篇小说文体来说，并不是一种简单的非此即彼的关系，它们都有着在各自的艺术范围内无法替代的美学意义。我们研究文体"速度"的目的，不是要在"速度"与"反速度"之间做出审美判断与审美选择，而是要具体研究在长篇小说中"速度"是如何形成的？它受小说中哪些因素的影响？它对于小说的艺术意义是什么？等等。

那么，长篇小说的"速度"究竟由什么决定的呢？

（一）情节

俄国形式主义文论不把情节视为叙事作品内容的一部分，而把它看成是其形式的组成部分,并把"情节"与"故事"截然区分开来。"'故事'指的是作品叙述的按实际时间、因果关系排列的所有事件,而'情节'则指对这些素材进行的艺术处理或在形式上的加工,尤指在时间上对故事事件的重新安排。"① 照这样的说法,小说中"故事"的速度受"情节"控制,"情节"成了影响小说速度的因素,但其本身却没有速度了。这显然有违我们对于小说的"惯例"性理解,但是却在法国新小说和现代主义小说那里得到了呼应。也有许多理论家不同意这样的意见,其中克莱恩的意见最具代表性,他把"情节"和"故事"等同起来,认为小说的情节存在三种类型,即"有关行动的情节"(一个完整的境遇演变过程)、"有关性格的情节"(一个完整的性格演变过程)、"有关思想的情节"(一个完整的思想演变过程)。② 这就意味着,小说中的行动(故事)、人物、思想(包括情感、意识等)都是有"速度"的,而它们之间的复杂关系则构成的是整部小说"速度"的复杂形态。

拿传统的长篇小说来说,因果关系是传统情节观中必不可少的因素。小说家一般都选用有因果关系的故事事件,使它们组成一个有开端、发展、高潮、结局的整体,而开端、发展、高潮、结局也正是情节"速度"的一种体现。当然,这种"因果链"在某种意义上也只是一种理想化的艺术建构,它的目的在于使原来繁杂无章的现实生活在文学作品中显得有规律可循。传统的长篇小说也基本上都是情节型的小说,情节的展开一般都有着明确的"速度"要求。悬念的设置、人物命运的转折、矛盾冲突的解决、谜底的揭穿等等都是影响小说推进速度的重要因素。在这样的小说中,情节尽管有曲折、有回旋,但"万川归海"其奔向结局的力量却是不可动摇的,因此,在整体意义上小说一定呈现为一种"加速度"的态势。传统型的长篇小说比如《保卫延安》《林海雪原》《红岩》《抉择》等固然如此,就是王安忆的《长恨歌》、贾平凹的《怀念狼》、荆歌的《民间故事》这样的新型长篇小说,我们也仍然可以看到"加速度"结构的影子。《长恨歌》中王琦瑶的后半生尤其是她的死亡是"加速度"的,《怀念狼》中15只狼的死亡过程就是一个"加速度"的过程,《民间故事》前半部写得从容舒缓,而后半部则有"加速度"般匆匆作结的感觉。尤其是曾剑锋的死显得简单、突然,读后给人一种虎头蛇尾之感。然而,即使同是情节型小说,传统小说与现代小说对"速度"的态度却又是迥然有别的。传统的情节小说,比如侦探小说,对速度的要求是很高的,小说的叙事是排除万难,解决问题,归向结局,而新潮长篇小说如格非的《敌人》,其情节的发展似乎并不是为了解决疑团,释解悬念,相反倒是在不断地增加疑团,增加悬念,到小说的结尾悬念、问题不但没有解决,反而又面临着更多新的问题、新的悬念。这样的小说当然"有速度",但它的"速度"是一种原地踏步走的速度,或者是后退着走的速度,小说仿佛永远也不会结束,永远也不会到达终点。

与传统情节小说相对,现代心理小说或意识流小说的情节"速度"又呈现为另

---

① 申丹:《叙述学与小说文体学研究》,北京大学出版社1998年版,第34页。
② 参见申丹《叙述学与小说文体学研究》,北京大学出版社1998年版,第55页。

外一种状况。正如结构主义叙述学家查特曼所区分的那样:"传统情节属于结局性情节,它的特点是有一个以结局为目的的基于因果关系之上的完整演变过程。而意识流等现代严肃作品中'情节'则属于展示性'情节',它的特点是'无变化'和'偶然性'。这种'情节'以展示人物为目的,不构成任何演变;作者仅用人物生活中一些偶然发生的琐事来引发人物的内心活动以及展示人物的性格。"在这样的小说中,由于所有的情节都被凝缩进了叙述者的内心或回忆,情节失去了现场感,所有的速度也失去了意义,成为一种"零速度"叙事。这方面,李洱的《花腔》、阎连科的《坚硬如水》、陈染的《声声断断》、吕新的《黑手高悬》等小说就颇为典型。《声声断断》是作家对1997年10月8日到2000年3月10日这两年半时间内自己的生活、思想、情感的真实记录,是对自己的心路历程和精神苦旅的赤裸裸的坦露。从中,我们清晰地读到了陈染在生活和文学领域的矛盾、痛苦、蜕变与挣扎。作家以她诗性的玄思、孤独的遐想、形而上的情怀和神采飞扬的语言赋予了人生、自我和文学以新的形象,那密集的思想、闪烁的灵感和厚重的精神所营构的是一个丰满自足魅力无穷的艺术世界。文体上说,这是一部"超文体"的创作,自由、放松、没有束缚,是这部长篇文本超越"日记""独白"的狭隘形式突入更深广的艺术世界的保证。某种意义上,它仍然是一部长篇小说,虽然没有传统意义上的贯穿情节,没有小说的"速度",有的只是片断性的思想与意识,但陈染本人正是这部小说的真正主人公,她的思想、生活、情感是这部小说的主体。吕新的《黑手高悬》则是一部以"背景"为主体的小说,没有贯穿情节,没有贯穿人物,有的只是风物景致,黄土风沙,习俗,作者的"无速度"叙事对应的正是晋北山区凝固、沉重、一成不变的生活。

需要指出的是,无论是传统情节小说,还是现代心理小说,速度同时也是小说节奏的体现。正如浦安迪所说的:"叙事文体中的节奏感的产生主要地也就存在于故事层面,表现为色调的变幻、场景的更替、事件的转移,以及表现这些内涵的诸如视点和语态等形式手段等的变幻上。"① 传统情节型长篇小说中的节奏感我们很好理解,比如情节的大起大落、人物命运的悲欢离合都构成相应的节奏,但心理小说或意识流小说的节奏由于其叙事上的"反速度"就常会被人忽视,其实在这样的小说中节奏同样是不可缺少的,只不过它主要表现为情感的节奏、思想的节奏和心灵的节奏罢了。

(二) 态度

对长篇小说来说,叙事态度对小说文体的影响也是非常巨大的。"我们翻开某一篇叙事文学时,常常会感觉到至少有两种不同的声音同时存在,一种是事件本身的声音,另一种是讲述者的声音,也叫'叙述人的口吻'。叙述人的'口吻'有时比事件本身更为重要。"② 浦安迪这里所说的"叙述人的口吻"实际上就是我们常说的"叙

---

① 参见徐岱《小说形态学》,杭州大学出版社1992年版,第465页。
② (美)浦安迪:《中国叙事学》,陈珏译,北京大学出版社1996年版,第14页。

事态度"。而"叙事态度"在具体的长篇小说文本中以总是表现为具体的叙事视角或叙事眼光。对此,福勒在其《语言学批评》一书中指出小说中的视角或眼光(point of view)有三方面的含义:一是心理眼光(或称"感知眼光"),它属于视觉范畴,其涉及的主要问题是:"究竟谁来担任故事事件的观察者?是作者呢?还是经历事件中的人物?"二是意识形态的眼光,它指的是由文本中的语言表达出来的价值或信仰体系,例如托尔斯泰的基督教信仰、奥威尔对极权主义的谴责等。福勒认为在探讨意识形态眼光时,需要考虑的问题是:究竟谁在文本结构中充当表达意识形态体系的工具?是通过叙述声音说话的作者还是一个人物或几个人物?是仅有一种占统治地位的世界观还是有多重交互作用的思想立场?三是时间与空间眼光:"时间眼光"指读者得到的有关事件发展快慢的印象,包括倒叙、预叙等打破自然时间流的现象;"空间眼光"指读者在阅读时对故事中的人物、建筑、背景等成分的空间关系的想象性建构,包括读者感受到的自己所处的观察位置。[①] 在这个问题上,我们看到,传统长篇小说的叙事人大多爱憎分明,富有正义感和道德感,主题也清晰直白,这无疑会加快小说的推进速度。比如中国古典长篇小说就都有一种伦理与道德结构,叙述人的说教、评判常常会直接影响小说的速度。这类小说与读者的阅读心理有直接的呼应。另一方面,这类小说由于情感比较外露,喜怒哀乐、爱恨情仇往往会直接构成小说的情绪张力与情绪节奏,从而使文本也自然而然地具有了一种情感的"速度"。而现代长篇小说特别是现代心理型的长篇小说,叙事态度与叙事情感一般比较暧昧,明显的爱憎、善恶判断几乎都不可见,实践的是所谓"零度情感叙事"。这类作品一般都维持在一种情感与心理平台上,以一种或伤感或哀伤或愤激的情绪贯穿始终,因而就很难形成情感的速度,朱文颖的《高跟鞋》、罗望子的《暧昧》、吕新的《草青》等小说就是此类叙事的代表。

与小说的叙事态度相关,长篇小说对人的态度也是影响小说速度的重要因素。传统小说基本上都建立在对于"人"的理性认知的基础上,对于人的神圣性和崇高性的理解,使传统小说自然而然地会把"人"构思成文本的中心。"人"的形象、思想、情感等等成了传统小说价值坐标与意义聚焦的主体。这必然地也就形成了一种影响深远的人本主义小说美学。但是随着现代心理学和精神分析学的发展,随着对人的精神与意识结构的探索,传统的对于人的一整套理性认知开始遭到怀疑和解构,"人"不再是清晰、高大、神圣、智慧的主体,而是成了暧昧、混沌而可疑的对象。可以说,现代小说对于传统小说的革命也正是在对"人"的反叛中拉开帷幕的。因为,正是人的物化、破碎化、"非人化"导致了我们经验中的传统小说大厦的彻底崩溃。拿中国的新潮作家来说,他们就不再信奉文学的社会学和人学价值,也不再理会所谓的典型说,而是把文学视为一种纯粹的审美本体。他们认为人物和小说中的其他因素比如结构、语言等等一样都只不过是审美符号。余华就公开承认,他对人物性格毫无兴趣:"我并不认为人物在作品中享有的地位,比河流、阳光、树叶、街道和房

[①] 参见申丹《叙述学与小说文体学研究》,北京大学出版社1998年版,第212页。

屋来得重要。我认为人物和河流、阳光等一样，在作品中都只是道具而已。"正因为此，在新潮小说中，"人"的地位变得相当低微。而在吕新的《黑手高悬》等小说中人物更是蜕变成了"背景"，小说的主体已经完全被黑土、残垣和风物景致所替代，"人"几乎被"物"彻底淹没了。其次，现代小说在具体的人物塑造方式和对人物的美学理解上也与传统小说有着根本性的差别。传统小说讲究对于人物的工笔细描，肖像描写、行为描写和表情描写等都是传统小说塑造人物的重要手段。比如中国古典名著《水浒传》中的一百零八将就可谓个个栩栩如生，他们的出场、造型、性格、语言等等都是浓墨重彩，给读者留下了深刻印象。而与此迥然不同，现代小说对人物的塑造则更"写意"和抽象，对人物外在性格和形象的精雕细刻式的描写已变得次要和落伍，相反对人物内在心理、意识和精神结构的探索开始占据重要地位。传统小说中的那种"外相"的"形象人"在现代小说中可以说已完全被那种抽象的"内在"的"心理人"取代了。现代小说中的人物大都不再具有"典型性"，他们成了一些抽象的符号、怪诞的意念和支离破碎的象征。人物的完整性已被肢解，人物不再有清晰的形象，不再有日常的音容笑貌和生活经历，而是被变形、异化、夸张成了模糊的阴影。在这样的情况下，中国文学传统意义上的理性化叙事也相应地被新潮小说的非人格化的冷漠叙事取代了，叙述者的正义感、责任感以及理想激情等等在我们从前的文学中引为自豪的东西几乎全部面目全非、烟消云散了。此时，不仅传统意义上的由"人物性格成长史"所带来的小说"速度"不见了，而且由于人物的符号化与物化，因对人物命运的关切而来的心理的、情感的节奏与"速度"也消失了。《抚摸》《城与市》《蓝色雨季》等小说的"反速度"叙事本质上就正是由作家对人的叙事态度决定的。

（三）叙述

对于长篇小说文体来说，"叙述"是一个基本的问题，也是一个非常重要的问题，它对小说速度的影响不应低估。无论是古典小说还是现代小说，从发生学的角度看它们都是"叙述"的产物，离开了"叙述"的小说本质上是难以想象的。中国古典小说中所谓"讲故事"的"讲"，以及"说书"的"说"，其实就是小说不发达时代的"叙述"。但同样是"叙述"，其在古典小说和现代小说中的形态及意义却又是迥然不同的。简而言之，我们可以作这样的区分，即古典小说中的"叙述"实际上处于一种自发的状态，在"叙述"与"故事"的关系上，"故事"居于小说的中心地位，而"叙述"则从属于"故事"，居于小说的边缘地位；现代小说中的"叙述"则呈现为一种自觉状态，作家叙述意识的自觉，使得"叙述"一跃而成了现代小说中第一位的甚至本体性的存在，其地位对现代小说来说可谓举足轻重。某种程度上，我们甚至可以把现代小说对传统小说的"革命"即视为"叙述"的革命，至少现代小说在形式领域的许多重大变革都是以叙述方式的变革为前提的。对于现代小说来说，"叙述"绝不仅仅是一个技巧性的小问题，而是一个涉及小说的观念、小说的审美形态、小说的哲学思维和小说的形式建构的一个大问题。如果说，从"写什么"

到"怎么写"确能代表小说从古典阶段向现代阶段转化的某种线索的话,那么推动这个转化的转轴和支撑点无疑就是"叙述"。在传统的小说特别是传统的现实主义小说中,作家们为了追求表现生活的"真实性",总是努力消除叙述的"主观痕迹"为小说文本制造一种"客观"的效果。其主要手段:一是尽可能地把作家和叙述者隐藏起来,让他们退出文本,以造成一种生活"自动呈现"的假象;二是尽力维持"故事"本身的完整性,仿佛"故事"是一个外在于"叙述"的客观存在,给人一种"故事"在进入文本之前就早已存在的假象。在这种情况下,"叙述"与"故事"在小说中实际上是分离的,"叙述"只不过成了一种"转述"或"记录",其价值自然也是次要的。自然,在这种情况下,"叙述"对小说"速度"的影响也就是次要的了。中国古典长篇小说虽然在叙述上也会有一些制造悬念、吊(读者)听众胃口、延宕小说推进速度的方式,比如所谓"花开两朵,各表一枝"、"欲知后事如何,且听下回分解"就是几乎所有的古典章回小说中都能见到的。但是这种"叙述"与整个小说的故事情节有明显的游离性,因而它几乎是小说的附加物,对小说本身"速度"的影响也差不多是可以忽略不计的了。比较而言,倒是"描写"对小说速度的影响更为明显。"描写"优于"叙述"是中国古典小说的一个典型特征,大量静态的景物描写、人物描写、肖像描写、场景描写等等在古典小说中是不厌其烦、不厌其细,它们往往有效地拖住了小说的推进速度。浦安迪教授在研究中国古代叙事文学特别是古代神话时曾精辟地指出:"非叙述性和空间化,乃是中国古代神话的特有美学原型。""中国的叙事传统习惯于把重点或者是放在事与事的交叠处之上,或者是放在'事隙'之上,或者是放在'无事之事'之上。细心的读者不难发现,在大多数中国叙事文学的重要作品里,真正含有动作的'事',常常是处在'无事之事'——静态的描写——的重重包围之中。饮宴的描写就是'无事之事'的一种典型。""'事'常常被'非事'所打断的现象,不仅出现在中国的小说里,也出现在史文里。"① 而这种状况到现代小说这里就正好被颠倒过来了。

随着叙述意识的觉醒,现代小说对于"叙述"的重视要远远多于"描写",由于现代小说几乎不见静态的单纯的描写,而是把"描写叙述化",使"描写"具有了"叙述"的功能,因此,单纯从叙述的意义上看,现代小说的叙述无疑加快了小说的节奏与速度。但是事情远非这么简单,由于现代小说大多追求多重的叙述角度,追求叙述的变幻,甚至追求叙述的本体化,这就又很大程度上削弱了小说的速度。拿新潮长篇小说来说,叙述圈套的设置、叙述技术的炫耀,都某种程度上构成了对于小说速度的解构。在潘军的《风》、王安忆的《纪实与虚构》、吕新的《抚摸》这些典型的新潮长篇小说文本中,小说叙述者风尘仆仆地奔波于小说的时空中不惜以自己的破绽百出和矛盾重重乐此不疲地制造着生活和小说、真实和虚构、人生与命运、偶然与必然之间的矛盾,从而使小说中的故事不仅支离破碎而且互相拆解、颠覆。这样的小说中,我们看到,根本就没有什么客观存在的"故事",所有的"故事"都是在"叙

---

① (美)浦安迪:《中国叙事学》,陈钰译,北京大学出版社1996年版,第47页。

述"中"杜撰""衍生"出来的,"故事"形态也不是完整的,而是破碎的、零乱的,其在被"叙述"创造的同时,也在不停地接受着"叙述"对它的"切割""解构"与"粉碎"。经由作家的"叙述游戏"不仅小说成了"非小说",成了"关于小说的小说""关于叙述的叙述"和"关于故事的故事",而且小说的速度也在那种循环缠绕的叙述中变得无足轻重了。

除此之外,叙述"媒介"的开拓与更新,也会改变小说的文体,影响小说的速度。浦安迪指出:"叙述是在人类开蒙、发明语言之后才出现的一种超越历史、超越文化的古老现象。叙述的媒介并不局限于语言,可以是电影、绘画、雕塑、幻灯、哑剧等等,也可以是上述各种媒介的混合。"① 而当代长篇小说对于"图画"叙事功能的挖掘也取得了引人注目的文体效果。这方面潘军的《独白与手势》有非常成功的经验。在这部小说中,作家的探索集中表现在追求叙述的主观性和客观性、抒情性与真实性、现实感与历史感的统一的时候,对于语言或文字叙述"一维性"的大胆突破。作家试图通过"图像"叙述的引入来突破语言或文字的局限与困境,并从而达到对于世界和人生的"三维""复制"效果。拿小说的题目来看,如果说,"独白"是叙述、是声音的话,那么"手势"就是画面、就是图像,就是另一种叙述和另一种"关于生命与宿命的话语"。它们互相渗透,互相验证,构成了这部小说对于世界和人生的动态性叙述与静态性展现相交织的"立体化"图景。如果说小说的叙述展现的是语言向人类的精神领域掘进的努力的话,那么"图像"则互补性地把这种对精神和灵魂的探索具象化、浮雕化了。某种意义上,《独白与手势》在世界的语言性和世界的图像性之间的艺术平衡也正构成了这部长篇小说艺术力量的一个非常重要的根源,它既得益于潘军出色的绘画才能,也得力于他对小说可能性孜孜不倦的探索热情。

(四) 语言

在传统的小说语言观中,"语言"被视为文学借以反映生活的方式、媒介,只是一种表情达意的书写工具而已。传统文学对语言的要求不外乎就是精炼、准确、简洁、生动、清新、流畅等。这反映在我们的文学理论中,就是我们关于文学语言的理论语汇极其贫乏,我们谈论不同作品的语言时所使用的语汇实际都是一样的,这其实也取消了不同作品语言风格的差异。而最能体现这种传统语言观的文体当首推海明威,"他斩伐了整座森林的冗言赘词,他还原了基本枝干的清爽面目。他删去了解释、探讨、甚至于议论;砍掉了一切花花绿绿的比喻;清除了古老神圣毫无生气的文章俗套;直到最后,通过疏疏落落、经受了锤炼的文字,眼睛才豁然开朗,能有所见。"② 这种"简洁"的语言对小说速度的影响应该是最小的。在这种情况下,语言

---

① (美)浦安迪:《中国叙事学》,陈珏译,北京大学出版社1996年版,第5页。
② (英)赫欧·贝茨:《海明威的文体风格》,见董衡巽编选《海明威研究》,赵少伟译,中国社会科学出版社1980年版,第113页。

当然也决定小说的风格，也具有美学的和修辞的力量，但是其在小说中的作用最多只能算是一种装饰或衣服，小说主体在向前奔跑的过程中通常不会顾及这些装饰或衣服，因此，语言所做的无非就是使小说奔跑的姿势更潇洒、更漂亮一些而已，它无法根本上影响小说奔跑的速度。但是在20世纪西方索绪尔等人的语言学革命发生后，随着语言观的改变，文学作品中的语言开始了由工具论向本体性的转化。语言不再是一种工具，而是成了对象、目标、主体，甚至成了世界本身。这种作为小说"第一性"和绝对中心地位的语言实际上成了小说的绝对主宰，其对小说速度的影响就是不可避免的了。

　　这一点，在中国当代新潮长篇小说创作中有集中的体现。从叙事策略的角度来看，语言无疑是新潮作家的一个最为基本的策略，它最终决定了新潮小说的文本形态和艺术风貌，并成了新潮文本当之无愧的第一存在。蒋原伦在谈到新潮小说的语言时曾戏称：老派小说读故事，新派小说读句式。其实新潮小说在语言上的独特匠心，不仅要我们去读句式，而且还要读词汇，甚至读标点。很大程度上，我们对新潮小说感到新奇、感到非同凡响，也正是从他们的那出其不意的语感、句式、词汇组合上体验出的。所谓新潮小说的读不懂最先就是从语言的陌生感衍化而来的，新潮文本即使不用深奥冷僻的语汇（实际情况是新潮作家恰恰有这方面的爱好），但每一个句式、句群、段落也常会令人产生不知所云之感。许多人抱怨读新潮小说每一句话都能懂，但能懂的话组合成一个段落或文章时却不懂了，讲的就是这种情况。具体而言，新潮小说对小说"速度"的影响又主要表现在两个方面：首先，语言的狂欢与语言的膨胀延缓了小说的速度。读新潮长篇小说，我们立刻就会淹没进语言的海洋中，各种各样的话语方式、各种各样的语言意象铺天盖地地呈现在我们面前。在最初的阅读经验中我们无法去感受和体验语言之外的任何东西的存在，故事、人物、主题等都离我们而去，只剩下一个个的语符与我们摩肩接踵。作为这种话语欲望的具体表现，新潮文本总是充斥了一连串的排比长句，而"像……"类的比喻句式更是他们的共同嗜好。新潮作家对于语言从不吝啬，只要有可能他们会把一切附加性、形容性的修饰语堆放到其文本中。事实上，语言的大规模的宣泄既给新潮文本带来了崭新的面貌，同时也给人一种语言过剩和膨胀的印象。语言淹没了故事、淹没了人物……也淹没了小说本身。其次，语言的陌生化、游戏化以及所指与能指的分离阻滞了小说的速度。新潮小说的语言游戏在具体形态上又呈现出自律化的倾向。

　　在新潮小说的本文中，语言往往呈现出自然流动的多种形态，语言的自我增殖能力的过于强大，常使文本的话语处于一种无规则的"失控"状态中。新潮作家似乎致力于语言的精细化和优美化，对于语感、节奏、造型以及音韵、色质等方面的追求都十分引人注目，但同时，语言的粗俗化和日常化的一面也在新潮文本中得到了最大限度的表现。这就根本上导致了新潮小说在语言风格上的"杂糅"色调，并具体表现为三种平行的语言流向：一是语言的诗化倾向。苏童的《米》《我的帝王生涯》、余华的《在细雨中呼喊》以及孙甘露的《呼吸》虽然风格和内涵不同，但在语言诗性的呈现上却有异曲同工之妙。二是语言的世俗化潮流。新潮作家似乎总是具有天生的极端性,把小说语言提炼到超凡脱俗的诗性境界的是他们,而反过来把小说语言同粗俗的日常语言等同起来的却又是他们。对于传统的文学禁忌话语和大量的生活中的粗鄙话语的极放肆的使用,在新潮小说中也是屡见不鲜。其最极端的两个例子,我认为就是刘震云的长篇小说《故乡相处流传》和叶兆言的长篇《花煞》,在这两部小说中语言的诗性色彩几乎全被生活的粗鄙面貌淹没了,新潮作家所致力的语言美感很大程度上已经为血腥、恐怖、荒诞的氛围取代了。三是语言自我指涉及其能指化倾向。在新潮小说这里,"能指"和"所指"的有机联系却被有意割断、阻隔了。余华的小说喜欢将其语言的所指延宕,从而造成特殊的文体效果。刘恪的《城与市》以及吕新的《草青》则根本就无意于出示所指。它们共同的文体效果就是导致小说叙事速度的放慢,甚至停滞。

在语言的问题上,我觉得当今文学界对语言的担心、忧虑和恐惧是没有必要的。语言欧化也好,拉美化也好,自我殖民也好,甚至语言的翻译腔和新近的网络语言都不是什么洪水猛兽,它们其实也正代表了语言的一种可能性。对待语言,我们首先必须明确语言本身并没有等级,并没有先验的优劣之分,我们不应人为地制造语言的"政治",而是要看语言与作家的心灵、个性以及表达需要的契合程度。如果对某个作家而言,方言的表达是他的第一需要,是与他的生命、灵魂紧密相连的,那方言对这个作家和他的文学来说就是最好的;同样,欧化的、拉美化的语言亦是如此。其次,我们应该认识到语言的陌生化永远都是"正在进行时"的,陌生化不可能一次完成,而已完成的陌生化也不是终极性的,它本身还需要新的陌生化。我们没有必要担心语言的发展,语言需要不断充血,语言的改朝换代无法阻挡,因此,"另类"的、怪异的语言表达虽然不合我们的趣味,但它却极有可能是未来文学的主流。

在大致梳理了影响小说速度的诸种因素后,我们需要指出的是,对于长篇小说而言,速度其实也只是一个相对性的概念。速度既不是可有可无的,也不是惟一性的。没有速度的文本有时恰恰让我们看到了作家的耐心,语言的耐力,看到了艺术的丰富与复杂,看到了长篇文体的多重可能性。

四、限　　度

前面我们已经说过,长篇小说是一种正在生长中的未定型的文体,所有的文体可能性应该说都是合法的,但是在不同时代、不同的审美风尚、不同的阅读对象、不同的艺术发展阶段,不同文体的艺术意义是不一样的。因此,我们虽然不必去绝对性地比较不同文体的优劣高低,但对于文体合法性限度的探讨仍然是必要的。巴赫金指出:"贯穿整个长篇小说历史的是对这一体裁种种力图成为刻板公式的占统治地位的和时髦的变形进行坚持不懈地讽刺模拟或乔装打扮……长篇小说的这种自我批判性——是它作为一种形成中的体裁的引人注目的特点。""长篇小说——是惟一在形成中的体裁,因此,它更为深刻、本质、敏感和迅速地反映现实生活本身的形成。只有正在形成中的东西能理解形成。长篇小说之所以成了近代文学发展的戏剧性变化的主要角色，就因为它能最好地表现新世界形成的倾向，其实，它——是由这个新世界产生并在一切方面和这个世界具有同样本性的体裁：长篇小说在许多方面预示了并正在预示整个文学未来的发展。"①

事实上，我们有这样的阅读经验，不同的阅读期待对小说文体的要求也是不同的。甚至在有些情况下我们根本就不会意识到文体的存在。有一类小说，我们从中得到的主要是现实宣泄的快感与想象性满足，小说提供了一种能让我们震撼或沉醉的"现实镜像"，在这样的作品里，艺术或文体已完全让位于现实或现象，现实本身的力量与意义已经远远超越或取代了艺术的意义，艺术变得不再重要，自然也不会意识到文体问题。比如，尤凤伟的《中国一九五七》。还有一类小说由于急切的现实、政治或意识形态需要，或某种不言自明的时代风尚，小说的文体在作家那里被忽略或轻视，在读者那里也同样被原谅。比如，近年涌现的反腐小说、反贪小说，《人间正道》《抉择》《十面埋伏》《国画》等。与此相似的一类小说是在特殊的时代由于审美水平的限制以及强制性审美规范的约束，小说千篇一律，一副面孔，一种腔调，一种风格，一种模式，使人根本感觉不到不同文体的存在。所谓一个阶级一个典型，一个时代一种文体，如"文革"中的女青年"不爱红装爱武装"，男女界限不分，女性的线条没了，女性特征也没了。这以中国20世纪五六十年代的长篇小说最为典型。这几类小说代表了文体的一种情况，另一种情况正好相反，在有些小说中，惟一的触目惊心的存在就是文体，而其他诸如主题、现实、人物等等倒是变得可有可无，这方面的代表就是20世纪90年代以来的新潮长篇小说。这同样是一个问题，就如一个人身上的器官当你意识不到它存在时，它往往是健康的、运转正常的，但如果一旦你某一天整天感觉和意识到它的存在，那就证明它一定出了问题。在新潮长篇小说中，晦涩的表达文风，过于技术化的叙述等等就是显而易见的文体局限。其实在许多小说家的文体理想中，文体是内容和形式高度一体化的存在，如果小说中内容与形式高度和谐，那么文体就是无法从小说中拆分的，就是有机的，就是掩藏着的。正如阎连科所说："结构、叙述、语言、情节、细节等等，这些文学（小说）中林林总总的东西，它们有可能都是文体。有时是文体的一部分，有时会独立的成为文体的骨干和构架。甚至故事的进展过程中，文体貌似消失，当某一章，某一段，或全篇读完之后，掩卷所思，才发现文体的异妙都在细节之中。能够把文体掩藏起来那是多么了不起的一件事情，可惜我自己没有这样的能力。读到这样的文章和段落的时候，不光是一种惊异，愉悦，而且还是一种强烈的震撼。像胡安·鲁尔福的《佩德罗·巴拉莫》，按我们的理解，它只是一部大一些的中篇，可它又如何不是一部长篇的巨著？它隐含的文体的意义，又哪里比福克纳和马尔克斯的全部作品逊色丝毫？"②

我想，在这里，我们涉及了长篇小说文体的另一个重要问题，即它的相对性的问

---

① （俄）巴赫金：《长篇小说和史诗》，见吕同六《20世纪小说理论经典》，华夏出版社1996年版，第296页。

② 阎连科：《寻找支持》，载《当代作家评论》2001年第6期。

题。正如前文我说过的,文体是自由的,是可能性的呈现,但是这种"自由"、这种"可能性"是不是就是绝对的,就是无所约束,无法衡量的呢?文体有没有必须遵守的"限度"呢?答案是肯定的。在我看来,长篇小说的文体"限度"主要有两个标尺:一是文体应该产生意义,它不应该成为小说逃避意义的借口;二是文体不应该掩盖那些关乎人类历史、现实与精神的"真问题"。

从20世纪90年代以来中国长篇小说的发展状况来看,文体的开拓应该说是卓有成效的。在谈到90年代长篇小说在文体方面的新收获时,王一川概括出了拟骚体小说、双体小说、跨体小说、索源体小说、反思对话体小说、拟说唱体小说七个"新"品种①,汪政也总结出了词典体、狂欢体、私语散文体、字图体四个"新"体式②。我很认同他们的研究成果,但是我怀疑他们关于这些文体的某些评价。我觉得,所谓"正衰奇兴",所谓"新"都是可疑的。既然,我们承认文体的相对性,我们就不应该从"正"与"奇"、"新"与"旧"这样的角度来谈论长篇小说的文体问题。我们没有理由,也没有能力证明某一种文体是"正",某一种文体是"奇",某一种文体是"新",某一种文体是"旧"。我们所惟一能确定的其实只是这一种文体与作家的才华、个性,与他的表达需要和时代的审美需要,以及与小说的思想内涵的契合和谐程度。我们最需要寻找和证明的应该是这种文体的意义。

在当今的中国文学界最极端化的文体形态,就是所谓"跨文体写作"。《大家》《作家》《山花》《莽原》等杂志都曾致力于"跨文体写作"的倡导。在《大家》的"文体革命"理念中,传统的小说、散文、诗歌等所构成的文体格局某种程度上已成了文学想象力和创造力的"无形桎梏",而"广泛的、自由地活跃于各类文体之间的文体实验和边缘话语,正是不断探求文体内部奥秘和可能性的力量之源、文学发展和文学之美的力量之源"。为此,他们设想了"具有高度边缘性和包容性的文体":它吸取现代语言学和语言哲学及其在其影响下发展的文化学、人类学、现代历史学、现代美学等等学科的认识方法和"解读"模式;以诗性的、富于色彩的语言,广泛、自由地运用小说的描写与叙述、散文的铺陈、诗的直觉理性与穿透力、批评的分析……一切文学创作、批评的技巧与法则,乃至种种非文学话语的因素;广泛运用包括各门自然科学的一切学科领域的成果;以文学趣味和文学审美价值为核心,同时尽可能多地包容各种语言功能;它是开放的、多向度的、风格多样的,具有极自由的结构——横向、纵向的切入和点、线、面的任意展开以及多重交织的可能——因而也是最具创造性空间又最具冒险性的文体;它关注各种"形而下"的事物,同时直面存在。"用先锋派的技巧处理日常的知识"。它是诚实的、具体的、有用的,并因此是更具诗性的。它吸取了多媒体的图文并茂的方式,大量采用图片,以及多重符号系统编织更广泛的言说,更具可视性;它每篇的容量在10~15万字。我们梦想着以之解

---

① 参见王一川《我看九十年代长篇小说文体新趋势》,载《当代作家评论》2001年第5期。
② 参见汪政《惯例及其对惯例的偏离》,载《当代作家评论》2001年第3期。

读世界，解读人类存在以来的全部文明史。①

在我看来，《大家》所倡导的这种"文体革命"主张是非常必要和及时的，它的意义是有目共睹的。首先，"文体革命"实际上是对20世纪中国文学史上各种各样的"文学革命"纷纷夭折这一不争事实的有力反驳。我们曾有过轰轰烈烈的"小说界革命""诗界革命""五四文学革命"……但这些"革命"实际上没有一次是纯粹文学意义上的"革命"，它们更多的是附着于革命史和思想史的进程，难见其独立的文学品性。1985年以后由新潮小说引发的文学暴动算得上是一次真正意义上的"文学革命"，但这次革命停留在对西方文学形式的狂热上，没有能深入到更内在的层次，因而在市场经济大潮冲击下很快就偃旗息鼓了。可以说，此次《大家》在先锋、新潮小说实验写作的基础上提出"文体革命"的命题正是对于80年代新潮小说未竟事业的一次深化与推动。其次，"文体革命"的理想体现了对于文体相对性的深刻认识。在我们漫长的文学史长河中，关于文体已经形成了相对稳定的话语模式和经典格局。但狭隘的文体单一发展格局虽有过其各自的辉煌，但其局限也日益显露，尤其当这种文体的格局被绝对化之后，它甚至成了阻碍文学探索和发展的桎梏与枷锁，严重窒息着人类表达的自由。德国哲学家古茨塔夫·勒内·豪克在其著名的《绝望与信心》一书中谈到20世纪文学与艺术时说"二十世纪是一个综合的时代"，自然，人的表达需要和表达方式也是综合的。在综合的时代里，打破文体的绝对性，提倡文体的相对性，把"文体"变成"文本"可以说是势所必然，它本质上是对于文学艺术的一种解放。

而如果我们以《大家》的"文体"理想或标准来检视第一批"凸凹文本"，就会发现作家们的"革命"实践还是相当令人满意的。他们对于文体可能性的探索无疑已经把本世纪中国文学的发展推进到了一个全新的层次。海男的《女人传》应该是最能体现《大家》文体革命设想的一个文本。作家以"粉色""蓝色""紫色""黑色""白色"五种颜色对女人一生的诠释，深入到了女性精神、心理以及肉体的诸多隐秘，并有效地凸现了女人的历史形象与现实形象。在这个文本中，女人是亲切、感性、具体且血肉丰满的，同时又是抽象、泛化甚至是形而上的。文本的副标题虽是"一个女人的成长史"，而实际上作家要探索的是所有女人的成长史，是女人作为一种"类"的角色特征和心理特征。作家解剖女人的视角既是单纯的——文本呈现的是完全女性化的生存感受与情感、心理体验，是女性自我对自身、对世界的态度与看法，又是复合的——实际上女人仅仅是作家窥视世界的一个角度，它维系的是作家对于人类、对于人性、对于文明、对于历史……的哲学热情。而这种哲学热情具体到文体上就体现为三个声部的复调：一是文本的现实叙述声音，它涵盖了女人的历史、现实与未来，贯穿了文本的始终；一是嵌在文本中的各种"名人语录"和"前文本"对女人的另一重意义上的阐释；一是各种插图绘画对文本的图解。我们看到，在这个文本中，隐喻的、抒情的、哲学的语言和各种象征性的意象已经取代了故事与

---

① 参见《大家》1999年版第1期。

情节而成了文本的主体和中心,作家一方面要建构女人的生活史和心灵史,另一方面又在用语言对女人进行着肢解与粉碎。它让人联想到罗兰·巴特的《恋人絮语》,我甚至愿把它改名为《女人絮语》。比较起来,蒋志的《情人专制》与《星期影子》对于文体的革命远没有海男"极端"。《情人专制》以戏剧方式和小说方式的奇妙嫁接营构了出人意料的文本效果,文本的可视性和可读性也得到了很大程度的强化。这是一个以"说"和"声音"为中心的文本,精彩的情人对白和情人语录既是文本的主要内容,又是文本的基本推进力量。作家对"情人"形象的塑造,对"情人"情爱心理、专制方式的表现,实际上都是通过这种极具动感和张力的"语言"来完成的。不过,在这里"语言"又是有着高度的情节性和蒙太奇色彩的,它使得世俗的喧哗和骚动以一种颇为奇特的方式融入文本,并在对人的精神世界解剖的同时带给文本一种现实的深度。《星期影子》则是一个在思想深度和艺术探索的结合上更为成熟的文本。作家以"星期"作为文本的结构线索,以主人公的人生片断和生存感受作为文本的主体,在"我"的现实生存境遇的解剖中完成了存在主义式的对人和世界的哲学观照。应该说这是一个感性与理性、形而上与形而下结合相当出色的文本,戏剧性场景的嵌入、空缺空白的大量运用、语言词条的解释和图片的引入都水到渠成、自然而然,毫无突兀之处。这些方面,它显然要好于《情人专制》的夸张和故弄玄虚。

然而,"跨文体"写作的成功并不应成为我们把它绝对化的理由。其实,"跨体写作"并不是什么新鲜事物。浦安迪就认为《红楼梦》就具有"跨体写作"的特点,他说:"《红楼梦》是一部伟大的叙事文学作品,但绝不能无视书中充满了诗、词、赋、骚乃至灯谜、对联等各种各样的抒情诗文体。"① 而王蒙早在 20 世纪 80 年代就表达过对跨体写作的支持:"小说首先是小说,但它也可以吸收包含诗、戏剧、散文、杂文、相声、政论的因素……我们为什么不喜欢小说中有散文、小说中有诗呢?"② 我们既然承认,文体是相对的,那么我们对于从前文体格局的否定也应是相对的,而对于这种"包容性""综合性"的新文体的肯定自然也不应是绝对的。我们不能从一个极端走向另一个极端。我们是不是从此就要取消小说、散文、诗歌?而且我越来越觉得,"凸凹文本"这样一种"包容性文体"本身也是十分可疑的。好的文体或好的文本的标准应该是作家的解放和文学的解放。我们不能故弄玄虚,为文体而文体、为革命而革命,否则就是本末倒置了。而"凸凹文本"中蒋志的《情人专制》就有着明显的为文体而文体的倾向,那种夸张的表达、故意加大的音量与文本的内涵其实并不谐调,作家的故弄玄虚很大程度上影响了这个文本的力量。再一点,就是我觉得"凸凹文本"似乎没有考虑中国的文化传统、文学思维和读者的审美心理的特殊性,有点自绝于"人民大众"的味道。巴特式的文本是与法国人的思维和表达习惯相联系的,同时也是与作家本人的语言学和哲学修养不可分的。《恋人絮语》实际

---

① (美)浦安迪:《中国叙事学》,陈钰译,北京大学出版社 1996 年版,第 8 页。
② 王蒙:《漫话小说创作》,上海文艺出版社 1983 年版,第 15~16 页。

上是一个严格意义上的学术文本，它是以巴特的过人的学养为根基的。同时，它也是与西方的语言、思维方式紧紧相连的，它在西方可以是畅销书，而在中国恐怕专业的读者也未必就能喜欢或完全读懂。这让我想到了《女人传》的命运，我前面已讲到了这个文本与巴特文本的神似，但正因为它的神似，读者的接受前景我觉得就令人担心。不管你文体探索或"革命"多么成功，但无人喝彩，革命的价值也会大打折扣的。由此，我不禁对"革命"的目的产生了某种怀疑，革命无疑是为了解放自我、解放语言、解放思想，是为了更自由的表达需要，而"凸凹文本"的写作方式究竟是给了作家"自由"呢？还是给了一道枷锁？

正如谢有顺所指出的那样："文体不是寄生在作品上的附生物，不是为了造成一种外在的装饰效果，不是对现存秩序的外在反抗，它应该是与作品内在的气质同构在一起，从作家的心态中派生出来的，是自然而然出现的，它的推动力是作家为了更好地到达他眼中真实的世界图景。从这个眼光来看，中国作家有技术崇拜的嫌疑，猎奇的、哗众取宠的、赶时髦的心理总是时不时就显露出来，所以，我们经常会发现这样的怪现象：一个初学写作的人，也可能写出形式上非常奇特的作品，而看不出他对世界，对人自身，对存在有任何确切的体验和想象。"① 我们不敢说"跨文体"写作就代表了长篇小说文体的方向，但它所标示的长篇由单一走向融合的趋势大概是不可避免的。这使我们将不得不面临一个巨大的悖论：我们怎样既保持艺术的纯粹性，又"兼容"、综合其他文体呢？"长篇小说"这样的文类划分会不会成为一个过时的概念呢？我们需要为长篇小说的文体确立怎样的可能性"限度"呢？这都是有待进一步研究的新课题。

（原载《当代作家评论》2002 年第 4 期）

---

① 谢有顺：《文体的边界》，载《当代作家评论》2001 年第 5 期。

没有"十七年文学"与"文革文学",
何来"新时期文学"?

李 杨

洪子诚曾指出 80 年代中期"二十世纪中国文学"概念中存在的一个问题:《论"二十世纪中国文学"》"在讨论 20 世纪中国文学的总主题、现代美感特征时,暗含着将 50—70 年代文学当作'异质'性的例外来对待的理解。如关于文学的'悲凉'的美感特征的举例,从鲁迅的小说、曹禺的著作,便跳至'新时期文学'的《人到中年》等"。王晓明在出版于 1997 年的《二十世纪中国文学史论》中专门设置了一个"表达编选者所持有的对二十世纪中国文学的基本看法"的"作品附录",收录了他认为在 20 世纪中国文学中最重要的 83 部作品,其中属于"十七年文学"的作品仅有 3 部,分别是王蒙的《组织部新来的青年人》(1956 年)、老舍的《茶馆》(1957 年)、柳青的《创业史》(1960 年),"文革文学"则是完全的"空白"。

类似的情况不胜枚举。对"十七年文学"与"文革文学"的"盲视"几乎成为了 80 年代以来的"当代文学史"与"二十世纪中国文学史"研究中一个显著的特点。这一立场完全可以用 80 年代流传极广的"断裂论"加以说明,即"新时期文学""接续"了被中断了数十年的"五四文学"传统,使文学摆脱了政治的束缚,使文学回到了"文学"自身,或者说使文学回到了"个人"——有的评论家干脆认为是"回到了'五四'"。

"文学的归来"意味着一个先在的前提,那就是文学曾经"离开"过"五四",或者说"离开"过"五四文学"代表的"文学自身"。在显然并非"科学"的"当代文学"范畴中,离开了"文学自身"的"非文学"的阶段指的是"十七年文学"与"文革文学"。

这种文学史的叙述方式显然只是一个更为宏大的以二元对立方式建构的有关"启蒙"与"救亡"、"个人"与"民族国家"、"文学"与"政治"关系的历史叙事的一个组成部分。如同"十七年"与"文革"时期的文学史叙事以"救亡""民族国家""政治"为主体,否定了"启蒙""个人""文学"的意义,"新时期"的文学史写作则以"十七年文学"与"文革文学"为"他者",建构了以"启蒙""个人""文学"为主体的"新时期文学"。虽然两种文学史观的结论完全不同,但思维方式却惊人一致——不是粗暴的肯定,就是同样粗暴的否定。90 年代后期,钱理群曾深有感触地回顾王瑶当年对"二十世纪中国文学"概念的批评,王先生质疑自己的学生:"你们讲二十世纪为什么不讲殖民帝国的瓦解,第三世界的兴起,不讲(或少讲,或只从消极方面讲)马克思主义,共产主义运动、俄国与俄国文学的影响。"在今天看来,王先生的质疑显然是大有深意的。将"五四文学"仅仅理解为"个人性"的"启蒙"文学,将其与同时兴起的"民族国家文学"以及随后产生的"左翼文学"乃至"延安文学""十七年文学""文革文学"对立起来,将"启蒙"与"救亡"对立起来,实际上过于狭隘地理解了"五四文学"乃至"启蒙"的真正意义。事实上,20世纪中国现代性的"启蒙"并不仅仅是指"个人"的觉醒,它同时还是作为"想象的共同体"——民族国家的觉醒,"救亡"不但不是"启蒙"的对立面,而且是"启蒙"的一个基本环节。正因为这一原因,中国现代文学中的"个人"就始终是民族国家中的"个人",或者是作为民族国家变体的另一个"想象的共同体"——"阶级"中的"个人"。

正是在这个意义上,我们有充分的理由将"左翼文学""延安文学""十七年文学"乃至"文革文学"视为"二十世纪中国文学"这一现代性范畴不可或缺的组成部分。就"当代文学"而言,"十七年文学"与"文革文学"并没有割裂"新时期文学"与"五四文学"的关联。"新时期文学"中影响最大的作家群主要有两个,一个是以王蒙、张贤亮等为代表的"五七族"作家群,另一个则是包括张承志、王安忆、史铁生、阿城以及主要的"朦胧诗人"在内的"知青作家群"。如果我们相信作家的创作与其知识背景、文化结构、精神资源有关,那么,这两个作家群的精神、知识与文化背景恰恰不是所谓的个人性的"五四文学",而是"十七年文学"与"文革文学"。因此,"新时期文学"的主潮无不打上了"十七年文学"与"文革文学"的深深的印迹。正如黄子平分析过的,"伤痕文学"以恩怨相报的伦理圈子来结构故事,对历史的道德化思考,常常以个人品质的优劣来解释历史的灾难,"反思文学"则无一例外地建构政治和道德化的主题,充满着英雄主义和悲剧色彩,出发点是50年代理想主义的价值体系,试图恢复的是"十七年文学"的"革命现实主义传统"。张贤亮以"唯物论者的启示录"为题的"知识分子成长小说"中的苦难崇拜、超越意识及其民粹主义,与"十七年文学"息息相关,而一些引起广泛社会反响的作品如古华的《芙蓉镇》等,其政治道德化的叙事策略,类型化、脸谱化的修辞方式与"十七年文学"与"文革文学"更是一脉相承。如果说"五七族"作家更多地是回归"十七年文学",那么,"朦胧诗"中那种典型的浪漫主义诗风,那种真理在手,"让所有的苦水都注入我心中"的受难英雄的形象都直接源于刚刚过去的时代。"我来到这个世界上/只带着纸、绳索和身影/为了在审判之前/宣读那些被判决的声音",当我们重新阅读"新时期文学"中这种振聋发聩的诗行时,我们不仅会想起"十七年文学"的经典《红岩》中的英雄人物成岗的诗句:"面对死亡我放声大笑/魔鬼的宫殿在笑声中动摇",同时,我们还会很容易地记起充满了献身精神与拯救意识的"红卫兵诗歌"。这种"红卫兵意识"在"知青文学"中对"回归"情绪的书写,是对"新时期"现实的拒绝与对逝去的岁月的怀想,是对被高度形式化与审美化的"青春""理想""激情"的皈依。抛开一些以"青春无悔"为主题的直接描述知青生活的小说不论,即使是《北方的河》这样描写"后文革"生活的作品,仍然完全可以视为对过去时代记忆的书写,尽管信仰的对象已经由"阶级""党""革命""去远方"等置换成了"黄河""母亲""人民""人文地理学"等另一套现代性的符码。实际上，在"新时期文学"中，连《棋王》这样以强烈的"文学性"著称的作品都无法真正摆脱与过去时代的联系，阿城通过出身于知识分子家庭、热爱杰克·伦敦和巴尔扎克、向往精神生活的小说叙事人"我"与在"吃"与"棋"这种凡俗生活中生存的贫民子弟王一生之间两种不同人生观的撞击，写出了"我"对"民间"凡俗生活意义的发现与认同，再现了知识分子在民众中获得生命意义的历史命题。

事实上，在"新时期文学"中，即使是那些沉默多年的"五四"一代老作家开始重新写作时，他们的作品也更多的不是以"五四"的方式，而是以他们更熟悉的"十七年"与"文革"的方式进行言说。以巴金的著名作品《随想录》为例，一方面，这部作品充分展示了"文革"违反人性的暴力，或者在人道与道义上的犯罪，另一方面作者回应这个荒诞时代的方式恰恰又是这个荒诞时代最典型的叙事方式——政治道德化的方式，因而，作家开出的"道德形而上学"的药方——"忏悔"，也总是让人联想起"文革"中不断触及灵魂的"批评与自我批评"，以及因为"原罪"意识而被不断要求真诚忏悔、强行改造的知识分子伦理学……

我们显然不难举出更多的例子来说明几乎被目前的文学史写作完全割裂的两个时代的联系。非常遗憾的是，甚至在当前的语境中，有关"十七年文学"与"文革文学"的文学史意义的讨论仍然不是一个轻松的话题，因为它常常会被人们理解为一种非"学术"的"政治"表态。事实上，探讨"十七年文学"与"文革文学"的意义，并无意于为"十七年文学"与"文革文学"辩护，因为无须"辩护"，"它们"与"我们"形影相随。作为现代性的重要元素，"道德理想主义""政治道德化"的认知方式、"民粹主义""民族主义"、对"乌托邦"的梦想等已经与"民主""自由""个人性""文学性"等一道构成了我们在20世纪这个特殊的语境中认识世界和认同自身的基本方式。甚至在目前我们置身的"后新时期"，仍不断目睹其以令人惊讶的方式一再重现。因此，与其将对这种"文学史"的清理理解为一种非学术的价值选择，不如将其视为我们认识自身的一种方式。

近年来，陈平原、王德威等人对晚清文学"现代性"的研究极大地深化了学术界对"二十世纪中国文学"的认识，在回答来自"五四"意义的捍卫者的关于"晚清文学"的侵入会模糊现代文学的"性质"与"界限"的诸多责难时，王德威在一篇著名的文章中诘问："没有晚清，何来五四"？

就"中国当代文学"而言，"十七年文学"与"文革文学"对于"新时期文学"的意义，绝不亚于"晚清文学"之于"五四文学"的意义。因为"文革"结束后，被称为"新时期"的历史阶段的展开，不断地被人描述为另一个"五四时期"。因而，我们完全有理由提出类似的追问："没有'十七年文学'与'文革文学'，何来'新时期文学'"？或许，进一步的追问还可改变为："没有'十七年文学'与'文革文学'，何谈'二十世纪中国文学'"？

（原载《文学评论》2001年第2期）

莫言与中国精神

李敬泽

一

莫言已成"正典"。他巨大的胃口、充沛的体能，他的欢乐和残忍，他的宽阔、绚烂，乃至他的古怪，近二十年来一直是现代汉语文学的重要景观。

尽管莫言可能是承受了最高声望的作家，他被反复阐释甚至过度阐释，但他却不是特别令人喜爱或令人厌恨的作家。在中国，一个人可能厌恨王朔，因为王朔冒犯了他；也可能无保留地喜爱王安忆，因为王安忆为他提供了一种对自身经验和生活的想象方式，但大概很少有人以同样的激情对待莫言。当然，身处剧烈的文化冲突的时代，莫言始终面临各种偏见和误解，他有固执的反对者，但无论反对他或支持他，人们都很难确定一种简明的、自足的立场，莫言过于宽阔，人们难以确定他的要害。

通过喜爱或厌憎什么作家，我们在某种程度上整理自己对世界的看法，确认自己是什么人。在这个意义上，作家有助于形成社会的自我意识，同时也必然地被社会意识分类、编纂。这是一个博尔赫斯式的情景：一本一本的书被写出来，堆积在巨大、阴暗的图书馆中，幽灵般的图书馆员忙碌着，他们凭着嗅觉就能把大部分书送进碎纸机，然后把剩下的书沿着大脑沟回般的通道上架、归档。

那么，莫言将引起争议，究竟把他存于何处？

这种想象中的困难，体现了莫言与他的时代、他的时代中的读者和文学的复杂关系。

二

莫言很少对他的时代直接表达看法。他的作品中最具共时性志向的也许是中篇小说《师傅越来越幽默》，但这无疑是一次失败。在小说中，下岗的老工人不得不以一种颇具讽刺性的方式谋生，他在荒僻的林间开设了一座情人小屋。由此，"下岗"这个社会性的主题暗自转化为了"欲望"的喜剧，"排泄"（情人小屋的创意由收费厕所而起）、窥淫（师傅守在屋外——眺望）、身体和金钱（两者互相激发、互相证实）、中心与边缘（是去市政府闹事还是在城郊自生自灭？）、合法与非法（小屋如同一间容纳非法欲望的阁楼，它本身可能是非法的，但也可能被默许——以两条"中华"为代价），通过这一系列次生的主题，"师傅越来越幽默"了。

这终究是莫言的小说。社会有社会的议程，作家有作家的议程，莫言几乎是蛮不讲理地把小说开上了他自己的轨道。莫言常常是粗暴的、不讲理的，他有绝对的自信，无论怎样他都能把事情摆平，但在《师傅越来越幽默》中，事情看来是摆不平了，尽管莫言轻易地抓住了要点，但在每个要点上他都无法展开，似乎他不幸误入一个没有宽度的世界，他只能尽快地穿过去，草草收场，这篇小说在莫言的作品中罕见的气力疲弱。

失败往往标明了一个作家的限度，莫言如果从那间郊区小屋再往外走、从某个世纪末的日子再往回走，一直走进田野、走进过去，那么他就会重新获得力量——这不是在谈论题材，而是说，莫言本身的艺术气质有一种天高地远的宏伟，他的眼光是总体性的、俯瞰式的，他所能看见的是发生了什么，而不是为何发生。这样一个作家如天地不仁，他需要把伦理和美学的自由保存在自己的手里，人的所有弱点、人的所有感觉和经验皆如草木荣枯、雷霆雨露、白云屎溺皆是壮阔、自在，没有任何外在尺度。

所以，尽管莫言因《红高粱》而广为人知，但在此前的《透明的红萝卜》中，他的世界的基本元素已经就绪。这篇小说对当时的主流文学界来说是个丑闻，而对莫言和他的支持者来说则是一次大胆的挑战、一次袭击。而在今天，它看上去其实是平和的、美丽的，只有当我们注意到那个在田野上游荡的少年实际上没有理由时，我们才能看出它在当时的危险性

一个精灵原来不需要理由。同样地，《红高粱》《狗道》中，人物从不思考，他们只是感受、行动，他们的世界是被呈现的，而不是被阐述、被评估。如果说，《红高粱》中你还可把日本鬼子理解为有具体历史内容的"恶"，那么在《狗道》中，"恶"仅是一种自然之力，是自然的属性，狗道亦是天道，天道亦是人道，人的挣扎和斗争不需要任何理由。

这种"齐物"的眼光在《三十年前的一次长跑比赛》中充分展现了它可能达到的深度：一群"右派"分子正在庆典般的欢乐气氛中奔跑，30年的时光滤去了他们身上的意识形态内容，他们进入了乡村传奇，每个人皆如《封神榜》之人，有各种奇技和怪癖。如果把这篇小说与莫言同时代的关于"右派"这一特殊人群、关于"文革"这一历史时期的主流叙事相比较，你会看出，后者通常预设一种历史理性，它为其中的每个人提供一个根本理由、一个"意义"的支点，即使这种意义相对于每个人来说常常显得不相称。也许我们必须谅解这种主流叙事的夸张、滥情和简化，但是，这种将个人在历史中合理化和合法化的不懈努力反映和强化了中国精神中"成王败寇"的偏狭一面。而《三十年前的一次长跑比赛》那种惊人的欢乐和驳杂表明，莫言对用历史覆盖生活怀有异议，当然，历史最终介入了这次长跑，警察来了，人被带走了，但这更像是生活中不可避免的意外，是一次"故障"，是生活中富于魅力的惊奇和秘密。即使"历史"也夺不走我们的生活，我们的欢乐、丰饶，我们的生命力，莫言对此有一种大地般安稳的信心。

在这个意义上，莫言是我们的惠特曼，他有巨大的胃口、旺盛的食欲，似乎没有什么东西是他不能消化的，他刚健、粗俗、汹涌澎湃，他阐扬着中国精神中更宽阔的

一面，那既是经验的、感觉的、身体的，又是超验的、终极的，超越自我、超越历史理性。

在《欢乐》中，那个屡考不中的乡村青年在田野上彷徨，他当然极度的苦闷、极度的累，我们或许可以由此进行社会历史的和个性的考察，把它视为中国考试制度和乡村知识青年之间的一份心理学档案；但在莫言这里，人物的命运是与自然世界疯狂的丰饶和腐烂相互投射的，这种投射不仅是诗学的隐喻关系，更是确凿的判断：无论生或死，人永远要承受一切或舍弃一切，这就是生活的真相，也是自然的秩序，在莫言的世界中，人最不可能产生的情感就是可怜自己。

所以，我们的惠特曼其实也有他的限度，他说到底是个神话作家——尽管"神话"这个词在莫言的时代并不体面，但究其实质，莫言表达这个民族浩大的自我想象，很难说它是肯定性的或否定性的，也许莫言对此并不在乎，重要的是，现代性的焦虑、历史的焦虑在这种想象中被超越，这个被焦虑折磨得精神憔悴的民族在这些小说里获得一种自由：为善、为恶、为一切。

正因如此，莫言特别不适合处理诸如"下岗"这样的题材，这个题材本身隐含着具体的道德疑难，它涉及现代都市中人随时面临的琐屑、繁杂、模棱两可的各种界限。尽管莫言在《师傅越来越幽默》中蛮横地力图执行自己的议程，但当他以对人物处境的分析性陈述开始时，他已经注定失败，因为随着这种处境而来的是充塞着各种各样"理由"的世界，人只能在其中踟蹰，那如同漫天飞尘，莫言无法下咽，他吞得下一切，除了尘土。

三

（1）《檀香刑》是一部伟大作品。

我知道"伟大"这个词有多重，我从来不肯在活着的中国作家身上用它。但是，让我别管莫言的死活，让我服从我的感觉，"伟大"这个词不会把《檀香刑》压垮。

（2）《檀香刑》的第一句看上去纯属败笔："那天早晨，俺公爹赵甲做梦也想不到再过七天他就要死在俺的手里。"

这太像《百年孤独》的第一句，我们知道，莫言也知道，但他偏就这么写了，似乎是自报家门，有意呈露他与魔幻现实主义的血缘关系。

这是向马尔克斯致意，也是向马尔克斯告别。从第二句开始直到小说的最后一句，莫言一退十万八千里，他以惊人的规模、惊人的革命彻底性把小说带回了他的家乡高密，带回中国人的耳边和嘴边，带回我们古典和乡土的伟大传统的地平线。

（3）《檀香刑》是21世纪第一部重要的中国小说，它的出现体现着历史的对称之美。

20世纪是中国小说现代化的世纪，我们学会了在全球化背景下思想、体验和叙述，同时，我们欢乐或痛苦地付出了代价：斩断我们的根，废弃我们的传统，让千百年回荡不息的声音归于沉默。

而《檀香刑》标志着一个重大转向，同样是在全球化背景下，我们要接续我们的根，建构我们的传统，确立我们不可泯灭的文化特性。

（4）莫言说，他写了声音：火车的声音和高密地方戏猫腔的声音。

《檀香刑》也是历史的声音。故事发生于1900年，是年，八国联军侵入北京，古老中国的现代化危机达到空前绝后的顶点。在山东，义和团运动被德国占领军和西式装备的清朝新军联合扑灭，耸人听闻的大刑将在高台之上、万众之前展开……

这个场面很像演戏，这就是戏，在中国民间，历史是戏，戏是现实。让我们闭上眼，倾听1900年的声音，高亢的、愤怒的、绝望的、凄凉的、凶恶的、阴冷的，撕心裂肺荡气回肠，这是中国的声音，它像利刃一样穿透了一百年的时光。

（5）莫言不再是小说家——一个在"艺术家神话"中自我娇宠的"天才"，他成为说书人，他和唐宋以来就在勾栏瓦舍中向民众讲述故事的人们成了同行。

这不是指《檀香刑》采用了"凤头""猪肚""豹尾"之类古老的结构原则，而是指它的叙事精神：直接诉诸听觉，让最高贵和最卑贱的声音同样铿锵响亮；直接诉诸故事，却让情节在缭绕华丽的讲述中无限延宕；直接诉诸人的注意力：夸张、俗艳、壮观、妖娆，甚至仪式化的"刑罚"也是"观看"的集体狂欢……

这是中国的民间美学，大"俗"久不作。

（6）说书人需要训练，做一个传统的说书人要比做现代小说家难得多，因为现代小说家可以放纵自己，哪怕把读者吓跑或气跑，而一个说书人的至高伦理是听众必须在，一个都不能少。

《檀香刑》中，莫言表现了精湛的艺术功底——我这么说似乎不是在夸他，哪个小说家不觉得自己功底精湛？但是，大多数中国小说家并无功底可言，他们顶多是聪明或绝顶聪明，但他们甚至没有能力让两个不同的人物说不同的话。因为他们把小说当成自己的事，从"我"开始，到"我"结束。

当莫言模仿说书人时，他回到了小说艺术的原初理想：小说家没有自己的故事、自己的声音，讲故事如同在讲已经发生、尽人皆知的事，而声音是世界的声音，它封闭在故事中，等待着一张嘴张开，让它流动、激荡。

（7）我们对小说艺术的思考方向，我们在全球化背景下对自身境遇的思考方向都将改变。这种改变在社会、文化和文学事件的涌动中正在逐渐显现，而《檀香刑》是一股强劲的推动力，它使混沌变得清晰，使低语变成呼喊，它写出的是我们的历史，但它也在形成文化和文学的未来历史。

四

这是我在《檀香刑》出版不久所写的札记。在仅仅两年之后，我觉得此文在某些环节上表达含糊，比如"历史的声音"、比如"历史是戏，戏是现实"，这里的"历史"概念其实未经检验和界定，它是把历史当成了某种不言而喻的自在之物，但在我看来，"历史"恰恰是必须言喻的，不被说出的一切就不是历史。正是通过

"说",我们才会确定和皈依某种历史理性。

《檀香刑》所处理的题材是各种历史论述激烈争辩、讨价还价、勉强妥协的场所,"义和团"运动可以说是一个民族、一种文化自我保存的绝望斗争,是对帝国主义的反抗;但也可以说是开"历史"之倒车,是对现代性的反抗。由于我们选择不同的论述立场,同一件事获得了截然不同的判断:前者具有历史的正当性,而后者在历史的尺度上是不正当的。如果我们假设历史是有理性的,那么,我们所面对的困境却是,我们很难在这件事上达成意义的自洽,我们必须忍受断裂。

这也是中国精神的一个持久伤口,中国现代民族国家在这个伤口的血泊中建立和成长,它直到现在依然红肿,阵阵作痒。我们被两种不同的自我想象所支配:一种是被侵犯、被剥夺的软弱和愤怒;另一种则是接受侵犯者和剥夺者的逻辑,终有一日会消除我们的软弱。两种想象其实是相互派生的,在它们各自内部都涌动着"力"的焦虑,但是,在这两者之间始终存在着充满疑问的混乱区域:无力的愤怒将激发力,而这种力同时却是对无力的肯定和坚持,而任何有力的梦想的前提是忍受无力。

这种绕口令式的表述恰好说明了我们所面对的其实不是如何认识和遵从历史理性的问题,不是如何合于目的的问题,不是工程和博弈问题,而是一个巨大的精神疑难:我们就像《拇指铐》里的那个男孩儿,被铐在"历史"的树上,无可选择却渴望自由;而在《祖母的门牙》中,"力"在祖母和母亲之间转移,但我们却不知强者和弱者究竟谁还是她们自己?

所以,《檀香刑》那个血腥而壮丽的脔割场面尽管会使神经脆弱的读者感到不适,但却是中国现代精神的一个伟大神话,它把"力"的复杂缭绕、矛盾重重的迷宫在身体上展现出来:它是外来的、它是自身施于自身的、它是绝对的软弱、它是绝对的强大、它是痛苦、它是迷狂、它是卑贱的死亡、它是高贵的救赎、它是律法、它是人心、它是血、它是手艺和技术、它是传统、它是传统的沦亡、它是历史、它是对历史的反抗……

——莫言在这部小说中必须选择大地般超然客观的叙述立场,他取消了自己的声音,甚至取消了自己的角度。在此之前,田野、记忆和孩子是莫言叙事的三个支点,通过记忆、通过孩子的目光,他可以打开宽阔的世界,也就是说,孩子的目光拒绝任何选择,而记忆通过时间将一切事物在天空和地面之间拉平。但是现在,他只需要田野,因为任何一种声音、一种角度都不足以覆盖中国灵魂的痛苦、艰难、辽阔和孤独。

而这正是莫言与他的时代、他的时代中的读者和文学的复杂关系的症结所在,他表现着我们很难正视、力图忘却的图景,那是被"历史"、被社会、被我们兢兢业业的日常生活和日常经验、被我们的文学齐心协力地遮蔽的我们世界的底部。

所以,莫言离他的时代无限远,也无比近。

(原载《小说评论》2003年第1期)

重构宏大叙述
——关于当代文学批评的检讨

贺绍俊

讨论中国当代文学显然已经绕不开全球化的大背景。全球化开辟了一条快捷的知识通道，消除了东西方的文化时差，让我们也能够嗅到西方思想之炉烘烤出来的新鲜面包的香味。这条通道对于中国当代文学的影响无疑是巨大的，这种巨大性尤其还在于，我们对西方思想的接受不仅是一种消除时差的接受，而且通过一种集装箱的方式，将西方一百来年现代主义后现代主义的思想积累运送过来，把西方现代思想的时间性展示转化成为一种空间性展示。这就意味着我们接受到的理论是没有历史之链约束的在结构之外逃逸的自由分子，它带来的一个后果便是，似乎任何一种西方现代理论都能够很贴切地镶嵌在中国当代文学之中。当然，已经有学者准确地指出，我们对于西方现代或后现代的引用，完全是建立在误读的基础之上的。也有学者认为，这是一种有益的误读，正是这种误读激活了中国当代文学的想象。我以为这样的判断倒基本上指明了这样一个事实，即西方现代后现代思潮对中国当代文学的影响不可低估。但如何评价这种影响显然存在着分歧，从事外国文学研究的学者盛宁就对我们引进西方后现代表示质疑，他称我们的引进不过是一种"话语的平移"。他所谓的"话语的平移"包含着一个意思，即是指我们在引进西方理论观念时"忽略东西方传统的差异、意识形态的差异以及所面临的问题的差异，把本来是西方的文化传统无条件地搬到了东方，嵌入我们的话语系统"。文化差异是客观存在，我们回避不了差异，正是东西方的多层差异，使我们即使从同一理论起点出发，也会在原因、结果以及目的等方面大相迥异。具体到文学批评，就有不少值得我们检讨的问题。

后现代思潮使文学批评的功能发生了重要的改变。按罗蒂的描述，西方对于人类文明的思考，经历了三个阶段，先是从上帝那里寻找救赎，继之从哲学，如今则从文学。从文学中寻找救赎，指的就是后现代思潮兴起以来的文学理论和文学批评所承担的思想任务。从韦伯开始的理论[1]，历经奥尔特、阿多诺、本雅明、哈贝马斯、利奥塔，都把文学艺术作为从资本主义社会的痼疾中救赎人类精神和心灵的有效武器。因此作为后现代以来的一个重要趋势，文学越来越与哲学、社会学、历史学、人类学融为一体，而且在这其中，文学成为领军人物，大有替代哲学等学科的姿态。因而一系列有关哲学认识论和本体论的探讨就能够引起文学的极大兴趣，似乎成为了文学理论的基本内容。据盛宁介绍，"今天在英语国家的大学里，开设较多的有关法国和德国

---

[1] 陆扬：《文学不是常有振聋发聩的力量吗？——罗蒂在南开大学作讲演》，载《文艺报》2004年7月27日。

哲学课程的不是哲学系而是英语系。'文学理论'成了一个远远超出传统的文学理论概念的专门领域，它所包括的许多极其有趣的著作并不明显地诉诸文学，但它又不同于时下所谓的'哲学'，它既包括索绪尔、马克思、弗洛伊德、德里达、福柯和雅克·拉康，又包括黑格尔、尼采、海德格尔、利奥达、保罗·德曼和汉斯－乔治·伽德默尔。"① 代之而起的，是文学批评从拘泥于文本的新批评中走出来，转变成视野更为广阔的文化批评。文化批评表现出这样一种愿望：即使是对文学的文本发言，也必须表达出介入社会和政治的思想主张。同样的，文化批评也体现出对文学的新的定义：文学没有明确的边界，它包容着社会、历史所折射的一切问题。文学是我们认知世界的重要方式。尽管西方现代后现代思潮风起云涌，流派纷呈，观点迥异，但我们大致上可以看到一个整体的趋势，就是文学和文学批评在现代后现代理论的激发下，具有越来越鲜明的社会批判性和现实针对性。

毫无疑问，西方现代后现代的思想集装箱运送过来后，被我们全部照单收下。但有意思的是，我们的文学批评并没有因此而更加底气十足起来，相反其功能和影响越来越萎缩。文学批评不仅没有一种介入社会和政治的气度，甚至对于文学本身也越来越失去其权威性。当然，我们的文学批评对于西方思想丝毫也不陌生，而且我们的文学批评能够娴熟地运用西方的理论和术语。但这些理论所蕴含的社会批判性和现实针对性却在我们的移植过程中丧失殆尽。这固然说明了西方理论对于中国本土的文化和现实存在着不适应性，但同时也说明我们在接受西方理论的过程中还存在着认知的偏差，这种偏差同时包括了对本土认知的偏差。

就文学批评本身来说，可以从主客体两个方面来检讨这种认知偏差。首先从批评者主体来看，文学批评的职责转化为批评者的身份确立，文学批评不过是批评者实现自己社会职责的具体方式。20世纪以来中国社会的现代化进程固然培育起中国的现代意义上的知识分子，但文化传统与社会结构的根本差异，使中国知识分子的社会职责带有强烈的中国特色。虽然"五四"以后的社会变革赋予了中国知识分子以现代性意义，但社会结构的沿袭决定了中国知识分子与传统士阶层的延续性。中国传统的士阶层是仕的基础，"学而优则仕"，"士"的社会道德职责与"仕"的国家政治职责融合为一体，而且，"士"的社会道德职责更多的时候必须通过"仕"的国家政治职责才能得以实现，这就先天性地决定了士阶层的政治属性，这种政治属性在诞生于现代化进程中的中国知识分子身上并没有得到根本的改变，特别是在五六十年代政治意志扩张的社会氛围下，知识分子的社会道德职责变异成一种政治幻觉，而知识分子同时携带着的国家政治职责在被不断地夸大之后，反过来成为了知识分子的思想囚牢。因此，当大的政治环境发生变化，知识分子首先觉醒到的是自身的独立性，而现代后现代理论自然而然地就成为知识分子寻求独立性的思想通道。自80年代以来，我们学习西方现代后现代理论的过程，就成为了知识分子对其身份的传统性不断进行

---

① 盛宁：《人文困惑与反思——西方后现代主义思潮批判》，生活·读书·新知三联书店1999年版，第95页。

"脱脂"的过程,特别是对"仕"意识的"脱脂",注重于对传统性的"脱脂"就带来一个后果:我们认同了现代知识分子的独立品格,却抽去了知识分子社会职责中的政治内涵。说到底我们还是对本土和传统缺乏真正现代意义上的认识,仍然在"人世"还是"出世"间游离。事实上,中国知识分子独立品格的缺失并不在于对政治的热情投入,而是在于社会政治结构的约束,因此我们所要否定的是致"士"与"仕"于一体的政治、文化结构,而不是传统士阶层沿袭至今的忧国忧民的政治立场。因为对社会职责的放弃,知识分子独立意识的觉醒最终导致了知识分子的自我放逐。这一点在文学批评中表现得尤为突出,80年代的文学批评一度引领着思想解放的潮流,但到了80年代末期,伴随着"向内转",文学批评逐渐从政治、思想、社会批判等阵地大幅度地后撤。后来,人们抱怨说文学被边缘化了(同时也有人欢呼文学的边缘化),从一定意义上说,文学边缘化不是一个被动式,而是自我放逐的必然结果。

另一个方面,从批评客体即文学的承担来看,文学应该是人类精神的承担者,文学提供给人们的是精神的想象,是理想的家园。文学批评的重要功能就是将文学的精神内涵进一步阐发出来。现代社会基本上由三股力量构成发展的合力:政治、经济与艺术。这里所谓的艺术并不是平常意义的艺术创作和艺术作品,而是哲学层面上的一种人类特殊的精神活动。在这三股力量中,艺术明显不同于前二者。政治和经济是一种制度化、工具化和权力化的物质性的硬力,而艺术是一种非制度化、情感化和道德化的精神性的软力,艺术通过无形的、精神熏陶的方式实施影响,艺术精神的本质体现在哲学、文学艺术等人文性的作品中,体现在社会的文化活动、教育活动中,体现在知识分子的公共话语中。在一定意义上说,西方现代后现代思想家都是在企图发挥艺术在人类文明进程中的作用,以匡正政治、经济带来的社会发展偏差。当然这有一个重要前提,就是艺术作为一种精神的力量是独立的,它才可能与政治、经济一起在现代社会进程中构成三足鼎立的局面。在80年代得以复苏的中国当代文学迫切希望从政治的束缚中摆脱出来,独立成为第一要务而压过了文学对精神的承担,西方现代后现代思想顺理成章地成为其武器,这一点显然也是与当时的知识分子寻求独立性相互应合的。后现代关于颠覆的理论得到了格外的青睐。颠覆使80年代末期的文学在狂欢与恣肆中开创了一个多元化的非中心时代。西方后现代的颠覆理论固然是对以往的理性主义进行了彻底的摧毁,但颠覆不是理论的惟一目标,颠覆的目的是要营造起与这个时代相吻合的精神空间。可惜的是中国当代文学只完成了颠覆理论的前半截工作,他们还来不及营造起自己的新的精神空间,就受到了市场经济的巨大冲击。90年代的中国社会逐渐给市场化加温,经济几乎成为社会的主宰。而自我放逐中的文学此刻就像一个流离失所的弃儿一头撞进了市场化的甜蜜乐园,市场经济的利益原则和自由竞争原则诱使文学朝着物质主义和欲望化的方向发展,这就是我们看到的90年代文学的整体形象。文学与政治的蜜月期终于结束,文学可以逍遥于政治之外。这对于政治来说似乎并不是什么损失,一方面因为政治本身正在走向科学和民主,它不需要再把文学绑在同一辆战车上;另一方面,文学尽管不再成为政治意识形态的重要部分,但也不会对政治意识形态构成威胁。真正受到损失的还是文学自身,文学虽然从政治中获得解放,但它转眼又沦为经济的附庸,它的独立性在市场化的腐蚀下大打折扣。

文学批评同样没有逃脱市场化的腐蚀。文学批评与市场是通过媒体作为中介而发生关系的。市场化的重要标志之一就是把我们所处的时代变成一个媒体的时代。特别对于处在社会主流中心位置的城市来说,这一点表现得更为突出,几乎可以说一切公共或个人的生存活动,都需要通过媒体作为中介,而媒体出于自身的需要便充满了攻击性,它无限扩张自己的话语霸权。另一方面,媒体具有一个消化功能极强的巨大的胃,它可以吞噬性质各异甚至与自己完全相佐的物质,以一种狸猫换太子的颠覆方式,变成与媒体终极目标相一致的东西。于是,媒体也对文学批评表现出极大的兴趣,因为它需要文学批评所具有的权威面貌、理论色彩和评判立场,但支撑这一切的文学批评的独立品格却被阉割掉,以便更好地服务于媒体的实际利益。随着国内媒体大战,促使媒体批评迅速发展起来。媒体批评的直接结果之一便是使得文学批评变成了公众化的角色,而另一个结果便是造成了社会的普遍误解,以为媒体批评就是文学批评的全部内容,媒体批评的强烈光芒遮蔽了其他的批评活动。媒体与消费的合流,形成当下的文化主体,他们对文学批评采取的是一种收买的政策。收买的结果是造成了许多变异的批评活动,同时也使得批评有可能成为一种谋生的手段。这两年兴起所谓的"酷骂批评",可以说是媒体批评的登峰造极之作。比较有代表性的是《十作家批判书》的出版。据策划者介绍,他们是试图以媒体批评和商业批评的话语方式来表达学理批评深刻的思想内容,是要"让批评从批评家的课堂里、书斋里和那些发行只有几百份、几千份的所谓学术刊物上解放出来"。[①] 我以为这也许只能是一种良好的愿望而已。因为这种操作的商业本质是不容改变的,在这种状况下,其学理性是十分虚幻和空泛的,它所表现出的咄咄逼人的批判性和尖锐性,充其量不过是萎靡不振的文学批评服用了商业的"伟哥"之后,发出的一种虚张声势的威力而已。

也许可以这样来描述中国当前的文学理论和文学批评:尽管我们在理论和话题上越来越与世界"接轨",但我们的文学理论和文学批评与现实的关系却越来越疏远,而这一点恰是和现代与后现代的精神实质背道而驰的。改变文学理论与文学批评现状的途径之一,便是重建起文学的宏大叙述。当然,后现代思想首先就是从消解宏大叙述打开缺口的。在中国当代的文学批评中,消解宏大叙述一直是我们用以对抗政治意识形态的理论出发点。但我们还应该对宏大叙述作更细致的辨析。利奥塔在70年代宣布宏大叙述的解体,在他看来,后现代的努力都是向一切标志着"同一性"的宏大叙述进行挑战。[②] 宏大叙述显然是指被社会认可的秩序和原则,而最宏大的叙述可以说就是资本主义体制"大一统"的宏大叙述。因此,关于解构宏大叙述的论题是一个很具体的西方语境的论题。另外,后现代对于宏大叙述的解构是为了建立起新的

---

① 中国文联理论研究室编:《双刃剑下的评说》,大众文艺出版社2001年版,第67页。
② 周宪:《20世纪西方美学》,南京大学出版社1994年版,第159~164页。

知识标准，解构本身就包含着重构。而这个重构过程至今也没有终结，因为它面对着社会文化现实的新的矛盾和问题。这些新的矛盾和问题也在为后现代理论提出种种悖论，一方面，旧的宏大叙述被解构了，一切差异都具有了存在的合法性；但另一方面，我们又在被装进新的宏大叙述结构之中，这个宏大叙述就是全球化的叙事，全球化的叙事正在通过经济、政治和文化的方式，把新的一致性和标准化贯彻到世界的每一个角落，全球化最终取消了所有的差异。后现代思想的批判精神当然不会在全球化趋势面前止步的。这同样也是对中国的当代文学和文学批评的设问。

中国当代文学为了从中国特定的"大一统"的政治格局中摆脱出来，借用解构宏大叙述的观点，不失为一种聪明的借用。但是，我们必须看到这只能说是一种策略，而不构成真正意义上的理论主张，因为对于中国当代文学来说，宏大叙述不过是一种理论的虚构。当代文学曾经要摆脱的是极端的政治意识形态化，而不是启蒙思想的终止。对于西方后现代思想家而言，他们的确面临一个资产阶级启蒙神话的解体，而中国当代文学却是在一种迥然不同的社会形态中发展起来的。也许可以说我们有一个革命的神话，在革命的名义下，所有的思想之脉，如中国文化的道统、"五四"开启的启蒙，等等，不是被掐断遏止，就是被扭曲变形。所以新时期开始的中国当代文学，的确面临着从革命神话中挣脱出来的问题，但挣脱革命神话的目的是为了开启所有思想的阀门。这实际上就是一个重构知识标准的问题。20年过去了，这期间文学又受到经济权力的严峻威胁，重构的问题再一次凸显出来。今天，我们是一个多种社会形态交织在一起的状况，前现代、现代和后现代呈现在同一空间内，而每一种状态都是在发育不良的过程中生长起来的。在这样一种复杂的社会形态下，艺术精神对于保证社会良性、和谐发展的作用就显得非常重要，因为在政治、经济、艺术这三股力量中，政治和经济往往是现实主义的，追求的是现实的利益；只有艺术才是浪漫主义的，艺术指向人的精神世界，指向人的未来。文学应该是艺术精神最大的策源地和栖息地，这也就是文学的精神承担。那么，文学批评是干什么的？文学批评要通过自己的阐释和批判功能，最终完成文学的精神承担。因此文学批评应该为文学的精神承担重构起自己的宏大叙述，这个宏大叙述独立于政治、经济之外，体现出批评主体的独立品格和社会职责。从这个意义上，如果要问什么是宏大叙述，那么回答就是：文学的精神承担就是最根本的宏大叙述。

（原载《中国社会科学》2004年第6期）

当代小说的叙事前景

谢有顺

从先锋小说发起叙事革命开始,小说写作就不仅是再现经验,讲述故事,它还是一种形式的建构,语言的创造。到 20 世纪 90 年代,叙事革命出现了停顿,这种停顿,暗含的是现实、经验和欲望的胜利。但人既然是"叙事动物",就会有多种叙事冲动,单一的叙事模式很快会使人厌倦。当小说日益变成一种经验的私语和故事的奴隶,也许必须重申,文学还是一种精神创造,一张叙事地图,一种非功利的审美幻象,一个语言的乌托邦。

一

2008 年 10 月 27 日,第七届茅盾文学奖揭晓,贾平凹的《秦腔》位列获奖作品榜首。在这一届茅盾文学奖的评审过程中,关于《秦腔》的争议,还是像它刚出版时一样,多集中在故事好看不好看这个问题上。熟悉新时期文学的人都知道,在 20 世纪 80 年代的中国,小说的叙事革命是文学的主潮,讲一个什么样的故事并不重要,重要的是如何讲故事。因此,那时即便是不讲故事甚至反故事的小说,依然能获得文学界的高度评价——许多先锋小说,正是在这个背景里受到重视的。但十几年后,当《秦腔》面世,小说好读不好读,再一次成了尖锐的问题被提出来,这种阅读趣味的变化,透出的是怎样一种文学转型?

阅读《秦腔》确实是需要耐心的,它人物众多,叙事细密,但不像《废都》《高老庄》那样,有一条明晰的故事线索,《秦腔》"写的是一堆鸡零狗碎的泼烦日子。"① 在叙事上,《秦腔》是一个大胆的探索。四十几万字的篇幅,放弃故事主线,转而用不乏琐碎的细节、对话和场面来结构整部小说,用汤汤水水的生活流的呈现来仿写一种日常生活的本真状态,这对读者来说,是一种考验,对作家而言,也是一种艺术的冒险。在当代中国,像《秦腔》这种反"宏大叙事"、张扬日常生活精神的作品,并不多见。因此,要真正理解《秦腔》,就得把它当作一部探索性的小说来读,一味追求故事是否好看的人,必然难以接受这种细密、琐碎、日常化的写法。米兰·昆德拉在论到卡夫卡的小说时说"要理解卡夫卡的小说,只有一种方法。像读小说那样地读它们。不要在 K 这个人物身上寻找作者的画像,不要在 K 的话语中寻找神秘的信息代码,相反,认认真真地追随人物的行为举止,他们的言语、他们的思想,

---

① 贾平凹:《秦腔·后记》,作家出版社 2005 年版,第 565 页。

想象他们在眼前的模样。"① 如果真能"像读小说那样"读《秦腔》，就会发现，《秦腔》写的是当下中国的各"废乡"景象，而贾平凹对乡土中国变迁的精细刻写，以及对这种变迁的沉痛忧思，的确把握住了这个时代的精神乱象。

"像读小说那样地读它们"，可是，从什么时候开始，人们读小说就是为了读故事？故事与叙事是不同的，叙事才更接近小说的本质。正如托马斯·曼所说，小说家既要通晓现实，也要通晓魔力。故事所描述的是一种现实，而叙事则是一种语言的魔力。应该说，从先锋小说发起叙事革命开始，小说写作就不仅是再现经验，讲述故事，它还是一种形式的建构，语言的创造。写作再也不是简单的讲故事了，它必须学会面对整个20世纪的叙事遗产——只有建构起了自己的叙事方式的作家，才称得上是一个有创造性的作家。可是，这个经过多年探索所形成的写作难度上的共识，开始被文学界悄悄地遗忘。更多的人，只是躺在现成的叙事成果里享受别人的探索所留下的碎片，或者回到传统的叙事道路上来。故事在重新获得小说的核心地位的同时，叙事革命也面临着停顿。

这种停顿，表明艺术惰性在生长，写作和阅读耐心在日渐丧失。讲述一个有趣而好看的故事，成了多数作家潜在的写作愿望——今天的小说家几乎都成了故事的奴隶。我在想，文学一旦丧失了语言冒险的乐趣，只单纯地去满足读者对趣味的追逐，它还是真正的文学吗？说到底，文学的独特价值，许多时候正是体现在语言的冒险上——语言的冒险，叙事的探索，往往能开辟出一条回归文学自性的道路。当初，马原的"我就是那个叫马原的汉人"这一经典句式对当代小说叙事的重大启示，不正是因为马原找到了一种新的语言方式么？离开了这一点，写作的意义就值得怀疑。可是，在这样一个喧嚣、躁动的时代，有谁愿意去做那些寂寞的叙事？探索故事要好看，场面要壮大，经验要公众化，要出书，要配合媒体的宣传——所有这些"时代"性的呼声，都在不知不觉地改写作家面对写作时的心态。或许，短篇小说艺术在近年的荒芜，可以作为我们讨论这个问题的另一个旁证。以前的作家，常常将一个长篇的材料写成短篇，现在恰恰相反，一个短篇的素材，很多作家多半也要把它拉成一个长篇的。老舍就曾回忆说"事实逼得我不能不把长篇的材料写作短篇了，这是事实，因为索稿子的日多，而材料不那么方便了，于是把心中留着的长篇材料拿出来救急。……用长材料写短篇并不吃亏，因为要从够写十几万字的事实中提出一段来，当然是提出那最好的一段。这就是愣吃仙桃一口，不吃烂杏一筐了。"② 把短篇小说看得如此重，今天看起来确实是有点不可思议的，或许这正是两个时代的写作差异吧。

如今，长篇小说盛行，短篇小说则已退到文学的边缘，核心的原因，我想还是故事与叙事之间的较量。长篇小说的主题词，当然是故事和冲突，而短篇小说则更多地保留着叙事艺术的痕迹，因为短篇小说是很难写好的，它虽是一些片断，但仍然要表达出广大的人生，而且要有一气呵成的感觉。读者对长篇的毛病是容易原谅的，篇幅

---

① （捷）米兰·昆德拉：《被背叛的遗嘱》，余中先译，上海译文出版社2003年版，第217页。
② 老舍：《我怎样写短篇小说》，引自《老舍全集》第十六卷，人民文学出版社1999年版。

长了，漏洞难免会有，但只要故事精彩，就能让人记住。对短篇，要求就要严格得多。字数有限，语言若不精练，人生的断面切割得不好，整篇小说就没有可取之处了。所以，叶灵凤曾经说，现代的短篇小说"已经不需要一个完美的故事"，写短篇就是要"抓住人生的一个断片，革命也好，恋爱也好，爽快的一刀切下去，将所要显示的清晰的显示出来，不含糊，也不容读者有呼吸的余裕，在这生活脉搏紧张的社会里，它的任务已经完成了"。① 要做到这一点，谈何容易。没有生活的丰盈积累，没有在叙事上的用心经营，再好的断片，我怕一些作家也是切割不好的。因此，在这个长篇小说备受推崇的时代，我倒觉得，中短篇更能见出一个作家的叙事功底和写作耐心。②

然而，我们依然无法改变一个事实——翻开杂志和出版物，举目所见，多是熟练、快速、欢悦的欲望写真，叙事被处理得像绸缎一样光滑，情欲是故事前进的基本动力，场景、细节几乎都指向阅读的趣味，艺术、叙事、人性和精神的难度逐渐消失，慢慢的，读者也就习惯了在阅读中享受一种庸常的快乐——这种快乐，就是单一的阅读故事而来的快乐。或许，正是因为看到了这一点，英国文学批评家迈克尔·伍德才有那句著名的论断："小说正在面临危机，而故事开始得到解放。"③ 很多人都会感到奇怪，小说的主要任务不就是讲故事么，为何要将小说与故事对立起来？按照本雅明的说法，小说诞生于"孤独的个人"，而故事的来源则是生活在社群中、有着可以传达经验的人④——故事所远离的恰恰是"孤独的个人"，它的主要旨归是经验和社群。可见，故事并不一定就是小说，但在这个崇尚经验、热衷传递经验的当代社会，故事正日渐取代小说的地位。

那些善于讲故事的人，尤其是善于以私人经验为主要故事内容的人，越来越成为这个时代的宠儿——市场意识形态所青睐的，总是这样一些人。故事获得解放，经验正在扩张，由此所建构起来的消费景观，也就成了文学的主流。于是，凡是与文字相关的场域，充斥的都是讲故事的人。新闻是在讲事故，网络帖子是在讲故事，段子与闲谈是在讲故事，畅销的文学读物也多是在讲故事——当然，小说也是在讲故事。在这一片故事的喧嚣之中，容易让人产生小说正在走向繁荣的幻觉，因为据不完全统计，每年国内出版的长篇小说多达近千部，发表的中短篇小说就更是不计其数了，难道这还不足以让我们得出小说正在走向复兴的结论？然而，在故事复兴的过程中，崛

---

① 叶灵凤：《谈现代的短篇小说》，载1936年4月15日《文艺》1卷3期，引自《二十世纪中国小说理论资料》第三卷，北京大学出版社1997年版。

② 熟悉文学史的人都知道，新时期以来，中国当代小说成就最大的正是中短篇小说。从20世纪70年代末开始，几乎每个小说家都是靠中短篇小说成名，他们迄今为止最重要的代表作也多是中短篇小说。但现在的年轻作家不同了，他们似乎更愿意一开始就进入长篇小说的写作，一个从未写过中短篇小说的人，可能已经出版了好几部长篇小说了，这显然是小说叙事艺术被漠视的一个证据。

③ （英）迈克尔·伍德：《沉默之子：论当代小说》，顾钧译，生活·读书·新知三联书店2003年版，第1页。

④ （德）瓦尔特·本雅明：《讲故事的人》，见《本雅明文选》，张耀平译，中国社会科学出版社1999年版，第295页。

起的只是那些可以传递的经验，相反，小说所需要的"孤独的个人"却正在消失。故事的核心是经验的表达，它所面对的更多是公共趣味，响应的更多是消费和市场需求的召唤。在经验的形态上，它也是解密的、自我展示的，并无私人的秘密可言——没有秘密，就绝不会有"孤独的个人"，没有"孤独的个人"，就不会有真正的小说。

二

这几乎成了中国当代小说的根本困境：一边是经验和欲望的展示，另一边是文学叙事的悄然隐匿——小说在今天，似乎到了需要重新辨析的地步。至少，我们不能再简单地将经验的诉说理解为小说本身，小说有着比这更复杂的精神事务需要解决，如米兰·昆德拉所说，小说的精神是复杂性。确实，复杂的世界，需要一种复杂的形象和复杂的精神来诊释它，这是小说的基本使命，也是小说所要面对的艺术难度。假如小说不再表达复杂的世界，而只是像故事的那样专注于单一、贫乏的经验，那么小说的存在就将变得可疑。

本雅明说，"经验贬值了"，"而且看来它还在贬，在朝着一个无底洞贬下去。无论何时，你只要扫一眼报纸，就会发现它又创了新低，你都会发现，不仅外部世界的图景，而且精神世界的图景也是一样，都在一夜之间发生了我们从来以为不可能的变化。"① 所以，在现代社会，口口相传别人的经验的时候，其实个体可以言说的经验不仅没有变得丰富，反而变得贫乏了。这也就是为何那些激进的个人写作者，写出来的小说面貌往往大致相仿的原因之一。经验的类同，正在瓦解小说家的创造力，因为经验在遭遇根本的挑战："战略经验遇到战术性战争的挑战；经济经验遇到通货膨胀的挑战；血肉之躯的经验遇到机械化战争的挑战；道德经验遇到当权者的挑战。"② 那些渺小的个人经验，只有被贴上巨大的历史标签或成为特殊的新闻事件之后，它才能被关注而获得意义，因此，很多的写作，看起来是在表达自己的个人经验，其实是在抹杀个人经验——很多所谓的"个人经验"，打上的总是公共价值的烙印。尽管现在的作家都在强调"个人性"，但他们分享的恰恰是一种经验不断被公共化的写作潮流。

在那些貌似个人经验的书写背后，隐藏着千人一面的写作思维。在"身体写作"的潮流里，使用的可能是同一具充满欲望和体液的肉体。在"私人经验"的旗号下，读到的可能是大同小异的情感隐私和闺房细节，编造相同类型的官场故事或情爱史的写作者，更是不在少数。个人性的背后，活跃着的其实是一种更隐蔽的公共性——真正的创造精神往往是缺席的。特别是在年轻一代小说家的写作中，经验的边界越来越

---

① （德）瓦尔特·本雅明：《讲故事的人》，见《本雅明文选》，张耀平译，中国社会科学出版社1999年版，第291～292页。
② （德）瓦尔特·本雅明：《讲故事的人》，见《本雅明文选》，张耀平译，中国社会科学出版社1999年版，第292页。

狭窄，无非是那一点情爱故事，反复地被设计和讲述，对读者来说，已经了无新意。而更广阔的人群和生活，在他们笔下，并没有发出自己的声音。诚如耿占春所说，在新闻主宰一切的今天，"人人都记得的一件事，谁也不会对它拥有回忆或真实的经验。这反映了经验的日益萎缩，这也表明了人与经验的脱离，人不再是经验的主体。看来不太可能的状况已经出现在我们的生活中：我们生活在并非构成自身经验的生活中。我们的意识存在于新闻报道式的话语方式中，因而偏偏认为：不能为这种话语方式所叙述的个人生活经验是没有意义或意指作用不足的"。① 确实，当下中国作家面临的一个重要困境就是，"生活在并非构成自身经验的生活中"，生活正被这个时代主导的公共价值所改写，在这种主导价值的支配下，一切的个人性都可能被抹平，似乎只有这样，小说才能获得最大限度的商业和消费价值。

这种写作对当代生活的简化和改写，如果用哈贝马斯的话说，是把丰富的生活世界变成了新的"殖民地"。他在《沟通行动的理论》一书中，特别论到当代社会的理性化发展，已把生活的某些片面扩大，侵占了生活的其他部分。比如，金钱和权力只是生活的片面，但它的过度膨胀，却把整个生活世界都变成了它的殖民地。"这种殖民，不是一种文化对另外一种文化的殖民，而是一种生活对另外一种生活的殖民。……假如作家们都不约而同地去写这种奢华生活，而对另一种生活，集体保持沉默，这种写作潮流背后，其实是隐藏着写作暴力的——它把另一种生活变成了奢华生活的殖民地。为了迎合消费文化，拒绝那些无法获得消费文化恩宠的人物和故事进入自己的写作视野，甚至无视自己的出生地和精神原产地，别人写什么，他就跟着写什么，市场需要什么，他就写什么，这不仅是对当代生活的简化，也是对自己内心的背叛。若干年后，读者或者一些国外的研究者再来读这一时期的中国文学，无形中会有一个错觉，以为这个时期中国的年轻人都在泡吧，都在喝咖啡，都在穿名牌，都在世界各国游历，那些底层的、被损害者的经验完全缺席了，这就是一种生活对另一种生活的殖民。"②

这种殖民，也是一种简化。在中国当代小说中，我们读到的正是越来越普遍的对世界的简化。就像很多作家笔下的民工，除了在流水线上做苦工，或者在脚手架上准备跳楼以威胁厂方发放工资之外，并没有自己的欢乐或理想；他们笔下的农民，除了愚蠢和贫困之外，似乎也没享受过温暖的爱情、亲情；他们小说中的都市男女，除了喝咖啡和做爱之外，似乎不要上班或回家的。很多作家都像有默契似的，不约而同地把世界简单化、概念化。简化是对生活的遗忘。"简化的蛀虫一直以来就在啃噬着人类的生活：即使最伟大的爱情最后也会被简化为一个由淡淡的回忆组成的骨架。但现代社会的特点可怕地强化了这一不幸的过程：人的生活被简化为他的社会职责；一个民族的历史被简化为几个事件，而这几个事件又被简化为具有倾向性的阐释；社会生活被简化成政治斗争，而政治斗争被简化为地球上仅有的两个超级大国的对立。人类

---

① 耿占春：《回忆和话语之乡》，广西师范大学出版社2003年版，第181～182页。
② 谢有顺：《追问诗歌的精神来历——从诗歌集〈出生地〉说起》，载《文艺争鸣》2007年4期。

处于一个真正简化的漩涡之中，其中，胡塞尔所说的'生活世界'彻底地黯淡了，存在最终落入遗忘之中。"[1]——小说应该是反抗简化和遗忘的，它的使命是照亮"生活世界"，守护这个世界的复杂性和丰富性。

只是当代中国的小说家中，有几个人意识到了这种简化是对存在的遗忘？又有几个人察觉到了时代的某种"共同的精神"是对小说内部那个"孤独的个人"的伤害？故事、经验、欲望，三者的背后关涉的都是一种趣味——写作和生活的趣味。但除了经验的我、欲望的我，小说中理应还有道德的我、理性的我。写作不从生理和身体的生命里超拔出来，不讲道德勇气和超越精神，作家就会很容易堕入玩世主义和虚无主义之中，透显不出作家主体的力量。何以这些年来的中国小说多是在延续着量的增长，而无多少质的改变？我以为，正是故事、经验、欲望这三位一体的写作结构，限制了小说在艺术、精神上的进一步深化。经验的我、欲望的我，对应的正是量的精神，是纷繁的世相，是身体和物质在作家笔下的疯狂生长，是长篇小说的泛滥性出版。而所谓文学的质，它所对应的则是艺术世界、价值世界。中国当代文学中，这些年几乎没有站立起来什么新的价值，有的不过是数量上的经验的增长，精神低迷这一根本事实丝毫没有改变，生命在本质上还是一片虚无，因为就终极意义上说，经验的我、身体的我，都是假我，惟有价值的我、生命的我，才是真我。现在看来，艺术危机、价值危机才是小说真正的危机。小说如果只一味地去迎合那些消费主义的趣味，没有气魄张扬一种新的精神，也无法创造一个新的叙事艺术的世界，那它附庸于趣味和利益的写作格局就无从改变。尤其是20世纪90年代以后，中国小说的主角由语言变成了经验，写作的先锋性不再被重视，讲述经验所代表的趣味性和煽情性，则受到了消费社会的广泛欢迎。小说突然被经验、趣味、欲望这些事物所解放，叙事探索的重担仿佛彻底地放下了，在多数作家那里，叙事问题好像已经根本就不存在了。

三

难道小说不再是一种叙事的艺术？难道叙事真的在走向衰竭和死亡？这话初听起来有点危言耸听，却也并非什么新的看法。早在1936年，德国批评家、哲学家瓦尔特·本雅明就在他著名的《讲故事的人》一文中作了这种预言式的宣告。在本雅明看来，"讲故事这门艺术已是日薄西山"，"讲故事缓缓地隐退，变成某种古代遗风"，本雅明把这种叙事能力的衰退，归结为现代社会人们交流能力的丧失和经验的贬值。他认为，新闻报道成了更新、更重要的第三种叙事和交流方式，它不仅同小说一道促成了讲故事艺术的死亡，而且也对小说本身的存在带来了危机。他引用了《费加罗报》创始人维尔梅桑一句用来概括新闻报道特性的名言"对我的读者来说，拉丁区阁楼里生个火比在马德里爆发一场革命更重要。"本雅明继而说，"公众最愿听的已不再是来自远方的消息，而是使人得以把握身边的事情的信息"，"如果说讲故事的

---

[1]（捷）米兰·昆德拉：《小说的艺术》，董强译，上海译文出版社2004年版，第22～23页。

艺术已变得鲜有人知，那么信息的传播在其中起了决定性的作用"。"不论新闻报道的源头是多么久远，在此之前，它从来不曾对史诗的形式产生过决定性的影响；但现在它却真的产生了这样的影响。事实表明，它和小说一样，都是讲故事艺术面对的陌生力量，但它更具威胁；而且它也给小说带来了危机"。①

这的确是一个重要的发现。新闻对故事和小说的取代，在新闻业不算很发达的当代中国也已经是一个耀眼的事实，以致多年前，就有作家宣称，最好的小说并不在文学期刊上，而是在《南方周末》这类报纸的深度新闻报道中。本雅明指出，讲故事是一种手工匠人式的艺术，流行在前工业的农业与手工业社会中，相比之下，新闻报道则是一种现代工业化的生产，它可以更快、更真实地介入当代人的生活——但由此就断言叙事艺术已经死亡，只有新闻报道才是人们生活中唯一的主角，似乎也还缺乏充分的说服力。

本雅明对叙事艺术走向衰竭的哀叹，或许是有根据的，他说出了叙事艺术的总体性命运。但就当下的境遇而言，我更愿意相信，叙事艺术还在我们的生活中坚韧地存在着，不过，它已不再是小说的专利，而是被分解到了其他的言说艺术之中。"日常生活中经常被引用的叙事例证有电影、音乐录像片、广告、电视和报纸新闻、神话、绘画、唱歌、喜剧性连环画、逸闻、笑话、假日里的小故事、逸闻趣事，等等。在更为学术化的语境中，人们都承认，在个人回忆和自我表述中的个人身份表达中，或者在诸如地球、民族、性别等集团的集体身份的表达中，叙事都占有中心地位。人们一直对历史、法律制度的运作、心理分析、科学分析、经济学、哲学中的叙事有着广泛的兴趣。叙事犹如普通语言、因果关系或一种思维和存在的方式一般不可避免。"②马克·柯里说，这是一种"新叙事学"，这种叙事不只限于文学，它无处不在。可见，叙事和叙事学并非真像一些人所说的那样，已经寿终正寝，它其实不过是经历了一次转折，一次积极的转折而已。

本雅明也许意想不到，经过结构主义和后结构主义叙事学大师们的研究，叙事学内部已经发生了重大的变化，就连讲故事，也在新的叙事艺术的刺激下获得了新的生长空间。故事不再是固定不变的结构，它成了叙事的产物，而叙事所能建构的故事形式的可能性是无法穷尽的。只要作家愿意，叙事甚至还可以脱离故事，独自在语言的自我指涉中完成。语言并非工具，语言也表达其自身，语言本身是一个伟大的世界，叙事也可以是一种语言的自我讲述、自我辨析。这便是传统叙事学和后结构主义叙事学之间的根本不同。"传统叙事学家由于把文本看成一个稳定的连贯的设计，因而只能对文本作部分的解读。后结构主义叙事学的一个重要特征就是，它设法保持叙事作品中相矛盾的各层面，保留它们的复杂性，拒绝将叙事作品降低为一种具有稳定意义

---

① （德）瓦尔特·本雅明：《讲故事的人》，见《本雅明文选》，张耀平译，中国社会科学出版社1999年版，第296页。

② （美）马克·柯里：《后现代叙事学》，宁一中译，北京大学出版社2003年版，第3～4页。

和连贯设计的冲动。"① ——这些叙事理论听起来也许过于玄奥了,但在中国当代小说的实践中,确实是有一批作家在按着这些理论创造新的叙事话语。从马原等一批作家开始,故事正被叙事所取代。讲一个线性发展、头尾呼应的故事,很长一段时间来不再是先锋作家的兴趣所在。他们选择了以叙事主宰一切,以叙事驱动人物的命运,甚至直接在小说中拆解故事,亮出自己的写作底盘——文本已经没有秘密,一切都成了纸上的游戏、语言的真实。亚里士多德说,叙事的虚构是更高的真实。这话正应和了先锋作家的写作,虚构成了他们最主要的叙事策略。马原不止一次在小说中声称,写作就是虚构,就是一次叙事游戏。"我就是那个叫马原的汉人"这一经典句式的不断使用,使他的写作成了纯粹个人的语言游戏,在他所出示的语言地图上,叙事不再是表达现实、承载意义的手段,叙事本身成了目的。"叙事中'所发生的'从指涉现实的观点看是无'所发生的',只有语言,语言的冒险。"② 叙事的背后已找不到一个全知全能的主体,这个主体必须被彻底颠覆,写作也不是重在讲述一个故事,而是如何讲述一个故事。

在20世纪80年代中期至90年代初,叙事在中国小说界是一个嘹亮的字眼。小说写作被马原、莫言、格非、余华、苏童、叶兆言、北村等人处理成了叙事的产物。话语和世界发生了分离,能指和所指出现了断裂,叙事既是一种语言建构,也是一种对现实、历史和意义的解构。在马原笔下,世界和人的命运丧失了深度,他煞有介事的叙事,建构的不过是一个"无"而已;在余华笔下,残酷更像是一场纸上的杀戮,人的意义、价值和尊严,在他不动声色的叙事口吻中被彻底解构;在格非、苏童、叶兆言笔下,历史的真相已经隐匿,历史叙事不过是一场话语游戏;在北村笔下,世界也只是话语的镜像、语言的自我繁殖和自我缠绕……语言是这批作家写作的新主体。他们试图以语言来对抗世界,试图在语言中建立起栖居之地,这种纯粹的写作把文学带到了一个孤独的高地,并在某种程度上改变了中国文学的方向——语言、叙事、形式、结构这些词汇,从此纳入了后来者的写作视野。

或许,孤独注定是先锋的命运,纸上的幻象也终究承受不起沉重的现实,一些先锋作家进入20世纪90年代后开始改弦更张,叙事革命随之停顿而另一些重返现实、书写经验的作家,则开始轻易地站到了文学发展的显赫位置。可以说,90年代叙事革命停顿的背后,暗含的是现实、经验、欲望的胜利——而现实、经验和欲望的背后,我们又可以迅速拆解出消费和市场在其中所起的作用。就这样,当初由叙事革命所建立起来的孤寂的文学景象,很快就被一种大众叙事、消费话语所消解,文学又一次接通了现实和社会那根巨大的血管,读者群扩大了,媒体关注度增加了,谈论的人多了,可文学内在的品质,尤其是在叙事空间的拓展上,并无多少进展。今天制造文学事件、领导文学风潮的人,多数都是20世纪90年代后成名的年轻作家,他们中的

---

① (美)马克·柯里:《后现代叙事学》,宁一中译,北京大学出版社2003年版,第5页。
② (法)罗兰·巴特:《叙事的结构分析导言》,转引自(美)海登·怀特:《后现代历史叙事学》,陈永国、张万娟译,中国社会科学出版社2003年版,第142页。

很多人，从一开始就学会了如何与读者、市场达成和解，不约而同地在写"好看小说"，在他们身上，已经没有叙事的负担，更没有如何建立起自己的叙事风格的焦虑。

四

文学作为叙事的艺术，正在经受各种消费主义潮流的考验。到 20 世纪 90 年代，小说日渐成为一种消费品，从刊物到出版社，充满对情爱故事的渴望，加上电影、电视剧对小说的影响，而且每天大量的社会新闻主导着人们的日常阅读，所有这些，都是故事在其中扮演第一主角——不过，这里的故事不再是艺术性的叙事，它成了文化工业对读者口味的揣摩和满足。

从这个意义上说，消费的力量介入小说写作之后，使叙事发生了另外一种命运，叙事与商业的合谋，在电影、电视剧和畅销小说等领域都获得了巨大的成功。这是消费社会里新的叙事图景："现代社会一方面把叙事分解为新闻报道或新闻调查之类的东西，另一方面资本社会并没有忘记人们爱听故事的古老天性，现代社会把叙事虚构变成了一种大规模的文化工业。古老的叙事艺术和讲故事的能力在认真严肃的小说叙事领域没落了，却成了一本万利的文化工业。讲故事的艺术从小说叙事中衰落，为广告所充斥的商业社会却到处都在讲述商业神话，用讲故事的形式向人们描述商品世界的乌托邦。"① 这种文化工业对叙事的改造，正在影响小说写作的风貌。为了迎合读者的口味和走向市场，已经有不少作家以牺牲写作难度的代价来满足出版者的要求；即便是严肃的写作，许多时候也得容忍和默许出版者用低俗的理由进行炒作。商业和市场遏制了许多作家试图坚守写作理想的冲动，叙事的艺术探索更是在萎缩。消费社会的叙事悖论正在于此：任何严肃、专业的艺术创造，甚至艰深、枯燥的学术思想，都有可能被消费者改造成商业用途。"时尚业本身也开始回过头来向哲学和批评界借用术语：解构主义成了时装业和唱片业的标签，后现代主义被广泛使用，成了时装、饰品和时尚的促销术语。"② 消费社会的逻辑根本不是对商品的使用价值的占有，而是满足于对社会能指的生产和操纵；它的结果并非在消费产品，而是在消费产品的能指系统。文学消费也是如此。读者买一本小说，几乎都被附着于这部小说上的宣传用语——这就是符号和意义——所左右。小说（产品）好不好越来越不重要，重要的是，它被宣传成一个什么符号，被阐释出怎样一种意义来。最终，符号和意义这个能指系统就会改变小说（产品）的价值。我们目睹了太多粗糙的小说就这样被炒作成畅销书或重要作品的。叙事如果完全受控于消费符号的引导，真正的叙事艺术就只能退守到一个角落了。

消费主义对叙事的改造，必然导致叙事的分野。这种分野，也许将会帮助我们建

---

① 耿占春：《叙事美学：探索一种百科全书式的小说》，郑州大学出版社 2002 年版，第 2～3 页。
② （美）马克·柯里：《后现代叙事学》，宁一中译，北京大学出版社 2003 年版，第 11 页。

立起新的文学叙事的格局。在这个格局里，以消费为主要特征的文学，也就是我们俗称的畅销作品和大众文学，肯定将占据主体地位，毕竟，用统一的标准来研究文学的时代过去了，文学应该有不同的类型，以满足不同人群的阅读渴望。必须承认，在世界范围内，世纪下半叶都出现了文学共识上的断裂。文学正在走向多元化。正如利奥塔所认为的那样，后现代时期的特点是从大叙事到小叙事的转变。利奥塔对"元叙事"持一种不信任态度，他提倡向"小叙事"转变，强调的是差异的合法化，"叙事学之变化，正在于文学研究中的标准化价值被多元价值和不可简约的差异所取代。这种差异不仅有文本之间的，还有读者之间的。"① 元叙事的消亡，差异的合法化，必然导致利奥塔所命名的小叙事、本土叙事、小身份叙事的崛起——而"小叙事"很可能是消费社会中叙事探索唯一可能的空间。

按照利奥塔的观点，这样的小叙事再次发挥了前现代的语言游戏功能，它坚持"语言游戏的异态性质"。而中国当下的文学，还处在"元叙事"和"小叙事"共存的局面里。"元叙事"在今天的文学书写中不仅没有消亡，而且还拥有巨大的空间。无论"主旋律"作品，还是市场化写作，都可看作是"元叙事"的写作，因为它们后面还有一个十分明显的总体话语在支配它们。意识形态的要求，或者市场的诉求，都可能成为新的总体性在左右作家的写作，从这个总体性出发，写出来的作品多半就是千人一面的。叙事的创新肯定不能冀望于这种总体话语，而只能寄托于有更多"小叙事"、更多差异价值的兴起。消费社会的文学工业，掳掠了大多数的作家和读者，但如何在市场的磨碾下，为文学保存一个叙事探索的空间，使叙事回归语言自我建构的维度，这已是文学走向自身、突破困境的迫切需要。

叙事和虚构、语言和形式上的可能性并未穷尽，放弃对它的可能空间的探索，最终导致了当代文学的肤浅和庸常。要改变这一局面，就需要有人重新从文学内部出发，重新探求文学价值的差异、文学叙事的多样化。尽管有人指出，文化差异也在日益变得商业化，但在一个共识已经断裂的时代，寻求差异的合法化便是唯一的出路。现在，我们举目所见，文学叙事的方式是如此的整齐，几乎都在书写欲望和欲望的变体，几乎都以故事的趣味和吸引力为最终旨归，这当然是一种文学危机，只是这种危机不太被人察觉而已。

我想，如何坚持写作的先锋精神的问题，就在这个背景里被提出来了。像这些年出现的《檀香刑》（莫言）、《人面桃花》（格非）、《抓痒》（陈希我）、《秦腔》（贾平凹）、《陌生人》（吴玄）等一批小说，就蕴含着叙事探索的冲动，也向我们提供了新的叙事经验，只是这样的作品已经越来越少。但这些小说的存在，至少提醒了我们：当文学过于外向，它需要向内转；当文学过于实在，它需要重新成为语言的乌托邦；当"写什么"决断文学的一切，它需要关注"怎么写"；当文学叙事被简化成讲故事，它需要重获话语建构的能力；当"元叙事"和总体话语处于文学的支配地位，它需要有"小叙事"和差异价值存在的空间；当消费主义成为文学主潮，它需要坚

---

① （美）马克·柯里：《后现代叙事学》，宁一中译，北京大学出版社2003年版，第16～17页。

持孤寂的勇气……真正的文学，总是在做着和主流的文学价值相反的见证。

这就是一种文学抱负。——"文学抱负"是略萨喜欢用的词，他认为"献身文学的抱负和求取名利是完全不同的"。也许，在这个有太多主流价值能保证作家走向世俗成功的时代，所谓的"文学抱负"，大概就是一种先锋精神，它渴望在现有的秩序中出走，以寻找到新的创造渴望和叙事激情。就此而言，文学写作的先锋性、叙事探索、反抗精神，在任何时代都必不可少，因为它能够使文学重新获得一种自性，获得一种自我建构的能力。略萨在谈及"文学抱负"时，将它同"反抗精神"一词紧密地联系在一起，他说"重要的是……永远保持这样的行动热情——如同唐·吉诃德那样挺起长矛冲向风车，即用敏锐和短暂的虚构天地通过幻想的方式来代替这个经过生活体验的具体和客观的世界。但是，尽管这样的行动是幻想性质的，是通过主观、想象、非历史的方式进行的，可是最终会在现实世界里，即有血有肉的人们的生活里，产生长期的精神效果。"[①] 所谓的文学先锋，或许就是反抗和怀疑的气质，是创造精神和文学抱负的结合。

在叙事革命正面临终结，文学投身消费潮流的渴望越来越强烈的今天，缅怀一种叙事探索的传统、追思一种语言革命的激情，便显得异常重要。保罗·利科在其巨著《时间与叙事》中把人看作是"叙事动物"。确实，叙事是人类生活中的重要内容，"没有叙事，就没有历史"（克罗奇语），没有叙事，也就没有现在和未来。一切的记忆和想象，几乎都是通过叙事来完成的。人既然是"叙事动物"，就会有多种叙事冲动，单一的叙事模式很快会使人厌倦。当小说日益变成一种经验的私语和故事的奴隶，也许必须重申，文学还是一种精神创造，一张叙事地图，一种非功利的审美幻象，一个语言的乌托邦。

（原载《文学评论》2009年第1期）

[①] （秘）马里奥·巴尔加斯·略萨：《给青年小说家的信》，赵明德译，上海译文出版社2004年版，第6～7页。

近三十年的散文

孙 郁

一

时光倒回到30年前，我还是一个懵懂的青年。那时眼里的好文章，现在看来不免文艺腔的盘旋，也曾激动过自己的心，想起来有许多可感念的地方。历史是人的心绪的组合，以文字的方式存活着。这些文字深浅不一，每个时段都仿佛是我们身体的一部分，留在我们的记忆里。现在，在与这些记忆相逢时，就感到了不同的灵魂的闪现，好像那个驶去的时代飘然而至了。

汉语言在20世纪遭遇了不同的命运，从文言到白话，从平民语到文人笔墨，从党八股到小布尔乔亚之文，它实际已拥有了多种可能。实用主义一直是汉语身上的重负，以致其审美的功能日趋弱化了。六七十年代，汉语的表达是贫困的，文字的许多潜力都丧失掉了。所谓新时期文学，恰是在这个贫困的时期开始的。"四人帮"垮台后，中国重新开始了梦的书写。那时还是观念的现代转型，个体意识的萌动还是后来的事情。到了80年代，文化的自觉意识在学界和文坛蔓延，随笔、杂文的风格也渐趋多样化。开始的时候，还是文字的合唱，鲜见独异的声音。一切还是被观念化的东西所包裹，后来就渐渐神采四射，有深切的词语登上舞台。最初引人关注的还只是社会问题层面的话题，个体生命的呻吟是稀少的，几年后自省式的短章才不断涌现。当时的作家沉浸在思想解放的神往里，全然没有为艺术而艺术的痕迹。中止"文革"时期的思路，寻找失去的年代，不乏狂欢的文字，境界较之先前已有了不同的色彩。

一个八股的时代正在隐去。蠕动的非流行的文字不时出现在各类报刊上。集体话语向个人话语转变，在此后一直是个时断时续的主题。"五四"风尚、明清小品、俄苏笔意、意识流、现代主义等在人们的笔端流出。世界突然五光十色了，人们知道冲出囚牢的意义。有趣的是，那时候给人们带来兴奋的不是青年，恰是那些久经风雨的老人。

我们可以举出无数名字来：巴金、冰心、曹禺、钱锺书、胡风……他们身上明显带有旧岁月的痕迹，偶尔能涌出别致的景观。这些人大多经历过个人主义精神的沐浴，后来转向国家叙事，晚年又重归个体情趣。巴金以讲真话的胆量在呼唤鲁迅的传统，冰心在预示着美文的力量，钱钟书的谈吐不乏智者的神姿。那时报刊的文章在起着非同小可的作用，如唐弢、黄裳的写作把旧有的文人气吹到了文坛，他们的文字是典型的报人风骨，留有民国文人的趣味，没有被当代的文风所同化。在他们的书话、随笔里，民国的影子是随处可见的。从历史场景和国故里寻找话题，人生的体验深含在其间。孙犁的文字在晚年越发清俊，以爽目、坚毅、优美的短篇洗刷着历史的泥垢。孙氏的作品，有田野的清风，没有杂质，一切都是从心灵里流出来的。一方面有作家的敏感，另一方面则流动着学人式的厚重。他在许多地方模仿鲁迅的思路，又自成一家，给世人的影响不可小视。贾平凹、铁凝等人都从他那里获得了启示。我们从刘绍棠、从维熙等人的作品里甚至也能呼吸到类似的新风。杨绛的笔锋是锐利清俊的，她对知识阶级的入木三分的透视，乃学识与智慧的交织。那里有西洋文学的开阔与晚清文人的宁静，有时带着寒冷的感觉，有时是彻悟后的闲情，将文字变成智者的攀缘。较之那些哭天喊地的文学，她的不为外界所动的神态，消解了世俗的紧张。"五四"时期是青年的天下，新时期却是老人尽显风姿的日子。历史像开了一个玩笑，文化的历程如果只是老人在昭显一切，那是社会的教育与生态出了问题吧？我们在回望一个民族的再造的时候，不该忘记老人群落的书写，不是"新青年"在引领艺术的风骚，而是"旧人物"展示了丰沛的土壤，在这个土壤里，中断了的"五四"遗产重新闪现着。

应当说，学问家的写作在这个时期是风骚俱现。季羡林、金克木、费孝通、冯至都以自己的短章让世人看到了文字的魅力。他们在自己的领域耕耘之余，放松心境地倾诉内心的情感，留下的是别类的心得。述人、谈己、阅世，渗透着生命的哲思。不都是哀怨，有时坚毅的目光照着世界，使我们在这样的文字面前感到世上还有如此宽阔的情怀，不禁欣慰。王蒙曾呼吁作家的学者化，其实就暗含着对汉语书写的灵智力的召唤。从胡风事件后，文人的书写越发失去了个体风采，学识与想象力都残缺不已。一些学贯中西的老人散出了他们的光热，长久的精神空白，由于他们的存在而不再是一个问题了。

二

在老人的书写群落里，张中行与木心有着特别的意义。他们曾被久久湮没着，无人问津。可是这些边缘人的出现，给散文界的震动非同小可。80年代，张中行的作品问世，一时旋风滚动。到了2006年，木心被从海外介绍过来，引起了读者的久久打量。

张中行的思想是罗素与庄子等人的嫁接，文章沿袭周作人的风格，渐成新体。他的文字有诗人的伤感，也有史家的无奈，哲人的情思也是深埋其间的。在他的文字里，古诗文的意象，与现代人文的语境撞击着，给人沉潜的印象。他在体例上受到周作人的暗示，也自觉沿着周氏的路径前行。可是有时你能读到周作人所没有的哲思，比如爱因斯坦式的诘问、罗素式的自省，这些因素的加入，把当代散文的书写丰富化了。他的审美意识与人生哲学，有着诸多矛盾的地方。意象是取于庄子、唐诗，思想则是怀疑主义与自由意识的。在他的文本里，平民的情感与古典哲学的高贵气质，没有界限。他的独语是对无限的惶惑及有限的自觉，文化的道学化在他那里是绝迹的。也因于此，他把周氏兄弟以来的好的传统，延续了下来。

自从木心被介绍到大陆，读者与批评界的反映似乎是两个状态，前者热烈，后者平静。偶有谈论的文章，还引起一些争论。谈论的过程，是对流行思维的挑战的过程。作品的被认可，在过去多是借助了文学之外的力量，或是现实的心理需求。有时乃文学上的复古，明清的所谓回到汉唐，80年代的回到"五四"，都是。木心绕过了这一些。既没有宏大的叙事，也没有主义的标榜，不拍学人的马屁，自然也不附和民众的口味。在晦明之间，进行着另一个选择。东西方的语汇在一个调色板里被一体化了。他把痛感消散在对美的雕塑里，忘我的劳作把黑暗驱走了。这是一个独异的人，一个走在天地之间的狂士。类似鲁迅当年所说的过客，只不过这个过客，要通达和乐观得多，且把那么多美丽的圣物呈现给世人。有多少人欣赏自己并不重要，拓展出别一类的世界才是创造者的使命。

文学本应有另外一个生态，木心告诉了我们这种可能。白话文的时间太短，母语与域外语言的碰撞还有诸多空间。他的耕耘一直与文坛没有关系，与批评家的兴奋点没有关系。木心说的不是时代的话，却是我们这个时代没人能说而需要说的话。文学史家对他的缄默是一个错位，不在文学史里却续写着文学史，便是他的价值。看看网络的反应，足可证矣。

汉语在流淌的精神激流里，才能闯过认知的盲点，穿越意识的极限。一些杰出的画家如吴冠中、范曾、陈丹青是同木心一样清醒地意识到这一点的。这些画家偶然的写作，打破了文坛的格局，使我们瞭望到新奇的存在。散文界的杰作常常出自于非文学界的人，科学家、社会学家和画家的介入，引入的是新的景观。杨振宁、李正道都写一手好的文章，奇异的思维改写了人的记忆。也许正是在这个意义上说，汉语的可能，远未被调换出来呢。

三

为一个多样的书写群落进行词语的概括是困难的。我曾在一篇文章里说，当代文学存在着两个不可忽略的传统，即鲁迅的传统与周作人的传统。现在这个看法依然没有改变。其实这来自周作人当年的思路，我不过转用罢了。30年代，周作人认为文章存在着"载道"和"言志"两个流派。这和明代小品的重新发现大有关系。钱锺书曾对此表示异议，那是学术之争，难说谁对谁错。在我看来，"载道"与"言志"后来经由鲁迅兄弟的穿越，形成了现实性与书斋化的两种审美路向。至少在80年代，散文还在鲁迅、周作人的两个传统里盘旋，其他风格的作品还没有形成气候。鲁迅的峻急、冷酷及大爱，对许多作家影响巨大。优秀的作者几乎都受到过他的思想的辐射。邵燕祥、何满子、朱正、钱理群、赵园、王得后、林贤治都有鲁迅的风骨。这些人普遍有着受难的意识，文字是直面苦难的紧张和审视自我的痛感。邵燕祥短文有犀利的力量，毫无温吞平和的虚伪。常常让人随之心动，正切合了"无所顾忌、任意而谈"的传统，这也恰恰是鲁迅当年所欣赏的。何满子谈历史与现状，袒露着胸怀，何曾有伪态的东西？朱正严明、牧惠深切、赵园肃杀，是真的人的声音。对世人的影响是毋庸置疑的。这些作家的自我表达，多了批判的笔触，与其说是指向荒诞的存在，不如说也有无情的冷观自己。他们在直面社会难题时，也把自我的无奈和尴尬表现出来。只是他们中的人对西学了解有限，没能出现大的格局和气象，这是与鲁迅有别的地方。

周作人的传统在历史上被诟病，可是实际是存在这样的余脉的。其实沈从文当年就是受到周氏的影响，后来的俞平伯、江绍原走的也是这个路子。80年代后，周作人的作品重印，他的审美认同者们也被推出水面。舒芜、张中行、钟书和、邓云乡都有学识的风采与笔致的神韵。他们把金刚怒目的一面引到自然平静之中，明代文人的灵动与闲适杂于其间。个人主义在中国一直没有健康的空间，文人的表达也是隐曲与委婉的。以"说出"为目的，而非言"他人之志"为旨趣的表达，在更年轻的一代如止庵、刘绪源等人那里得到了响应。

鲁迅与周作人的传统也并非对立的两极，把两种风格融在一起也成了一种可能。一些人既喜欢鲁迅的严峻，也欣赏周作人的冲淡。在他们眼里，两个传统是并行不悖的。唐弢的文字其实就介于明暗之间；黄裳在精神深处流动着激越与闲适的意象；孙犁的小品文在两种韵味里游动，虽然他不喜欢周氏，可是这两种笔意是难以摆脱掉的。钱理群其实是赞成两个传统的互用的。他对周氏兄弟的研究无意中也影响了知识界对新文学传统的看法。刘恒、叶兆言都欣赏周氏兄弟的文采，在他们的随笔中，偶尔也有那些历史的余光闪烁吧？

其实在周氏兄弟之外，散文的样式很多。像汪曾祺这样的人，就杂取种种，有着缕缕古风，是自成一格的。他说自己的散文是搂草打兔子——捎带脚。可是意境悦目，是有逆俗的笔意的。汪氏虽参加过样板戏的创作，却没有宏大叙事的笔法，性灵的一面楚楚动人。他深谙明清笔记，喜欢古人书画，字里有柔美的东西。《梦溪笔谈》《聊斋志异》的痕迹偶可以从此看到。他还从废名、沈从文那里受到熏染，温润而含蓄，给人暖色的慰藉。汪氏举重若轻，洒脱中是清淡之风，颇有士大夫的意味。与他同样诱人的是端木蕻良、林斤澜等。端木的晚年散文炉火纯青，不被世人看重。可是我觉得其分量不在汪氏之下。至于林斤澜，其文恍兮惚兮，有神秘的流风，吹着精神的盲点，让我们阅之如舞之蹈之，很有醉意的。他们都生在民国，受过旧式文人的训练，文字不时流出古雅的气息。"文革"的话语方式在他们这些人那里开始真正地解体了。

在这个层面上，说新时期的文学是回到"五四"的一次穿行，也是对的。世人也由此理解了为什么是老人承担了这一重任。那些久历沧海的人不都是暮气沉沉的过客，也有聊发少年狂的洒脱。启功的幽默，聂绀弩的狂放，贾植芳的率真，柯灵的无畏，都衔接着一个失去的年代的激情。不同的是他们带着半个余世纪的烟雨，有了更为沉重的肩负。读这些人的作品，常能感到道德文章的魅力，身上还带着旧文人的抱负。与"五四"那代人比还显得有些拘谨，而心是相通的。历史的磨难把一代人的锐气钝化得太久，他们的重新起飞，有着今天的青年想象不到的代价。

四

因为痛恨说教的文学，一些新面孔的书刊在 30 年间纷纷问世。《散文与人》《随笔》《美文》等杂志，引来了散文的流变。林非等人主编的散文年选使这一文体日趋通往纯粹化之路。而民间刊物《开卷》《芳草地》《文笔》等不断推出异样的作品。这些刊物是从颠覆僵化的文体开始引人注意的。回到自身而不是别人那里，给文坛带来诸多新姿。有眼光的杂志，从不局限于狭窄的作者群落，《散文与人》就注重译介外国的随笔，《天涯》与《读书》的问题意识是不限于几个单一的话题的。西方世界的难题也进入了写作者的视界。许多青年正是在这些译文里得到了启发，70 年代以后出生的作者更多是吸取了洋人的笔意。不过考察 30 年间的作家，引人注意的作者大多是经历过磨难的人，高尔泰的酣畅淋漓，张承志的清洁之气，北岛的浑厚磊落，史铁生的寂寞幽远，周国平的绵远深切，在吸引着我们的读者。这一群人在心绪上都有独特的一面，中国的历史在他们内心的投影实在是长久的。你能感到他们的痛感在肌肤间的流动，不安与奔走的快感在词语间传递着。也因为阅历的深切，他们没有沿袭僵化的制义笔法，没有将思想捆绑在别人精神的躯体上。在挣脱了八股文化的束缚后，许多人一下子就把自由的心放逐到天地之间。

从 80 年代开始，散文的疏朗感日趋明显。从小说里走来，从哲学里走来，从诗歌里走来，各种视角下的文体都开始登场。张承志模糊了小说与散文的界限，心绪之阔大直逼圣界。他的沉郁冲荡的笔触背负着苦难里的圣火。史铁生的独语从诗情进入到天人之际的哲学之境，其寂寞的心承载着有限与无限的辩驳。余秋雨的苦旅，把学术随笔与游记结合起来，解放了小品文的套路，在荒漠的地方流出温润的历史之光。在高尔泰的心语里，画家的与史学家、哲学家的色彩都能看到，我在他的咏叹里感到了心境的苍凉。而章诒和的记人作品何其大气磅礴，所写人物常常让读者怆然泪下。她的历史语境覆盖着一个曾被虚化的世界。和她相似的还有徐晓，我在读其回忆文字时，听到了她空旷的心灵里无边的大爱，那一刻在心里对其过往的苦难感到了震撼。同样的，林贤治的回肠荡气撕毁了世人的伪饰，他内心的刚烈在词语里形成了一个气场，把人引向遥远的高度。上述诸人善写长文，有回旋往复之力。即便是民国间，这类文字也是少见的。

在这些作者身上，明显带有旧岁月里的风尘，也能看到他们苦苦地挣脱旧影的痕迹。他们已无法像鲁迅那样做当下话题的喷吐，于是转向历史与自然的言说。这种转向造成了对当下生活判断的失语，风月之谈与历史回望遂成了潮流。从文化史的角度打量生命的秘密，在一个时期成为一部分人热衷的实践。余秋雨的出现使许多人随之登上一座座时间的峰峦。地域性的大随笔层出不断，有的思想的断章是出新的。祝勇写湘西，王安忆谈上海，车前子的江南，马丽华的西藏，贾平凹的陕西，各臻其妙，谣俗的风情后是心理原型的冷观。读山川大河、田野村落，老店古庙，古人都有奇语。相思之状与惆怅之调，我们都没有忘记。但近 30 年来民俗学与史学新理念的出现，诱发作家从理性的层面进入历史，以免使感性的直观被幻影所困。贾平凹的文本就提供了社会学的图景，原始思维对乡民的暗示，常能在他的作品里找到。刘亮程的乡下笔记，是过去文人从未有过的摸索，文体上的拓新是爽目的。土地与历史的关系，乃常恒的主题，文学家提供的意象，是理论家们的一个参照。在寓言与梦想里的写作，不可避免的是唯美因素的增加与直面锐气的隐退。从隐喻出发，以隐语结束，也造成了文本的暧昧。而一些人的士大夫气造成了书写的分裂，悠然之间，思想的力度被各类幻影吞噬着。

有时，偶与这些文字相遇，我就想，其实我们的作家沉浸在各自的世界的时候，都自觉地舍弃精神的另一面，向着柔软的感知领域挺进。深浅不一，力有大小，而呼吸的空间似乎渐渐扩大。他们无法直面的时候，便内敛着，将自己的心贴到时光的隧道里。那些文字就是这隧道里的火光，一点点燃烧着，释放着暖意的光泽。在很长一个时期里，一方面是认知的退化，一方面是审美的挺进，这就是我们时代的书写。

五

记得汪曾祺在谈到散文时，讲到了文体的意义。文体是个缠绕我们的作家的难题，人们普遍认识它还是 80 年代。被世人喜欢的散文家多有特有的文体，鲁迅、周作人、张爱玲、张中行、汪曾祺、孙犁，无不如此。当代有文体特征的作家不多，能在文字中给人以思维的快乐的人，大多是懂得精神突围的思想者。李建吾、杨绛、唐弢、王蒙、谷林、赵园、李长声在写作里贡献给人的都是新意的存在。文章之道里吹动着缕缕清风。文学的变化，一定意义是文体的演进，不能都说是进化之声，可是独特的独语是无疑的。

那些有过翻译经验的人，在写作上是有表达的自觉的。李建吾的作品不多，可是词语里是隽永的质感。法国文学的绵软多少感染了他。杨绛的随笔不动神色，西洋人的精致与东方人的顿悟在她那里形成奇俏的笔意，大的哀凉与大的欣喜都被沉淀到无有之中。李长声的短文有着日本小品的寓意，在什么地方也承袭了周作人的调子，散淡闲情里跳出的是趣味。异国语境里的中国思维，碰撞出的是绵密优雅的品格。散文在他手里成了生命中的漫步，不经意里是无边的苦思。至于周国平的深沉的歌咏，也可能是受到尼采的启发。他译介尼采时的激情，后来在自己的随笔中也有。如果不是西洋艺术关于心灵的拷问的存在，他的作品可能不会有灵与肉的紧张。那些文字的流动感似乎也是受益于域外艺术的。这使我们想起 80 年代人们对双语问题的讨论。在单一背景下，文字的表达是有限度的。人们对鲁迅的译介意识对其文本的辐射力的认识也是那时开始的。可是当时能在此领域给人惊喜的作家，还为数不多。

散文随笔、读书札记，是古已有之的文体，可借鉴的内容是多样的。大凡有古典文学修养的作家，在文笔上自然有厚重的地方。古典文学修养对我们的作家的影响，在今天也越发被人所注意。文体家的妙处是常常能从旧的遗存里找到呼应语。赵园的文字就有"五四"气与明人小品味儿。她的清纯与悲悯交织着一个远远的苦梦，唱的是知识群落的夜曲。金克木的读书札记，有印度古风与旧文人的厚实，在他的漫步里，伟岸的思想之风徐徐拂来，畅快而自由。舒芜的杂感有平仄的韵律，他知道白话文也脱不出古文的影子，所以在谈天说地时从来不忘与历史的对话。何满子、王春瑜、黄苗子、朱正也不乏明清狂士之风，常常也仗了古典文学修养的优势，他们与现实对话时，并无单薄之感，浑厚的笔力将一座座旧的堡垒击落了。

　　文体是精神的存在形式，不妨说也是一个人气质的外化。不同的读书忆汇聚在一起，有了一种属于自己的亮点。40年代后，新华体横扫一切，后来是毛泽东体、样板戏体等流行于世。这些语体都有点阳刚之气，带着排山倒海之势。可是这30年发生了实质的转变，宏大叙事之外的细小的东西多了，不都是史诗的神往。当一个人开始用自己的生命感受切身地表达自身时，那文字也许是有奇力的。所以，我们的作家一点点从此摸索，回到自己的世界，尽收天下甘露，成一家之言，诚为幸事。那些久久让我们激动与悦目的篇章，使我们想起走出旧影的快慰。不再是前人的奴隶，在荒芜的地方走出自己的路，是创作者应有的使命。表达自我的渴求也是读者的渴求。感谢我们的耕耘者，为世人留下了如此丰盛的精神之宴。

六

　　青年的面孔构成了这些年散文写作的庞大的队伍。90年代后期，一些更年轻的作家显示了他们的写作才华。各类青年文丛就推出了一批才华横溢的作者：余杰、王开岭、摩罗、李大卫等。另一些有特色的青年人也不断推出自己的著作，祝勇、周晓枫、安妮宝贝等都开始走进读者的视野。这是无所顾忌的一代，他们中许多人在默默地写作，形成了青春的气韵，各自有不同的路向。给人深的印象是没有散文腔，天马行空地游走着。自由地阅读与自由地书写，在这一代开始可能了。

　　思考的快乐也未尝没有给他们大的忧患。在回眸过去的一瞬，他们无法绕过历史的一页。所以那看人的目光就有了隔代的沉静，有时甚至无端地消解历史的黑影。不过他们的承担也照样有前人的大气，未被琐碎的羁绊所围。有时未尝没有愤怒的激流，"愤青"的称谓其实是一种舆论的责怪和默许。如果没有他们的身影，我们的文坛将是何等的单调。

　　在各类风格的作品行世后，青年人已有了自己的生态网络。他们不再惊奇什么，也不必去为语境焦虑。于是回到内心，真实地坦露，有趣地往返，游戏的一面也出现了。有人惊奇于安妮宝贝的独异，在这位作者的文字前，旧有的理论解释似乎失效，那个合乎青年读者口味的著作，昭示了汉语的私人功能的各种潜能。而这一切都是在网络上实现的。网络写作日趋活跃，各种博客的文体跳进文苑。它们表现了迅速性、个体性、无伪性等特点。许多媒体在其间发现了一些新人，连边远地区的青年也加入网络的大军了。

　　那些匿名的写手在网络上创造了许多阅读奇观。他们不在意自己的荣辱，可是文字轻风般吹来。大胆的猜测与无边的神往，使文字拥有了另一种味道。他们创造了新词语，有些表达式只有一些群落才能知晓其间的含义。也许那些文字还幼稚和简单，可是它们是从内心无伪地流出来的，新的语词已丰富了我们当下的语言，对自我经验的演绎，大胆地袒露己身，其实是新的价值理念的萌动。网络语体的层出不穷，能否影响未来也未可知。

文学史家和批评家对这些青年的出现，不知如何解释。可是网络语言的确在颠覆那些格式化与标准化的书写。文章越来越不像文章的时候，也许会出现真的文章。只是我们还需要等待时间，在批评家未曾关注的地方，往往有文学的生长点，那也是不错的。

七

散文的世界广矣深矣，岂可以一种语体概括？人各有己，思路是不会齐一的。就我的阅读经验来说，闲适的笔触不易为之，狂狷者的笔锋更难，因为可以刺痛我们的躯体，使人不陷在自欺的麻木里苟活。在这些年所阅读的作品中，有几个人令我久久难忘。这都是些思想者类型的作家，他们的书籍是我们这个时代闪亮的灯火，给我们诸多反观自己的内省。那些灼亮的思想曾被世俗的声音掩埋着，至今也未能朗照于一切。可是他们对知识阶层的影响力，是别一类人所不及的。

王小波以小说闻世，可他的随笔惊世骇俗，智慧与幽默表述得淋漓尽致。他的文字没有做作的痕迹，是心灵的自然喷吐，上下左右，天南地北，大有鲲鹏扶摇之态。伪道学被颠覆了，帝国心态被撼动了，奴态的语言被洗刷了。他从不正襟危坐，从消解自己开始，再去消解荒唐的世间，犹如戏剧里的滑稽小丑，以嬉皮笑脸的方式亵渎神灵。王小波的语言常常是文不雅训的，似乎是坏孩子的句式，可是在嬉笑怒骂里，却有大的悲悯，那神来之笔让我们体味到非正宗语体的伟大。神圣的教条在他的目光里受到了前所未有的嘲笑。猥琐的阴郁也被奇妙之语一个个奚落着。他是我们这个时代最有力量的清道夫之一，其锋芒起到了思想界许多人无法起到的作用。我阅读他的文章时，常常发笑。我知道那是在笑别人，其实也在笑我们自己。这是只有在读拉伯雷这类作家的作品时才有的情状。而现在，中国也终于出现了类似的人物。只会哭天喊地、简单地愤怒的作家，在他的面前就显得无趣和乏味了。

李零是另一位值得反复阅读的人物。他的文字和王小波有诸多相似的地方。在考古学和历史学方面，他有许多创见，功底是深厚的。可是他没有学院派的呆板气与模式化，心性散淡，幽默滑稽，而思绪漫漫。他的随笔都是自由的谈吐，从中国人那里找到原型的东西。比如他讲孔子与孙子，就有胡适与鲁迅那样的眼光，士大夫的那一套是没有的。文字也是清谈平和，而颇有力度。有时直逼核心，有六朝人的清脱。《花间一壶酒》《放虎归山》等书，多是奇笔与妙笔。放浪形骸之外，有个体的无边的情怀。他是少有的得到"五四"真意的人。我在读他的文字时，就想起钱玄同的诙谐短章，在古今的穿梭里，依自不依他，独往于江湖，真真是有狂人之风的。我们在读这样的人的作品时，才知道知识的力量。现在有此类风骨的人，几乎不多了。

比李零稍小一点的汪晖，早期的散文很幽玄、灵动。写人与写物，有一双敏锐的眼睛。他的思想和诗意的感受是连为一体的，整个文字有哲思的气象，情感像一道激流穿梭在夜的世界，很有质感和意味。后来因为专注于理论思维，这样的随笔写得不多了。李敬泽也是个很有穿透力的思想者。他的文学批评爽朗大气，有很好的感受力，而散文也洋洋洒洒，往返于感性与理性之间，世间的冷热、人情的深浅都在缓缓流动，滋润着读者的心。与他相似的还有南帆、郜元宝、张新颖，在自己的世界里把学识与诗情笼为一身，绝没有平板的呆气。当情感渗着思考的时候，我们读出的不是简单的抒情，而是生命温润的状态。在浊流涌动的年代，不是每个文人都能激发出超俗的美质的。

我常常感动于这些思考者的文本。在普遍缺乏自省的时代，几个清醒的文人给世界留下的不仅仅是几段句式，而是睁了眼的梦想。有了这些文字，我们的生活便不再那么粗糙了吧？一百年间，中国人的书写一直被一种苦梦所纠缠，在国家、自我之间挣扎与搏击着。动荡与平静下的知识群落，经历了大起大落的过程，视界自然就变换不已。旧的记忆被不断改写着，思想也不断被激活着，美的闪光也源源不断地流动着。我们这个古老的民族的再生的活力，是从没有丧失过的。30 年间收获的，也许还不止这些。但在面对渐渐远去的历史图景时，我们的目光怎么会能凝滞？

如果上述的描述也算一种盘点的话，那么 30 年间杰出的散文给我留下的至少是以下几点印象：

（1）文学从没有离开对现实的关注，受到读者青睐的大多是远离"瞒"与"骗"的人，直面的文学还是最鲜活的文学。

（2）个体意识的萌动，才真正意义地撼动着伪道学的艺术。"五四"新文学的这个传统，虽还没有被广泛接受，可是它对人的影响是毋庸置疑的。

（3）智慧的召唤与趣味的滋养，是散文生长的土壤。我们现在的作家，能在此有独异贡献的人还不多见。"载道"的传统大于"言志"的传统是我们的悲哀，未来的写作照例面临着这样的突围。

（4）年轻的一代已浮出水面，新锐们已显示出比父辈更热情和自我的意识。"人的文学"在他们那里开始成为可能。而对历史的惰性的跨越，如果没有对前人智慧的借鉴，也许失之简单。丰富自己依然是一条苦路。

我知道这样的归纳只是含混的一瞥，不过一孔之见。其实许多作品还没有进入我的视野里，那是目力不及的缘故。我相信 30 年后，人们在审视汉语的书写时，或许有另外的视角与兴奋点。历史不会简单地重复，对未来除了祈福，不敢有别的猜想。

（原载《渤海大学学报》2009 年第 1 期）

论民族共同语和新中国文学的双重建构

何 平　朱晓进

民族共同语想象在现代民族国家建构中的意义早已被安德森揭示出来①。而柄谷行人则通过研究日本现代书写语言与民族主义的关系，分析日本民族国家建制与日本现代文学之间的勾连②。在这样的理论前提下，本文从民族共同语建构这一新的视角，研究新中国民族共同语和文学书写两者之间的复杂关系，追溯其历史起源，重新思考新中国文学是如何发生和如何被建构的。值得指出的是，和世界上其他许多民族国家共同语的想象和建构不同，现代中国所谋求的现代民族国家独立自主不是臣属国对宗主国的离散，而是和现代化密切联系在一起的民族国家的自我更新和重构。但即便如此，文学书写仍然以自己的方式参与到民族共同语想象和拟构与民族国家的自我更新和重构中。

一

现代中国，民族共同语想象、拟构与白话文革命之间的关系被明确地揭示出来并且进行系统阐释的应该是胡适的《建设的文学革命论》。其副题"国语的文学"和"文学的国语"，标志着从晚清开始分头进行的以口语为基础的"新文体"革命和作为民族共同语的"官话"推广在此合流。这是新中国民族共同语和文学书写双重建构的现代起源。在整个民族共同语建构框架里，目标"言文一致"的"国语的文学"和"文学的国语"，致力于现代汉语书面语由"文言"向"白话"的语言的现代性转换。也正因为如此，中国现代文学革命从一开始就被赋予了民族共同语想象和拟构的任务。胡适认为："标准国语不是靠国音字母或国音字典定出来的。凡是标准国语必须是'文学的国语'，就是那有文学价值的国语。国语的标准是伟大的文学家定出来的，绝不是教育部的公告定得出来的。"③ 胡适希望"造中国将来白话文学的人，就是制定标准国语的人"。现在的问题是，在作为民族共同语的"国语"还处在想象和拟构时，凭借什么去实现更高层次上的"文学的国语"？胡适认为："我们尽量采用《水浒》《西游记》《儒林外史》《红楼梦》的白话；有不合今日用的，便不用它；有不够用的，便用今日的白话来补助；有不得不用文言的，便用文言来补助。这样做

---

① （美）本尼迪克特·安德森：《想象的共同体》，吴叡人译，上海人民出版社 2003 年版。
② （日）柄谷行人：《日本现代文学的起源》，赵京华译，生活·读书·新知三联书店 2003 年版。
③ 胡适：《中国新文学大系·建设理论集·导言》，见《中国新文学大系·建设理论集》，良友图书印刷公司 1935 年版，第 22 页。

法，绝不愁语言文字不够用，也绝不用愁没有标准白话。"而"中国将来的新文学的白话，就是将来中国的标准国语"①。钱玄同认为，有时"非用方言不能传神，不但方言，就是外来语，也采用"②。傅斯年也认为，一方面"乞灵说话"③；同时可以"直用西洋文的款式，文法，词法，句法，章法，词法（Figure of Speech）……一切修辞学上的方法，造成一种超于现在的国语，欧化的国语，因而成就一种欧化国语的文学"④。

在世界语言学史上，民族共同语的形成往往和民族意识觉醒、民族国家形成联系在一起。地方性语言（方言）与宰制它的权威语言对抗而形成民族共同语。而现代中国语言的状况则是"书"同"言"殊，因此"新文学的白话"从来不是局限于某一个地方性的方言。从一开始，作为"国语的文学"语源的"白话"就纠缠着雅与俗、文言与白话、本土化与欧化、知识分子与大众，以及方言、土语的地方性和共同性等等许多有时相互补充，有时却相互冲突的语言因素。因而一个作家一旦进入白话文的书写场域，他所运用的"白话"，他想象中的"国语"就难以避免"语出多源"。这一方面，固然为共同性的"国语"建构提供了多重想象的空间；另一方面，也为"国语"同一性的达成带来困难。胡适等人的文学实践也证明，语源本身的"杂糅"，"各人所用的白话不能相同，方言不能尽袪"⑤，使得"国语的文学"的尝试，最后得到的"文学的国语"只能是一种"杂糅"的"国语"。

这种"杂糅"的"文学的国语"在 1930 年代初被瞿秋白批评为"非驴非马的新式白话"⑥。而"杂糅的国语"显然不能担负"中国的标准国语"的民族共同语建构的任务。胡适等人希望通过"国语的文学"的尝试，锻造"文学的国语"，在与"文言"的对抗中把现代汉语"白话"的可能性充分地呈现出来，实现"国语"和"文学"的同构和双赢。其结果是，他们以否定文言文"言文疏离"，追求白话文"言文一致"为目标，最终又事实上造成新的"言文疏离"，导致"白话"和"国语"之间更深刻的断裂。尽管如此，胡适等人的"国语文学"运动毕竟建设性地、多向度地为"国语"建构拓展了新境。民族共同语的想象、拟构和生成不是仅仅依赖语言专家凭借体制的权威来制定和推行，而必须参与进文学书写。在文学的生产和传播中，民族共同语被锻造、接受和认同。

如果时代能够给胡适等人充裕的时间，他们能不能在反复书写中，袪除芜杂，锻

---

① 胡适：《建设的文学革命论》，《中国新文学大系·建设理论集》，良友图书印刷公司 1935 年版，第 131 页。
② 钱玄同：《尝试集·序》，《中国新文学大系·建设理论集》，良友图书印刷公司 1935 年版，第 105 页。
③ 傅斯年：《怎样做白话文》，《中国新文学大系·建设理论集》，良友图书印刷公司 1935 年版，第 219 页。
④ 傅斯年：《怎样做白话文》，《中国新文学大系·建设理论集》，良友图书印刷公司 1935 年版，第 223 页。
⑤ 钱玄同：《尝试集·序》，《中国新文学大系·建设理论集》，良友图书印刷公司 1935 年版，第 105 页。
⑥ 史铁儿（瞿秋白）：《普洛大众文艺的现实问题》，《文艺大众化问题讨论资料》，上海文艺出版社 1987 年版，第 38 页。

造出"文学的国语"？但时代没有给予他们这样的机会。随后的 1930 年代，是一个"需要黑面包"，而不是"埋头制造细饼干"① 的时代。"制作大众文艺化的文艺"② 的现实使命，使瞿秋白等人把"用什么话写"作为"普洛大众文艺的一切问题的根本问题"。他们从"白话"的语源上对"国语文学"所依凭的语源进行清理和澄清，重新思考"言"与"文"的关系，提出"要用现代话来写，要用读出来可以听得懂的话来写"③。1931 年 11 月中国左翼作家联盟执行委员会决议指出："作品的文字组织，必须简明易懂，必须用工人农民所听得懂以及接近的语言文字，在必要时容许使用方言。因此作家必须竭力排除知识分子的句法，而去研究工农大众言语的表现法。当然，我们并不以学得这个简单的表现为止境，我们更富有创造新的言语表现法的使命，以丰富提高工人农民言语的表现。"④ 同样是"乞灵说话"，此时的"说话"已经被明确到对"工农大众言语"的汲取和提高之上。在随后 1934 年的"大众语"问题的讨论中。"大众语"的倡导者进一步认为，"大众语""不但和僵尸式的文言不相容，同时也不能和现下的所谓白话与国语妥协"。真正的"大众语"应该"说得出，听得懂，写得顺手，看得明白"⑤。"国语的文学"和"文学的国语"也当然地被置换成"大众语的文学"和"文学的大众语"。同样"标准的大众语，似乎还得靠将来大众语文学的作品来规定"⑥。

毫无疑问，普罗文艺运动的文艺语言大众化和"大众语"倡导，是现代中国语言变革和白话文学的大众化、底层化和普通化运动。它确立了被赋予特定意识形态内容的语言同一性和文艺大众化的"大众标准"和"大众方向"，将现代语言和白话文学的变革从"知识分子一个阶层"的东西推进、扩展到"普遍的大众"阶层。从积极意义看：第一，它一定程度上矫正了"五四"所行"白话"，"文言、白话的混用现象"，"外文词的异译、句式的欧化"⑦ 等非普通化的语源杂糅现象，使白话文的语言实践归结到"乞灵说话"。在"随着大众生活的进展而进展"的"大众语"运用中"创造新的言语"；第二，共同语建构是一个回环往复的过程。"大众语"源于广阔的底层社会，从大众和底层汲取语言资源，又通过大众文艺的阅读、渗透和沉潜，回到广泛的社会底层，为社会成员广泛接受。社会成员围绕"大众文艺活动"，广泛地参与到共同语建构的语言实践，有利于民族共同语建构完成之后的推广和普及。

---

① 沈端先（夏衍）：《所谓大众化问题》，《文艺大众化问题讨论资料》，上海文艺出版社 1987 年版，第 9 页。
② 王独清：《要制作大众化文艺》，《文艺大众化问题讨论资料》，上海文艺出版社 1987 年版，第 19 页。
③ 史铁儿（瞿秋白）：《普洛大众文艺的现实问题》，《文艺大众化问题讨论资料》，上海文艺出版社 1987 年版，第 37～41 页。
④ 《中国无产阶级革命文学的新任务》，载《新文学史料》1980 年第 1 期。
⑤ 陈望道：《关于大众语文学的建设》，《文艺大众化问题讨论资料》，上海文艺出版社 1987 年版，第 212 页。
⑥ 陈子展：《文言—白话—大众语》，《文艺大众化问题讨论资料》，上海文艺出版社 1987 年版，第 209 页。
⑦ 高天如：《中国现代语言计划的理论和实践》，复旦大学出版社 1993 年版，第 149 页。

但也应该看到，由于 1930 年代左翼特定的意识形态历史语境，对"工农大众言语"和"大众语"的片面强调，忽视了语言的独立性和语言生态的多样性，不利于民族共同语丰富性的实现。从文学书写的角度进而也制约了文学多样化的语言表达。而且，当"乞灵说话"的"说话"被置换成"工农大众言语"或者"大众语"之后，原来还不明显的语言的地方性和行业性问题成为一个不得不正视，但事实上在 1930 年代却没有能解决的问题。"工农大众言语"之"言""大众语"之"语"本身客观存在着地方性的方言和行业性的行话，即便达成"言文一致"，书面语之"文"也必然存在地方性和行业性的印记，并不能兑现超越地域和阶层的民族共同语的同一性。而且，在具体的文学实践中，"文艺语言大众化"和"大众语"的倡导者还不能有效地将"工农大众言语"或者"大众语"转换成"文艺作品的语言"。即使赞同"大众语"的作家也不得不重新拾起"国语运动"中的减法和加法，减去方言中"太僻的土语"，加上"欧化"语文的"新字眼，新语法"①。但即使如此，1930 年代文艺语言大众化和"大众语"的语言理论和实践，从"大众"中间找寻和挖掘正在生长的"活"的语言资源，不失为一条能够顾及乡土中国辽阔的底层社会，最大可能弥合"言文疏离"的道路。其中仍然存在的"言"与"言"的差异，到 1940 年代毛泽东的新语言计划倡导"人民的语言"阶段，经过赵树理等人成功的"大众语文学"实践将最终被解决。

二

始于 1930 年代末的"抗战文艺的大众化"和"民族形式"论争，承 1930 年代的文艺语言大众化和"大众语"运动。在这两场论争中，民族共同语建构中的一些核心问题，像民族共同语的源泉、方言和国语的关系、语言的地方性和共同性的转换、文学和语言如何在互构中实现大众化等问题都或多或少地被涉及到。所以有人认为，1940 年代"大众化通俗化的工作，最主要的是语言问题"②。在他们的视野里，发端于五四时期的"国语运动"由于和大众的脱节，并没有渗透到广阔的底层社会，成为真正意义的全民意义"民族共同语"。更有极端者，质疑"北京官话"作为"准民族共同语"的合法性。当时就有人认为："真正的国语在哪里呢？可以说现在还没有，还要在各地的方言统一的过程中成长起来。"③ "各地的方言统一的过程中成长起来"的民族共同语想象和拟构，是地方性方言自主性的择选和趋同。在"抗战文艺的大众化"和"民族形式"论争中，继 1930 年代"大众的发现"，方言的意义被充

---

① 鲁迅：《答曹聚仁先生》，《文艺大众化问题讨论资料》，上海文艺出版社 1987 年版，第 325～326 页。
② 周文：《文化大众化实践当中的意见》，《中国解放区文学书系》（文学运动·理论编二），重庆出版社 1992 年版，第 1394 页。
③ 齐同：《大众文谈》，《中国抗日战争时期大后方文学书系》（第二编）（理论论争·第一集），重庆出版社 1989 年版，第 100 页。

分揭示出来。"中国语言文字的出路，是要到方言里去想办法的。"①"由高度的多元的发展（方言文化、方言文艺运动）争取一元的统一（未来的民族统一语文和国民文艺）。"② 与此同时，在华南等非北方方言地区，方言文学的创作也被尝试着实践着。他们认为，"以纯粹的土语写成文学，专供本地的人阅读，这些本地文学的提倡，一定可以发现许多土生的天才。这些作品，我想在将来的文艺运动上，是必然地要起决定的作用的。"③

方言的重新肯定和方言文学的倡导和实践，对1940年代"大众语"进一步细化，使局限在知识层的民族共同语的想象和拟构与更广阔的底层社会和更丰富的地方语言资源发生关联。从理想状态看，也许确实可以通过"方言的文学"锻造出"文学的方言"，进而将"文学的方言"提升到民族共同语层次。但如果真的依靠方言和方言之间的自主择选和趋同，民族共同语的生成将会是一个漫长的过程。由于不同政治区域分而治之的现实使方言自主性择选和趋同的思路部分地获得了展开的理论话语空间。而且因为救亡和战争动员的需要，也现实地需要给予方言文学以自己的生存空间。在1940年代特殊的历史语境中，明明是偏离"共同语"的"方言文学"却被鼓励和提倡。值得注意的是，对方言和方言文学的极端强调必然会导向瓦解民族语言同一性。当时就有人认为："大众语可以理解做国语——官话——的反面。里面包含方言与俗语。前者是地方性的，后者是阶层性……"④ 而民族语言共同语的建构是现代民族国家建构的重要部分。对民族语言同一性的瓦解进而有可能会走向对民族国家共同体的离散。

和地方性方言自主性择选和趋同而成为"民族共同语"的思路不同，毛泽东在解放区提出的新语言计划试图借助政党意志自上而下的想象、阐释，进而在文学和语言的双重建构实践中生成语言的同一性和实现文学的一体化。事实上，从世界范围观察，几乎没有一个民族共同语的建构完全凭借地方性方言自主性的择选和趋同。往往"有时候是选择文明程度最高的地区的方言，有时候是选择政治集权和中央统治所在地的方言，有时候是宫廷把自己的语言强加给国家。"⑤ 同样，现代中国"在寻求建立民族国家的过程中，普遍的民族语言和超越地方性的艺术形式始终是形成文化同一性的主要形式。"⑥

延安整风，语言问题作为一个政治问题提出来。1942年2月毛泽东在延安干部

---

① 严辰：《关于诗歌大众化》，《中国解放区文学书系》（文学运动·理论编二），重庆出版社1992年版，第1376页。
② 胡风：《论民族形式问题的实际意义》，《中国抗日战争时期大后方文学书系》（第二编）（理论论争·第一集），重庆出版社1989年版，第443页。
③ 黄药眠：《中国化和大众化》，《黄药眠美学文学论集》，北京师范大学出版社2002年版，第177页。
④ 南桌：《关于"文艺大众化"》，《中国抗日战争时期大后方文学书系》（第二编）（理论论争·第一集），重庆出版社1989年版，第35页。
⑤ （瑞）索绪尔：《普通语言学教程》，高名凯译，商务印书馆1985年版，第273页。
⑥ 汪晖：《地方形式、方言土语与抗日战争时期"民族形式"的论争》，《学人》（第十辑），江苏文艺出版社1996年版，第304页。

会上做了题为《反对党八股》的讲演。这是延安整风运动中整顿学风的纲领性文件。毛泽东指出:"党八股也就是洋八股。……我们为什么叫它党八股呢?是因为它除了洋气之外,还有一点土气。"① 在随后不久召开的延安文艺座谈会上,毛泽东发表的讲话再次从政治立场谈到语言和文艺大众化关系的问题。"什么叫大众化呢?就是我们的文艺工作者的思想感情和工农兵大众的思想感情打成一片。而要打成一片,就应当认真学习群众的语言,如果连群众的语言都有许多不懂,还讲什么文艺创造呢?"② 应该说,以"人民的语言"为核心的毛泽东新语言计划更多的基于政治建构策略和思想统一的考虑,还不是有意识的民族共同语设计,当然更不可能提供具体的民族共同语设计方案。语源集中到"人民的语言"之"言"必然会导致文学书写语言之"文"在政治规范牵引下的趋近,为民族共同语的建构提供基础。

  在各解放区,毛泽东的新语言计划很快进入到实践层面。应该指出的,这个过程中包含着语言的提高和发展内容。"不是迎合大众,而是提高大众"③。在提高中,发展"人民的语言",推动语言的当代变革。他们认为:"新文学却很少有人对现存白话,也即是新文艺现在所用的一种新的民族形式作过慎重选择和挑剔清洗的工作,使它更臻完善,更能成为文学的语言。"④ 新文学没有做的"慎重选择和挑剔清洗的工作",现在由解放区的作家去做了。解放区的文学书写所运用的文学语言一开始就汲取着大众丰富的语言资源。从底层中来,经过甄别、加工、清洗,进而锻造出新的"文学的语言",再通过文学阅读回到底层。经过这个过程,以赵树理为代表的解放区作家,"采用了许多从群众的生活和斗争中产生出来的新的语言","在他的作品中,他几乎很少用方言、土语、歇后语这些"⑤。其结果是,"不仅每个人物的口白适如其分,便是全体的叙述文都是平明简洁的口头语,脱尽了五四以来欧化体的新文言的臭味"⑥。赵树理在群众的、普通的、对话的语言同一性和审美的、艺术的和独创的语言个人性之间寻找到了一种微妙的平衡,实现了文学书写和语言实践的双重建构。

  解放区文艺工作者对中国共产党文学想象和语言计划的顺应和认同使文学书写一体化的完成,通过广泛的阅读和传播客观上实现了知识阶层和大众贯通的一体化语言认同。毛泽东的新语言计划经过阐释,在实践中被转换和安置,它的成功必然会在新

---

  ① 毛泽东:《反对党八股》,《毛泽东选集》(第三卷),人民出版社1993年版,第830页。
  ② 毛泽东:《在延安文艺座谈会上的讲话》,《毛泽东选集》(第三卷),人民出版社1993年版,第850~851页。
  ③ 周文:《文化大众化实践当中的意见》,《中国解放区文学书系》(文学运动·理论编二),重庆出版社1992年版,第1386页。
  ④ 周扬:《对旧形式利用在文学上的一个看法》,《中国解放区文学书系》(文学运动·理论编二),重庆出版社1992,第1340页。
  ⑤ 周扬:《论赵树理的创作》,《中国解放区文学书系》(文学运动·理论编二),重庆出版社1992年版,第1676页。
  ⑥ 郭沫若:《读了〈李家庄的变迁〉》,《中国解放区文学书系》(文学运动·理论编二),重庆出版社1992年版,第1680页。

中国产生后效。因此,"延安整风在更深刻的意义上,是一次整顿言说和写作的运动,一次建立整齐划一的具有高度纪律性的言说和写作秩序的运动"①。很多语言学家把现代汉语的规范化归功于1950年代后开展的推广"普通话"运动,认为这一运动最大成绩是为全民族确立了典范的现代白话文和普通话,使口语和书面语都有了一种民族共同语为依据。这种看法在一定程度上并不错。但是语言学家们似乎忽视了在毛泽东的新语言计划影响下,赵树理等解放区作家文学实践所达成的真正意义上的"言文一致"。"大众语的文学"和"文学的大众语"事实上已经在解放区这个特定的政治区域成为现实的存在。这在中国现代语言和白话文学变革史上是一件富有意义的大事。

毋庸讳言,解放区新语言计划、"为工农兵"文学实践和政治权威之间存在着彼此借力的默契,是在特定的政治建构中完成语言同一性和文学一体化的双重建构。这个范式同样被新中国所因袭。早在1930年代初就有人指出,大规模制作大众化的文艺,"就必须政治之力的帮助"②。文艺如此,和文艺存在互构的语言变革当然也是如此。在延安解放区,毛泽东开展的新语言计划,无论是语言想象、制度设计、还是路径选择以及运用于文学的语言策略和实践等,无不借"政治之力的帮助"而得以实施。在现代民族共同语想象和拟构的过程中,虽然从晚清开始就有体制的介入,但实际上直到1940年代解放区和1949年新中国,才真正意义上结束了现代中国政治涣散、无序的局面,也才有可能在全国范围内借助体制的力量进行广泛的动员,完成包括民族共同语构建在内的民族国家的构建。因此,相比较于未来更大规模的新中国民族共同语和文学建构,解放区的新语言计划和文学实践只能说是一个预演。

三

1949年新中国成立,毛泽东在延安解放区实验的新语言计划可以在现代民族国家框架里借助政党和国家力量在更大范围内推行。首先是目标规划、机构设置、制度设计和舆论动员。1949年10月,与新中国成立同时,"中国文字改革协会"组成。这个协会,1952年2月合并于国家机关,就是政务院的"中国文字改革研究委员会";1954年10月,依照国务院组织法,列为直辖机构之一,改名为"中国文字改革委员会"。1950年11月22日,毛泽东曾给当时的中央文化教育委员会秘书长胡乔木写信,提出起草一个中央文件来纠正写电报的缺点的问题。1951年6月6日,为贯彻毛泽东和党中央的有关指示,《人民日报》发表了"社论"《正确地使用祖国的语言,为语言的纯洁和健康而斗争!》。"社论"明确了语言在政治建构中的重要意义,"语言的纯洁和健康"关乎"政治的纯洁和健康","正确地运用语言来表现思想

---

① 李陀:《汪曾祺与现代汉语写作》,载《花城》1998年第5期。
② 鲁迅:《文艺的大众化》,《文艺大众化问题讨论资料》,上海文艺出版社1987年版,第18页。

在今天共产党所领导的各项工作中具有重大的政治意义"①。应该说，经过1930年代的和1940年代的"去知识分子化"的语源净化和语言清洗，现代汉语书面语至少在中国共产党政治意识形态影响的区域被一定程度地"纯洁和健康"，合于政治规范。但1940年代特定的历史语境，使得方言、土语这些潜在的瓦解民族共同语同一性的地方性力量也得到充分发展。在初步完成了民族国家统一的新的历史语境中，作为民族共同体想象重要部分的民族共同语必然会对方言和土语进行清洗。"社论"批评有些人："不但不重视和不肯好好研究祖国的语言，相反地不加选择地滥用文言、土语和外来语，而且故意'创造'一些仅仅一个小圈子才能懂得的各种词。"② 土语被与文言和外来语相提并论成为新时代语言纯洁的污染源。事实上，文言和外来语经过多次现代语言变革的清洗，影响力已经被削弱得不足以成为抗拒的力量。而经过1940年代战时的片面繁荣，方言在新中国成立之初事实上成为民族共同语同一性最大的障碍。

"社论"发表之前，语言学家和作家已经就方言和民族共同语关系的问题展开了论争。1951年3月《文艺报》就《文艺学习》1950年8月发表的邢公畹的《谈"方言文学"》开展讨论。邢公畹认为："'方言文学'这个口号不是引导我们向前看，而是引导我们向后看的东西；不是引导着我们走向统一，而是引导着我们走向分裂的东西。"③ 讨论中，大量运用方言土语的作家周立波认为："在创作中应当继续大量地采用各地的方言，继续地大量地使用地方性的土语。要是不采用在人民的口头上今天反复使用的，适宜于表现实际生活的地方性的土话，我们的创作就不会精彩，而统一的民族语言也将不过是空谈，更不会有什么'发展'。"④ 随后四月出版的《文艺报》第12期发表了邢公畹的辩论文章，指出周立波混淆了"语言"和"文体"。认为周立波讨论的"方言"是把"方言"引入创作的"文体"因素，并非真正意义上的"言"。但《文艺报》没有把这个重要的理论问题深入探讨下去。一定程度上，从一开始讨论，《文艺报》的结果就是预设。不然，就不能理解为什么问题刚刚展开，《文艺报》就以尼·奥斯特洛夫斯基的《争取语文的纯洁》置于双方第二次争论的一组文章之前，而草草地结束了争论。一定意义上，尼·奥斯特洛夫斯基的立场也是《文艺报》的立场。显然，这场争论的目的不是为方言赢得更多生存空间，而是敦促方言的尽快退场。

与此同时，民族共同语想象最为重要的共同语标准也在探讨中。"以北京语音为基础语音，以北方方言为基础方言"，新中国民族共同语拟构在这方面继承了晚清以来"国语"研究的遗产。但民族共同语的语法规范"典范的白话文著作"则需要在新的历史语境下进行再择选。丁声树等的《现代汉语语法讲话》虽然到1960年12

---

① 《正确地使用祖国的语言，为语言的纯洁和健康而斗争!》，载《人民日报》1951年6月6日。
② 《正确地使用祖国的语言，为语言的纯洁和健康而斗争!》，载《人民日报》1951年6月6日。
③ 《文艺报》1951年第10期。
④ 《文艺报》1951年第12期。

月由商务印书馆出版①，但本书的初稿是以"中国科学院语言研究所语法小组"的名义，在《中国语文》月刊1952年7月号至1953年11月号连续发表的《语法讲话》。该书使用例句注明作者的共六十二人。引用例句条数按从多到少顺序排列：老舍二百八十八条，赵树理二百五十五条，毛泽东二百三十三条，杨朔一百五十五条，袁静一百三十六条，鲁迅一百二十七条，曹禺八十七条，杜鹏程三十二条，周立波十九条，丁西林十八条，欧阳山十一条，巴金、叶圣陶、高玉宝、王向立七条，卢耀武六条，马烽、刘白羽、矫福纯五条，茅盾、朱自清、崔八娃、马烽和西戎四条，王希坚、魏连珍三条，冰心、萧红、孙犁、王愿坚、康濯、何永鳌、萧高嵩、西虹、韶华两条，郭沫若、阳翰笙、安子文、李准、杨尚武、洪灵菲、周恩来、薄一波、峻青、蓝光、萧平、张仲明、田流、吴梦起、陶怡、曹克英、鲁彦周、黄文俞、王西彦、韩旭、闻捷、胡考、白原、任美锷、许寿裳、梅阡、《老残游记》《官场现形记》一条。

语言的诸种要素中，修辞是体现语言文学性，衡量作家对母语把握能力的一个重要指标。如果从修辞的角度去择选"典范"，肯定会和语法角度的择选存在差异。1953年中国青年出版社出版的张志公的《修辞概要》涉及例句注明作者的共三十七人②。引用例句条数按从多到少顺序排列：鲁迅五十条，老舍四十三条，丁玲三十八条，赵树理二十五条，周立波二十四条，袁静和孔厥二十条，毛泽东十六条，巴金、朱自清九条，茅盾八条，欧阳山七条，郭沫若、田间六条，叶圣陶、张天翼五条，闻一多、李季、孙犁、西戎和马烽、李株三条，曹禺、周扬、艾青、杨朔两条，宋文茂、胡乔木、徐光耀、萧殷、刘少奇、夏衍、冯至、黄药眠、董迺相、贾芝、臧克家一条。引用例句涉及作品篇目最多的是鲁迅，共二十一篇。引用次数超过二十条的作品分别是《暴风骤雨》二十三条，《太阳照在桑干河上》和《新儿女英雄传》二十条，均为解放区的代表作，其中前两部获斯大林文艺奖。

两本著作的例句选择值得思考的东西很多。比如，如果不是从1930年代末以后毛泽东对鲁迅的不断经典化，语言欧化的鲁迅能够进入这个名单吗？而且从语法和修辞的不同角度，鲁迅的位置也发生了明显的变化。比如毛泽东进入"典范的白话文著作"之列对新中国文学书写在语言方面会带来怎样的影响？比如"小资产阶级知识分子"作家为何在两部书中都集体失踪？比如以方言彰显写作特色的周立波为何同时出现在两部著作，而且《暴风骤雨》竟然是引用最多的作品？

更加值得注意的是，民族共同语建构中提出，什么是"典范的白话文著作"，其中隐含的是文学史叙述和经典化的问题。这当然是新中国文学建构中的重要问题。从这两组名单中明显看到新中国文学在确立自己合法性和权威性的同时，重述现代文学谱系的企图。在新中国民族共同语构建的视阈下，现代文学史被重新叙述。而这样的叙述将会通过民族共同语的推广和普及被认同。凭借民族共同语建构，老舍由于他的方言优势在这个谱系中地位姑且不论。鲁迅、毛泽东、作为新中国文学直接源头的解

---

① 丁声树等：《现代汉语语法讲话》，商务印书馆1960年版。
② 张志公（环一）：《修辞概要》，中国青年出版社1953年版。

放区文学和正在生成的当代文学权威性被确认。鲁迅被放置到和解放区文学、新中国文学,甚至是毛泽东一个文学谱系上被再认和识别。语言视角使这样的文学史描述自有其合理性。新中国民族共同语的拟构对主流意识形态充满妥协,但又试图在主流意识形态容忍的限度中,尊重语言自身的规律。比如关于毛泽东,虽然在中国共产党内部早在1940年代就有人认为:"毛泽东同志的文章是中国当代造诣到最高境地的文章。"① 但两部著作引用的条数,毛泽东都不是最多的。张志公著作,鲁迅成为引用条数和涉及作品数最多的作家。无疑,这种在鲁迅同时代"小资产阶级知识分子"作家集体消失难以避免的政治语境中,以鲁迅自身的丰富性来弥补这种集体消失所带来的民族共同语的缺失的做法,不失为一种明智的语言策略。还是张志公著作,引用超过十条的七人中,有四人的方言区域非北方语系。这四人虽然都是被主流意识形态所推举或者容忍的,但非北方方言的地方性肯定会遗存在他们的写作中,从而一定程度上丰富了民族共同语的语源。如果把这两部当时很有影响的语言普及著作和同时代文学史著作进行比较,就会发现他们之间存在明显的趋同和共构。新中国民族共同语建构是一场空前的革命,而它引动文学经典的再认识又是一场新的文学革命。借助推广民族共同语的国家行为,经过新中国重构后的现代文学能够迅速地渗透到民间低层社会。

与典范确立同时进行的是理论清理。新中国成立后是对胡适的语言学观一边倒的批判。在这场"倒胡"潮流中语言学界的魏建功、殷德厚和文学界的何其芳、黄药眠等人都先后发表了重要的论文②。他们以新的政治意识形态为尺度,质疑和拆解胡适在现代汉语变革史中的权威性,全面清算胡适的语言观。在这些特定政治语境下的有意误读中,胡适"为白话文学伪造了一个历史非常悠久的家谱"③,"语言只是某几个文学家或者是某个文学家造的,当时的白话只来源于过去的书面语"④,"看不到人民,想不到文学语言的源泉在人民大众"⑤,这必然导致对文学革命与现代白话文运动的作为民族共同语建构的历史起源的质疑和拆解。既然"文学语言的源泉在人民大众"具有不容置疑的合法性和权威性,工农大众言语—大众语—人民的语言—民族共同语的现代语言发展谱系的历史建构自然也获得合法性和权威性。而这个民族共同语建构的历史谱系和"典范的白话文著作"遴选过程中的"小资产阶级知识分子"

---

① 杨献珍:《数一数我们的家当》,《中国解放区文学书系》(文学运动·理论编一),重庆出版社1992年版,第451页。
② 魏建功:《胡适"文学语言"观点批判》,《"文学语言"问题讨论集》,文字改革出版社1957年版;殷德厚:《批判胡适反动的语言学观点》,《鲁迅与现代汉语文学语言·附录》,文字改革出版社1957年版;何其芳:《胡适文学史观点批判》,《人民文学》1955年第5期;黄药眠:《胡适的文学思想批判》,《黄药眠文艺论文集》,北京师范大学出版社1985年版。
③ 何其芳:《胡适文学史观点批判》,载《人民文学》1955年第5期。
④ 殷德厚:《批判胡适反动的语言学观点》,《鲁迅与现代汉语文学语言·附录》,文字改革出版社1957年版,第63页。
⑤ 魏建功:《胡适"文学语言"观点批判》,《"文学语言"问题讨论集》,文字改革出版社1957年版,第56页。

作家集体失踪相互印证。

新中国民族共同语最后的完型和确立要到1955年10月召开的"现代汉语规范问题学术会议"。此次会议形成的决议被"政治的强力"合法化、权威化。1955年10月，《人民日报》再次以"社论"的形式对"现代汉语规范问题学术会议"的内容在政治和语言两方面的合法性予以确认。1956年2月，国务院做出关于推广普通话的指示，民族共同语进入自上而下的全民共同语认同阶段。置身在新时代的语言工作者和文艺工作者显然都意识到民族语言同一性的大势。新中国民族共同语建构以民族语言的同一性为目标，同时也把和语言关系最密切的作家个人书写的同一性完成了。政治立场和语言立场叠合，几乎成为新中国作家的集体认同。

1958年2月25日在《文艺报》举办文风座谈会，老舍、臧克家、赵树理、冰心、叶圣陶、宗白华、王瑶、郭小川和陈白尘等22位知名作家、诗人、戏剧家、文艺理论家和文学史专家参加。座谈会上大家达成共识："语言问题，也是政治问题"，"普及的、通俗的，就是用普通的能说明白一切的，不论多么高深的道理都能用浅显的语言说明白的"①。民族共同语建构完成后，以"说明白"为共同性标准来规范文学，且获得作家的广泛认同，这标志着文学语言一体化的建构也已经实现。

从观念认同到创作实践中对民族共同语的自觉选择不是一个简单的过程，尤其是非民族共同语基础音系的作家。因为他们这样的选择不仅仅意味着一种语言技术，而是言说和话语方式的转换。新中国成立前后，作家创作的转型以及一部分作家在转型过程中，中断自己的写作，文学史研究曾经给出过许多解释。那么，从民族共同语建构的角度看，方言运用过程中生成的地方性和个人化话语空间逐渐逼仄，是不是导致作家创作终止的原因呢？比如沙汀，在现代文学格局中，沙汀是以"善用俚语"②，善用"活生生的土话"③ 彰显他个人化的"四川地方性"的。但新中国成立后，那个现代文学史上的"地方性"的四川和"个人化"的沙汀一齐消失了。和沙汀相比，周立波的方言腔更为突出，但他在新中国成立后却能被时代有限度地容忍，保持着持续的写作，而且"地方性"和"个人性"也一定程度上得到实现。茅盾在1960年第3次"文代会"报告中指出："作者好用方言，意在加浓地方色彩，但从《山乡巨变》正续篇看来……太多的方言反而成了累赘。"④ 实际上，和《山乡巨变》相比，《暴风骤雨》充满了更多的方言土话，但作为解放区文学的重要收获，其经典性被"斯大林文艺奖"所巩固。而《山乡巨变》虽然也有肯定性的个人评价⑤，但主流意识形态对它却充满微词。《暴风骤雨》和《山乡巨变》两部小说在不同历史语境下的生成史和评价史，正揭示了对待方言问题上从解放区到新中国政治策略的微妙调整。在创作《暴风骤雨》之前，1943年，周立波起初心理上"以为只有北方人才适宜于

---

① 老舍：《反对八股腔，文风要解放！》，载《文艺报》1958年第4期。
② 金葵：《沙汀研究专集》，浙江文艺出版社1983年版，第228页。
③ 金葵：《沙汀研究专集》，浙江文艺出版社1983年版，第161页。
④ 茅盾：《反映社会主义跃进的时代，推动社会主义时代的跃进》，载《人民文学》1960年第8期。
⑤ 王西彦：《读〈山乡巨变〉》，载《人民文学》1958第7期。

写北方"①，而《暴风骤雨》则是南人操北腔，知识分子用土语。成为知识分子改造自己，实践毛泽东新语言计划的成功尝试。因而，即使这部小说方言运用得很"隔"，但由于"政治正确"保证了它顺畅地被经典化，并且在接收的过程中把其中的方言因素强调出来。而写《山乡巨变》的周立波，从《暴风骤雨》的北方回到他最熟悉方言的南方故乡，在方言、土语的运用上完全摈弃了《暴风骤雨》中的"异乡人"的"隔"，而且在新中国民族共同语建构的时代语境下，周立波也做出了很多妥协和迁就。但即使作出了这样的努力，《山乡巨变》仍然成了一部在他所处时代的问题之作。那么问题出在哪里呢？《山乡巨变》不只是"群众语言和夹杂近于欧化的知识分子腔调"②，更重要的是周立波要在方言、"欧化的知识分子腔调"和民族共同语之间寻找个人性和地方性的书写空间。方言、"欧化的知识分子腔调"在共同语的压抑下，不但没有臣服，相反却和它从容地周旋，甚至是反制。这样的背离，在一个以追求同一性为目标的时代是不能被容许的。

中国现代文学产生于以反对文言文提倡白话文为重要内容的文学革命之中，"五四"初期的这场语言革命对现代文学形式的产生和发展也就有着决定性的意义。中国现代文学是这场语言革命的产物，同时它也必然地在很大程度上承担了语言革命的后果。

首先，新中国民族共同语建构是共同语同一性和文学书写语言一体化的双重建构，是一场追求"言"与"言"、"文"与"文"、"言"与"文"一致的纯洁化运动。现代中国，民族共同语的想象和建构过程中，明显存在向"乞灵说话"的"说话"靠拢后，经由"工农大众言语—大众语—人民的语言—民族共同语"，最终在新中国完成民族共同语同一性和文学书写语言一体化的双重建构的历史线索。胡适等人的语言和文学革命所缠绕的现代汉语变革的目标追求和效果指向与文学语言的本体要求、"国语"想象共同性与"白话文"书写个人性、"言"与"文"、欧化与本土化、知识阶层与底层大众、文学书写、语言研究个体实践与体制等等之间的复杂关系，使得"国语"和"白话文"的双重建构从一开始就存在许多歧异。1930年代"普罗文艺"和"大众语"、1940年代的"大众化"和"民族形式"论争中的语言实践，试图通过知识阶层和大众之间语言共同体缔约来消除歧异，但还是没有能够解决"言"与"言"不一的问题。和这些语言变革实践不同的是，解放区的新语言计划在有效的政策和制度保障下，在规定的政治立场下，推动知识分子沉入民间，融入大众。文学书写成为制度框架下规定了方向和路径的"写大众"和"为大众写"。纯洁化，对人民大众语言源泉的片面强调可能使同一性和一体化的缔结和实现相对容易，但它是以损失民族语言的多样性和丰富性为代价的。

---

① 周立波：《后悔与前瞻》，《中国解放区文学书系》（文学运动·理论编一），重庆出版社1992年版，第440页。

② 周立波：《后悔与前瞻》，《中国解放区文学书系》（文学运动·理论编一），重庆出版社1992年版，第440页。

第二，从文学和语言不同的发展规律看，民族共同语和文学书写之间的互构，并不必然导向共同语同一性实现之后文学书写的语言一体化。文学书写应该是一个民族语言活动中最具有实验性、探险性的部分，它不断拓展民族语言的疆域，推动民族共同语在动态中不断生成新的同一性。借文学"新民""立人"和"救亡"，倡导"文艺的大众化"和"文学为工农兵服务"，不同时代的意识形态建构都需要追求文学语言的大众化、普通化和文学书写的一体化。从解放区到新中国文学，语言和文学的纯洁化运动展开，并被赋予政治意识形态内容，文学书写中为语言预留的实验和探索的空间越来越窄，以至于发展到对共同语同一性的完全顺应。在这个过程中，政治意识形态成为重要的规范力量。它不仅仅很快完成了解放区文学和语言大众化的互构，而且在新中国成立短短五六年时间，就迅速完成了汉语规范化，并通过国家动员机制推广普通话，基本实现民族共同语的建构。而建构完成的民族共同语转而成为规范文学书写的前提和现实基础，决定新中国不同的文学体裁和文学样式的形式发展，导致了新中国文学文体特征和文学文体风格的趋同。从此，方言文学、文言文学和欧化体的文学尝试在新中国文学中彻底丧失合法性。

第三，在民族共同语的建构过程中，作家必然自觉地对语言同一性存在顺应和偏离。从新中国文学的现实看，通过汉语规范化和普通话的推广，新中国在"言"的逐步趋同前提下规范个人书写之"文"，实现真正意义上"言文一致"基础上的文学语言一体化。这中间虽然依然存在着有限度的反抗，但这样的声音在同一性和一体化的大势中显得很微弱。1950年代就有人质疑："拿推广普通话的理由，反对和非难作家的采用方言"，"忽略了作家也提炼语言丰富普通话的责任"[1]。事实上，民族共同语和个人书写之间的紧张甚至对抗是每一个时代和民族都存在的问题，这个问题在多方言的中国表现得更为激烈。新中国民族共同语建构在自上而下的政治动员中迅速地完成，其实一些问题并没有被充分展开就给出了答案。一个泛政治化的时代，对语言立场、文学立场和政治立场同一性的强调，可能会暂时把这样的紧张和对抗遮蔽、悬搁和压抑，但一旦我们意识到语言问题、文学问题有着和政治问题不同的独立性，并给予这种独立性充分的表达空间，原来遮蔽、悬搁和压抑的问题迟早要被揭示出来。

（原载《当代作家评论》2008年第4期）

---

[1] 王西彦：《读〈山乡巨变〉》，载《人民文学》1958年第7期。

二十二今人志

郜元宝

王蒙：说出复杂性

读王蒙的书首先应该留意他的语言。这里有细心挑选不露痕迹的文言、外来语、方言和新旧杂陈的北京话。他还特别擅长大量化入各个历史时期的政治术语——这其实是现代（当代）汉语的主干。当代作家大概没有谁比王蒙的语言更庞杂了，呼吁纯洁汉语的专家学者或许要对他皱眉，但纯净雅致的汉语，并不在专家学者的理想中，它应该是忠实于当代生活，能让当代人把自己的思想感情尽情发挥出来的那种新鲜活泼无拘无束的放肆的呐喊，是和人的思想意识水乳不分的表达，是王蒙写的那些"多话"的当代人做梦也在使用的忘乎所以脱口而出的言辞。只要中国人的意识或潜意识里曾经或仍然有这种庞杂的语言潮流，就应该有王蒙对这种语言潮流或滑稽的或正经的模仿。他的小说和杂文，更多地反映了近半个世纪以来某种主导性的汉语精神，它的品质，要素，腔调。你尽可以吃不消他的重叠，夸饰，尽可以抗议那永远不肯节省的同义词或反义词的排比，也尽可以批评他的几乎胀破结构的长句，但你要想获得当代汉语的最佳"拷贝"，就不得不研究他的语言。

说今天的事，要有生活在今天的核心的活人在语言上的大胆创造。这创造联系着某种语言的遗产，但根本必须源于今日语言的汪洋大海。当前许多小说文章都缺少鲜明的时代特征，我们感受不到作者与今日语言的紧张关系，看不出他们和今日汉语交往肉搏的痕迹，要么抄袭现成的语言，要么依从过去的风格，就是没有语言在作者手里的发展，听不见它拔节生长的声音。在这种语言背景前，王蒙显得特别刺眼。

但语言的自由与解放，是为了说出意识到的复杂性。正因为尊重复杂性，才会将表达上的狂放尽兴看得比什么都重要。语言的自由与意识的复杂是王蒙的作品最值得重视的两件东西。

70年代末到90年代中期，文坛争论可谓多矣，王蒙往往处于漩涡中心。在每一场或主动参与或被动卷入的争论中，他为之抗辩和持以争辩的，都是自己所意识到的社会文化的复杂性。就拿"人文精神"之争为例，现在看来，所争的并非一二具体的意见分歧。已往不是没有分歧，却没有演成同一阵营那样径庭悬隔的局面。关键在于思想方法与作风的异趋，在于有没有充分意识到以及肯不肯充分尊重当代生活（包括知识分子自身存在）的复杂性，敢不敢投身到复杂性中去，替复杂性说话，而不是仅仅替它的某一维某一度而慷慨陈言。王蒙的一些言论慢慢为更多的人认同，这些人并非特别赞同他某个具体观点和说法，而是同情他持此观点说法时始终一贯的对复杂性的尊重。他对"人文精神讨论"令人吃惊的诘问，实质上只是担心已往在政治领域以理想崇高等名义进行的宏大而荒唐的试验会在文化领域重演，政治家扔掉的东西会被"知识分子"当作宝贝稀里糊涂地捡回来。换言之，他关心的不是具体那个说法得当与否，而是人们会不会在复杂性面前变得盲目轻率。

"复杂性"，就是理性与意识形态讲不清道不明的一堆乱麻的真实。因为要竭力说出意识到的复杂性，王蒙不得不既和左面据理力争，又和右面、和80年代的文坛俊彦、和曾经为之骄傲并引以为同调的一帮年轻朋友大争特争，经常是面红耳赤，昏天黑地，大有兵来将挡水来土掩孤家寡人四面树敌的架势——"过于聪明"云云真是冤哉枉也。当今文坛有几人肯这样吃力不讨好？那些号称激烈勇猛的文坛慷慨家们，有的不也眼观六路，耳听八方，远交近攻，广结善缘吗？倒是似乎一贯左右逢源的王蒙，往往"前门驱虎，后门迎狼"，不得不站在相对孤立的地位独力支撑，自言自语。

同龄人他写得最多，但正是在同龄人中间，他感到知音寥寥。他比许多同龄人多了一份相信，更多了一份因相信而导致的困惑。对他来说，相信与困惑是一种心情的两面。介入生活愈深，这情形就愈明显。有些东西早就被人遗忘，他还记着，还一再地提起；人生四十而不惑，他到了耳顺之年仍然放不下许多事情，样样都想再重新推敲一番。这是因信而惑，因惑而信，但根本还是顽强的复杂性体验所致。

"复杂性"是他复出以来一直冲击文坛的东西。他的复出伴随着中国文学"复杂性"的重构，终于自己也成了复杂人物和众矢之的。怪只怪半个世纪以来当代中国社会太复杂，发展变化太快，主客两面均缺乏定性，迁流不已。王蒙刚刚慨叹同上一辈人沟通困难，很快就发现自己与下一代之间的巨大代沟。岂止王蒙，50年代人与"老三届"，"老三届"与80年代人，80年代人与90年代人，不都有无法理解难以沟通的隔阂吗？不同时代不同年龄难以沟通，同一时代同一年龄也缺乏充分对话所必需的稳靠语境。没有共同关心的问题，没有大致相同的经历背景，没有使一切关于意义的活动成为有意义的相对稳定而可以共享的传统，时空如此陌生，大地好像分崩离析了。"目前是这么离奇，心里是这么芜杂"（鲁迅语），在如此诡秘的历史情境中，作家真应该有一种"分身术"，既能勇敢地潜回过去，又能频繁地返归现在。他总要把上下四方都经历一遍，把各种视点上的所见所思都缝合在一起，复又超越这些所见所思，真正贴近生活的层面，才能化诡秘为寻常，驾驭历史的"复杂性"。

坚持对"复杂性"的体认，最大的危险还不是孤立，而是和孤立一样不易被人理解甚至连自己也不可理喻的含糊与空无——这大概正是艺术家的立场与方法最易导致的结果。

比起从某个原点出发构造庞大精密的体系的理论家，比起向大众解说既定观念的政治家道德家，艺术家的语言与逻辑总显得含糊无力，因为艺术家始终面向被抽象和被简化之前的原生态的复杂性存在。"复杂性"是众多方向不同的力，它将坚持复杂性的主体横拉竖扯，令他茫无所归，时有车裂之刑的痛苦。可供选择的太多以至于无所选择，应该抗拒的太多以至于无所抗拒，这就很容易落入空无之境。但恰恰在理论家、政治家、道德家最想回避的困境中，我们看到了艺术家的可贵。他虽然很难提供理论家宏伟的体系，政治家美妙的理想，道德家高尚的境界，但靠着一种含糊无力的言辞，他能够始终和"复杂性"结合在一起，始终不失其源于生活的勃勃生气，始终能让我们"想起生活"；而"想起生活"，不也是一切言之有物诚实不欺的哲理学说的出发点与归宿吗？

王蒙的作品无疑有许多不尽如人意处，但至少有一点，即便对他不满的人也会报以宽容和欣赏，那就是在经历了种种复杂与难堪之后，他依然葆有新鲜的生命感受，乐观的生活兴致，善意的对人生的感谢，活泼的有时是透着一点踌躇自得的好心情。生活的沉重乏味容易压弯人们的脊梁，麻木人们的敏感，冷却人们的血液，使人们变得慵懒、持重、枯槁、愤激、尖刻，乃至故意漠视美好的光点，不愿甚或羞于说出对生活的感念。这是造化在残酷匮乏破败无聊之后给我们的第二度打击，而我们也未尝没有用自己的坏心情反过来打击生活。很遗憾，这好像正是多数人的生命途辙。王蒙曾借小说人物之口，说他就是恨不起人来，因为太爱生活，太善于从无数细小的场景中汲取欢乐，太容易落入多种情感彼此抵消的情绪真空，太喜欢在这真空徜徉，微醉，又太自然而然地转向无条件地感谢生活哪怕是像钱文那样感谢一顿西瓜之赐的"满不吝"。这也是读者在他作品中最常碰到的真实的告白与朴素的体验，不妨称之为王蒙式的"基本感情"或"好心情"，它出于天性，遗传，更有赖于修炼，不是掩盖假恶丑，也不是顺境所引发的自然反应。或许只有在中国北方特殊的人文气候与自然环境中才会有这样的"基本情感"或"好心情"吧。人生天地间，保持这种"满不吝"，绝不比苦着脸儿冒充激烈表演崇高更容易。至少，它可以和真正的崇高或激烈并存而不相害。

王蒙经验丰富，想象发达，因为过分活跃，刻意经营一事时，往往情不自禁旁逸斜出甚至走向反面，如儿童的无目的之游戏。他喜欢高蹈，又入世甚深，拘执甚迫，是社会中人，问题中人。他不愿做纯粹艺术家，甚至否定所谓纯艺术，但又不愿将自己整个儿交付出去，甘当"箭垛"。当成为焦点而不免"来劲"时，他念念不忘的是文学的经验，他在文学中体验到的"此种真意"。他因此善于用社会中人问题中人的方式谈论文学艺术，又用艺术家的情怀对待社会问题，叫你分不清哪是现实，哪是虚构，哪是历史，哪是艺术，哪是正言，哪是反语。他是矛盾的，"杂色"的。他渴望浪漫，又相当实际；喜欢和谐，又偏爱杂音；向往透明，又玩弄模糊；追求完美，又爱指出瑕疵和遗憾。他让崇高和凡俗联姻，美丽与缺陷共生，得意和尴尬相伴，热情与冷漠沟通，沉溺和出神交替，严肃持重与自嘲戏耍合流。"过于聪明"了，随即感到聪明之无谓；过于自是了，马上又意识到自是者的可悲。真诚的赞美词里，他喜欢夹杂一点揶揄调侃；微妙的意境中，总要放进去几分粗糙；随时准备承受一切，却总有太多不能承受者。

穿梭在两个极端中间，很少在某一点上固定下来，这是他思维与话语的习惯。然而绝非中庸，倒是真诚的究诘，是若有所知的不知，茫无所知的知道一点。他有一种习惯，一种能力，一种追求，一种癖好，将决然不同的异质之物拼在一起，玩味由此而生的反讽。

这还是追求对"复杂性"的充分叙述。

王蒙,一个吸纳了极度和谐与极度不和谐的骚动不宁的生命,其存在本身就是对半个世纪以来中国社会与中国心灵之"复杂性"的不倦的"说"。

张承志:无神时代的精神圣徒

张承志在90年代突然成了一种象征,许多人人向往的头衔,"理想"、"道德"、"崇高"、"正义"、"良心",诸如此类,都为他所囊括。西哲说,即使上帝不存在,也要把他制造出来。在这个既无圣人也无英雄的时代,人们用同样的方式为自己制造了一个准圣人或准英雄,尽管很快就会将他丢在脑后(这是可以预期的)。

张承志值得注意的东西不少,但议论纷纭,大多只针对他近来深刻而偏激、锐利而虚弱的思想随笔。随笔家张承志慢慢掩盖了小说家张承志。渐渐地,连他到底有哪些随笔,也不甚了了。《无援的思想》《清洁的精神》《致先生书》《再致先生书》几篇,差不多成了他的化身和招牌。晚近创作,也确乎迎合了这种不爱看书只想赶热闹的风气。人们现在对文学的要求与兴趣,似乎仅仅满足于文学家的随笔,以及他们的某种姿态。随笔和姿态,成了文学精神的全部。文学好像获得了前所未有的重视,实际上,文学消失了,只剩下姿态。这不仅掏空了作家,也掏空了文学。作家或文学的存在,收缩为某种象征与姿态,或许可以视为世纪末特有的慌乱情绪对精神世界的大幅度省略。体察细节的兴趣少了,都想总揽全局,甚至希望从猥琐繁密的生存中删黄枝叶,抽取精华,作为救赎的舟筏。据说张承志正是这样的精华。人们给予他崇高的赞美,是要拿他做救命稻草。他是支撑精神的梁木吗?也许,但要看看靠他支撑的是怎样一种精神。太多年轻浮薄之徒怀着所谓孤独痛苦虚无以及某种不得发泄的冲动或者难以对象化的理想,摇摇欲坠,急于寻找支柱;定海神针既搬不动,目力微弱也看不到参天大木,便只想拥有一根拿得起放得下既可支撑片刻又能作好看的装饰品的手杖。此等物事,大学校园里偶尔读书看报的男生几乎人手一根,而幸乎不幸,往往就是张承志牌。

有人把他比作鲁迅,他好像并不介意,甚至还对鲁迅微示不满。《致先生书》就认为鲁迅不知"哲合忍耶",到底是个遗憾。

鲁迅一生很少把自己的主张当作旗帜,凌越世俗荒野。翻遍《鲁迅全集》,没有一句标语口号。在鲁迅看来,任何高明的东西一旦成为旗帜,总是很尴尬。鲁迅自有心灵之旗,他只想独擎,不愿任何别人去扛。惟其如此,鲁迅的旗帜才真实而持久。张承志高举信仰的旗帜,这是他最值得钦佩的地方,在这一点上无论怎样肯定他的价值都不过分,但是应该知道,信仰带有强烈的个人色彩,贵在内心默默执守,不能招摇,更不可强求他人信奉,否则一切都将事与愿违。

爱信仰的人啊,你所爱者只是信仰,何必以一些具体的有信仰者为信仰对象呢?

鲁迅对世俗的憎恶无人可比,但这并不妨碍他比任何俗人更懂得现世此生之爱。

鲁迅固然常常攻击庸俗和丑类，但他始终寄希望于平凡的人，认为只有他们才真正支撑着生活。张承志就少了鲁迅那种宝贵的生命兴致，更缺乏对常人的理解、尊重和信任。一味高蹈，遂造成姿态日益僵硬，资源日益枯竭。

都说张承志猛烈地抨击世俗，但又说不清他究竟抨击了世俗哪些方面，更不知道他从什么角度深入细致地解剖了世俗。他更多是抽象的抨击，是咆哮，怒吼，甚至辱骂，而被他唾弃的并不见得有什么实际损伤。他是一个抽象的战士，并不是鲁迅那样务实的批评家。真要攻击现实，便不怕在现实中打滚，甚至同归于尽。从云端扔炸弹，立在崇高的基地发射火箭，和近体肉搏，不可同日而语。

鲁迅并无超人法术，而文章能够"寸铁杀人"，这只因他深入研究了历史，对人对事始终从历史角度审视，因而能把事情说得明白透辟。张承志也治历史，但他的历史似乎很片面，带有极大的主观随意性，捡到篮里就是菜，一味为我所用。他的历史图景和人文世界残缺不全，充满臆断与虚构，这样的历史怎可观照现实？

比如他曾经猜测鲁迅祖上是"胡人"，断定东南汉族不可能有这样的血性男儿。他精研西北历史，也许太自重了，对汉族历史满不在乎；他该知道，"会稽乃报仇雪耻之乡，非藏垢纳污之地"，南人的反抗性决不下于北人，而北人的虚伪和奴性，倒每每为南人所不及。

他主要根据伊斯兰文化背景写作，对汉文化漫不经心。这也无可非议。但他抨击对象，偏偏又是汉族文化。抨击汉族痼疾，当然应参照其他文化（却也不能仅仅以伊斯兰文化为参照），但任何作为参照系的异质文化都无法越俎代庖，充当衡量汉族文化的惟一标准。不幸张承志正是这样做的，还要这样做下去。这是他和"先生"根本的区别。

他勇毅刚强，只是缺乏宽容与沉静。他的卓越真诚和偏激空疏同样明显。他的才能偏于抽象高蹈一路，焦灼峻急慌乱无措的时代，很容易拿他充当空洞的文化象征，掩盖荒凉与虚伪。

他的存在始终是对世俗社会的一种挑战，简单的赞美和抹杀是无谓的，倒应该接受他的挑战，在同他的论辩和对攻中分享并检验一种理想。

张炜：民粹主义者的批判及其困境

他是一个土地主义者。他坚持无党派无宗教偏见的民粹主义立场，直接从土地汲取灵感，站在拥有土地的劳动者一边，站在故土野地的亲人一边，"站在弱者一边"。他认为一切肯定性价值都必须以弱者的利益为基准。"善，就是站在穷人一边。"他所谓的"善"超出一般伦理学范畴，是人类历史的根基之物。一切都必须建基于"善的根本"，必须和穷人、弱者、劳动者的道德保持一致。

读他过去许多作品，时时被一种真诚的德性之美打动。这正是从他对弱者苦难命运真诚严肃的思考中升腾起来的。弱者的哲学，是他的"中心思想"。

他有两大精神资源。一是从根本上影响本世纪中国新文化的俄罗斯文学，特别是那种深沉博大的人道主义精神。由于特殊的身世、资质以及山东一地特有的灵性和历史文化积累，他从这份世界文学共同的资源中获得了许多养料。另外，长期底层生活体验，还使他接通了散播民间的儒道哲学"天地一体之仁"的血脉传承。

两种文学资源根本上是可以相通的。张炜对人，对动植物，对所有生灵以及承载一切的大地的赤子之爱，其涵容万品的人类情怀和天地境界，以及洞悉历史底蕴的那份自信，都可以看出中俄文化传统的融会。《古船》《九月寓言》的成功就在于此。

他以往写作设为对立面的，主要是政治意识形态造成的荒唐与罪恶（如"血统论"）。正义良知与不竭的艺术情思，正是在反抗对立面的斗争中，在与恶的较量中激发出来。他还很早就开始思考农业故国现代化进程与人性自我完善的关系。

这二者构成其作品的精神内核。

进入90年代，政治意识形态开始减压并淡化，现代化道路愈趋澄明，善恶问题，也随之进入新的天命运行轨道。心灵争斗的背景由紧张激烈的政治厮杀，转换为平凡琐碎的日常生活，以及现代商业技术的文化空间。工商技术文明不再作为一个模糊的暗影和农业文明对垒，原有的道德谱系受到极大震荡。客观情势要求作家不得不对以往思路有所调整，尽管他现在面临的新问题，也许恰恰是老问题稍稍改头换面的延续。

和大多数深受政治意识形态与农业文化长期熏染的中国作家一样，在目前这个暧昧两可的时代，他也很容易迷惘、不适、愤激而焦躁。由此造成的认识盲区，使他在批判商业技术的种种弊端时，苦于抓不住症结所在，难以掌握批判的分寸。和普通人一样，在他眼里，崛起中的生活世界还是一个陌生的怪物，仓猝做出的判断，往往不得要领。长篇《柏慧》以后的创作，就是一例。

对传统的农业文明，或者更准确地说对即将成为过去的宁静生活投去最后的深情一瞥之后，张炜好象也因此而失去了自己的耐心和理解别人的同情心。他的理论和他现在的小说的距离，我想就是这样造成的。他现在给人一种想用小说阐明一个道理的意思，可惜阐释得并不太成功。回顾他的创作道路，我还是坚持自己以前的一个判断，就是张炜在青少年时代跟着父辈受苦，无所排解，无可诉告，——这是我们许多人共同的经历，于是，在长久的无望的受难、恐惧和耻辱中，在无处发泄的怒火的煎熬中，他很自然地走向了俄罗斯文学的德性超越，就是先把自己升华到道德理想的一种很高的高度，在心里将那些强权者、作恶者踩在脚下，然后再来用一种怜悯和鄙视的眼光来宽容他们。这是一种"道德战胜"的叙事策略，也是张炜根本的心理依靠。在80年代，当许多人用未来的理想、用思想解放的意识形态来审判过去时，张炜的这种"道德战胜"就明显有他高标独举的优势。但是，"道德战胜"最后的支撑，应该是也只能是一种取消自我、倒空自我、彻底谦虚的宗教皈依，这个张炜没有；相反，他有太多的太热衷的自我。当道德优势不来自超越的信仰对象——我说的当然是宗教作家的神灵——而是在现实的泥潭中苦苦挣扎着的自我，那就有些不妙了。因为很明显，任何一个优秀的自我，都没有资格充当美德的来源。更可怕的是，如果用这个多少有些僭越的自我来审判别人，审判时代，就不能不显得力不从心甚至相当可笑了。

但张炜毕竟具有少见的自我再生力。他的思想即使陷入困境，也显得生气勃勃，毫无败象。这得归功于山东那片灵地对他的佑护。

他也许会暂时偏离原来的道路和立场，被世事的喧嚣扰乱了心性（可以读读近来越写越多的随笔和对话，它们再也没有超出1993年的《融入野地》），然而我希望总有一天，他还会带着全部创伤和屈辱，再一次出发，在几乎难以立足的土地上，一如既往地去寻找"善的根本"。总有一天，他会拿出真正足以抗衡时尚、警醒昏聩的力作。他不会离开土地，哪怕这土地已经完全变得不利于生存。他也不会买舟东游，更不会像写《柏慧》时那样，寄希望于海潮来淹没大地上的罪恶。

他常常提醒我们在变动不已的时代想想那些不断被抛在后面的东西。他是能够把"根本"和"奇迹"带到我们这里来的一个有希望的作家。不过这都有赖于他对真正属于自己的东西痛苦的忠诚。

王安忆：感觉穿上了思想的外衣

王安忆是"知青"作家中一个耐力惊人的长跑者，尽管她似乎有无穷的变化法术，但我们总还能从其基本的处世态度和写作方法上看到"知青"一代知识分子的某种共性，比如，对生活热情而近于热衷的投入，对个人在社会中的声名与成就的过分顾惜，对某种公认的道德姿态、理想准则乃至立身方法的认可，包括由此而来的骨子里的谨慎与平庸。

她和同辈人的不同，仅仅在于她是一个勤苦而有灵性的小说艺术家。《小鲍庄》"三恋"《米尼》等，是王安忆昔日的辉煌。这以后较重要的是《叔叔的故事》。《叔叔的故事》敏锐地抓住了三代知识分子在80至90年代的典型心态，像这个时代的内心档案。她借鉴了索尔·贝娄的阐述体叙述，高度理性化的语言突入事件和心理深处，显示出男性作家也少见的凝练泼辣。

她不满新时期偏于情感表达而疏于理智概括的浪漫主义，开始对此有所调整。中篇只是尝试，反映她近年创作路向的还是两部颇有争议的长篇，即《纪实与虚构》和《长恨歌》。她说长篇不仅考验中国作家个体能力，更是对群体文化极限与生命极限的挑战。《纪实与虚构》和《长恨歌》对她自己来说，就是一种极限性写作。这两部作品几乎使她倾尽全力。

《纪实与虚构》的"纪实"未脱尽过去的影子，只加入了日益精熟的阐述体叙述。她对"雯雯"的情绪天地不再作情感的缅怀与体贴，而是理性的追问和剥离，是用思想来感觉，让感觉穿上思想的外衣。这势必要滑向理智层面的机械推演。

所谓"虚构"，就是凭着蛛丝马迹，不知疲倦地追溯家族历史的沿革。她的兴趣当然不在考据，只是借考据的形式，利用考证出来的大段空白，发挥小说家想象与推测的权利，也就是精神"虚构"的权利。"虚构"与故事无关，而是用理性刻刀雕世界真形。落实在语言上，就是对人物、事件、场景作纯粹理性化的分析、推测、想象、阐述、归纳、演绎、概括。由此开始，王安忆渐渐失去了直接介入当下生活并迅速做出反应的兴趣，她将自己逐渐定位成安坐于书斋里的一个耐心十足的生活素材的精神现象学的分析家。

从情感返回理性，从现象返回精神，就是从客观世界的逻辑返回语言本身的构造。不是让语言跟着世界跑，而是让立体世界平面化、静态化，归顺于语言，一切在语言中予以解决。这是赤裸裸的退缩、逃避，又是赤裸裸的进取和扩展。用她的话说，是"创造世界的另一种方式"。

《长恨歌》讲述一位"上海小姐"40至80年代的简单经历，她希望由一个人写到一座城。新旧上海的风情韵致徐徐展出，半个世纪的沧桑，满纸低回的凭吊。读者似乎又碰到了一代才女张爱玲的文字魔性。《倾城之恋》《十八春》的意境。但张写上海，身在其中，故能体贴出上海的"动"；王写上海，置身局外，只抓住了上海的"静"，并细心平静地分析和品味这静止的图画。上海之于她，并无张氏锥心刺骨的牵扯。她和上海的关系基础是智不是情。张氏小说智的发现无非情的自然延伸，惊世骇俗的意境比况，浸透了奇突怪异的情感。《长恨歌》的智是情感的归宿和停泊地。一切尽在语言的巧智中展开。

很简单，王安忆不是依靠亲身经历，而是凭借语言的构造力。你会指责这种情感的虚拟化，但你或者又会佩服她由此开掘的理性世界之深邃细腻。

《长恨歌》是一个接一个比喻堆积起来的。世界静静地展开，作者用无穷的比喻来"强逼力索"，满纸"什么什么是什么什么"，朴素而富有蕴藏。这不是张爱玲乾坤颠倒杂色错综的语式，倒更像"《围城》体"的极端变化。《围城》的巧喻点缀在故事情景的动态褶皱里，《长恨歌》则一点不躲闪，直接堆积着。这是王安忆的朴素率真。很少有人敢如此毁坏故事的动态绵延，如此片面地倚重智力和语言，如此从容地面对故事退隐后整个一副不可收拾的局面。她的极端在此，实力也在此。

这是语言对世界无条件的统治，是退居书斋的写作，深锁心底的绮思。它的魅力在语言一点一点的扩展，比喻一个一个的追加。它诉诸沉静爱智的心，像深秋雨线，丝丝打在寂寞无人的湖面。又像暮春江南晨雾，人在雾中行，浑然忘却原来的清明世界，只感到无边无际的雾气迷蒙。

走出语言之雾，王安忆还会写出怎样的作品呢？

似乎并不十分美妙。有一些读者对她也有很多不满：写了这么多，变化也很多，但那种特别淋漓尽致的东西少，冲击力很大的东西毕竟太少。比如，《香港的情与爱》与《我爱比尔》，虽然题材上有所超越，形式也更加精致，但那执拗地挖掘内心隐秘的笔力，是明显不如从前了。作为一种补偿，是增添了太多细碎重复的理性分析的语言。她现在的一些小说确实撒得太开了，似乎无所不写，无所不能写，不管什么人，一旦落到她的视野，就总可以写出个子丑寅卯来。她喜欢向读者展示她的笔墨的强大的适应能力，特别是喜欢展示她的理解力和体贴入微的对人物的同情，她似乎在扮演孙悟空的角色，不管什么人，她都能够钻进去，然后以人物的语言和心理来说话，代替人物来发表一般来说总是很长很长的一些个思绪。由此，她既可以写解放初期的上海小保姆（《富萍》），也可以写90年代的香港小姐（《香港的情与爱》）和上海的新生代女性（《我爱比尔》），甚至民工与发廊妹（《民工陈建华》《发廊情话》）。

她的问题不在于缺乏理解力，缺乏想象力，而恰恰在于自以为太有想象力和理解力了，她过高地估计了人与人之间的可沟通性，过高地估计了自己对别人的理解的可能性，而忽略了乃至可怕地无视了人与人之间巨大的隔膜和不可沟通性，用存在论或现象学的术语来说，叫作"主体间性"吧？在这方面，王安忆的思想基本属于古典人道主义，似乎还没有大胆突入到现代。

王安忆的"才能的本质"还是在于对自我的大胆逼视，特别是对自我深处难以理解也难以驾驭的那些幻想、冲动、渴望、羞耻和畏惧的大胆挖掘。由于对文化时尚过于敏感和笔头的过于活泼，她往往会离开自己的根据地而进行一些并不成功其实也并不必要的所谓探索。

目前中国文坛的正宗仍然承继30年代"左翼"而来，它在美学上的特点，是以不管怎样的"关心现实"为标准，但因为难度太大，这个标准早已不伦不类，甚至仅仅成为有名无实的幌子，但它也有另一种功能，就是始终容忍乃至鼓励艺术上的粗糙，而将精致和高雅视为额外的追求。倘有人将这额外的追求当作主要努力方向，就要受到指责，至少那追求精致和高雅的创作不会被普遍关注，因此相当长的时间里，精致和高雅的艺术一直是文坛的潜流与支脉。

但精致和高雅是一把金交椅，以前坐在别人（比如"自由主义作家"）屁股下面，横竖不顺眼，必欲毁坏而后快；一旦自己坐上去了，马上就会变成宝贝了。

这是当今中国文坛呼唤大师杰作并提倡精致高雅的一般心理。

王安忆的创作，从《小鲍庄》"三恋"开始，一直遭到非议，不过正如大家已经注意到的，这种非议的力度在逐渐减弱，等到《长恨歌》出来获得"茅盾文学奖"，一直追求文学的精致和高雅的王安忆，就终于被慢慢学会附庸风雅的中国读者全面接受了。

在中国文坛的正宗看来，王安忆的作品大概就相当于曾经属于别人而今天终于为自家所拥有的一件宝贝。对王安忆本人来说，她当然可以把公众一厢情愿的认可撇在一边，继续走自己的路，然而其中的难度也可想而知，至少她近来一些作品，已经越来越符合凡事远远看去因而无不赏心悦目的所谓审美（也就是精致与高雅）的标准，而30年代"左翼"文学十分强调的突入事物内部并与之一道燃烧一道搏斗的粗暴而执着的力，则明显减弱了。

和王安忆遭遇类似的还有已故作家张爱玲。以前怎么痛恨高雅和精致，现在就怎么喜爱高雅和精致；以前怎么否定张爱玲，现在就怎么捧——而且仅仅捧高雅和精致的——张爱玲，再捎上一个王安忆。

"现当代文学"这条隐秘的线索还可以表述为：从反对高雅和精致到欢迎高雅和精致，从跟在"海外学人"后面"重新发现"张爱玲，到全面肯定王安忆并带动新一辈"海外学人"以王安忆小说为经典来研究上海的热潮，从"破落户"子弟的"精致的聪明"，到暴发户的浓艳的门面装潢。

这也许是任何一个现代国家的文坛在趣味提高的过程中必定要走的一步罢。

贾平凹：失真走调的纸上秦腔

贾平凹可算是当代大大有名的一个俗物。如果说王朔以俗为立身之本，有意夸耀卖弄，一点也不掩饰，惟恐俗得不到家，俗得不够哲学，那么贾平凹则不肯自认其俗，他很不情愿地打了一个擦边球，一面被迫硬撑风雅，后来发展到自觉追求风雅（美文是也），一面情不自禁地慨呈俗态，这样遮遮掩掩，有藏有露，倒也把世人撩拨得不轻。

俗是贾平凹的私货，是贾平凹作品精华所在。这里所说的俗，首先是某种民间生活情态，民间价值理想。贾平凹深知其中三昧。他关于"商洲"系列风俗画式的短篇，以及从这个短篇脱胎而来，内容更充实，艺术更讲究，专门讲述西部乡村异人异事的那些中篇小说，像《黑氏》《天狗》《人极》《美穴地》《五魁》等，无不根基于一个俗字，舍此就不会有贾平凹的昨天与今天。

这个俗字，包含了贫穷、落后、愚昧、卑陋，也包含了善良、勤恳、忍耐、勇敢，清浊互见，美丑并陈，是那块土地上长期养成的生活方式，更是实践这种生活方式的一个个男人和女人。它带着土地的气息，民间的蕴蓄，不同于庙堂或书斋文化，所以特别具有原始朴拙的美。

这是贾平凹本色的一面。但他也曾经和本世纪后半叶大多数中国文人一样，捧着《鲁迅全集》、笔记小品刻苦攻读，种下一点慧根，为日后出道，在文坛结下不少善缘，并且顺利挤入"文化寻根派"队列。这是贾平凹后天习得的一面，是本色的堂皇包装，甚至时时改造着他的本色，提升着他的本色，也疏离着他的本色。

当贾平凹的这两个方面配合默契的时候，他的许多创作就显得从容不迫，亦俗亦雅，既有普及，又有提高，虚实相间，荤素搭配，叫人微微兴奋偷偷脸红暗暗诧异的各种小故事，并不一味地浮薄，葫芦里还有一点微物要与君猜，算是一道相当不错的小菜了，所以多数食客皆啧啧称美，乐不思"俗"。

然而，论才学，论眼界，贾平凹基本上还是一个传统型的乡村秀才，他不可能始终从现代文化立场审视传统，也无意对民间生活的诸种俗态作理智的分析、客观的批判或冷静的抉择。他只是一味笼统的赞美民间，欣赏传统，更因为赞美与欣赏的笼统性，导致一种惊人而典型的"内陆狂想症"，表现在小说叙述上，就是夸张不顾事实，玄虚常失分寸，以至谈狐说鬼，妄道阴阳，写当代秽史，著白话聊斋，本来要介绍、赞扬、光大潜伏在民间的文化机运与生命真力，却不自觉地走向歪曲和掩盖，结果既俗得不地道，也雅得失却伦类。

《废都》一出，骂声四起，便是证明。如此俗恶之作，也敢放一条"哲学牛"在里面，假模假样，整天做思考状，搞什么"知识分子批判"，"城市文化批判"，"世纪末反思"，自然两面都不讨好。既俗极而滥，又妄充风雅，结果非但没有雅起来，反而蚀了老本，丢掉原色的俗，只弄来几个当代的古人，打扮成欲火攻心的旷男怨女，勉强凑成一幅臆想中的春宫行乐图。

实际上，《废都》的败笔并不在于它专写知识分子的纵欲或纵情，而在于试图通过描写知识分子的纵欲纵情一举写尽所谓世纪末知识分子颓废心理。知识分子的颓废，确实往往表现为以醇酒妇人为逃避所，但将醇酒妇人堆积起来，又并非颓废心理的全部。

本来在世俗天地打滚，却常常不安其位，老想往别的路子上靠，这是贾平凹的尴尬之处。

《鸡窝洼人家》《浮躁》等的图解政策，和《废都》中刻意点缀的政治忧患，是眼睛朝上，心在庙堂，用民间的方式谋肉食者之所谋，以此扮演轰动视听的世俗英雄。化用鲁迅的硬语盘空，羡慕笔记小品的飘逸隐秀，承袭话本小说的叙述声口，喜谈士大夫的性命易理，乃至营造蒲留仙的狐魅世界，追求辞章灿烂境界高华的所谓"美文"，则是有意靠向知识分子古今同调的风雅一途。

事实证明，贾平凹这两种追求，都没有如愿以偿。文化政治的流行色涂抹多了，由那个俗字支撑的一点灵明，反而愈显暧昧。这倒有点像他大力刻画过的"秦腔"，作为一种俗而又俗的大众艺术和艺术化了的民间节日庆典，只能在古风犹存的秦人秦地盛演不衰，一经文人插手，或者当作政治传声筒请进庙堂，也就濒临绝迹了。

贾平凹的作品，正是这样一种往往失真走调的纸上秦腔。

王朔：左右为难一俗物

王朔也是当代大大有名的一个俗物，他凭着俗而又俗的作风，一度大获成功，但也正是这股俗劲儿，最终使他在更高水平面上四面楚歌，从中兴走向末路。

他自知其俗，有意夸耀卖弄，一点也不掩饰，惟恐俗得不到家。他用俗作武器，排头砍去，开腔就满堂喝彩。

这或许也是应了向来的逻辑：不怕不恶，就怕小恶，恶得透顶彻底，章法谨严，艺术纯熟，恶出风格来，游戏于犯规的边缘而又有惊无险，也就挣来恶的威仪与恶的马太效应，纵心所欲不逾矩了。

俗也如此。小俗，自己脸红别扭，对方也觉得不好意思，两下里都不潇洒。大俗，打破纪录，无与伦比，人家也便心服口服。好事者还会绞尽脑汁，概括种种俗态为这"现象"那"现象"，锻炼周纳，做成文章，揩一点俗油。所以王朔嬉笑怒骂，全无正经，"千万别把我当人"，在戏台上蹦蹦跳跳，出丑卖乖，指桑骂槐，拼命解构权威也作践自己时，看客既借他抒愤懑，出怨气，一面也提升了自个儿的雅（壮夫不为或不敢为的事小丑抢着代劳了），这便大度地发下话来："王朔真能侃"（"阿Q真能做"），于是皆大欢喜。

但俗也因此成了王朔的招牌，成了大家给他贴好不能随便撕下来的标签。突然免俗了，反倒不美。

所谓物极必反，俗极生悲，王朔后来的跟头，就栽在这个"俗"字上面，毕竟没有让他著一俗字，尽得风流。当他用世俗的准则批判意识形态的文化权威时，不仅获得市井小民的喝彩，也能得到知识分子的赞许，其作品的正面价值一开始就这样定位好了。他只能在大家认可的范围内施展拳脚，稍稍越位就不行。以俗为武器的所谓"流氓哲学"，只配攻击特殊意义上的权威与偶像，而不能全无顾忌，到处树敌，否则就会两面不讨好。

但王朔的俗劲儿天生就要攻击一切偶像，哪怕你皇亲国戚，哪怕你迁客骚人。官儿骂得，舞文弄墨者照样骂得。中国文化自古以来就由庙堂、民间和知识分子构成，王朔之俗基本来自民间，三分天下居其一，也是有根底的，怕你不成？所以王朔与知识分子的冲突是迟早的事。王朔当红，连平素与时文无缘的老翻译家杨宪益，也有"痞儿走运悲王朔"的酷评，实在不难理解。王朔的失策，大概就在他没有熟读三国，本来只能撩拨一根筋，偏偏两根全挑了。主攻方向是戏台上某一类剧中人，演着演着，就台上台下一锅煮了，这还了得？俗便俗吧，却总想变换角色，撕掉一半自造一半被大家伙认定的标签，由俗返雅，一脸正经，教训起知识分子来了，既练邪门兵器，又想进正宗门派，天下哪有鱼与熊掌兼得的便宜事？也不看看自己的德性，起码汉语都难说过关——阿Q也要革命吗？再说台上台下原是约好的，你当小丑出风头，大家帮着搞热闹，一直配合得丝丝入扣，怎么不打招呼便反悔了，法律上可是"撕毁合同罪"啊。他号称不读书，不看报，赤条条婴儿一个，绝顶精明，和之至也，逢人侃人，遇佛诋佛，也曾如鱼得水，如入无人之境，但不多会儿就被人侃了，遭人骂了。其错不在不聪明，而是太聪明也太相信自己的聪明了，以为读者心理早已摸透，其实到底"隔膜"。解构也好，侃和骂也好，关键要端正方向，否则，侃人者人皆侃之，骂人者人皆骂之，"顽主"玩到自己头上，也就势所必至，理有固然了。

刘震云：草民的立场与局限

刘震云的作品基调在讽刺。他写为官不仁乃至为官不人者，写被权力之磨碾碎的小人物，那种冷嘲、悲悯、忧患与愤激，与文学史上的讽刺名篇声息相通。

他是90年代中国文坛并不多见的一位具有强烈讽刺激情的作家。他看准了权势这个部位，如庖丁解牛，批大款，导大隙，恢恢乎游刃有余。复杂的社会现象，一旦投入他的权势方程式，顿时变得异常简单，简单得显出虚假。一个单位是一张权势之网，一地区，一国家，整部历史，都无非权势之手导演的滑稽戏。抓住权势的总纲，损而又损，最终抖落出社会、历史和人生的一个"简单"。人是权力的奴隶。权势面前，人人平等。这种历史还原法，大概可以说是一种草民的虚无意识吧。什么事情，在草民眼里都翻不出多少花样。经过草民一估定，一衡量，权势把戏就露底了。草民虽然也在权势网中，但他们始终处在权力的边缘，比那些身居高位的权势之奴，更能清楚地理解权势的底蕴。

草民每天睁开眼睛，都要为衣食住行这些基本东西发愁。这些基本的东西样样都和权势沾着边。生存竞争，即权力之争，就是争一个你在下我在上你占少我占多你难过我舒服你委屈我风光你提前退休我再干一阵子。权势说了归齐，都是冲着生存必需来的，也就是冲着几长筐烂梨、几包猪杂碎、红烧肉和两毛钱一块还要起早排队的水豆腐来的。草民对这些生存必需最熟悉，所以他们更善于理解权势的微妙，比那些权术大师更能洞察权力背后简单的所指。由他们来揭穿权势的把戏，确实再合适不过了。

刘震云坚守草民立场展开讽刺，怀疑、拒绝一切意识形态和知识分子的观点。他只认草民，别的一概不认。这种立足于草民的讽刺精神，是他的独到之处。

他的小说颇有点"话本"味。"酒、色、财、气"，"话本"作者抓住一点，就能解释人世沧桑、万古轮回。给我一个支点，就能解释整个宇宙，这种阿基米德式的自信，就是一种草民心态。刘震云把一切都还原为权势游戏，大笔一挥，包举寰宇，不也一样吗？

他的厉害在此，他的简陋、虚弱、浊气和邪气也在此。

应当承认，他讽刺权势对人的捉弄，顺便也讽刺了一些趋炎附势的草民之愚。但他借以讽刺权势的支点，最终又不得不退回草民的立场。从《官场》到《温故一九四二》，从《单位》《故乡天下黄花》到《故乡相处流传》，他把一个权势的魔方玩得过于专注了，眼光不免愈来愈狭小，很难体察到历史和人性的复杂内涵。他在讽刺统治者的虚伪凉薄时，对被统治者的愚暗往往认识不够，特别是未能揭示出，在阶级社会，占统治地位的思想，始终是统治者的思想，被统治者的愚暗，包括他们的不合作态度和似乎与生俱来的嘲讽气质，对统治者推行统治术而言，是障碍，也是成果，是统治者加给被统治者的精神伤害。被统治者不太容易看清这一点，反而常常把这当成聊以自慰和自傲的凭据，这是很可悲的，聪明的作者应该将这种悲剧中的悲剧写出来。

早期作品如《塔铺》《新兵连》《一地鸡毛》，都能细写人情世故。《官场》中那几个比较靠近草民的父母官的酸甜苦辣，也还处处透出情字。《官场》写"官人"对权势的追逐，但权势还没有完全扼杀情感。但《官人》中除了那个为女儿就业问题忧愁终日的懦弱的老赵，其他几个，就都成了无情之物了。《官场》比《官人》耐读，原因在此。看那些无情之物翻来覆去地表演，除了滑稽可笑，就没什么更多可以回味的了。至《故乡相处流传》，人物完全成为权势的玩偶，其他内容一概抽空。这种历史还原法，未免太过分了点。

写到这一步，对草民立场也该反思一下了。这是决定他的讽刺精神还能坚持多久的一个根本问题。

莫言：乡村知识阴郁的转述者

现代乡土文学大概经历了四个发展阶段。首先是"五四"一辈由故园迁居城市的新型知识分子浪漫而感伤的乡愁，代表人物是鲁迅。其次是30年代沈从文式的农业文明神话，张炜可算殿军。40年代延安解放区，赵树理模式崛起，那是政治意识形态和民间生活方式有趣的杂糅。这个阶段历时最长，中经周立波、冯德英，迤逦而至新时期高晓声、古华、贾平凹等。莫言处在第四阶段，他对中国乡村知识略显阴郁的转述，没有"五四"的感伤和浪漫，也无意用农业文明对抗现代工商技术，更洗汰了政治意识形态对乡村风俗画面无孔不入的渗透。

《大风》《枯河》《石磨》《爆炸》《金发婴儿》《透明的红萝卜》等中短篇，让我重温了契诃夫、屠格涅夫对民间自然的深爱，以及最能检验艺术家才能的对早年生活无比牢靠的记忆。比较起来，我更喜欢这些早期作品。他是带着显微镜看世界，色彩、声音、气味充分放大，从中央爆炸开来，密密麻麻堆积在画布上。读者好像坐在俯冲向下的飞机上，向地面可怕地高速迎面扑来，几乎撞碎了神经。中国文学曾经一直停留在注经解史水平，莫言轻易改变了这种局面。感觉原来可以这样汹涌澎湃，不受限制，特别是孩童的感觉，最接近生命核心，可以滋润经的枯索，回避史的虚伪。

他爱用家族传奇经纬故事，算是开风气之先，但这实在不敢恭维。"我爷爷"、"我奶奶"叫个不休看起来既亲切又大方的叙述，并无实质性创获，故事本身也不足称道。家族传奇只是堂而皇之回避历史叙述的借口罢了。

他是那种"观奇而跃心"的作家，像初次参加收获的孩子，专拣新鲜有趣的拿，迷醉于炫人耳目的声色犬马，步伐不免歪歪斜斜。缺乏冷静缜密的历史叙述，缺乏必要的节制和现实指向，感觉的倾泻，不免要冲出河床，漫溢横流，其势甚大，却未必能够持久。

他的语言称不上明快婉转，磕磕碰碰，不太利索，也有点儿造作。他是绝对的苦吟派，但峥嵘跌宕、一唱三叹又是其优长。用字十分谨慎，等到整篇写出来，又有点狂野放肆。这大概可以看出他的另一面。

在传统乡村生活行将消失之际，他用感觉的方式建构世界图景，是挽留，是证明，是抗拒，也是自慰。他站在两个世界中间，也站在两种时间的接缝，用突兀的言语，放大的感觉，去收拾那些落满尘埃的乡村油画，把它们组织起来，说这就是历史。这是莫言的讨巧之处，也是他的致命的弱点。

大概他也知道那手法材料，可吸引读者一时，但不能长久征服他们，而"征服读者"，恰恰是乡土作家最大的愿望，也是最大的弱点。作为文化转述者，向一个人群介绍另一个人群，向一个世界介绍另一个世界，总是难得从容镇定。他要争取现代都市读者乃至海外关心中国文化的人士的认同，向他们灌输，与他们辩论，时而笼络，时而批评，这就打破了乡村的寂寞与宁静，扰乱了乡村油画清晰的设色构图。由此，莫言往往喜欢依仗强化、夸张、重复、炫耀甚至编造的方式，这些固然帮助他突出了乡村世界的怪异与魅力，却疏远了原初的记忆，其阴郁的调子正由此而来。

韩少功：超越修辞学

韩少功的《马桥词典》给我触动不小，它促使我换个方向，重新思考"文学语言"这个老问题。

中国作家以往并非不重视语言。批评界和一些作家圈子，已经不止一次大讲特讲过"语言独立的审美表现力"了。但这种"重视"，一般只在普通修辞学领域打转，没有超出工具论语言观。因为看到语言是表达工具，工欲善其事，必先利其器，这才想起要小心翼翼地使用语言，建立个人化的语言风格，达到某种修辞效果。80年代至今的语言意识大抵如此。

视语言为世界之外偶尔拾来包裹世界的工具，无论如何经营锻造，都无法消除先验的迷误。这种语言观不从根本上揭示语言的渊源所自，一味在修辞平面"完善"语言，恰如把游鱼拉出水面，逼它在岸上游出各种花样，非但不能"完善"语言，反而会日益拉大语言和世界的鸿沟。路头一差，愈驰愈远，语言由此越来越离开它的根基，越来越疏远生活世界，濒临枯竭衰亡的绝境。

具有讽刺意味的是，恰恰那些语言资源极其匮乏的作家，整天嚷嚷着语言的重要，寻思如何恰当而优美地"使用"语言，效贫家巧妇勇为无米之炊。他们越看重语言，越追求美文，对语言的伤害越重（这正是许多令人啼笑皆非的"语言艺术"的正解）。往往不重视倒罢了，愈重视愈糟糕，愈修饰愈无生机，一切努力，终归南辕北辙，适得其反。在这意义上，抱怨当代文学语言"太水"或"太涩"，"太清"或"太混"，"太浅白"或"太看不懂"，都是不无道理的。

《马桥词典》的一项重要提示，就是如何消除现代汉语的无根性，如何弥合语言和世界、词与物的分离。作者不止把语言当作对象化工具，表演某种"语言艺术"。他也在工具意义上使用语言，然而不是"通过"语言，表现语言之外的世界，像"通过"云雾，察看被蒙蔽的真实。他做的比这要多。叙述人物故事的同时，他领我们"走进"了语言。语言的发生发展蜕化变异，真正作为活的事件，应和着各种权力关系的转移，情感命运的变化，由此构成"语言—存在"的一体化世界。

在"语言—存在"一体化世界里，语言透露了一切；写作活动变成了不折不扣的关于语言的语言。作者退到词典编撰人的位置。"马桥弓"的奇人异事，都见于马桥人自己的语言，由"马桥话"自己"说"出来。词典编纂人只是努力让这个"说"更顺当些而已，他没有赶在这个"说"前面抢着说，也不落在这个"说"后面代它说。首先是语言自己在告诉我们一切，是语言在说话。作者作为听话人，在听的方面有些优先，即最先见证了马桥世界和马桥话，这才充当了马桥和读者的中介。至于马桥和马桥话之间，并无中介。马桥话"说"马桥人，马桥人"说"马桥话。长篇小说的主要事件，就是语言的根本的"说"。作者的"说"只是基于有所听闻的转述，属于第二位的"说"，融入第一位的"说"。

如此变换主体、语言和世界的关系，是《马桥词典》最大的创意。在此之前，一些外国作家已经尝试过用词典形式结撰长篇小说了，我不知道这中间有多少模仿的痕迹，但倘若一定要说模仿，汉语典籍中，倒是可以找到更贴近的范本——《周易》许多卦爻的"系辞"，不就是用一个或多个生动的故事来注释，不就是词与物、语言和世界这样无中介的相互"说"吗？

《周易》以极朴素的方式揭示语言和事件、命名者和所命名者之间的原初联系，正是韩少功的努力方向。泰初有言，只因泰初有人，泰初有事。人言离不开人事，反之亦然。这是语言的历时性诞生，也是语言繁荣滋长的共时性原则。用语言现象解释生活历史，反过来就是用生活历史解释语言现象。马桥等于马桥人使用的方言的总和（包括方言土语和"普通话"的各种奇妙嫁接）；马桥方言，也只有放到马桥人的生活历史中才好理解。

"语言—存在"一体化的思路，不仅使讲述生活的语言更贴近生活，也使所讲述的生活有更恰当的语言来讲述，这就不止修辞学上的"完善"语言了，而是企图让语言回到生活的大地，回到它从中不断涌出又不断寂灭、不断兴起又不断隐伏的根基处。

危言日出，自有万斛泉水，"修辞"何为？

表现生活就是表现语言，回忆往事，就是在语言的隧道搜寻，就是回忆一种语言。不是有了现成的语言，你才去表现生活，有了工具，才去捉鸟。词与物，语言和世界，总在同一维度，要么一起触着，一时俱现，要么同时错过，同坠黑暗，不会容你先后获得，分别把握，像捕具和飞鸟，网罟和游鱼。

在这意义上我们也许可以说，《马桥词典》超越了工具论语言观所支持的写作修辞学，带着强烈的冒险精神，走在通往语言的道路上——目前这条道路显然还并不怎么宽广，所以我们从作者的步伐中看到某种踉跄迟疑，也是很自然的事。

以上只是针对作家韩少功近来的语言追求而说的一些话，其实这些话并不涉及作家韩少功的真实存在，而只是徒然抓住了他的一件理论外套。

作家韩少功的其他可说之处在哪里？

在小说之外。甚至，在"文学"之外。韩少功的存在，首先并非作家，更非小说家，而是一个"知识分子"——这个本来含混的词在韩少功身上变得尤其含混。

他是这样一个知识分子：有很好的文学修养，文字功夫很过硬，小说、散文甚至产生过或正在产生极大的影响，但我们还是很难把他归入"文学性知识分子"，因为他的全部文学活动所依靠的智慧形态与思维形态是非文学的。他对生命，对这个世界的态度，也都是非文学性的，他写一部小说，一篇散文或一首诗歌，最终目的是告诉人们应该怎样做，社会应该怎样发展，而非启迪人们与这个世界建立某种想象性的复杂而丰富的关系。文学在他眼里只是影响人的手段和技巧，他真正要贡献给社会的货色是一整套改造社会的"锦囊妙计"。他不认为这个世界的本相是虚空，是混乱，是目标不明确的一个航程，他认为单靠理性力量就可以轻而易举地赋予世界以意义，以秩序，条件是必须授予他一定的权力，公众必须信服他的说教，必须接受他的目标为自己的终极关怀。他总喜欢把文学和"崇高""理想""真理""使命"最终是"政治"联系起来，而不是和具体而完整的生活世界联系起来；总喜欢在文学中显示一种真理在握的清醒的责任感与使命感，竭力避免迷惘或沉醉。他的职业是文学，也披了一件很不错的文学的外套，但骨子里的东西并非文学性的。

马原：以公开的形式营造神秘

马原对自己正在写作这件事显然感受至深，他是80年代中期把写作事件置于显要位置的第一人。这和善于表演喜欢夸张的秉性有关，却无意迎合了某种酝酿已久的文学时尚。马原之后，写作的写作，故事的故事，曾经风靡一时。"我就是那个叫马原的汉人"，"我想现在就开始讲故事吧"，类似的叙述语式几乎成了青年作家竞相仿效的楷模。

强调写作本身的真实性，这并不新鲜。话本小说或英国现代小说之父亨利·菲尔丁的作品，作者直接亮相的频率就一点也不亚于马原和他的追随者们。马原强调写作本身的重要，与其说是想在小说形式上来一场革命，不如说是想从小说之为小说的角度，重新考虑小说与现实的关系这一古老命题。

小说不是单纯模仿现实的狂妄而谦卑的劳动，在马原看来，似乎更应该把小说当作对小说家当下写作活动的忠实模仿和记录。"作者之体验"占据了意识中心，随意组接、拼贴、杜撰以及那种似乎是有意闪烁其词的叙述圈套（吴亮语），成为文本快感的根源。再也不必为某种凝固的外在现实劳思费神了，写作是某种隐秘情感的泛滥，是想象力的飞翔，是语言的游戏和冒险。这当然不能营造一个客观可通达的世界，却相当忠实地再现了作者的当下体验，使小说更趋向于个体内心。

在马原的小说中，不大能够听到熟悉的现实的声音。他的现实要么是神奇的边地（西藏），要么是拟想与杜撰的空间，或封闭的写作活动（多半玄妙而驳杂）。他不再打算和外面世界过多周旋，只用心等待新的现实的诞生，以神话性的现实，对抗另一种同样神话性的现实，以语言和艺术的乌托邦，对抗政治或形而上学的乌托邦。或者说，用私人性的明目张胆的虚构，对抗群体性的羞羞答答的虚构。

在极端的哲学看来，我们生活于其中的现实，和我们在阅读时沉浸于其中的现实，虚构程度正相等。走出小说，或进入小说，无非是在两种不同形式的虚构天地或神话世界穿梭。区别仅仅在于，同样是虚构，同样是制造神话，有些作家偏偏认为那是在模仿现实，而马原则抛弃了这种自欺欺人的信仰。

在这种对抗式写作中，马原从一种现实，逃向另一种现实。浪漫气息加玄学意味，大概是这种逃亡式写作的显在特点。

但他到底没有掉进纯粹的形式游戏，始终有某种特定的现实即马原式的世界神秘现象存在。他的工作，就是轻轻地触动某种神秘，并把它保持在前解释学的自在状态。他只希望挑起读者的惊愕，不想用自己的解释继而消除这惊愕。他是地地道道的神秘主义作家。

这是马原留给许多读者模糊而持久的印象。模糊，因为我们不能简单地叫出那神秘的名字；持久，因为神秘犹如阳光背后的阴影，是生活世界永远的底色。并不是任何一个作家，都能用我们熟悉的文字，组建这种超越语言的世界神秘图景。

所以他的作品并非没有深度可言。相反，他的笔触灵动而沉重，在貌似游戏的外表下，涌动着一种难以言明的世界感受。这和所谓"马原后"的众多模仿者不同。马原也因此而常常显得孤独落寞。

他现在告别创作，主动请求被编在大学教师之列，享受着牛刀小试带来的巨大荣耀。这无疑是一种明智的做法。暂时的搁笔，有利于必要的调整，也可避免和仿效者混为一谈。在目前这种主要是较量分贝和"点击率"的写作狂潮中，马原的戛然而止，恰似一个有力的休止符，相当巧妙地表达了沉默的宣言。

这不仅使在其作品中一直处于妥善保护状态的世界神秘图画避免曝光，同时也使他作为一个小说家的形象本身，多少蒙上了一层神秘的保护色。

他的叙述方式很容易给人造成错觉，似乎他喜欢袒露隐私。其实，他是很懂得有所保留的。他不是那种把一切积蓄统统倒给你的倾诉型作者。他的写作，毋宁是以表面公开的方式营造这个世界本质上的神秘。

洪峰：荒漠时代的那希索斯

《奔丧》和《瀚海》使洪峰暴得大名。《瀚海》可以说是马原的叙述圈套与莫言的残酷反讽不露痕迹的杂糅。马原的叙述圈套，是指洪峰也喜欢在小说中直接亮相，击破模仿现实的幻觉。莫言的残酷反讽，是指洪峰小说的叙述者讲述悲惨壮烈的家族故事，也惯于表演冷漠超然的态度。《奔丧》希图挣脱莫言的影响，传达对悲惨人生的哲学关注，但卡夫卡、加缪的痕迹又太明显了。属于洪峰自己的东西，不在这两篇受人注意的作品。

洪峰的个性往往因为太讲究形式，而被自己掩盖了。《极地之侧》的叙述，甚至比马原更有马原味，但也正因为如此，他的自我更难展现出来，这种情况一直到《离乡》才有所扭转。

《离乡》着力渲染的基调，是一个有教养的现代书生对时代生活某种哲学的追问，以及由此生发的浪漫情怀。这才是洪峰小说的内核。即使像《东八时区》那样的历史小说，主要也还是一种感情的宣泄。

洪峰的情绪心理，是知识人特别是青年大学生比较熟悉的。它常常表现为非物质的幻想、容易破碎的希冀，情感上不太成熟的自我确认，概而言之，是精神生活走在世俗前面的青年，对人生意义求之过深索之过切所造成的迷惘、厌倦、空虚，以及反面的症候：病态的亢奋和缠绵。

洪峰是一个深于情者。他的情感激烈，但不稳定、坚固。从生命源头带来的似水柔情，往往容易碰碎在物质主义时代冰冷的墙壁上，接着就转向那希索斯式的自我赞叹与自我抚慰。

那些一样为情所苦在文字中企求安慰的同行们，甚至也不能欣赏洪峰的柔情。小说应该节制情感，洪峰偏偏喜欢在激情尚未冷却时就开始写作。但或许洪峰比他的许多同行，更珍惜原始情感。现在感情的表达，往往非得采用非感情甚至反情感的方式，才能获得成功，洪峰就是不肯接受这种折中迂回法，他总是像纯情少年那样，泪流满面地走在情感的狭路上，宁愿滑入滥情的沼泽，也不回避任何来自情感的呼吁。他有时也会故作老成，但他的旗帜上面，始终写着柔情二字。他的小说感动读者的地方，就是成功地表达了我们这个时代越来越滑向边缘的浪漫柔情。许多作品都是有关青春期俊男靓女的故事，当然绝非偶然。

可爱者终究可爱，即使它已经失去；艺术不就是对已经失去了可爱者的回忆吗？美好的东西就是美好的东西，哪怕它也可能掺杂着粗蠢和丑恶。走在真情的道路上，往往要和理智的方向背道而驰，要当众展示心灵的脆弱和稚拙。在谁都不肯示人以弱，谁都拼命摆出一副强悍相的日子里，洪峰的柔情告白，当然不合时宜。今天，要么是嗲声嗲气的矫情，要么是刀枪不入的老成，而温情、柔情，好像再难以本来面目出现了。

所以就滥情吧，哪怕扮演一个荒漠时代的那希索斯。在沉稳厚实的感情出现之前，像洪峰这种略显轻薄的真情，也是可贵的，因为它至少远胜于矫情和无情。

朱苏进：在绝望中诞生的精神

朱苏进的人物，像《绝望中诞生》的孟中天，《接近于无限透明》的李言之，《醉太平》的季墨阳，我们在别处也能依稀看到一点侧影。不能说这些人物完全出于独创，但他确实添进了自己的东西，那是别人没有的。读他的作品，似曾相识，又觉得陌生。

他从非我的他者中逃出而彰显本我，像《金色叶片》那个警卫，艰难地挣脱了和首长水乳不分的异己化存在，站在新的立场，冷静地打量昔日的首长和昔日的自己。这种自我拯救自我设计特别是在绝望中诞生的精神意志，正是他的主题。

大多数读者对部队作家特殊的写作背景、精神资源、表达欲望、压抑与反压抑、限制与反限制的生态，特别是由此造成的叙述策略和语言才华，难免感到隔膜。莫言是个例外，他挂着部队作家头衔，写的和部队生活并没有直接联系。张承志说莫言始终在倾泻某种乡村知识，可谓一针见血。朱苏进不同，至少就作品来说，他算得上地地道道的军旅作家。他在部队中沉浸得很深，字里行间散发着部队生活的气息。不同于一般所说的"生活气息"，那是一个特殊的世界。他是从这常人难以涉足更无法深深介入的世界中汲取资源的。

我们可以把朱苏进、刘震云放在一起，讨论他们共同的现实讽刺精神。但这样朱苏进的特点便很难浮现。他身后有一道长长的阴影，联系着谜一样的生活空间，容易造成批评的死角。

有一类作家，像苏童、王朔，在自由自在很少压抑的状态下写作。他们摧毁偶像，打破限制，拆除障碍，写得很放肆。他们回避对立面，回避头顶上重物，回避可能框住他们的一切体制。朱苏进并不回避这些，他甚至需要以此激发自己的才华。在气质禀赋上，他属于那种不该受压抑受限制的具有张承志式冲撞意志和天才情结的作家。可一旦进入写作，他又不得不预设一个对立面，不得不挑选狭隘逼窄的空间，不得不在头顶上放一块沉重的巨石。他的语言明白畅达，本可以挥洒自如，但总有某种顽固的力量牵扯着，不能充分施展。他的自由一开始就受到阻碍，然后你才看到，他极其兴奋地扑向阻碍他的力量，与之周旋、搏斗，把它化解掉，使它成为自己的力量。

压抑、阻碍，恰恰为他提供了精神掘进的方向。没有那种泰山压顶的紧张气氛，没有种种约束和限制，他的才华就会丧失方向。比如中篇《轻轻地说》，演绎生命的诞生和死亡确实很成功，但我们找不到作者的落脚点，更感觉不到《接近于无限透明》《绝望中诞生》《醉太平》中精神爆炸产生的耀眼光芒，看不到孟中天、李言之超常的想象力，季墨阳出类拔萃的城府、手腕与反抗意志，看不到这些人物身上深藏的傲劲，以及那种逼人的气息，包括死亡的气息，而这些才是朱苏进特有的。

在限制状态下如何更好地想象与写作？如何在不自由的情势中争取精神上的挥洒自如，对朱苏进来说，这个问题并不容易解决。反抗限制和压抑，不能不受限制和压抑之物的影响，由此争取来的自由，往往带点病态。所以别人以为孟中天关于地球形成的猜想奇货可居，他自己却迫不及待地放弃了。李言之甚至矢口否认曾经有过那么一种"变了质的才华"。

抚摸创伤的战士，当然最清楚成败利钝。

李锐："自己说话"及其限度

《无风之树》讲述的故事和许多具体细节，确实是并不多见的一种生活图景。这不是随便想出来的，而是作家李锐多年乡村生活经验的收获。小说的成功，它的撼人心魄的效果，首先就得力于素材的新奇。

《无风之树》让我们在日益轻薄的精神风气中，又一次感受到生活的沉重。小说中几个主要人物的遭遇，无一不是沉甸甸的。唱主角的拐五叔，因为替远走他乡的哥哥照看过几亩田地，土改时划为富农，从此再也无法挣脱历次政治风暴的折磨，一辈子都得做矮人坪村"清理阶级队伍"时的活道具。善良胆小的他终于不堪忍受了，加以要保护"瘤拐"们的公妻暖玉，使她不受连累，毅然离开了这个本来就不怎么值得留恋的人世。暖玉更惨，她为了爹娘和弱弟一顿饭，就卖给矮人们作公妻，还要经常接受革委会主任的"定期蹲点"。至于其他矮人们，上自村长天柱，下至一般村民如糊米、捞饭、丑娃等等，无不整天干活受累，忍饥挨饿，不时承受"领导"的训斥。小矮人们更可怜，教育、温饱、童年的幸福根本谈不上，就是父子之情母女之爱，在极度贫穷面前，也似有若无。谁要是胆敢拿父母视若命根子的一毛钱去买"糖蛋蛋"吃，就得"剥皮饱打"。矮人坪村两个外来户领导苦根儿和刘主任，某种程度上就是矮人们悲惨生活的制造者。但是，他们的遭遇，同样只能引起我们深重的叹息。刘主任号称革命一辈子，却一无所有，一贫如洗。他之所以要到谁也不愿去的矮人坪村来抓革命，主要是因为矮人坪村有个暖玉。那是他手中的权力惟一可以兑换的幸福。但是，把政治把戏玩得透熟的这个老资格，并不能在暖玉身上如愿以偿。暖玉真心爱着的并不是他,而是被整死了的拐五。他后来因为苦根儿告状被撤职,"参加学习班接受审查"。烈士后代苦根儿发誓要到矮人坪村来"改天换地"。他像苦行僧一样不近女色,整天忙着用中央文件教育群众,再就是拼命干活,一心梦想着有朝一日能够把这里变成人间乐园。他的理想当然归于破灭,而且他怎么也不肯承认,正是他的神圣理想,害得自己失去正常人的思想感情,更害得矮人们成年累月劳而无功,甚至使无辜的拐叔丢了性命。

当然《无风之树》如果仅仅讲述了以上几个人物的悲惨故事,那么它的效果和一般报道社会问题的纪实作品,就没有多大的区别。李锐不是从某个外在视觉描写矮人们的日常生活,而是让人物自己说话,直接呈现他们深刻的心灵真实。这里所谓"让人物自己说话",并不限于恰到好处地安排对话,或者在叙述过程中穿插人物的内心独白。李锐在这部小说中完全改变了我们习以为常的对话和独白概念,他把人物对话与独白上升为小说主要的叙述手段,通篇就是让每一个人物直接向读者诉说他们内心的所思所感。

许多描写农民生活的小说,都是用知识分子的眼光去看农民,用知识分子身份的叙述人在小说中代农民说话。这固然也能反映某种生活的真实,但是由于小说中充满了知识分子叙述人的声音,到头来,所描写的农村,仍然是个无声的世界。从这种叙述中,我们得到的主要是观察者所能获得的那种知识,很难听到被观察者灵魂的诉说,或许不难由这样的叙述了解一些和农民有关的社会问题,至于农民在想什么,怎样想,我们并不知道。这就是我们阅读某些农村题材小说时总难消除那么一层隔阂的原因之一。《无风之树》基本上舍弃了知识分子身份的小说叙述人,它让我们主要不是作为观察者去看,而是做一个自始至终默不出声的聆听者,耐心地倾听每一个人物絮絮叨叨的诉说,倾听他们内心深处发出的声响。叙述者对故事的整理、讲述、分析和评论都不见了,占据前景的,是不同人物对同一事件的内心经历和讲述。人物不再是明显由叙述人操纵的行动者,而是自己跑上前来的说话人、讲述者。

比如,我们从刘主任的讲述中看到的,是乡村领导的乖戾之气,是他对待平头百姓的专横霸道,对暖玉性的贪婪和情的畏怯,政治上的豁达、自信以及因为待遇不公而产生的抱怨。拐叔的讲述,展出的是一个饱受歧视和迫害的底层农民无告的悲哀,对于命运的不解,特别是自杀前对生命源头与归宿"漆黑一团"的存在体验。苦根儿的讲述则生动地揭示了一个极端狂热的青年内心的偏执,对心造的幻境惊人的痴迷。至于那些表面上呆板木讷任人摆布的"瘤拐"们,每个人心中都蕴藏着一个灵魂的海洋和不尽的诉说。沉重的痛苦的无聊的生活表象下面,是"瘤拐"们心灵述说的洪流。他们向情人述说,也向仇人述说;向活人述说,也向死去的亲人述说;向驴子述说,也向风述说,向树述说,向石头述说,向内心中另一个自我述说……众多的述说,汇集成一个实实在在的有声的世界。

这种努力造成小说语言上的一大特点,开辟了一个富于诱惑的语言空间,同时也暴露出不少问题。最大的问题,就是代替叙述的人物讲述语言明显的重复和单调。苦根儿也罢,刘主任也罢,暖玉也罢,拐叔也罢,糊米也罢,每个人翻来覆去好像就只有那么有限的几句话。有些段落，甚至部分章节，为了表现人物某种激烈的情绪，或者某种模糊的思想意识，作者甚至不惜出以大段大段我想可以称之为"有词无语"的形式，用一些词语的反复叠加，来表现正常的语言无法表现的东西。到了这时候，语文好像不起作用了，非得打乱它原有的规则，寻求介乎语言和非语言之间的某种新的表达。实际上，这与其说是李锐的一种大胆创造，不如说是李锐在吸收农民口头语言方面还未到火候。确切地说，李锐舍弃了他写《厚土》《北京有个金太阳》和《旧址》时已经相当成熟的知识分子叙述语言，转而进入毕竟还比较陌生的民间口头语言领域，必然会有这种挫折，必然要遇到这种语言的匮乏。这是让人物自己说话的叙述方式本身的限度。

小说语言知识分子化与大众化的关系，是"五四"以来中国新文学发展中的一大分歧与争论焦点。许多作家都在大众化还是知识分子化这个两难选择中进退维谷，困惑不已。《无风之树》有意避开这条充满泥泞的道路，却又落入另一种语言匮乏的困境。看来这个世纪性的难关，需要一代又一代作家去攻克。

孙甘露：酿造语言的烈酒

我曾经称孙甘露为"低产闲散慢先锋"，这当然是相对于目前中国作家普遍的多产而言。其实他并不偷懒，《跨世纪文丛》有中篇小说集《访问梦境》，早就写好了的长篇《呼吸》也已出版。这两本书大致翻翻，就要花去不少脑筋。他写得那么密集，书本上短短的距离，阅读时却好像一次长长的旅行。

他曾经以有限的几部作品（《信使之函》《访问梦境》《请女人猜谜》《岛屿》《我是少年酒坛子》《忆秦娥》《呼吸》等），赈济了许多善于建构理论支撑局面的批评家，使他们神气十足地操练理论时，不至于落入巧妇难为无米之炊的尴尬。叙述80至90年代中国先锋文学短暂的历史，马原的叙述圈套与孙甘露的语言游戏，怎么也绕不过去。对孙甘露来说，这种局面与他的相对低产不无关系。低产保证了语言游戏能够展开密集的生存与想象的空间，他正是以此触动了现时代颓败而凝固的语言氛围。语言颠覆造成的强大气息，吹嘘到众先锋的高产写作中，以潜在的散播方式，勾勒出这个小说运动清晰的灵魂之象和语言之象。

《信使之函》曾用五十多个"信是……"的判断句，把书写行为巧妙地偷换为一系列生活场景。信使奔跑着，把信函投入城市的许多所在。信使所经之地的一切景观，连同由此生发的种种心象，都可以由那从未启封的神秘信函来解释。语言之外的存在似乎和语言行为有天然联系，甚至就只是书写行为的脚注或延伸。书写和书写涉及的对象，语言和语言所指的世界，在孙甘露的小说中并无不可逾越的界线，也没有绝对的主从关系。

从写实的原则看，这也许可以说是疏远客观世界一味放纵语言的狂欢。简单的叙事平面上，蔓延着疯长的言辞。他主要是和语言本身搏斗。

和语言搏斗也可以是写作的主要目标？语言难道可以脱离现实而存在？这类问

题，孙甘露不会没有考虑。但另一类问题几乎同时存在，要想回答前者，就不得不也回答后者。这类问题是：语言为什么不可以成为写作的主要指涉对象？语言难道不可以暂时脱离现实，拥有相对的独立性？所谓现实，可以脱离语言而存在？我们的痛苦与欣喜，澄明与困惑，不都和语言难解难分吗？当我们休息时，当我们稍稍安静下来，摆脱具体事务的纠缠，不是偶尔也能听到单纯的语言的声音吗？这声音不也是我们的一种现实，甚至是我们最内在的一种现实吗？但这种二律背反的命题还是少想为妙，因为到现在为止，还没有人真能把它说清楚。

如果有人问孙甘露究竟写了哪些现实，真是不好回答。但有一点很清楚，他的语言游戏（这个术语其实也很暧昧不清）已经构成了一种现实，而且这个现实使我们对所谓"语言本身"有了某种模糊的体认，至少对"语言本身"产生了惊奇。语言原来有这么个怪脾气，稍不留神就会让你不知所云。

同样是透明液体，有喝了没什么感觉却不喝不行的水，也有喝了五内俱热感觉强烈但又不必每天都喝的酒。孙甘露就是这样的一个稍稍有点特别的作家，他把本来是水的东西变成酒，他让你感到语言的浓与烈。"我是少年酒坛子"，这少年喝了太多的语言之酒，便不免疯言疯语起来。如果你偶尔也喝了这样的酒，或许就能够从他的疯言疯语中听到什么有趣的东西罢。

上海这座城市现在除了语言（上海话）以外，确乎没有什么独特之处了。作为一个巨大的移民城市，上海话虽然也在悄悄发生变化，但这种变化是相当微弱的，并没有从根本上影响它深刻的自足性和排他性，——包括对无处不在的"普通话"的排斥。这一点不能不令人吃惊。我说这些倒不是想暗示孙甘露的语言和上海话有什么社会语言学上的联系。一点也没有。但另一方面，他又确实分享或模仿了上海话在现代汉语体系中的角色位置。孙甘露语言的华贵的外表，象征着沪语惟我独尊的性格；它和现代汉语翻译文体的亲密联系，同样让人想起曾经盛极一时的"洋泾浜"，想起中西语言接触所产生的特殊的舶来风味，最终顺理成章地将它和"海派"概念联系起来。现代文学史上，"海派"小说曾经以其先达的主题演绎，开放的生活画面，现代的写作技巧使人一新耳目，但孙甘露所持以取胜的，只有语言。他在语言上的孤行独造，某种程度上复现了昔日海派的辉煌。我这样说可能他本人很不愿意接受，因为他对所谓的"海派"并没有什么好感，他在许多地方，尤其是他的趣味和理想，与今日上海生活以及影视界刻意追寻的那个海派格格不入。孙甘露一直在摆脱这一切（他始终坚持的语言游戏就是今日上海各种艺术形式根本难以有所作为因而干脆放弃的领域），但恰恰因为这种固执的努力，使他远离了肤浅的"海派"，向人们显示出真正的海派精神。

陈村：都市弱型的抗议者

陈村曾有过声势不小的长篇，但现在似乎已经和这种持久的消耗性写作无缘了。他越写越短，最后干脆转向小品，零零碎碎地倾诉他对于现代都市弱型的抗议。

他很少直接描写具体的都市生活场景，只是特别关注苟活着的某一群都市人，尤其是饱受折磨与压抑的心灵。这里没有喧哗和噪音，没有都市生活方式与现代意识形态震耳欲聋的合奏。强音有意无意地隐去了，被放大的是幽暗的角落里隐隐约约几乎无声的私语。

这当然不能概括都市的存在。何况许多场合，我们能够听到的只是更微弱模糊的梦呓与谵妄。比如《愿意》《起子和他的五幕梦》，等等。都市在陈村作品中，仅仅是伤害弱者心灵的一种象征。

人和城市，经过大幅度选择和抽象，个性色彩极其浓厚，但描写的普遍性有时也会因此而减弱。他的都市感受更多积淀在理性中，然而往往停顿在某一层面，并不深入进去，或扩张开来，而是一个急转弯，奔向预先设计好的理性通道。他的叙述，更少感性，更多巧智。放弃小说，沉湎于小品，也算是得其所哉。

客观视野的窄小和主观触角的单一化，都使陈村许多精彩之处，显得尖锐而脆弱，明亮刺目却又闪烁不定。他极想在一点上把文章做尽，把人生宇宙的道理讲全，要用一把利剑挑起整个地球，难度和危险性都可想而知。他很容易融入都市众多弱者含糊暧昧的聒噪，就是说，很容易被埋没。这是许多弱型抗议共同的悲哀。在都市常常可以看到类似的叙述者，包括小说家、批评家、疯子、天真汉、神经病、幻想家、抗议者，或演说家，他们不时抛出令人吃惊的句子，但你静下心来，准备聆听下文时，他们早就走开了，连同刹那的愤激与澄明。都市的叙述是格言警句式的，是一些破碎的发光体，不成阵势。

陈村最能触动读者的是那种都市男性透底的悲哀。小说（比如《死》）毕竟是虚拟，后来《弯人自述》《四十胡说》《鲜花和》有了较全面的呈现。但他传达这悲哀可能过于用力了，刻意的深究，有失节制的幽默，甚至智性的戏耍和冷漠的玩味，反而减弱了哀情的真实性与动人效果。

男人悲伤在心里面。陈村往往不免当众陈述自己的悲哀。他在言与默之间似乎拿不定主意，话说多了，他一定又会感到空虚懊恼。不该说那么多的，尤其不该把不可说的东西全说出来，这不符合其个性或命中注定的位置。

许多人都想从鲁迅那里学到思想感情的深度演绎，但由于种种不难想象的原因，他们对自我的表达，几乎无例外地采取了倾其所有的自我宣泄式，看不到鲁迅的言与默的张力，说与不说的分层。因为缺乏必要的保留，缺乏深刻的自尊与自守所维护的丰富精神储备，特别是那种无言与不说的矜持，自我表达就变成无所遮掩无所节制的自我暴露。本来十分痛苦的自剖，也会无可挽回地蜕变为轻飘飘的精神自虐。他们的文学抗议所以软弱无力，原因就在这里。

这该是更深一层的悲哀吧？

刁斗：窥视者的叙述与告白

通过朋友的转述，我大略可以想象刁斗在沈阳的生活：每天早晨拎着妻子做好的饭菜，到离家不远的另一个地方去处理工作上的一些事情，然后迫不及待地进入真正的工作——写作。这时候，刁斗变成了中国北方那座古老的城市的一个隐者，满心欢喜地从一个不为人知的位置眺望他的城市，从想象的万千门缝中窥探居民们的日常生活。

窥探者的位置令人羡慕。这是一个职业作家所能设想的最好的位置：自在暗处，悠闲地看人世一切的忙碌，悠闲地将观察所得记录下来，并在这样的窥探和记录中同样悠闲地度过自己的人生。

我们首先看到刁斗看到爱情像蒿草一样在城市蔓延。但是，他绝不抄袭那些似乎难以回避的经典模式，也不迁就流行的套路，他恰恰是有意识地努力偏离并修正经典作家和流行写手对爱情故事的处理方式。他很少在感情和道德两端缠绵不休，他不打算拿这种问题吊人胃口。但他又不是处心积虑地向世俗道德伦理体系挑战，故意做出一副离经叛道的姿态，以博取好事者的喝彩。在所有经他之手编织的爱情故事中，他的位置都在经典和流行以外。

《捕蝉》写一个作家（职业窥视者）某天在未婚妻的居室铺开稿纸，正准备记录一段时间的窥视所得，无意中发现一个窥视邻人的机会，轻而易举地进入了别人的世界。从此，他的创作变得异常艰难，因为与这种货真价实的窥视相比，通过写小说来窥视他人已经落到第二义了。他乐此不疲，欲罢不能。但进一步的窥视使他这个职业窥视者也大惊失色：未婚妻家所在的一个单元三户人家，原来存在着连环窃听的关系，螳螂捕蝉，黄雀在后！更妙的是，他得意扬扬，正要把偷看他人隐私的乐趣告诉另一个婚外性伙伴，才知道她早就在丈夫的熏陶下成了一个资深窥视者。不知道是小说家引诱我们窥视生活，还是生活本身教会了小说家炉火纯青的窥视艺术。

刁斗也经常写到（窥视到）别人的"偷情"。这其实是他窥视的主要对象。偷情，这是多么富于浪漫气息的生活的补充，但他笔下的偷情者个个卑琐不堪。他们有太多的私心杂念，彼此猜忌和怨恨，龌龊，虚伪。他把古典主义作品中激动人心的偷情还原为日常生活全无色泽的同样日常乃至制度化的分泌物。他不是用古典作家温柔宽厚的目光抚爱偷情者，而是用窥视者刻毒的双眼，剖析可怜的世俗文化以偷情为题替他们假造的温馨而神秘的情感面纱。

《组合方式》和《证据》两个短篇，有助于我们理解爱情和窥视或者说生活和窥视的关系。刁斗极精彩地展示了恋爱中男人和女人相互之间疯狂的跟踪和刺探。哪里有爱情，哪里就有窥视。情人们为了更全面地了解对方，占有对方，身不由己地盯梢、打探甚至逼供，务求破获对方的隐私。出乎窥视者的意料之外，在窥视过程中，爱情之火尚能熊熊燃烧，一巨窥视大获成功，身心就会冷却。他们其实不知道，爱情的生命恰恰在于容忍恋人的晦暗面，而不是揭示这个晦暗面。一旦被窥视的欲望攫住，自己的存在也付诸遗忘。糟糕的是，窥视他人的欲望总是那么强烈，往往超过了亲历自己的存在的热情。

刁斗尤其善于观察人物独处时内心欲念的萌动，绘声绘色地描摹窥视欲的发作过程，从而在根本上抓住支配生命并败坏生命的这种下作的激情。

人们往往疏离自己的生活，无法亲历自己的生活，更谈不上主宰、提升自己的生活。自己的生活残酷地远去了，变成陌生的风景。这确实痛苦万分。但人们不甘心，人们总想通过别的什么挽救这种悲剧。这就用得着窥视了。不能站出来存在，便只能远距离用目光抚摸和拥抱，想象性地占有失去的东西，特别是爱情（所以窥淫成为一切窥视活动的最高表现形式，当然还有与之匹配的政治窥探癖）。

刁斗确实善于描写鼓励和制造窥视欲的"后革命时代"的爱情生活。他写到了父辈（老革命）、兄弟辈（红卫兵）和60年代出生的"我们"，隐隐布置了三个后革命时代："后三八"、"后文革"、"后八九"，从而依次描写了三代人"家族相似"的爱情/窥视生活。或许可以说，他从根本上打破了"革命加恋爱"的强大叙述模式，揭露了后革命时代爱情的窥视本质。

要么是自己的生活。要么是窥视者的生活。刁斗展示的是后者。他告诉我们，后革命时代的所谓生存，所谓爱情，往往已经变成或正在变成可悲的窥视。他对这一事实的陈述，冷静、机敏而且含蓄，让我们深感不安，因为当我们卷入刁斗所布置的人物的窥视活动时，窥视者的激动正是我们日常心境的一个重要组成部分。我们在刁斗的窥视小说中看到了自己的影子。

刁斗的窥视小说最终将自己摆在了一个窥视窥视者的位置。

这是一个特殊的位置，在这个位置上，刁斗既和广大的人群同在一个时代，却又不和这个时代的大多数发生实际交往。换言之，他只是以人群所不知晓的隐蔽方式和人群共处一个时代。人群在他既在场却又近乎缺席的情况下演出各自的悲喜剧，而他，一个孜孜不倦的窥视他人的窥视的最外围最权威的窥视者的所有日积夜累的对于时代和人群的感情，也始终只能以人群乃至时代所不能理解的语言独自动情地诉说不休。

在长篇小说《证词》中，刁斗选择了一个不得已而隐姓埋名平庸度日的小人物，向一直被他窥视着因而客观上知之甚深的这个时代和人群痛痛快快地倾诉了他的无比丰富的内心话语。在20世纪和21世纪之交，《证词》中那个隐形人大段大段撕肝裂肺的对家人对世界的告白，也许是最近许多年里中国文学向世界所贡献的最痛切的声音。

不妨这样理解刁斗所有小说共同的潜台词——

"你们不认识'我'，但你们的所作所为所思所想，'我'都看到了，'我'都听到了，'我'都知道了。那么，也请听听'我'（始终注视着你们的互相窥视着纠缠着的卑琐生活的超级窥视者）一直要向你们诉说的内心话语吧。"

苏童：在过去时代的阳光下行走

苏童有三类小说：写当代城市生活的所谓"新写实"，演绎古代帝王生活的所谓"新历史"，以"香椿树街"为背景的自传体小说。我喜欢后者，尽管在这些小说中，他陷入了明显的自我重复。但他写得那么专注，那么得心应手，驾轻就熟，有些地方甚至可以说是婉转自如，出神入化了。小说集《少年血》《刺青时代》"民丰里"系列以及长篇《城北地带》，每次读来，都能让我异常亲切地回忆起自己的童年，再次从现实的激流中退出来，想想那个曾经走过的世界。

王朔改编成电影《阳光灿烂的日子》的中篇《动物凶猛》，讲述了典型的"干部子弟"（"大院里的孩子"）在60至70年代某种鲜为人知的"民间生活"，苏童则成功地记载了70年代许多出生寒微的读者大同小异的"早年"生涯。历史缝隙中一群顽童的故事，靠了那种稗史笔法，总算留存下来。对过去略知珍爱的人，应该感谢苏童，并原谅他或有的重复。

和许多60年代出生的作家一样，他属于游荡在生活边缘的新一代"顽童"。他很自然地避开了父兄辈作家曾经盘踞的社会意识中心，在"早年"生活经历以及其他类似的非中心地带驰骋笔墨。这就造成他和当下现实之间的某种疏离。对目前社会普遍关注的小康化进程，他并不怎么在意（尽管传媒常常介绍他如何迷恋名牌，如何会花钱）。他很少闯入那些商业气息浓厚的小康社会。即使贸然光顾，也大不自在，他更乐于关注小康或准小康社会那些依然窘困的人们，描写他们在周围忙于富起来或已经富起来的气氛中不合时宜的心态与举措。这是固恋"早年"必然导致的创作取向，他虽然被称作"先锋作家"，精神上和他这一代人在70年代度过的青春期，依然不能割舍。

他是前小康生活的一个执拗的凭吊者。即使在21世纪之初，当他在长篇《蛇为什么会飞》中不得不以现实的眼光打量"城北地带"那些昔日"顽童"们的当下生活时，他的调子依然是凭吊者所特有的，灰暗、低沉、悲观，而又留恋不去。他总是站在某种反历史的唯美主义立场，竭力将过去时代的生活场景加以诗化描绘，让人们在疑惑地迈向未来之际，能够从渐行渐远的过去寻求告慰。当你在现代生活节拍中感到迷失时，读读苏童的小说，就像走在人潮如涌的街上，忽然听到有谁哼一首快要遗忘的老歌，心头油然生出几分暖意。这支歌很可能同时还勾起了某种记忆中的伤痛，也许还夹杂着粗糙、浅薄、暧昧、浮华和艳俗……顾及这一切之前，我们已然被那种回到过去的感动攫住了。在苏童总是那么优美流畅的叙述中，我们尽可以用知情者和凭吊者的心态，在历史废弃的荒原，一一捡拾起昔日顽童随手抛掷的衣物和玩具：U形铁、回力牌球鞋、工装裤、黄军装、海魂衫、刺青、滑轮车等等匮乏时代的少年曾经为之意醉神迷的器物，进而融入少年游荡过的破败的校舍、古旧的街区、肮脏的运河、河上传统的石拱桥、播放小城飞短流长的茶楼酒肆、少年喋血的石灰场……已经很少有人回望诸如此类的旧风景了。从此以后的文学将在一个新的没有"风景"的生存空间上升或坠落。在这将去未去将忘未忘的当口，最适宜于凭吊者作最后的心灵抚摸了。

他和张爱玲的亲缘关系有目共睹。他们都是过去时代的凭吊者。但是张爱玲追怀的是一个轰然解体的大时代，苏童则仅仅叙述了一群顽童在70年代特殊的历史空隙中本来就不受重视的荒凉岁月。他并没有简单地模仿张爱玲，他毕竟有自己值得凭吊的往事，有趣的是现在还出现了不少他的模仿者。他和张爱玲之间，还有那么一点灵犀相通，至于他的模仿者，恐怕就声气难接了。

谁叫他那么固执地叙述一个匮乏的时代呢？"香椿树街"早该被新时代掩盖了。再说谁也不愿永远带着挥之不去的苍凉落寞，在过去时代寒冷的阳光下行走。

余华：面对苦难的言与默

余华的冲击力，在他始终以阴沉冷静的笔调叙述苦难与不幸，于习见的苦难文学之侧独树一帜。日常生活的伤害和凌辱，恐惧与悲痛，更深的失望、沉沦与死亡，涉及人类感觉和知性的多层次，直观地刺激麻木的神经，并能唤起思想道义上的深度警觉。

他几乎一开始便踩着鲁迅的脚印向前。《现实一种》写亲人之间骤然而起的仇恨与虐杀，夸张放肆的笔墨，虽然不是一一对应，精神根源却和鲁迅相通，即尽力揭开温情脉脉的面纱，指出内里的悲凉与残酷来。个别作品甚至像鲁迅的摹本，如《四月三日时间》之与《狂人日记》。鲁迅的《弟兄》不也曾借沛君的一梦，展示了"兄弟怡怡"背后可能有的虐杀如《现实一种》吗？另外，在艰辛冷酷中还能极不张扬地保留欢乐的底色，这也很自然地使人想起鲁迅。

苦难是新文学的重要主题。余华心里所有眼中所见全是苦难，但他很少顾及苦难的造因和解救之道，这是他和鲁迅等启蒙作家的根本区别。有人因此误以为他生性残酷，缺少同情心，一味追求描写的刺激性以哗众取宠。这误会相当普遍，对作家不能不形成压力。很长时间余华就是顶着压力写作，像《一个地主之死》，过于乖张失态，有意摆出反讽的冷面孔，以玩笑戏谑的方式玩味苦难，或许就是不足为训的一种心理反弹吧。

冷静、阴沉、残酷，不能仅仅归于策略或者风格，而有其不得不然的无奈。看过创作谈《虚伪的作品》，大概不会怀疑他的理性分析和表达力，但如此侃侃而谈在小说叙述中绝无仅有。他的叙述很纯粹，不掺杂叙述之外的其他内容，如情感宣泄和理性探讨，诗的高蹈或哲学的深沉更难得一见。故事始终占第一位。这在晚近作品中越来越明显。余华排除的本质上是并不属于他的东西，让这种东西过多地进入创作，无益而且有害。作家或许觉得在同时代人那里找不到有关苦难的有益教诲，更自认无能，所以如果不想继续各种虚无的游戏，便只能像古人所说的那样，"但愿空诸所有，慎勿实诸所无"，老老实实把见到的真相告诉给别人，而不存参透或超越苦难的奢望。何况小说首先是叙述，叙述得不好，遑论其他？处今之世，文化一衰再衰，人心一坏再坏，语言一乏再乏，观念一乱再乱，几乎转念即差，张口便错，小说家要在叙述之外不甘缄默而别有建树，确实很难很难。在令人气馁的精神背景下，讲自己的故事，把假话、大话、空话、废话、笑话，留给别人去说，是无奈之举，也是精明之处。叙述以外的问题以沉默待之，非不能也，实不愿也，即不愿拿写小说的语言加入各种清谈和扯淡的变奏。这当然太不够昂扬，甚至近于畏缩取巧，但总比大言遮天之后照例吸进几口冷气要好得多。

面对苦难，人们总希望说些什么，想些什么，就连追求解脱号称不立文字的佛家也不例外。对不可说的东西有所说，对无法可想的事情有所思，正是艺术所以为艺术的辉煌与执拗。古今中外描写苦难的作家们，最终都忍俊不禁，说了许多关于苦难的话。在这强聒不舍的言说中，庸才和大师的区别才泾渭分明。像余华目前这样不随便说话，只用心叙事，清洗掉许多不必要的虚文浮辞以突兀苦难人生的细节真实，固然回避了同时代人的浮躁峻急，但终究不能以此回避自身的先天性虚弱。《活着》和《许三观卖血记》成功在此，不足也在此。

残雪：捏住"众数"的咽喉

残雪很少关心常态生存，虽然对南方的骄阳，村野布谷鸟鸣叫的瞬间，诸如此类永恒与美好也很珍爱，但这一切埋得极深，几乎遗落在文字以外。她的笔习惯指向相反的生活，阴沉、逼仄、秽恶、敌对、怪异、扭曲、暴露和愤恨的快意，她喜欢深深地遮盖着人道主义的爱、柔情、幻想、温怡以及廉价的幸福意识。她没有妥协，没有庸俗辩证法，没有折中，没有平常心，只有极端的情感发泄和单一颜色（黑色）的尽情涂抹，——不是杂色，也乏亮色，更无所谓线条的美感，她笔下的景物始终是长黏稠状的。

她的特点，就是这种根深蒂固的偏激。

她主要写人对世界的陌生、厌恶、恐惧、仇恨、报复。早期爱用强刺激意象、梦、幻觉、秽物，任意堆砌，倾筐而出，但很快就现出固定所指：变态的人际关系压迫敏感的神经太重了，这神经对世界的感应随之发生变态，一切都异于常规。

人际关系的变态，根子在典型的中国式的"忘我"。剥夺了自由意志的人，只是无差别的"众数"，全部生命力都不受自己支配，也不用自己负责，都用来"关心"他人，"过问"他人，"帮助"他人，其实是干涉他人，窥探他人，压迫他人，用谈心、汇报、造谣、告密、盯梢、打击、恭维、欺骗、恐吓种种合法手段，剥夺他人超出"众数"平均值以外的那点个性自由。他们是被剥夺者，空空如也，倘能正视自己，便会感到不可承受之轻，但敢于正视的人毕竟太少了，更多的是把眼睛盯住别人，把嘴巴架在别人肩上，把神经接在他人的神经上，把性爱兑换为不知疲倦地谈论他人的性事，自我于是变成他人的牢笼和地狱。

残雪所描写的中国的人群，就像一堆巨大的分拆不开的黏合物，每个人都负着"他人"的全部重压，如果不能走出这堆黏合物，则挣扎愈甚，压迫愈紧，痛苦愈深。突然有谁冒出头来，能回望这堆黏合物，讲述压迫之罪了，那便是残雪。她是这堆黏合物中生长的恶之花。

被剥夺一空转而又去剥夺他人的"众数"的强暴统治，正是残雪感兴趣的。那把所有人胶在一起的粘合物，一如鲁迅所说的"酱缸"。她想揭露这堆粘合物的粘合方式，探讨这个酱缸的深度，揭穿单个人如何落入酱缸沦为"众数"的秘密，挑明自己负责的主体怎样消融于千篇一律的"他人"的生存机制，例如通过不厌其烦地模仿典型的中国式的说话（《突围表演》《思想汇报》），捏住"众数"的咽喉，诱使那种习以为常的表达方式乃至呼吸系统于不知不觉间中断，窒息，看看在极致的生存表演过后，"众数"的酱缸能否被打碎，真正的个人能否突围。

她的文体像卡夫卡，由一点荡漾开来，一圈圈扩张，沉闷，重复，但激情不减。

可惜残雪总是纷乱，潦草，急不择言，语无伦次，滔滔不绝，颠三倒四，快速写出的东西，轮廓不清，乌黑一片。她把生命最污秽丑陋的内脏整个挖出，还来不及刻画。刻画需要耐心和技术，而她暴露一切愤恨一切的意志太强烈了，不允许有这样的耐心。她自顾自地挥写，沉入酱缸底部，横冲直撞，肆意破坏，呼吸急促，时时面临灭顶之灾。她难得从容，每写一篇都要耗尽气力，精神也被这样牵制着，而置读者于脑后，不给他们提供什么帮助。她的小说于是缺乏理想的形式，模糊乏力——力是有的，没有很好地使出来，往往消散在很不经济的语言迷阵。她的神秘难懂，未必是好事。

她一开始就端出了根本之物，但太急切，太鲁莽，也太自信，太高傲，对这根本之物的开掘，至今还停留在纷乱潦草和盘端出一笔勾销一揽子解决的喷发阶段。再大的天才，也经不起这样的喷发，也会在这单一化倾诉中渐渐委顿。保持开头水准，已经够难为她的了。

和黑暗战斗，特别是和中国式的人际关系（鲁迅所说的"无物之阵""无主名的暗杀团"）战斗，战法必须高超，必须勇猛，韧性，老练，深沉，纠缠如毒蛇，执着如怨鬼，一击而中，还要不断积蓄力量，扩大战果。包括残雪在内的当代许多具有现实战斗精神的中青年作家，在这一点上都要愧对鲁迅传统了。

张昊：于繁华的边缘寻找孤寂

在近年文学界，大概还没有谁像张昊这样坚定不移地抱住一个中心写作——他的小说多半围绕着在"我"早年供职的城乡接合部某个中学发生的师生恋故事展开叙述。很长一段时间以来，张昊就是凭借这一点菲薄的原料，不断经营着他那个在过去的阳光照耀之下的寂静的小世界，似乎刻意要为大多数作家热情拥抱的繁华的现在构造一个冷色调的边缘地带。

一般来说，人们总应该与时俱进，抢占历史的前沿，这样才可维持生存的真实感，张昊却执拗地避开潮流，一味沉入个体或某一部分群体的寂静的过去，好像只有这样，他才能抓住某个记忆的亮点，借此唤醒自己重新拥抱真实的能力。

张昊打捞过去的真实，并非为突入现在做准备——他的过去与人们的现在是隔绝的。现在的人隔着一层透明玻璃，无动于衷地静观而无法真切地触摸张昊用一颗沉寂的心慢慢焐热的过去。张昊觉得有意思的故事，在沉迷于现在的读者看来，也许毫无意思。但张昊并不在意发生在他身上的这种过去与现在的断裂，他孜孜不倦地从事着复活过去的工作，偶尔也会把他自认为已经复活的过去与一瞥之间呈现出来的现在并置，但即使这样，他也并不希望用自己的寂静的过去来惊扰现在的繁华，而只是提醒读者,在现在的繁华的边缘曾经有过那一份无所谓好坏的寂静的生活。

张昊的创作冲动,或许就是试图给已经流逝的过去一个清晰的定格,所以他甚至并不奢望有关过去的回忆会在反复叙说中不断有所增殖,每一次回忆,只要如期抵达过去生活的某一地层,就戛然而止了。不过,张昊的隐秘的激情虽然充满了对于过去的留恋,但奇怪的是,在他身上你很少看到当代文化普遍流行的那种矫揉造作的"怀旧病"的影子,因为他所留恋的过去既非单纯用来自我抚慰的工具,更不是别有所图地自我炫耀的标签。对原本匮乏的过去亲切而丰厚的回忆,如果能让沉迷于现在的人们意识到时间的多维性,意识到"只有现在"的那种健忘症式的生存无处不在的麻木和虚飘,就足够了——这样猜测张昊的意图也许还不会过于唐突吧?

阎连科:乡土中国的寓言化叙事

阎连科的题材领域很宽泛,先后有"市井风俗的历史""军旅小说系列",最近又开始触及"文革",但比较起来,我对他的"耙耧山脉"系列更感兴趣,正是在这一系列小说中,阎连科成功地经营了"自己的小说世界"。中篇小说《年月日》结尾,叙述者似乎不经意地说,大旱过后,外出逃荒的村民们纷纷"从世界外边走回来"。"世界"的含义不同于词典上的解释,即不是向外伸展的开放性空间,而是向内收敛的狭小天地。对"耙耧山区"村民们来说,世界限于他们的活动范围,就是他们应该终身坚守不能随便迁徙的土地。当他们说"满世界"如何如何时,其实仅仅指他们的"耙耧山区",并非"全世界"。"外边的世界"云云,在他们看来是讲不通的,应该叫"世界外边"。

这首先是一种封闭的自我中心主义的世界观。但"世界"的本质不仅是名词性的静止现象,也是动词性的不断扩张不断生成的存在,二者互相依存又彼此争斗,才是"世界"完整的含义结构。长篇小说《日光流年》几次写到"三姓村人"与外界交往,逻辑上都是对封闭的乡村的巨大冲击,逼迫它和外部世界沟通。但实际上,走出乡村的冲动始终被以村长司马蓝代表的一股更加强大的力量抑制着。司马蓝自己也要与外界沟通,不过按他的雄图大略,那只是和外界进行一劳永逸的单向接触——从遥远的山那边引进未受污染的活水,好让"三姓村人"从此更加安稳地封闭下去。只有在司马蓝的号令之下,与外界接触才是合法的,否则就要遭到道德谴责和实际的禁止。一方面是司马蓝的意志约束着村民们向"世界外边"的张望,一方面也正是村民们一度浓厚的对"世界外边"的兴趣,刺激了司马蓝誓死将大家拽回来的意志力更加骇人的爆发。对司马蓝来说,封闭的乡村世界一切贫穷病痛都可以忍受,而来自"世界外边"的空虚之境的无形引力才更加可怕。意识到彼地的吸引力,对此地的血肉联系和由此而来的深深依恋才会在心理上被再次强调。

阎连科小说的"世界"就是在这两股力量的较量中形成,以承认世界无限为前提的西方式的进取意识和扩张精神,最终不得不让位于以肯定世界有限的中国传统式的保守安详的世界观。后者作为对西方式世界观的现代补充,其实一直顽固地存在着，而且注定要发挥应有的作用。我们在阎连科小说中很难描述现代的世界性因素对中国乡村社会的渗透，倒是可以依稀看出"先爷""司马蓝"们逃避这种世界性因素的一路退守的心理线索。这种世界观是中原腹地贡献给"当代文学"的生存领悟，它在积极意义上并非否认外部世界的真实性，而只是强调外部世界是"别人"的，不属于"我们"；不同的人有各自不同的世界，因此坚守故土的价值永远在神往或逃往他乡之上。在中国不断向世界开放的今天，这种对故土安全感近乎迷信的依恋，无疑可以医治因为骤然开放而产生的"广场恐惧症"，那些在外部世界屡遭不幸或者暂时还无望走出乡土的人群，当他们不得不重新建立其自我认同时，对此自然也会有同情的理解罢。"耙耧系列"可以说是对我们注定要生活在其中的乡土中国的寓言化叙事，它在此时此际出现并受到许多有心人的欢迎，绝非偶然。

池莉的有限招数

托尔斯泰让忏悔的贵族涅赫留朵夫与年轻时的恋人、如今已沦落为妓女的"小市民"玛丝洛娃在法庭重逢，由此对他们的灵魂一层一层精彩的"发现"，至今还无人企及。

那两人的相见，也是作者与人物的对视——既"看"对方也从对方眼中审视自己（或者说"被看"）。这是19世纪经典现实主义作家经典的描写人物的方式，它相比鲁迅之与阿Q、祥林嫂，你以为如何？托尔斯泰式的包容在愧疚与羞涩（还有爱）中的讽刺与憎恶，较之鲁迅，你又以为如何？还有托氏的雄浑，以及在包含不可知因素的复杂事物面前主体视野巨大的清晰度，较之我们几乎一律的糨糊脑袋，你更以为如何？

如果地球若干年后不爆炸，如果那时中国人还看托尔斯泰，不幸抑或有幸也看"现当代文学"，就一定会以为他们先辈的脑子坏了，倘不，则他们的脑子也坏了——还继续吃我们正在吃的毒药。

重读《复活》，并拿来与"现当代文学"略作比较，这才可以看清池莉和许多类似的"当红作家"的面目。

他（她）们其实并没有揭示中国目前"市民社会"的真相，他（她）们对市民精神的挖掘，还没有达到托尔斯泰在"小市民"玛丝洛娃身上发现的灵魂世界的第一层：每个人都会像玛丝洛娃那样从当下位置出发建立一整套为自己辩护的哲学，即认为惟有自己是最重要也是最无辜的，因而在心灵上把自己封闭起来，保护起来，不肯虚心与别人交流，形成真诚的对话和碰撞。灵魂世界的这第一层，倘要真实地写出来，也很不容易，至少在池莉们的据说专门以描写小市民见长的小说中，至今还没有发现。

池莉们只愿看他（她）们知道的和能理解的，对不知道和难以理解的就不感兴趣；他（她）们固然写出了自以为必然如此或已经如此的市民，却不想知道也不打算让读者知道市民可能会怎样。类似托尔斯泰所发现的灵魂世界的第一层，他（她）

们写不出；这以下更深更丰富的作为人的"小市民"的精神，在他（她）们的小说中，就更难看到了。

所以，现在就将他（她）们奉为真实地反映了中国市民社会生活并具有市民精神的作家，绝对是个误会。他（她）们笔下的市民，仍然是"典型环境中的典型人物"，仍然属于"社会主义新人形象"谱系——这自然也包括他（她）们在"塑造"那些人物时所采用的从观念出发进行什锦拼盘式的"性格组合"之类一味讨巧的招数。

（原载《当代作家评论》2004年第1期）

中国当代文学批评的生成、发展与转型
(代结语)

王 尧　林建法

摘要：文学批评在中国当代文学制度形成过程中体现了"社会主义文学"的本质要求，并在马克思主义文艺批评的全面展开中建立了基本范式。以阐释当代文学制度的核心价值为出发点，文学批评介入文学生产的全过程，批评与意识形态的关系因此成为文学批评史的基本问题。近三十年来文学批评处于范式转换之中，尚未成为一门独立的学科。能否形成中国化的批评理论和如何确立关怀现实的方式，是决定当代文学批评转型成功的关键。

关键词：文学制度　文学批评　批评理论　范式转型

关于"中国当代文学六十年"不同层面与角度的学术研究，成为近年来学界相对集中的一项工作。无疑，"中国当代文学六十年"并非严格意义上的文学史概念，但在文学与政治的内在关联逻辑中，这样的命名也为研究中国当代文学史提供了一个契机，它不仅是现实语境催生的结果，也是当代文学研究新的学理基础形成以后的反映。作为中国当代文学重要组成部分的文学批评，不仅与创作构成了互动，成为中国当代文学发生、发展与转型的关键因素之一，文学批评自身的学术史意义也十分重要。

一

当代文学批评在由"现代文学"向"当代文学"的过渡中，发挥了特别重要的作用，体现了中国当代文学制度形成过程中"社会主义文学"的本质要求。这与晚清以后的"现代批评"之于"现代文学"的作用大致相同，在新文学的产生和发展过程中，文学批评一直被赋予重要地位，这种地位在当代史上的某些时期几乎到了极端一面。而批评的历史经验表明，夸大、扭曲和贬低文学批评的作用，都是导致文学发展失常的因素。

作为一种文学实践活动的批评，从20世纪40年代的延安解放区开始就预设了中国当代文学的发展路径（这个预设，承接了30年代左翼文学思潮，这一点从周扬和冯雪峰等马克思主义文艺理论家当年的文论便可看出）。尽管对"社会主义文学"的认识六十年来发生了深刻的变化，但在相当长的时间内，文学批评承担了阐释中国当代文学制度核心价值的功能。

1949年在北平召开的第一次文代会，通常被视为"中国当代文学"的开始。周扬在《新的人民的文艺》报告中,明确提出了批评是实行对文艺工作的思想领导的重要方法:"建立科学的文艺批评,加强文艺工作的具体领导"。周扬报告中的观点源自毛泽东《在延安文艺座谈会上的讲话》所论述的思想,"文艺界的主要的斗争方法之一,是文艺批评。"周扬指出,"现在的情况是十分缺少批评,特别是切实的、具体的、有思想的批评。文艺工作中批评的空气太稀薄了。广大读者由于缺乏正确批评的引导,对作品的选择就成了自流的状态。许多青年作者由于缺乏正确批评的帮助,在写作上只好自己摸索,有时就要走一些本来可以避免的弯路。文艺界的团结也由于缺乏必要的批评,有时就成为无原则的团结。我们必须在广泛的文艺界统一战线中进行必要的思想斗争。必须经常指出,在文艺上什么是我们所需要提倡的,什么是我们所要反对的。批评必须是毛泽东文艺思想之具体应用,必须集中地表现广大工人群众及其干部的意见,必须经过批评来推动文艺工作者相互间的自我批评,必须通过批评来提高作品的思想性和艺术性。批评是实行对文艺工作的思想领导的重要方法。"① 周扬也提到了通过批评来提高作品的思想性和艺术性,但他的论述和结论都强调的是"批评是实现对文艺工作的思想领导的重要方法。"在中国共产党领导的革命斗争中,文艺以及文艺批评在"思想战线"的这一位置及其作用一直受到重视,并且决定了当代文学发生和发展的基本脉络。因此,文学批评被置于一个特殊而重要的位置上,承担着阐释党的文艺政策并进行思想斗争的功能。

在50年代初期,批评发挥了"思想斗争"的作用,但也因其"偏向"而带来了消极的影响。1953年9月,胡乔木在第二次全国文代会党员大会上,传达毛泽东主持中央政治局会议讨论周扬报告的意见时,反复讲中央领导要鼓励创作,反对粗暴批评:"对文艺创作采取鼓励、保护的方针,才能繁荣文艺。批评是为了鼓励士气,发展建设性的批评,反对领导创作中各种各样的粗暴态度。"② 周扬在第二次文代会的报告《为创作更多的优秀的文学艺术作品而奋斗》,体现了发展建设性的批评、反对粗暴批评的精神。此时,已经历了文艺界对电影《武训传》的批判。报告认为,对文艺创作中资产阶级、小资产阶级思想倾向以及粗制滥造、不负责任的现象的批评,是十分重要的,"没有这种批评,我们的文学艺术就会陷于停滞或走入歧途。"但报告同时指出了批评工作中应当纠正的"偏向",态度和方法两个方面的偏向,特别提到了这种第一种偏向:"有些批评家往往没有把整个倾向是反人民的作品和有缺甚至有错误但整个倾向是进步的作品加以区别,没有把作家对生活的有意识的歪曲和由于作家认识能力不足或是表现技术不足而造成的对生活的不真实的描写加以区别,而是在批评的时候一律采取揭露、打击的态度。"③ 而这样的批评,对文学艺术、对作家都造成了伤害,"报刊上所发表的一些粗暴的、武断的批评,以及在这种批评影响下

---

① 周扬:《新的人民的文艺》,《周扬集》,中国社会科学出版社2000年版,第85页。
② 参见黎之《文坛风云录》,河南人民出版社1998年版,第51页。
③ 周扬:《为创作更多的优秀的文学艺术作品而奋斗》,《周扬文集》(二),人民文学出版社1984年版,第246页。

所煽起的一部分读者的偏激意见,再加上文艺界的领导方面对文学艺术创作事业缺少关心、帮助和支持,这就使不少作家在精神上感到了压抑和苦恼。这种情绪是需要设法转变的。"① 这样的论述显示,即便在强调文艺批评的"思想斗争"作用时,也仍然没有偏废文艺批评作为文艺的批评的功能,而如何保持这样一种平衡,初期困扰着文学批评界。

当时所意识到的这些"偏向"曾经有所纠正,但在1957年以后,这些偏向却不仅没有得到遏制,反而有所加剧,到了60年代中期以后,随着党的指导思想的"左"倾,文艺批评成为阶级斗争的工具,到"文革"时期达到极端。文艺界的领导人对文艺批评的要求,也逐渐突出了意识形态领域思想斗争的需要。周扬在1958年的讲话中,清晰、明确地论述了文艺批评在意识形态领域中的特殊意义:"文艺理论批评是思想斗争最前线的哨兵。阶级斗争形势的变化,往往首先在文艺方面表现出来,资产阶级思想对我们的侵蚀,也往往通过文艺。资产阶级思想来影响无产阶级,无产阶级思想要打击资产阶级思想,前哨站往往是在文艺方面。延安整风前后是如此,建国以后也是如此。文艺战线上的斗争,是阶级斗争的生动反映;文艺理论批评是实现党的文艺政策的有力工具。"② 在另外一篇讲话中,周扬又把"文艺批评的方法"视为文艺战线上的"思想斗争"的主要方法:"文艺战线上的思想斗争,主要就是采取思想批评、文艺批评的方法,用马列主义毛泽东思想及其关于文艺的学说来批评一切错误的文艺思想和作品,以巩固和扩大马列主义文艺思想的领导地位。"③ 这个论述并没有超出主流文艺思想对社会主义文学与文学批评的本质理解,但越来越多地把文艺批评与社会关系中的阶级与阶级斗争联系在一起。1958年之后,除了对资产阶级思想的批判之外,又重点突出了文艺批评对修正主义思想的批判。

在这样的大框架中,我们就不难理解文学批评因为其鲜明的"政治目的性",而在文学生产中的重要作用。周扬在谈到"正确的"和"错误的"文艺批评的区别时强调:"正确的文艺批评,就是通过对于作品的研究、分析和评价来帮助读者、观众正确地理解和欣赏作品,接受其中有益的影响,而消除其有害的影响。错误的文艺批评则是相反。马克思主义的文艺理论批评,和所有其他工作一样,要为劳动人民服务,为社会主义建设服务。因此,它的主要任务是促进社会主义文学艺术的更大发展,促进文艺与广大劳动人民的更进一步的结合,鼓励文艺事业中的一切新成就,批评文艺领域内一切不利于人民,不利于社会主义的东西。文艺批评的政治目的性,必须十分明确而坚定。如果文艺批评不注意作品的思想内容,不能辨别作品中的倾向好

---

① 周扬:《为创作更多的优秀的文学艺术作品而奋斗》,《周扬文集》(二),人民文学出版社1984年版,第247页。
② 周扬:《建立中国自己的马克思主义的文艺理论和批评》,《周扬文集》(三),人民文学出版社1984年版,第31页。
③ 周扬:《整顿文艺思想,改进领导工作》,《周扬文集》(二),人民文学出版社1984年版,第131页。

坏，不为创作发展的正确方向斗争，那么这种批评就没有什么价值了。"① 但"政治目的性"并不是文学批评的全部，它决定了当代文学批评必须是马克思主义的文艺理论和批评，但文学批评仍然有自己的任务："马克思主义文艺理论和批评，必须是创造性的，战斗性的，必须同我国的文艺传统和创作实践密切结合；必须以促进社会主义文艺的发展为主要任务。文艺理论，不是什么别的东西，而是对于各个时代文艺创作经验的总结。马克思主义的文艺理论，就是运用马克思主义的观点，来总结文艺创作的经验。我们的文艺批评，就是根据马克思主义的文艺观点来研究，分析和评价各个具体的创作成果。"这个任务也包括建立"新的美学观点"："关于文艺理论批评工作，应该注意建立新的美学观点的问题。""文艺的特点，就是唤起美感的形象，来用共产主义精神教育人民，并培养人民新的审美观念。"② 这里所讲的"美学观点"仍然是从意识形态的特殊性出发的。

从70年代末到80年代初，文学批评仍然在当代文学制度中发挥着特殊作用。在由"文革"到"新时期"的过渡中，文学批评一方面参与"拨乱反正"，另一面又引领新的文艺思潮、推动创作主潮的形成。虽然文学批评作为"思想斗争"的武器，在近30年来也有所使用（近30年文学批评的历史也因此具有某些复杂性），但由于重新处理了文学与政治的关系，批评更主要的是回到了文学本位。在一个既有所延续又有所变革的文学制度中，文学批评的意识形态性不再成为一个主要的问题，通过"思想斗争"等引领文学思潮、推动创作的方式基本终结。

90年代以后，文学制度在经历了80年代的变革之后处于相对稳定的状态。国家意识形态仍然对文艺批评保持着特定的要求，但文学批评选择的自由性和多样性也逐渐增强。批评来自消费主义意识形态的干扰，在某种程度上已经超出国家意识形态对文学批评规定性的影响。当代文学的社会、政治、经济与思想文化背景都发生了巨大变化，文学批评从原先的高处落下后如何定位，倒成为一个新的问题。

二

中国当代文学发生的历史语境以及中国当代文学制度最初形成和发展的特点，也使"批评家"成为一个特殊的身份。在1944年的《马克思主义与文艺》的序言中，周扬提到这本书的内容分为五辑：意识形态的文艺；文艺的特质；文艺与阶级；无产阶级文艺；作家、批评家。这是一本比较系统地介绍马克思主义文艺理论的书，"批评家"与"作家"并列，其地位之重要由此可见一斑③。

我们都注意到，像现代文学史上李长之那样的职业批评家在当代文学史上长时期

---

① 周扬：《建立中国自己的马克思主义的文艺理论和批评》，《周扬文集》（三），人民文学出版社1984年版，第27页。
② 周扬：《建立中国自己的马克思主义的文艺理论和批评》，《周扬文集》（三），人民文学出版社1984年版，第29、30页。
③ 参见周扬《〈马克思主义与文艺〉序言》，《周扬集》，中国社会科学出版社2000年版，第47页。

鲜见,甚至可以说在五六十年代并无职业的批评家,姚文元在50年代的出现或许只是个例外。现代学者如朱光潜、李健吾等也从文学批评活动中消失,茅盾因其文学史上的特殊身份成为少有的由现代延续到当代的作家兼批评家。这样一个特点,与文学创作和批评的"一体化"不无关系,因为当代批评的意识形态性,确实使许多现代批评家在当代失去了思想的能力;而另外一个重要原因,也因为文学批评的"在场"性,现代批评家对当代文学也失去了对话的可能。这后一种因素其实也不能忽视的。

当解放区文学成为当代文学的方向和直接背景后,来自解放区的或者左翼阵营的批评家就具有了一种"先天性"的话语权。如周扬、冯雪峰、何其芳、邵荃麟、侯金镜、张光年等,都是集革命者、领导者、理论家与批评家于一身的。他们的文学批评,构成了当代马克思主义文艺批评实践活动的主体部分。中国当代文学批评的复杂性,在这些批评家的活动中充分反映出来。在整体上说,这些理论家批评家是党的文艺政策的权威阐释者,其批评的得失往往取决于政策的正确与否,文艺批评的大势在很大程度上受其影响;但在另一方面,这些批评家又因其不同程度地熟悉艺术规律,堪称内行,常有真知灼见,有些批评家也从艺术良知出发提出过一些"不合时宜"的论点。因此,这一代批评家的特征和命运也是五六十年代文学批评的特征和命运。他们在50—70年代的沉浮,显示了当代文学在社会现实中的际遇,也成为当代中国知识分子命运的一个缩影。所以,回到历史语境中,分析他们身份的多重性以及他们思想结构的矛盾性,是研究当代文学批评史特别是1979年之前的文学批评史的一个重要内容。

关于文学批评队伍的问题,1953年冯雪峰在《关于创作和批评》有诸多批评。他认为文艺领导部门和文艺团体一向不注意批评工作,还没有比较有素养的、有研究的、愿意为批评工作而奋斗的、称得上优秀的批评家,而批评工作的队伍也就更说不上。冯雪峰对批评队伍的说:"我们这几年的批评工作,是由各个文艺部门的领导同志们的理论文章、一部分偶然写点批评文章的同志们的文章、各杂志报刊的编辑同志们的文章和一部分读者的文章组织而成的。"这就是当时批评队伍的基本状况。在冯雪峰看来,这些文章"空论和教训的话居多,而有深刻的研究和具体分析的文章是很少。有些批评文章,即使说的话没有什么错,但只在几个理论公式上绕圈子,简直触不到实际问题的边儿,因此也起不了什么实际的作用;稍好的一些批评具体作品的文章,也只是感想性的批评。"① 冯雪峰的主要观点,和这一年周扬在第二次文代会上的报告精神是吻合的,他也特别指出了简单化、粗暴批评的危害,"我们还没有造成一种实际的批评力量,帮助我们创作走向健康的、现实主义的发展道路,以完成文学批评的创造性任务。""相反地,批评上的主观主义的错误,反现实主义的错误,反而影响了创作的健康发展。"他指出"简单化""武断"的批评,"这常常根据违反艺术规律的公式,而且态度总常常是轻率的、横暴的、随意否定这个肯定那个的批评。是对于读者和作者都有损害的。"

---

① 冯雪峰:《关于创作和批评》,《雪峰文集》,人民文学出版社1981年版,第529页。

冯雪峰在谈到批评的现状以及对批评的期待时，充分反映了前面说到的这一代批评家的双重性。他指出，不是从作品出发，而是从概念、公式出发，写这类批评的人"还缺少马克思主义的常识，也缺少现实主义的常识；同时也可以看出对于文艺作品也是不太研究的，并且对于艺术也似乎缺少敏感，有时甚至连生活的情理都不大懂得似的。"① 但冯雪峰同时又提到了政治价值的问题，这一代文艺理论家批评始终在政治与艺术之间牵扯、斟酌。这就不难理解，为什么他们这一代文艺工作领导人即使懂得艺术也未能摆脱时代局限："同时如果我们不承认作品的政治价值，只有在具有相对的艺术性，即内容与形式相一致的时候才能表达出来，那么，作品的艺术性问题，也当然要被我们忽视了。""这样，我们的批评工作。就还不能够在作品的具体分析和研究的基础上面，树立起现实主义批评的有力的主潮。"② 他提出要把社会主义现实主义的批评建立起来，解决文学批评问题的落脚点在促进现实主义的发展上。这一代中的一些批评家，在 80 年代虽然放弃了文艺为政治服务的思想，但始终注意文艺与政治关系的"辩证性"，这不仅反映了历史经验影响之深刻，也说明了那一代批评家在文学活动中对自己的政治信仰的坚持。

在文学批评队伍中，"读者"和"编者"也是文学批评活动中两个不可或缺的概念。"读者"在当代文学生产中的意义非同寻常。1950 年丁玲主持起草的《〈文艺报〉编辑工作的初步检讨》所列《文艺报》缺点之一就是"读者对象偏重于作者与文艺工作者，对广大的文艺爱好者和一般读者的重视不够"。《文艺报》作为最重要的理论批评刊物，"读者"在五六十年代文学批评中的特殊性十分明显。具有"工农兵"政治身份的"读者"的"来信"，通常适时地从另外一个层面上规范和警示作家的创作，也为文艺界领导者对创作的训诫提供契机。这一过程，在五十、六十和七十年代是非常复杂的，当代文学制度一方面训练和造就了"读者"。另一方面，"读者"又以一种特殊的力量对文学创作施加影响。在多数情形下，"读者"和"领导者"的取向是一致的，甚至有些"读者"是"领导者"的化身。80 年代初期，《文艺报》仍处于鼎盛时期，"读者来信"也曾经影响到批评的话题，比如，关于"现代派"的讨论等。"读者"的批评活动在当代文学批评中的独特意义在八十年代中期以后逐渐消失，文学与主流意识形态关系的变化以及文学批评的专业化都使原来意义上的"读者"失去了空间；而"接受美学"中的"读者"概念则和我们这里所说的"读者"不同。在网络兴起以后，"网友"对文学的批评，则形成了媒体批评时代的另外一种"读者"身份。

"编者"的角色在文学批评活动中的意义同样是不能忽略的，"编者按"作为一种独特的批评文本，往往更多地反映在方向的设计和思潮的引导上，并且通常会被视为透露和预示文艺发展新动向的主要方式。"编者"的这一种作用，在 70 年代末到 80 年代中期十分明显。像《人民文学》《中国》等杂志，其"编者按"（或者类似的

---

① 冯雪峰：《关于创作和批评》，《雪峰文集》，人民文学出版社 1981 年版，第 530 页。
② 冯雪峰：《关于创作和批评》，《雪峰文集》，人民文学出版社 1981 年版，第 531 页。

文字）新时期文学变革的潮流中都曾领风气之先。

在文学批评完全成为主流意识形态话语的转述之后，个人的批评活动在一段时期被集体写作代替，"文革"时期的"写作组"，也曾经是文学批评活动中一个特别的现象。在"文革"结束不久，"写作组"在对林彪、四人帮的批判中仍然是一种有效的集体写作形式，但随后不久，这样一种集体写作形式很快消失。从70年代末到80年代初，文学批评作为个人性的创造活动逐渐生机勃勃，批评家的"主体性"问题在文学批评活动中变得愈发重要。

五六十年代的非职业批评家因其与文艺政策阐释、文艺思潮斗争、文艺运动紧密关联而不可避免地给文学带来了双重影响，在历史由"文革"过渡到"新时期"的阶段，这种带有权威政治的批评活动，仍然显示了其特别的意义，这一点特点在70年代末80年代初非常显著。此类批评活动在反思历史之中，既清算了既往的错误，也开辟了一个新的批评时代，在这个过程中，这些主导和参与了五六十年代文学制度建立的特殊的批评家们，也完成了自己心路历程的转换，转换的程度决定了他们在历史变革时期作用的大小。从"伤痕文学"争论开始，到质疑"文艺为政治服务"的口号等，最终影响了争论的方向并且在理论上开辟了新时期文学发展路径的文论，也多数出自文艺界领导者兼作家、理论家之手。周扬的作用是显然的，在新时期初期，茅盾、夏衍、贺敬之、张光年、陈荒煤、林默涵、冯牧等人的文论也起到了重要的作用。

到了80年代中期以后，新的文学秩序基本形成，文学批评阐释文艺政策的功能逐渐弱化，文学思潮和文本的新素质，对批评家的思想素质、知识谱系、表达形式的要求也不同于以往。那些经历过重大文艺运动，参与设计当代文学发展方向的具有多重身份的批评家，完成了历史任务，因特殊经历和身份形成的权威在文学批评活动中的影响力逐渐式微。在新的文学秩序形成过程中，这些具有多重身份的批评家也面临着思想、理论与方法的危机，其中一些人的文学批评成为妨碍文学发展的负面因素。

80年代以后，职业的阅读和职业的批评变得越来越重要，批评家不可避免地成为一个独立的角色，新的批评群体出现，这是文学批评回到常态的开始。在后来关于八十年代文学的论述中，批评与创作的良性互动，是最为动人的历史记忆之一。和五六十年代的文学批评家不同，这个时期开始崛起的批评家重视自我与个性，"我批评的就是我"说辞的广为流行，突出了在"主体性"成为关键词后，文学批评与整个当代文学制度的关系发生了重大变化。解放了的思想，生动的经验以及个人才情，成为80年代批评家的基本特征。

在80年代，作家协会的批评家和学院的批评家可以说是二分文学批评的天下，从批评的冲击力量来看，前者并不比后者逊色。在批评家与作家的互动方面，作家协会（包括文学期刊）的批评家甚至更为出色。但是，随着整个文学制度和学术制度的变化，90年代以后，学院在知识生产方面拥有的优势逐渐显现出来，学位制度和职称制度开始改变批评家的身份。这个变化就是文学研究的学科化和批评家的学者化，在一些高校，即使是充满真知灼见的当代作家作品论甚至不被视为学术论文。从现象来看，学院的青年学者已经成为批评家中的多数，而学院外的学者式的批评家有的改换门庭成为大学里的专职教授，有的在联合申报学位点的过程中成为大学里的兼职导师。这个现象的背后，并不完全排除经济的因素，众多大学的年薪制对身在大学之外的批评家多少有些诱惑；但重要的是，今天的文学批评比起80年代来更需要学术背景与学科群体的支撑。90年代以来，大学的批评家在文学界的影响逐渐加大，文学的影响又重新和学术制度联系在一起，现在的批评家差不多清一色是"学院"出身了，80年代初中期批评家身份的分野基本消除。

60年来，文学批评家从在当代文学制度中以阐释文艺政策、进行思想斗争，到在学院体制中将文学研究学科化，当代文学批评始终无法避免制度的影响。也许从大的方面来说，批评家身份的变化以及研究对象的转换，意味着在新的学术制度中文学批评的秩序正在重新建立。这是一个重大的转变与契机，但文学批评仍然处于前景未明的时期。

三

批评作为一种实践性的文学活动，它最终还是要落实在对作家作品的阐释与研究上。如果粗线条地说，当代文学批评所起到的一个基本作用是为创作主潮的形成推波助澜，而当代文学史的研究和写作也通常是对文学创作的叙述与阐释。

以"现实主义""社会主义现实主义""革命的现实主义与革命的浪漫主义相结合"和"革命现实主义"为创作原则，从50年代初到80年代初，文学批评在作家作品的研究方面，其实有大致相同的轨迹，只是背后的意识形态因素有所不同。在"现实主义"的基本原则规范下，文学批评重视的是"暴露社会现实的真实关系"的作品。这一基本的立场和方法到了80年代在"现实主义"和"现代主义"大讨论摆脱了意识形态之争以后，论述的对象和对文学主潮的概括逐步放弃了原先单一的视角，80年代关于"伤痕文学""反思文学""改革文学""寻根文学""先锋文学"以及"新写实主义小说"的概括，颇能反映这一演变的特征。

对"革命叙事"作品的阐释，是"十七年"时期文学批评的中心。在这个过程中，陆续确立了体现"社会主义文学"性质和遵守"社会主义现实主义"创作原则的作家作品，也以此批判了一些作家作品，而无论是肯定还是批评或者批判，都与一些重要的理论问题和思潮关联，所以，这个时期的文学批评往往不是纯粹的作家作品论。文学批评通过对"革命叙事"的阐释，不仅对作家作品做出了价值判断，也初步确立了当代文学的"整体性"特征和当代文学的基本秩序。这些特征和秩序到了六十年代中期以后部分受到质疑，而到了"文革"，"十七年文学"被称为"文艺黑线专政"，那些初步形成的判断和论述系统被颠覆，以"革命样板戏"为话语霸权的文学创作，开始重构当代文学的"经典"。

80年代的文学批评既承担着对历史的重新评价也即所谓"拨乱反正"，又介入当下创作，是在"解构"与"建构"的交叉过程中完成批评话语模式的转换的。在今天看来，无论是对"十七年文学"还是"文革文学"，批评的任务并未完成。80年代"纯文学观"的形成，暂时完成了对"十七年""文革"时期的文学价值判断，但也忽视了历史本身的复杂性，而且也在一定程度上将文学与现实的关系作了简单化的处理，这种忽视和处理给八十年代以后的文学创作和批评都带来了不少困扰。在80年代文学的进行过程之中，我们概括出的那条线索："伤痕文学""反思文学""改革文学""寻根文学""先锋文学"以及"新写实主义小说"，其实也是将文学置于历史和现实的变动之中完成的，而不是恰恰相反；同样重要的是，这条线索也反映了文学的"整体性"是变动不居的，并没有始终如一、贯彻到底的"主潮"。90年代以后，文学观念的分立和多样，以及文学与社会和市场经济的复杂关系，都使得批评难以无法对文学创作做出主潮式的概括和揭示。

显然，批评的遮蔽与发现，成为当代文学批评的一种常态，对此产生影响的则是观点、方法与背后的政治。在政治标准第一、艺术标准第二的历史阶段，政治是发现与遮蔽的依据；在这个标准放弃之后，而如何理解"艺术"或者是"文学性"又是发现和遮蔽的依据。而无论是采取什么样的标准，我们现在都意识到其背后的政治还在起着重要的作用。叶维廉早在1979年的论文中就说："某一个批评家或某一个阶级的批评家所删略的并非不足轻重；它之所以被删略，往往是因为当时的垄断意识形态把它排斥了；换言之，它被某一种特殊的历史解释摒诸门外。但另一个不同时期对历史的新解释则有可能使这些被删略的因素作为显性的范畴而重新出现。"① 所以，我们不仅可以看到共时态中批评对相同对象判断的差异，而在历时态中，批评对作品的重新阐释与判断更是常态。

在发现与遮蔽、方法的差异之外，我们还要说到另外一个问题，就是批评如何揭示文学的"关联性"。在当代文学的内部，其实是存在不同的文化背景与审美意识的，如何在这种差异之中找出关联性，在今天仍然是个难题。如果缺少这种关联性，批评所揭示总是局部图景。这样一个难题或许应该在文学理论和文学史研究中解决。文学批评不仅受到批评理论的影响，也是以特定的文学理论为资源展开的。在某种意义上说，如果没有文学批评对文学生产的最初介入、对经典的初选，也就没有文学史写作。至少可以说，今天的当代文学史写作是在文学批评的累积基础上完成的，而当代文学经典的最终确定，是文学批评之后，文学史研究和写作所要解决的问题。

四

考察60年文学批评的历史，无疑需要讨论当代文学批评范式的建立和转型，也就是批评话语模式的转换问题。现在通常以1979年为界，将当代文学划分为两个三十年，前后的变化大致说来是从政治范式到审美范式的转换。在1986年出版的《中

---

① 叶维廉：《历史整体性与中国现代文学研究之省思》，《历史、传释与美学》，东大图书股份有限公司1988年版，第255页。

国新文艺大系（1976—1982）》（理论二集）的"导言"中，朱寨认为这个时期的文学批评"在伟大的历史转折中叶发生了历史转折性的变化"，这个变化被描述为："文艺批评在拨乱反正中又重新回到了健康发展的轨道上，文艺批评成了真正文艺的批评"，"为文学创作的主潮推波助澜"，"探索美的前程"①。所谓回到"真正文艺的批评"，是之于"非文艺"的、也即作为阶级斗争工具和从属于政治的批评而言的，而"真正文艺的批评"势必要"探索美的前程"。这样一个描述，初步揭示了批评范式转型的轨迹。

中国当代文学批评范式是在马克思主义文艺批评的全面展开中建立的。现代文学批评如果作为一个广泛的概念，那么三四十年代的马克思主义文艺批评成为中国当代文学批评发生和发展过程中的主要范式。这样一种批评范式的建立，是解放区文学扩大为当代文学、当代文学确定为社会主义性质所规定的。什么是马克思主义文艺批评？周扬原则地说："马克思主义的文艺理论，就是运用马克思主义的观点，来总结文艺创作的经验，特别是总结社会主义文艺创作的经验。我们的文艺批评，就是根据马克思主义的文艺观点来研究，分析和评价各个具体创作的成果。"② 不仅文艺批评是这样，马克思主义的立场、观点和方法也成为人文社会科学研究的依据。

文艺理论家邵荃麟在1948年的论文中，谈到了什么是"马恩文艺批评的出发点"："我们首先看到的，即是马克思、恩格斯对于任何作品——不管是同志的、同路人的或古代的作品——总先从这样一点入手，即是客观地去考察一件作品中间所反映的社会阶级关系，是否符合于历史现实；或是它所达到的某种正确程度。""暴露现实的真实关系，这是马恩对对于作品的一个基本要求，这也是现实主义的基本要求。""把文艺批评作为无产阶级斗争的武器和这个斗争的一个组成部分，在世界无产阶级文学史上是从马克思恩格斯开始的。""马恩的这种批评方法，是根据于他们的那科学的唯物史观的学说"，即文艺史作为阶级的意识形态而存在③。邵荃麟认为，马恩的这种批评方法与精神，是中国文学"迫切需要"的。

邵荃麟的这个解读，突出了马克思主义文艺批评在中国实践的基本方面：考察作品所反映的社会阶级关系；暴露历史现实的真实关系即社会阶级关系，是现实主义的基本要求；文艺批评是无产阶级斗争的武器。毫无疑问，马克思主义文艺批评，也强调文艺批评对"艺术的特殊性"的重视，早在30年代，周扬介绍苏联吉尔波丁等倡导的"社会主义的现实主义"时，他就指出："虽然艺术的创造是和作家的世界观不能分开的，但假如忽视了艺术的特殊性，把艺术对于政治，对于意识形态复杂而曲折的依存关系看成直线的，单纯的，换句话说，就是把创作方法的问题直线地还原为全部世界观的问题，却是一个决定的错误。""艺术的特殊性使批评家负了这样的义务，

---

① 参见朱寨：《导言》，《中国新文艺大系（1976—1982）》（理论二集），中国文联出版公司1986年版，第1～10页。
② 周扬：《建立中国自己的马克思主义文艺理论和批评》，《周扬文集》，（三）人民文学出版社1984年版，第29页。
③ 邵荃麟：《论马恩的文艺批评》，大众文艺丛刊社1948年版，第22～23页。

就是：他不但要发见他作家的创作的阶级的和思想的意义，而且也非发见他的艺术的价值、他的才能的程度不可。"他以恩格斯批评"青年德意志"派、称赞维尔特为例，说明"这位科学的社会主义的创始者对于文学的技巧是给予了怎样的注意"①。1953年，冯雪峰在谈到当时的文艺批评存在的问题时，也特别说到了对于作品的艺术性的分析和评价问题："在我们的批评中，对于作品的艺术性的分析和评价，是特别的少。这是我们批评工作中最大的一个缺点，同时也是简单化的、主观主义的错误的一方面的表现。因为分析作品的艺术形式是更加需要细心，更加需要一定的艺术修养，要懂得创作，尤其需要客观的态度；而这些，在我们的批评工作上是很缺乏的。"所以，历史的、美学的，是当代中国马克思主义文艺批评的基本特征。

　　社会阶级关系、真实性原则、斗争工具和艺术价值这些要素构成了当代中国马克思主义文艺批评的基本方面，在一个总体性的结构中这些要素处于怎样的位置就决定了当代文学批评的状况，而对此发生决定性影响的则是如何处理文艺与政治的关系。"文革"结束以后，对文艺与政治关系的重新理解和定位，是近30年文学变革发展诸多问题中的核心问题，从80年代的"去政治化"到近些年来又有学者提出"再政治化"，显见这个问题又以新的特征呈现出来。即便是在五六十年代，马克思主义文艺理论家也反对狭隘地理解艺术服从政治的关系，但为什么不能处理好这个问题？周扬曾经明确地反对狭隘地理解艺术服从政治的关系，反对把这个原则简单化，反对要求作家去反映每一个具体的政策："我们现在所说的政治是一个非常广泛的概念。列宁讲得很清楚：政治就是阶级和阶级斗争之间的关系。又说：政治就是无产阶级为反对世界资产阶级求得自己解放的态度。这里说的世界资产阶级，当然也包括我们今天所反对的帝国主义。艺术是不是服从了政治，看他采取什么态度，或者说采取什么立场。只要采取了这样的态度或立场，即反对世界资产阶级，去削弱和清除他们的影响，求得自己在政治上、经济上和思想上的解放，所有这样的作品都是对政治有利的。"② 周扬认为这个理解已经是广泛的，但在阶级和阶级斗争之间的关系上解释政治，在当代也就不可能处理好文艺与政治的关系。不能否认，阶级和阶级斗争在历史上一个时期曾经是主要矛盾，但是"八大"以后，对阶级斗争的认识已经发生变化，中国社会主要矛盾已经发生变化。这是马克思主义文艺批评的当代实践与社会现实和文学的一个错位。而在1958年以后，对修正主义的批判成为一个主导性的话题。周扬在《建立中国自己的马克思主义文艺理论和批评》中，提出了新形势下文艺理论批评工作的具体任务是，"一、继续深入地对文艺领域内的资产阶级思想，特别是修正主义思想进行批判；二、正确地总结社会主义文艺运动的经验，着重研究本地区群众和专家的创作，给以正确的评价；三、全面地批判地整理和研究我国文艺遗产，着

---

　　① 周扬：《关于"社会主义的现实主义与革命的浪漫主义"》，《周扬集》，中国社会科学出版社2000年版，第6页。
　　② 周扬：《对文艺工作的希望和对作家的要求》，《周扬文集》（三），人民文学出版社1984年版，第74页。

重整理和研究本地区民间文艺遗产。"（33 页）① 50 年代末期以后，马克思主义文艺批评转向对修正主义思想的批判，这也是当代文学或者当代文学批评进程中的一个转折点。

现实主义问题，通常被视为马克思主义文艺批评的基本问题。当代马克思主义文艺批评，在很长时期内等同于"现实主义批评"，在五六十年代，受苏联文艺思潮的影响，又归结为"社会主义现实主义批评"。社会主义现实主义一度被规定为作家必须拥护的创作原则，后来又有所调整。周扬曾经说过这一变化。"社会主义现实主义则是创作方法的新发展。它继承了现实主义和浪漫主义的好东西。""我们有一个经验，第二次文代大会时，我们的章程中有一条'必须赞成社会主义现实主义'，但第三次文代会时这一条就取消了，规定'凡是拥护社会主义的作家都可以参加作家协会'。"② 当代文学批评始终把现实主义当作创作主潮，并以此评论作家作品推动创作发展，在 80 年代中期之前现实主义批评成为主要的批评话语模式，这对中国当代文学影响深远。现实主义也因此被赋予了更多的意识形态性，这样一个状况一直延续到 80 年代初期关于"现代派""现代主义"的讨论中，80 年代文学变革的结果，是"现实主义"与"现代主义"二分天下，是选择现实主义还是其他创作方法，不再被视为政治立场。现实主义创作和现实主义批评，仍然保持了强大的活力，但马克思主义文艺批评已经不等同于现实主义批评了。在考察马克思主义文艺批评的中国实践时，我们可以看到，当代中国的马克思主义文艺批评，其实也充满了矛盾和分歧。"写真实""现实主义深化论""现实主义——广阔的道路""反题材决定论""写中间人物论"等所引发的争论和批判，就反映了批评界对现实主义理论的不同认识。而矛盾和分歧，也构成了当代马克思主义文艺批评变革与发展的内在张力。

如何看待文学的"外部关系"与"内部关系"，也是考察当代马克思主义文艺批评的一个重要问题。在马克思主义文艺批评中，"内部关系"其实也是一个重要的概念，但是在以社会阶级关系为出发点的批评中，"外部关系"的研究是优先于"内部关系"的。在 60 年代编写《文学概论》时，周扬就提及到顺序问题："关于文学概论研究的对象、内容。要讲两个方面：文学的外部关系——文学与社会生活的关系，基础、上层建筑与政治的关系；文学的内部关系——内部结构。我倾向于从外部关系讲起，从一般到特殊，当然，从形象讲起也行，形象是文学的特点，阶级性就体现在形象里面。"③ "内部关系"也受到重视，但强调的仍然是"外部关系"，"文艺批评可以单独搞一章，它是根据文艺的外部关系和内部结构来进行的，以此先要把文艺在社会中的位置、地位、作用摆好，再来分析内部结构，位置没摆好，先谈内部结构，就会把文艺当作一个孤立的、高于一切的东西。"④ 周扬的这个思路，其实是当代马

---

① 周扬：《建立中国自己的马克思主义文艺理论和批评》，《周扬文集》（三），人民文学出版社 1984 年版，第 33 页。
② 周扬：《与日本作家的谈话》，《周扬文集》（三），人民文学出版社 1984 年版，第 371 页。
③ 周扬：《对编写〈文学概论〉的意见》，《周扬文集》（三），人民文学出版社 1984 年版，第 231 页。
④ 周扬：《对编写〈文学概论〉的意见》，《周扬文集》（三），人民文学出版社 1984 年版，第 232 页。

克思主义文艺批评的一个写照。在这样的位置之中,"内部结构"的研究也就常常有名无实了。经过80年代的过渡,90年代以后,文学批评一度把"内部结构"的研究置于优先的位置,顺序倒了过来。

马克思主义的文学理论批评中国化的实践,催生了社会历史批评,考察文学的社会现实关系成为一个基本的阐释模式,这种关怀现实的方式在今天仍然有巨大的生命力。马克思主义文艺批评被庸俗化和发生"左"倾的主要原因,是主流文艺思想和一些批评者把"现实的真实关系"等同于政治—阶级关系。在"文革"结束以后,这种思想与批评方法被检视,马克思主义文艺批评也回到正常的轨道上,历史—美学的批评方法一时兴起。

五

1978年《文学评论》组织撰写的《拨乱反正,开展创造性的文学研究与文学评论工作》一文,在批评话语模式转型之际,比较早地提出了文学评论"创造性"的几个方面:要敢于创新,创无产阶级之新,为无产阶级而创新,要提倡以马列主义、毛泽东思想为指导的创造性的文学研究和评论;要大力提倡艺术形式、风格的自由发展;要冲破"禁区",在学术问题和文艺问题上没有什么"禁区";要允许犯错误改正错误,在学术问题和文艺问题上,尤其需要民主;在文学评论、研究工作中,一定要严格区分政治问题和学术问题。① 这些方面的要求,涉及到了当代文学批评的关键问题,反映的正是文学批评范式转型过程中的学术期待。

批评范式的转型是新时期文学的一个部分。文艺界的拨乱反正,在强调马克思主义文艺理论和文艺批评对发展社会主义文艺具有"关键性"意义的同时,也认识到:我们面临着马克思主义经典作家包括毛泽东同志所没有遇到的新情况和新问题,我们不能要求革命导师的著作对当前文艺工作的一切问题提供现成的完整的答案,要根据自己的切身经验,联系当前的实际,探索和解决当前文艺实践中所出现的新情况和新问题。这两者形成了"坚持"和"发展"的辩证关系,影响着文学批评的大势。在80年代和90年代初期,文学思潮中的斗争与批判,都与如何理解"坚持"和"发展"密切相关。

文学批评范式转型所处的"实际"也即"新情况""新问题"大致是:以经济建设为中心的中国特色社会主义;文艺为政治服务为阶级斗争服务的口号被取消;第三次伟大的思想解放运动发生;现代化的想象改变了既往的社会主义文化想象;文化热、美学热兴起;西学再次东渐;文学新思潮新探索蔚然成风,逐渐形成了"纯文学"思潮与文学观,等等。在这个新的语境中,文学批评仍然是关怀现实的一种文学实践活动,但获得了独立性,在阐释作家作品时既是思想解放运动的一个部分,又初步完成了新时期文学的经典化工作,引领文学思潮的发展。和以前的批评不同,80

---

① 周柯:《拨乱反正,开展创造性的文学研究与文学评论工作》,载《文学评论》1978年第3期。

年代的文学批评,与其他话语空间有了更为密切的联系,并且成为吸收西学传播新知的重要载体。在这个过程中,批评家的个性与才情,也前所未有的得到张扬。

哲学与文化思潮对创作、思潮和批评的影响是巨大的。启蒙主义、西方马克思主义、实证主义、佛洛伊德主义、存在主义、后现代哲学、现象学、解释学哲学与文化思潮等,在很大程度上改变和重塑了文学创作与文学批评的哲学基础。从现实主义到现代主义再到后现代主义的交替与并存,文学观念变化巨大,其中以小说观念的变化为甚,对创作与批评都产生了深刻影响。它在整体上表现为文学与现实关系的理解,具体到小说的内容、形式、语言、人物、时空观、叙事等方面都呈现了不为我们熟悉的新素质。这些影响了批评的价值判断。批评家选择什么,看重什么,重点阐释什么,又放弃什么,与此关系很大。我们可以发现,文学批评的关键词和知识谱系在80年代已经开始重构,以前那些耳熟能详的阶级、阶级斗争、倾向、立场、世界观、政治、革命、现实生活、内容、题材等逐渐被置换,代之而起的是现代化、启蒙、人性、人道主义、主题、自我、形式、本体、存在等。处于"历史"与"语言"方法之间的文学批评,在这个时期仍然显示的人文学科的特征,批评学科化的趋势在孕育之中。

众所周知,近30年来,西方新的批评理论层出不穷,文学批评越来越成为一门独立的学科。90年代以后的中国当代文学批评,基本上吻合了这一潮流。在经历了短暂的回潮和停滞之后,当代语境的种种构成因素此起彼伏,"学术"代替"问题"成为九十年代以后的一种现象。文学研究与文学批评的学科化趋势越来越明显,而学科发展的大背景则是人文学科与社会科学的此消彼长。"语言学转向"对当代文学批评的影响,从"文学是人学"到"文学是语言学"命题的转换,即可见出一斑。传统文学批评受到了"走向科学"的形式主义的挑战。从俄国形式主义批评、英美新批评、结构主义到各种符号学理论等,虽然各有侧重,但都重视文本的客观性,试图从形式(语言)入手分析文本,这样一种路径也由批评转向文学史研究。此外,佛洛伊德的精神分析学、荣格的原型理论以及现象学、阐释学、接受美学等批评理论也影响着当代文学批评。90年代的文学批评留下"语言学转向"的深刻印记,批评在一段时间被认为缺席、失语或者无力,与这个转向有很大关系。

但是,在文学批评"语言学转向"一段时间以后,回归历史的倾向又开始出现。无论是西方,还是在中国,都出现了这一倾向。毫无疑问,西方批评理论对此的影响是明显的,而中国的理论批评界也因为"中国问题"的呈现,重新思考和处理文学与现实的关系,文学批评关怀现实的方式发生了变化。如前所述,文学与社会关系(现实关系)的考察是马克思主义文艺批评的传统。在形式主义批评并未终结的情况下,马克思主义文艺批评、女权主义批评、新历史主义特别是文化研究的兴起,使阶级、政治、意识形态、社会、历史等概念重返文学批评的实践活动。在"重返八十年代"、何谓"纯文学"以及关于"文学性"的讨论中,社会的、历史的批评重新获得活力,并由此带动了对整个中国当代文学史的重新思考。在重新强调文学与现实的关系之后,"再政治"的提出,以及文化研究中"阶级"概念的再现,都为马克思主义文艺批评的"再中国化"提出了新的问题。但是,"再政治化"不应当是回到"阶级和阶级斗争之间的关系"这样的政治中。

我们所叙述的这样一个批评范式转换的轮廓,通常被描述为从历史到语言再到历史的"批评的循环"。这样一个循环的线索,其实只是一个大致的态势,在不同的阶段,有许多问题和方法其实是缠绕和相辅相成的。显而易见文学批评留下了方法转换的印记。无论是重"历史"的还是重"语言"的批评,或者出于两者之间的,都给文学批评带来了新的生长点。但同样显而易见,成熟的批评范式并未形成,范式的转换更多的是批评理论的运用,西方批评理论轮番登场,而中国传统文论在当代批评中可否创造性转换仍然只是一个命题而不是实践。更为突出的问题是,批评与创作、批评与读者、批评与现实之间的互动始终没有达到一个好的状态,这常常使批评实践成为一种"圈内"运动。

批评范式的转型,尽管到目前为止并未使中国当代文学批评成为一门独立的学科,但是,批评范式转型的启示是清晰的:当代文学批评能否最终成为一门独立的学科,取决于文学批评能否形成中国化的批评理论和如何确立关怀现实的方式。

(原载《文艺理论研究》2010年第5期)

编者注:原文是作者为《中国当代文学批评大系(1949—2009)》撰写的导言,收入《读本》时经作者同意,删去了与大系编纂相关的内容。